Höllenflug

gelesen

Der Autor

John J. Nance, geb. 1943, Reservepilot der Air Force und Flugkapitän auf kommerziellen Fluglinien mit über 10 000 Flugstunden, ist heute ein international bekannter Sicherheitsexperte des Luftverkehrs. Er ist Autor verschiedener Romane und Sachbücher, die alle das Thema Luftverkehr und Flugzeuge behandeln. Seine internationalen Bestseller »Gegen die Uhr« (1996), »Das Medusa-Projekt« (1998) und »Die letzte Geisel« (1999) erschienen im Scherz Verlag.
John J. Nance lebt in Tacoma, Washington.

John J. Nance

Höllenflug

Roman

Aus dem Englischen
von Karin Dufner

Scherz

Besuchen Sie uns im Internet:
www.scherzverlag.de

Die Originalausgabe erschien 2000 unter dem Titel
»Blackout« bei G. P. Putnam's Sons, New York

2. Auflage 2002
Copyright © 2000 by John J. Nance
Published by arrangement with G. P. Putnam's Sons,
a member of Penguin Putnam, Inc.
Alle deutschsprachigen Rechte beim Scherz Verlag,
Bern, München, Wien
Alle Rechte der Verbreitung, auch durch Funk, Fernsehen,
fotomechanische Wiedergabe, Tonträger jeder Art und
auszugsweisen Nachdruck, sind vorbehalten.
ISBN 3-502-51859-9
Umschlaggestaltung: ja DESIGN, Bern: Julie Ting & Andreas Rufer
Umschlagbild: Mark Wagner/Getty Images, Stone, München
Gesamtherstellung: Ebner & Spiegel, Ulm

Für meine Mutter,
die texanische Dichterin Peggy Zuleika Lynch,
deren Dynamik, Kreativität
und Liebe meinen Lebensweg erleuchten.

Anmerkung des Autors

In den Kapitelüberschriften dieses Romans werden die Ortszeit und dahinter nach einem Schrägstrich die Zulu-Zeit angegeben. In der Luftfahrt steht Z-Zeit – oder Zulu-Zeit – für die Weltzeit, früher Greenwicher Zeit (GTM) oder westeuropäische Zeit (WEZ) genannt.

In den Sommerzeit-Wochen ist es an der Ostküste der Vereinigten Staaten fünf Stunden früher als in Zulu-Zeit. Ist es zum Beispiel sechzehn Uhr in Washington, beträgt die Zulu-Zeit 2100Z. Drei Uhr morgens wäre 0800Z. Die Winterzeit in London stimmt mit der Zulu-Zeit überein. In Deutschland ist es dann eine Stunde später (Zulu plus eine Stunde). In Hongkong ist es acht Stunden und in Vietnam sieben Stunden später.

Prolog

```
AN BORD VON SEAAIR 122,
ÜBER DEM GOLF VON MEXICO,
270 KILOMETER SÜDWESTLICH VON TAMPA, FLORIDA
11:43 ORTSZEIT / 1643 ZULU
```

Karen Briant musste sich ein Schmunzeln verkneifen. Jim Olson reckte seinen eins achtzig großen, muskulösen Körper zu voller Länge, sein Jeansschoß direkt vor ihrem Gesicht. Er stand auf den Zehenspitzen und rüttelte an der Gepäckklappe. Als er sie endlich auf hatte, hörte Karen, wie er einen Reißverschluss öffnete und in seiner Reisetasche wühlte. Schließlich brummte er zufrieden und schloss die Tasche wieder.

»So, jetzt fühle ich mich besser.« Er sah Karen an und klappte das Gepäckfach zu.

»Und was genau, Sir, befürchteten Sie vergessen zu haben«, fragte sie theatralisch, während sie sich auf dem Fensterplatz niederließ. »Hoffentlich nicht etwa wieder eines Ihrer eigennützigen Geschenke aus dem Dessousladen?« Noch ein Bikini wäre wirklich zu viel gewesen. Sie fühlte sich in dem tief ausgeschnittenen Strandkleid, das er ihr gekauft hatte, schon wie nackt.

Er grinste nur und schüttelte den Kopf. Durch ihr Fenster in dem riesigen, dreimotorigen Boeing/McDonnell-Douglas-MD-11-Jet sah er die gewaltigen Kumuluswolken in der Ferne. Dann schaute er ihr wieder in die funkelnden grünen Augen und lachte jungenhaft. Dieses Lachen hatte sie an ihm besonders gern.

»Nichts Wichtiges, junge Frau«, entgegnete er unbeschwert.

»Klar ist es wichtig!«, neckte ihn Karen weiter. »Wenn ich mich schon bereit erkläre, eine Woche mit einem Mann auf den Kanarischen Inseln zu verbringen, will ich wenigstens sicher sein, dass er die richtigen Sachen eingepackt hat.«

»Was meinst du mit ›richtige Sachen‹‹?, fragte Jim mit hochgezogenen Augenbrauen.

»Du bist ein Pilot und von einem Piloten erwartet man, dass er ordentlich packen kann.«

»Und?«

»Offenbar hast du in dieser Tasche da oben etwas, das du auf keinen Fall vergessen wolltest.«

»Und ich habe es dabei.« Jim war sehr erleichtert, dass er den Verlobungsring nicht in Houston liegen gelassen hatte. Am liebsten hätte er ihn ihr sofort überreicht.

Nein, sagte er sich dann jedoch, *es hängt alles davon ab, wie diese Woche läuft.*

Er musste ganz sicher sein.

Sie kicherte und drückte Jims Hand, während er aus dem Fenster schaute und die Entfernung zu den zwanzigtausend Meter hohen Gewitterwolken abschätzte, die sich nördlich ihres Kurses über dem Golf von Mexiko auftürmten. Er fragte sich, was die Piloten wohl auf dem Radarschirm sahen. Der kleine, aber heftige Hurrikan bedrohte New Orleans, doch nach der Wetterkarte, die er sich vor ein paar Stunden angesehen hatte, konnten sie ihn in einem sicheren Abstand südlich umfliegen.

Immer mit der Ruhe, ermahnte sich Jim. *Du arbeitest nicht bei dieser Fluggesellschaft. Außerdem sind wir im Urlaub. Die Piloten werden schon ohne dich klarkommen.*

Er berührte Karens Hand, schnupperte einen Hauch ihres Parfüms und spürte ein erwartungsvolles Prickeln.

Es würde eine wundervolle Woche werden.


```
MARINEFLUGHAFEN KEY WEST, FLORIDA
11:43 ORTSZEIT / 1643 ZULU
```

Der pensionierte Stabsfeldwebel Sergeant Rafe Jones blickte von den komplizierten Instrumenten der mobilen Teststation auf, die er als privater Subunternehmer im Auftrag der Air Force bediente, und schaute durch seine Sonnenbrille zu dem altersschwachen F-106-Abfangjäger, der am Ende der Rollbahn darauf wartete, von Jones' Mannschaft per Fernsteuerung gestartet zu werden.

Rafe Jones holte tief Luft und schmeckte die salzige Brise, die vom Golf von Mexiko hereinwehte. Er genoss die Hitze. Er überprüfte noch einmal die Datenverbindung zwischen Teststation und Drohne und stellte zufrieden fest, dass alle Kanäle standen. Sein Mund war trocken, jedoch nicht, weil er durstig war, sondern weil er, wie immer in dieser Phase eines Versuchs, unter Hochspannung stand. Schließlich sollte hier ein echtes, unbemanntes Flugzeug, das nur von einem Datenstrom und Funkbefehlen in der Luft gehalten wurde, über einem Wohngebiet gestartet werden. Manchmal hatten die F-106-Zieldrohnen, die seine Mannschaft steuerte, einen Testpiloten der Air Force an Bord. Doch heute saß nur ein Dummy, voll gestopft mit Sensoren, im Cockpit.

»Rafe, wo war noch mal der Wartepunkt?«, fragte einer seiner Techniker durch die Gegensprechanlage.

»Kreuzung Fluffy, etwa fünfundvierzig Kilometer im Süden«, erwiderte Rafe und führte sich das eigens für diese Versuche eingerichtete Manövergebiet vor Augen.

»Ist das nicht schrecklich nah vor Onkel Fidels Haustür?«

»Wir wissen von nichts«, grinste Rafe. »Offiziell hat niemand die Absicht, Havanna auf die Füße zu treten.«

Der Fluglotse erteilte der Mannschaft der F-16 Starterlaubnis. Rafe nickte seinen Männern zu und sah zu, wie einer von ihnen den Hebel auf volle Kraft stellte und die Lösung der Bremsen vorbereitete.

AN BORD VON SEAAIR 122,
345 KILOMETER SÜDLICH VON TAMPA
11:43 ORTSZEIT / 1701 ZULU

Das ständige Funken aus den Gewitterwolken im Norden flackerte durch die Backbordfenster der MD-11. Jim bemerkte, wie Karens linke Hand die Armlehne umklammerte, während sie das Schauspiel beobachtete.

»Wir sind weit genug südlich«, beruhigte er sie, doch dann blitzte es plötzlich rechts von ihnen und die MD-11 rollte scharf nach links, bevor sie sich wieder stabilisierte.

Bestimmt hat der den Autopiloten ausgeschaltet und der Vogel ist aus der Trimmung geraten, dachte Jim. Mit einem unbehaglichen Gefühl blickte er Karen an.

»Offenbar haben wir Turbulenzen vor uns, Schatz.« Er lächelte gezwungen. »Die Piloten haben wohl überlegt, wie sie darum herumfliegen sollen, und dann ihre Meinung geändert. Wir wären alle gerne etwas sanfter am Steuerknüppel.«

Die Querneigung betrug nun über dreißig Grad, normalerweise das Maximum für einen Jet.

Aber warum nimmt sie immer noch zu?

Der Bug zeigte nach oben, doch um wirklich zu steigen, brauchten sie mehr Schub. Und die Triebwerksgeräusche waren nicht lauter geworden. Ein erneutes Schlingern, diesmal nach links, und der Bug senkte sich wieder.

Jim spürte, wie die Schwerkraft nachließ, als der Pilot im Cockpit die Leistungshebel nach vorne schob. Er schauderte, als er darüber nachdachte, welche Manöver solche Rollbewegungen zur Folge haben konnten.

Es gab keine. Irgendetwas stimmte nicht.

Jim warf einen Blick auf die rechte Tragfläche und bemerkte zu seinem Erstaunen nicht eine einzige Wolke vor dem Fenster. Gerade eben hatte es dort doch noch geblitzt!

»Jim?« Karens Stimme klang gepresst. Sie hatte bestimmt gemerkt, dass der Bug sich weiter senkte und sie schneller wurden..

Inzwischen war rings um sie herum besorgtes Stimmengewirr zu hören. Die Passagiere raunten und tauschten ängstliche Blicke aus. Die MD-11 neigte sich immer mehr nach links und der Bug senkte sich weiter. Der Düsenklipper hielt geradewegs auf die Gewitterfront im Norden zu.

»Jim, was machen die da oben nur?«, fragte Karen mit aschfahlem Gesicht. Sie umklammerte ängstlich seine Hand. Jim öffnete seinen Sicherheitsgurt. »Bleib hier. Ich gehe ins Cockpit.«

Sie ließ widerstrebend seine Hand los. Er stand auf und blickte sich noch einmal zu ihr um: Wie schön sie war.

Mittlerweile rollte die MD-11 wieder nach rechts. Der Bug hob sich leicht, doch die Ruderbewegungen waren ruckartig und viel zu heftig, als ob die Piloten die Kontrolle über das Flugzeug verloren hätten. Jim ging entschlossen auf die etwa fünfundzwanzig Meter entfernte Cockpittür zu. Er wusste, dass man über seine Einmischung nicht erfreut sein würde, doch er hatte keine Wahl. Zwei Flugbegleiter vor ihm versuchten, ihre Sorgen hinter einem professionellen Lächeln zu verbergen.

Die immer ungleichmäßigere G-Kraft ließ Jim gegen die rechte Sitzreihe stolpern. Er hatte Mühe, sich aufrecht zu halten. Das Flugzeug schaukelte wie eine Jacht in einem Sturm, kurz vor dem Kentern. Die Rechtskurve der MD-11 wirkte vollkommen ungeplant, als wäre jemand versehentlich an das linke Ruderpedal gekommen.

Was ist nur los da vorne, fragte sich Jim. Während er sich mühsam voranarbeitete, schnappten die anderen Passagiere erschrocken nach Luft. Irgendetwas stimmte nicht, doch ein Versagen der Steuerung konnte es nicht sein. Die Kontrollhebel funktionierten offenbar, wurden aber willkürlich hin und her gerissen.

Aus der Bordküche hörte er, wie Teller und andere Gerätschaften durch die Gegend fielen. Er ging unbeirrt weiter, doch dann entdeckte ihn eine junge, großäugige Blondine in Stewardessenuniform.

»Sir!« Sie hielt ihm ihre Handflächen entgegen. »SIR! Setzen Sie sich sofort wieder hin und schnallen Sie sich an!«

»Ich bin Pilot«, erwiderte er und bedauerte die lahme Erklärung sofort.

»Das ist mir egal. Sir...«, begann sie, doch dann sank die Schwerkraft plötzlich auf null und sie schwebte vor seinen Augen Richtung Decke.

Die Sonnenstrahlen, die durch die Kabinenfenster der ersten Klasse fielen, wanderten langsam nach oben, während die Maschine nach rechts rollte. Jim stieß sich an den Unterteilungswänden ab und glitt an der Stewardess vorbei wie ein Astronaut im schwerelosen Raum. Aus dem Augenwinkel sah er durch die Fenster den Ozean.

Wir stehen auf dem Kopf!, erkannte er plötzlich. Trotz der immer unwirklicheren Situation konzentrierte er sich voll auf die kaum noch zehn Meter entfernte Cockpittür. Ganz sicher war sie verschlossen, doch er musste zu den Piloten und aufhalten, was immer dort vorn im Gange war.

Die riesige MD-11 rollte weiter nach rechts und die wieder einsetzende Schwerkraft ließ Passagiere, Besatzung und Servicewagen durcheinander purzeln. Etliche Gepäckfächer hatten sich geöffnet und der Inhalt ergoss sich über die Menschen in der Nähe.

Eine ältere Frau war aus ihrem Sitz gehoben worden, als die Schwerkraft aussetzte. Nun stürzte sie krachend zu Boden und versperrte Jim den Weg. Als er versuchte, über sie zu klettern, kam er zu Fall. Die G-Kräfte wurden immer stärker und das Kreischen der Luftströmung immer lauter. Durch die Geschwindigkeit des Sturzes wurde der Bug schließlich nach oben gedrückt, während die Maschine stetig weiter rollte. So schlingerten sie auf den Golf von Mexiko zu.

Jim klammerte sich an eine Sitzlehne und berührte dabei einen Mann am Kopf. Um ihn herum hörte er schrille Angstschreie. Noch einmal nahm er all seine Kraft zusammen, stieß sich ab und prallte schmerzhaft gegen die Cockpittür, die wie erwartet, veschlossen war.

Die Zeit schien stillzustehen. Sekunden wirkten wie Minuten. Jim wusste num, dass es kein Entrinnen gab. Er konnte nicht mehr sagen, ob die Maschine auf dem Kopf stand oder auf der linken Seite lag. Jedenfalls sackte sie: Es konnte sich nur noch um Sekunden handeln.

Jim stemmte die Füße gegen den Türrahmen und zog.

Die Tür gab nicht nach.

Auch dem zweiten Versuch hielt das stabile Schloss stand.

Die Geschwindigkeit nahm weiter zu. Sie waren höchstens noch dreitausend Meter über dem Meer. Das Heulen der Luftströmung war ohrenbetäubend. Jim dachte an seine Verlobte, die allein hinten in der Kabine saß, und das steigerte seine Entschlossenheit. Er umklammerte den Türknopf und warf sich mit aller Kraft nach hinten. Er spürte einen scharfen Schmerz in der Hand, doch das Kreischen des fast schallschnellen Sturzflugs überdeckte alle anderen Wahrnehmungen.

Die Tür sprang auf und Jim zwängte sich ins Cockpit. Durch die Frontscheibe sah er weiße Schaumkronen und blaues Meer. Sein letzter Herzschlag fiel mit dem Augenblick zusammen, als die MD-11 auf das glasharte Meer prallte.

1

```
HONGKONG, CHINA
ZWEI MONATE SPÄTER
12. NOVEMBER — TAG EINS
19:12 ORTSZEIT / 1112 ZULU
```

Special Agent Katherine Bronsky fiel hintenüber und verschwand hinter ihrem großen Hotelbett. Sie landete schmerzhaft genau auf dem Hüftknochen.

Na, prima!, dachte sie. Noch ein Bluterguss.

»Kat? KAT!«

Die Männerstimme aus dem Lautsprecher ihres Notebooks war über dem ohrenbetäubenden Verkehrslärm Hongkongs, der durch die einen Spalt weit offen stehenden Balkontüren hereindrang, gerade noch zu hören.

Kate rappelte sich auf, spähte über die Bettkante und pustete sich eine Haarsträhne aus dem Gesicht. Sie kam sich dumm vor.

Ein Glück, dass er mich nicht sehen kann.

Das verdatterte Gesicht des stellvertretenden FBI-Direktors Jake Rhoades in Washington prangte auf dem Bildschirm, während er vergeblich nach Kat Aussschau hielt. In den Deckel des Laptops war eine winzige Kamera eingebaut, doch sie hatte beim Anziehen ein Höschen darüber gelegt. Die Videofunktion war zwar ganz praktisch, aber Washington brauchte doch nicht alles zu sehen.

»Aus Gründen der Offenheit sollte ich vielleicht sagen, dass das Poltern gerade ich war. Ich bin gestolpert«, erklärte sie laut, verschwieg jedoch den Umstand, dass sie sich in ihrer Strumpfhose verheddert und sich selbst ein Bein gestellt hatte.

»Entschuldigen Sie, dass ich Sie unterbrochen habe. Sie wollten mich gerade ermahnen, unsere Behörde nicht in Verlegenheit zu bringen. Was meinen Sie damit genau?«

Er ging nicht auf ihre Frage ein. »Sind Sie sicher, dass bei Ihnen alles in Ordnung ist? Ich kann Sie immer noch nicht sehen. Auf meinem Bildschirm ist nur ein weißer Schleier.«

»Ich will nicht, dass Sie mich sehen«, lachte Kat und hüpfte auf einem Bein über den flauschigen Teppich zum Schreibtisch, während sie noch einmal versuchte, den anderen Fuß in die Strumpfhose zu stecken. »Ich bin leider nicht vorzeigbar.«

Eine Pause und ein spöttisches Kichern aus Washington. »Nun . . . wenn Sie es selbst sagen . . . einige bei uns würden Ihnen da zustimmen, Kat.«

Inzwischen war es ihr gelungen, in die Strumpfhose zu schlüpfen. Sie schüttelte in gespieltem Ärger den Kopf, war aber froh, dass diese Geste ihm verborgen blieb. »Damit meinte ich, Sir, dass ich nicht angemessen bekleidet bin, um auf einem Computerbildschirm vor meinen Kollegen zu erscheinen. Einige von denen bemerken vielleicht, dass ich eine Frau bin.«

»Ach, da bin ich aber erleichtert. Ich will mich schließlich nicht der sexuellen Belustigung schuldig machen.«

»Es heißt Belästigung, Jake. Sexuelle Belästigung.«

»Schon gut. Hören Sie, befassen wir uns wieder mit dem Absturz in Kuba, okay?«

Kat trat hinter den Schreibtisch und musterte sich im Spiegel. Obwohl sie Jake aufmerksam lauschte, freute sie sich über den Anblick, der sich ihr bot. Siebeneinhalb Kilo weniger in einem halben Jahr. Dazu endlich ein flacher Bauch, auf den sie stolz sein konnte. Der sichtbare Beweis der Selbstdisziplin, die sie von sich erwartete.

»Ich dachte, die MD-11 wäre eine amerikanische Verkehrsmaschine gewesen«, sagte sie mit einem Blick auf ihre Notizen, während sie ihren Büstenhalter zurechtrückte und ihren schulterlangen, kastanienbraunen Haarschopf in Form brachte. Jake Rhoades war ein wichtiger Mann im FBI-Hauptquartier; sie selbst arbeitete in der Washingtoner Niederlassung und musste ihm bei Sonderaufträgen Bericht erstatten. Dennoch war Jake ein angenehmer Gesprächspartner. Ihr Verhältnis war zwar professionell, aber herzlich. Zwischen ihnen herrschte ein lockerer Umgangston.

Sie hörte ein Nuscheln aus dem Computer und schaute auf den Bildschirm, um zu sehen, ob die Verbindung noch stand.

»Entschuldigung, Jake. Könnten Sie das wiederholen?«

»Ich sagte, es ist wohl das Beste, wenn ich die Situation kurz für Sie zusammenfasse.«

»Gute Idee«, erwiderte sie. Sie sah auf die Uhr und dann zum Sofa, wo sie zwei Blusen ausgebreitet hatte. In einer halben Stunde wurde sie unten erwartet und musste zugleich professionell und weiblich wirken. Das teure anthrazitfarbene Kostüm, das sie sich eigens für den Vortrag gekauft hatte, lag schon bereit. Aber welche Bluse würde den richtigen Eindruck machen?

»Okay«, fuhr Jake fort. »Die grundlegenden Fakten kennen Sie, oder?«

Sie ging rasch zum Sofa, begutachtete die beiden Blusen und nickte in Richtung Bildschirm. »Ich glaube schon«, erwiderte sie, während sie die Rüschenbluse glatt strich, die noch leicht nach ihrem Lieblingsparfüm roch. »Eine amerikanische MD-11 ist aus unbekannten Gründen anderthalb Kilometer innerhalb des kubanischen Luftraums ins Meer gestürzt. Keine Überlebenden, dreihundertsechsundzwanzig Tote. Der Präsident hat eine Seeblockade des Bergungsgebiets angeordnet, was wiederum eine hysterische Reaktion von Castro zur Folge hatte. Das hat dann zu Mutmaßungen geführt, Kuba habe die Maschine wegen Eindringens in den kubanischen Luftraum abgeschossen, was angesichts der vielen Linienmaschinen, die täglich über Kuba fliegen, natürlich absurd ist. Der Voicerecorder und die Blackbox aus dem Cockpit wurden drei Wochen lang vermisst und tauchten dann auf geheimnisvolle Weise wieder auf. Sie lagen unter Wasser und piepsten sich fast die Seele aus dem Leibe. Die Verkehrssicherheitsbehörde vermutet stark, dass jemand sie geborgen und an dem Voicerecorder herumgespielt hat, denn es fehlen mindestens drei Minuten, obwohl es an Bord keinen Stromausfall gab.« Sie richtete sich auf und schaute zum Bildschirm. »Ist das in etwa richtig?«

Jake zog die Augenbrauen hoch. »Ich bin beeindruckt, Kat. Sie sind eine aufmerksame Zuhörerin.«

Sie hielt die schlichte weiße Bluse auf Armeslänge von sich. Sie mochte etwas spartanisch und langweilig wirken, doch schließlich würde sie darin einen Vortrag über Luftfahrtterrorismus halten. »Habe ich was ausgelassen?«, fragte sie dann.

»Wir sind sicher, dass Kuba über ein kleines U-Boot verfügt. Einiges weist darauf hin, dass die Kubaner die Blackboxes geborgen und manipuliert haben könnten, um die wahren Vorkommnisse zu verschleiern. Das FBI und die Verkehrssicherheitsbehörde arbeiten in dieser Sache Hand in Hand, was leider bedeutet, dass die Medien uns die Hölle heiß machen werden.«

›Keine Angst, ich rede nicht mit Journalisten.«

»Gut, aber es könnte Ihnen nichts anderes übrig bleiben. Ein wichtiger Kongress über Luftfahrtterrorismus, bei dem Sie die Abschlussrede halten, wird Journalisten, die die Story verfolgen, magisch anziehen. Ich verbiete Ihnen nicht, mit Reportern zu sprechen. Ich bitte Sie nur, sich die Mutmaßungen zu verkneifen! Zur Zeit kriechen alle möglichen Spinner aus ihren Löchern und verbreiten Verschwörungstheorien. Sie stellen Zusammenhänge mit dem Absturz der Swissair, der EgyptAir, der TWA 800 und weiß Gott sonst noch für Katastrofen her. Über kurz oder lang werden sie auch eine Verbindung mit dem Unfall der Challenger oder dem Untergang der *Titanic* sehen.«

»So sind Verschwörungstheoretiker nun einmal«, erwiderte Kat und musterte Jakes Augen, die außergewöhnlich müde wirkten. Er war erst sechsundvierzig, sah aber zehn Jahre älter aus.

»Richtig. Passen Sie auf, Kat. Der Präsident und seine Leute setzten die Verkehrssicherheitsbehörde und uns mächtig unter Druck. Wir sollen ein Szenario entwickeln, das weder auf Kuba noch auf Verschwörungen, Außerirdische oder Terroristen hinweist. Natürlich werden wir uns diesem Druck nicht beugen. Aber ich muss sagen, es wird allmählich lästig. Deshalb lege ich Ihnen ans Herz, kein Öl ins Feuer zu gießen, indem Sie sich auf eine Antwort festlegen.«

»Und wenn man mich fragt, ob es ein Terroranschlag gewesen sein könnte?«

»Dann sagen Sie, nach unseren derzeitigen Informationen könnten wir das noch nicht beantworten. Erklären Sie, ein massives technisches Versagen könne ebenso gut der Grund sein. Sie kennen ja den Lieblingsspruch der Verkehrssicherheitsbehörde: Es ist noch zu früh, um irgendetwas auszuschließen!«

»Okay, verstanden.«

»Ich meine es ernst, Kat. Seien Sie äußerst vorsichtig. Ein Versprecher gegenüber den Medien, und Ihr Name ist wieder in den Schlagzeilen.«

»Und das fänden Sie schlecht, nicht wahr?«

»Kat!«

Sie unterdrückte ein Kichern. »Nichts für ungut, Boss. Doch was ist, wenn es wirklich die Kubaner waren?«

»Nach der großen Invasion könnten Sie sich dann als Rechtssattaché des FBI in Havanna bewerben. Der arme Fidel täte mir Leid, selbst wenn er tatsächlich der Schuldige wäre.«

»Wie hoch stehen die Chancen, dass es sich um einen Terroranschlag handelt, Jake? Ich meine realistisch und ohne Parteipolitik.«

Ihr Chef sagte zunächst nichts. Dann hörte sie ihn seufzen.

»Falls es wirklich Terroristen waren – kein technisches Versagen und auch nicht die Kubaner –, sitzen wir ganz schön in der Tinte. Wir haben keine Ahnung, wie sie es geschafft haben, obwohl ein Raketenangriff nicht ausgeschlossen ist. Deshalb bezweifle ich . . .«

Im Hintergrund läutete das Telefon.

»Einen Moment bitte, Kat.«

»Selbstverständlich«, erwiderte Kat. Sie dachte an den Absturz der MD-11 und den frustrierenden Mangel an Hinweisen. Dann schweifte ihr Blick wieder zum Sofa.

Die Rüschenbluse. Ich sehe gerne weiblich aus. Wenn die Kerle ein Problem damit haben – Pech für sie! Sie streifte die Bluse über und erinnerte sich mit einem Lächeln an die Komplimente und Blicke, die sie stets damit erntete. Dann schlüpfte sie in den dunkelgrauen Rock und rückte ihn so zurecht, dass er knapp über dem Knie endete. Jetzt fehlten nur noch ein Hauch Haarspray und ein letzter Blick ins Manuskript. Dann wäre sie bereit.

»Sind Sie noch da, Kat?«, meldete sich Jake wieder.

Sie ging auf den Computer zu, weiter an ihrem Rock zupfend. »Ich warte, Jake.«

»Ich muss los. Jemanden fertig machen.«

Kat nahm das Höschen vor der winzigen Linse weg und grinste in die Kamera. »Danke für Ihre Hilfe, Sir! Ich erstatte morgen Bericht.«

»Äh, darf ich als Ihr Vorgesetzter anmerken, dass Ihr Erscheinungsbild der Tradition unserer Behörde alle Ehre macht?«

»Sie dürfen«, lächelte sie.

Ihre blauen Augen funkelten vor Freude über das Kompliment. Jake war zwar verheiratet und ein Mann von Moral, aber er war immer noch ein Mann.

»Äh, ich meine . . .«

»Ich weiß, was Sie meinen, Jake«, erwiderte sie. »Und ich freue mich sehr darüber.«

Kat brach die Verbindung ab und klappte den Laptop zu. Dann sah sie wieder auf die Uhr. *Noch zwanzig Minuten!*

Sie legte letzte Hand an ihre Aufmachung für das grelle Licht des Festsaals – Schminke, Haare, Ohrringe, dunkelgraue Pumps, Blazer – und überflog noch einmal rasch das Manuskript.

Wieder stieg ihr der Duft exotischer Hölzer in die Nase. Sie schloss kurz die Augen und atmete tief ein. Zwischen Sandelholz- und Teakmöbeln prangte der frische Strauß tropischer Blumen, den jeder Redner erhalten hatte. Im Hintergrund lief leise ein Konzert von Bach.

Sie trank ein Glas Mineralwasser und versuchte die Digitaluhr nicht anzusehen, die mahnend auf ihrem Nachttisch stand. Draußen über dem Hafen glühte ein unglaublich roter Sonnenuntergang. Die Farben, die sich im Wasser spiegelten, erinnerten an die Palette eines Malers. Kat musste an die Sonnenuntergänge denken, die ihr Vater ihr so oft gezeigt hatte, manchmal mitten in einer Gardinenpredigt, wie einmal als sie acht oder neun gewesen war.

Sie lächelte, als sie sich erinnerte, wie streng und autoritär er manchmal gewesen war und wie er in anderen Augenblicken die Schönheit der Natur bewundert hatte – ein mit allen Wassern gewaschener FBI-Agent mit der Seele eines Dichters.

Kat beugte sich über die in den Nachttisch eingelassenen Radioknöpfe und drehte das Konzert lauter. Vor zwei Tagen, beim Betreten des Zimmers, war sie von Vivaldis lyrischen Klängen empfangen worden. Die Musik und der Sonnenuntergang über dem exotischen Hafen schufen eine Atmosphäre vollendeter Eleganz. Und schon der Name Hongkong klang nach Abenteuer.

Hier bin ich also, Dad, eine richtige FBI-Agentin mit einem Auftrag im Paradies, dachte sie. Doch dann fiel ihr wieder ein, dass sie nicht mehr zum Telefon greifen und Momente wie diesen mit ihm teilen konnte, und ihr Stolz und ihre Freude waren sofort verflogen.

Du fehlst mir. Daddy. Aber ich werde es schaffen.

2

```
HONGKONG, CHINA
12. NOVEMBER — TAG EINS
21:05 ORTSZEIT / 1305 ZULU
```

Kat Bronksy stand hinter dem Rosenholzpult in dem gewaltigen Vortragssaal und zählte im Geist bis fünf, um die dramatische Pause auszukosten. Die Zuhörer waren mucksmäuschenstill und hingen ihr an den Lippen. Sechzehnhundert Konferenzteilnehmer lauschten Kats dramatischer Schilderung der Flugzeugentführung, die in New York ein Ende gefunden hatte.

»Wir warteten achtzehn Stunden. Erst dann haben wir angegriffen«, fuhr Kat nun fort. Sie sprach langsam, um den verschiedenen Dolmetschern, die hinter einem Vorhang ihre Arbeit taten, genug Zeit zum Übersetzen zu geben.

»Achtzehn Stunden voller Forderungen und Drohungen der Entführer. In dieser Zeit hatten wir nur eine Waffe: Verhandeln – Verhandeln, um Zeit zu gewinnen. Doch in der achtzehnten Stunde ...«

Sie hielt inne, schaute zu den riesigen Kronleuchtern auf und prägte sich alles gut ein – selbst den leichten Geruch nach Zigarettenrauch, obwohl das Rauchen hier eigentlich verboten war. Alle kannten das Ende der Geschichte, doch sie waren gebannt von Kats Erzählung.

»... Die linke Bugtür der 747 schwang auf und statt eines Kugelhagels oder Leichen kamen drei erschöpfte, resignierte Entführer mit erhobenen Händen zum Vorschein. Siebenundachtzig Passagiere überlebten unverletzt und konnten nach Hause zu ihren Familien. Und nur darauf kommt es – wie Sie wissen – an. Wir alle sind Menschen. Auch die schlimmsten Verbrecher sind nur Menschen. Natürlich kann nicht jede Geiselnahme so glimpflich enden. Doch selbst die Reaktionen des aufgebrachtesten und verzweifeltsten Menschen kann man bis zu einem gewissen Grad beeinflussen. Wir können Erfolg haben, wenn wir standhaft bleiben. Ich danke Ihnen für Ihre Aufmerksamkeit.«

Kat trat einen Schritt zurück, deutete eine Verbeugung an und wartete die Reaktion der Zuhörer ab. Die Tagung war fruchtbar gewesen, doch sie war die letzte Rednerin. Alle waren müde und wollten nach Hause. Nun sprangen sie jedoch auf und klatschten ihr Beifall.

Ach, du meine Güte, eine stehende Ovation! Der Applaus wurde immer lauter und Kat gab es bald auf, ihr Lächeln zu unterdrücken.

Der Konferenzvorsitzende erschien neben ihr, während der Beifall verebbte, und verkündete, in den nächsten zehn Minuten bestehe Gelegenheit, der Rednerin Fragen zu stellen. Eine Hand hob sich, allerdings so weit hinten, dass sie nicht sehen konnte, wer es war. Jemand reichte dem Mann ein tragbares Mikrofon.

Kat beantwortete viele Fragen über die Entführung der 737 der Fluggesellschaft AirBridge, die ihr beim FBI zu einiger Berühmtheit verholfen hatte. Immer noch benommen von dem rauschenden Beifall hätte sie fast den Namen und die Tätigkeit des letzten Fragers überhört.

»Robert MacCabe von der *Washington Post*. Agent Bronsky, wir alle wissen vom Absturz der MD-11 über kubanischen Hoheitsgewässern vor einigen Monaten. Bis jetzt gibt es noch keine eindeutige Erklärung dafür und Kuba streitet jede Verantwortung ab. Wie wahrscheinlich ist es, dass nicht die Kubaner, sondern Terroristen den Absturz herbeigeführt haben? Und wenn diese Möglichkeit besteht, welche Waffe könnte benutzt worden sein?«

Robert MacCabe? Sie versuchte, sich ihre Überraschung nicht anmerken zu lassen. *Jake hatte Recht! Was macht der Starreporter der* Washington Post *hier in Hongkong?*

Kat räusperte sich. »Wollen Sie meine persönliche Meinung, Mr MacCabe, oder die offizielle Version des FBI?«

»Ich nehme, was ich kriegen kann«, erwiderte er zur Belustigung der anderen Zuhörer. »Sagen Sie einfach, wie Sie den Fall einschätzen.«

»Ich bin nicht befugt, im Namen des FBI über laufende Ermittlungen zu sprechen«, entgegnete sie mit einem gezwungenen Lächeln. Sie wünschte, er würde sich wieder setzen. Er war im Begriff, die Zuschauer gegen sie einzunehmen. Die allgemeine Sympathie schien bereits nachzulassen. »Wie Sie sicher wissen, ist das FBI mit der Untersuchung befasst, weshalb ich nicht darüber reden kann. Weitere Fragen?« Sie wandte sich von ihm ab.

»Ja«, beharrte Robert MacCabe. »Dies war einer der wichtigsten Kongresse zum Thema Luftfahrtterrorismus, Agent Bronsky, und Sie sind hier, weil Sie zu den FBI-Experten auf diesem Gebiet gehören – weltweit.«

»Und Ihre Frage, Mr MacCabe?«, unterbrach Kat.

»Dazu komme ich gleich. Ihr ausgezeichnetes Referat hat gezeigt, dass niemand in diesem Saal mehr zu diesem Thema zu sagen hat als Sie. Und nun wollen Sie uns weismachen, Sie hätten keine Meinung über den Absturz vor Kuba?«

Nachdem die Frage übersetzt worden war, brach Geraune im Saal aus.

»Natürlich habe ich eine Meinung, Mr MacCabe, doch ich glaube, meine Zeit ist jetzt um.« Ein Flugzeug überflog das Gebäude und ließ den Saal erzittern.

»Ich bin neugierig«, sprach MacCabe weiter, »warum niemand zugibt, dass es sich vielleicht um einen Terrorakt handelt. Als 1996 die TWA-Maschine vor Long Island abstürzte, hat sich das FBI keinen Augenblick vor diesem Schluss gescheut.«

»Und das war ein Irrtum, nicht wahr?«, zischte Kat inzwischen merklich gereizt. »Hören Sie. Das hier ist nicht der geeignete Rahmen für Ihre Fragen, Sir. Und meine Zeit ist um. Vielen Dank.« Damit verließ sie das Rednerpult. Als sie sich noch einmal im Saal umsah, stellte sie fest, dass die Begeisterung nach ihrer Rede verflogen war.

Zum Teufel mit dem Kerl!, dachte sie. Dann bedankte sich der Tagungsleiter noch einmal bei ihr und erklärte den Kongress für beendet.

Vor der Bühne war Kat sofort von Delegierten umringt, die mit ihr sprechen und ihr zu ihrem gelungenen Vortrag gratulieren wollten.

Also hat er doch nicht so viel Schaden angerichtet!, sagte sie sich, doch weil sie das Bedürfnis verspürte, sich MacCabe auf der Stelle vorzuknöpfen und ihm den Kopf abzureißen, antwortete sie nur einsilbig und arbeitete sich, die Handtasche über der Schulter und ihre Konferenzmappe fest vor die Brust gedrückt, zum Ausgang vor.

Kurz vor der Tür stand Robert MacCabe plötzlich vor ihr. Er musterte sie mit seinen großen haselnussbraunen Augen und lehnte verlegen, die Hände in den Anzugtaschen, an einem Betonpfeiler. Einen kleinen Koffer, der offenbar einen Laptop enthielt, hatte er neben sich abgestellt.

Kat schob ihr Kinn vor und ging direkt auf ihn zu.

»Also, MacCabe, welchem Umstand verdanke ich diese Ehre? Weshalb mussten Sie mir das Wasser abgraben?«

Er lächelte schüchtern, ein entwaffnendes, blitzendes Kennedylächeln. Sein Gesicht war sonnengebräunt, sein dichter dunkler Haarschopf wirkte zerzaust. *Einsfünfundsiebzig, Ende dreißig. Wahrscheinlich Harvard- oder Princeton-Absolvent* schätzte Kat. Für seinen Pulitzerpreis war er noch ziemlich jung und er sah besser aus als auf den Zeitungsfotos.

Robert MacCabe nahm seine Hände aus den Taschen und hob sie schicksalsergeben. »Ehrenwort. Agent Bronsky, ich wollte Sie nicht sabotieren.«

Ihr Blick war eisig. »Ach nein!«

»Hören Sie . . .«, begann er.

»Nein, jetzt hören Sie mir zu, Mr MacCabe! Ich möchte wissen, warum . . .«

Sie stockte, weil er den Zeigefinger an die Lippen legte und zu einer Gruppe von Delegierten wies, die, in einer Wolke von Zigarettenqualm, ganz in der Nähe plauderten. Obwohl sie sich über seine Geste ärgerte, senkte sie die Stimme zu einem Flüstern. Sie war wütend, dass er wieder das Gespräch beherrschte. Und sie versuchte, sein angenehm nach Holz duftendes Rasierwasser zu ignorieren.

»Ich will wissen, was Sie mit Ihren Fragen über den Absturz der MD-11 und zum Thema Terrorismus bezweckt haben.«

»Wir müssen miteinander reden«, erwiderte er knapp.

Kat zog die Brauen hoch. »Ich dachte, das täten wir bereits. Worüber denn?«

Sein Blick war zu einer anderen Gruppe von Delegierten gewandert, die sich in einiger Entfernung unterhielten. Trotz des Verkehrslärms und des Stimmengewirrs konnten sie alles mithören. »Über diesen Absturz. Und über den Grund, warum ich Ihnen vorhin diese Fragen gestellt habe.« Sie bemerkte, dass sein Lächeln verflogen war.

»Tut mir Leid, dass ich Sie enttäuschen muss«, schüttelte Kat den Kopf, »aber ich lasse mich nicht von Ihnen aushorchen!«

»Nein«, unterbrach MacCabe sie wieder, ich möchte Sie nicht interviewen. Ich möchte eine Information mit Ihnen teilen. Ich erinnere mich noch an Ihre Rolle bei der Flugzeugentführung in Colorado, und ich habe Sie seitdem beobachtet.«

»Sie sind mir seitdem gefolgt?«, staunte Kat.

»Nein, ich habe Ihre Karriere verfolgt. Die *Washington Post* hat mich dann beauftragt, über diese Tagung zu berichten. Deshalb bin ich hier.«

Kat erwiderte nichts und versuchte, in seinem Gesicht zu lesen. Er schüttelte den Kopf und schaute an die Decke, bevor er das Schweigen brach. »Es tut mir Leid, wenn ich mich nicht klar genug ausgedrückt habe. Ich habe Sie nur mit meinen Fragen bedrängt, weil ich wissen wollte, ob Sie die Person sind, an die ich mich wenden muss.« Er schaute sich rasch um. »Und das sind Sie. Können wir uns vielleicht irgendwo unter vier Augen unterhalten?«

»Warum?«, entgegnete Kat. Sie bemerkte, dass einer der Delegierten in respektvollem Abstand auf eine Gelegenheit wartete, mit ihr zu sprechen. Sie lächelte dem Mann zu, bat ihn mit einer Geste um Geduld und wandte sich wieder MacCabe zu.

»Weil . . .« Er seufzte und schüttelte wieder den Kopf. Er schien sich nicht sicher zu sein. Er schaute sich noch einmal um, dann nickte er und beugte sich endlich zu ihr vor.

»Okay. Passen Sie auf. Es ist etwas passiert. Mir sind ein paar Informationen zugespielt worden, die mir echt Angst einjagen – eher Andeutungen, nicht einmal Informationen, aber die Quelle ist äußerst zuverlässig. Damals wusste ich nicht, was ich davon halten sollte, aber jetzt . . .«

»Was für Andeutungen?« Inzwischen wartete ein weiterer Delegierter auf sie.

»Über den Absturz der MD-11 und seine Ursachen.«

»Ich habe Ihnen bereits im Saal erklärt, Mr MacCabe, dass ich mit diesen Ermittlungen nichts zu tun habe.«

Wieder unterbrach er sie mit einer Handbewegung. »Hören Sie mich an. Bitte! Heute Morgen ist etwas passiert, doch hier möchte ich nicht darüber reden. Mittlerweile bin ich der Ansicht, dass besagte Informationen oder Andeutungen korrekt sind.« Er fuhr sich verlegen mit der Hand durchs Haar.

»Warum kommen Sie damit zu mir?«, seufzte Kat. »Ich bin nicht als Agentin in Hongkong, sondern als Delegierte.«

»Aber Sie sind vom FBI, Ms Bronsky. Auch unter der Dusche oder im Schlaf sind Sie eine FBI-Agentin. Soweit ich mich erinnere, haben Sie das in einem Interview nach der Flugzeugentführung in Colorado selbst gesagt. Ich wende mich an Sie, weil Sie gut über internationalen Terrorismus im Bilde sind. Bitte hören Sie mich an. Ich habe meinen Flug umgebucht. Ich fliege in wenigen Stunden, gegen Mitternacht, nach Los Angeles zurück. Dass ich als Einziger über diese Dinge Bescheid weiß, jagt mir eine Heidenangst ein – ehrlich.«

Kat erkannte an seinem Blick, dass er Angst hatte. »Haben Sie diese Informationen hier in Hongkong aufgeschnappt?«, fragte sie.

»Nein, daheim in Washington. Aber ich möchte wirklich nicht hier darüber reden. Einverstanden?«

»Sie fliegen also um Mitternacht. Haben Sie zufällig bei Meridian Airlines gebucht?«, erkundigte sich Kat kühl. Sie war immer noch misstrauisch.

»Ja«, erwiderte er.

»Dann sind wir in derselben Maschine.«

Er wirkte überrascht. »Wirklich? Ich mache Ihnen einen Vorschlag. Ich wohne in einem Hotel ein paar Häuser weiter und muss noch meine Sachen abholen und auschecken. Anschließend besorge ich mir ein Taxi und hole Sie ab, sagen wir in etwa einer Dreiviertelstunde. Meine Zeitung lädt Sie zum Essen ein, und ich erkläre Ihnen alles.«

Kat schüttelte ablehnend den Kopf und lächelte ihrem wartenden Fanclub – inzwischen vier an der Zahl – entschuldigend zu.

»Bitte!«, raunte Robert MacCabe flehend.

»Ich habe eine bessere Idee, Mr MacCabe. Wir unterhalten uns im Flugzeug.«

»Nein. Bitte! Ich möchte nicht klingen wie in einem Spionageschmöker, aber die Informationen, von denen ich spreche, sind zu brisant, um sie in einem voll gepackten Flugzeug zu erörtern.« Er berührte sie zaghaft am Arm. »Ich flehe Sie an. Ich mache keine Witze. Die Sache könnte sehr ernst sein, und ich weiß nicht, an wen ich mich sonst wenden soll.«

Kat musterte ihn eine Weile argwöhnisch und fragte sich, warum er es wohl so eilig hatte. Vermutlich falscher Alarm.

»Also gut, Mr MacCabe,« ließ sie sich endlich erweichen, in fünfundvierzig Minuten. Ich gebe es zwar nur ungern zu, aber Sie haben meine Neugier geweckt.«

»Danke!« Sie blickte ihm nach, wie er eilig das Gebäude verließ.

3

```
HONGKONG, CHINA
12. NOVEMBER — TAG EINS
21:40 ORTSZEIT / 1340 ZULU
```

Robert MacCabe faltete die internationale Ausgabe von *USA Today* zusammen und steckte sie in eine Seitentasche seines Computerkoffers. Die Aufzugtür öffnete sich im zweiunddreißigsten Stock. Fünfundvierzig Minuten waren ziemlich knapp kalkuliert. Er würde sich sputen müssen, wenn er Kat Bronsky pünktlich abholen wollte.

Vor dem Aufzug wäre er fast mit einem kräftig gebauten Mann zusammengestoßen. »Pardon«, murmelte Robert und eilte den langen Flur hinunter. Nach etwa zehn Metern fiel ihm auf, dass er nicht gehört hatte, wie sich die Aufzugtüren wieder schlossen. Er blieb stehen und schaute sich um.

Der dunkle, kräftige Mann war noch da und schien Robert zu beobachten. Mit einer Hand hielt er eine weiße Plastiktüte mit dem Mercedesemblem. Mit der anderen blockierte er die Aufzugtür.

Sobald Robert stehen blieb, drehte der Mann sich wortlos um und verschwand im Aufzug, der sich dann hinter ihm schloss.

Seltsam, dachte Robert. Dann erinnerte er sich jedoch, dass er zwar kein Prominenter, aber wegen seines Pulitzerpreises ziemlich bekannt war.

Er ging um einen Putzkarren herum, der den Flur versperrte und nickte dem Zimmermädchen zu, während er seine Chipkarte herausholte. Und dann wunderte er sich, warum seine Zimmertür nach innen schwang, noch bevor er den Türknauf umgedreht hatte.

Was zum Teufel . . . ? Verdattert blieb er auf der Schwelle stehen. Er hatte die Tür bestimmt ordentlich zugezogen. Auf diese Dinge legte er großen Wert.

Natürlich. Das Zimmermädchen! Sie musste die Tür aufgeschlossen haben.

Robert blickte sich um. Das Zimmermädchen und ihr Karren waren plötzlich verschwunden. Es wurde immer seltsamer. Er schob vorsichtig die Tür auf, knipste das Licht an – und schrak zusammen.

Das Zimmer war ein Trümmerfeld. Sämtliche Schubladen waren herausgerissen und ausgekippt worden. Der Inhalt seiner Tasche war überall verstreut. Die Nähte seines grauen Anzugs waren aufgetrennt. Seine Disketten lagen auf dem Bett, manche verbogen oder zerbrochen.

Gütiger Himmel!

Im Bad sah es nicht viel besser aus. Es stank nach Eau de Cologne. Die Scherben der grünen Flasche lagen über den Boden verstreut.

Er legte seinen Computerkoffer aufs Bett und schaute in die Schränke. Dann knallte er die Zimmertür zu und schloss ab. Sein Herz klopfte vor Angst.

Das Telefon läutete. MacCabe zuckte zusammen und nahm sofort ab, hörte aber nur ein Rauschen in der Leitung. Dann wurde langsam eingehängt. Als er auflegte, klingelte es sofort wieder.

Noch einmal vergingen etwa fünfzehn Sekunden, bevor die Verbindung abgebrochen wurde, ohne dass ein Wort gefallen war.

Robert MacCabe spürte kalten Schweiß auf dem Rücken. Er hatte das Gefühl, ihn beobachtete jemand, und zwar mit bösen Absichten. Nun wussten die Leute, die sein Zimmer durchsucht hatten, dass er zurückgekehrt war.

Er hatte keine Zeit, die Hoteldetektive zu alarmieren. Er rollte seine Reisetasche zum Bett und stopfte so schnell wie möglich seine Sachen hinein. Was sollte er tun, wenn jemand an die Tür klopfte? Es gab keinen anderen Ausgang. Und er befand sich im zweiunddreißigsten Stock.

Wieder klingelte das Telefon. Jedes Läuten klang wie eine finstere Drohung.

Der graue Anzug war vollkommen ruiniert und er beschloss ihn zurückzulassen. Als Letztes warf er seinen Rasierapparat in die Tasche und kniete sich darauf, bis er den Reißverschluss schließen konnte.

Während er zur Tür eilte, läutete das Telefon unablässig weiter.

Er spähte durch den Spion und betrachtete das verzerrte Abbild des Flurs auf der anderen Seite der Zimmertür: Niemand zu sehen.

Robert riss die Tür auf und trat, die Tasche in der einen, den Computerkoffer in der anderen Hand, auf den Korridor. Er fühlte sich wie ein Kind in einem Geisterhaus, solche Angst hatte er nun. Er rannte mit seinem Gepäck auf die etwa dreißig Meter entfernten Aufzüge zu. Das Telefon in Zimmer 3205 klingelte noch immer.

Endlich war er bei den Aufzügen und schlug auf den ABWÄRTS-Knopf. Während er wartete, sah er sich im Flur um: Ein kleiner Tisch, zwei Sessel, eine Topfpflanze und eine Plastiktüte, die jemand an die Wand gelehnt hatte – die Tüte mit dem Mercedesemblem, die er vor zehn Minuten in der Hand des großen Mannes gesehen hatte. Offenbar war er zurückgekommen – oder gar nicht erst fortgegangen. *Wahrscheinlich hat er auch mein Zimmer verwüstet.* Robert wurde immer mehr von Panik ergriffen.

Die Aufzüge waren alle unterwegs, doch ein paar Meter weiter sah Robert den Eingang zum Treppenhaus. Er rannte hin, riss die Tür auf, zerrte sein Gepäck über die Schwelle und eilte die Treppe hinunter. Zu seiner Erleichterung fiel die schwere Brandschutztür hinter ihm krachend ins Schloss.

Schon im neunundzwanzigsten Stock musste er stehen bleiben, um Luft zu schnappen, so stickig war es in dem Treppenhaus. Es stank nach Knoblauch und staubigem Muff, typisch für selten benutzte Räumlichkeiten. Er beschloss, es noch einmal mit dem Aufzug zu versuchen.

Er drehte am Türknauf, doch die Tür gab nicht nach, so heftig er auch daran rüttelte.

Von oben hörte er nun, wie eine Brandschutztür geöffnet wurde, und dann schwere Schritte auf der Treppe.

Robert zerrte verzweifelt an der Tür und presste das Gesicht gegen das kleine Drahtglasfenster, doch so sehr er sich auch anstrengte, die Tür ließ sich nicht öffnen. Der Flur dahinter war menschenleer.

Die Schritte näherten sich mit bedrohlicher Ruhe. Offenbar wusste sein Verfolger, dass die Beute ihm nicht entrinnen konnte.

So leise wie möglich ging Robert ein Stockwerk tiefer, doch auch dort war die Tür verschlossen. Auf einem Schild las er nun, dass der nächste Ausgang in Parterre zu finden war.

Robert lehnte sich an die Wand und versuchte nachzudenken. *Beruhige dich, verdammt! Woher willst du wissen, dass, wer immer da die Treppe herunterkommt, hinter dir her ist?*

Doch dann dachte er wieder an das verwüstete Hotelzimmer und das läutende Telefon und die Frage beantwortete sich von selbst.

Also nahm er sein Gepäck und eilte auf Zehenspitzen die Treppe hinunter. Die Schritte oben wurden ebenfalls schneller.

Robert klopfte das Herz bis zum Hals. Er stolperte und schlitterte über den Treppenabsatz im zweiundzwanzigsten Stock und plötzlich wurde die Brandschutztür vor ihm aufgestoßen. Er wurde umgeworfen und seine Tasche knallte gegen die Wand.

»Oh! Entschuldigung!« Eine Frauenstimme hallte durch den Nebel der Todesangst. Zwei junge Mädchen hielten die Tür auf und waren sich offenbar nicht schlüssig, was sie mit dem verängstigten Mann machen sollten, der da vor ihnen lag.

Robert rappelte sich auf, packte seine Tasche und rannte an den verblüfften Teenagern vorbei in den Flur, auf die Aufzüge zu.

»Alles in Ordnung, Sir?«, rief ihm eines der Mädchen nach, während er den ABWÄRTS-Knopf drückte.

»Ja, alles in Ordnung«, rief er. »Aber passt auf, dass niemand durch diese Tür kommt.«

»Ich verstehe nicht«, sagte das Mädchen.

Die Aufzugglocke läutete. In einer Sekunde würden sich die Türen öffnen und bald würde sein Verfolger vor der verschlossenen Brandschutztür stehen.

»Lasst niemanden durch diese Tür, okay«, bat er die Mädchen noch einmal. »Öffnet sie auf keinen Fall«. Ihre verdatterten Mienen versprachen jedoch nichts Gutes.

Endlich öffneten sich die Aufzugtüren. Die Kabine war leer. Robert sprang hinein und drückte mehrmals auf HALLE und TÜR ZU, doch die Türen blieben offen.

Und dann hörte er, wie die Brandschutztür aufging. Eine Männerstimme übertönte die erstaunten Fragen der Mädchen.

Als die Aufzugtüren schließlich in Bewegung kamen, näherten sich schon schwere Schritte. Robert drückte sich in eine Ecke des Aufzugs. Die Schritte wurden schneller und eine Männerhand schob sich durch den Spalt, den die Tür noch offen war. Es war jedoch zu spät und die Hand wurde zurückgezogen.

Das Pochen in Robert MacCabes Kopf war lauter als das Surren des Liftantriebs. Er stellte den Computer auf die Reisetasche und klappte den Tragegriff aus. Wenn er es schaffte, diesen panischen Gesichtsausdruck loszuwerden und wie ein normaler Gast durch die Vorhalle zu schlendern, konnte er vielleicht in den Menschenmassen untertauchen und zu einem Taxi durchkommen.

Die Vorhalle! Bestimmt warten die da schon auf mich.

Er drückte also auf ZWISCHENGESCHOSS, gerade noch rechtzeitig, um den Aufzug eine Etage über der Eingangshalle anzuhalten. Die Türen öffneten sich und er stieg aus. Vom Zwischengeschoss aus hatte er die Eingangshalle gut im Blick. Sofort bemerkte er zwei Männer in dunklen Anzügen, die, zwei Stufen auf einmal, die Rolltreppe hinaufliefen. Beide waren mit Sprechfunkgeräten ausgerüstet.

Robert stürmte einen Flur hinunter, durch eine Flügeltür, in den Servicebereich hinter dem Kongresssaal. Der Raum war voller Leute, aber niemand achtete auf ihn. Er rannte durch die nächste Tür in die Hotelwäscherei, auf eine enge Treppe zu. Niemand hielt ihn auf.

Und dann stand er plötzlich auf einer dunklen, feuchten Seitengasse hinter dem Hotel und hörte erleichtert, wie die schwere Stahltür hinter ihm zufiel.

Er lief die Seitengasse hinunter zur Hauptstraße. Dort mischte er sich unter die Leute und ließ sich von der Masse treiben, bis er bemerkte, dass er sich dem Haupteingang des Hotels näherte.

Eine Gruppe von Hotelgästen strömte fröhlich plaudernd auf wartende Busse zu. Fast jeder, den er sah, hatte eine Plastiktüte bei sich – eine Tüte mit dem Mercedesstern.

Robert blieb wie angewurzelt stehen und schüttelte den Kopf. Die Mercedes-Tüte, die er im zweiunddreißigsten Stock gesehen hatte, hätte also jedem gehören können.

Hatte er grundlos die Flucht ergriffen?

Doch was war mit dem Verfolger im Treppenhaus? Er war durch eine verriegelte Brandschutztür gekommen ...

Mein Gott! Natürlich!, dachte Robert erschrocken. Er hatte einen Schlüssel, weil er zur Hotelpolizei gehört! Wahrscheinlich habe ich einen Alarm ausgelöst, als ich die Tür öffnete.

Er kam sich reichlich albern vor. Er holte tief Luft und ging mit zitternden Knien auf den Haupteingang zu. Es gab also keine Verfolger. Er hatte sich von seiner Fantasie mitreißen lassen und einen gewöhnlichen Einbruch mit Terrorismus, Flugzeugabstürzen vor Kuba oder einem möglicherweise belauschten Gespräch mit einer FBI-Agentin in Verbindung gebracht.

Die Düfte Hongkongs erweckten seine Sinne wieder zum Leben. Ein kräftiger Fischgeruch und der Gestank von Müll mischten sich mit dem köstlichen Aroma aus einem Steakhaus. Es hatte geregnet und auf der Straße spiegelten sich die bunten Neonreklamen.

Er schaute zum Hoteleingang, dann auf seine Uhr. Er würde sich beeilen müssen, wenn er den Einbruch noch anzeigen wollte. Auschecken konnte er auch telefonisch. Die Zeit reichte kaum noch, um sich ein Taxi zu besorgen.

Am Taxistand vor dem Hotel herrschte ein unglaubliches Gedränge. Robert musste sich gegen einen Strom ankommender Kongressbesucher schieben. Zwei Männer, einer rechts und einer links von ihm, ließen sich jedoch nicht beiseite stoßen. Sie klemmten ihn ein und drängten ihn vom Haupteingang ab.

Robert blieb stehen, um die beiden Männer vorbeizulassen, doch sie blieben an seiner Seite.

Im selben Moment spürte Robert, wie ihm etwas Hartes in die Rippen gedrückt wurde.

»Das ist eine Pistole«, flüsterte der eine Mann.

»Was ... was wollen Sie?«, stammelte Robert.

»Weitergehen. Schauen Sie geradeaus.«

Robert versuchte, sich zu befreien, aber zwei kräftige Hände packten seine Arme und die Tasche wurde ihm aus der Hand gerissen. Dann hörte er wieder die Stimme. »Ich habe auch einen Schalldämpfer, Mr MacCabe.«

Amerikanischer Akzent, registrierte Robert, und seine Angst wurde noch größer.

»Die Waffe ist genau auf Ihr Rückgrat gerichtet. Noch ein Fluchtversuch und Sie werden ein kleines Ping hören, wenn die Kugel Ihnen das Rückenmark durchtrennt. Wir verschwinden dann einfach und Sie sitzen für den Rest Ihres Lebens im Rollstuhl.«

»Schon gut, schon gut. Wer sind Sie?«

Der Lauf wurde fester in seine Seite gestoßen. Robert zuckte vor Schmerz zusammen. »Maul halten«, zischte die Stimme.

»Hören Sie, ich werde nicht . . .«

»MAUL HALTEN, HABE ICH GESAGT!«

Sie gingen auf eine schwarze Limousine zu, die am Straßenrand parkte. Der kräftige Mann, den er im zweiunddreißigsten Stock gesehen hatte, stieg aus und öffnete die rechte Hintertür.

»Wo ist sein Gepäck?«, fragte er.

»Alles hier«, erwiderte der Mann mit der Pistole. Der andere ließ Robert los und ging auf die andere Seite des Wagens.

Robert hatte das Gefühl, alles in Zeitlupe zu erleben. Ganz gleich, wer diese Männer waren, wenn er in diesen Wagen stieg, war es aus mit ihm. Ihm blieben nur noch ein paar Sekunden. Wenn er handeln wollte. Doch was sollte er tun?

Der Gorilla vom 32. Stock glitt auf den Beifahrersitz. Nun konnte nur noch der Pistolenschütze Robert an der Flucht hindern. Robert wandte sich nach rechts und sah ihn an.

»Sie haben doch meinen Computer mitgenommen?«

Der Mann grinste böse. Offenbar war ihm gleichgültig, ob Robert sein Gesicht sehen konnte oder nicht. Er hatte also nicht vor, seinen Gefangenen lange genug am Leben zu lassen, dass er der Polizei eine Personenbeschreibung liefern konnte. Das Todesurteil war schon gefällt.

»Nett, dass Sie danach fragen, MacCabe. Ein Jammer, dass Sie ihn nicht im Zimmer gelassen hatten.« Er hielt den Computerkoffer mit der linken Hand hoch. Dabei senkte sich seine rechte Hand, die die Pistole hielt, sodass Robert den Lauf sehen konnte.

Kein Schalldämpfer.

Robert MacCabe legte seinen ganzen Lebenswillen in den Tritt, den er nun wagte, und er zielte gut. Seine Schuhspitze traf den Mann mit solcher Gewalt im Unterleib, dass er in die Luft gehoben wurde. Er schrie auf und ein Schuss löste sich, als dem Mann die Pistole aus der Hand fiel. Leute zuckten zusammen und drehten sich nach ihnen um.

Die Wucht seines Tritts hatte Robert rückwärts gegen den Wagen taumeln lassen, doch nun hechtete er vor, um seinen Computerkoffer aufzufangen, den der Mann fallen gelassen hatte. Er erwischte den Koffer im Flug, rollte sich ab und sprang gleich wieder auf. Dann rannte er buchstäblich um sein Leben, am Hoteleingang vorbei und Haken schlagend, unter Hupen und Reifenquietschen, über die belebte Straße. Nach etwa dreißig Metern bog er schlitternd in eine Seitengasse ein, rannte einen Stapel Pappkartons um und fand sich zwischen Marktständen wieder, wo ihn die Menschen erstaunt angafften.

Hinter sich hörte er schnelle Schritte und Rufe, doch die Überraschung war – wenigstens für den Augenblick – noch auf seiner Seite. Und wenigstens wusste er nun, dass er keine Gespenster sah. Jemand wollte ihm tatsächlich ans Leder.

Die mit Waren voll gepackten Karren und Tische vor den kleinen Läden waren wie ein Hindernisparcours. Unter den bunten Markisen drangen alle möglichen Klänge hervor, von asiatischem Rap bis zu den Beatles, und Robert stiegen die verschiedensten Essensdüfte in die Nase. Er spähte in jede Tür und hielt nach einem Hinterausgang Ausschau, denn er wusste, dass die Killer ihm dicht auf den Fersen waren oder am Ende der Gasse auf ihn warteten – oder beides.

Er musste verschwinden, und zwar schnell.

Er duckte sich zwischen Stoffballen und rannte in einen Laden. Am Ende des Verkaufsraums riss er einen Perlenvorhang auf und stand plötzlich vor einem verdutzten Paar, das dort beim Abendessen saß.

Der Mann sprang auf und schien mit seinen Essstäbchen auf Robert losgehen zu wollen.

»Tut mir Leid, wenn ich beim Essen störe«, keuchte Robert. »Wo ist der Hinterausgang?«

»Was?«

»Der Hinterausgang! Haben Sie einen Hinterausgang?«

»Warum?«, fragte der alte Mann argwöhnisch. Er bedrohte Robert weiter mit seinen Essstäbchen.

»Weil jemand hinter mir her ist. Nicht die Polizei oder die Armee, sondern jemand, der mich umbringen will.

»Jetzt gleich?«

»Wie bitte?«

»Ist sie hinter ihnen her?«

»Ja«, antwortete Robert verwirrt.

Die Miene des alten Mannes erhellte sich. »Ich verstehe. Kommen Sie hier entlang!«

Er schob einen weiteren Perlenvorhang beiseite und hielt Robert die niedrige Tür auf, die dahinter verborgen war. Als Robert vorbeigehen wollte, hielt der Chinese ihn am Arm fest und flüsterte aufgeregt: »Zwei Blocks weiter in diese Richtung ist ein Einkaufszentrum. Gehen Sie dort ins Untergeschoss, in das Kino dort. Kaufen Sie sich eine Eintrittskart und schleichen Sie sich durch den Hintereingang neben der Leinwand wieder hinaus. Dann kommen Sie ganz woanders wieder auf der Straße raus. Großes Geheimnis. Klappt immer.«

Robert hielt inne und sah den Mann fragend an. »Passiert so etwas hier öfter?«

Der Mann schüttelte den Kopf. »Nein, nein, aber so entkomme ich, wenn meine Frau hinter mir her ist.« Er grinste und zeigte Robert seine schlechten Zähne. »Sie jagt mich manchmal schreiend und zeternd durch die Straßen. Das ist Familientradition. Unsere Freunde lachen sich tot.«

»Ehrlich?«

»Ja, ja, es ist nur ein Spiel, aber wenn diese Frau wütend wird, bekommt man es mit der Angst zu tun.«

»Frauen«, lächelte Robert.

Der alte Mann nickte und äffte Roberts Zahnpastalächeln nach. »Frauen.«

Das Kino war ziemlich neu. Robert ließ sich von der Menge in den Saal schieben und fand bald den Hinterausgang, den der alte Mann ihm beschrieben hatte. Ein langer unterirdischer Tunnel führte zu einer Treppe, die wie versprochen auf einer anderen Straße endete.

Robert sprang in ein Taxi, nannte dem Fahrer Katherine Bronskys Hotel und duckte sich tief in den Sitz.

»Nur zum Hotel?«, fragte der Fahrer. Offenbar war er nicht sicher, überlegte, ob dieser schwitzende Amerikaner eine so kurze Tour wert war.

»Und dann zu einem Restaurant und anschließend zum Flughafen«, beruhigte ihn Robert. »Viele Meilen, viel Trinkgeld und keine Fragen mehr.«

Der Fahrer nickte und raste los.

4

HONGKONG, CHINA
12. NOVEMBER — TAG EINS
22:10 ORTSZEIT / 1410 ZULU

Kat Bronsky stand vor dem überdachten Hoteleingang in einer Wolke von Auspuffgasen. Sie sah verärgert auf ihre Uhr.
Das war's dann wohl. Man hat mich versetzt.
Sie hatte eigentlich nicht vorgehabt, in denselben Kleidern nach Los Angeles zu fliegen oder früher auszuchecken. Und nun hatte sie kein Zimmer mehr und stand mit ihrem Gepäck vor dem Hotel. Sie konnte es wieder hineinschleppen und in einem der Hotelrestaurants essen oder allein ein Taxi zum Flughafen nehmen. Die zweite Alternative gefiel ihr besser.
Wenn ich MacCabe im Flugzeug treffe, kann er sich auf etwas gefasst machen.
Kat machte den farbenfroh uniformierten Portier auf sich aufmerksam und gab ihm zu verstehen, das sie ein Taxi brauchte. Routiniert pfiff er eines herbei, hielt ihr die Tür auf und wies einen Pagen an, ihre beiden Taschen einzuladen. Kat saß schon fast im Wagen, als ein anderes Taxi mit quietschenden Reifen heranraste und hinter ihr anhielt. Eine Tür wurde aufgerissen und der verschollene Journalist sprang aus dem Wagen. Ihr fiel sofort sein verängstigter Blick auf.
»Ich . . . es tut mir Leid, dass ich so spät komme. Es ist etwas passiert.«
»Sieht ganz so aus«, erwiderte sie. Dann stieg sie ebenfalls aus ihrem Taxi und baute sich vor ihm auf. Er war außer Atem, seltsam für jemanden, der nur eine Taxifahrt hinter sich hatte. »Sie haben fünfundvierzig Minuten gesagt«, erinnerte ihn Kat.
»Ich kann Ihnen alles erklären, aber nicht hier draußen.« Er sah sich besorgt um. »Wir müssen so schnell wie möglich weg.«
Sie luden ihr Gepäck in sein Taxi um. Kat nahm neben ihm auf

dem Rücksitz Platz und schaffte es kaum, die Tür zu schließen, bevor der Fahrer davonsauste.

»Und wo essen wir jetzt zu Abend?«, fragte sie Robert.

»Äh ... Zuerst bewundern wir den Blick über den Hafen. Ich kenne ein hübsches Plätzchen.«

Sie schüttelte den Kopf. »Ich folge fremden Journalisten gewöhnlich nicht gleich zu ihren Lieblingsplätzchen, nicht einmal an einem Abend wie diesem.«

Er reagierte nicht auf ihre Bemerkung und schaute durch die Rückscheibe. »Ich glaube, es ist alles in Ordnung«, stellte er leise fest. »Es scheint uns niemand zu folgen.«

Sie rüttelte ihn am Arm. »Hallo! Erde an Robert MacCabe! Was wird hier gespielt? Warum sind Sie so verstört?«

Er fuhr sich mit der Zunge über die Lippen und schaute sich noch einmal um. Erst dann machte er es sich in seinem Sitz bequem und berichtete ihr, was in der letzten Stunde vorgefallen war.

»Meine Güte!«, konnte sie nur sagen. »Was wollten diese Männer denn von Ihnen?«

»Das haben sie mir nicht verraten. Aber es kann nichts anderes sein als ... die Informationen, die ich Ihnen gegenüber erwähnt habe.«

Kat nickte. Sie fuhren an dem Aussichtspunkt vor. »Okay, wir sind da. Und nun erzählen Sie mir alles.«

Robert zuckte zusammen. »Verdammt! Sie haben meinen Koffer.«

»War was Wichtiges drin?«

Er schüttelte den Kopf. »Hauptsache, ich habe meinen Computer noch.« Robert drückte dem Fahrer ein paar Geldscheine in die Hand und bat ihn, den Motor abzustellen und zu warten. »Wenn jemand kommt, sagen Sie einfach, dass Sie den schönen Abend genießen. Keine anderen Fahrgäste, okay?«

»Okay.«

Kat folgte Robert MacCabe auf eine Baumgruppe abseits des Weges zu. Die Lichter der Stadt waren wie ein funkelnder, ferner Teppich. Die frische Brise trug den typischen Geruch einer geschäftigen Hafenstadt.

»Da.« Er führte sie auf eine kleine Lichtung zwischen hohen Büschen, immer noch hell im diffusen Schein der Großstadt. »Möchten Sie sich ins Gras setzen?«

»In diesem Kostüm?« Sie lachte und untersuchte eine Betonbank, bevor sie sich darauf niederließ. »Das sollte gehen. Ich glaube, sie ist sauber.«

Er setzte sich neben sie, legte den Arm auf die Rückenlehne der Bank und sah sie an. Seine Miene war ernst und angespannt. Er wartete, bis das Geräusch einer soeben gestarteten 747 verklungen war, die mit blinkenden Lichtern gemächlich in den Himmel stieg.

»Agent Bronsky, ich glaube . . .«

»Augenblick«, fiel sie ihm ins Wort. »Nennen Sie mich Kat, einverstanden? Agent Bronsky erinnert mich zu sehr an meinen Vater.«

»Ach, ja?«

»Mein Vater war auch beim FBI«, erklärte sie. »Er starb als stellvertretender Direktor. Entschuldigen Sie, dass ich Sie unterbrochen habe.

Er zuckte die Achseln. »Ich wollte unter vier Augen mit Ihnen sprechen, weil es meiner Ansicht nach Beweise dafür gibt, dass der Absturz der MD-11 über kubanischen Gewässern auf einen Terroranschlag zurückzuführen ist.«

Sie nickte ernst. »Ihrer Ansicht nach gibt es Beweise? Das ist eine seltsame Art, es auszudrücken. Was für Beweise?«

»Ich weiß es noch nicht mit Sicherheit«, entgegnete er.

Sie zog die Brauen hoch. »Was soll das heißen?«

»Das werde ich Ihnen erklären.«

»Ich bitte darum«, nickte Kat. »Warum tippen Sie auf einen Terrorakt und nicht auf technisches Versagen oder eine kubanische Rakete?«

»Weil in der letzten Stunde mein Leben bedroht wurde, Kat, vielleicht deshalb, weil ich mit Ihnen geredet habe, und ganz bestimmt wegen eines Zwischenfalls, der sich vor einigen Tagen in Washington ereignet hat. Meiner Meinung nach machen sich unsere Geheimdienste wegen einer Angelegenheit Sorgen, die sie nicht beeinflussen können und die sie deshalb lieber unter den Teppich kehren würden.«

Sie unterbrach ihn mit einer Handbewegung. »Mal langsam,

noch einmal von vorne. Sie sagten, jemand habe Ihnen eine Information gegeben. Ist das der Beweis, den Sie meinen?«

»Ja und nein. Die Information kommt von Walter Carnegie von der Luftfahrtbehörde, einem Freund seit zwanzig Jahren. Damals ging er als Terrorismusexperte zum militärischen Abschirmdienst und ich als Volontär nach Washington. Nach fünfzehn Jahren beim Abschirmdienst und bei der CIA hat er dann zur Luftfahrtbehörde gewechselt, um dort Strategien zur Terrorbekämpfung zu entwickeln.

»Und was hat er Ihnen gegeben?«

»Nichts«, erwiderte Robert. »Er hat mir etwas gesagt.«

»Was?«

»Einen Monat nach dem Absturz der SeaAir-Maschine unweit von Kuba rief er mich eines Nachmittags total verängstigt von einer Telefonzelle aus an. Er sagte, er sei über etwas gestolpert, das mit dem Absturz in Zusammenhang stünde, etwas sehr Beunruhigendes.«

»Hat er Ihnen verraten, worum es genau ging?«

»Keine Einzelheiten oder Fakten. Er erzählte mir, er habe Fragen zum Thema SeaAir gestellt und damit offenbar in ein Wespennest gestochen. Denn er sei von ein paar Schlägern in einer U-Bahn-Station bedroht worden. Zuerst hielt er sie für Leute von der CIA. Doch als er mich anrief, war er nicht mehr so sicher. Er meinte, so etwas sei ihm noch nie passiert.«

»Was hatte er in der Hand, Robert? Woran arbeitete er? Wie war er an der Sache beteiligt? Sie sagten, er habe Fragen gestellt . . .«

»Im Auftrag der Luftfahrtbehörde in seiner offiziellen Rolle als Terrorismusexperte. Nach Wallys Worten waren die Geheimdienste wegen SeaAir völlig aus dem Häuschen.«

»Das erwähnten Sie bereits.«

»Lassen Sie mich ausreden. Er sagte, die Dienste hätten jegliche Mitarbeit verweigert. Der Absturz sei das Werk einer neuen, perfekt ausgerüsteten Terrorbande, über die weder CIA noch militärischer Abschirmdienst Informationen hätten. Die Behörden tappten völlig im Dunkeln und wollten es nicht zugeben.«

»Und weiter?«

»Wally meinte auch, die Fluggesellschaften hätten den Präsidenten unter Druck gesetzt, er solle öffentlich erklären, es wäre bestimmt kein Terroranschlag gewesen. Hat man dem FBI ebenfalls Druck gemacht?«

»Erzählen Sie mir mehr über Carnegie«, wich Kat der Frage aus.

»Wally sagte, er habe wasserdichte Beweise und er hätte Angst. Mehr wollte er mir nicht verraten. Er bat mich um ein vertrauliches Treffen, und wir verabredeten Uhrzeit und Ort. Er wollte mir unbedingt berichten, was er rausgekriegt hatte, bevor es zu spät wäre.«

»Was meinte er damit wohl?«

»Ich wünschte, das wüsste ich. Ich fragte ihn, ob er mir eine Kopie des Berichts zukommen lassen könnte, und er erwiderte, die Akte sei weggeschlossen. Er wiederholte das sogar.«

»Weggeschlossen?«, wunderte sie sich.

»Ja.« Robert hinderte sie mit einer Handbewegung am Weitersprechen.

»Ist Walter Carnegie glaubwürdig?«

»Absolut, obwohl er manchmal Verschwörungen witterte, wo keine waren.«

»Er hat Ihnen also nicht erklärt, um was für Beweise es sich handelt? Nichts Genaueres? Hat er Ihnen gesagt, welche Ziele diese angebliche Terrorgruppe verfolgt? Es ergibt keinen Sinn, ein Flugzeug zu sprengen, wenn man damit nichts erreichen will. Selbst Flugzeugentführer haben Ziele.«

»Keine Ahnung. Jedenfalls ist er nicht zu unserem Treffen erschienen. Den ganzen Tag lang und auch am nächsten konnte ich ihn weder telefonisch noch sonst irgendwie erreichen. Ich bin sogar zu ihm nach Hause gefahren. Er war nicht da. Einen Tag später musste ich dann nach Hongkong fliegen.«

»Haben Sie ihn von hier aus noch einmal angerufen?«, erkundigte sich Kat. Sie bemerkte seinen traurigen Blick.

»Kat, Walter Carnegie ist tot.«

Sie verschränkte die Arme und sah ihn an. »Wie ist er gestorben?«

»Selbstmord. Das hat mir seine Sekretärin gesagt.«

»Und Sie zweifeln daran?«

Er nickte. »Eher würde der Papst Selbstmord begehen.«

»Hat er was Schriftliches hinterlassen?«, fragte sie. »Aber das können Sie selbstverständlich nicht wissen. Sie waren ja noch nicht zu Hause.«

»Es ist erst heute Morgen geschehen. Seitdem grüble ich darüber nach. Warum sollte jemand Wally ermorden, wenn nicht in der Absicht, die Informationen, die er besaß, zu unterdrücken oder die Beweise zu beseitigen? Er glaubte, Terroristen seien für den Absturz verantwortlich. Die Gruppe sei neu, unbekannt und sehr stark. Drei Tage später ist er tot. Das sind meiner Ansicht nach zu viele Zufälle auf einmal, und dabei habe ich noch gar nicht zu recherchieren angefangen.

Kat kaute an ihrem Zeigefinger und erinnerte sich an ihr nachmittägliches Gespräch mit Jake Rhoades. Auch er hatte das Wort Angst benützt, um den Gemütszustand der Behörde zu beschreiben. Aber es war dennoch gefährlich, MacCabe reinen Wein einzuschenken, schließlich war er Reporter bei einer bedeutenden Zeitung...

Unvermittelt schaute sie ihn wieder an. »Sie müssen mir feierlich schwören, absolutes Stillschweigen zu bewahren, einverstanden?«, sagte sie, während sie einem weitern Jumbojet nachblickte. Selbst für eine Privatpilotin wie sie war der kehlige Klang seiner Triebwerke unwiderstehlich.

Er zog die Augenbrauen hoch. »Natürlich. Ich schwöre. Wissen Sie denn etwas?«

Kat schüttelte den Kopf. »Wahrscheinlich nicht. Doch mit seiner Vermutung, dass unsere Behörde nach einer anderen Erklärung sucht – nicht Kuba oder Terroristen – hatte er Recht.«

Das stimmt also.«

»Aber bis jetzt haben wir nicht einmal eine greifbare Theorie, geschweige denn Kenntnis von einer bestimmten Terrorbande, die ein Interesse daran gehabt haben könnte, die MD-11 abzuschießen. Außerdem haben wir keine Ahnung, was diese so genannten Beweise sein könnten.« Sie schlug nach einem Moskito, dem ersten, der sich bis jetzt an sie herangemacht hatte.

»Doch man will Sie zwingen, es nicht als Terrorismus zu bezeichnen?«

»Das habe ich nie behauptet, Robert. Nicht offiziell. Ich habe nichts dergleichen gesagt«, erwiderte sie zögernd. »Unser Gespräch hat nie stattgefunden, und wenn ich es mir genauer überlege, bin ich eigentlich gar nicht hier.«

»Schon gut, schon gut, Kat, aber das hilft uns leider nicht weiter. Mein Freund ist tot, und ich bin felsenfest überzeugt, dass er ermordet wurde, besonders da ich nun selbst überfallen worden bin. Wenn diese Typen vor dem Hotel mich in ihren Wagen bekommen hätten, wäre ich vermutlich nicht mehr am Leben.« Er starrte sie an. »Oder sind Sie da andererer Ansicht? Halten Sie mich für paranoid?«

Sie schüttelte den Kopf. »Wenn man unter Verfolgungswahn leidet, bedeutet das nicht zwangsläufig, dass man nicht wirklich verfolgt wird. Nein«, seufzte sie, bevor sie fortfuhr: »Nach dem, was Sie mir soeben erzählt haben, besteht tatsächlich die Möglichkeit, dass man Sie umbringen wollte. Ein Profi, dem es gleichgültig ist, ob sein Opfer sein Gesicht sieht, rechnet nicht damit, sich später mit einem Zeugen herumärgern zu müssen.«

Robert MacCabe schluckte. »O Gott. Mir ist gerade eingefallen, dass diese Leute bestimmt wissen, welchen Flug ich heute Abend nehme. Schließlich kannten sie auch mein Hotel. Vielleicht warten sie schon am Flughafen.« Er blickte sie an. »Und Sie schweben möglicherweise ebenfalls in Gefahr.«

Sie stand auf und ging vor der Bank auf und ab. »Das ist Wahnsinn, Robert. Und Sie haben wirklich nicht mehr Informationen als das, was Sie mir eben erzählt haben?«

Er nickte.

»Nun, abgesehen von unserem Verdacht, dass zwischen Carnegies Tod und der versuchten Entführung vor Ihrem Hotel ein Zusammenhang besteht, haben wir es nur mit Andeutungen und Mutmaßungen zu tun.« Sie schaute zu den Lichtern des Hafens hinunter. »Tut mir Leid, aber das reicht nicht einmal für eine Untersuchung, ob eine Untersuchung angebracht wäre.«

»Was soll das heißen?«

Sie wirbelte herum. »Hören Sie, wir wissen nicht, ob Walter Carnegie, was den Absturz der SeaAir betrifft, keine Gespenster gesehen hat. Sie haben selbst gesagt, dass er hinter jeder Ecke eine Verschwörung witterte. Und im Augenblick ist nicht einmal sicher, ob er wirklich ermordet worden ist.«

»Und wer waren die Typen, die mein Zimmer verwüstet haben und mich umbringen wollten?«

»Auch darauf haben wir keine Antwort. Haben Sie Feinde?«

»Wahrscheinlich eine ganze Menge, aber bis heute hat mir noch nie jemand eine Pistole in die Rippen gedrückt.«

Kat lief wieder auf und ab und strich ihr vom Wind zerzaustes Haar zurück. »Angenommen es gibt wirklich eine neue Terrorbande, die weiß, dass Carnegie mit Ihnen geredet hat. Wenn diese Leute erfahren haben, dass Carnegie über Beweise oder Informationen verfügte, dann haben sie sicher auch Mittel und Wege herauszukriegen, dass das Treffen zwischen Wally und Ihnen nie stattgefunden hat. Daraus folgt wiederum, dass Sie die gefährlichen Informationen nicht erhalten haben können. Und das bedeutet, dass Sie keine Bedrohung für diese Gruppe darstellen.« Sie blickte MacCabe an, und eine Weile herrschte verlegenes Schweigen. »Und Sie haben wirklich keine Informationen?«

»Nichts! Keine Briefe, keine Anrufe, keine Disketten.«

»Warum hätte man Sie dann bis nach Hongkong verfolgt?«

»Vielleicht wissen diese Leute, dass er mir etwas geschickt hat, von dem ich jedoch nichts ahne, weil es noch nicht angekommen ist. Einer der Typen meinte, sie hätten meinen Computer gesucht. Möglicherweise hofften sie, etwas auf der Festplatte zu finden.«

Kat nickte geistesabwesend und betrachtete die hell erleuchtete Stadt. »Das heißt, eine Diskette oder etwas, das Sie über das Modem heruntergeladen haben.« Sie schaute ihn an. »Aber Ihren Computer haben Sie doch gerettet, bevor die Entführer ihn einschalten konnten.«

»Ja, er liegt wohlbehalten im . . .« Er zeigte zum Parkplatz.

Er sprang auf und sie rannnten beide zum Taxi zurück.

Der Wagen stand noch an Ort und Stelle. Scheinwerfer und Motor waren ausgeschaltet. Durch ein Seitenfenster sahen sie die zusammengesackte Gestalt des Fahrers.

»Oh, mein Gott!«, rief Kat aus. Sie sahen sich in alle Richtungen um und gingen zur Fahrerseite. Als Kat den Taxifahrer am Arm berührte, rechnete sie mit Blut.

Der Mann stieß einen Schrei aus und war sofort hellwach.

»Entschuldigen Sie«, meinte Kat. »Sie hingen so in Ihrem Sitz, dass ich dachte, Sie wären verletzt.«

»Tut mir Leid. Ich war eingeschlafen.«

»Noch fünf Minuten, einverstanden?«, fragte Kat.

»Okay.«

»Robert, möchten Sie Ihren Computer mitnehmen?«

Er griff in den Wagen, holte den Koffer heraus und folgte ihr die zwölf Meter zum Rand des Aussichtsgeländes. Zu seiner Überraschung holte sie ein Satellitentelefon aus der Tasche und zog die Antenne aus. Dann zeigte sie Robert eine Visitenkarte.

»Ich habe heute den Sicherheitschef des Chek-Lap-Kok-Flughafens in Hongkong kennen gelernt«, erklärte sie. »Sehen wir mal, was wir gegen Ihre Ängste machen können.«

Nachdem sie einige Male weiterverbunden worden war, hatte sie den Sicherheitschef persönlich in der Leitung. Nach einem kurzen Gespräch dankte sie ihm und schaltete das Telefon ab.

Wir treffen ein paar Kilometer vor dem Terminal ein Sicherheitsteam und werden direkt zum Flugzeug gebracht. Falls uns jemand auflauert, wird er uns nicht bemerken. Mr Li ist so nett, sich darum zu kümmern, dass Zollformalitäten an Bord erledigt werden können. Und sie erhöhen für diesen Flug die Sicherheitsvorkehrungen.«

Robert atmete auf. »Wunderbar. Vielen Dank.«

»Nichts zu danken, schließlich werde auch ich an Bord sein. Fliegen Sie von Los Angeles direkt nach Washington?«

»Ja«, erwiderte er.

Kat biss sich auf die Unterlippe, bevor sie weitersprach. »Eigentlich wollte ich mir einen Tag am Newport Beach die Sonne auf den Pelz brennen lassen, aber vielleicht werde ich Sie begleiten. Ich bin nicht sicher, ob wir genug in der Hand haben, doch wenn Sie einverstanden sind, sprechen wir mit meinem Chef.«

»Ausgezeichnet«, freute sich Robert.

Die beiden schwiegen eine Weile, während Kat einen weiteren Jet beobachtete, der vom Flughafen aus in die Nacht startete. In den letzten Minuten ihres Gesprächs hatte es immer wieder gedonnert, und im Osten und Westen zuckten Blitze am Himmel. Offenbar näherte sich eine Gewitterfront. Der Wind war aufgefrischt, doch es war immer noch warm.

»Kat, man hat in Bosnien, Somalia und Riad auf mich geschossen, doch stets, weil ich ein Reporter war und deshalb unerwünscht. Jeder Journalist hatte dieselben Schwierigkeiten. Aber bis jetzt war ich noch nie persönlich Opfer eines Anschlags. Ich fühle mich gar nicht wohl in meiner Haut.«

Sie nickte. »Das kann ich mir vorstellen.«

»Haben Sie eine Vermutung?«, fragte er.

»Meinen Sie, wer Sie verfolgt und wer Carnegie umgebracht haben könnte? Oder ob die SeaAir MD-11 von Terroristen abgeschossen worden ist?«

»Beides.«

Sie hielt inne und überlegte angestrengt, bevor sie sagte: »Offenbar macht sich jemand große Sorgen, Carnegie könnte zu viel herausgefunden haben. Das Vorgehen dieser Leute passt weder zum CIA noch zum militärischen Abschirmdienst. Das heißt, es könnte – rein theoretisch – eine neue, skrupellose Gruppierung geben, die Sie gern einkassieren würde. Die Gruppe wäre wahrscheinlich privat gesponsert und gut organisiert – also nicht religiös und im Nahen Osten beheimatet. Ich weiß nicht, Robert. Wenn es diese Gruppe gibt, dann verfolgt sie irgendein abwegiges Ziel, das sie dem Rest der Welt offenbar noch nicht mitgeteilt hat.«

»Meiner Erfahrung nach würde die CIA in diesem Fall ganz schön die Panik kriegen.«

»Ja, aber eine offizielle Vertuschungsaktion in den Vereinigten Staaten?« Sie schüttelte langsam den Kopf. »Ich weiß nicht.« Ein ferner Blitz ließ sie aufschauen.

»Vielleicht ist die Sache schon so außer Kontrolle, dass alle lieber so tun, als existierte das Problem nicht«, meinte Robert.

»Das«, erwiderte Kat, »klingt wieder nach Verschwörungstheorie, Robert. Und an solche Dinge glaube ich grundsätzlich nicht.«

»Ich auch nicht. Die meisten Gruppen, mögen sie noch so zielstrebig und fanatisch sein, können sich gewöhnlich nicht einmal einigen, wo sie sich zum Mittagessen treffen sollen. Was mich angeht, war Lee Harvey Oswald ein Einzeltäter und Ufologie ist ein Hobby für Exzentriker. Aber wenn Wally Recht hatte und wirklich eine neue Gruppe hinter der SeaAir-Katastrophe steckt, und wenn diese Gruppe genug Geld und Technologie und ein Ziel hat, dann werden sie so lange Passagierflugzeuge vom Himmel holen, bis wir nach ihrer Pfeife tanzen.«

5

```
CHEK LAP KOK, HONGKONG
INTERNATIONAL AIRPORT
13. NOVEMBER — TAG ZWEI
00:15 ORTSZEIT / 1615 ZULU
```

Der Wagen des Sicherheitsdienstes hielt hinter der Maschine der Meridian Airlines. Kat stieg aus und schnupperte den Kerosingeruch. Der Anblick der gewaltigen Boeing 747-400, die sie und fast dreihundert andere Passagiere über ein Viertel des Erdumfangs über Honolulu nach Los Angeles fliegen würde, war atemberaubend.

»Gigantisch!«, keuchte sie. »Ich weiß nicht, wie oft ich schon in einer 747 geflogen bin, aber wirklich vor einer gestanden habe ich noch nie.«

Robert MacCabe reckte ebenfalls den Hals. »Wahnsinn, nicht wahr? Wenn man acht Meter über dem Boden an Bord geht, ahnt man gar nicht, wie riesig diese Maschinen sind. Wenn wir heute Abend abheben, werden wir fast fünfhundert Tonnen wiegen.«

Die Sicherheitsleute führten sie zu einem großen Containerwagen vor der rechten vorderen Tür der Maschine. Lange Hydraulikarme hoben den Container über zehn Meter hoch an die Tür, wo Chefstewardess Britta Franz sie erwartete. Sie war eine hoch gewachsene, schlanke Frau mit einem starken deutschen Akzent, der ihre zwanzig Jahre als amerikanische Staatsbürgerin überlebt hatte. Britta strahlte Autorität aus. Die chinesischen Zollbeamten, die neben ihr warteten, kontrollierten eilig die Pässe, verbeugten sich und verschwanden.

»Die Formalitäten wären damit erledigt. Also, auf in die erste Klasse«, sagte Britta.

Robert schaute auf sein Ticket. »Äh, ich glaube, wir sitzen zweite.«

Sie lächelte. »Nein. Wir haben Sie umgesetzt, wenn es Ihnen nichts ausmacht.«

»Ganz im Gegenteil!«, freute sich Kat.

Kaum hatten sie in den bequemen Sitzen Platz genommen, als Britta wiederkam, gefolgt von zwei chinesischen Polizisten. »Tut mir Leid, Ms Bronsky, aber diese Herren bestehen darauf...«

»Katherine Bronsky?«, fragte der eine Polizist mit leichtem Akzent.

Kat spürte, wie Robert neben ihr zusammenzuckte, und musterte die Männer. Sie waren beide Mitte zwanzig, makellos gepflegt und offenbar nicht zu Witzen aufgelegt.

»Ja, das bin ich, Special Agent Katherine Bronsky, FBI. Was kann ich für Sie tun?«

»Wenn Sie bitte mitkommen wollen...

»Ich darf dieses Flugzeug nicht verpassen.« Sie sah die Stewardess an. »Wie viel Zeit haben wir?«

Britta runzelte die Stirn. »Knapp fünf Minuten.«

»Bitte kommen Sie mit«, wiederholte der Polizist. »Und bringen Sie Ihre Sachen.«

»Aber der Sicherheitschef des Flughafens hat uns soeben an Bord bringen lassen«, protestierte Kat, doch der eine Polizist schüttelte nur den Kopf.

»Der ist bei einer anderen Behörde«, erwiderte er und wies auf die Treppe hinten in der Kabine. »Bitte.«

»Und zu welcher Behörde gehören Sie?«

»Zur Polizei von Hongkong.«

Kat öffnete ihren Sicherheitsgurt und stand auf. »Augenblick bitte. Warten Sie hinten auf mich.«

Die beiden verneigten sich und zogen sich zur Treppe zurück. Kat beugte sich rasch zu Robert hinunter. »Ich habe keine Ahnung, was das alles zu bedeuten hat, Robert, aber ich werde es herauskriegen und den nächsten Flieger nehmen. Wahrscheinlich bin ich zwölf Stunden nach Ihnen in Washington.«

»Ich warte in Los Angeles auf Sie«, sagte er.

Sie dachte kurz nach. »Okay.«

Noch etwas...

Sie kritzelte etwas auf eine Visitenkarte. »Das ist die Nummer meines Piepsers. Wenn Sie in Los Angeles sind, piepsen Sie mich an. Ich werde ganz in der Nähe sein. Ich verkrieche mich so lange irgendwo in Los Angeles.«

»Ja, halten Sie sich bedeckt.« Sie wollte ihm nur kurz die Hand geben. Doch statt dessen hielt Robert sie fest und drückte sie sanft, was Kat ein wenig verwirrte.

Die Bugtür der 747 schloss sich hinter Kat und sie folgte den beiden Polizisten in den Passagiertunnel. Ihr Koffer war bereits draußen. Sie war gereizt. Warum hatte man sie im letzten Augenblick aus der Maschine geholt? Offenbar billigte jemand weiter oben die Vorgehensweise des Sicherheitschefs nicht, doch MacCabe durfte an Bord bleiben. Vielleicht hatte sich das FBI in Hongkong unbeliebt gemacht.

Kat zog verärgert ihren Koffer hinter sich her. Den Leuten, die für diesen Blödsinn verantwortlich waren, würde sie den Kopf waschen.

Am Ende des Flugsteigs blieb Kat stehen und stemmte die Hände in die Hüften. »Wo genau bringen Sie mich hin. Und warum?«, fragte sie die Polizisten.

Einer der beiden zeigte auf den Abflugbereich. »Hier entlang bitte.«

Kat schüttelte den Kopf. »Erst wenn Sie mir sagen, wohin es geht.«

»Ins Büro unseres Chefs.«

»Warum?« Die beiden verstanden offenbar nicht. »Schon gut. Also, gehen wir.«

Etwa zwanzig Meter weiter schoben sie Kat in einen kleinen verrauchten Raum voller uniformierter Beamten. Hinter einem Schreibtisch saß ein sehr wichtig aussehender Mann im Anzug. Er hielt ihr einen Telefonhörer hin.

»Bitte«, sagte er. Kat griff nach dem Apparat. Sie rechnete mit einem hohen chinesischen Beamten am anderen Ende.

»Agent Katherine Bronsky vom FBI«, begann sie förmlich. »Mit wem spreche ich bitte?«

Sie hörte ein vertrautes Kichern, dann vollkommen ernst: »Jacob Rhoades, stellvertretender Direktor, ebenfalls FBI.«

»Jake! Was zum Teufel wollen Sie?«

»Tut mir Leid, Kat. Neuer Plan.«

Sie verdrehte die Augen. »Ich wollte hier schon eine Szene machen, weil sie mich aus dem Flugzeug geholt haben. Also, was ist los?«

»Wie Sie sicher wissen, haben wir ein Konsulat in Hongkong.«

»Ja.«

»Dort werden Sie gebraucht. Das Konsulat hat um einen FBI-Agenten ersucht. Die haben dort ein Sicherheitsproblem. Wir wollten nächste Woche jemanden hinschicken, doch leider muss es sofort sein.«

»Ein Sicherheitsproblem?«

»Die Einzelheiten kenne ich nicht. Sie werden im Konsulat übernachten und morgen das erste Flugzeug nach Hause nehmen, nachdem Sie die Sache geklärt haben.«

»Ist das normal, Jake?«

»Die Wege des Außenministeriums sind unergründlich. Bitte helfen Sie uns.«

»Aber natürlich, Jake. Mein Flug ist jetzt sowieso weg.«

»Nur eine Nacht.«

»Und ich hatte schon einen Platz in der ersten Klasse. Morgen sitze ich wahrscheinlich wieder im Zwischendeck.«

Sie beschloss, Robert MacCabe auf einer offenen Leitung nicht zu erwähnen.

»Ich habe gehört, Ihr Vortrag war ein voller Erfolg. Glückwunsch.«

»Es spricht sich offenbar schnell herum.«

»Vergiss nicht, Kat, wir sind das FBI. Wir hören alles.«

Sekunden später erschien ein Fahrer vom Konsulat. Kat überließ ihm ihr Gepäck und folgte ihm durch das funkelnagelneue Flughafengebäude zum Ausgang. Dabei fragte sie sich, ob die Männer, die versucht hatten, Robert MacCabe zu entführen, sie wohl beobachteten und wussten, dass sie mit ihm zusammen gewesen war.

Wie unwirklich das Ganze war. Wäre MacCabe kein anerkannter Journalist gewesen, von dem sie schon viel gehört hatte, sie hätte dann seine Theorien sofort als Verfolgungswahn abgetan. *Aber Moment mal. Was weiß ich eigentlich über Robert MacCabe?*

Sie bemerkte zwei Asiaten in dunklen Anzügen, die sie zu beobachten schienen. Kat blickte starr geradeaus und ging weiter. Aus dem Augenwinkel sah sie, dass sie ihr nachschauten.

Als sie stehen blieb und sich umsah, schauten die beiden Männer verschämt zu Boden. Im nächsten Moment kamen zwei junge Frauen, auf die sie offenbar gewartet hatten, aus dem Sicherheitsbereich und die beiden Paare gingen lächelnd und plaudernd an Kat vorbei, ohne sie eines Blickes zu würdigen.

Sie schüttelte den Kopf. *Na toll, Kat. MacCabes Paranoia ist offenbar ansteckend.*

Sie wünschte, sie säße noch in der ersten Klasse der 747 neben Robert MacCabe.

6

CHEK LAP KOK, HONGKONG
INTERNATIONAL AIRPORT
13. NOVEMBER — TAG ZWEI
00:25 ORTSZEIT / 1625 ZULU

Kopilot Dan Wade blieb an der Kombüsentür stehen und reckte den Hals nach der Augenweide, die sich die Treppe zum Oberdeck hinaufbewegte, ein attraktives junges Ding in einem schwarzen, geschlitzten Ledermini und Nahtstrümpfen. Bevor er sich loseisen konnte, hörte er Brittas Stimme.

»Dan! Glotzen Sie meinen Passagieren nicht nach!«

»Hoffentlich friert sie nicht in diesem Röckchen«, sagte er mit Unschuldsmiene. »Ich mache mir Sorgen um sie.«

»Ach was«, lachte Britta, »Sie haben ihr nachgelüstert. Eine Frau merkt so was.«

»Jawohl, Mutter Oberin«, murmelte Dan.

»Das habe ich gehört!«, zürnte Britta.

Der Stationschef reichte einen Stapel Flugdokumente durch die Tür, und Bill Jenkins, der einzige männliche Flugbegleiter, gab sie an den Kopiloten weiter. Jenkins, ein gutmütiger mondgesichtiger Glatzkopf, war seit dreißig Jahren bei der Fluggesellschaft. Er hatte drei Kinder, Drillinge, denen er nun das Studium finanzieren musste. Er schaute stirnrunzelnd in die Papiere. »Was macht das Wetter, Dan? Vor einer Weile sah es ziemlich übel aus.«

»In einer Stunde gibt es hier ein Gewitter, das sich gewaschen hat. Wir sollten machen, dass wir hier wegkommen, sonst wird unsere Fracht mächtig durchgeschüttelt.«

»Ihr Jungs auf der Brücke wisst hoffentlich, dass wir heute Abend eine Menge hoher Tiere an Bord haben, eine Handelsdelegation mit etlichen Großstadtbürgermeistern.«

»Na klar. Captain Cavanaugh und ich haben schon berechnet, welchen zusätzlichen Auftrieb uns die heiße Luft bringt, mit der die aufgeblasen sind.«

Jenkins lachte und nickte zur ersten Klasse. »Falls ein Triebwerk ausfällt, geben Sie mir Bescheid. Dann bitte ich die Herren, ein paar Reden zu halten.« Er zwinkerte einer Stewardess zu. Sie erwiderte die Geste und blickte dem Kopiloten nach, der die Treppe hinauf zum Flugdeck verschwand. Dan war Anfang fünfzig, frisch geschieden und wieder zu haben.

Auf dem Flugdeck, etwa fünfzehn Meter über dem Boden, war Kapitän Pete Cavanaugh gerade dabei, das rechte Außentriebwerk zu starten. Das Schleppfahrzeug vier Stockwerke unter ihm, das die Boeing 747-400 rückwärts vom Flugsteig gezogen hatte, kam zum Stehen. Wade nahm rechts neben dem Captain auf dem Kopilotensitz Platz, überprüfte die Instrumentenanzeigen und bat die Bodenkontrolle per Funk um Rollerlaubnis.

»Sind Sie wirklich wach?«, fragte er Cavanaugh schmunzelnd.

»Ich muss schon bitten, Dan!«, erwiderte Pete in gespieltem Zorn. »Ich habe schließlich nicht den ganzen Aufenthalt verschlafen.«

»Sie sind der größte Schläfer, der mir je begegnet ist. Nicht einmal zum Abendessen konnte ich Sie gestern aus Ihrem Zimmer locken.«

»Ich liebe diese Sechsunddreißig-Stunden-Pausen: Kein Rasenmähen, kein Telefon, keine Enkelkinder oder Katzen, die einen morgens um sieben wecken, und vor allem wird man nicht von Kopiloten belästigt. Ich brauche mich nur auszuruhen. Sonst noch was? Und jetzt hätte ich gerne die Rollklarliste.«

»Roger. Wird gemacht.«

Peter verzog das Gesicht. »In Los Angeles verhungern die Komiker zu Zehntausenden...«

»Und ich versuche hier, komisch zu sein. Okay. Die Klarliste kommt gleich«, entgegnete Dan. Im Süden wurde der Himmel von gewaltigen Blitzen erhellt. »Übrigens haben wir Rollerlaubnis, sobald das Schleppfahrzeug losgemacht hat. Hoffentlich bald, denn ich würde mich gerne von hier wegbeamen, bevor das Unwetter losbricht.«

»Wegbeamen?« Peter verdrehte die Augen. »Gott, erlöse uns von den *Enterprise-Fans*!«

Mit einem leisen Klicken erwachte die Bordsprechanlage zum Leben und Pete Cavanaughs tiefe Stimme hallte durch die Kabine. Britta fand wieder einmal, dass er sich genauso anhörte, wie ein erfahrener Flugkapitän klingen sollte: Ruhig, sachlich und zuverlässig. Auch sein Aussehen entsprach diesem Bild. Captain Cavanaugh war fast einsechsundachtzig groß und hatte einen dichten, weißen, ordentlich gestutzten Haarschopf. Britta ging schmunzelnd die Treppe zum unteren Deck hinunter. Pete hatte seine Maschine voll im Griff, da war sie ganz sicher., selbst wenn sie eine Tragfläche verlören, würde er während des Absturzes noch einen Kaffee bestellen.

Dan war hingegen eher der zappelige, temperamentvolle Typ, ein netter Kerl mit viel Humor, der ein wenig an Übergewicht litt. Sein Markenzeichen – und sein größter Kummer – war sein dichtes dunkles Haar, das er kaum bändigen konnte. Ganz gleich, wie fest er seine Pilotenkappe darüber stülpte, ein oder zwei Locken stahlen sich stets unter dem Schirm hervor, weshalb er immer etwas zerzaust aussah. Den Frauen gefiel das offenbar, doch wenn man den gerade einssiebzig großen Dan und Pete Cavanaugh zusammen sah, musste man irgendwie an Pat und Patachon denken.

Zehn Stunden Flugzeit nach Honululu, verkündete der Kapitän. Er rechnete mit einem ruhigen Flug und normalem Wetter. Während Britta durch die erste Klasse ging, machten es sich die Passagiere in den luxuriösen Sitzen gemütlich. Einige hatten bereits Jacketts und Schuhe ausgezogen. Da die Sicherheitsvorkehrungen an Bord bereits erläutert worden waren, hatten viele die in die Sitze eingelassenen Fernseher eingeschaltet. Die Kabine duftete nach edlem Leder.

»Haben Sie eine Decke bekommen, Sir?«, fragte Britta einen würdigen Herrn in der ersten Reihe. Er lächelte und nickte. Britta ging weiter durch die Kabine und hielt nach nicht angelegten Sicherheitsgurten und unzufriedenen Mienen Ausschau.

Eine gut gekleidete Schwarze mit Dreadlocks und einem ansteckenden Lächeln hob den Kopf und strahlte Britta an, während sie sich einen Haufen Kissen zurechtlegte.

Britta blickte zum Heck des riesigen Flugzeugs und überlegte, ob die Zeit reichte, die gesamte Kabine abzuschreiten. *Dafür muss ich einfach Zeit haben,* dachte sie.

Alice, Jaime und Claire, alle schon seit vielen Jahren befreundet, machten die vordere Bordküche startklar, während Britta durch die Business-Class und die zweite Klasse ging und die Passagiere musterte. Sie betrachtete die fünfundvierzigköpfige Reisegruppe, die nach zehn Tagen in China auf dem Heimweg in die Vereinigten Staaten war. Die Leute waren müde, aber guter Stimmung. Als die Reiseleiterin ihren Blick bemerkte winkte sie ihr zu.

Von einer der hinteren Sitzreihen hörte Britta das Jaulen eines Kurzwellenradios. Sie ging darauf zu und stand bald vor einem Teenager mit einem rotweiß gestreiften Anstecker am Hemd – ein allein reisender Minderjähriger. Sie erwischte ihn gerade noch, wie er einen Ohrhörer einstöpselte, um das verräterische Geräusch zu verbergen.

»Tut mir leid, junger Mann, aber das musst du jetzt ausschalten«, ermahnte Britta ihn freundlich. Seine Reaktion überraschte sie.

Der Junge riss sich den Ohrknopf aus dem Ohr und fauchte: »Das stört die Instrumente nicht!«

Sie kniete sich neben ihn. »Die Vorschriften in dieser Maschine verlangen, dass alle Radios, auch dieses hier, abgeschaltet bleiben, bis wir in der Luft sind. In Ordnung?«

»Das ist ein Funkscanner, kein Radio, okay? Hauen Sie schon ab!«, knurrte der Junge und steckte sich den Knopf wieder ins Ohr.

Britta spürte, wie die 747 nach links abbog. Jeden Moment würde die Durchsage zum Start kommen. Sie zog an dem Ohrhörerkabel.

»Aua! Sie tun mir weh!«

Britta senkte die Stimme zu einem drohenden Flüstern. Ihr deutscher Akzent ließ sie noch strenger klingen. »Du schaltest jetzt sofort das Radio ab, sonst bist du es los.«

Der Junge starrte sie immer noch trotzig an, doch da er ihr zutrauen musste, die Drohung wahr zu machen, drückte er schließlich den Aus-Knopf. »Schon gut. Meinetwegen.«

»Wie heißt du, junger Mann?«

»Steve Delaney.«

»Deine Manieren lassen einiges zu wünschen übrig, Steve Delaney.«

Als er etwas erwidern wollte, hob sie den Finger und er verstummte.

Britta stand auf und ließ den Jungen schmollend zurück. In diesem Augenblick trat der Kapitän plötzlich auf die Bremse und sie wurde zu Boden geschleudert. Sie rappelte sich auf, klopfte ihren Rock ab, strich sich das Haar glatt und zwang sich zu einem Lächeln für die erschrockenen Passagiere um sie herum. Zum Glück saßen alle angeschnallt in ihren Sesseln, doch einige der anderen Flugbegleiter waren ebenfalls gestürzt. Bill Jenkins kam vor der vorderen Bordküche auf die Beine und wischte sich die Hose ab. Aus der hinteren Bordküche hatte sie es klappern und klirren gehört, weshalb sie nun zurücklief, um den Schaden zu begutachten. Pete Cavanaughs Stimme hallte aus den Bordlautsprechern.

Entschuldigung für den Ruck, meine Damen und Herren. Eine andere Maschine ist uns in den Weg geraten. Mir blieb nichts anderes übrig als zu bremsen.

Im Cockpit von Meridian 5 schüttelte Pete Cavanaugh den Kopf. Dan Wade drückte auf den Sendeknopf. »Hongkong Bodenkontrolle, hier spricht Meridian 5. Wir mussten gerade wegen eines Firmenjets notbremsen, der uns geschnitten hat. Wo kam der denn her?«

Jemand mit amerikanischem Akzent schaltete sich ein, bevor die Bodenkontrolle antworten konnte. »Entschuldigen Sie, Meridian. Wir dachten, Sie würden uns durchlassen.«

»Wer sind Sie?«, fragte Dan.

»Global Express Zwei-Zwei-Zulu.«

»Danke, Zwei-Zwei-Zulu. Wir hatten hier Vorfahrt. Außerdem wussten wir nicht, dass Sie eine Startgenehmigung hatten.«

»Ist ja zum Glück noch mal gut gegangen.«

»Erzählen Sie das unseren Passagieren und Flugbegleitern!«, zischte Dan. Pete hob beschwichtigend eine Hand.

»Es reicht, Dan!«

»Meridian 5, bitte beachten Sie den Notstart vor Ihnen«, warnte die Bodenkontrolle endlich.

»Wer war das?«, erwiderte Dan, immer noch wütend.

»Wir sind ein Luftrettungsflug, Meridian«, meldete sich der Pilot von Global Express wieder. »Nochmals Entschuldigung.«

Dan schüttelte den Kopf. »Das wäre der krönende Abschluss für Sie, Pete, ein halbes Jahr vor der Pensionierung: Mit einer hundertfünfundsiebzig Millionen Dollar teuren Boeing einen Vierzig-Millionen-Firmenjet platt zu walzen.«

Pete kicherte. »So möchte ich gewiss nicht in die Geschichte eingehen, Dan. Rufen Sie lieber unten an und vergewissern Sie sich, dass alle mit dem Schrecken davongekommen sind.«

Britta kam ihnen zuvor und meldete sich über das Bordtelefon. »Es ist niemand verletzt, aber bitte macht das nicht noch einmal.«

»Tut mir Leid. Ich weiß, es gibt ängstliche Gemüter an Bord.«

»Genau«, meinte Britta. »Ich weiß, dass die Passagiere es mit der Angst zu tun bekommen, wenn ich vor lauter Rosenkranzgeklapper eure Durchsagen nicht mehr hören kann.«

»Wer betet denn den Rosenkranz. Sie oder die Passagiere?«, witzelte Dan.

»Ich natürlich. Dabei bin ich nicht einmal katholisch.«

Britta legte das Bordtelefon auf und schaute in die hintere Bordküche, wo andere Flugbegleiter die heruntergefallenen Gegenstände aufhoben. Über die Lautsprecher war wieder Petes Stimme zu hören.

Meine Damen und Herren, ich bin es noch einmal. Nochmals Entschuldigung für diesen kurzen Bremsentest. Übrigens funktionieren die Bremsen prima. Das kleine Manöver haben wir einem Rettungspiloten zu verdanken, der sich jetzt mächtig schämt, aber ich dachte, wenn ich nicht anhalte, muss ich später erklären, warum ich ihn platt gewalzt habe. Es war ein bisschen wie eine Sardine gegen einen Wal.

Wir haben jetzt das Ende der Rollbahn erreicht und sind startbereit. Der Tower bittet uns, noch ein paar Minuten zu warten. Die Flugbegleiter können schon für den Start ihre Plätze einnehmen, doch es wird noch etwa vier Minuten dauern, bis es losgeht. Wir freuen uns, Sie heute bei uns an Bord begrüßen zu dürfen. Gleich nach dem Start werden wir uns wieder melden.

Pete schaute seufzend auf den Radarschirm, wo die herannahende Sturmfront nun als grellrote Fleckenschar zu sehen war. Das Unwetter war noch etwa zweiundzwanzig Kilometer entfernt. »Ich hasse es, wenn man mich auf die Startgenehmigung warten lässt.«

»Bestimmt liegt es an diesem Rettungsflug«, meinte Dan. »Der fliegt sicher in unsere Richtung. Er benutzte ein amerikanisches Rufzeichen.«

»Ich frage mich, warum man ein so schickes und teures Flugzeug wie eine Bombardier Global Express zu Rettungszwecken einsetzt«, sinnierte Pete.

»Hier ist unsere Starterlaubnis«, unterbrach ihn Dan. Mit der einen Hand hielt er den Kopfhörer fest, mit der anderen schrieb er die Nachricht mit, bevor er sie für den Fluglotsen wiederholte. Dann nickte er dem Kapitän zu und stellte auf Towerfrequenz.

»Hongkong Tower, Meridian 5 ist startklar.«

Pete schob die Leistungshebel vor und lenkte das 375 Tonnen schwere Flugzeug auf die Startbahn. Dan ging die letzten Punkte auf der Checkliste durch, bevor er die Landescheinwerfer einschaltete.

»Volle Kraft voraus, Dan.«

»Volle Kraft voraus?«, schüttelte Dan den Kopf. »Ihr Jungs von der Navy. Die richtige Ausdrucksweise lautet so. Captain, Sir: Triebwerke an: N1 gecheckt; Schubhebel nach vorn.«

Im Südwesten zuckte ein Blitz, als sich die gewaltige Maschine in Bewegung setzte. Die Geschwindigkeitsanzeigen erwachten zum Leben und die Piloten überprüften die Instrumente. Alles verlief nach Plan.

»Geschwindigkeit achtzig Knoten auf beiden Seiten«, rief Dan.

»Roger.« Pete schaute auf die Rollbahn, die träge unter dem Bug der 747 dahinzugleiten schien, während sie sich der Startgeschwindigkeit näherten.

»V eins, Bug hoch.«

Pete Cavanaugh zog sanft das Steuerhorn zu sich heran. Der

Bug der 747 hob sich und der Ausstellwinkel der Tragflächen erhöhte sich entsprechend, bis der Auftrieb größer war als das Gewicht und sich die Maschine anmutig vom Asphalt löste. Das leichte Rütteln der sechzehn Fahrwerksräder konnte man im Cockpit eher spüren als hören.

»Positive Steigrate, Fahrwerk einziehen«, befahl Pete.

Dan griff nach dem Hebel und gab die vorschriftsmäßige Antwort: »Roger, Fahrwerk hoch«, bevor er den Hebel in die vorgesehene Position brachte.

Dies war der Moment, den Dan so liebte, der Übergang zwischen Boden und Luft, wo die Maschine spürbar in ihrem Element war. Allein für diesen Augenblick lohnte es sich schon Pilot zu werden: Das Dröhnen der gewaltigen Triebwerke, das Heulen der Luftströmung, die das Flugzeug trug, das Dahinfliegen auf einer unsichtbaren Himmelsstraße. Selbst in einer einmotorigen Maschine war das Fliegen eine aufregende Sache, doch einen solchen Koloss zu steuern, länger als ein Fußballfeld und schwerer als ein Haus, hatte einen Zauber, den Dan immer noch nicht ganz fassen konnte. Jeder Start war wie ein Wunder, und jedes Mal hatte Dan ein breites Lächeln auf dem Gesicht.

Die Lämpchen der Fahrwerksanzeige gingen nacheinander aus, was bedeutete, dass alle Räder hochgeklappt und eingerastet waren. Dan blickte zur Seite. Unter ihnen verschwanden die Lichter der erdgebundenen Zivilisation in immer größere Ferne, während die 747 über dem Meer in den Nachthimmel stieg und stetig an Höhe gewann.

7

**KONSULAT DER VEREINIGTEN STAATEN VON
AMERIKA, HONGKONG, CHINA
13. NOVEMBER — TAG ZWEI
00:55 ORTSZEIT / 1655 ZULU**

Kat blieb am Tor des Konsulatsgeländes stehen, genoss den Blumenduft und beobachtete die Blitze in der Ferne. Sie fragte sich, warum sie so verträumt war. Sie lächelte dem Konsulatsangestellten zu, der sie an der Tür begrüßte, und nahm sich vor, den Zoll in Honolulu anzurufen, bevor sie zu Bett ging, um Robert MacCabe die Einreiseformalitäten zu ersparen.

Sie überlegte, ob die 747 wohl schon in der Luft war, und malte sich aus, wie sie neben Robert MacCabe in der ersten Klasse sitzen würde. Er interessierte sie, und zwar nicht nur aus beruflichen Gründen. Sie fand ihn als Mann interessant, nicht nur wegen der Schwierigkeiten, in denen er steckte. Sie glaubte, ein Recht darauf zu haben, zu erfahren, was er wusste, doch auch sonst hätte sie ihn gern näher kennen gelernt. Trotz ihrer anfänglich negativen Gefühle fand sie ihn inzwischen wirklich nett.

Sehr gefährlich, ermahnte sie sich. *Die Lumpen erkennt man wenigstens auf Anhieb. Es sind die netten Kerle, auf die man immer wieder hereinfällt.*

Der Konsulatsangestellte am Tor informierte sie, dass für sieben Uhr morgens eine Besprechung anberaumt war. Es gehe um eine Strafsache, in die ein Mitarbeiter des Konsulats verwickelt sei. Mit ein wenig Glück könne sie am Mittag nach Los Angeles abfliegen.

Kat bedankte sich und folgte ihm zum Gästehaus. Sie freute sich auf ein weiches Bett und sechs Stunden ungestörten Schlaf.

AN BORD VON MERIDIAN 5
KURZ NACH DEM START VON
CHEK LAP KOK, HONGKONG INTERNATIONAL AIRPORT

»Toller Anblick, was?«

Robert MacCabe drehte sich vom Fenster weg und schaute auf. Der überflüssige Kommentar kam von einem gut gekleideten Mann Ende dreißig auf der anderen Seite des Ganges.

Robert zwang sich zu einem Lächeln. »Ja.«

»Sobald wir nach Osten abdrehen, haben Sie eine traumhafte Aussicht auf Kaulun.«

Robert nickte und schaute wieder nach links.

»Gehören Sie zu unseren Stammgästen?«, fragte der Mann.

»Wie bitte?«, runzelte Robert die Stirn.

»Ob Sie öfter mit uns fliegen, Sie kommen mir bekannt vor.«

Robert lächelte verkniffen und schüttelte den Kopf. »Nein. Ich fliege zum ersten Mal mit dieser Gesellschaft.«

Der Mann öffnete seinen Gurt und streckte ihm seine Hand entgegen.

»Rick Barnes. Geschäftsführer der Meridian Airlines. Mit wem habe ich das Vergnügen?«

»Die Aussicht ist wirklich großartig«, erwiderte Robert irritiert, während er der angepriesenen Aussicht den Rücken zukehrte, um Rick Barnes die Hand zu schütteln.

»MacCabe. Robert MacCabe.«

»Wo arbeiten Sie, Robert?«

»Bei der *Washington Post*.«

»Wirklich? Ich glaube, wir sind uns schon einmal begegnet. Sie kommen mir unheimlich bekannt vor. Schön, dass Sie mit uns fliegen.«

Robert nickte, sah wieder nach links und spürte Barnes' Blicke in seinem Nacken.

»Waren Sie in Hongkong, um über die Handelsdelegation zu berichten, die wir heute an Bord haben?«, erkundigte sich Barnes.

Robert seufzte und lächelte gekünstelt. »Würde es Ihnen etwas ausmachen, wenn wir uns später unterhielten, Mr Barnes? Ich möchte erst die Aussicht genießen.«

»Natürlich«, antwortete Barnes gnädig und ließ Robert endlich in Ruhe.

Dann stand er auf und ging Richtung Bordküche. Auf dem Weg nickte er einem Paar in der zweiten Reihe zu.

Dr. Graham Tash erwiderte die Geste und tippte seine Frau an. »Ein tolles Vorbild, was die Sicherheitsvorkehrungen betrifft«, flüsterte er ihr zu. »Wir sind kaum in der Luft, und der Kerl spaziert schon im Flugzeug herum.«

»Erkennst du ihn nicht, Schatz?«, sagte Susan Tash.

»Sollte ich das?«

»Er ist einer der Gründer der Costclub-Discountkette. Mit dreißig war er schon Milliardär und jetzt weiß er anscheinend nicht recht, was er mit seinem Geld anfangen soll.«

»Also hat er sich eine Fluggesellschaft gekauft?«

»Er hat Anteile gekauft, um genau zu sein«, klärte sie ihn auf. »Ich habe es im *Forbes Magazine* gelesen. Er hat sich selbst zum Vorsitzenden ernannt, obwohl er keine Ahnung von der Luftfahrt hat. Meridian ist sein neues Hobby.«

»Mein Hobby kennst du«, entgegnete Graham. »Das ist viel ausfüllender.« Er berührte sie zärtlich am Arm und schaute ihr viel sagend in die Augen.

Sie versetzte ihm einen Klaps auf die Schulter und spielte die Entrüstete. Doch dann musste sie lächeln.

»Heißt das, der Quickie auf der Toilette fällt heute aus?«

»Pssst! Benimm dich!«, zischte sie. »Schließlich bist du Arzt.«

»Wirklich, diese Reise war eine großartige Idee, Schatz.«

»Ich dachte mir, dass Hongkong dir gefallen würde.«

»Am besten gefällt es mir, bei dir zu sein. Seit Jahrzenten war ich nicht mehr so glücklich. Wer hätte das geahnt? Meine eigene Krankenschwester, mit der ich täglich im OP gestanden habe, stets desinfiziert und supersexy.«

»Romantisch, nicht wahr?«, entgegnete sie schmunzelnd. »Wir können allen erzählen, dass wir bei einer Blinddarmoperation geflirtet, uns bei einer Darmresektion verliebt und uns über einem offenen Herzen verlobt haben.«

Er beugte sich vor und küsste sie. Im selben Moment rollte die 747 scharf nach rechts.

»Was zum Teufel war das?«, rief Dan Wade, während Pete Cavanaugh die Boeing wieder in die Horizontale brachte und den Sendeknopf drückte. »Hongkong Abflugkontrolle, Meridian 5. Soeben hat jemand unsere Flugbahn gekreuzt, und zwar von links nach rechts, sehr nah. Es waren schätzungsweise vierhundert Meter zwischen uns, fast ein Beinahezusammenstoß.«

»Roger, Meridian. Soweit wir wissen, sind keine anderen Maschinen vor Ihnen.«

»War vor einer Minute irgendwelcher Verkehr?«, hakte Dan nach.

»Nein, Sir. Es gab keine . . .« Es gab eine Pause, dann war die Stimme eines anderen Fluglotsen zu hören. Vermutlich ein Vorgesetzter.

»Meridian 5, warten Sie.«

Dreißig Sekunden vergingen, bis der Mann sich wieder meldete. »Anscheinend haben wir vor etwa einer Minute aus Ihrer Gegend ein Rohecho aufgefangen, das unser Computer nicht als Flugzeug identifiziert hat. Deshalb haben wir Sie nicht warnen können. Ansonsten haben wir nur eine DC-10 im Landeanflug und eine sich entfernende Global Express auf dem Schirm.«

HONGKONG ABFLUG-KONTROLLE
CHEK LAP KONG, HONGKONG
INTERNATIONAL AIRPORT

Der Fluglotse zupfte seinen Vorgesetzten am Ärmel. »Zwei-Zwei-Zulu ist verschwunden, Sir. Die Global Express.«

»Wo war sie zuletzt?«

Der Fluglotse zeigte auf eine Stelle auf dem Bildschirm des computergesteuerten Radars, einige Kilometer vor Meridian 5. »Hier. Das Signal war plötzlich weg.«

Der Vorgesetzte holte tief Luft. Ein verschollenes Flugzeug im chinesischen Luftraum führte meist zu diplomatischen Verwicklungen, besonders seit die Volkschinesen Hongkong wieder übernommen hatten. Offiziell konnte ein Flugzeug nur verschwinden, indem es abstürzte.

»Gab es Anzeichen, dass es an Höhe verlor?«

Der Fluglotse schüttelte den Kopf. »Nein, Sir. Es war stabil und dann auf einmal verschwunden.«

»Was ist mit dem einfachen Radarecho? Haben Sie noch etwas gesehen, nachdem der Flug verschwunden war?«

Der Fluglotse schüttelte wieder den Kopf und zeigte auf einen anderen Punkt auf dem Bildschirm. »Hier ist das andere Objekt. Kein Transpondersignal. Nur ein Rohecho.«

Der Cheflotse betrachtete den schattenhaften Umriss, den die Fluglotsen als *skin paint* bezeichnen: Das einfache Echo eines Radarstrahls, der von einem Metallgegenstand reflektiert wird, ohne die zusätzlichen Informationen, mit denen der Transponder eines Flugzeugs das Signal gewöhnlich verstärkt.

Der Fluglotse zeigte auf das flackernde Radarecho, diesmal rechts von Meridian, und betätigte einen Schalter, um das Signal vom Boden aus zu verstärken. Nun war deutlich zu sehen, dass das Objekt sich seitlich auf die 747 zu bewegte.

Der Cheflotse drückte auf den Sendeknopf. »Meridian 5, hier spricht Hongkong. Wir haben wieder das Rohecho auf dem Schirm, Richtung drei Uhr von Ihnen, Höhe unbekannt.«

Dan presste das Gesicht an das Seitenfenster. »Hier sehe ich nichts, Pete!«

Pete schüttelte den Kopf. »Vielleicht treibt die chinesische Luftwaffe ein Spielchen mit uns.« Er drückte seinen Sendeknopf. »Wenn die Chinesen in unserer Gegend ein Manöver abhalten, dann befehlen Sie ihnen aufzuhören. Es verstößt gegen das Gesetz.«

Der Cheflotse antwortete sofort: »Wir haben keine Erklärung dafür, Meridian. Außerdem vermissen wir einen Firmenjet, der vor Ihnen war. Hatten Sie Funkkontakt mit Global Express Zwei-Zwei-Zulu?«

»Eigenartig. Was mag wohl mit denen passiert sein?«, meinte Dan zu Pete. Dann war wieder der Fluglotse zu hören.

»Meridian. Wir haben dieses Radarecho wieder verloren. Wir informieren unsere Militärbehörden.«

»Dan, schlagen Sie die Nummer unseres Luftwaffenstützpunkts auf Taiwan nach«, entschied Pete, »für alle Fälle.«

Der Kopilot holte das entsprechende Handbuch aus seiner Tasche und blätterte geschwind zur richtigen Seite vor. Als er wieder aufblickte, schien plötzlich die ganze Welt zu explodieren. Das Cockpit war von gleißendem, weißem Licht erfüllt, das Dan sofort blendete. Ein unfassbarer Schmerz schleuderte ihn in seinen Sitz zurück, links neben sich hörte er einen grauenhaften Schrei. Die 747 erzitterte wie unter einer Schockwelle.

Dans Augen brannten wie Feuer. Der Schmerz war unerträglich. Er kniff die Lider zusammen und wo sein Blickfeld sein sollte, war ein unendlicher weißer Lichtnebel.

»Pete! Alles in Ordnung?«, rief er.

Noch ein markerschütternder Schrei. Dan streckte seine Hand nach dem Kapitän aus, doch als er ihn berührte, sackte Pete in sich zusammen.

»Pete! Pete, sagen Sie etwas!«

Dan tastete nach dem Steuerhorn, auf dem Petes Hände liegen sollten, doch das Flugzeug war führerlos.

»Pete! Um Himmels willen!«

Der Fluglotse von der Abflugkontrolle in Hongkong erkundigte sich, was passiert war. Als Dan es ihm erklären wollte, war sein Gehirn jedoch wie leer gefegt, seine Augen wie zwei brennende Kohlenstücke. Die Schmerzen waren unbeschreiblich. Und die 747 war außer Kontrolle.

Der Autopilot!, schoss es Dan plötzlich durch den Kopf.

Er tastete über sich nach dem quadratischen Knopf, der den Autopiloten einschaltete, und im nächsten Augenblick hörte das Schlingern auf.

Mein Gott, was ist passiert? Kein Druckabfall, die Frontscheibe ist intakt . . .

Der Autopilot war noch auf schnellen Steigflug eingestellt, erinnerte sich Dan. War das sinnvoll? Vielleicht nicht.

Melde einen Notfall . . . umkehren . . . vielleicht müssen wir Treibstoff ablassen. Wir sind zu schwer.

»Hongkong, ist irgendwo vor uns eine Atombombe explodiert? Hier . . . hier oben hat es mächtig geknallt!«

»Wiederholen Sie das, Meridian.«

»Vor uns ist etwas explodiert! Ich glaube, wir sind getroffen. Wir sind nur zu zweit im Cockpit. Der Kapitän reagiert nicht. Ich bin auf Autopilot gegangen, aber es hat meine Augen erwischt. Ich bin blind. Ich brauche Ihre Hilfe.«

Die Stimme des Fluglotsen zitterte ebenso. »Meridian, hier spricht Hongkong. Ihr Kurs ist zur Zeit null-acht-zwei Grad, Höhe viertausend Meter, Geschwindigkeit dreihundertvierzig Knoten. Was sind Ihre Absichten?«

»Verdammt, Hongkong, ich weiß es nicht. Ich bin ... warten Sie, ich muss mich beruhigen. Bleiben Sie dran. Wenn nötig, lassen Sie mich eine Schleife fliegen, damit ich nicht aus Ihrer Reichweite gerate.« Dan zwang sich, langsamer zu atmen, und versuchte den rasenden Schmerz zu verdrängen.

»Eines steht fest: Wir müssen umkehren. Melden Sie ... ich meine, ich melde einen Notfall.«

»Roger, Meridian. Wir haben Ihre Notfallmeldung registriert. Aber wir haben hier in Hongkong Sturmwarnung. Es regnet schon, und von Osten nähern sich weitere Gewitterfronten. Wir halten Ihnen eine Landebahn frei, aber bleiben Sie bitte im Augenblick auf Ihrem Kurs. Wurden Sie von einem Blitz getroffen, Meridian?«

Vielleicht ist es das, dachte Dan. *Nein, unmöglich. Blitze sind nicht so grell.*

Der stechende Schmerz hinter seinen Augen wurde noch schlimmer, bis er kaum noch einen klaren Gedanken fassen konnte.

»Noch eine Frage, Meridian: Haben Sie Ersatzpiloten an Bord?«

»Nein, Hongkong, wir sind nur zu zweit.«

Ich muss Hilfe rufen!, sagte er sich. Er tastete nach dem Bordtelefon. Zuerst konnte er den richtigen Knopf nicht finden. Dann drückte er auf die All-Call-Taste und hörte, wie mehrere Flugbegleiter die Hörer abnahmen.

»Britta, sind Sie dran?«

»Ja, Dan. Was ist los, Sie klingen so seltsam?«

»Bitte ... kommen Sie sofort ins Cockpit. Wir haben einen Notfall. Ich brauche Sie ... Nein, machen Sie zuerst eine Durchsage und fragen Sie, ob ein Pilot an Bord ist. Auch ... auch wenn Sie den Passagieren damit Angst machen.«

Britta Franz spürte, wie sich ihr der Magen zusammenkrampfte. Sie atmete tief durch und sprach so ruhig sie konnte über die Bordlautsprecher:

Meine Damen und Herren, hier spricht die Chefstewardess. Bitte hören Sie aufmerksam zu. Wir bitten alle lizenzierten Piloten an Bord, sich zu melden, indem sie den Rufknopf an ihrem Sitz drücken.

Niemand sagte einen Ton. Die Passagiere, die Britta sehen konnte, hatten die Augen weit aufgerissen und starrten sie erschrocken an.

Bill Jenkins stand schweigend neben ihr, während Britta es noch einmal versuchte.

Meine Damen und Herren, falls jemand an Bord einen Pilotenschein hat, ganz gleich, für welche Flugzeugtypen, soll er sich bitte sofort melden. Ich ... weiß nicht, warum mich unsere Piloten um diese Durchsage gebeten haben, doch bitte melden Sie sich. Ist ein Pilot unter Ihnen?

»Britta, lassen Sie mich hier weitermachen«, flüsterte Bill ihr zu, »Sie gehen am besten gleich ins Cockpit.«

Sie reichte ihm wortlos den Hörer, lief die Treppe hinauf und rannte, den Schlüssel in der Hand, zum Cockpit vor.

Automatisch schloss Britta die Tür hinter sich und wartete, bis sich ihre Augen an das Dämmerlicht gewöhnt hatten. Pete saß auf dem Kapitänssessel, aber etwas stimmte nicht mit ihm. Er war nach links gesackt und sein Kopf hing schlaff nach hinten.

»Dan?«, fragte Britta. »Was ist passiert?«

»Schauen Sie nach, was mit Pete ist! Schnell!«

Als Britta sich dem Kapitän näherte, stellte sie zu ihrem Entsetzen fest, dass seine Augen weit geöffnet waren. Sie tastete nach seiner Halsschlagader, doch sie fand keinen Puls. Als sie seinen Kopf anhob und wieder losließ, kippte er leblos zur Seite.

»O Gott, Dan! Er atmet nicht! Und ich spüre keinen Puls!«

»Können Sie ihn aus dem Sitz heben und versuchen wieder zu beleben?«

Britta schaute den Kopiloten an und wunderte sich, warum er mit gesenktem Kopf flog. »Danny, was ist los?«

»Ich kann nichts sehen, Britta. Irgendetwas ist explodiert, direkt vor unserer Nase.«

»Oh, mein Gott!«

»Ich habe auf Autopilot geschaltet. Helfen Sie Pete! Kümmern Sie sich nicht um mich.«

»Sie können nichts sehen?«

»Britta, helfen Sie Pete!«

»Okay . . . nein, allein schaffe ich das nicht.«

Britta riss die Cockpittür auf und stand plötzlich genau vor dem Mann, an den sie gedacht hatte. Sich die Namen der Erste-Klasse-Passagiere zu merken, war für sie schon immer Ehrensache gewesen, und nun war sie froh darüber.

»Dr. Tash!«

Der Arzt und seine Frau hatten die Cockpittür im Auge behalten, seit die Chefstewardess dahinter verschwunden war. Als Tash nun Brittas suchenden Blick bemerkte, sprang er sofort auf.

»Was gibt es?«

»Ich brauche Hilfe. Der Kapitän ist verletzt und atmet nicht mehr.«

Der Arzt stürmte an Britta vorbei ins Cockpit. Robert MacCabe folgte ihm. »Kann ich etwas tun?«, erkundigte er sich.

»Wahrscheinlich ja, bleiben Sie hier«, sagte Britta.

Der Arzt beugte sich über den Kapitän. Seine Augen weiteten sich erstaunt, als er Puls und Atmung überprüfte. »Wie stellt man den Sitz zurück?«, wollte er wissen.

»Es ist alles elektrisch. Die Knöpfe sind vorne links«, keuchte Dan.

Robert half Graham Tash, den regungslosen Kapitän aus dem Sitz zu heben. Dann zogen sie ihn behutsam auf den Mittelgang hinaus, wo Susan Tash zu ihnen stieß.

»Was ist passiert, Graham?«

»Fang mit der Wiederbelebung an. Seine Luftröhre ist frei. Miss?«, wandte Graham sich an Britta. »Ich brauche den Erste-Hilfe-Koffer.«

Sie lief ins Cockpit und kam mit einer großen, weißen Metallbox zurück. Graham klappte den Deckel auf.

»Was kann ich tun?«, fragte Robert den Arzt.

»Sehen Sie nach dem Kopiloten.«

Einige der Passagiere waren aufgestanden und beobachteten besorgt, was sich vor dem Cockpit abspielte. Britta richtete sich auf und hob die Hand. »Bewahren Sie die Ruhe, meine Damen und Herren«, wandte sich Britta an sie. »Wir werden Ihnen bald alles erklären. Der Zweite Pilot sitzt jetzt am Steuer.« Dann kniete sie sich wieder neben Pete und fragte den Arzt: »Wie schlimm ist es?«

Er schüttelte den Kopf. »Das kann ich noch nicht sagen.«

Susan unterbrach die Mund-zu-Mund-Beatmung und Dr. Tash suchte nach dem Herzschlag.

Vergeblich.

»Ist das ein kompletter Katastrophenkoffer?«, erkundigte sich Susan.

»Nicht ganz«, erwiderte Graham. »Aber ein Elektroschock-Gerät ist da.«

Robert MacCabe ging indessen auf den Kopilotensitz zu.

»Wer ist da?«, rief Dan. Die Frage erstaunte Robert, denn so dunkel war es im Cockpit auch wieder nicht.

»Robert MacCabe. Alles in Ordnung?«

»Nein!«

»Was ist geschehen?« Robert bemerkte, dass der Kopilot die Augen zusamenkniff und den Kopf gesenkt hielt. Sein Gesicht war aschfahl und schmerzverzerrt.

»Dicht vor uns hat es eine Explosion gegeben. Es war unglaublich hell. Ich glaube, ich bin vorübergehend erblindet.«

Das darf doch nicht wahr sein, dachte Robert.

»Was ist mit dem Captain?«, wollte der Kopilot wissen.

»Soll das heißen . . . Ihre Augen . . .?«

»ICH KANN NICHTS SEHEN, okay? Sind Sie Arzt?«

»Nein. Der ist gerade mit dem anderen Piloten beschäftigt.«

»Dann sagen Sie mir, was mit dem Captain ist.«

Robert wurde schwindelig. Er schaute durch die Cockpittür. »Er . . . wird gerade wieder belebt. Seine Atmung hat ausgesetzt.«

Der Kopilot keuchte und winselte vor Schmerz.

Robert wollte den Arzt holen, doch Dan hielt ihn zurück. »Hey! Sind Sie Pilot?«

»Nein.«

»Kennen Sie sich mit Flugzeugen aus?«

»Leider nein.«

»Okay. Falls ein Pilot an Bord ist, bringen Sie ihn sofort her.«

Robert ging verstört aus dem Cockit. Was konnte explodiert sein? Eine Rakete? Vielleicht war das die Erklärung. Was war die politische Situation? Sein Gehirn war wie leer gefegt. Handelte es sich um einen Angriff der Chinesen?

Dann kam er auf eine andere Erklärung, die ihn in Grauen versetzte. *Mein Gott, vielleicht ein Atomschlag!* Nein. Die Druckwelle hätte dann das Flugzeug zerrissen. *Aber nicht, wenn die Explosion mehrere hundert Kilometer entfernt oder nicht sehr stark war,* dachte er voller Angst.

»Der Kopilot sagt, er kann nichts sehen, Doktor«, berichtete Robert draußen auf dem Gang.

Graham Tash blickte kurz auf. »Sofort.«

Robert ging allein ins Cockpit zurück. Graham schaute seine Frau an. »Fertig?«

»Fertig«, bestätigte sie.

Petes Körper krampfte sich zusammen. Graham ließ die Elektroden fallen und beugte sich mit dem Stethoskop über den Kapitän.

»Nichts«, schüttelte er dann den Kopf. »Mach weiter, Susan.«

Susan Tash begann wieder mit der Herzmassage, während Graham ins Cockpit eilte und sich dem Patienten vorstellte.

»Ich möchte mir Ihre Augen anschauen«, sagte Graham.

Dan drehte den Kopf in die Richtung, aus der die Stimme kam. »Es tut so weh. Ich weiß nicht, ob ich sie aufmachen kann.«

Graham beugte sich vor und wollte mit dem Daumen Dans linkes Auge öffnen. »Versuchen Sie es bitte.«

»In Ordnung. Au! Das Licht! Es tut so schrecklich weh.«

Graham gestattete dem Patienten, das Auge wieder zu schließen. »Tur mir Leid. Ich sehe zu, ob ich Schmerztabletten für Sie auftreiben kann. Aber jetzt muss ich mich wieder um den Kapitän kümmern.«

»Wie schlimm steht es um meine Augen?«

»Ich weiß nicht. Der Kapitän ist schlimmer dran. Sie sind von irgendetwas geblendet worden, aber der Schaden ist innerlich.«

Er wollte das Cockpit verlassen, doch Dans drängende Frage ließ ihn innehalten.

»Wie lange wird es dauern, bis ich wieder sehen kann?«, fragte der Kopilot.

Graham Tash zuckte die Achseln. »Keine Ahnung. Vielleicht ein paar Tage. Ich kann nur schätzen.«

»Wir haben keinen Treibstoff für ein paar Tage«, entgegnete Dan kalt. »Wir haben höchstens noch acht Stunden.«

8

AN BORD VON MERIDIAN 5
WESTLICH VON HONGKONG
13. NOVEMBER — TAG ZWEI
1:15 ORTSZEIT / 1715 ZULU

Rick Barnes erhob sich erst aus seinem Erste-Klasse-Sessel als er sah, wie der Pilot aus dem Cockpit gezogen wurde. Sobald er den ersten Schrecken überwunden hatte, stellte er widerstrebend seine Bloody Mary ab und bot der Passagierin im gelben Kleid, die neben dem Kapitän kniete, seine Hilfe an. Er hoffte, sie würde dankend ablehnen, denn er hatte keine Ahnung von erster Hilfe.

Britta, die Susan bis jetzt assistiert hatte, blickte lächelnd auf. »Danke, Mr Barnes. Wenn Sie hier weitermachen, kümmere ich mich um den Kopiloten.«

Der Geschäftsführer der Meridian Airlines bemühte sich, ruhig zu bleiben, obwohl sein Pilot kein Lebenszeichen von sich gab.

»Gut«, sagte Susan Tash. »Sie können beim nächsten Mal mitzählen. »Zwei ... drei ... vier ... fünf ...« Sie drückte auf Pete Cavanaughs Brust und zählte. Dann beugte sie sich wieder über seinen Mund, winkte Rick Barnes zur Brust des Verletzten und bedeutete ihm zu warten.

»Jetzt«, rief sie nach einigen Atemstößen.

»Was?«

Susan sah ihn an, als hätte sie einen Schwachsinnigen vor sich. »Wissen Sie nicht, wie eine Wiederbelebung abläuft?«

»Der Kurs ist zu lange her«, log er und sie schob ihn beiseite und machte allein weiter. »Zwei ... drei ... holen Sie die Stewardess ... vier ... fünf ... zurück ... oder rufen Sie jemand anders ... sechs ... der hier helfen kann.«

Im Hintergrund fragte eine Männerstimme über die Bordlautsprecher noch einmal, ob sich ein Pilot an Bord befand. *Warum?*, dachte Rick. Reichte einer denn nicht, wo sie sich schon in der Luft befanden? Schließlich hatten sie noch den Kopiloten.

»Würden Sie jetzt bitte gehen!«, zischte Susan.

»Ja, entschuldigen Sie.« Rick lief los. Auf der Treppe zum Hauptdeck hinunter kam ihm ein Flugbegleiter entgegen.

»Mr Barnes, haben Sie einen Pilotenschein?«

Rick schnaubte und schüttelte den Kopf, als hätte man ihn beleidigt. »Nein. Aber jemand von Ihnen muss der Dame in Gelb da drüben bei der Wiederbelebung helfen.«

Erst jetzt sah Bill Jenkins den Kapitän am Boden liegen. Er schob sich an Rick vorbei und eilte an Susan Tashs Seite. »Was ist los mit ihm?«

»Irgendeine Explosion«, antwortete Susan. »Ich fürchte, wir können ihn nicht retten.«

Britta kam aus dem Cockpit und erläuterte Bill rasch die Lage.

»Konnten Sie unten einen Piloten auftreiben?«, fragte Britta ihren entsetzten Kollegen.

Bill schüttelte den Kopf. »Ich habe die Durchsage drei Mal wiederholt, sogar auf Mandarin. Fehlanzeige.«

»Versuchen Sie es weiter. Fragen Sie, ob irgendjemand an Bord eine Flugausbildung hat, ganz gleich, ob er einen Pilotenschein besitzt oder ob seine Papiere abgelaufen sind.«

Bill stieg über den leblosen Pete Cavanaugh hinweg und ging zum Bordtelefon, während Britta sich anschickte, Susan zu helfen. Graham Tash kam zurück und griff nach dem Elektroschock-Gerät.

Unten in der Hauptkabine mischte sich besorgtes Getuschel mit dem Dröhnen der Triebwerke und den Luftströmungsgeräuschen. Die Passagiere schauten betroffen in die Runde und fragten sich, was geschehen war.

Als Bill Jenkins' Stimme aus den Lautsprechern hallte, verstummten alle schlagartig und lauschten aufmerksam. Jeder hoffte zu hören, es wäre alles in Ordnung. Statt dessen kam noch einmal die Bitte, jeder, der irgendwann einmal eine Flugausbildung genossen hatte, solle den Rufknopf drücken. Und diesmal klang es so dringlich, dass einige Passagiere aufsprangen und sich verzweifelt umsahen.

Die Flugbegleiter stürzten sich sofort auf die Leute, die aufgestanden waren. »Sind Sie ein Pilot, Sir?«, »Können Sie fliegen, Ma-'am?«, »Wollen Sie sich auf unsere Durchsage melden?« Doch nur einer von ihnen hatte die richtige Antwort.

»Entschuldigen Sie«, sagte ein hoch gewachsener, distinguiert wirkender Mann. »Es wurde gefragt, ob jemand mit etwas Flugerfahrung an Bord ist. Vielleicht kann ich da dienlich sein.«

Auch auf dem Hauptdeck wurde ein Rufknopf gedrückt. Alice Naccarato eilte sofort hin.

»Hey, Miss!«, rief ihr jemand entgegen.

Alice blieb stehen und sah den bleichen Mann an, der neben einem Teenager am Fenster saß.

»Ja, Sir?«

»Nicht er. Ich«, meinte der Teenager.

Aha, dachte Alice. *Der Junge, vor dem Britta mich gewarnt hat.*

»Ich heiße Steve Delaney. Ich weiß, ich bin nur ein Minderjähriger ohne Begleitung, aber ich kann fliegen. Sie brauchen doch einen Piloten, richtig?«

»Du kannst fliegen, Steve?«

»Ich kenne mich aus.«

»Hast du einen Pilotenschein?«

»Nein, aber . . .«

»Hast du je ein richtiges, großes Flugzeug gesteuert?«

»Nein.«

»Hast du überhaupt schon einmal ein echtes Flugzeug geflogen, Steve?«

»Nein.«

Alice lächelte verkniffen. Ein arroganter Jugendlicher hatte Dan im Cockpit gerade noch gefehlt.

»Danke für dein Angebot, Steve. Aber gerade hat sich ein erfahrener Pilot gemeldet. Ich glaube, wir halten uns besser an den.«

»Ja, diese Sprüche kenn ich.«

»Tut mir Leid«, seufzte Alice und ging weg. Der Junge schaute ihr finster nach.

Als das Bordtelefon läutete, griff Dan so schnell nach dem Hörer, dass er sich dabei die Fingerknöchel anschlug.

»Cockpit.«

»Dan? Hier spricht Bill. Ich habe hier einen älteren Herrn mit Flugerfahrung aus Zeiten des Koreakrieges.«

»Gut. War er bei der Air Force?«

»Nein. Er ist Brite, und das mit dem Koreakrieg war nur als Zeitangabe gedacht. Er hat damals privaten Flugunterricht genommen. Sein Name ist Sampson.«

Dan schnaubte verächtlich. *Heute ist offenbar mein Glückstag.* »Danke. Schicken Sie Mr Sampson zu mir.«

Julia Mason auf Platz 28G hatte beschlossen, nicht weiter tatenlos herumzusitzen und sich Sorgen zu machen. Schließlich erwartete ihre Reisegruppe schon seit einem Monat von ihr, dass sie auf alles eine Antwort wusste. Julia Mason war über sechzig und wurde gewöhnlich mit allem fertig. Sie würde sich nicht mit beschwichtigendem Gerede abspeisen lassen.

Sie stand von ihrem Gangplatz auf und eine junge Flugbegleiterin, brünett mit wunderschönen dunklen Augen und reiner, sonnengebräunter Haut, schilderte ihr die Lage, die alles andere als rosig war. Der Kapitän war tot. Dicht vor ihnen hatte es eine Explosion gegeben. Der Kopilot steuerte die Maschine.

»Mein Gott, das ist ja entsetzlich. Sollte dieser Kopilot nicht endlich eine Durchsage machen, damit wir wissen, was geschehen ist?« Julia bemühte sich, die Fassung zu bewahren.

»Der könnte auch nicht mehr sagen.« Die Antwort der Stewardess war freundlich, aber bestimmt, was Julias Widerspruchsgeist herausforderte.

»Wie heißen Sie, mein Kind?«

»Nancy«, erwiderte die Flugbegleiterin beiläufig.

»Wir kehren doch jetzt sicher um, Nancy?«

»Das weiß ich leider nicht.«

»Nun, was ist das für eine Antwort? Können Sie nicht ans Bordtelefon gehen und es herausfinden? Fünfundvierzig Leute erwarten eine Erklärung von mir. Was soll ich denn sagen?« Ihre Stimme zitterte.

»Sobald wir mehr wissen, gebe ich Ihnen Bescheid, Ma'am. Bitte kehren Sie nun an Ihren Platz zurück und setzen Sie sich.«

»Das kommt überhaupt nicht in Frage. Erst brauche ich Informationen.«

»Ma'am ...«

»Mein Name ist Julia, Nancy.«

»Julia, hören Sie ... Ich mache mir selbst Sorgen ...«

»Nancy, als Besatzungsmitglied sollten Sie eigentlich wissen, was los ist. Womit müssen wir als Nächstes rechnen?«

Die Stewardess zuckte die Achseln und presste die Lippen zusammen. Die Angst trieb ihr die Tränen in die Augen. »Ich ... ich weiß nicht, aber ich ...« Sie fuchtelte mit den Händen und rang um Fassung. »Ich würde mich ... sehr freuen ... wenn Sie mich jetzt in Ruhe ließen.«

Julia spürte, wie ihr der Mut sank, als sie die vierzig Jahre jüngere Frau betrachtete. Sie hatten beide Angst vor dem Unbekannten. Julia umarmte die junge Stewardess mütterlich.

»Meridian 5. Ihr Status?«, dröhnte eine Stimme über den Cockpit-Lautsprecher. Robert MacCabe erschrak. Er stand vor der Mittelkonsole und schaute ratlos auf den Dschungel aus Anzeigen, Skalen und Lämpchen auf der Instrumententafel.

Dan Wade holte mühsam Luft, drückte den Sendeknopf und sprach leise in das Mikrofon an seinem Kopfhörer.

»Wir sind ... stabil, Hongkong, aber wir brauchen jemanden mit Flugerfahrung ... denn ... mir geht es ziemlich schlecht.«

»Entschuldigen Sie die Frage, Sir, aber könnten Sie noch einmal sagen, was geschehen ist?«

Dan seufzte. »Ich weiß nicht, Hongkong. Direkt vor uns ist etwas explodiert. Die ganze Maschine hat gewackelt. Ich wurde geblendet, und der Kapitän hat vermutlich einen Herzinfarkt erlitten. Keine Ahnung, was es gewesen ist. Es war so grell, so schmerzhaft wie ein Atomblitz, doch das war es wahrscheinlich nicht. Ach ja ... jedenfalls ist es passiert kurz nachdem die unidentifizierte Maschine unsere Flugbahn gekreuzt hatte.«

Was der Fluglotse als Nächstes sagte, ließ Dan erschaudern. »Meridian, wir vermissen die Global Express. Kann es sein, dass Sie eine Kollision hatten?«

Dan schluckte und stellte sich vor, wie es ausgesehen hätte, wenn sie mit der 747 den kleineren Jet gerammt hätten. Es hätte eigentlich zu einem Druckabfall in der Kabine führen müssen. Doch eine andere Erklärung schien es nicht zu geben – es sei denn, es war ein Anschlag.

»Entweder ist eine Rakete vor uns detoniert oder wir hatten tatsächlich einen Zusammenstoß. Wenn die Global Express wirklich verschwunden ist, sieht es eher nach einer Kollision aus. Aber wir sind nicht beschädigt...«

»Meridian, sind Sie in der Lage, die Maschine zu landen, Sir?«

Dan überlegte, welche Folgen es haben würde, wenn er diese Frage auf einem offenen Funkkanal ehrlich beantwortete. Falls sich kein anderer Pilot fand, konnte man die Maschine noch immer mit Hilfe der Selbststeuerung landen. Doch dazu war es nötig, den Autopiloten und die automatischen Schubregler genau einzustellen und im Auge zu behalten. Denn wenn etwas schief ging, musste man sofort eingreifen und buchstäblich blind landen.

Dan kam zu dem Schluss, dass es keinen Sinn hatte, die Dinge zu beschönigen. Er konnte nicht einmal die Augen öffnen, geschweige denn etwas sehen. Er war blind wie ein Maulwurf.

»Hongkong«, krächzte er ins Mikrofon. »Ich bin der einzige Pilot an Bord, und ich kann nichts sehen. Aber der Autopilot funktioniert. Damit kriege ich uns runter.«

»Roger. Meridian.«

Dr. Graham Tash kam ins Cockpit und berührte Dan am Arm.

»Wer ist das?«, fragte Dan.

»Der Arzt, Dan.«

»Wie geht es Pete?«

Der Arzt räusperte sich. »Dan, es tut mir Leid, aber er ist verstorben.«

»Warum? Woran?«

»Ich weiß nicht. Vermutlich ein Herzinfarkt oder ein Schlaganfall.«

Dan keuchte und schluckte. »In einem halben Jahr wäre er in Rente gewesen. Er ... wollte mit seiner Frau eine Weltreise machen.«

»Wir haben getan, was wir konnten, aber sein Herz hat nicht mehr mitgemacht.«

Dan schwieg eine Weile. Plötzlich schnappte er nach Luft und zuckte schmerzhaft zusammen. »Doc, habt ihr Ärzte immer noch diese kleine schwarze Tasche dabei?«

»Kaum noch. Aber es gibt einen Erste-Hilfe-Koffer an Bord.«

»Ich . . . ich . . . brauche etwas gegen die Schmerzen, aber nichts, was mich besoffen macht. Ich kann vor Schmerzen nicht mehr klar denken.«

»Ich habe etwas mitgebracht«, beruhigte ihn Graham. »Ich gebe Ihnen nur eine kleine Dosis. Sie wissen, warum, Dan.«

»Beeilen Sie sich bitte.«

Graham riss mit den Zähnen die Verpackung eines Alkoholtupfers auf, legte die linke Armbeuge des Kopiloten frei und reinigte die Haut. Dann zog er das Schmerzmittel in eine Spritze und injizierte es in Dans Vene. »Das sollte sofort wirken.«

Der Kopilot atmete erleichtert auf. Im selben Moment kam Bill Jenkins ins Cockpit gestürmt. Ein Mann folgte ihm auf den Fersen.

»Dan? Ich habe Mr Geoffrey Sampson mitgebracht.«

Dan nickte. »Bitte setzen Sie sich auf den Platz des Kapitäns Mr Sampson, hier links und schnallen Sie sich an.«

»Wie Sie wünschen«, erwiderte der Mann in klassischem Oxford-Ton.

»Mr Sampson?«, fuhr Dan fort, sobald er hörte, dass der Sicherheitsgurt eingerastet war.

»Geoffrey, wenn es Ihnen nichts ausmacht«, meinte der Mann.

»Gut, Geoffrey. Hören Sie, ich brauche Ihre Hilfe, um diese Maschine zu fliegen.«

»Ach, du meine Güte, Captain. Das könnte schwierig werden. Ich habe schrecklich wenig Erfahrung.«

»Ich heiße Dan.«

»In Ordnung, Dan. In den Fünfzigerjahren habe ich einmal Flugunterricht auf einer kleinen, einmotorigen Maschine genommen, doch zwischen dem Vogel damals und diesem Flugzeug liegen Welten.«

»Kennen Sie die Grundbegriffe? Fluggeschwindigkeit, Flughöhe, Kurs, Fluglage?«

»Ich glaube schon.«

Wieder musste Dan sich zwingen, langsamer zu atmen. Er fühlte sich immer benebelter. War es das Morphium?

»Geoffrey. Nehmen Sie . . .« Dan schüttelte den Kopf, um wieder klar zu werden, und wurde mit einem scharfen Schmerz belohnt. Er hörte sich wimmern und nahm sich vor, in Zukunft besser aufzupassen. Er schluckte. Sein Mund war staubtrocken.

»Okay . . . Geoff . . . sehen Sie sich sämtliche Regler und alle Anzeigen gründlich an und stellen Sie fest, was Ihnen bekannt vorkommt.«

»Okay.«

»Wir . . . müssen nach Hongkong zurückkehren und die Maschine per Autopilot landen, weil ich blind bin.«

»Verstehe ich Sie recht? Soll das heißen, Sie können überhaupt nichts sehen?«

»Genau das ist das Problem.«

»Ach, du meine Güte!«

»Haben Sie eine Instrumentenflugberechtigung?«

»Nein. Und ich kann diese Maschine nicht fliegen. Ich . . . ich . . . ich.«

Robert tätschelte dem Engländer beruhigend die Schulter, während Dan mit einer Handbewegung dessen Gestammel unterbrach. »Moment mal, Geoffrey. Sie werden diese Maschine auch nicht fliegen. Sie sollen nur meine Augen sein, die wichtigsten Instrumente ablesen und aufpassen, dass der Autopilot sich nicht abschaltet. In Ordnung?«

»Gut. Ich kann es versuchen. Aber Sie dürfen nicht vergessen, dass ich eine solche Maschine nicht fliegen kann.«

»Ich verstehe. Robert, sind Sie noch da?«

»Ja, Dan.«

»Und der Arzt?«

»Ich bin hier, Dan.«

Dan holte mühsam Luft. »Okay. Sie alle beobachten jetzt diese Instrumententafel« Er zeigte auf die Knöpfe, mit denen man den Autopiloten ein- und ausschaltete. »Solange dieser Knopf erleuchtet ist, fliegt die Maschine von selbst. Wenn er ausgeht, muss man ihn wieder anstellen. Also: Sehen Sie den Radarschirm, Geoffrey?« Er zeigte auf den Bildschirm. Der Engländer bejahte.

»Können Sie ... Moment bitte.« Dan krümmte sich und schlug die Hände vors Gesicht. Er zitterte am ganzen Körper. Die drei Männer im Cockpit konnten nur erschrocken zuschauen. Es dauerte fast eine halbe Minute, bis der Kopilot sich wieder aufrichtete.

»Entschuldigen Sie. Okay, Sehen Sie die großen, rot markierten Gebiete auf dem Schirm. Das sind Sturmzellen, in die wir nicht geraten wollen.«

»Ja«, entgegnete Sampson. »Links von uns befindet sich ein großes, rotes Gebiet. Lassen Sie mich die Entfernung ablesen. Es sind etwa neunzig Kilometer.«

»Gut. Behalten Sie das im Auge.«

Dan beugte sich vor und berührte vorsichtig seine geschwollenen Lider. Ihn schwindelte, er hatte Schmerzen. Ihm war übel, und er fühlte sich müde und verängstigt. Doch er hatte wieder Hoffnung. *Ich werde es schaffen. Es ist ein neues Flugzeug, die Geräte funktionieren, und Hongkong hat eine lange Landebahn. Wir schaffen es.*

»Ist Britta hier?«

»Nein, Dan«, antwortete Graham Tash.

Dan nickte und versuchte zu schlucken. »Okay ... einen Moment.« Er drückte auf den Sendeknopf. »Hongkong Anflugkontrolle, Meridian 5. Ich brauche die Vektoren von ... nein. Zuerst muss ich die Landung vorbereiten. Ist der Kurs in Ordnung?«

»Roger, Meridian. Bitte steuern Sie nach links oder nach rechts. Kurs zwei-acht-null Grad. Ihre Flughöhe beträgt viertausend Meter.«

»Okay. Ich fliege nach links auf zwei-acht-null.« Dan nickte zum linken Sitz. »Geoffrey? Sehen Sie das kleine Fenster auf der vorderen Instrumententafel, auf das ich zeige?«

»Ja, Dan.«

»Was steht da?«

»Null-acht-null, richtig?«

»Korrekt.«

»Schauen Sie geradeaus auf die Kompassrose auf dem Videoschirm.« Dan stöhnte auf.

»Das habe ich.«

»Welcher Kurs steht unter dem Steuerstrich? Das ist die kleine Linie oben am Schirm.«

»Soweit ich erkennen kann, ebenfalls null-acht-null, wie Sie sagen.«

»Okay, Spitze.« Dan atmete stoßweise, *Ich muss mich beruhigen! Der Schmerz ist nicht mehr ganz so schlimm. Es ist zu schaffen. Nur mit der Ruhe.* »Geoffrey, das kleine Fenster, auf das ich gedeutet habe, zeigt den Kurs an, den der Autopilot fliegen soll. Der kleine Knopf darunter ist der Kurswahlregler. Drehen Sie ihn gegen den Uhrzeigersinn, bis er zwei-acht-null anzeigt. Okay?«

»Verstanden, Dan. Ich drehe daran.«

Dan spürte, wie sich die 747 in die Kurve legte. Nun mussten die richtigen Frequenzen für den Anflug eingestellt werden. Außerdem mussten sie langsam auf tausend Meter sinken und darauf achten, dass ein halbes Dutzend Schalter sich in der richtigen Stellung befanden. Doch zusammen würden sie es schaffen.

9

```
AN BORD VON MERIDIAN 5
WESTLICH VON HONGKONG
13. NOVEMBER — TAG ZWEI
1:36 ORTSZEIT / 1736 ZULU
```

Lucy Haggar, frisch gewählte Bürgermeisterin von Austin, Texas, öffnete ihren Sicherheitsgurt und stand auf. Sie strich ihre imposante silberweiße Haarmähne zurück und ging zur Bordküche, wo Claire Brown und Alice Naccarato bedrückt zusammenstanden. Lucy, eine sportliche und attraktive Endfünfzigerin, war es gewöhnt, im Bilde zu sein.

Sie zog den Vorhang auf und steckte den Kopf in die Bordküche. »Entschuldigen Sie, meine Damen, aber ich habe eine Frage.«

»Ja, Ma'am?« Claire drehte sich zu ihr um.

»Was wird hier gespielt? Und bitte keine Ausflüchte. Für gewöhnlich sucht eine Besatzung nicht händeringend nach Passagieren mit Pilotenschein – außer, es gibt ein Riesenproblem. Sind die Piloten etwa gestorben?«

Diese Frage war eigentlich als Scherz gemeint. Die rothaarige Claire holte tief Luft und nickte. »Einer von ihnen.«

Lucy spürte, wie ihre Augenlider zu zittern begannen, und hatte das Gefühl, als würde sich ihr gleich der Magen umdrehen. Ihr hart erkämpfter Sieg gegen die Flugangst war mit einem Schlag dahin.

»Sie machen Witze! Oh, mein Gott, nein, Sie meinen es ernst!«

Claire winkte sie in die Bordküche. »Sie sind Bürgermeisterin Haggar, nicht wahr?«

Lucy nickte. »Ja.«

»Frau Bürgermeisterin, im Moment wissen wir nur, dass dicht vor unserer Maschine eine Explosion stattgefunden hat und dass der Kapitän tot ist.«

»Aber es gibt doch einen Kopiloten. Bitte sagen Sie jetzt nicht, ihm wäre auch etwas zugestoßen.«

Claire schürzte die Lippen und zögerte einen Moment zu lange.
»Um Himmels willen. Der Kopilot ist ebenfalls verletzt!«
Die Stewardess nickte.
»Wie schwer?«
»Ich habe nicht die geringste Ahnung.«
»Ach, du meine Güte«, seufzte Lucy. »Vorhin war mir nur ein wenig mulmig, aber jetzt habe ich richtig Angst.«

Bevor Claire etwas sagen konnte, sprang der Bordlautsprecher an. Ein Mann räusperte sich und sprach mit gepresster Stimme.

Meine Damen und Herren ... hier ist Ihr Kopilot, Erster Offizier Dan Wade. Ich will offen mit Ihnen sein. Ich möchte, dass Sie ruhig bleiben und nicht die Fassung verlieren. Ein unbekanntes Objekt ist vor einigen Minuten dicht vor uns explodiert. Es besteht die Möglichkeit, dass es eine Rakete war ... jedenfalls hat sich die Detonation direkt vor dem Cockpit ereignet.

Der Bordlautsprecher wurde kurz aus- und dann wieder eingeschaltet.

Entschuldigen Sie. Der Explosionsblitz war so grell, dass er den Kapitän getötet hat. Es tut mir sehr, sehr Leid, Ihnen mitteilen zu müssen, dass Kapitän Pete Cavanaugh ums Leben gekommen ist. Deshalb haben wir nach Piloten gesucht.

Der Bordlautsprecher verstummte wieder. Dann waren scharrende Geräusche und ein tiefer Seufzer zu hören und Dan Wade fuhr fort. Seine Stimme hallte durch die Kabine. Mehr als zweihundert Passagiere starrten schweigend auf die Lautsprecher an der Decke, als könnten sie auf diese Weise ins Cockpit blicken.

Meine Damen und Herren ... ich bin nun der einzige Pilot, was normalerweise kein Problem wäre. Doch auch ich wurde bei dieser Explosion verletzt und habe, zumindest vorübergehend, das Augenlicht verloren. Aber unsere Maschine ist unbeschädigt. Diese wundervolle Boeing 747 ist absolut in der Lage, eine automatische Landung durchzuführen. Ich muss nur die Instrumente richtig einstellen, womit ich gerade beschäftigt bin. Nein, ich kann wirklich nichts sehen und ich habe große Schmerzen. Ich weiß, dass sich das ein wenig seltsam anhört. Aber ich kenne mich im Cockpit aus, und bei mir befinden sich Leute, die meine Anweisungen ausführen. Natürlich ist unsere Lage ernst, doch unsere Chancen sind ausgezeichnet. Ich will nichts beschönigen und Ihnen nicht weismachen, dass kein Risiko besteht. Aber wir sollten es schaffen. Wie dem auch sei ... es könnte nichts schaden zu beten. Nach der Landung bleiben wir auf der Landebahn stehen und lassen uns abschleppen, denn ohne etwas zu sehen, würde ich beim Rollen einen Unfall riskieren. Okay. Das war's. Tut mir Leid, dass ich es Ihnen nicht schonender beibringen konnte.

Erst volle zwanzig Sekunden später brachte Lucy Haggar wieder ein Wort heraus.

»Ich habe Offenheit gefordert, und die habe ich jetzt bekommen. Ich glaube, ich brauche jetzt einen Bourbon. Am besten eine ganze gottverdammte Flasche.«

»Ich hole Ihnen eine«, erwiderte Claire, doch Lucy hielt sie lächelnd zurück.

»Das war nur ein Witz, Schätzchen. Albträume übersteht man am besten nüchtern. Aber bevor ich in den Zug nach Austin steige, werde ich noch ein paar Bars in Kaulun leer saufen.«

Der Autopilot-Abschalt-Alarm schrillte in Dan Wades Ohren und ließ ihn zusammenzucken wie unter Elektroschocks. Die riesige 747 neigte sich nach vorne.

Dan griff nach dem Steuerhorn. Mit der linken Hand tastete er auf der Instrumententafel oben am Blendschutz nach dem viereckigen Knopf und schaltete den Autopiloten wieder ein. Gleichzeitig hielt er das Steuerhorn so gerade er konnte.

Die Instrumententafel fühlte sich beruhigend vertraut an. Für einen Augenblick vergaß Dan fast, dass er das Augenlicht verloren hatte. Als es ihm wieder einfiel, geriet er fast in Panik. Er berührte die mit Salbe bestrichene Bandage, die Dr. Tash ihm angelegt hatte. Die Angst nagte an ihm und lenkte ihn von der Aufgabe ab, die Maschine wohlbehalten zu landen. Trotz seiner aufmunternden Worte an die Passagiere stand nicht fest, ob sie es wirklich schaffen würden. Diese Erkenntnis hinderte ihn daran, klar zu denken, und drängte ihn, die Landung so schnell wie möglich hinter sich zu bringen.

Dan bemerkte, wie heiß es im Cockpit war. Doch jetzt war nicht der richtige Zeitpunkt, sich mit der Klimaanlage zu befassen. Er hatte Durst.

»Wie hoch fliegen wir?«, fragte er den Mann neben sich.

»Moment, ich schaue nach«, erwiderte Geoffrey. Sein Ton war zwar noch immer kultiviert, doch seine Stimme zitterte. »Ich glaube, da steht . . . ja, knapp unterhalb von viertausend Meter.«

»Gut. Achten Sie darauf, dass die Höhe konstant bleibt.«

Wieder eine Pause.

»Ist konstant.«

»Geoffrey, haben Sie den Knopf seitlich am Steuerhorn gedrückt?«

»Ja, ich bin wirklich untröstlich. Ich dachte, ich mache mich mit den Instrumenten vertraut.«

»Das war der Abschaltknopf für den Autopiloten. Sobald wir am Boden sind, werde ich Sie bitten, ihn zu betätigen. Aber nur auf meinen Befehl, in Ordnung?«

»Ja, sicher.«

Wahrscheinlich war es ein Fehler, ihn ins Cockpit zu holen, dachte Dan. Ein paar Flugstunden auf Kleinmaschinen vor vierzig Jahren waren keine Vorbereitung für die Bedienung dieses Hightech-Jets. Doch sie hatten keine Wahl.

»Regel Nummer eins, Geoffrey«, sagte Dan mit erhobenem Zeigefinger. »Drücken, drehen oder verstellen Sie hier drinnen nichts, wenn Sie nicht genau wissen, was Sie tun. Wir sind auf den Autopiloten angewiesen.«

»Ich verstehe. Verzeihen Sie.«

Dan schwitzte. Sein Atem ging stoßweise und seine Hände zitterten.

»Wie fühlen Sie sich?«, erkundigte sich Graham Tash, doch das war eine rhetorische Frage. Er sah genau, wie es dem Kopiloten ging. Dan litt große Schmerzen, beherrschte sich mit aller Macht und stand Todesängste aus – wie jeder andere an Bord.

»Wie ich mich fühle?«, schnaubte Dan. »Tut mir Leid, Doc, aber ich . . . ich versuche, mit allem fertig zu werden. Okay? Wir halten Kurs, sind auf Autopilot und haben genug Treibstoff, genau genommen sogar zu viel. Ich werde diesen Vogel dazu bringen, von selbst zu landen.«

»Hat die Spritze etwas genützt?«

»Es ist nicht mehr so schlimm, aber immer noch so, als würde mir jemand mit einem glühenden Messer Augen und Gesicht zerstechen. Ich habe noch nie solche Schmerzen gehabt. Doch wenn ich mehr Schmerzmittel nehme, kippe ich um.«

Dan wandte sein bandagiertes Gesicht dem Briten auf dem Kapitänssitz zu. »Äh . . . Geoffrey.«

»Ja, Dan.«

»Wir müssen den Plan noch einmal durchgehen.« Dan kratzte sich an der Stirn, bevor er weitersprach. »Ich erkläre Ihnen jeden Schritt, und wenn Sie die Instrumente ablesen, auf die ich zeige, werde ich . . .« Er hielt inne und verzog das Gesicht, als ihn eine weitere Schmerzwelle überrollte. Mühsam fuhr er fort. »Sobald die Flugkontrolle in Hongkong uns in einen Lokalisator einklinken kann, das ist der Funkstrahl, der uns zur Landebahn führt, werde ich die Hand auf den Kurswahlregler legen, den ich Ihnen vorhin gezeigt habe. Hier.« Dan zeigte stöhnend auf den Schalter. Dann holte er tief Luft und nahm eine bequemere Sitzhaltung ein.

»Okay, das ist der Kurswahlregler. Welcher Kurs ist eingestellt?«

»Zwei-acht-null, Dan.«

»Gut.«

Besorgt beobachtete Geoffrey Sampson, wie der Kopilot wieder den Kopf senkte und aufstöhnte.

»Geht es noch, Dan?«, fragte Robert MacCabe und berührte Dan vorsichtig an der Schulter. »Dan?«

Der Kopilot nickte, hob aber nicht den Kopf. »Es geht mir gut. Nein, das ist eine gottverdammte Lüge. Ich fühle mich miserabel. Ich habe Schmerzen. Aber das wird schon wieder, auch wenn es im Moment ziemlich hart ist. Geoffrey, nach der Kurseinstellung werde ich die Flughöhe senken . . . genau hier.« Es kostete Dan sichtliche Mühe, sich zu dem Höhenregler vorzubeugen.

»Verstanden«, entgegnete Geoffrey Sampson.

Dan wies auf den Geschwindigkeitsregler und keuchte: »Dann

verlangsame ich unser Tempo ... und beginne mit dem Landeanflug. Dazu brauche ich präzise Angaben von Ihnen, um sicherzugehen, dass ich den richtigen Knopf treffe.«

»In Ordnung, Dan. Und dann landet das Flugzeug von selbst, richtig?«

Dan schwieg eine Weile. »Solange ... ich alles korrekt einstelle, werden wir wohlbehalten ankommen. Ich muss auf die richtige Funkfrequenz gehen und Klappen und Fahrwerk ausfahren. Doch der Autopilot sollte es schaffen. Wenn ich es sage, müssen Sie den Autopiloten ausschalten, und zwar mit dem Knopf, den Sie vorhin versehentlich gedrückt haben.«

»Gut«, erwiderte Geoffrey.

Wieder sackte Dan nach vorn und rieb sich heftig den Kopf.

Robert saß auf dem Notsitz dicht hinter dem Platz des Kapitäns. Der Arzt stand hinter dem Kopiloten und beobachtete ihn besorgt. Robert nahm Graham unvermittelt am Arm und zog ihn in den hinteren Teil des Cockpits.

»Ich bin kein Mediziner«, flüsterte Robert, »aber ich weiß nicht, ob er diese Schmerzen durchstehen wird. Sie haben ihn gesehen.«

Graham nickte besorgt. »Er braucht immer mehr Pausen. Aber wenn ich ihm eine höhere Dosis gäbe, hätten wir keinen Piloten mehr.«

»Bitte fragen Sie ihn noch einmal.«

Graham ging zu dem Kopiloten und Robert setzte sich wieder auf seinen Platz.

»Dan?«, sagte Graham. »Ich bin es, der Arzt. Schaffen Sie es noch?«

Keine Reaktion.

»Dan, hier ist Dr. Tash. Hören Sie mich?«

Dan nickte. »Ja, ja, Doc. Ich habe schreckliche Schmerzen.«

»Vielleicht brauchen Sie noch eine kleine Spritze?«

»Nein. Auf keinen Fall. Ich muss eben die Zähne zusammenbeißen. Jetzt erklär ich Geoffrey besser, was zu tun ist, falls wir – Gott behüte – die Landung abbrechen und es noch einmal versuchen müssen.«

Robert bemerkte den besorgten Blick des Arztes. Graham schluckte und flüsterte Robert ins Ohr:

»Passen Sie auf ihn auf. Ich muss mit meiner Frau sprechen.«
Robert nickte.

An der Tür blieb Graham noch einmal stehen und sah sich um. Alles wirkte so unwirklich, ein Albtraum, untermalt von elektronischem Summen und dem Rauschen der Luftströmung. Er fühlte sich schwindelig und verwirrt. Vor einer knappen Stunde war Sampson, der Mann auf dem Pilotensitz, noch ein ganz gewöhnlicher Passagier gewesen. Doch in einem Sekundenbruchteil hatte sich alles verändert. Ihr Leben hing plötzlich von einem Computersystem und einem blinden Piloten ab.

Vielleicht würde es funktionieren, doch die Ungewissheit ließ ihm die Knie weich werden.

Durch die Frontscheibe sah Graham eine Wand bauschiger Kumuluswolken, angeleuchtet von den Landescheinwerfern. Der bevorstehende Zusammenstoß mit den Wolken, obgleich vollkommen harmlos, kam ihm vor wie eine grausige Generalprobe für das, was ihnen innerhalb der nächsten Stunde in Hongkong bevorstand, falls der Pilot zusammenbrach. Graham malte sich aus, welche Folgen der Zusammenstoß hätte, wären die Wolken aus hartem Material. Ihre Geschwindigkeit war über dreihundert Knoten. Er würde keine Schmerzen spüren, keine Zeit für einen Schrei und keine Zeit, Susan zu sagen, wie sehr er sie liebte.

Er öffnete die Cockpittür. Ihre Blicke trafen sich und er war froh über ihr warmes Lächeln. Er versuchte, es zu erwidern, doch die Angst, dieses wundervolle neue Leben, das Susan ihm geschenkt hatte, bald zu verlieren, war überwältigend.

Auch Susan fürchtete sich, konnte es aber besser verbergen. Sie hatte den anderen geholfen, die Leiche des Kapitäns in einen kleinen Stauraum hinter dem Cockpit zu tragen. Dann hatte sie wieder Platz genommen und wartete nun auf ihren Mann. Er konnte nur staunen, wie sie in dieser Situation noch lächeln konnte.

Graham lief die sechs Meter zu seinem Sitz, ohne auf die verängstigten Mienen der anderen Passagiere zu achten. Er setzte sich neben sie und nahm ihre Hand.

»Wie schlimm steht es, Schatz?«, fragte sie mit Blick zum Cockpit.

»Wenn die Instrumente uns nicht im Stich lassen, sollte es keine Probleme geben.«

10

AN BORD VON MERIDIAN 5
WESTLICH VON HONGKONG
13. NOVEMBER — TAG ZWEI
1:44 ORTSZEIT / 1744 ZULU

Dr. Diane Chadwick sah wieder auf die Uhr. Sie wusste, dass sie nur das Unvermeidliche hinausschob. Der Gedanke, dass sich eine schwere Krise in der Luft für eine Studie anbot, war ihr zunächst morbide erschienen. Sie hatte Mühe, ihre eigene Angst zu bewältigen. Wie konnte sie sich dann mit den Ängsten anderer Menschen befassen. Auch eine Verhaltenspsychologin hatte schließlich ihre Grenzen.

Aber es ist mein Fach!, sagte sie sich wieder. Sie hatte Artikel über das Verhalten von Fluggästen und Besatzungen in Notfällen geschrieben – und nun befand sie sich mitten in einem ungeplanten Laborexperiment. *Was wird man bei der NASA von mir denken, wenn ich das hier überlebe und dann zugeben muss, dass ich nur rumgesessen habe?*

In ihrer großen Handtasche befand sich ein Notizblock. Diane musste ihre ganze Willenskraft aufbringen, um sich herunterzubeugen und den Block und einen Stift herauszuholen.

Sie saß in der fünften Reihe der Business-Class. Bis jetzt hatte Diane versucht herauszufinden, was geschehen war, indem sie die Rücken und Köpfe vor sich angestarrt hatte. Doch das genügte ihr nun nicht mehr.

Also auf! Diane öffnete ihren Sicherheitsgurt und lächelte ihren Sitznachbarn an, der wortlos an seinen Fingern kaute. Sie strich ihr kurzes kastanienbraunes Haar glatt, rückte ihre Brille zurecht und ging den Mittelgang entlang, um Eindrücke zu sammeln, die sie später auf Papier festhalten wollte.

Zwei Flugbegleiterinnen blickten auf, ohne etwas zu sagen. Das war der Vorteil, wenn man sich unauffällig kleidet, dachte Diana. In ihrer Freizeit genoss sie es, sich mädchenhaft und feminin anzuziehen. Doch oft – wie heute auf dem Heimflug nach der Terrorismustagung in Hongkong – bevorzugte sie einen schlichten Stil, der sie wie eine typische Wissenschaftlerin aussehen ließ.

Diane kam zu dem kleinen Stauraum in der ersten Klasse, machte kehrt und schlenderte bemüht ruhig zurück. Die ersten fünf Reihen nahm eine politische Delegation ein, wie sie gehört hatte. Eine der Damen war aufgestanden und unterhielt sich mit einem ängstlich dreinblickenden Herrn. Doch die meisten waren angeschnallt sitzen geblieben, schweigend, mit gefalteten Händen, oder sie sprachen leise mit ihrem Sitznachbarn. Offenbar fiel es ihnen schwer, ihre Angst zu beherrschen.

In der Bordküche hinter der ersten Klasse hatte sich eine dritte Stewardess zu den beiden gesellt, an denen sie vorbeigekommen war. Sie unterhielten sich im Flüsterton, lächelten und witzelten nervös, während sie für ausreichenden Alkoholnachschub sorgten. Bald erschien ein älterer Flugbegleiter und legte zweien der Frauen die Hände auf die Schultern, offenbar im Versuch, sie aufzumuntern.

Eine Vaterfigur, oder er will es zumindest sein, dachte sie. *Wahrscheinlich macht er diesen Job seit Jahrzehnten. Das muss ich herausfinden.*

In der Economyklasse herrschte eine erstaunliche Ruhe. Wohin sie auch blickte, standen Passagiere und Besatzungsmitglieder leise plaudernd beisammen. Es herrschte bestimmt keine Panik; man war nur ernst und besorgt. Diane wusste aus Untersuchungen, wie unangenehm Passagiere werden konnten, wenn sie den Eindruck hatten, dass man ihnen die Wahrheit vorenthielt.

Links von ihr, in der dreiundzwanzigsten Reihe, versuchte eine junge Frau ihre Tränen zu verbergen. Ihr Sitznachbar trug eine Miene zur Schau, die anscheinend besagen sollte, dass ihn die ganze Situation nicht berührte.

Sie fleht ihn um Hilfe an, und er weist sie zurück, analysierte Diana treffsicher.

Eine grauhaarige Dame drängte sich wichtigtuerisch an Diane vorbei und sprach kurz mit verschiedenen Passagieren. Diane rückte ein wenig näher heran, um sie zu belauschen. Die Frau schien die Durchsage des Kopiloten sehr eigenwillig zu interpretieren.

»Er macht es schlimmer, als es ist, meine Liebe. Heutzutage sind Piloten eigentlich bloß noch dazu da, die teuren Flugzeug-Computer zu programmieren. Es geht bestimmt alles glatt. Und wenigstens kommen wir so zu einer kostenlosen Übernachtung in Hongkong.«

Einige Reihen weiter hinten saß ein Junge auf einem Fensterplatz, der einzige, bei dem Diane echten Zorn zu bemerken meinte. Der bunt gestreifte Anstecker an seinem Hemd wies ihn als allein reisenden Minderjährigen aus. In der Hand hielt er einen kleinen Kopfhörer und ein elektronisches Gerät.

Vor der hinteren Bordküche holte Diane tief Luft. Nun musste sie sich einzelne Passagiere herauspicken, zum Beispiel das junge Paar, das sich so fest an den Händen hielt, dass es ihnen wahrscheinlich das Blut abschnürte. Oder den dicken Mann, der Solitär spielte und dabei unablässig Kartoffelchips in sich hineinstopfte. Es war wirklich beeindruckend, auf wie viele verschiedene Arten Menschen ihren Gefühlen Ausdruck gaben.

Diane blieb stehen und machte sich Notizen. Ihre eigene Angst hatte sie inzwischen ganz vergessen.

Robert MacCabe behielt Dan Wade sorgfältig im Auge. Der rasche Atem, der Schweiß, obwohl es sehr kühl war, die abgehackte Sprechweise – alles Zeichen fast unerträglicher Schmerzen. Wie lange würde der Kopilot noch durchhalten? Robert schätzte ihn auf Anfang vierzig, und er war offenbar bei guter Gesundheit. Sie konnten nur beten, dass Dan ein starkes Herz hatte.

Etwas bewegte sich an der Cockpittür. Rick Barnes kam herein und schloss die Tür hinter sich. Als er Robert bemerkte, nickte er ihm zu und schaute fragend zu Geoffrey Sampson. Robert stellte die beiden einander vor und Barnes hielt Geoffrey die Hand hin.

»Nett, Sie kennen zu lernen. Ich bin der Geschäftsführer dieser Fluggesellschaft. Danke für Ihre Hilfe.«

»Ich versichere Ihnen, Mr Barnes, es ist reiner Eigennutz.«

Rick sah den Kopiloten an. Der Anblick der Verbände über dessen Augen ließ ihn erschaudern. »Äh, Dan?«

Der Kopilot seufzte tief. »Ja, Mr Barnes?«

Rick zögerte. Er wusste nicht, wie er sich ausdrücken sollte. »Äh, ich wollte nur . . .«

»Meinen Platz übernehmen? Mein Gott, ich wünschte, das könnten Sie.«

Rick lachte nervös. »Du meine Güte, nein. Das habe ich nicht vor. Bitte bringen Sie uns wohlbehalten hinunter, Dan. Ich habe keine Ahnung, wie schwer Ihre Verletzung ist, aber ich besorge Ihnen die besten Ärzte der Welt.«

Dan lag eine Bemerkung über die unlängst gekürzten Gesundheitsleistungen für Piloten auf den Lippen, aber er verkniff sie sich. Es war nicht der richtige Zeitpunkt. Barnes hatte genauso viel Angst wie alle anderen.

»Das freut mich zu hören, Mr Barnes. Aber ich muss Sie bitten, sich jetzt wieder auf Ihren Platz zu setzen.«

Rick Barnes nickte. »Sie haben Recht. Ich bin draußen, falls Sie mich brauchen sollten.«

Er verließ das Cockpit und Britta kam mit einer kleinen Wasserflasche. »Wie fühlen Sie sich, Danny?«

»Mehr oder weniger okay. Schade, dass Sie nicht fliegen können wie Karen Black.«

»Wer?«, fragte Britta mit verdatterter Miene.

»Das war ein Film, Britta. Schon gut. Spielt keine Rolle.«

»O Gott, meinen Sie etwa *Airport*?« Britta schwieg eine Weile und sah sich im Cockpit um, bevor sie leise sagte: »Dan, ich muss wissen, was Sie vorhaben und was ich tun soll.«

Der Kopilot drehte den Kopf, als würde er sie ansehen. »In etwa zehn Minuten beginne ich mit dem Landeanflug, Britta. Ich möchte, dass alle sich anschnallen und Notfallposition einnehmen. Erklären Sie noch einmal die Notausgänge. Und da wäre noch etwas sehr Wichtiges.«

»Ja?«

»Sie werden entscheiden müssen, ob und wann eine Evakuierung notwendig ist, Britta. Wenn . . . etwas schief geht und Sie nichts von mir hören, vergewissern Sie sich, dass die Maschine steht, und bringen Sie die Passagiere raus. Okay?«

»Sie werden es schaffen, Dan. Wir überstehen das.«

Der Kopilot holte tief Luft. »Ich tue mein Bestes, aber wir müssen landen, bevor ich schlappmache.«

Britta massierte ihm die Schultern und versuchte dabei, durch die Frontscheibe etwas Vertrautes zu erkennen. Am Boden waren nur wenige Lichter sichtbar. Rechts konnte man mit Mühe eine Stadt ausmachen. Links schimmerte etwas auf dem Meer. Die Blitze tauchten die Wolken um sie herum in Farben, wie auf einem Gemälde von van Gogh.

Britta beugte sich zu Dan hinunter und küsste ihn leicht auf die Wange. »Bestimmt, Dan, Sie werden es schaffen. – Wen möchten Sie also im Cockpit haben? Mr MacCabe ist hier. Soll er bleiben?«, fragte sie.

»Kaum zu fassen, dass Sie sich meinen Namen gemerkt haben«, meinte Robert.

»Britta«, erwiderte Dan, »Sie werden draußen gebraucht, aber bleiben Sie hier oben und halten Sie sich bereit. Mr Sampson sitzt rechts von mir, Mr MacCabe auf dem Notsitz, falls er nichts dagegen hat. Und wenn Sie doch noch einen Piloten finden, bringen Sie ihn sofort hier her.«

»Darauf können Sie Gift nehmen, Dan«, entgegnete Britta.

»Und bitte halten Sie Rick Barnes vom Cockpit fern. Er inspiriert mich nicht besonders.« Dan rieb sich die Stirn und schnappte nach Luft, bevor er fortfuhr. »Ach, wäre nur Leslie Nielsen hier und würde mich ständig daran erinnern, dass alles nur von mir abhängt.« Er zwang sich zu einem Lächeln und drehte vorsichtig den Kopf geradeaus.

Gut! dachte Britta. *Wenn er noch Witze machen kann, schaffen wir es.*

»Es hängt wirklich alles von Ihnen ab, Danny!«, meinte sie und zitierte damit Nielsens Standardspruch aus *Airplane!*, einer Komödie, die unter Fliegern als Kultfilm galt.

Aus dem Lautsprecher war nun die Flugkontrolle in Hongkong zu hören. »Meridian 5, wie weit entfernt vom Flughafen möchten Sie den ILS-Anflug beginnen?«

Dan brachte die anderen im Cockpit mit einer Handbewegung zum Schweigen.

»Hongkong, ich brauche eine Menge Platz, um sicherzugehen, dass . . . wir die Landebahn treffen. Können Sie mich auf dem Radar sehen . . . weit genug, um mir eine Fünfundsiebzig-Kilometer-Kehre auf dem Landekurssender anzugeben?«

»Unser Wetterradar zeigt eine Reihe schwerer Gewitter etwa sechzig Kilometer westlich, Sir, die sich mit einer Geschwindigkeit von zehn Knoten nach Osten bewegen. Wir möchten nicht, dass Sie da hineinfliegen.«

»Okay, Hongkong. Dann eine Fünfundvierzig-Kilometer-Kehre auf Anflugkurs.«

»Das ist zu machen, Meridian«, antwortete der Fluglotse. »Melden Sie sich, wenn Sie bereit sind. Inzwischen fliegen Sie nach links, Kurs eins-acht-null.«

Britta Franz stieg die Treppe zumn Hauptdeck hinunter und winkte Bill Jenkins, Claire Brown, Alice Naccarato, Nancy Costanza und vier andere Flugbegleiter zu einer kurzen Besprechung in die mittlere Bordküche. Sie bemühte sich um einen möglichst zuversichtlichen Ton.

»Okay, genau dafür haben wir unsere Ausbildung gemacht. In den Augen der Öffentlichkeit sind wir nur überbezahlte Kellner und Kellnerinnen, die Drinks servieren. Doch nun können wir uns als Profis zeigen. Solange Dan keine anderen Instruktionen erteilt, führe ich das Kommando. Sie wissen, was Sie zu tun haben. Wenn ich den Befehl gebe, die Maschine zu evakuieren, fangen Sie sofort damit an. Unter gar keinen Umständen dürfen Sie jedoch die Türen öffnen oder die Notrutschen herunterlassen, ehe wir richtig stehen. Keine eigenmächtigen Entscheidungen, außer Sie sind sicher, dass ich nicht mehr in der Lage bin, eine Evakuierung anzuordnen. Verstanden?«

Alle nickten.

»Wir werden es schaffen, Leute. Dan ist verletzt, aber er ist ein erfahrener Pilot. Er wird das Flugzeug wohlbehalten landen.«

Als Britta zum Oberdeck zurückeilte, um die Bordküche dort zu sichern, rief ihr jemand etwas nach. Sie erkannte die Stimme nicht.

»Entschuldigen Sie! Ich sagte, entschuldigen Sie!«

Britta drehte sich und eine Frau stand vor ihr.

»Ich wollte unten schon mit Ihnen reden«, sagte sie. »Sind Sie die Mutter Oberin hier?«

»Wie bitte?«, erwiderte Britta verblüfft.

»Die Mutter Oberin, Schätzchen, die Chefstewardess, die hier die Peitsche schwingt.«

»Ja, das bin ich«, sagte Britta irritiert.

»Genau das meine ich, Schätzchen.« Die Frau lächelte freundlich und schaute zu Graham und Susan Tash hinunter. »Hören Sie, bestimmt würden Sie mir meine Ausdrucksweise verzeihen, wenn Sie wüssten, dass ich schwarz bin – zumindest war ich das bis kurz nach dem Start. Seit Sie überall einen Ersatzpiloten suchen, habe ich vor lauter Angst die Farbe verloren.«

Britta schloss die Augen und schüttelte den Kopf, als wolle sie das Gespräch noch einmal von vorne beginnen. »Verzeihung. Wer sind Sie?«

Lächelnd hielt die Frau ihr die Hand hin; Britta schüttelte sie ein wenig zögernd. »Ich bin Dallas Nielson, Sitz 2a, in der unteren Etage. Ich sitze in der ersten Klasse, okay? Also niemand, der aus irgendeinem Gepäckfach gekrochen ist. Lassen Sie sich von den Dreadlocks nicht täuschen.« Sie schüttelte ihren Haarschopf.

»Pardon. Ich wollte damit nicht sagen . . .«

Dallas Nielson unterbrach sie mit einer Handbewegung. »Schon gut, Schätzchen, ich bin nur so nervös, dass ich mit Tempo Warp 7 rede. *Star Trek*, Sie wissen schon.«

»Ja, ich kenne *Star Trek*, aber . . .«

»Sehr gut«, grinste Dallas Nielson, »also haben wir noch etwas gemeinsam, außer dass wir in einer riesigen, pilotenlosen Maschine gefangen sind.«

Britta wusste noch immer nicht, was die Frau von ihr wollte. »Ms Nielson, besitzen Sie zufällig einen Pilotenschein?«

»Ich? Nein! Es ist schon gefährlich genug, wenn ich Auto fahre.«

»Dann frage ich mich, worauf Sie hinauswollen. Was kann ich für Sie tun? Ich habe nicht viel Zeit, denn ich muss alles für die Landung vorbereiten.«

»Sie heißen Britta, richtig?«

»Ja.«

»Gut, Britta. Es ist vielleicht eine dumme Frage, aber wie zum Teufel soll ein blinder Pilot diese Maschine landen? Bis jetzt bin ich sitzen geblieben und habe brav den Mund gehalten, Mädchen, aber jetzt muss ich es wissen.«

»Oh, das ist ganz einfach«, lächelte Britta gezwungen. »Das Flugzeug verfügt über eine Selbststeuerung, die es zur Landebahn bringt und dort abbremst. Könnten Sie sich jetzt bitte wieder setzen?«

Dallas nickte. »Ich glaube, ich habe mich nicht richtig ausgedrückt. Ich weiß, dass diese Maschine automatisiert ist, und ich habe die Durchsage des Piloten gehört. Autopilot, automatische Vortriebsregler, automatische Bremse. Aber wie will er alles einstellen, wenn er nichts sieht? Ich habe keine Lizenz, um solche Flugzeuge zu fliegen, aber ich kenne mich aus. Vielleicht sollte ich raufgehen und meine Hilfe anbieten. Was halten Sie davon? Gute Idee?«

Britta schüttelte den Kopf. »Der Zeitpunkt ist nicht sehr günstig, Ms Nielson. Außer Sie können fliegen.«

»Nennen Sie mich Dallas. Wann wäre der Zeitpunkt denn günstiger? Nach dem Absturz? Nachdem uns der arme Pilot in den Boden gerammt hat, weil niemand für ihn die Instrumente abgelesen hat? Oder funktioniert das auch in Braille?«

»Brai ... was? Ganz sicher nicht«, erwiderte Britta. »Wenn Sie keine Pilotin sind, haben Sie nichts im Cockpit verloren. Außerdem befindet sich bereits ein Herr mit Flugerfahrung dort, der für den Kopiloten die Instrumente abliest.«

»Ich möchte wenigstens mal kurz reinschauen«, beharrte Dallas, »und meine Hilfe anbieten. Ich könnte das, was der andere Typ tut, noch einmal überprüfen. Ich kenne mich wirklich aus.«

»Wie ist das möglich, wenn Sie keinen Pilotenschein haben?«

»Weil ich als Ingenieurin Hunderte von Stunden lang die Fluginstrumente einer Boeing 747 abgelesen habe, okay?«

Britta blieb der Mund offen stehen. »Sie sind Flugingenieurin? Um Gottes willen, warum haben Sie das nicht gleich gesagt?«

Nein. Schätzchen, Fernsehtechnikerin, mit jeder Menge Zeit, den Microsoft-Flugsimulator zu spielen. Aber das werde ich dir bestimmt nicht unter die Nase binden.

»Okay«, meinte Britta. »Kommen Sie sofort mit!« Sie schickte sich zum Gehen an, drehte sich aber noch einmal um. »Doch wenn er Sie aus irgendeinem Grund auffordert, das Cockpit zu verlassen, versprechen Sie mir bitte, unverzüglich zu Ihrem Platz zurückzukehren.«

Dallas Nielson tätschelte Britta die Schulter. »Schätzchen, auch wenn ich mich aufführe wie ein Elefant im Porzellanladen, bin ich nicht so dämlich, einem blinden Piloten auf den Wecker zu fallen, der versucht, mein Leben zu retten.«

Britta führte Dallas ins Cockpit, wies ihr den Notsitz hinter dem Platz des Kapitäns an und erklärte dem Kopiloten den Grund für Dallas' Hiersein.

»Können Sie die Instrumente ablesen?«, fragte Dan.

»Meinen Sie Fluglage-Deviationsanzeige, Navigationsgerät für die Horizontallage, Höhenmesser, VVI, Geschwindigkeit und Whiskey-Kompass?«

»Eine ausgezeichnete Antwort, Ms ...«

»Dallas.«

»Okay, Dallas. Mr MacCabe, würden Sie bitte mit ihr die Plätze tauschen? In der Mitte gibt es einen zweiten Notsitz. Sie müssen ihn aus der Wand klappen.«

»Schon passiert.«

»Also, Dallas«, sagte Dan. »Setzen Sie sich und helfen Sie uns. Der Herr vor Ihnen heißt ...« – Dan atmete tief durch – »... Geoffrey Sampson. Hören Sie gut zu, was ich ihn frage, und melden Sie sofort, wenn etwas nicht stimmt.«

»Verstanden, Chef.«

Britta war in der Cockpittür stehen geblieben. Sie bemerkte zu ihrer Freude, dass die Frau ruhig und mit scheinbar geschultem Blick auf die Instrumente schaute. Sie schöpfte wieder ein wenig Hoffnung.

HONGKONG ANFLUGKONTROLLE
CHEK LAP KOK, HONGKONG INTERNATIONAL AIRPORT
13. NOVEMBER – TAG ZWEI
1:55 ORTSZEIT / 1755 ZULU

Der Leiter der Anflugkontrolle in Hongkong und zwei seiner Fluglotsen hatten besprochen, wie sie die Meridian 5 aus ihrer misslichen Lage befreien konnten. Wenn die Maschine landebereit war, würden sie sie von Westen heranlotsen, präzise auf Landebahn 7 zu. Das Flugzeug flog auf Autopilot und richtete sich nach den Funkstrahlen des ILS-Instrumentenlandesystems, das es in ein imaginäres Zielfenster fünfzehn Meter oberhalb des Rollbahnendes leiten würde. Der neue Großflughafen verfügte über die modernste elektronische Ausrüstung. Das ILS-System war nagelneu und zuverlässig. Jedes Flugzeug, das sich an das ILS hielt, kam – mit kleinen Abweichungen – genau dort an, wo sie es haben wollten.

Sie waren in ständigem Kontakt mit der Firmenzentrale von Meridian Airlines in Los Angeles. Der Cheflotse hatte auch mit der amerikanischen Luftfahrtbehörde und mit der chinesischen Luftwaffe gesprochen. Auch das amerikanische Konsulat vor Ort war im Bilde, denn schließlich befanden sich US-Bürger an Bord, und niemand konnte sagen, ob es sich bei der Explosion um einen kriegerischen Akt gehandelt hatte. Zoll, Einwanderungsbehörde, die Polizei von Hongkong, die Feuerwehr – alle standen auf Abruf bereit.

Niemand außer Meridian 5 hatte jedoch eine Explosion registriert. Dass der Kopilot anfangs einen weit entfernten Atomschlag als mögliche Ursache bezeichnet hatte, hatte Politiker und Generäle von Peking bis Washington in Angst und Schrecken versetzt. Auch die Vermutung, Meridian 5 könnte mit dem Global-Express-Firmenjet zusammengestoßen sein, der vor dem Zwischenfall vom Radarschirm verschwunden war, hatte für Bestürzung gesorgt. Die Frage, was genau die Piloten von Meridian 5 geblendet hatte, war für den Leiter der Anflugkontrolle jedoch weniger von Bedeutung. Ihn interessierte nur, dass seine Leute der 747 zu einer sicheren Landung verhalfen.

»Wie hoch schätzen Sie ihre Chancen ein?«, fragte einer der Fluglotsen.

Der Leiter der Anflugkontrolle holte tief Luft, bevor er antwortete. »Auf unserem Flughafen landen täglich Flugzeuge mithilfe des ILS-Instrumentenlandesystems.«

»Ja, Sir, ich verstehe. Aber Sie haben meine Frage nicht beantwortet.«

KONSULAT DER VEREINIGTEN STAATEN VON AMERIKA
HONGKONG, CHINA

Kat schloss die Tür der Gästesuite hinter sich ab, zog sich aus und schlüpfte zwischen die teuren Laken. Sie genoss den Blumenduft im Zimmer und wollte gerade die Augen schließen, als das Telefon läutete. Der Konsulatsangestellte, der sie begrüßt hatte, informierte sie über den Notfall an Bord von Meridian 5.

Kat war wie vom Donner gerührt. Robert schwebte in Gefahr. Und nun steckte das Flugzeug, in dem er saß, in Schwierigkeiten. Vielleicht war es sogar angegriffen worden.

»Ich brauche sofort einen Wagen zum Flughafen«, sagte sie, sobald sie sich von dem Schock erholt hatte.

»Sofort?«

»Sofort.«

AN BORD VON MERIDIAN 5

Die Stimme aus dem Lautsprecher klang gepresst, wenn auch klar und deutlich.

Meine Damen und Herren, hier spricht Ihr ... Pilot. In wenigen Minuten beginnen wir mit dem Anflug auf Hongkong. Ich möchte Ihnen Folgendes mitteilen: Hier bei mir im Cockpit befinden sich ein paar Leute, die mir helfen, ... die richtigen Schalter zu finden und die Instrumente abzulesen. Solange ... die Automatik funktioniert, wird es eine sanfte Landung werden. Aber ich will Ihnen nichts vormachen. Versagt die Automatik, muss ich selbst übernehmen, und dann wird es vermutlich recht holprig. Ich kann Ihnen nur versprechen, mein Bestes zu tun. Ganz gleich, woran Sie glauben, ein paar Gebete können nicht schaden. Bitte bleiben Sie sitzen und halten Sie sich strikt an die Anweisungen der Flugbegleiter.

In den Passagierkabinen herrschte entsetztes Schweigen, als hätte die Durchsage all die Ängste wieder geweckt, welche die Passagiere so gut gemeistert hatten.

Britta Franz fühlte sich wie betäubt. Aus dem Augenwinkel sah sie, wie zweihundert Passagiere gleichzeitig ihre Sicherheitsgurte überprüften, ihre Kissen zurechtrückten und versuchten, einander zu beruhigen. Einige hatten die Köpfe gesenkt und beteten.

Aufmunternd tätschelte sie Claire die Schulter und ging wieder nach oben, um zu melden, dass alles bereit zur Landung war.

Und wer beruhigt mich?, fragte sie sich, nur um sich im nächsten Moment wegen ihres Selbstmitleids zu tadeln.

Dan Wade schob einen Hebel vor und die vier Hauptfahrwerke und das Bugrad der 747 klappten aus. Das Cockpit vibrierte angenehm.

»Was ... zeigen die Fahrwerkslämpchen an?«, fragte Dan.

»Alle grün«, entgegnete Geoffrey Sampson. »Einige waren vorher rot, aber jetzt sind sie grün.«

»Okay. Jetzt ... müssen Sie mir sagen, was der Wegstreckenmesser anzeigt«, meinte Dan.

Wieder beugte Sampson sich vor und suchte das verwirrende Durcheinander von Zahlen vor sich ab.

»Suchen Sie das DME, Schätzchen?«, erkundigte sich Dallas Nielson.

Dan drehte seinen verbundenen Kopf nach links. »Sie kennen den Ausdruck?«

»Aber klar doch, das *distance measuring equipment*. Das Gerät zeigt siebzehn Kilometer an. In etwa der gleichen Distanz erkenne ich die Lichter des Flughafens. Links vor uns blitzt es ab und zu, und über dem Flughafen hängen einige dunkle Wolken. Die Höhe beträgt noch immer tausend Meter.«

»Korrekt«, bestätigte Geoffrey Sampson. Er drehte sich zu Dallas um, die direkt hinter ihm saß. »Ms Nielson, hielten Sie es nicht für besser, wenn wir die Plätze tauschen würden?«

»Nein, ich kenne die Schalter nicht, aber ich werde Ihnen genau sagen, was ich sehe.«

Der erschöpfte Kopilot schnappte nach Luft. »Bitte ... halten Sie sich nicht zurück.«

Dallas Nielson kicherte. »Man kann mir so manches vorwerfen, aber bestimmt nicht, dass ich den Mund nicht aufbekomme.« Sie blickte Robert MacCabe an und lächelte breit. Robert konnte nicht anders, als zurückzulächeln.

Dans rechte Hand lag auf dem Steuerhorn, obwohl der Autopilot die Maschine flog. »In etwa drei Kilometern erreichen wir den Gleitpfad. Die Lämpchen auf der Anzeige, die ich Ihnen gezeigt habe ... werden sich verändern. Bitte sagen Sie mir Bescheid und beschreiben Sie mir, wie sie aussehen. Die Schubhebel werden ein wenig zurückfahren und wir werden sinken.«

Wieder beugte er sich einen Moment keuchend vor. »Ich muss wissen, wie schnell wir sinken. Das ist äußerst wichtig.«

»Sie meinen die Sinkrate?«, fragte Dallas.

Dan nickte. »Wissen Sie, wo man sie abliest?«

»Aber klar«, erwiderte Dallas.

»Das Display verändert sich, Dan«, meldete Geoffrey.

»Wie?«

»Ich glaube, so, wie Sie gesagt haben. Wir sind auf dem Gleitpfad. Der Knopf, auf dem GS – also Grundgeschwindigkeit – steht, leuchtet jetzt grün. Die Hebel gehen zurück.«

»Wir sinken, Dan«, fügte Dallas hinzu, »und zwar mit einhundertfünfzig- bis zweihundert Metern pro Minute.« Sie versuchte, nicht auf die Blitze zu achten, die nördlich der Landebahn aufzuckten. Sie mussten hinunter, Gewitter oder nicht.

Die Stimme des Fluglotsen hallte durchs Cockpit. »Meridian 5, Landeerlaubnis erteilt. Notfallfahrzeuge stehen bereit.«

»Roger, Hongkong«, erwiderte Dan. »Höhe?«

»Achthundertfünfzig Meter«, entgegnete Dallas.

»Fluggeschwindigkeit?«

»Einhundertsechzig Knoten.«

»Ich ... schiebe den Klappenhebel eine Einheit hoch. Bitte bestätigen Sie mir, dass er auf fünfundzwanzig Grad steht.«

»Tut er«, meldete Sampson.

»Und wir liegen nicht schräg?«, erkundigte sich Dan.

»Alles in Butter«, meinte Dallas. »Wir haben jetzt eine Höhe von siebenhundert Metern. Die Landebahn ist direkt vor uns. Wir werden es schaffen, Baby.«

Dan tastete nach dem Bordtelefon und drückte blind die Taste des Bordlautsprechers. »Okay, Leute, alles in Notfallposition.«

»Fünfhundert Meter«, verkündete Dallas. »Und starke Gewitter vor uns, Dan. Ganz in der Nähe, links vom Flughafen.«

Dan nickte. Er streckte die Hand nach einem der Knöpfe auf dem Blendschutz aus. »Habe ich den Geschwindigkeitsknopf?«

»Nein, das ist der für die Höhe«, erwiderte Geoffrey. »Der nächste links. Ja, das ist er.«

»Vierhundertfünfzig«, meldete Dallas.

»Und die Geschwindigkeit?«, wollte Dan wissen.

»Einhundertsechzig Knoten«, antwortete Dallas.

»Ich will auf hundertfünfzig runter. Drehe ich in die richtige Richtung?«

»Ja, immer weiter. Noch zweimal *klick*. Noch mal. Jetzt! Wir sind auf hundertfünfzig.«

»Die Schubhebel sollten jetzt ein Stück zurückgehen«, sagte Dan.

»Richtig«, bestätigte Geoffrey.

»Dreihundertfünfzig Meter«, rief Dallas. Die Landebahnlichter kamen stetig näher. Im Osten funkelte Hongkong. »Die Landebahn vor uns ist hell erleuchtet.«

Dan tastete auf der vorderen Instrumententafel nach den Knöpfen für die Landungslichter, um sich zu vergewissern, dass sie eingeschaltet waren.

»Dreihundert Meter«, meldete Dallas.

»Geben Sie mir sofort Bescheid, falls sich etwas abschaltet«, ordnete Dan an.

»Zweihundertfünfzig Meter. Landebahn direkt geradeaus«, fügte Dallas hinzu.

»Geschwindigkeit?«, fragte Dan.

»Einhundertundfünfzig Knoten«, erwiderte Geoffrey.

»Okay«, begann Dan, »bei knapp unter dreißig Metern wird sich die Maschine abfangen, und das Display verändert sich, wie ich es Ihnen erklärt habe.«

»Einhundertdreißig.«

»Wir müssten jetzt etwa anderthalb Kilometer entfernt sein, richtig?«

»Richtig, Baby«, entgegnete Dallas. »Sie ist wunderschön, wie ein Band aus Edelsteinen. Wir sind auf hundert Metern.«

Robert MacCabe hielt den Atem an. Die Landebahn wirkte viel zu kurz und zu schmal für ein so großes Flugzeug.

»Siebzig.«

Auf einen gewaltigen Blitz vor ihnen folgte eine Reihe von Veränderungen auf der vorderen Instrumententafel. Schalter gingen aus und Warnzeichen leuchteten auf. Wäre Dan nicht blind gewesen, dann hätte er nun gewusst, dass das ILS ausgefallen war.

»Es ist etwas passiert, Dan!«, sagte Dallas so ruhig wie möglich.

Als sich der Autopilot-Abschalt-Alarm meldete, wusste auch der Pilot, was geschehen war.

»Oh, mein Gott!«

»Auf den Instrumenten leuchten kleine, rote Warnlämpchen auf«, erklärte Dallas. »Halten Sie den Vogel gerade. Lassen Sie ihn weiter sinken. Die Landebahn ist direkt vor uns.«

»Helfen Sie mir, Dallas, helfen Sie mir! Sind die Tragflächen in der Horizontalen?«

»Wir rollen ein wenig nach rechts ... und die Nase ist zu hoch ... NEIN, DAN! Sie rollen immer noch zu sehr nach rechts.«

»HÖHE?«

»Äh ... knapp dreißig Meter. Wir sinken. Nicht so schnell. Rollen Sie nach links. LINKS!«

Dan Wade riss das Steuerhorn herum und die dreihundertfünfzig Tonnen schwere Maschine kippte scharf nach links, dass die Tragflächenspitze kaum fünfzehn Meter über dem Boden schwebte. Sie trieben von der Rollbahn weg.

»Wir sind zu weit links, um zu landen, Dan«, rief Geoffrey Sampson.

»ZU WEIT LINKS! DREHEN SIE NACH RECHTS, DAN. HOCHZIEHEN!«, brüllte Dallas.

Die Spitze der linken Tragfläche streifte den Boden. Es folgte ein Rumpeln, als die sechzehn Räder des Fahrwerks auf dem Gras neben der Rollbahn aufkamen. Der blinde Kopilot zerrte am Steuerhorn und der Bug kam hoch.

»Ich fliege eine Schleife«, keuchte Dan. Während er mit der linken Hand alle Drosselhebel nach vorne schob, steuerte er instinktiv mit dem rechten Ruder gegen die Schlingerbewegung. Die 747 reckte ihren Bug in die Luft, aber sie war zu langsam und hing nur drei Meter über dem Boden, auf einem beängstigend dünnen Luftpolster. »SAGEN SIE ETWAS! WIE SIEHT ES AUS?«

Eine Reihe greller Blitze, gefolgt von ohrenbetäubendem Donnern, hinderten Dallas und Geoffrey an einer Antwort. Dallas fand als Erste die Sprache wieder, aber sie kam zu dem Schluss, dass es zwecklos war, dem Kopiloten etwas zu berichten, das er nicht sehen und gegen das er ohnehin nichts unternehmen konnte. »Wir schaffen es. Wir sind dicht über dem Boden, aber die Tragflächen sind fast auf einer Ebene. Die Rollbahn ist rechts. Ziehen Sie sie weiter hoch.«

»GESCHWINDIGKEIT?«

»Mein Gott! Einhundertzwanzig Knoten!«

»Dan«, begann Geoffrey Sampson ruhig, doch dann änderte sich sein Ton schlagartig. »DA IST EIN TURM VOR UNS!«

Ruckartig riss Dan das Steuerhorn zurück.

»O GOTT!«, schrie Dallas auf. Sie sah, wie ein rotweiß karierter Eisenturm unter dem Bug verschwand. Dann hörte sie das gedämpfte Kreischen von aneinander reibendem Metall. Ein gewaltiges Zittern ging durch die Maschine. Die Triebwerke liefen auf voller Kraft, der Bug zeigte weiter nach oben.

»MEIN GOTT, DAN. WIR HATTEN EINE KOLLISION!«

»Dallas, können Sie mir den Steigungswinkel ablesen?«

»Ich sehe nach. Etwa zehn Grad.«

»Helfen Sie mir, diesen Winkel zu halten. Sind die Tragflächen auf Ebene?«

Auf einen leisen Knall links von ihnen folgte ein Alarmton. An der Instrumententafel vor ihnen flammte eine rote Lampe auf und die 747 kippte nach links.

»Was zum Teufel . . .?«, rief Dallas aus.

»Auf dem Hebel da vorne leuchtet ein rotes Lämpchen«, schaltete Robert Mac Cabe sich ein. »Darauf steht die Nummer zwei.«

»Das bedeutet, dass wir ein Feuer in Triebwerk Nummer zwei haben«, erklärte Dan und trat automatisch auf das rechte Ruder, um den überschüssigen Schub unter der rechten Tragfläche auszugleichen. »Triebwerk zwei ist ausgefallen. Sie müssen mir helfen, die Tragflächen in der Horizontalen zu halten. Sagen Sie etwas. REDEN SIE MIT MIR, Geoffrey, nennen Sie mir die Gradzahlen für die Tragflächen links und rechts.«

»Die Tragflächen sind auf Ebene, Dan«, erwiderte Geoffrey mit weit aufgerissenen Augen.

»Wir liegen gut und wir steigen schnell!«, rief Dallas.

»Höhe?«, fragte Dan.

»Äh . . . einhundert Meter, steigend.«

Dan fand den Klapphebel und stellte ihn auf fünfzehn Grad. Fahrwerk einziehen, dachte er. Sollte er es wagen? Vielleicht war es ja beschädigt, aber er brauchte mehr Geschwindigkeit. Er beschloss, noch ein wenig zu warten.

Seine linke Hand ließ die Leistungshebel los und tastete nach den Löschhebeln für das Triebwerk.

»Höhe?«

»Einhundertsiebzig. Wir steigen weiter. Fluggeschwindigkeit einhundertvierzig Knoten«, entgegnete Dallas.

»Dallas, das ist jetzt sehr wichtig. Ist der Löschhebel, den ich gerade berühre, der mit dem roten Lämpchen?«

»Ja!«

»Okay, und steht ›zwei‹ darauf?«

»JA! Sie müssen ein wenig nach rechts rollen. NUR EIN KLEINES BISSCHEN!«

»Linker Flügel drei Grad zu tief«, meldete Geoffrey Sampson. »Jetzt nur noch zwei Grad.«

Dan schaltete den Feuerlöscher von Triebwerk zwei ein. »HÖHE?«

»Zweihundertfünfzig ... wir steigen weiter«, antwortete Dallas.

»Ich ziehe jetzt das Fahrwerk ein«, sagte Dan. Er stellte den Fahrwerkhebel auf Aufwärtsposition. Wieder dröhnte das Geräusch der Fahrwerksautomatik durch die Maschine.

»Geschwindigkeit?«

»Einhundertachtzig ... nein ... einhundertneunzig Knoten«, entgegnete Dallas. »Wir sind dreihundert Meter gestiegen. Die Tragflächen sind noch auf Ebene und hier drinnen sind die meisten Lampen ausgegangen.«

»Sind wir über den Hügeln?«

»Ja«, bestätigte Dallas.

Dan schob den Klapphebel ganz nach oben und holte tief Luft.

»Ich möchte, dass Sie ständig weiterreden. Wir müssen nach Westen fliegen und auf eintausendachthundert Meter steigen. Passen Sie auf, dass ich den Bug nicht zu hoch ziehe oder zu weit nach links oder nach rechts rolle.«

»Ich kann die Instrumente zwar sehen, aber nur auf meiner Seite«, berichtete Geoffrey.

»Reden Sie weiter, verdammt!«

»Okay, Dan«, erwiderte Dallas. »Die rechte Tragfläche zeigt ein paar Grad nach unten, der Bug etwa zehn Grad nach oben.«

»Ich werde jetzt den APU-Schalter bedienen, Dallas, das Außenstromaggregat. Könnten Sie mir bestätigen, ob wirklich APU draufsteht?«

»Ja. APU.«

Dan betätigte den Schalter und drückte den Sendeknopf auf dem Steuerhorn.

»Hongkong Anflugkontrolle, Meridian 5. Kann sein, dass wir Ihren ILS-Turm außer Gefecht gesetzt haben. Ich brauche die Vektoren für eine sichere Flughöhe, während wir überlegen, wie wir hier weitermachen.«

Keine Antwort.

»Hongkong Anflugkontrolle, Meridian 5. Hören Sie mich?«

Dan Wades linke Hand tastete wieder nach dem Blendschutz und drückte noch einmal die Knöpfe des Autopiloten. Doch sie reagierten nicht.

»Dallas? Geoffrey? Ist die Anzeige des Autopiloten erleuchtet?«
»Nein, dunkel«, antwortete Geoffrey. »Was bedeutet das?«
»Verdammt! Das heißt, dass der Autopilot nicht mehr funktioniert. Ich bin blind wie ein Maulwurf und muss die Maschine von Hand fliegen.«
»O nein«, stöhnte Geoffrey.
»Hongkong Anflugkontrolle, Meridian 5. Bitte antworten Sie.«
Das Funkgerät schwieg. Auch Dan saß eine Weile wortlos da, bis Robert MacCabe das Wort ergriff.
»Warum meldet sich niemand, Dan?«
Der Kopilot beugte sich vor und berührte einen kleinen, runden Kompass mit zwei Nadeln.
»Sind hier . . . zwei rote Lämpchen zu sehen?«
Dallas Nielson lehnte sich nach vorne. »Ja, es sind zwei.«
Dan wies auf einen der Navigationsfunkknöpfe auf der Mittelkonsole. »Vergewissern Sie sich, ob sie auf eins-null-neun-Komma-fünf stehen und sagen Sie mir, ob die Lämpchen ausgehen.«
Er hörte ein Klicken, als Dallas den Regler einstellte. Eine Weile war alles still.
»Die Lämpchen sind noch an, Dan.«
Sie sah, wie er zusammensackte. »Dan? Alles in Ordnung? Rollen Sie ein wenig nach rechts und drücken Sie die Nase ein Stück nach unten.«
Dan schüttelte den Kopf. »Es ist vorbei«, sagte er leise.
»Wollen wir es nicht noch einmal versuchen, Dan?«, fragte Robert MacCabe mit gepresster Stimme.
Wieder schüttelte Dan den Kopf. »Ich kann den Autopiloten nicht mehr einstellen, eine automatische Landung kommt nicht mehr in Frage. Und wenn wir den Lokalisator nicht . . .«
»Ich verstehe kein Wort«, meinte Robert.
»Nachdem wir den ILS-Turm gerammt und unseren eigenen ILS-Empfänger beschädigt haben, haben wir keine Chance mehr, sicher zu landen«, entgegnete Dan.

12

HONGKONG ANFLUGKONTROLLE
CHEK LAP KOK, HONGKONG INTERNATIONAL AIRPORT
13. NOVEMBER — TAG ZWEI
2:09 ORTSZEIT / 1809 ZULU

»Wo fliegt er hin?« Der Leiter der Anflugkontrolle beugte sich über den Dienst habenden Fluglotsen und beobachtete, wie sich das schwache Radarsignal von Meridian 5 langsam von Hongkong entfernte.

»Er ist ungefähr auf Kurs null-acht-null«, erwiderte der Fluglotse. »Aber sein Transponder ist ausgefallen. Wir haben nur noch das Rohsignal.«

Sein Chef nickte. »Das wundert mich nicht. Schließlich hat er einen der ILS-Türme an Landebahn sieben gerammt. Ich bin erstaunt, dass er sich überhaupt noch in der Luft halten kann.«

»Meridian 5. Hongkong Anflugkontrolle. Was ist bei Ihnen los?« Der Fluglotse sah seinen Chef an. »Entweder kann er uns nicht empfangen oder nicht mehr senden.«

»Oder beides«, entgegnete sein Vorgesetzter. »Versuchen Sie weiter, ihn zu erreichen.«

»Meridian 5. Hongkong Anflugkontrolle, hören Sie mich?« Noch immer keine Antwort. »Ich habe eine gerade gestartete Maschine der Cathay Pacific gebeten, Ausschau nach ihm zu halten. Aber im Osten hat sich eine Gewitterzelle gebildet, die die Sache erschweren könnte. Gibt es sonst noch eine Möglichkeit, ihn zu retten?«

Der Leiter der Anflugkontrolle überlegte lange und schüttelte dann den Kopf. »Wenn er wirklich blind ist und sich keine weiteren Piloten an Bord befinden, die ihm helfen können, bleibt ihm nur eine automatische Landung übrig. Das linke ILS bei Landebahn sieben funktioniert noch, aber er muss den Leitstrahl selbst finden. Vergewissern Sie sich, dass das ILS eingeschaltet und überwacht ist.«

»Ja, Sir.«

»Funken Sie ihn weiter an und bitten Sie ihn, im Kreis zu fliegen, auch wenn er nicht antwortet. Möglicherweise hört er uns ja. Wenn nicht – und falls Sie ihn auf dem Radar verlieren –, notieren Sie sich sorgfältig seine letzte Position und rufen Sie mich oben an.«

Vielleicht, dachte er, *vielleicht findet sich ja doch noch ein anderer Pilot an Bord.*

AN BORD VON MERIDIAN 5

»Welche Höhe haben wir?«, fragte Dan.

»Wir steigen gerade über eintausendachthundert Meter«, erwiderte Geoffrey.

»Die linke Tragfläche sackt wieder ab, Dan«, meldete Dallas.

Während Dan die Maschine nach rechts drehte, läutete das Bordtelefon. »So in Ordnung?«

»Ausgezeichnet.«

Dan bediente einen Knopf auf der Instrumententafel über ihm und spürte, wie dieser einrastete.

»Wunderbar!«, rief Dallas. »Die Beleuchtung funktioniert wieder!«

»Robert?«, meinte Dan. »Nehmen Sie den Hörer von der Mittelkonsole und erkundigen Sie sich, wer dran ist.«

»Wird gemacht.« Robert MacCabe griff nach dem Bordtelefon und hörte die zitternde Stimme einer Flugbegleiterin.

»Captain? Ich glaube, wir haben etwas gerammt. Unter unseren Füßen dröhnt es ganz schrecklich.«

Robert hielt die Hand vor die Sprechmuschel. »Nur mit der Ruhe. Er weiß es bereits.«

Dan veränderte die Einstellung der Regler hinter den Schubhebeln, bevor er noch einmal Hongkong anfunkte. Doch niemand antwortete.

›Dan, die linke Tragfläche ist um fünf Grad abgesackt«, meldete Geoffrey.

»Fluggeschwindigkeit?«, krächzte Dan.

»Zweihundertsechzig, nein, zweihundertsiebzig Knoten«, antwortete Dallas wie aus der Pistole geschossen.

Dan Wade zog die Leistungshebel zurück und lauschte dem fernen Surren der Triebwerke. »Höhe?«

»Äh ... knapp unterhalb von zweitausenddreihundert Metern«, sagte Dallas.

»Helfen Sie mir, die Maschine geradeaus zu bekommen Dallas. Ich drücke jetzt das Steuerhorn an. Geben Sie mir den Steigwinkel durch.«

»Okay, jetzt sind es etwa zehn Grad ... acht ... fünf ... drei.«

Dan schob das Steuerhorn etwa drei Zentimeter zurück. »Und nun?«

»Ungefähr drei Grad. Sie sacken ein wenig.«

Er korrigierte noch einmal das Steuerhorn und bediente das Trimmrad, mit dem man das Höhenleitwerk einstellte.

Wieder funkte er die Anflugkontrolle in Hongkong an und wieder vergeblich.

»Das habe ich befürchtet«, murmelte er.

»Ziehen Sie den Bug ein bisschen hoch, Dan, und rollen Sie ein wenig nach links«, meinte Dallas. »Was haben Sie befürchtet?«

»Dass wir keinen Funkkontakt, keinen Navigationsfunk und keinen Autopiloten mehr haben. Der Elektronikraum scheint angeschlagen zu sein. Außerdem sagt mir das Knacken in meinen Ohren, dass wir Druck verlieren.«

»Und was nun?«, fragte Geoffrey Sampson.

»Ich kann Ihnen darauf nur eines antworten, Freunde«, erwiderte Dan mit zitternder Stimme. »Lange kann ich so nicht weiterfliegen.«

Robert beugte sich vor und packte ihn an der Schulter. »Dan, reißen Sie sich zusammen. Wir werden einen Weg finden.«

Dan schüttelte immer heftiger den Kopf. »Nein! NEIN. NEIN. NEIN!« Er schnappte nach Luft und schluchzte auf. »Begreifen Sie denn nicht? Ich kann nicht mehr! Wir haben keinen Autopiloten, und jetzt haben wir auch noch den Funkkontakt verloren. Wir sind hier oben ganz allein. Eine Landung ist unmöglich. Ich kann die Maschine nicht einmal mehr gerade halten.«

»Es muss eine Lösung geben«, widersprach Dallas mit gepresster Stimme. »Und Robert hat Recht. Sie dürfen nicht das Handtuch werfen.«

»Mein Gott, glauben Sie, ich wüsste das nicht?« Dan wandte den verbundenen Kopf nach links. »Geoffrey, bitte stehen Sie auf und überlassen Sie Ms Nielson Ihren Platz. Dallas? Sie werden fliegen.«

»Das können Sie vergessen, Mann.«

»Britta sagte, Sie seien Flugingenieurin . . .«

»Nein, ich bin Rundfunktechnikerin und habe Hunderte von Stunden am Flugsimulator von Microsoft hinter mir. Mag sein, dass ich das mit dem Computerspiel nicht erwähnt habe, aber sonst hätte Ihre Stewardess mich nicht reingelassen.«

»Microsoft?«, fragte Dan fassungslos. »*Microsoft?*«

»Genau«, erwiderte Dallas. »Ein Flugsimulationsprogramm, das auf jedem Heimcomputer läuft. Man sieht sogar das Cockpit einer 747.«

»Deshalb können Sie also die Instrumente ablesen«, ging Dan ein Licht auf.

»Richtig«, entgegnete sie. »Und im Moment sehe ich, dass die linke Tragfläche absackt. Rollen Sie ein wenig und ziehen Sie den Bug ein oder zwei Grad hoch.«

»Mein Gott, ich sollte Sie sofort rausschmeißen. Aber wenn Sie die Instrumente kennen, Dallas, können Sie die Maschine auch fliegen«, sagte Dan.

»Nein, zum Teufel. So schnell will ich nicht sterben. Wahrscheinlich würde ich den Vogel sofort auf den Kopf stellen.«

Geoffrey Sampson legte die Hände aufs Steuerhorn. »Soll ich es versuchen, Dan?«

»Sie wollen fliegen?«

»In der Tat. Ms Nielson? Würden Sie mir bitte beim Ablesen der Instrumente assistieren?«

»Darauf können Sie Ihren britischen Arsch verwetten«, erwiderte sie. Dan nahm die Hände vom Steuerhorn, griff nach dem Bordtelefon und drückte den Knopf.

Meine Damen und Herren, hier spricht wieder Ihr Pilot Dan Wade. Leider war unser Landungsversuch eine Katastrophe und ich entschuldige mich vielmals dafür. Während des Landeanflugs ist ein Blitz eingeschlagen, der die Instrumente außer Gefecht gesetzt hat. Wir sind von der Landebahn abgekommen, haben die Spitze eines Funkturms mitgenommen und ein Triebwerk an der linken Tragfläche verloren. Außerdem sind alle unsere Funkgeräte ausgefallen... Nun muss ich eine Stelle zum Landen finden, und zwar ohne etwas zu sehen und ohne Funkkontakt. Ich melde mich wieder, sobald wir mehr wissen.

Nach dem Knall und der Erschütterung war Britta sofort aufgesprungen und hatte das ganze Unterdeck nach Schäden abgesucht. Doch sie konnte nichts entdecken außer reihenweise verängstigter Passagiere. An der hinteren Bordküche, als sie gerade wieder nach vorne gehen wollte, packte sie jemand am Ärmel.

»Was ist?« Sie schnellte herum. *Oh, der Pimpf mit dem Radio.* Britta setzte eine strenge Miene auf und sah ihm in die Augen. »Was kann ich für dich tun?«

»Der Typ klappt bald zusammen«, meinte der Junge und wies in Richtung Bordlautsprecher. Dem Akzent nach war er eindeutig Amerikaner.

Britta runzelte die Stirn. »Er tut sein Bestes.«

»Hören Sie, Ma'am, wir stecken echt in der Patsche, wenn er wirklich blind ist und keinen Autopiloten mehr hat.«

»Ach was! Warum stehe ich hier überhaupt und höre dir zu?«

»Brauchen Sie einen Piloten oder nicht?«

Britta zögerte.

»Das ist doch eine 747-400, richtig?«, fragte der Junge weiter.

»Ja.«

»Dann kann ich dafür sorgen, dass sie fliegt.«

Dafür sorgen, dass sie fliegt? dachte Britta. *So würde ein Pilot sich niemals ausdrücken.* Sie kniete sich neben ihn und sagte: »Hör zu, ich will dir ja nicht zu nahe treten, aber ich kann nicht glauben, dass jemand in deinem Alter einen Jet fliegen kann. Könntest du mir das ein wenig näher erklären?«

»Passen Sie auf. Vorhin wären wir beinahe abgestürzt, und der Pilot hat erklärt, er könnte nichts sehen. Ich kenne mich gut genug aus, um es besser zu machen als ein Blinder.«

»Aber wo hast du das gelernt? Wie? Ich muss das wissen.«

»Mein Vater ist Boss einer Firma, die Flugsimulatoren herstellt. Ich habe sie alle geflogen. Ich habe zwar keinen Pilotenschein, aber ich beherrsche den 747-400-Flugsimulator.«

»Kannst du auch landen?«

»Äh . . . manchmal.«

»Manchmal reicht aber nicht.«

»Sie reden, als ständen die Piloten vor dem Cockpit Schlange.«

»Wie heißt du noch mal?« Britta versuchte, sich nicht anmerken zu lassen, wie wenig sie den Jungen mochte.

»Steve Delaney«, entgegnete er kühl. »Und Sie?«

Sie antwortete nicht. »Ich informiere den Piloten von deinem Angebot, Steve.«

»Na klar.«

Britta erhob sich und beugte sich über ihn. »Junger Mann, wenn ich sage, dass ich etwas tue, dann kannst du dich darauf verlassen. Ich sage es dem Piloten und wenn er denkt, dass du von Nutzen sein könntest, komme ich dich sofort holen.«

Auf dem Weg zum Cockpit hatte Britta Mühe, das Gleichgewicht zu bewahren, da die Maschine heftig zitterte.

»Wir fliegen in ein starkes Gewitter, Dan.« Dallas blickte zwischen den Instrumenten und den Wolken hin und her, die sich vor ihnen aufbauten.

»O Gott«, meinte Dan. »Die Gewitter hatte ich ganz vergessen. Funktioniert der Radar?«

Dallas betrachtete das Display und schüttelte den Kopf. »Nein, leider nicht.«

»Dann könnte es gleich ziemlich holperig werden.« Er tastete über sich nach dem Knopf für das Bitte-Anschnallen-Zeichen und schaltete es zweimal ein und aus, bevor er nach dem Bordmikrofon griff und die Passagiere aufforderte, die Sicherheitsgurte anzulegen.

»Kehren wir nach Hongkong zurück, Dan?«, fragte Robert leise.

»Äh, ich weiß nicht. Ich hatte noch keine Zeit, darüber nachzudenken.« Dan wandte sich nach links. »Geoffrey, Sie müssen uns gerade halten und eine langsame Kehre nach Westen fliegen. Und ich möchte, dass sich alle hier drinnen anschnallen.«

Geoffrey Sampson zerrte zunächst zu heftig an den Hebeln, doch mit Dallas' Hilfe wurde es allmählich besser.

»Es ist nicht leicht, Dan. Offenbar sind meine Flugkünste ziemlich eingerostet.«

»Ich spüre, was Sie tun. Bleiben Sie so. Geoff! Drücken Sie noch nicht runter. Warten Sie, bis sich die Maschine stabilisiert hat ... jetzt. Und nun langsam nach unten drücken. Sie sind zu hektisch, zu verkrampft.« Dan fühlte, wie das Steuerhorn erst nach hinten, dann nach vorne und wieder nach hinten gerissen wurde. Mit jeder Bewegung geriet die 747 heftiger ins Schlingern.

»Ich verstehe nicht. Warum sollte ich verkrampft sein?«, zischte Geoffrey.

»In Ordnung, Geoff. Bitte lassen Sie kurz los«, sagte Dan.

»Gut.«

Dan griff zum Steuerhorn und bediente es nach Gefühl: Das Schlingern ließ nach. »Dallas, jetzt haben wir eine Steigrate von Null und fliegen eine Rechtskehre, richtig?«

»Beinahe«, erwiderte Dallas. In der Cockpittür erkannte sie die Chefstewardess. »Die Nase ein winziges Stück nach unten, und ein bisschen nach rechts.«

Britta war eingetreten. »Dan, ich bin es.«

Er sackte noch tiefer in seinen Sitz. »Wir ... wir hätten es fast geschafft, Britta. Ist unten alles in Ordnung?«

»Ich habe Ihre Durchsage gehört. Die Passagiere sind verängstigt, aber mit dem Schrecken davongekommen. Innen in der Kabine ist kein Schaden festzustellen.«

Er nickte wortlos. Sie sah, dass seine rechte Hand das Steuerhorn umklammerte, während Robert ihr kurz die Lage schilderte. Entsetzt riss sie die Augen auf. »Wie soll Dan per Hand fliegen? Ich meine ... kann Mr Sampson das nicht übernehmen?«

»Er versucht es, aber ihm fehlt die Erfahrung.«

»Was ist mit der Dame hier? Sie müsste sich doch auskennen.«

Dallas Nielson hob die Hand. »Nein! Ich kann nur die Instrumente ablesen. Dass ich diesen Vogel fliege, kommt nicht in Frage.«

»Geoff, übernehmen Sie wieder«, befahl Dan. »Halten Sie das Steuerhorn fest und seien Sie vorsichtig mit den Korrekturen.«

Geoffrey Sampsons Hände schlossen sich ums Steuerhorn. Er schluckte. »Verstanden.«

»Also . . .« Mit vor Angst geweiteten Augen blickte Britta sich im Cockpit um und spähte in die finstere Nacht jenseits der Frontscheibe. Sie flogen durch eine Turbulenz. Dann war es wieder ruhig. »Wie geht es jetzt weiter?«

Dan seufzte. »Britta, unsere Lage ist verzweifelt. Alle Funkgeräte sind ausgefallen. Wir sind taub, stumm und blind. Wir können nicht mehr kommunizieren, und ohne Selbststeuerung kann ich keinen zweiten Landeversuch unternehmen, selbst wenn ich den Flughafen finden würde. In Hongkong gibt es zwar noch ein zweites ILS, aber wir können es nicht orten. Vielleicht ist eine Notwasserung unsere beste Chance. Wenn uns nichts anderes übrig bleibt, gehen wir langsam irgendwo vor der Küste runter. Aber dafür muss es hell sein.«

»Aber . . . können Sie . . . können wir nicht . . . o Gott!«

Dallas nahm Brittas Hand.

Plötzlich wurde die 747 von einer Salve von Hagelkörnern getroffen. Der Jumbo schaukelte mitten in eine Gewitterzelle. Britta und Robert wurden in die Luft gehoben und gegeneinander geschleudert, als die gewaltige Boeing sich durch heftige Aufwärts- und Abwärtsströmungen kämpfte. Dallas klammerte sich an die Armlehnen ihres Sitzes und hielt gleichzeitig Britta fest. Geoffrey hatte Schweißperlen auf der Stirn, als er versuchte, die 747 wieder unter Kontrolle zu bringen. Bei jedem Stoß wurde sein Körper gegen den Sicherheitsgurt geworfen.

»Nicht aufgeben, Geoff!«, rief Dan. »Ziehen Sie den Bug drei Grad hoch und halten Sie die Tragflächen auf Ebene. Um Höhe oder Steigrate brauchen Sie sich nicht zu kümmern.«

»Ich tue mein Bestes!«, stieß Geoffrey hervor.

»Britta, Dallas, Robert, sind Sie okay?«

»Nichts passiert«, erwiderte Robert MacCabe. Wieder übertönte ein Hagelschauer alle anderen Geräusche. Die Maschine zitterte derart, dass man die Instrumente nicht mehr ablesen konnte.

»Wie ist unser Kurs?«, überbrüllte Dan das Getöse.

»WAS?«, rief jemand.

»DER KURS! WAS IST UNSER KURS?«

»ZWEIHUNDERTVIERZIG GRAD«, antwortete Dallas.

Der Hagelsturm endete so plötzlich, wie er begonnen hatte. Statt dessen fing es an, in Strömen zu regnen. Dan tastete verzweifelt nach einem Schalter auf der oberen Instrumententafel.

»WAS SUCHEN SIE, DAN?« Dallas hörte ihn keuchen.

»ENTEISUNGSANLAGE. GEFUNDEN!« Er schaltete die Enteisungsanlage für Tragflächen und Triebwerke ein. Immer wieder rutschte seine Hand ab. Die heftigen Turbulenzen schienen die Maschine zerreißen zu wollen.

»Geoff, rollen Sie nach rechts!«, schrie Dallas dem Engländer ins Ohr.

Geoffrey nickte und durch die Rollbewegung nach rechts wurden alle ein wenig nach links gedrückt.

Wieder näherte sich eine Wand aus Hagel, Regen und Blitzen. Die Flughöhe nahm ab, während Geoff mühsam Fluglage und Querneigung unter Kontrolle zu halten versuchte.

»GEOFF! WIR VERLIEREN HÖHE! WIR SIND SCHON UNTERHALB VON TAUSEND METERN!«, rief Dallas. »GEOFF, ZIEHEN SIE DEN VOGEL HOCH!«

»ICH VERSUCHE ES!«, schrie Geoff.

»DAS SIND ABWINDE!«, erklärte Dan. »HÖHE?«

»ACHTHUNDERTDREISSIG, SCHNELL SINKEND.«

»SOFORT HOCHZIEHEN, GEOFF!«, befahl Dan.

»WIR SIND UNTERHALB VON SIEBENHUNDERT«, brüllte Dallas Geoff ins Ohr. Vorsichtig zog er das Steuerhorn zurück. Der Bug hob sich zwar auf zehn Grad, aber sie sanken immer noch.

»WAS IST LOS? ANTWORTEN SIE, DALLAS!«, rief Dan. »WAS IST UNSERE LÄNGSNEIGUNG?«

»ZWÖLF GRAD AUFWÄRTS«, antwortete Dallas. »FLUGGESCHWINDIGKEIT SINKEND, JETZT ZWEIHUNDERTZWANZIG.«

Dan packte das Steuerhorn und riss es heftig und ohne Vorwarnung zurück. »SAGEN SIE MIR, WENN UNSER BUG DREISSIG GRAD NACH OBEN ZEIGT UND DIE GESCHWINDIGKEIT UNTER EINHUNDERTFÜNFZIG KNOTEN IST!«

»WIR SIND JETZT UNTERHALB VON DREIHUNDERT METERN, DAN!«, rief Dallas. »O GOTT, WIR STÜRZEN AB!« Die drei verbliebenen Triebwerke liefen auf vollen Touren und der Bug stand so hoch, dass die Kabine zur Rutschbahn wurde. Robert MacCabe und Britta Franz klammerten sich an die Rückenlehnen der Pilotensessel und starrten auf den Höhenmesser.

»BUG DREISSIG GRAD. GESCHWINDIGKEIT EINHUNDERTSIEBZIG.«

»HÖHE?«

»UNTERHALB VON EINHUNDERTFÜNFZIG METERN... EINHUNDERTDREISSIG... DAN, WIR SINKEN LANGSAMER, SINKEN ABER IMMER NOCH.«

**HONGKONG ANFLUGKONTROLLE,
CHEK LAP KOK, HONGKONG INTERNATIONAL AIRPORT
13. NOVEMBER — TAG ZWEI
2:31 ORTSZEIT / 1831 ZULU**

Der Leiter der Anflugkontrolle ließ sich schwer auf einen Stuhl neben einem seiner Fluglotsen fallen und schaute kopfschüttelnd auf den Computerschirm. »Sie haben gesehen, wie er runterging, und ihn dann verloren?«

Der Fluglotse hatte entsetzt die Augen aufgerissen. »Ja, Sir.«
»Wo haben Sie ihn verloren? Auf welcher Höhe?«
»Siebenhundert Meter. Sinkrate mehr als siebenhundert Meter pro Minute, in einer Kehre nach Westen.«
»Wie lange ist das her?«
»Ein paar Minuten. Ich habe Sie sofort informiert.«

Der Leiter der Anflugkontrolle holte tief Luft und versuchte, sich mit dem Verlust der Maschine abzufinden. Über zweihundert Menschen – doch wenn sie mit einer solchen Sinkrate mitten in der Nacht ins Wasser stürzten, waren ihre Überlebenschancen gering.

»Gut. Benachrichtigen Sie alle zuständigen Stellen. Sie wissen, was zu tun ist.«

Der Fluglotse machte sich daran, den Rettungsdiensten und dem Rest der Welt mitzuteilen, dass die Meridian 5 über dem Meer verschwunden war.

WEISSES HAUS, WASHINGTON, D.C.

Der Präsident der Vereinigten Staaten rauschte durch die Osttür des berühmtesten Büros der Welt herein und nickte dem Stabschef der Air Force und seinem Pressesprecher zu. Die Männer hatten sich zu einer eilig anberaumten Telefonkonferenz versammelt, um die eskalierende Luftverkehrskrise in Hongkong zu lösen. Nachdem der Präsident dem General die Hand geschüttelt hatte, ließ er sich in einem Sessel neben dem flackernden Kaminfeuer nieder. Dann sah er Jason Pullman, den Pressesprecher an, dessen Hand über einem Mikrofonknopf schwebte. »Sind alle da, Jason?«

»Richard Herd, der Geheimdienstchef; Jake Rhoades, stellvertretender Direktor des FBI; und Dr. Stella Mendenhall von der Verkehrssicherheitsbehörde.«

Der Präsident nickte und Jason schaltete die Leitung frei. Die Teilnehmer der Konferenz begrüßten einander.

»Gut«, begann der Präsident, »bei mir im Raum befinden sich General Tim Bauer, Stabschef der Air Force, und Jason Pullman, mein Pressesprecher. Wer hat diese Konferenz einberufen?«

»Ich, Mr President«, erwiderte Herd, der Geheimdienstchef. »Die Gerüchteküche brodelt schon, und ich fand, dass Sie sofort informiert werden sollten.«

»Was für Gerüchte, Richard?«

»Man stellt schon eine Verbindung zwischen dem Zwischenfall in Hongkong und dem Absturz der SeaAir vor Kuba her. Man redet in beiden Fällen von einem Terroranschlag.«

»Und stimmt das?«, erkundigte sich der Präsident.

»Wir glauben nicht, Mr President, aber wir sind noch nicht sicher.«

Der Präsident seufzte. »Okay, Richard, die Fakten bitte.«

Der Geheimdienstchef erläuterte ihm die bislang bekannten Tatsachen. Als er dabei war, die Möglichkeit einer Karambolage in der Luft gegen die eines Raketenangriffs abzuwägen, fiel der Präsident ihm ins Wort.

»Moment mal«, sagte er. »Sie erwähnen gerade, der überlebende Pilot hielte auch einen Atomschlag für möglich.«

»Das war es ganz gewiss nicht, Sir«, erwiderte Herd. »Unsere Aufklärung hat bestätigt, sie hätten nichts dergleichen registriert.«

»Was war es dann?«, hakte der Präsident nach. »Sie sprachen von einem Zusammenstoß in der Luft oder von irgendeinem Angriff, doch nach einem Zusammenstoß müsste noch eine andere Maschine vermisst werden.«

»Nun, das ist auch so«, antwortete Herd und berichtete von dem geheimnisvollen Verschwinden des amerikanischen Firmenjets. Die Luftfahrtbehörde suche noch nach dem Besitzer.

Der Präsident beugte sich vor und blickte zu Boden. »Und die dritte Möglichkeit wäre ein Angriff. Was für ein Angriff? Militär? Terroristen? Und womit? Eine Rakete?«

General Bauer hob den Finger. »Sir, wir haben keinen Grund, einen feindlichen militärischen Übergriff zu vermuten. Es war ein Linienflug, zehn Meilen vom Flughafen von Hongkong auf der normalen Flugroute. Es ist nicht vorstellbar, dass die chinesische Luftwaffe ihre Hände im Spiel hat. Andererseits verstehe ich nicht, was die beiden Piloten geblendet haben könnte . . .«

»Das macht mir auch zu schaffen«, unterbrach ihn der Präsident. »Der Kapitän ist tot, der Kopilot blind. Wie konnte das passieren?«

Herd antwortete, bevor der General Gelegenheit dazu hatte. »Ein grelles Licht, wie zum Beispiel ein direkter Blitzeinschlag oder eine Tankexplosion durch einen Zusammenstoß hätte die Piloten vorübergehend blenden können. Allerdings sollte ein Lichtblitz allein nicht tödlich sein. Vermutlich war es eine Sekundärreaktion wie ein Herzinfarkt oder ein Schlaganfall.«

»Sie waren noch nicht fertig, General«, meinte der Präsident.

»Ich möchte hinzufügen, Sir«, fuhr General Bauer fort, »dass die so genannte Explosion, die der überlebende Pilot gemeldet hat, an den nahen Einschlag eines Gefechtskopfs auf Phosphorbasis erinnert. Ein Phosphorblitz bei Nacht ist unerträglich grell, viel heller als jedes Gewitter. Wenn jemand eine kleine Rakete auf das Flugzeug abgeschossen hat, und zwar mit einem Gefechtskopf, der so eingestellt war, dass er direkt vor der Maschine explodierte, kann das die Sehfähigkeit des Piloten einige Stunden lang schwer beeinträchtigen.«

»Geblendet durch den Lichtblitz einer Rakete?«, fragte der Präsident. Der General nickte. »Mit anderen Worten: Terroristen?«

Herd, der an seinem Schreibtisch in Langley saß, ergriff wieder das Wort. »Das halten wir für unwahrscheinlich, Mr President. Unserer Ansicht nach handelt es sich vermutlich um einen Zusammenstoß in der Luft, der zu einer Explosion geführt hat. Für einen Terroranschlag hätte man eine Rakete und eine Abschussrampe gebraucht. Und all das ohne die Gewissheit, dass der Blitz die Piloten tatsächlich blenden und die Maschine zum Absturz bringen würde.«

»Okay.«

»Außerdem«, sprach Herd weiter, »ist dazu eine ganz bestimmte Art von Rakete nötig. Sie darf nicht wärmegesteuert sein, denn ein Infrarotsucher würde direkt die Triebwerke ansteuern. Das muss schon eine ganz besondere Rakete sein, die so dicht an ein Cockpit heranfliegen und explodieren würde, ohne das Flugzeug zu beschädigen. Wir halten das für ausgeschlossen.«

Der Präsident sah den Stabschef der Air Force an, der den Kopf schüttelte. »Sind Sie anderer Ansicht, General?«

»Absolut, ich gehe von einer der neuesten lasergesteuerten Raketen aus. Das angeblich vermisste Flugzeug hätte die Aufgabe haben können, das Ziel anzupeilen, indem es einen unsichtbaren infraroten Laserpunkt auf die 747 richtete. Gleichzeitig feuert ein Komplize vom Boden aus die Rakete ab. Dazu hätten die Täter die Rakete nur so programmieren müssen, dass sie durch einen eingebauten Radar in hundert Metern Entfernung hochgeht.«

»Ist das Ihre persönliche Meinung?«, fragte der Präsident.

»Nein, Sir. Wir haben alles durchgerechnet. Es passt.«

»Eine Rakete mit einem Gefechtskopf auf Phosphorbasis?«, hakte der Präsident nach.

»Genau.«

»Fürs Protokoll, Mr President«, wandte der Geheimdienstchef ein. »In den Augen der CIA ist die Möglichkeit einer Karambolage in der Luft glaubhafter. Schließlich wird eine andere Maschine vermisst. Wenn sie nur das Ziel angepeilt hat, sollte sie nicht einfach verschwunden sein.«

»Äh, Mr President, hier spricht Jake Rhoades.«

»Schießen Sie los, Jake«, forderte der Präsident ihn auf.

»Wir haben erfahren, dass die vermisste Maschine Meridian 5 kurz vor der Explosion geschnitten hat. Diese Information stammt direkt von der Anflugkontrolle in Hongkong. Ganz gleich, ob sie kollidiert sind oder ob das Privatflugzeug an einem Raketenangriff beteiligt war – ganz sicher ist es in den Zwischenfall verwickelt.«

Der Präsident nickte nachdenklich. »Es bestehen Übereinstimmungen mit dem Absturz der SeaAir. Beide Flugzeuge befanden sich über dem Wasser. Die Raketen könnten von einem Schiff aus abgefeuert worden sein.«

»Sir«, erwiderte Herd. »Vergessen Sie nicht, dass wir die Ursachen des Absturzes der SeaAir MD-11 noch nicht kennen.«

»Richtig.« Der Präsident sah wieder den General an. »Moment mal, General, könnte ein Zielgerät das Augenlicht eines Piloten beeinträchtigen?«

Der General verneinte. »Nicht so akut, nur über einen längeren Zeitraum hinweg. Es handelt sich um einen Infrarotstrahl, Sir. Er zeichnet einen unsichtbaren heißen Lichtpunkt auf das Objekt, das Sie mit der Rakete treffen wollen. Die Rakete erkennt den Punkt und steuert darauf zu. Der Peilstrahl selbst richtet keinen Schaden an.«

»Okay.«

»Doch ein kleiner Phosphorsprengkopf oder – um keine Möglichkeit auszuschließen – der Blitz einer Treibstoffexplosion, wie Geheimdienstchef Herd behauptet, könnte einen Piloten blenden?«

Stella Mendenhall von der Verkehrssicherheitsbehörde ergriff das Wort. »Mr President, es bestehen zwei Unterschiede zum Absturz der SeaAir. Erstens ist die SeaAir am helllichten Tag verunglückt; das heißt, dass selbst eine Phosphorexplosion in nächster Nähe nicht grell genug gewesen wäre, um einen Piloten vorübergehend zu blenden, auch wenn sie zu Augenverletzungen und zur Einschränkung des seitlichen Gesichtsfeldes führen kann. Bei Sonnenschein verengen sich die Pupillen und schützen die Augen automatisch. Meiner Ansicht nach hätte nur ein Atomschlag eine solche Wirkung. Deshalb sehe ich keinerlei Zusammenhang zwischen diesen beiden Zwischenfällen.«

»Okay, aber . . .«, begann der Präsident.

»Darf ich bitte noch etwas hinzufügen?«, fuhr sie fort. »Ich kann mir nicht vorstellen, wie eine 747 mit einem großen Firmenjet wie einer Global Express zusammenstoßen kann, ohne dass der Bug und wahrscheinlich auch das Cockpit der Linienmaschine dabei beschädigt werden. Soweit wir wissen, hat der Kopilot vor dem Zusammenstoß mit dem ILS-Turm jedoch keine Schäden gemeldet.«

»Aber Stella«, meinte der Präsident. »Könnte Geheimdienstchef Herd zumindest theoretisch Recht haben?«

»Sie meinen, ob ein Zusammenstoß in der Luft eine so große Explosion erzeugen könnte, dass die Piloten ihr Augenlicht verlieren?«

»Ja«, erwiderte der Präsident. Er wusste, dass die Vertreterin der Verkehrssicherheitsbehörde ihre Worte vorsichtig wählen würde, um nur nicht mit Herd aneinander zu geraten.

»Sir, ich kann die Möglichkeit nicht ausschließen, aber wir tappen völlig im Dunkeln.«

Der Präsident seufzte. »Okay. Vielleicht haben wir es mit einem Angriff durch eine hochmoderne Rakete, vielleicht aber auch mit einem Zusammenstoß in der Luft zu tun. Nun fehlt uns nur noch die Information, wer diesen Angriff, sofern er stattgefunden hat, verübt haben könnte. Sind Sie so weit mit mir einer Ansicht?«

»Ja, Sir, ich denke schon«, erwiderte Herd.

»Jake«, sagte der Präsident unvermittelt. »Wie schätzt das FBI die Möglichkeit von Sabotage oder Terrorismus im Fall SeaAir ein?«

Jake räusperte sich. »Mr President, zurzeit haben wir nur Verdachtsmomente. Auf dem Voicerecorder aus dem Cockpit der Sea-Air fehlen einige Minuten, die vielleicht aufschlussreich wären. Doch ohne das und ohne andere Indizien, die auf Sabotage hinweisen, kann weder das FBI noch Stellas Behörde sagen, warum die Piloten der SeaAir die Kontrolle über die Maschine verloren haben. Ganz zu schweigen von der Frage, ob es sich um ein Verbrechen handelt. Wir wissen, dass die MD-11 nicht explodiert ist. Nichts deutet auf eine Rakete hin. Es ist, als hätten die Piloten plötzlich den Autopiloten ausgeschaltet und wären völlig grundlos aus ihren Sitzen gekippt. Natürlich sind wir vom FBI noch etwas vorsichtig, seit wir beim Absturz der TWA 800 vor ein paar Jahren sofort von Terrorismus gesprochen haben. Kann sein, dass wir deshalb jetzt zu zurückhaltend sind. Doch letztlich läuft es darauf hinaus, dass wir keine Beweise haben, die irgendeine unserer Theorien bestätigen würden.«

Der Präsident nickte. »Wie ich bereits vor einer Stunde sagte, werden wir uns Fidel sofort vorknöpfen, falls sich herausstellt, dass Kuba die SeaAir MD-11 abgeschossen hat. Doch gehen wir mal davon aus, dass die Kubaner nichts damit zu tun haben. Und nehmen wir weiterhin an, dass die Jungs und Mädels beim FBI irgendwann zu dem Schluss kommen, dass es sich doch um einen Terroranschlag handelt. Und vermuten wir zu guter Letzt, dass Terroristen auch für den Zwischenfall in Hongkong verantwortlich sind. Dann lassen wir unserer Fantasie freien Lauf und behaupten einfach, dass dieselbe Organisation dahinter steckt. In diesem Fall hätten wir es mit einem wirklich großen Unbekannten zu tun. Wer zum Teufel greift Flugzeuge an? Wie und warum? Das hier ist das zweite Flugzeugunglück innerhalb von sechs Wochen. Diese Fragen sind von großem nationalem Interesse. Uns liegt kein Bekennerschreiben vor. Niemand hat Forderungen gestellt. Und das heißt, dass diese Terrorgruppe weitermachen wird, bis sie eines Tages ihren Namen nennt und uns sagt, welche Ziele sie verfolgt.«

»Mr President«, wandte Herd ein, »bei allem Respekt, erwarten Sie, dass wir irgendetwas davon beantworten können?«

Der Präsident schüttelte den Kopf. »Nein, Richard. Ich mache mir Sorgen.«

»Sir, unserer Meinung nach weist nichts darauf hin, dass die SeaAir von Terroristen oder von einer neuen Terrororganisation, angegriffen wurde, besonders weil, wie Sie selbst gerade sagten, sich noch niemand zu der Tat bekannt hat. Eine Terrorgruppe, die eine Passagiermaschine mit sämtlichen Insassen sprengt, würde sich doch sofort damit brüsten. Wozu die Geheimnistuerei? Wenn man plant, ein Linienflugzeug zum Absturz zu bringen und Massenmord zu begehen, um damit etwas zu erreichen, riskiert man normalerweise nicht, dass die Sache als Unfall abgetan wird.«

»Gut, Richard. Wir haben Verständnis für die vorsichtige Haltung Ihrer Behörde. Stella? Gibt es Ihrer Meinung nach Parallelen zwischen dem Absturz der SeaAir und dem Zwischenfall in Hongkong?«

Am anderen Ende der Leitung herrschte zunächst verlegenes Schweigen, bevor Stella antwortete. »Nur in einem Punkt, Mr President. Die Flugbahn der SeaAir MD-11 lässt vermuten, dass der Pilot die Kontrolle über die Maschine verloren hatte. Falls das in Hongkong gestartete Flugzeug tatsächlich angegriffen wurde, dann wahrscheinlich mit dem Ziel, beide Piloten außer Gefecht zu setzen und einen Absturz herbeizuführen. Einer der Piloten hat es jedoch geschafft, am Leben zu bleiben. Falls die SeaAir in derselben Absicht angegriffen wurde, lautet die Antwort ja, es gibt Parallelen. Allerdings haben wir keine Ahnung, auf welche Weise die Piloten der SeaAir ausgeschaltet wurden. Ein Lichtblitz allein kann nicht der Grund sein, wie ich eben schon erklärt habe.«

»Danke, Stella.«

Die Sekretärin des Präsidenten kam ins Oval Office und reichte ihrem Chef wortlos einen Zettel. Die beiden anderen Männer im Raum bemerkten, dass seine Miene sich verdüsterte, während er die Nachricht las.

»Leute, über unsere Standleitung nach Hongkong haben wir soeben erfahren, dass die chinesischen Fluglotsen Meridian 5 auf dem Radarschirm verloren haben. Sie gehen von einem Absturz aus. Und zwar« – der Präsident schaute wieder auf den Zettel – »und zwar über dem Meer, fünfundvierzig Kilometer südlich von Hongkong. – Okay«, seufzte der Präsident, »wir haben eine Menge Rätsel, aber keine Lösung. Wenn das Flugzeug angegriffen wurde, befinden wir uns mit irgendjemandem im Krieg. Ich muss wissen, wer es ist: Fidel, Saddam, Milosevic oder eine unbekannte Gruppierung. Ich will eine gründliche Analyse, ob wir es mit einer neuen Form von Terrorismus zu tun haben könnten – die Verwendung von Phosphorraketen, um Piloten zu blenden. Meiner Ansicht nach ist dies die wahrscheinlichste und beängstigendste Möglichkeit. Jake, das FBI soll mir so früh wie möglich Bericht erstatten, was die Terrorismustheorie angeht.«

»Ja, Sir«, erwiderte Jake. »Zweihundertzehn Mitarbeiter befassen sich mit dem Absturz der SeaAir. Und eine meiner besten Agentinnen befindet sich zurzeit in Hongkong.«

Der Präsident stand auf. »Gut. Wir müssen umgehend Antworten finden. Wenn es sich herumspricht, dass amerikanische Flugzeuge systematisch von einer geheimnisvollen neuen Terrorgruppe mit lasergesteuerten Blendraketen angegriffen werden, wird die Luftfahrtindustrie zusammenbrechen. Und bei unserem Glück würde es mich nicht wundern, wenn die Raketen aus den USA stammten.«

Im Hauptquartier des FBI, nicht weit vom Weißen Haus, legte Jake Rhoades den Hörer auf und erhob sich hinter seinem Schreibtisch. Zwei seiner erfahrensten Agenten warteten im Vorzimmer. Als er hereinkam, standen sie auf.

»Wie ist es gelaufen, Jake?«, erkundigte sich der eine.

Jake schnaubte verächtlich und schüttelte den Kopf. »Die Air Force schwafelt von Raketen, um den großen Boss zu beeindrucken. Dem Präsidenten gefällt die Theorie am besten, eine Rakete mit einem Phosphorsprengkopf habe auf wundersame Weise gewusst, dass sie genau vor dem Cockpit explodieren soll.«

»Und wir sind anderer Ansicht?«

Jake zuckte die Achseln. »Ich habe keine Ahnung, was ich davon halten soll. Die Dame von der Verkehrssicherheitsbehörde hat es treffend ausgedrückt: Wir tappen völlig im Dunkeln.«

HONGKONG ABFLUGKONTROLLE
CHEK LAP KOK, HONGKONG INTERNATIONAL AIRPORT

Kat Bronsky bedankte sich beim Schichtleiter und verließ den Radarraum. Draußen wurde sie von einem Wagen des Konsulats erwartet. Sie fühlte sich wie betäubt und war vollkommen ratlos. Ihr war flau im Magen. Die Worte des Schichtleiters gingen ihr immer wieder im Kopf herum. »Schreckliche Explosion ... vielleicht nuklear, aber unwahrscheinlich ... Kopilot erblindet ... Kapitän tot ... ein weiteres Flugzeug im selben Gebiet vermisst ... möglicherweise Kollision in der Luft ...«

Der Schichtleiter hatte ihr berichtet, das letzte Radarecho sei während eines rasanten Sinkflugs mit siebenhundert Metern pro Minute mitten in einer Gewitterzelle empfangen worden.

Kat schloss die Augen, schüttelte den Kopf und versuchte, das Bild aus ihren Gedanken zu vertreiben. Ganz sicher lag die Boeing, in Stücke zerrissen, auf dem Grund des Südchinesischen Meers. Sie dachte an Robert MacCabe und den Sitz neben ihm, der ihrer gewesen wäre, hätte das Schicksal nicht anders entschieden.

»Wohin möchten Sie bitte?«, fragte der chinesische Fahrer.

»Was? Oh.« Kate war plötzlich sehr erschöpft. »Warten Sie bitte einen Moment.« Seufzend nahm sie das Satellitentelefon aus ihrer Handtasche, um Jake Rhoades in Washington anzurufen, doch dann dachte sie wieder an die Worte des Schichtleiters: Mögliche Kollision in der Luft; ein anderes Flugzeug wurde vermisst. Was für ein Flugzeug? Vor Schreck hatte sie gar nicht nachgefragt.

Sie riss die Wagentür auf und ging in den Radarraum zurück.

14

**NATIONALES AMT FÜR AUFKLÄRUNG (NRO), MARYLAND
12. NOVEMBER — TAG EINS
13:48 ORTSZEIT / 1848 ZULU**

Ein dringender Anruf von der CIA mit der Bitte um Satellitenunterstützung im Fall Meridian 5 hatte im Überwachungszentrum des NRO, des Nationalen Amtes für Aufklärung unweit von Washington, zu hektischer Betriebsamkeit geführt. Während Spähsonden vom Weltraum aus die Umgebung Hongkongs beobachteten, versammelten sich drei Männer und eine Frau in einem kleinen Raum des Hightech-Labyrinths der geheimen Behörde vor einem großen, hochmodernen Videoschirm. Einer der Männer hielt Telefonkontakt mit einem Team der CIA in Langley. Nun bat er seinen Gesprächspartner um Geduld und warf einen Blick auf den Videoschirm. Die oberste Analystin des Nationalen Amtes für Aufklärung deutete mit einem winzigen Zeigestab auf einen Punkt auf dem Bildschirm.

»Hier ganz rechts liegt Hongkong«, erklärte Janice Washburn. »Unser Satellit wird bald fast senkrecht darüber stehen. Unter- und oberhalb der Flughöhe des Jets sind dichte Wolkendecken. Deshalb benutzen wir primär eine Infrarot-Darstellung mit einem optischen Backup.«

»Die Bilder sind doch live, oder?«

»Ja, Sir«, erwiderte die Frau. »Aber vergessen Sie nicht, dieses Bild ist schon bearbeitet, eine aus Echtzeitinformationen zusammengesetzte Darstellung. Die Rohdaten sind auf Band.«

»Und haben Sie was gefunden, Jane?«

Sie nickte. »Ich habe alle anderen Flugzeuge, die unseres Wissens von Hongkong, Vietnam und anderen Kontrolltürmen in der Umgebung überwacht werden, herausgefiltert.«

»Und?«

»Sehen Sie es sich selbst an«, entgegnete sie und wies auf einen kleinen weißen Punkt südwestlich von Hongkong. Immer wieder bediente sie einen Schalter am Display, um den Bildausschnitt zu vergrößern. »Von der einen Seite des Bildschirms zur anderen beträgt die Entfernung dreißig Kilometer – jetzt fünfzehn, jetzt siebeneinhalb, jetzt drei; und jetzt siebenhundertfünfzig Meter.« Das Ziel wurde immer größer und zog einen weißen Kondensstreifen hinter sich her, während es sich nach Südwesten bewegte. »Okay, jetzt hole ich es auf ein paar Meter heran.«

Plötzlich war auf dem Bildschirm ein weißer, gespenstischer Umriss zu sehen, eindeutig eine 747. Der Innengenerator an der linken Tragfläche erzeugte offenbar keine Hitze und nur drei Triebwerke zogen eine Spur hinter sich her. Der Hilfsgenerator am Heck gab einen weiteren kleinen Kondensstreifen von sich.

»Ist das auch sicher Meridian?«, flüsterte George Barkley.

Sie nickte. »Wir haben die Spur der Maschine seit dem Landungsversuch verfolgt, als wir den Radartransponder noch empfangen konnten. Sie ist es. Und wie Sie sehen, ist sie noch in der Luft und quicklebendig. Sie werden jedoch feststellen, dass der Kurs ziemlich chaotisch ist. Übrigens, George, ich habe erfahren, dass die Chinesen eine Suchmannschaft losgeschickt haben. Sollen wir ihnen mitteilen, dass das Flugzeug noch nicht abgestürzt ist?«

George Barkley zuckte die Achseln. »Die Entscheidung liegt nicht bei uns. Sie kennen die übliche Politik: Zu viel Offenheit darüber, was wir wissen und wie wir an die Daten herangekommen sind, könnte unseren Handlungsspielraum einschränken.«

»Also lieber nicht.«

Er nickte lächelnd und hielt sich den Telefonhörer ans Ohr. »Wenigstens kann ich es unseren eigenen Leuten erzählen. Es ist schön, zur Abwechslung einmal eine gute Nachricht zu haben.«

AN BORD VON MERIDIAN 5

Dan Wade hatte dem Tod ins Auge geschaut.

Da er während des Sturzes auf das südchinesische Meer zu den Höhenmesser nicht beobachten konnte, und weil die Maschine von einem heftigen Gewitter erschüttert wurde, spürte er nicht, wie der Abwärtssog plötzlich aufhörte. Erst Dallas Nielsons Stimme riss ihn aus seiner Verzweiflung.

»Na also! Lieber Gott im Himmel. Wir haben's geschafft! Wir liegen wieder gerade. Einhundertzwanzig ... nein, wir steigen! Gott sei Dank!«

Sie wurden immer noch von schweren Turbulenzen gebeutelt. Unablässig zuckten Blitze vor den Fenstern und dann gab es einen ohrenbetäubenden Knall. Für einen Sekundenbruchteil war alles in gleißendes Licht getaucht. Die elektronischen Instrumentenanzeigen verdunkelten sich bis auf ein paar kleine Lämpchen auf der vorderen Instrumententafel.

»WIR HABEN EINEN STROMAUSFALL!«, rief Dallas.

Dan tastete mit der linken Hand nach oben, bediente zwei Schalter und stellte den Strom wieder an. »Problem behoben?«, fragte er.

»Was zum Teufel war das?«, erkundigte sich Dallas.

»Blitzschlag. Hat wahrscheinlich das Außenstromaggregat erwischt.«

Es folgten noch zwei grelle Blitze, diesmal jedoch ohne Knall, als sie die westliche Seite der Gewitterzelle durchflogen. Eine Minute später lag klarer Himmel vor ihnen, umgeben von gewaltigen Sturmfronten.

»Höhe?«, wollte Dan wissen.

»Fünfhundert Meter. Wir steigen schnell. Siebenhundert.«

»Geoff«, sagte Dan. »Übernehmen Sie, während ich den Bug hochziehe. Bleiben Sie im Steigflug ... wir wollen zurück auf zweitausendfünfhundert.«

»Ich tue mein Bestes«, erwiderte Geoff Sampson mit schwacher Stimme.

Rechts von ihnen ragte ein von Blitzen durchzucktes Wolkengebirge empor. Links war eine andre Sturmfront zu erkennen. Doch vor ihnen funkelten die Sterne und der Mond spiegelte sich auf dem Meer.

»Was zum Teufel war das?«, fragte Geoff.

»Wir sind in eine böse Gewitterzelle geraten und in starke Abwinde«, erklärte Dan. »Ist jemand verletzt?«

»Das war eine ziemliche Schaukelpartie«, meinte Robert leise.

»Uns geht es gut, Dan«, erwiderte Britta und griff zum Bordtelefon, um sich bei den Flugbegleitern nach dem Stand der Dinge zu erkundigen. »Unten ist niemandem etwas passiert«, meldete sie, nachdem sie aufgelegt hatte. Die Passagiere sind noch einmal mit dem Schrecken davongekommen.«

»Geoff, wie fühlen Sie sich?«, wollte Dan wissen.

»Offen gestanden hielte ich es für besser, wenn Ms Nielson übernehmen würde. Ich stelle mich einfach zu dämlich an. Fast hätte ich die Maschine ins Meer gesetzt.«

Dan wollte gerade antworten, als sich die Cockpittür öffnete. Britta drehte sich um und sah zu ihrem Entsetzen Steve Delaney vor sich, der sich schon mit großen Augen im Cockpit umsah.

»Steve Delaney! Habe ich dir nicht verboten herzukommen?« Als Steve Brittas scharfen, gereizten Ton hörte, wich er zurück.

»Was hat da soeben geknallt?«, erkundigte sich Delaney kleinlaut.

»Wer bist denn du, junger Mann?«, fragte Dallas und musterte den Teenager.

»Ein vorlauter kleiner Quälgeist, der behauptet, Simulatoren fliegen zu können«, erwiderte Britta und schickte sich an, Steve hinauszubugsieren.

»Das ist doch spitze, Britta.« Dallas stand auf und kam zur Tür. »Wie heißt du, Kleiner?«

»Äh ... Steve Delaney.«

»Kannst du diese Maschine fliegen, Steve?«

Er nickte und erklärte noch einmal, dass sein Vater Simulatoren herstellte.

»Hat er es dir beigebracht? Dein Vater, meine ich?«

»Nein. Er wollte mich nie an die Dinger ranlassen. Aber ich hab es trotzdem gemacht, nachts.«

»Dann bist du genau der Richtige für uns. Ein Autodidakt«, rief Dallas. Sie klatschte die Handfläche gegen seine, was ihn verlegen zu machen schien.

Dan Wade hatte wortlos zugehört. Dallas drehte sich um und überprüfte die Instrumente. »Dan, helfen Sie Geoffrey und ziehen Sie den Bug ein wenig hoch. Außerdem müssen Sie etwa zehn Grad nach rechts rollen.«

»Danke, Dallas.«

»Augenblick mal«, sagte Geoffrey Sampson. Er hielt das Steuerhorn fest umklammert. »Hören Sie, wir müssen endlich akzeptieren, dass ich hier keine große Hilfe bin. Da wir offenbar nicht viele Möglichkeiten haben, erlaube ich mir den Vorschlag, dem jungen Burschen eine Chance zu geben.«

Dallas nickte. »Geoffrey, am besten stehen Sie gleich auf und überlassen Steve Ihren Platz.«

»WAS?«, brüllte Dan.

»Hey«, meinte Dallas. »Vielleicht kann er uns helfen. Was haben wir schon zu verlieren?«

Dan Wade drehte den Kopf nach links. »Verdammt, wer führt hier das Kommando?«

»Eigentlich dachten wir, dass Sie das tun, Dannyboy«, zischte Dallas Nielson. »Aber anscheinend wollen Sie das Handtuch werfen, oder was sollte das Gerede von einer Notwasserung?«

»Den Teufel werd ich tun«, fiel Dan ihr ins Wort. »Was bilden Sie sich eigentlich ein . . .«

Robert MacCabe berührte Dan an der rechten Schulter. »Nur mit der Ruhe, Dan. Wenn wir nicht zusammenhalten, werden wir es nicht schaffen. Ich finde den Vorschlag von Ms Nielson gar nicht schlecht. Sie sollten sie anhören. Das ist keine Meuterei, sondern Teamwork.«

»Passen Sie auf, Daniel«, fuhr Dallas fort. »Es ist ein Wunder, dass wir noch leben, und das haben wir nur Ihnen zu verdanken. Aber können Sie nicht ein wenig toleranter und offener sein?«

»Verschonen Sie mich mit Ihrer kalifornischen Stammtischpsychologie!«

»Ich bin nicht aus Kalifornien, Dan«, fuhr sie ihn an. »Ich heiße Dallas, kapiert? Und mit Stammtischen habe ich auch nichts am Hut. Was bleibt uns schon übrig?«

Die junge Stimme hinter ihnen klang zugleich sarkastisch und ängstlich. »Viel fliegen muss man bei dieser Maschine sowieso nicht. Sie ist nur ein großes Videospiel mit Flügeln.«

Dan drehte sich zu dem Teenager um. »Weißt du, was ein Fluglageanzeiger ist, mein Sohn?«

»Klar. Und ich bin nicht Ihr Sohn.«

»Dann lies die Fluglage ab. Jetzt sofort.«

Steve Delaney schob sich an Britta vorbei und warf einen Blick auf die Instrumententafel vor Geoffrey Sampson. »Der Bug zeigt ein Grad nach unten, und Sie liegen etwa fünf Grad schräg, nach links.«

»Ich übernehme«, sagte Dan zu Geoffrey, zog den Bug hoch und rollte die Maschine nach rechts. Dann nickte er nachdenklich. »Okay, Kleiner, nicht schlecht. Lies einfach unsere Schräglage und den Bugwinkel ab.«

»Ich bin kein Kind. Ich heiße Steve.«

»Okay, Steve. Kannst du das tun? Kannst du mir sagen, um wie viel ich korrigieren muss?«

»Das habe ich doch gerade getan.«

Dan nickte wieder, diesmal energischer. »Gut, Dallas, ich stimme Ihnen zu. Britta, helfen Sie Mr Sampson beim Aufstehen. Steve soll sich setzen. Schnell.«

»Meinetwegen, Dan«, erwiderte Britta schicksalsergeben. »Aber danach muss ich unten nach dem Rechten sehen.« Sie befolgte die Anweisung des Piloten.

»Der Kapitänssitz?«, fragte Steve Delaney, während Britta mit Geoffrey eilig das Cockpit verließ.

»Ja. Du sollst mir meine Augen und Hände ersetzen. Der Autopilot ist ausgefallen und ich bin blind. Wenn es uns gelingt, die Maschine in der Flugebene zu halten –« Dan stockte und holte tief Luft –, »fällt mir vielleicht etwas ein, wie wir irgendwo landen können. Du musst mir ständig die Werte der Fluglagenanzeige vorlesen ... und mit dem Steuerhorn hältst du die Tragflächen in der Horizontalen, und sorge dafür, dass der Bug vier Grad nach oben zeigt. Schaffst du das?«

»Klar«, antwortete Steve. »Soll ich auch den Flugcomputer programmieren?«

»Kannst du das?«

»Natürlich. Ich habe die Gebrauchsanweisung gelesen.«

»Zuerst wollen wir mal sehen, ob du fliegen kannst«, entgegnete Dan.

ANFLUGKONTROLLE,
CHEK LAP KOK, HONGKONG INTERNATIONAL AIRPORT

Kat bedankte sich noch einmal beim Leiter der Anflugkontrolle und ging zum Wagen des Konsulats hinaus. Sie sah noch die Radaraufzeichnungen vor sich. Erstaunlich, dass man ihr so bereitwillig Dinge gezeigt hatte, die ganz sicher bei der Untersuchung des schweren Unglücks eine Rolle spielen würden. Der Mann hatte kaum gezögert, bevor er ihr die Aufzeichnungen vorführte.

Der Transponder der Bombardier Global Express hatte sich ohne Vorwarnung etwa zwölf Kilometer entfernt von Meridian 5 abgeschaltet. Danach konnte man nur noch die schwache Außenhautabstrahlung sehen. Kat wusste, dass Transponder alle paar Sekunden eine elektronische Antwort senden, wenn sie vom Radarstrahl eines Towers getroffen werden. Ohne funktionierenden Transponder sah ein Fluglotse auf seinem Schirm nur das Echo des ILS-Rohsignals, das von der metallenen Oberfläche der Maschine reflektiert wurde. Dieses Signal war nur viereinhalb Kilometer neben der 747 aufgetaucht.

Kat hatte Geschwindigkeit und Flughöhe der Global Express N22Z zum Zeitpunkt ihres Verschwindens mit der Geschwindigkeit der Außenhautabstrahlung verglichen und festgestellt, dass sie perfekt übereinstimmten. Die Besatzung der Global Express hatte offenbar den Transponder ausgeschaltet und kehrtgemacht, um die Flugbahn von Meridian 5 zu kreuzen – und zwar nicht nur ein, sondern zwei Mal. Beim zweiten Mal, als die Piloten der Meridian 5 von einem Lichtblitz geblendet wurden, waren noch andere Radarsignale erschienen, die der Leiter der Fluglotsen als Trümmer nach einem Zusammenstoß in der Luft interpretierte. Er hatte ihr auch die Hecknummer des Firmenjets genannt und verraten, dass er als Rettungsflug deklariert worden und vom Business-Terminal aus gestartet war.

Kat ließ sich auf dem Rücksitz des Konsulatswagens nieder und bat den Fahrer, sie zu diesem Terminal zu bringen. Dann klappte sie ihr Satellitentelefon auf, um Jake anzurufen.

15

AN BORD VON MERIDIAN 5,
ÜBER DEM SÜDCHINESISCHEN MEER
13. NOVEMBER — TAG ZWEI
2:48 ORTSZEIT / 1848 ZULU

Seit einigen Minuten war Dallas Nielson ungewöhnlich still. Sie beobachtete jede Bewegung des jungen Steve Delaney, während dieser verschiedene Steuerorgane bediente, bis die Maschine wieder ruhig flog.

Schließlich beugte sie sich vor und flüsterte ihm ins rechte Ohr: »Ich bin beeindruckt, Steve. Du hältst die Höhe mit einer Abweichung von nur dreißig Metern und bleibst ziemlich genau auf Kurs. Wirklich erstaunlich. Orientierst du dich hauptsächlich an der Fluglagenanzeige?«

»Ja.«

»Ich habe einmal ein Buch über Instrumentenflug gelesen, und darin stand, dass man genau das tun soll«, meinte Dallas. »Du bist ein Naturtalent.«

Steve sah sich um und holte zum ersten Mal seit mehr als fünf Minuten wieder richtig Luft. »Danke.«

Dallas wandte sich an den Kopiloten. »Dan, er schlägt sich großartig, besser als ein Autopilot.«

Dan antwortete nicht. Er war über dem Steuerhorn zusammengesackt und hielt sich den bandagierten Kopf.

»Dan? Dan, hören Sie mich?«

Als sie ihn sanft an der Schulter berührte, zuckte er zusammen.

»Was ist?«

»Dan, Sie dürfen nicht einschlafen. Wirkt das Schmerzmittel noch?«

Dan nickte. »Ja, aber es macht mich müde. Es tut immer noch weh, aber es ist viel besser.«

»Gott sei Dank.«

Dan fuhr unvermittelt hoch und griff nach dem Steuerhorn. »Mein Gott, wo sind wir?«

»Kein Problem, Dan«, beruhigte ihn Dallas. »Steve hat alles unter Kontrolle. Er macht seine Sache prima.«

»Sind wir ... stabil?«

»Ob Sie's glauben oder nicht«, antwortete Dallas.

»Flughöhe?«

»Zweitausendsiebenhundert Meter«, antortete Steve Delaney.

»Fluggeschwindigkeit?«

»Zweihundert Knoten.«

»Kurs?«

»Zwei-zwei-null Grad«, sagte Steve, »aber wohin fligen wir eigentlich?«

»Gute Frage«, meinte Dallas. »Wir müssen allmählich entscheiden, wohin wir wollen und wie es weitergeht. Wäre es nicht besser, nach Hongkong zurückzukehren, Dan? Ich habe gehofft, Sie hätten einen Vorschlag.«

»Ja, es war ein bisschen viel auf einmal. Bis jetzt habe ich nur darüber nachgedacht, wie wir in der Luft bleiben können. Vorhin glaubte ich, es wäre aus mit uns.«

»Wir auch«, erwiderte Dallas leise. »Aber der große Boss hatte andere Pläne.«

»Der große ...?«, begann Dan.

»Gott«, erklärte Dallas.

Dan schluckte. »Ach so. Vor allem dürfen wir nicht riskieren, wieder in ein Unwetter zu geraten. Hongkong kommt also nicht in Frage. Ich erinnere mich an die Wetterkarte. Im Westen war es ziemlich klar. Wenn wir weiter in diese Richtung fliegen, müsste es glatt gehen. Umkehren ist zu gefährlich.«

»Aber was liegt in dieser Richtung, Dan?«, erkundigte sich Robert.

Dan holte tief Luft. »Äh, Vietnam ... Thailand. Hongkong wäre übrigens auch wegen der Hügel gefährlich. Ohne Empfänger können wir das ILS nicht benutzen, und es wäre zu riskant, wenn ich nur nach mündlichen Anweisungen nachts eine Landung versuchte. Ich glaube, wir haben genug Treibstoff für weitere sieben Stunden ... aber das reicht nicht, um ...« Er schnappte zitternd nach Luft.«... um uns nach Australien oder weiter nach Süden, vielleicht nach Sumatra, zu bringen. Offen gestanden wäre mir ein moderner Flughafen lieber, für den Fall... dass wir medizinische Hilfe brauchen. Technisch gesehen sollten wir die Philippinen erreichen können, doch wegen des Schadens an der Hülle ist es nicht möglich, den Kabinendruck zu erhöhen, was wiederum bedeutet, dass wir nicht höher fliegen können als dreitausend Meter. Zwischen Hongkong und Manila befindet sich außerdem ein großes Gewittergebiet. Im Norden liegt China. Die Chinesen würden uns wahrscheinlich nicht abschießen, aber ich kenne die dortigen Flughäfen nicht.«

»Also nach Westen«, meinte Dallas.

Dan nickte. »Ja. Nach Westen. Vietnam und dann Thailand. Ich kenne Thailand. Bangkok hat eine lange Landebahn und südlich davon gibt es einen großen Luftwaffenstützpunkt, U-Tapao. Das Gelände ist eben und das Wetter sollte gut sein.«

»Aber wie finden wir dorthin?«, fragte Dallas.

»Ach ja, der Navigationsrechner«, fiel Dan ein. »Steve, du sagtest doch, du kannst damit umgehen.«

»Ja, das ist ein Kinderspiel.«

»Nun komm schon runter von deinem hohen Ross, Junge. Die meisten Piloten müssen wochenlang pauken, um das Ding in den Griff zu kriegen.«

»Was sagt das wohl über Piloten aus?«, erwiderte Steve.

Der Junge hatte offenbar einen wunden Punkt getroffen, denn Dan schnappte nach Luft und rief empört: »Was bildest du dir eigentlich ein, junger Mann?«

»Genug«, ging Dallas dazwischen. »Steve, du solltest etwas mehr Respekt an den Tag legen, okay? Und wenn ihr euch streiten wollt, dann tut das gefälligst nach der Landung!«

Der Junge rang mit sich. »Entschuldigung«, stieß er schließlich hervor.

»Okay, Steve«, entgegnete Dan. »Schau auf den Flugcomputer neben dir und sag mir, was du siehst.«

»Nichts«, antwortete Steve.

»Vielleicht kannst du den Kontrast schärfer stellen.«

»Das habe ich schon versucht. Der Bildschirm ist trotzdem dunkel«, erwiderte Steve. »Das Ding funktioniert nicht.«

»Was ist mit dem Bildschirm auf meiner Seite?«

»Auch kaputt.«

Dan verstummte entsetzt. Nach einer Weile zeigte er auf die obere Instrumententafel. »Da oben ist ein Schalter für das Trägheitsnavigationssystem. Siehst du irgendwelche Zahlen auf dem Display?«

Dallas legte Steve Delaney die Hand auf die Schulter. »Ich überprüfe das, Steve. Du fliegst.« Sie reckte sich und schüttelte bald den Kopf. »Dieser Bildschirm ist ebenfalls dunkel. Dan.«

»Verdammt! Okay, Dallas. Sie müssen für mich die Schalter überprüfen.« Er beschrieb ihr die verschiedenen Ein-Aus-Schalter für die Navigationsgeräte und den Computer und Dallas musterte sie eingehend.

»Sie sind alle eingeschaltet.«

Dan sackte in seinem Sitz zusammen. »Das darf doch nicht wahr sein!«

»Was ist?«, fragte Steve besorgt.

Dan schüttelte den Kopf. »Das gibt's einfach nicht!«

»Was gibt es nicht, Dan?«, fragte Dallas.

»Der Blitzschlag hat offenbar unseren restlichen Instrumenten den Garaus gemacht. Bestimmt haben wir auch den Transponder verloren. Das heißt, man denkt jetzt, wir wären abgestürzt. Wir sind buchstäblich taub, stumm und blind! Ein Glück, dass wenigstens Triebwerke und Ruder noch funktionieren.«

»Was tun wir also?«, erkundigte sich Dallas. »Wie finden wir nach Thailand?«

Der Kopilot dachte eine Weile nach. »Wahrscheinlich können wir kreisen, bis es hell wird. Wenn ich abschätzen kann, wann wir ungefähr über Vietnam sind, folgen wir dann der Küste nach Thailand«, antwortete er.

»Meinen Sie, wir sollen uns orientieren, indem wir einfach aus dem Fenster schauen?«, wollte Dallas wissen.

Dan nickte. »Mit Ihren Augen, meinem Gedächtnis und der richtigen Karte schaffen wir es vielleicht. – Wenn ich mich nur einmal in ein einfaches Satelliten-Navigationssystem einloggen könnte, wüsste ich, wo wir sind und welchen Kurs wir fliegen müssen. Heutzutage haben sogar Kleinmaschinen GPS an Bord. Und wir sitzen hier in einem hochmodernen Passagierflugzeug und müssen navigieren wie zu Charles Lindberghs Zeiten.«

Robert MacCabe schaute nachdenklich zu Boden. Plötzlich schnippte er mit den Fingern. »Moment mal. Bestimmt hat jemand an Bord ein tragbares GPS dabei. In Hongkong bekommt man diese Dinger sogar in den Duty-free-Läden. Ich gehe und erkundige mich bei den Passagieren.«

Nach zehn Minuten kam Robert zurück. »Dan, ich bin wieder da. Ich stehe direkt hinter Ihnen.«

Der Kopilot lauschte. »Schießen Sie los.«

»Fehlanzeige. Ein Passagier hat zwar ein tragbares GPS, aber es befindet sich in seinem eingecheckten Koffer im Gepäckraum.«

Dan seufzte. »Natürlich. Und wir haben keine Möglichkeit, während des Fluges in den Gepäckraum zu kommen.«

»Britta sagte aber, sie wüsste einen Weg, durch den Boden hinunterzuklettern, irgedwo hinter der ersten Klasse.«

»Was?« Dan schüttelte den Kopf. »Sicher meint sie die Bodenluke. Doch die führt nur in den Elektronikraum . . . und den haben wir in Hongkong demoliert. Von dort aus gibt es sowieso keinen Zugang zum Gepäckraum. Ein riesiger Treibstofftank steht im Weg, und die Aufhängung der Tragflächen.«

»Davon hatte ich keine Ahnung«, antwortete Robert. »Hollywood hatte mich überzeugt, dass man von den Bordküchen aus den Gepäckraum erreichen kann.«

»Bei manchen Jumbotypen ist das auch möglich, aber hier leider nicht. Vergessen Sie es.«

»Moment mal!«, rief Dallas aus. »Sie sollten sich einmal reden hören, Dan. Um einen geeigneten Flughafen in Thailand zu finden, brauchen Sie GPS, richtig?«

Dan Wade überlegte eine Weile, bevor er antwortete. »Es wäre ein großer Vorteil. Doch wenn das einzige Gerät an Bord sich in einem Gepäckcontainer befindet, kommen wir eben nicht ran, Dallas. Selbst wenn wir in den Gepäckraum könnten, hätten wir keine Ahnung, in welchem Container der Koffer steckt, vorne oder hinten.«

»Nein«, widersprach Robert, »das stimmt nicht. Der Besitzer meinte, er habe seinen Koffer auf dem Förderband zum hinteren Container gesehen.«

Dan schüttelte langsam den Kopf. »Dann können wir ihn zwar lokalisieren, aber nicht erreichen. Pech gehabt.«

Dallas Nielson sprang auf und stemmte die Hände in die Hüften. »Jetzt machen Sie mal 'nen Punkt!«, fauchte sie. »Was soll das heißen? Pech gehabt! Wie können wir hier herumsitzen und von Aufgeben reden?«

Dan stöhnte. »Hören Sie, Dallas. Es gibt keine Türen von der Kabine in den Gepäckraum. Während des Fluges kommen wir nicht da rein. Habe ich mich klar genug ausgedrückt?«

»Ach was. Haben wir den hinteren Gepäckcontainer dabei oder haben wir ihn in Hongkong stehen gelassen?«

Der Kopilot drehte sich noch ein Stück weiter um. »Dallas, ich hätte das GPS genauso gern wie Sie, aber . . .«

»Das nehme ich Ihnen nicht ab! Warum kommen Sie dann mit lauter Gründen, weshalb es unmöglich sein soll.«

»Es *ist* unmöglich!«

»Schwachsinn, Baby. Wo ein Wille ist, ist auch ein Weg.«

Dan schüttelte verzweifelt den Kopf. »Ach Mädchen, was wissen Sie schon?«

Dallas lachte höhnisch auf. »Jedenfalls weiß ich, dass man niemals aufgibt, wenn man überleben will.«

»Jetzt reicht es mir aber!«, schimpfte Dan. »Sie werfen mir nun schon zum zweiten Mal vor, ich würde das Handtuch werfen. Ich möchte ebenso eine Lösung finden wie Sie. Doch ich habe starke Schmerzen und ich weigere mich einfach, über Dinge zu streiten, die sich nun mal nicht ändern lassen.«

Robert MacCabe hob beschwichtigend die Hand. »Okay, passen Sie auf. Das führt doch zu nichts . . .«

Dallas fiel ihm mit lauter Stimme ins Wort. »Was soll das heißen, Dan? Wollen Sie etwa auch behaupten, dass dieser Gepäckcontainer absolut unerreichbar ist?«

»Ich will damit sagen, dass es keinen Weg gibt, hineinzukommen. Ausser man hackt ein Loch in den gottverdammten Fussboden!«

Niemand sagte einen Ton, während Dan sich der Tragweite seiner Worte bewusst wurde.

»Endlich eine Idee, Dan. Irgendwo hier habe ich doch eine Rettungsaxt gesehen.«

Dan Wade hielt sie mit einer Handbewegung zurück. »O nein, das werden Sie hübsch bleiben lassen. NEIN! Finger weg. Sonst durchtrennen Sie vielleicht noch ein Ruderkabel.«

»Gibt es für diesen Vogel kein Handbuch, in dem der Verlauf der Kabel zu sehen ist?«

»Die sind in der Decke verlegt«, begann Dan. »Ja, richtig, das hatte ich ganz vergessen! Es könnte klappen. Sie müssen nur auf ein paar Elektrokabel achten. Aber die Bleche sind ziemlich dick.«

»So dick nun auch wieder nicht, Dan«, widersprach Dallas. »Als ich vorhin den Mittelgang hinuntergelaufen bin, habe ich gespürt, wie der Boden unter meinen Füßen wippte. Weiß die Besatzung, wo genau sich der Gepäckcontainer befindet?«

Dan überlegte. »Mag sein. Doch Sie haben sich eine Menge vorgenommen. Sie müssen Bleche umbiegen und das Fiberglas um den Container durchhacken.«

»Dan, gibt es irgendeinen wichtigen Grund, warum wir es lassen sollten?«

Er dachte kurz nach und schüttelte den Kopf. »Nein, wahrscheinlich nicht. Passen Sie nur auf, dass niemand zu schwungvoll mit der Axt umgeht. Biegen Sie die Metallplatten zurück, nachdem Sie sie durchtrennt haben, und hacken Sie bloß keine Streben durch, auch wenn sie noch so klein sind. Und vergessen Sie nicht, dass die Ränder des Loches sehr scharfkantig sein werden.«

»Also los. Robert? Nehmen Sie die Axt, und dann gehen wir auf Koffersuche.« Dallas tätschelte Steve Delaney die Schulter. »Du machst das großartig, Kleiner. Kannst du noch?«

Steve nickt. »Ja.«

»Britta soll Ihnen helfen«, rief Dan ihnen nach. »Sagen Sie ihr, ich hätte es erlaubt. Bei ihr muss alles seine Ordnung haben. Typisch deutsch.«

Dallas hatte das Cockpit schon verlassen. Als Robert ebenfalls gehen wollte, hielt Dan ihn zurück. »Robert, warten Sie.«

Der Journalist blieb in der Tür stehen. »Ja, Dan?«

»Ich habe vergessen, die Druckbleche zu erwähnen ... dünne Metalltafeln. Sie sehen sie, wenn Sie den Teppich zurückziehen. Sie werden herausgeblasen, falls sich während des Fluges die Ladeluken öffnen.«

»Ich verstehe nicht ganz.«

»Wenn es unter dem Boden zu einem plötzlichen Druckabfall kommt, und auf der Oberseite weiterhin ein Druck von einer halben Atmosphäre herrscht, würde sonst sofort der ganze Kabinenboden einsacken. Worauf ich hinauswill, ist, dass Sie den Gepäckcontainer schneller erreichen, wenn Sie sich eines dieser dünnen Bleche suchen und dort den Boden aufhacken.«

Fünfundfünfzig Meter entfernt, in der Bordküche am anderen Ende des Flugzeugs, erklärte Dallas Nielson Britta Franz ihr Vorhaben.

»Und er ist einverstanden?«

Dallas nickte. Als Robert, die Axt in der Hand, auf sie zukam, sagte sie: »Fragen Sie doch die *Washington Post*, wenn Sie mir nicht glauben.«

»Oh, ich glaube Ihnen, Ms Nielson«, erwiderte Britta, während sie MacCabe entgegensah.

»Wissen Sie, wo wir am besten anfangen sollen, Britta?«, erkundigte sich Dallas.

Britta verzog das Gesicht und betrachtete den Boden. Dann sah sie wieder Dallas an. »Ja. Ich habe nie richtig darauf geachtet. Doch ich weiß, wo es poltert und klappert, wenn die Verladearbeiter im hinteren Container zugange sind.«

»Sollten wir nicht die Passagiere informieren?«, schlug Dallas vor. »Sie hätten ihre Gesichter sehen sollen, als Robert mit der Axt durch die Kabine spazierte.«

Britta griff nach dem Bordtelefon, tippte zwei Ziffern ein und hielt das Gerät an die Lippen.

Meine Damen und Herren, hier spricht Ihre Chefstewardess. Wir werden jetzt ein Loch in den Boden der Maschine schlagen, um uns Zutritt zum Gepäckraum zu verschaffen. Im Koffer eines unserer Passa-

giere befindet sich ein Navigationsgerät, das der Pilot dringend braucht. Bitte helfen Sie uns, indem Sie den Weg freihalten und die Ruhe bewahren.

Dann ging sie auf den Flur hinaus und tastete nach einer Nahtstelle im Teppich. »Hier!« Sie bog den Teppich nach oben und löste ihn von dem gelben Klebeband, mit dem er am Boden befestigt war. Darunter kam die Ecke eines der Bleche zum Vorschein, das auf Druck nachgab. »Da ist es.«

»Sollen wir hier das Loch schlagen?«, fragte Dallas, die auf allen vieren am Boden kauerte.

Wortlos drehte sich Britta zu MacCabe um und streckte die Hand nach der Axt aus.

»Ich erledige das«, meinte Robert und wollte schon zur Tat schreiten.

»Wenn hier jemand meine Kabine verwüstet, dann bin ich das«, sagte Britta grimmig.

»Wie Sie wollen, Baby«, erwiderte Dallas, und zu Robert: »Dann geben Sie ihr die Axt, Süßer.«

Britta hob die Notaxt und ließ sie schwungvoll zu Boden sausen: Die erste Delle. Danach bearbeitete sie den Boden mit raschen, rhythmischen Schlägen.

»Etwas ... das ich schon immer ... klarstellen wollte ...«, ächzte sie zwischen den Hieben.

»Ich heiße ... Britta!«

Rums!

»Nicht Britts ... nicht Baby ... sondern BRITTA.« Sie richtete sich auf und sah Dallas finster an. »Kapiert?«

Dallas zog die Augenbrauen hoch. »Glauben Sie, ich streite mich mit einer Frau, die eine Axt in der Hand hat?«

Britta nickte langsam und holte noch einmal aus.

»Gut.«

Schepper!

»Wir werden uns wunderbar vertragen.«

Steve Delaney hatte geschwiegen, seit Dallas und Robert das Cockpit verlassen hatten. Da es ihm immer leichter fiel, Kurs und

Flughöhe der 747 zu halten, hatte er nun wieder Zeit, an die Zukunft zu denken.

»Werden wir es schaffen?«, fragte er unvermittelt.

Dan Wade wusste zunächst nicht, was er sagen sollte. »Ich, äh, Steve ... es gibt nichts, was dagegen spräche, aber ...«

»Aber ich werde das Flugzeug landen müssen, richtig?«, meinte Steve mit gepresster Stimme.

»Nein, das machen wir zusammen.«

»Wie? Sie sind blind. Wie wollen Sie mir helfen?« Steves panischer Ton war ein Warnzeichen. Es war nicht ratsam, dem Jungen reinen Wein einzuschenken. Dan bemerkte, dass seine Steuerbewegungen ruckartig und fahrig wurden.

»Hör zu, mein Junge. Wir überstehen diese Sache. Ich erkläre dir jetzt, wie wir das anstellen. Du beschreibst mir, was du siehst, und ich sage dir, was du tun sollst. Es ist ganz einfach. Ich fahre Fahrwerk und Klappen aus. Unser Ziel ist, die Maschine zur Landebahn zu steuern; das Lenken erfolgt mit den Ruderpedalen, genauso wie beim Simulator deines Vaters.«

»Aber das ist nur ein Spiel, und jetzt ...« Steve keuchte. »Jetzt ist es ernst. Wenn ich bei einer Simulation abstürze, brauche ich nur den RESET-Knopf drücken.«

»Steve, hör mir zu. Beruhige dich!«

»Was ist, wenn ich Mist baue und wir abstürzen?«

»Das wird nicht passieren. Du machst es großartig. Dein Vater wäre stolz auf dich.«

»Na, prima!«, zischte Steve.

»Ganz bestimmt«, sagte Dan. »Du fliegst wie ein erfahrener Pilot.«

»Ich will aber nicht Pilot werden. Und verschonen Sie mich mit meinem Vater!«

»Moment mal. Vielleicht kann ich nicht gut mit Kindern umgehen ...«

Steve wirbelte zu dem Kopiloten herum. Seine Hände auf dem Steuerhorn zitterten. »Sie sind genauso wie er! Wie all die anderen dämlichen Piloten. In meinem Alter ist man wertlos, außer man wird gebraucht, und selbst dann wird man ständig nur kritisiert.«

»Steve ...«

»Bist du zu blöd, die Taschenlampe gerade zu halten, Steven«, äffte Steve seinen Vater nach. »Ich wusste, dass du es vermasseln wirst, Steven. Du bist zu blöd einen Eimer Wasser auszukippen.« Dann fuhr er mit seiner normalen Stimme fort: »Ich wollte ihm zeigen, dass ich kein Idiot bin. Wie oft habe ich nachts stundenlang an den Simulatoren gesessen! Ich habe mir selbst beigebracht, seine kostbaren Flugzeuge zu fliegen!«

Steve warf dem Kopiloten einen raschen Blick zu und schaute wieder auf die Instrumente. »Ich bin kein Kind mehr, und ich bin nicht dumm! Schließlich fliege ich diese verdammte Maschine, oder nicht?«

»Ja«, erwiderte Dan zögernd. »Du fliegst diese Maschine, und du stellst dich sehr geschickt dabei an. Entschuldige, dass ich dich wie ein Kind behandelt habe.«

»Schon gut, jetzt entschuldigen Sie sich, weil Sie mich brauchen. Nach der Landung ist es wieder die alte Leier. Dann heißt es, ›Hau ab, Kleiner, du nervst‹. Das ist einer der Lieblingssätze meines Vaters.«

»Das tut mir Leid, Steve.«

»Ja, ja.«

»Hör zu. Du willst, dass ich dich wie einen Erwachsenen behandle, und das finde ich gut. Aber es bedeutet auch, dass ich offen mit dir sein muss. Ist das in Ordnung?«

Steves Atem ging immer noch stoßweise und er wirkte verängstigt, doch er nickte zögernd.

»Ja, in Ordnung.«

»Gut. Wir beide haben noch eine Menge vor. Du bist der Einzige hier an Bord, der sehen kann und sich zudem mit Flugzeugen auskennt. Und ich bin der einzige qualifizierte Pilot. Wenn wir an einem Strang ziehen, werden wir es schaffen. Du musst dich konzentrieren. Vergiss deine Ängste und Probleme. Denke daran, dass es mir nicht anders geht als dir, ehrlich. Ich habe Angst zu versagen und alle hier an Bord, einschließlich mich selbst, umzubringen. Ich habe Angst ... dass ... ich vielleicht für immer blind sein werde und nie mehr den einzigen Beruf ausüben kann, der mir etwas bedeutet – ein Flugzeug zu fliegen. Ich könnte mich ohrfeigen, weil ich die Kontrolle über die Maschine verloren habe und mit dem Turm kollidiert bin. Ich habe starke Schmerzen ... und ich muss zum Klo. Das heißt, ich muss dir das Leben von mehr als zweihundert Menschen anvertrauen.«

»Das würde mir auch Angst machen«, erwiderte Steve nach langem Schweigen. Ein Lächeln huschte über sein Gesicht.

»Gut, wir haben also beide Angst. Deshalb reagieren wir so gereizt. Doch das können wir uns nicht leisten. Abgemacht?«

»Sie meinen, dass wir zusammenarbeiten?«

»Genau. Und zwar, ohne dass du mich mit deinem Vater vergleichst.«

»Versprechen Sie, mich nicht mehr ›Junge‹ zu nennen?«

»Ehrenwort. Aber was ist, wenn ich sauer auf dich werde. Wie soll ich dich dann nennen?«

»Steven Julius Delaney. Wenn meine Mutter das zu mir sagt, weiß ich, was anliegt.«

»Okay, abgemacht, Steve. Aber lass bloß nicht das Steuerhorn los, um mir die Hand zu schütteln.«

»Abgemacht.«

Steve hörte, wie der Kopilot seinen Sicherheitsgurt öffnete. Er hatte ein flaues Gefühl im Magen, als Dan Wade vorsichtig die Beine über die Mittelkonsole schwang und sich durch das Cockpit tastete.

»Die Toilette ist gleich neben dem Cockpit, Steve. Ich bleibe höchstens zwei Minuten weg.«

»Was ist, wenn in der Zeit etwas passiert?«

»Du wirst damit fertig. Ich weiß, dass du es kannst.«

AN BORD VON MERIDIAN 5,
ÜBER DEM SÜDCHINESISCHEN MEER
13. NOVEMBER — TAG ZWEI
3:37 ORTSZEIT / 1937 ZULU

Britta Franz lehnte sich gegen einen freien Sitz im hinteren Teil der zweiten Klasse und betrachtete das große, scharfkantige Loch, das im Boden klaffte. Es zu vergrößern war anstrengender gewesen, als sie gedacht hatte. Dallas und Robert hatten sie immer wieder an der Axt ablösen müssen. Nun sah sie Dallas' Kopf unten im Gepäckraum, wie sie, mit einer Taschenlampe bewaffnet, die Tasche suchte, die das GPS-Gerät enthielt.

Die Durchsage, man wolle ein Loch in den Boden schlagen, hatte fast alle Passagiere an Bord vor Schreck verstummen lassen. Von denen in der Nähe waren neun in den vorderen Teil der Kabine umgesetzt worden, um den Mittelgang freizumachen. Die meisten von ihnen gehörten zur Reisegruppe. Zwölf andere Mitglieder standen in respektvollem Abstand, mit Argusaugen bewacht von ihrer Reiseleiterin Julia Mason.

Britta lächelte Julia aufmunternd zu.

»Alles in Ordnung?«, erkundigte sich diese.

Die Chefstewardess nickte. »Nur müde«, schwindelte sie bemüht, sich ihre bohrende Angst nicht anmerken zu lassen.

Sie dachte an die Passagiere in der ersten Klasse und die Handelsdelegation. Seit Beginn der Krise hatte sie sich kaum um sie gekümmert. Doch Claire, die für die erste Klasse im Unterdeck zuständig war, hatte gemeldet, dass alle die Ruhe bewahrten. Ein Drittel der Economy-Passagiere stammte aus Asien, Männer und Frauen aus Hongkong, Festlandchina und anderen Ländern. Die meisten von ihnen waren auf ihren Plätzen sitzen geblieben, manche starr vor Angst. Jedes Mal, wenn Britta den Gang entlang kam, richteten sich hoffnungsvolle Blicke auf sie und noch nie war es der Chefstewardess so schwer gefallen, ein glaubhaftes Lächeln aufzusetzen.

Ein Poltern und Krachen aus dem Gepäckraum riss Britta aus ihren Grübeleien.

»Dallas? Was ist da unten los?«, rief sie.

»Alles okay, Britta«, erwiderte Dallas spöttisch. »Sofern ich es schaffe, meine Füße unter einer Tonne Gepäck hervorzuziehen und mich aufzurappeln. Ich werde mindestens zwanzig Jahre brauchen, um diese Nacht zu vergessen, aber ansonsten ist alles in Ordnung.«

»Gut.«

Vorsichtig wegen der scharfen Kanten steckte Dallas den Kopf durch die Öffnung. »Der Koffer war hellbraun, richtig, Britta?«, fragte sie.

»Richtig.«

»Und der Besitzer heißt Walters?«

»Ja.« Brittas Miene erhellte sich. »Haben Sie ihn gefunden?«

Dallas schüttelte den Kopf. »Nein. Aber ich glaube, ich weiß, wo ich suchen muss.«

Sie verschwand wieder, und kurz darauf war in der ganzen Kabine zu hören, wie unten das Gepäck herumgeworfen wurde.

Dan Wade hatte das Steuer übernommen, da Steve Delaney zur Toilette musste. Robert MacCabe las für ihn die Instrumentenanzeigen ab.

»Eigentlich funktioniert es recht gut«, meinte Dan, als der Vierzehnjährige ins Cockpit zurückkam. »Ich sehe den Höhenmesser richtig vor mir, wenn Sie ihn ablesen, und dann fliege ich danach.«

»Sie machen Ihre Sache sehr gut«, sagte Robert.

»Aber landen kann ich so natürlich nicht.«

»Sind Sie sicher?«, erwiderte Robert.

Dan drehte sich nach links. »Bist du bereit, zu übernehmen, Steve?«

Steve Delaney nickte, doch dann fiel ihm wieder ein, dass Dan ihn nicht sehen konnte. »Ja, ich bin bereit.«

»Also los«, meinte Dan. »Halte Kurs zwei-zwei-null auf dem Instrument dort unten.«

»Okay.«

Dan seufzte und drehte sich zu Robert um. »Meiner Schätzung nach müssten wir in zwanzig Minuten die vietnamesische Küste erreichen. In etwa anderthalb Stunden wird es hell. Das heißt, dass wir bis dahin eine Entscheidung fällen müssen, was wir machen wollen.«

Er hörte, wie Robert MacCabe aufstand. »Wenn ihr beide hier allein klarkommt, gehe ich kurz raus.« Er ließ die Tür des Cockpits einen Spalt weit offen stehen und ging wieder in die Kabine hinaus, nur um für ein paar Minuten der Anspannung zu entfliehen.

Susan Tash hielt ihn am Ärmel fest. »Was tut sich da vorn?«, fragte sie. Auch Dr. Graham Tash blickte erwartungsvoll auf. Robert ging neben ihnen in die Knie.

»Dan schlägt sich außerordentlich wacker, und Steve ist ein recht guter Pilot, aber . . .«

»Können wir landen?«, fragte Susan geradeheraus.

Robert lächelte angestrengt. »Ja, es ist möglich. Es sieht jedoch ganz so aus, als müsste der junge Steve fliegen, während Dan ihm die Anweisungen erteilt. Jedenfalls müssen wir abwarten, bis es hell wird, um eine Landebahn zu finden, die lang genug ist.«

Susan schürzte die Lippen und schaute ihren Mann an, bevor sie sich wieder an Robert wandte. »Meinen Sie, dass die beiden es schaffen?«

Der Reporter schaute ihr in die Augen und dachte, wie schön sie war. Dann sah er ihren Mann an und nickte. »Ganz bestimmt. Wir werden diese Sache heil überstehen.«

»Eine tolle Story, was?«, meinte Graham.

»Hören Sie . . .«

Graham unterbrach ihn mit einer Handbewegung. »Nichts für ungut. Ich meine nur, wenn wir lebend hier rauskommen, ist wenigstens ein erfahrener Journalist unter uns, der unser Abenteuer richtig schildern kann.«

Robert dachte kurz darüber nach und lächelte. »Danke, Herr Doktor, so hatte ich es noch gar nicht gesehen, aber eigentlich haben Sie Recht. Das muntert mich ein bisschen auf.«

Susan drückte seine Hand, während er aufstand. »Danke.«

Als Robert fort war, verließ Graham seinen Sitz und winkte Susan zur Bordküche hinten im Oberdeck. Die Flugbegleiterinnen waren alle unten. Graham zog seine Frau an sich, schloss den Vorhang und fasste ihr unters Kinn.

»Graham? Ist alles in Ordnung?«

»Ich weiß nicht, Sue.« Er schaute ihr in die Augen. »Und was ist mit dir?«

»Du zuerst. Ich merke dir an, dass du schreckliche Angst hast.«

Er nickte. »Noch nie habe ich mich so gefürchtet, Schatz. Dabei würde ich dir so gerne sagen, dass du Vertrauen haben musst und dass alles gut enden wird.«

Sie begann zu kichern und er blickte sie erstaunt an.

»Worüber lachst du?«

»Betrachte nur unsere Situation. Wir sitzen in einem riesigen Flugzeug ohne Funkgeräte, das von einem blinden Piloten und einem vierzehnjährigen Jungen gesteuert wird!«

Graham lächelte verkniffen. »Ja, ich . . .«

»Das ist doch mehr als lächerlich, nicht wahr?« Sie kicherte nervös.

»Du bist dir wohl nicht über den Ernst unserer Lage im Klaren!«

Sie hielt inne. »Das bin ich durchaus. Es ist nur so albern, wenn man sich vorstellt, dass es keinen Ausweg gibt.«

»Was meinst du damit, Sue?«

»Es ist aus und vorbei mit uns, Baby, das meine ich.«

»Moment . . . Moment mal. Das stimmt nicht. Du hast doch gehört, was der Bursche gesagt hat.«

Sie schlug die Hände vors Gesicht. »Natürlich werden sie alles versuchen. Und vielleicht klappt es ja auch. Aber ich glaube, wir sollten der Tatsache ins Auge sehen, dass wir diese Nacht wahrscheinlich nicht überleben werden.«

Er schwieg eine Weile und schaute ihr in die blauen Augen, die sich nun mit Tränen füllten.

»Schatz . . .«

»Warum gehen wir nicht zum nächsten Klo und lieben uns, bis wir abstürzen. Wenn wir schon sterben müssen, wäre das noch der schönste Tod.«

Nun musste Graham lachen.

»Wie findest du die Idee?«, fragte sie.

»Ich wusste, du würdest das sagen, wenn du überzeugt bist, dass wir hier nicht lebend rauskommen.« Er bemerkte, dass ihr Lächeln hinter einem Schleier von Tränen verschwunden war. Susan zog ihn an sich und legte ihm die Arme um den Hals.

»Graham, ich liebe dich. Halt mich noch ein bisschen fest. Sag nichts.«

Weiter hinten in der Kabine war plötzlich ein Freudenschrei zu hören. Er kam aus dem schartigen Loch im Boden, das zum Gepäckraum führte. Britta sprang auf und spähte über die Kante. Eine Tasche flog ihr entgegen. Instinktiv fing sie sie auf.

Dallas' Kopf erschien. Sie grinste übers ganze Gesicht. »Das müsste die Tasche sein, Ms Franz!«

»Fantastisch!«, rief Britta.

»Will Mr Walters das GPS selbst rausholen, oder soll ich seine Unterwäsche durchwühlen?«

Britta reichte die Tasche einem besorgt dreinblickenden Mann, der etwa fünf Meter entfernt wartete.

»Sie haben sie gefunden!« Er nahm die Tasche, zog den Reißverschluss auf und kramte das GPS aus ihren Tiefen hervor.

Britta zeigte nach vorne zur Treppe. »Also los. Der Kapitän . . .« Sie hielt bestürzt inne, als sie sich erinnerte, dass die Leiche des Kapitäns auf dem kleinen Ruhebett hinter einem Vorhang neben dem Cockpit lag. Ein Schauder lief ihr den Rücken hinunter.

»Fühlen Sie sich nicht wohl?«, fragte der Besitzer des GPS.

Sie nickte. »Der Pilot«, verbesserte sie sich, »braucht dieses Gerät dringend.«

Der Mann nahm es aus dem Etui und schaltete es ein. Auf dem kleinen LCD-Bildschirm waren einige Symbole zu sehen, als es mit der Suche nach Satellitensignalen begann.

Britta bedeutete ihm, ihr zu folgen, und ging voran zum Cockpit. »Dan, ich bin es, Britta. Wir haben das GPS gefunden!«

Der Kopilot drehte sich um. »Wunderbar! Aber jemand muss mir helfen . . .«

»Ich habe ihn gleich mitgebracht«, fiel Britta ihm ins Wort. »Mr Walters, das ist Dan Wade, unser Pilot.« Sie schob Walters hinter die Mittelkonsole, wo er die ausgestreckte Hand des Kopiloten schüttelte.

»Sie haben meine Durchsage gehört, Mr Walters? Sie wissen, wo unser Problem liegt?«

Walters erschrak, als er bemerkte, wie schwer dem Kopiloten das Sprechen fiel. »Ja. Und nennen Sie mich bitte John.«

»Okay, John. Sie selbst fliegen nicht?«

»Nein, Sir. Ich bin Segler. Dafür habe ich mir das GPS gekauft.«

»Der junge Mann links neben mir heißt Steve Delaney. Stève ... hat viel Erfahrung mit Flugsimulatoren und steuert zur Zeit diese Maschine. Aber wir müssen herausfinden, wo wir sind und wohin wir fliegen. Können Sie uns helfen?«

»Selbstverständlich, Captain Wade.«

»Dan, bitte. Ist die Antenne eingebaut oder muss man sie am Fenster befestigen?«

»Sie hat kleine Saugnäpfe, mit der man sie an Glas festmachen kann.«

»Nehmen Sie das Seitenfenster am Notsitz neben mir. Bei den anderen Fenstern sind kleine Heizdrähte ins Glas eingearbeitet, die den Satellitenempfang stören.«

Dan hörte, wie John Walters sich mit der Antenne zu schaffen machte, bis es ihm gelang, sie an die Fensterscheibe zu heften.

»John, teilt das Gerät Ihnen mit, wenn es genug Navigationssatelliten gefunden hat?«

»Ja, natürlich. Es piepst«, entgegnete John Walters.

»Und dann können Sie ... die Koordinaten des Flughafens eingeben, den wir ansteuern wollen?«

»Aber klar. Das Gerät zeigt die Geschwindigkeit, den genauen Kurs, die Entfernung zum Zielort und die verbleibende Zeit an.«

»Sagt es uns auch, welchen Kurs wir fliegen müssen?«

»Ja. Dieses Gerät ist eigentlich für Flugzeuge gedacht.«

Vom Notsitz her war ein leises elektronisches Piepsen zu hören.

»Na, also!«, rief Walters aus. »Es sucht.«

»Hier ist eine Luftkarte der Umgebung. Können Sie die Koordinaten auf der Karte finden und mir sagen, wie weit es noch bis zur vietnamesischen Küste ist?«

Walters nahm die Karte mit spitzen Fingern entgegen und

klappte sie auf. Fast eine Minute lang starrte er angespannt darauf. Dann aber änderte sich seine Miene, und er verkündete: »Wir sind knapp hundertsechzig Kilometer von der Küste entfernt und werden sie etwa sechzig Kilometer südlich von Da Nang und China Beach erreichen.«

»Waren Sie mal beim Militär, John?«, fragte Dan erstaunt.

»Ja. Mastersergeant bei der Air Force. Während des Krieges war ich in Da Nang stationiert. Und Sie?«

»Ich war auch in der Air Force«, erwiderte Dan. »Zwei lange Jahre habe ich dort als vorgeschobener Fluglteitoffizier abgesessen.« Er atmete tief durch und rieb sich die Stirn. »Und jetzt tun Sie bitte Folgendes, John: Drehen Sie die Karte um und lesen Sie auf der anderen Seite die Koordinaten für U-Tapao ab. Kennen Sie U-Tapao südlich von Bangkok?«

»Wie meine Westentasche. Eines Nachmittags habe ich dort ein ganzes Jahr verbracht.«

»Das klingt interessant. Die Story würde ich gern hören, wenn wir das hier hinter uns haben.«

»Ja.« John kicherte. »Ich weiß sogar noch den Namen des Mädchens.«

Dan schmunzelte. »Wenn Sie ... U-Tapao finden ... und mir den Kurs und die Flugzeit bei unserer augenblicklichen Geschwindigkeit nennen, wäre mir das eine große Hilfe.«

Walters beschäftigte sich eine Weile mit Karte und GPS. Dann zog er einen Zettel aus der Hemdtasche, kritzelte ein paar Zahlen darauf und hielt sie dem Kopiloten hin. Er hatte vergessen, dass Dan nichts sehen konnte. Verlegen zog er die Hand zurück und las seine Ergebnisse vor.

»Der Kurs ist zwei-drei-null Grad, magnetische Peilung.«

Dan nickte. »Also haben wir richtig geschätzt. Wir waren auf zwei-zwei-null.«

»Jetzt auf zwei-drei-null?«, fragte Steve.

»Ja. Korrigiere einfach leicht nach rechts.« Dan drehte den bandagierten Kopf nach links. »Wie weit ist es, und wie lange werden wir brauchen, John?«

»Nach U-Tapao sind es vierhundertachtzig nautische Meilen, bei dieser Geschwindigkeit knapp zwei Stunden Flugzeit.« Walters hielt inne und blickte zwischen Steve Delaney und Dan hin und her. »Soll ich hier bleiben und Ihnen helfen?«

»Ja, und nicht nur mit dem GPS«, erwiderte Dan nach kurzem Zögern. »Einige Leute werden sich während der Landung hier im Cockpit aufhalten und laut die Instrumentenanzeigen vorlesen müssen. Steve wird fliegen. Ich höre zu. Sie werden einer dieser Leute sein.«

»Gerne, aber ... wird das wirklich funktionieren?«

Dan drehte sich wieder nach links.

»Es muss, John. Uns bleibt nichts anderes übrig.«

CHEK LAP KOK, HONGKONG INTERNATIONAL AIRPORT

Dass sich Meridian 5 noch in der Luft befand, war streng geheim. Dennoch beschloss Jake Rhoades, Kat Bronsky davon in Kenntnis zu setzen, und rief sie an. Kat fiel ein gewaltiger Stein vom Herzen, auch wenn die Gefahr lange nicht vorüber und die Ursache weiterhin rätselhaft war.

»Gott sei Dank! Sie wissen gar nicht, wie erleichtert ich bin«, sprudelte es aus ihr heraus. Sie unterdrückte ihre Tränen und fuhr fort: »Ich mache mir große Sorgen um einen Passagier, der Informationen über den Absturz der SeaAir haben könnte.«

»Ja?« Jake klang skeptisch.

»Ich erkläre Ihnen alles später.«

»Ich komme da nicht ganz mit«, meinte Jake.

»Sie werden schon noch verstehen. Im Moment interessiere ich mich mehr für die Ursache dieser neuen Katastrophe. Bis jetzt weiß ich nur, dass der Kopilot der Meridian einen wahnsinnig grellen Lichtblitz dicht vor dem Cockpit gemeldet hat. Ich habe das Band gehört, das die Flugkontrolle hier mitgeschnitten hat.«

»Wird das untersucht?«, erkundigte er sich.

»Ja. Besonders frage ich mich, warum ein amerikanischer Firmenjet, der als Rettungsflug eingesetzt war, einen Linienflug wie die 747 schneidet und sich dann in Luft auflöst. Hier geht man von einer Kollision aus, obwohl sonst nichts darauf hinweist. Jake, Sie müssen sich für mich mit der Zulassungsstelle der Luftfahrtbehörde in Oklahoma City in Verbindung setzen und so viel wie möglich über die Bombardier Global Express mit der Registrierung November-Zwei-Zwei-Zulu herausfinden: Wer ist der Besitzer? Wer fliegt die Maschine? Welches Ziel hatte sie? Ist sie für besondere Zwecke umgebaut worden?«

»Denken Sie, dieses Flugzeug hat etwas damit zu tun?«, fragte Jake.

»Keine Ahnung«, erwiderte Kat. »Aber dass ein Firmenjet mit einer 747 Fangen spielt, kommt schließlich nicht alle Tage vor. Ich weiß nicht, was geschehen ist. Jedenfalls hat sich ihr Transponder abgeschaltet und sie sind gefährlich nah an der Boeing vorbeigeflogen.«

»Die Theorien«, meinte Jake, »reichen von einem Zusammenstoß in der Luft bis zu einer vom Meer aus abgeschossenen Rakete mit einem Phosphorsprengkopf, gesteuert durch eine Laservorrichtung an Bord des Firmenjets. Die Zulassungsdaten haben wir längst angefordert, Kat. In ein paar Minuten müssten wir sie kriegen.«

Kat stieß einen leisen Pfiff aus. »Gute Arbeit, Jake. Ich warte.«

Der Manager des Serviceterminals für Firmenjets – Besitzer war ein amerikanisches Unternehmen – wohnte nur vierzehn Kilometer von seinem Arbeitsplatz entfernt. Als er um drei Uhr morgens erfuhr, dass eine FBI-Agentin seine Mitarbeiter befragte, machte er sich sofort auf den Weg. Nachdem er den Leuten, die für die Betankung der Maschine zuständig gewesen waren, Sprecherlaubnis erteilt hatte, schilderten sie Kat das Flugzeug, die beiden Piloten und die zwei Passagiere in allen Einzelheiten. Es waren vier Männer, alle sehr wortkarg, sehr verschwörerisch, und alle Amerikaner.

Nach der Vernehmung begleitete der Manager Kat zum Ausgang des nagelneuen Privatterminals und übergab ihr die in einer Plastikhülle verstaute Treibstoffquittung.

»Hoffentlich finden Sie noch Fingerabdrücke darauf«, sagte der Manager. »Ich habe auch die Fingerabdrücke unseres Mitarbeiters beigelegt, der die Quittung angefasst hat.«

»Danke für Ihre Hilfe«, erwiderte Kat mit einem freundlichen Lächeln.

»Könnten Sie mir erklären, worum es geht, Agent Bronsky?«, erkundigte sich der Manager.

Sie schüttelte den Kopf. »Tut mir Leid, aber das ist noch nicht möglich. Vielleicht, wenn ich das nächste Mal in der Stadt bin. Aber es ist sehr wichtig und das FBI ist Ihnen für Ihre Unterstützung wirklich dankbar.«

Er lächelte höflich und hielt ihr die Tür auf.

Auf dem Weg zum Wagen läutete das Satellitentelefon in Kats Handtasche. Jake Rhoades war am Apparat.

»Die Leute von der Luftfahrtbehörde haben sich gemeldet, Kat. Die Zulassungsnummer November-Zwei-Zwei-Zulu gehört nicht zu einer Bombardier Global Express, nicht einmal zu einem Jet – also offenbar eine Fälschung.«

»Bingo! Das habe ich mir fast gedacht. Das bedeutet wahrscheinlich, dass die Besatzung dieses Jets etwas mit der Sache zu tun hat.«

»Wirklich?«

»Jake, es war kein Zusammenstoß.«

Jake schwieg eine Weile und erwiderte dann mit gepresster Stimme. »In Langley ist man da anderer Ansicht. Was wissen Sie, Kat?«

»Ich kenne die Radarsignatur eines kleinen Jets mit Transponder und ich habe die Radarbänder gesehen. Er ist nicht abgestürzt. Glauben Sie mir. Er hat sich vom Empfänger entfernt und ist tief geflogen, um sich unsichtbar zu machen. Wir müssen herausfinden, wem dieser Jet gehört.«

»Dazu brauchen wir die Seriennummer des Herstellers«, entgegnete Jake.

»Die Mitarbeiter, die den Jet hier in Hongkong betankt haben, haben sich die Seriennummer nicht notiert, doch das ist auch nicht üblich. Die Registriernummer war vorschriftsgemäß am Rumpf angebracht, und der Treibstoff wurde mit Kreditkarte bezahlt. Ich faxe Ihnen die Quittung, nachdem ich sie auf Fingerabdrücke untersucht habe.«

Kat hielt inne, als sie bemerkte, dass sie ihrem Vorgesetzten praktisch Anweisungen erteilte. »Hören Sie, Jake, ich weiß, dass ich offiziell nicht mit diesem Fall betraut bin. Aber ich kann hier wichtige Fortschritte machen, bevor die Verkehrssicherheitsbehörde mit den Ermittlungen beginnt. Verbessern Sie mich, wenn ich mich irre: Das FBI leitet doch die Untersuchung, oder nicht?«

»Wenn es sich um eine Straftat handelt, selbstverständlich, Kat. Wenigstens teilt die Air Force Ihre Auffassung. Die gehen von einem Raketenangriff aus.«

»Wären Sie einverstanden, wenn ich weitermache?«

»Würde es etwas ändern, wenn ich es nicht wäre?«, erwiderte er.

»Selbstverständlich. Schließlich bin ich Ihre gehorsame Dienerin, Herr Direktor!«

Jake kicherte. »Das kaufe ich Ihnen nicht ab, Kat.«

»Kluger Mann. Aber habe ich Ihr Okay?«

»Natürlich. Zum Teufel mit Langley. Was schlagen Sie vor?«

»Ich . . . ich glaube, ich bleibe lieber hier, wo mir ein Konsulatswagen und ein Fahrer zur Verfügung stehen, bis die Maschine irgendwo sicher gelandet ist. Ich denke gerade laut.«

»Verstanden. Reden Sie weiter.«

»Nun, wenn sie zum Beispiel in Vietnam oder in Thailand landen, sollte ich die Besprechung im Konsulat absagen und den ersten Flug nach Bangkok nehmen. Dort könnte ich den Piloten und alle anderen befragen, die vielleicht erklären können, was vorgefallen ist.«

»Ganz Ihrer Ansicht, obwohl ich nicht weiß, was unsere Diplomaten davon halten werden. Wir warten, bis sie gelandet sind.«

»Erhalten wir regelmäßig Informationen von der CIA?«

»Langley gibt uns die Updates von der Aufklärung weiter, Kat. Ich rufe Sie an, sobald wir eine Lösung haben.«

»Was sind die letzten Neuigkeiten?«, fragte Kat. »Wie steht es um die Maschine?«

»Sie fliegt noch. Zurzeit nähert sie sich der vietnamesischen Küste. Langley denkt, der Treibstoff sollte bis Bangkok reichen. Das scheint auch ihr Kurs zu sein.«

»Jake, die gefälschte November-Nummer deutet darauf hin, dass es sich um eine wohl geplante Operation handelt. Es wäre eine gute Idee, wenn das Nationale Amt für Aufklärung den Luftraum rings um Meridian überwacht, nur für den Fall, dass Zwei-Zwei-Zulu noch in der Nähe ist.«

»Glauben Sie, dass die Global Express Meridian 5 verfolgt?«

»Vielleicht. Wenn ja, dann muss man sofort nach der Landung der 747 die nötigen Sicherheitsmaßnahmen treffen, denn ganz bestimmt wird die Global Express kurz darauf auch landen. Falls die Insassen feindliche Absichten haben, werden sie sicher nicht erfreut sein, dass Meridian nicht abgestürzt ist.«

»Ich gebe das sofort weiter.«

»Verstehen Sie, warum ich mir Sorgen mache?«, erkundigte sie sich.

Sie hörte, wie Jake am anderen Ende der Leitung aufseufzte. »Leider ja. Wer immer diesen Firmenjet fliegt oder ihn gechartert hat, ist wahrscheinlich fest entschlossen, die Sache auch zu Ende zu bringen.«

```
AN BORD VON MERIDIAN 5,
ÜBER DEM SÜDCHINESISCHEN MEER
13. NOVEMBER — TAG ZWEI
4:42 ORTSZEIT / 2042 ZULU
```

Dan Wade lehnte sich in seinen Sessel zurück und atmete tief durch. Da die Schmerzen in den Augen stark nachgelassen hatten und der junge Delaney die Maschine überraschend ruhig flog, schöpfte er allmählich wieder ein wenig Hoffnung. Plötzlich wurde er vom schrillen Geräusch einer Alarmglocke aus seinen Gedanken gerissen.

Was zum ...? O Gott! Das bedeutet Feuer in einem Triebwerk!

Dan wandte sich in blinder Frustration dem Instrumentenbrett zu und fragte sich, auf welchem der vier Löschhebel wohl das rote Lämpchen leuchtete.

»Was ... was ist das?«, rief Steve Delaney erschrocken.

Dan spürte, wie das Steuerhorn leicht erzitterte, als Steve es vor Angst fester umklammerte. Das Getöse der Alarmglocke war ohrenbetäubend.

»Feueralarm in den Triebwerken«, erwiderte Dan. »Steve, schau, wo ich hinzeige. Schnell! Auf einem dieser vier Hebel muss ein rotes Licht leuchten. Auf welchem? Es steht jeweils eine große Nummer drauf.«

»Äh ... Nummer eins.«

O Gott, wir haben bereits das Triebwerk links innen verloren! Jetzt muss ich auch noch links außen abschalten.

Dan legte die linke Hand auf den betreffenden Löschhebel.

»Habe ich den Hebel, der erleuchtet ist?«

»Ja«, antwortete Steve mit vor Angst zitternder Stimme.

»Konzentrier dich aufs Fliegen, Steve. Die Maschine wird versuchen, nach links auszubrechen. Das musst du verhindern.«

Reiß dich zusammen!, sagte sich Dan. *Wenn er dir die Panik anhört, wird das ansteckend auf ihn wirken. IMMER MIT DER RUHE!*

»Okay, Steve. Für derartige Zwischenfälle gibt es eine feste Prozedur. Ich werde dir zuerst ein paar Fragen stellen, und dann ... lösen wir das Problem.«

»Okay.«

»Zuerst kontrollierst du die mittlere Instrumententafel, dort, wohin ich deute. Sind einige der Triebwerksinstrumente im roten Bereich?«

»Ja.«

»Welche?«

»Nummer eins.«

Dan holte tief Luft und fasste sich mühsam. »Schau nach unten. Dort befindet sich eine Reihe von Instrumenten. Such das, auf dem EGT steht, Abgastemperatur, und lies die Temperatur ab.«

»Äh ... siebenhundertirgendwas.«

»Steigt sie?«

»Ja. Langsam.«

»Gut. Steve. Ich schalte jetzt das Triebwerk Nummer eins ab. Dazu lege ich wieder die Hand auf den erleuchteten Hebel. Es ist lebenswichtig, dass ich den richtigen erwische. Habe ich die Hand am erleuchteten Hebel Nummer eins?«

»Ja.«

»Bist du sicher?«

»JA. Sie berühren Nummer eins.«

»So, ich bediene den Hebel jetzt und löse den Löschtank aus. Ist ein Licht angegangen?«

»Ja.«

Bitte mach, dass das genügt, flehte Dan. *Ich habe auf der Seite nur noch diesen einen Löschtank übrig.*

Plötzlich hörte er von der linken Tragfläche her einen dumpfen Knall. Die Maschine erzitterte.

O Gott, er ist explodiert!

»Was war das?«, fragte Steve Delaney mit gepresster Stimme.

»Steve«, erwiderte Dan, »sind die Triebwerksanzeigen für Nummer eins gerade alle auf Null gegangen?«

»Ja.«

»Ist das rote Lämpchen am Hebel ausgegangen?« Dan hielt den Atem an.

»Nein.«

Es kann bis zu dreißig Sekunden dauern. Keine Panik. Aber wenn das Triebwerk ausgefallen ist ...

»Beobachte das rote Lämpchen, Steve. Sag mir, wenn es ausgeht. Aber konzentrier dich auch aufs Fliegen.«

»Okay, Dan. DIE MASCHINE ROLLT NACH LINKS!«

»Immer mit der Ruhe, Steve. Dreh sie wieder nach rechts. Das Flugzeug tut, was du von ihm verlangst. Wirf einen Blick auf die Fluglagenanzeige. Sorge dafür, dass sie wieder gerade steht. Ich werde das Ruder nach rechts trimmen, das wird helfen. Du darfst nicht vergessen, dass diese Maschine auch mit zwei Triebwerken auf nur einer Seite absolut flugtüchtig ist.«

Dan spürte die ruckartigen Steuerbewegungen, als der Junge mit dem Flugzeug rang. Dan verstellte die Trimmung ein paar Grad nach rechts, um den Verlust der Schubkraft an der linken Tragfläche auszugleichen. Er achtete nicht auf das Rufsignal aus der Kabine.

»Zieht sie immer noch nach links?«, fragte er.

»Ja. Nicht so stark wie vorhin, aber ich ... ich kann sie kaum noch halten.«

»Ich trimme noch ein Stück mehr. Hilft das?«

»Ich glaube ... ja, es nützt. Viel besser.«

»Siehst du das Instrument mit der kleinen Kugel, direkt unter dem ADI – dem Fluglagenanzeiger.«

»Ja, ich denke schon.«

»Steht die Kugel in der Mitte, rechts oder links?«

»Ein Stückchen rechts.«

Dan gab noch ein wenig mehr Rudertrimmung. »Und jetzt?«

»Fast in der Mitte.« Steves Stimme war beinahe eine Oktave höher als gewöhnlich.

»Gut. Jetzt sollten wir wieder gerade fliegen. Pass auf, dass die rechte Tragfläche nicht hochkommt. Wir haben jetzt nur noch Schub auf der rechten Seite, weshalb die Maschine versuchen wird, nach links auszubrechen. Ist das rote Feuerlämpchen jetzt aus?«

»Nein, immer noch an.«

Wieder summte das Bordtelefon und Dan griff nach dem Hörer.

»Ja?«

»Dan? Ich bin es, Britta. Unsere linke Tragfläche brennt.«

»Was ... Sie meinen wohl das linke Triebwerk? Das Außentriebwerk an der linken Tragfläche.«

»Nein, Dan, es ist in der Gegend, aber die ganze Tragfläche steht in Flammen.«

»Na, großartig! Äh ... Britta, sorgen Sie dafür, dass alle angeschnallt sind, und machen Sie mir alle drei Minuten Meldung, wie es um die Tragfläche steht. Okay?«

»Verstanden.«

»Gut. Steve ... wie hoch fliegen wir?«

»Zweitausendachthundert Meter.«

»Fluggeschwindigkeit?«

»ICH KANN NICHT ALLES AUF EINMAL MACHEN!«

»Immer mit der Ruhe, Steve. Du schlägst dich sehr wacker. Reiß dich zusammen. Wenn nötig, können wir auch mit einem Triebwerk fliegen.«

»Das weiß ich.«

»Jetzt musst du bitte die Geschwindigkeit ablesen.«

»Äh ... zweihundertfünf.«

»Okay. Lass sie nicht unter hundertsechzig sinken, bis ich es dir sage.«

»Wie mache ich das?«

»Du meldest mir, wenn wir zu langsam werden, und ich beschleunige.« Dan drehte sich nach links. »Mr Walters? Sind Sie noch da?«

»Ja«, antwortete John Walters prompt.

»Gut. Können Sie die Koordinaten für Da Nang eingeben und mir Kurs und Entfernung nennen?«

»Ich glaube schon ... Moment bitte.«

Dan hörte, wie hastig eine Karte entfaltet wurde. »Hetzen Sie sich nicht, John«, keuchte er. »Wir können uns keine Flüchtigkeitsfehler erlauben.«

Wieder ertönte das Rufsignal aus der Kabine. Dan hielt sich den Hörer ans Ohr.

»Dan, hier spricht Britta. Es brennt immer noch! Eine lange Rauchfahne quillt aus der linken Tragfläche, vielleicht zehn Meter innen von der Flügelspitze. Die Passagiere sind sehr beunruhigt. Der Flügel glüht schon. Können wir etwas dagegen unternehmen?«

»Ich versuche mein Bestes, Britta. Melden Sie sich wieder.«

Er tippte die Nummer der Bordsprechanlage ein. »*Robert Mac-Cabe, Dallas Nielson, bitte kommen Sie sofort ins Cockpit. Meine Damen und Herren, wir werden versuchen notzulanden. Schnallen Sie sich an.*«

Dan hörte den Jungen neben sich keuchen. »Wie fühlst du dich, Steve?«

»Ich kann sie halten, aber sie will einfach nicht geradeaus fliegen.«

»Dreihundertvierzig Grad, etwa sechzig Kilometer«, meldete John Walters.

Dan nickte. »Steve, du musst eine sanfte Rechtskurve fliegen, Kurs dreihundertvierzig Grad. Verstanden?«

»Ja.«

»Danach gehen wir langsam runter.«

Dan bemerkte, wie sich die Cockpittür öffnete. »Wer ist da?«, fragte er.

»Die Überreste von Dallas, Schätzchen«, erwiderte Dallas Nielson.

»Und Robert MacCabe. Was ist hier los, Dan?«

»Okay, es sieht folgendermaßen aus. Offenbar haben wir in Hongkong unser linkes Außentriebwerk beschädigt. Ich glaube, es ist soeben explodiert und hat die Tragfläche mit Eisensplittern durchlöchert. Dabei ist offenbar ein Treibstofftank leck geschlagen, und jetzt brennt es. Uns bleibt nichts anderes übrig, als notzulanden oder notzuwassern. Wir sind etwa sechzig Meilen von Da Nang entfernt, in Vietnam. Dort gibt es eine große Landebahn. Ich habe keine Zeit, es durchzuplanen. Dallas? Bitte setzen Sie sich hinter Steve und helfen Sie ihm. Schnallen Sie sich an und achten Sie darauf, dass er die Kontrolle über die Maschine behält. Wir beginnen jetzt einen sanften Sinkflug auf zweitausend Meter mit einem Kurs von drei-vierzig. Die Fluggeschwindigkeit darf nicht unter einhundertsechzig Knoten sinken. Robert? Bitte nehmen Sie den mittleren Notsitz. John? Sie stehen jetzt bitte auf. Vor der Landung gehen Sie raus und schnallen sich in der Kabine an.«

Dan hörte, dass Dallas leise auf Steve Delaney einredete. »Steve, Schätzchen. Hol tief Luft und bleib ruhig. Du machst das sehr gut.«

»Was haben Sie vor, Dan?«, fragte Robert nervös.

Dan griff nach einem ledergebundenen Buch mit den Vorschriften für den Instrumentenanflug und reichte es ihm. »Schlagen Sie die Seiten für Da Nang auf. Die Auflistung ist alphabetisch. Schauen Sie unter Vietnam nach. Ich brauche den Kurs für die Landebahn. John, Sie vergewissern sich bitte, ob das GPS die exakten Flughafenkoordinaten anzeigt.« Dan hielt inne und holte einige Male mühsam Luft.

»Halten Sie durch, Dan!«, sagte Robert, während er verzweifelt in dem Buch herumblätterte.

Dan nickte. »Keine Sorge, ich schaffe es schon. – Wir machen es so: Steve steuert die Maschine, ich helfe ihm mit den Schaltern. Dallas?«

»Ja, Baby?« Sie starrte wie gebannt auf die vordere Instrumententafel.

»Sie lesen Kurs und Geschwindigkeit ab. Wenn wir es nicht bis zur Landebahn schaffen, werden wir notwassern. Das Feuer lässt uns nicht mehr viel Zeit. Können Sie sehen, was sich draußen tut?«

»Es ist dunkel, Danny. Immer noch Nacht. Links von uns blitzt es . . . wonach soll ich suchen?«

»Nach einer Häufung von Lichtern an der Küste, etwa fünfundfünfzig Kilometer vor uns. Wir müssten noch über dem Wasser sein. Die Landebahn von Da Nang verläuft von Norden nach Süden. Sie ist unsere einzige Chance, aber wir müssen sie sehen können.«

»Also halte ich nach den Lichtern einer Stadt Ausschau.«

»Und nach einem Flughafen.«

»Okay, wird gemacht.«

»Jetzt gehen wir vorsichtig auf siebenhundert Meter. Sinkrate höchstens dreihundert Meter pro Minute. Dallas, passen Sie auf, dass Steve nicht tiefer als dreihundert Meter sinkt. Los, Steve.«

»Verstanden.«

»Robert, Sie sagen mir Sinkrate und Flughöhe an. Etwa so: Dreihundert runter, Höhe siebenhundertfünfzig. Können Sie das?«

»Ich glaube schon«, erwiderte MacCabe.

»Sie finden die Zahlen auf diesem Bildschirm hier.« Dan deutete auf die Instrumente vor dem Steuerhorn des Kopiloten.

»Zweihundertfünfzig Meter runter, Höhe eintausendachthundert«, verkündete Robert. »Ist es so richtig?«

»Ja, ausgezeichnet, John?«

»Ja?«, meldete sich John Walters.

»Können Sie den Fluglagenanzeiger ablesen? Wissen Sie, was das ist?«

»Nein.«

»Dallas? Würden Sie es John bitte erklären?«

»Ich versuche es«, sagte sie. Dan hörte, wie sie dem Mann eindringlich ins Ohr flüsterte.

»Fünfhundert runter, Höhe eintausenddreihundert, Dan.«

»Danke, Robert. Steve? Vermindere die Sinkrate. Wie ist unsere Geschwindigkeit?«

»Zweihundertfünfzig Knoten.«

Dan streckte die Hand aus und zog die Leistungshebel der Triebwerke drei und vier an der rechten Tragfläche leicht zurück. »Ich verringere jetzt den Schub, um die Geschwindigkeit zu senken. Zieht die Maschine wieder nach rechts?«

»Nein«, erwiderte Steve.

»Gut. Wird sie langsamer?«

»Ein bisschen. Zweihundertfünfundvierzig Knoten.«

»Siehst du irgendwelche Lichter vor uns?«

»Ein paar. Aber ich kann nicht gleichzeitig nach draußen schauen und die Instrumente beobachten.«

Das Bordtelefon summte. »Dan? Ich bin es, Britta. Das Feuer hat ein wenig nachgelassen. Ich weiß nicht, wie Sie das gemacht haben, aber es wird besser.«

»Vielleicht liegt es an der Geschwindigkeit. Danke, Britta.«

Dallas war inzwischen mit ihren Anweisungen an John Walters fertig geworden.

»John?«, fragte Dan. »Wie weit ist es noch?«

»Zweiunddreißig Kilometer. Wir sind auf dem richtigen Kurs ... geradeaus«, entgegnete er.

»Okay. Dallas, wir haben nur einen Versuch frei. Sehen Sie vor uns ein grün und weiß blinkendes Leuchtfeuer?«

»Ja!«, rief sie nach zwei Sekunden. »Ich sehe es, Dan! Genau vor uns.«

»Sehr gut.« Dan holte tief Luft. »Die Pistenbeleuchtung wird wahrscheinlich erst in letzter Minute in Sicht kommen. Wir müssen auf dieses Blinklicht zuhalten. Aber nicht vergessen: Es ist nicht das Ende der Landebahn. Robert? Haben Sie die Stelle mit der Anflugprozedur gefunden?«

»Ja, gerade eben.«

»Schauen Sie, ob da etwas steht, das ... Vielleicht gibt es eine Möglichkeit, die Pistenbegrenzungslichter per Funkgerät zu bedienen.«

»Haben wir denn ein funktionierendes Funkgerät?«, fragte Robert.

Dan ließ den Kopf hängen. »Verdammt! Nein, haben wir nicht. Vergessen wir das also.«

»Dreihundert Meter runter, Höhe achthundert«, meldete Robert.

»Steve, zieh den Bug hoch, bis der Fluglagenanzeiger etwa drei bis vier Grad anzeigt. Verstanden?«

»Ja«, antwortete Steve.

»Dallas, halten wir Kurs auf das Leuchtfeuer?«

»Ja.«

»Können Sie da draußen so etwas wie einen Flughafen erkennen?«

»Noch nicht, aber die Richtung stimmt.«

»Okay. Geschwindigkeit?«

»Zweihundertsechzig«, verkündete Steve.

»Ich bremse jetzt ab, Steve. Das heißt, dass du öfter korrigieren musst und dass die Maschine nicht mehr so schnell reagiert.« Er zog die beiden Schubhebel für die Triebwerke an der rechten Tragfläche zurück, stellte Ruder- und Längstrimmung ein und behielt dabei die Hand am Steuerhorn, um zu spüren, was Steve Delaney tat. Die nächsten dreißig Sekunden waren wie eine Ewigkeit.

»Geschwindigkeit?«, fragte Dan wieder.

»Einhundertneunzig.«

»Höhe, Robert?«

»Konstant siebenhundert Meter.«

»Genau?«

»Genau.«

»Gut gemacht, Steve! Halte die Maschine in dieser Position. John, wie weit noch?«

»Sechsundzwanzig Kilometer.«

»Okay. Der Flughafen liegt auf Meereshöhe. In etwa zehn Kilometern Entfernung müssen wir wieder sinken, aber nicht mehr als zweihundertfünfzig Meter pro Minute. Robert, haben Sie gehört?«

»Ja.«

»Wenn wir schneller als zweihundertfünfzig bis dreihundert Meter pro Minute sinken, muss Steve etwas hochziehen. Sie geben die Werte direkt an Steve durch, und ich helfe ihm. Steve? Auch wenn du spürst, dass ich das Steuerhorn bewege, flieg einfach weiter. Lass nicht los, während ich korrigiere. Okay?«

»Okay.«

»Geschwindigkeit?«

»Hundertsiebzig.«

»Ich werde versuchen, die Klappen auszufahren. Robert? Sehen Sie die Anzeige für die Klappenstellung?« Dan deutete in die entsprechende Richtung. »Da sind zwei Nadeln.«

»Ja.«

»Wenn sie sich voneinander trennen, rufen Sie: KLAPPEN STOPP!«

»Okay.«

»Okay. Klappen eins.« Dan bewegte den Klappenhebel eine Einheit. »Steve? Es kann sein, dass das Flugzeug einen Ruck macht und ein wenig steigt. Deshalb trimme ich die Nase nach unten.«

»Gut.«

»Klappen fünf.« Wieder betätigte er den Hebel. Es rumpelte und zitterte im Cockpit, als die Klappen der 747 in Position gingen.

»Robert, zeigen die Nadeln auf fünf?«

»Ja, Dan. Alle beide.«

»Ausgezeichnet. Klappen fünfzehn. John? Wie weit noch zum Flughafen?«

»Zwanzig Kilometer.«

»Höhe?«, fragte Dan.

»Immer noch siebenhundert«, antwortete Robert.

»Und Geschwindigkeit?«

»Einhundertfünfzig«, meldete Steve.

»Dan!«, unterbrach Dallas. »Ich erkenne etwas, das wie eine Pistenbefeuerung aussieht.«

»Wunderbar! Führt eine Reihe weißer Blinklichter dorthin oder irgendeine andere Beleuchtung?«

»Ja, ich sehe etwas.

»Halten wir noch auf das Ende der Landebahn zu?«

»Sieht so aus«, entgegnete Dallas.

»Helfen Sie Steve, auf Kurs zu bleiben. Und jetzt das Fahrwerk.«

Mit angehaltenem Atem drückte Dan den Fahrwerkshebel nach unten. Das Geräusch des Fahrwerks, das aus dem Rumpf der Maschine geklappt wurde und einrastete, war unverkennbar.

»Wie viele grüne und rote Lämpchen leuchten auf?«, fragte Dan und berührte die entsprechende Instrumententafel.

»Alles grün, Dan. Kein rotes«, sagte Robert.

»Hallelujah!«, jubelte Dan. »Wie weit noch, John?«

»Sechzehn Kilometer.«

»Wie läuft es bei dir, Steve. Musst du drücken oder ziehen, um auf Flugebene zu bleiben?«

»Ich ziehe.«

Dan verstellte die Trimmung ein wenig, um den Bug hochzubringen. »Und jetzt?«

»Viel besser.«

»Geht die Nase rauf oder runter, wenn du loslässt?«

»Sie bleibt in etwa gleich.«

»Geschwindigkeit?«

»Einhundertdreißig.«

»Hoppla!« Dan gab mehr Schub und veränderte die Trimmung noch ein wenig. »Sag mir, wenn wir auf hundertvierzig sind. Hundertvierzig Knoten sind das Minimum.«

Wieder meldete sich Britta am Bordtelefon.

»Dan, es brennt ziemlich stark da draußen.«

»Schnallen Sie sich an, Britta. In . . . drei Minuten sind wir unten.«

»Okay. Ich bin gleich hinter dem Cockpit auf dem Oberdeck.«

»Verstanden.« Dan legte den Hörer auf seinen Schoß. »Wie weit noch?«

»Zwölf Kilometer«, antwortete John Walters.

»Leute, wir schaffen es!«, sagte Dan so zuversichtlich er konnte, auch um sich selbst zu überzeugen.

»Dan, vor uns blitzt es wieder. Ich konnte den Flughafen und die Rollbahn erkennen.«

»Okay, Dallas. So, Steve. Das Ziel ist, langsam zu sinken, möglichst ohne Schaukeln. Halte Kurs auf die Landebahn. Wenn wir auf etwa dreißig Meter Höhe sind, lenke ganz, ganz vorsichtig nach rechts und nach links, so dass die Maschine zwischen den Rollbahnbegrenzungen bleibt. Die Landung wird ziemlich hart werden, aber keine Sorge, der Vogel hält einiges aus. Es wird nichts passieren.«

»Gut«, erwiderte Steve.

»Wenn wir den Boden berühren, müssen die Tragflächen auf Ebene sein, verstanden?«

»Ja.«

»Entfernung?«

»Zehn Kilometer«, antwortete John Walters.

»Okay, Steve, geh jetzt runter. Nicht schneller als zweihundertfünfzig Meter pro Minute. Ich nehme Schub weg und trimme ein wenig nach.«

»Gut.«

»John? Geben Sie Robert das GPS, zeigen Sie ihm, wie man die Entfernung abliest, und gehen Sie sich anschnallen.«

»Ich bleibe hier.«

»NEIN! Hier ist kein Sitzplatz für Sie.«

»Neun Kilometer. Ich bleibe, Dan.«

Dan nickte nach kurzem Zögern. »Ihre Entscheidung, John. Vielen Dank. Höhe?«

»Sinkrate dreihundert, Höhe sechshundert.«

»Dallas?«

»Kurs drei-fünf-null, Geschwindigkeit eins-fünfzig.«

»Anstellwinkel, John?«

»Äh ... plus ein Grad. In Ordnung?«

»Ja«, antwortete Dan. »Entfernung?«

»Siebeneinhalb Kilometer«, erwiderte John Waters.

»Dallas? Sind wir auf die Landebahn ausgerichtet oder in einem Winkel dazu?«

Steve antwortete vor ihr: »In einem Winkel nach links, etwa zwanzig Grad. WAS SOLL ICH TUN?«

»Okay, Steve. Neige die Maschine ganz langsam und vorsichtig zehn Grad nach rechts und dann, kurz vor der Rollbahn, korrigiere in die andere Richtung. Verstanden?«

»Ich denke schon.«

»Jetzt ausgleichen. Aber vorsichtig. Robert?«

»Ja. Sinkrate dreihundert, Höhe fünfhundert.«

»Kurs drei-sechs-null«, fügte Dallas hinzu. »Steve, ein bisschen zurück nach links.«

»Okay«, sagte Steve.

»Geschwindigkeit?«

»Eins-vierzig-fünf«, meldete Dallas.

»Ja!«, rief Steve Delaney aus. »Wir sind in einer Linie mit der Landebahn. Es hat geklappt.«

»Robert?«

»Sinkrate zweihundert, Höhe vierhundert.«

»Fluglage, John?«

»Plus ein Grad.«

»Steve, halte die Maschine ruhig auf die Landebahn zu. Jetzt nur noch ganz kleine Korrekturen, okay?«

»Ja!«

»Robert?«

»Sinkrate zweihundertfünfzig, Höhe knapp unter dreihundert Meter.«

»Es sollten noch viereinhalb Kilometer sein, John. Richtig?«, erkundigte sich Dan.

»Ja, stimmt.«

»Dallas, können Sie jetzt die Landebahn sehen? Ist sie frei?«

»Ja, alles frei. Aber im Norden blitzt es.«

»Konzentrieren Sie sich auf die Landebahn. Ist sie zu beiden Seiten erleuchtet?«

»Ja.«

»Sinkrate dreihundert, Höhe zweihundert.«

»Steve«, sagte Dan. »Ich ziehe jetzt leicht zurück. Wir müssen langsamer sinken. Siehst du das Ende der Landebahn in der Frontscheibe hoch- oder runtergehen?«

»Äh ... runter.«

»Geschwindigkeit?«

»Eins-vierzig.«

»Steve, den Bug ein kleines Stückchen nach unten«, ordnete Dan an. »Bleibt das Ende der Landebahn jetzt in derselben Position?«

»Ja, ich glaube schon«, meinte Steve.

»Sinkrate dreihundert, siebzig Meter«, verkündete Robert.

Dan tastete nach den Knöpfen für die Landescheinwerfer und vergewisserte sich, dass sie eingeschaltet waren. »Okay ... haben wir Kurs auf die Landebahn?«

»Ja«, antwortete Steve. »Aber wartet! Da ist ein ... MITTEN AUF DER LANDEBAHN STEHT EIN GEBÄUDE!«

»Dallas, was hat das zu bedeuten?«

»Um Himmels willen, das ist keine Landebahn, sondern ein ...«

»DAN! Es ist ein Rollweg. Und am Ende steht ein Gebäude!«

Dan Wade drückte die Schubhebel nach vorne und zog das Steuerhorn zurück. Dann drückte er fest auf das rechte Ruderpedal, um die Maschine gerade zu halten.

»Wir fliegen eine Schleife«, keuchte er. »Volle Kraft. Steve, halte die Tragflächen gerade.«

»Wird gemacht.«

»Steigen wir?«

»Ja, ein bisschen«, erwiderte Steve.

»Ich ... hole uns aus dem Schlamassel raus, Steve. Sind irgendwelche Hügel im Weg?«

»Ich weiß nicht ... ach *da* ist die Landebahn, da, unter uns.«

»Steve, steige langsam und fliege geradeaus. Wir gehen auf dreihundert Meter und drehen nach Osten ab. Die Maschine wird versuchen, nach links auszubrechen. Verhindere das.«

»Da vorne ist ein Hügel ... direkt vor uns!«, rief Steve. »Und ein starkes Gewitter.«

»Lenk davon weg«, sagte Dan. Er spürte, wie sich das Steuerhorn nach links bewegte.

»Steigrate dreihundert, zweihundert Meter«, meldete Robert.

»Geschwindigkeit?«

»DAN, IN WELCHE RICHTUNG SOLL ICH FLIEGEN?«

»Ruhig bleiben, Steve. Fliege links von dem Gewitter weg und weiche den Bergen aus. Die meisten befinden sich im Westen. Und weiter steigen.«

»Ich muss mehr nach links«, piepste Steve. »Es blitzt!«

»Ja, nach links«, wiederholte Dallas. »Wie weit, kann ich nicht sagen. Wir sind jetzt mitten in den Wolken, Dan.«

»Ruhig, Steve. Steig und fliege geradeaus. Wir umrunden das Unwetter und versuchen es noch einmal.«

Ein gewaltiger Blitz erhellte das Cockpit.

»Dan, wir sind mitten drin«, meldete Robert so ruhig er konnte.

»GERADEAUS, STEVE! Steige weiter und bleib auf Kurs. Die Turbulenzen müssen wir mitnehmen.«

Wieder tauchte ein Blitz das Cockpit in geisterhaftes Licht, gefolgt von gewaltigem Donner.

»GOTT STEH UNS BEI!«, rief Dallas.

»DAN!«, schrie Steve, »wir sind mitten drin.« Das Flugzeug schlingerte und rüttelte in den heftigen Luftströmungen einer Gewitterzelle.

»Weitersteigen. Robert?«

»Äh ... Steigrate dreihundert, Höhe vierhundert.«

»Geschwindigkeit?«

»Nach dem Blitz kann ich fast nichts mehr sehen«, sagte Steve.

»Eins-sechzig«, sprang Dallas ein. »Kurs zweihundertachtzig Grad.

»ICH SEHE NICHTS MEHR, DAN!«, rief Steve.

Dan hob die linke Hand. »Moment, haben Sie gerade zwei-acht-null Grad gesagt?«

»Ja«, erwiderte Dallas.

»NEIN«, widersprach Dan. »Mehr nach Norden! Benutzen Sie die Instrumente. Fliegen Sie nach rechts. Steigen Sie weiter. Ich ziehe das Fahrwerk ein.« Dan betätigte den Hebel für das Fahrwerk, das sofort reagierte. »Höhe?«

»Sechshundertfünfzig, aber wir steigen nicht mehr«, antwortete Robert.

»Fluglage, John?«

»Äh, fünf Grad aufwärts.«

Robert unterbrach: »Dan, wir sinken mit einer Rate von hundert Metern pro Minute.«

»Pass auf den Neigungswinkel auf, Steve.« Dan drückte die Schubhebel ganz nach vorne und zog den Bug hoch. »Fluglage?«

»Sieben Grad aufwärts, nein, acht.«

»Wir sinken nicht mehr, Dan, aber wir sind auf vierhundertfünfzig.«

Dan hörte nicht, dass das Bordtelefon läutete. Dallas hob ab und legte kurz danach wieder auf. »Dan, der Regen hat das Feuer gelöscht.«

»Gott sei Dank«, sagte Dan. »Jetzt fliegen wir nach Norden die Küste entlang. Wir brauchen mehr Höhe.«

Im selben Moment wurde die 747 von einer heftigen Windböe ergriffen. Dan war der einzige, den der gewaltige Blitz nicht blendete. Der Donner war ohrenbetäubend. Das Cockpit zitterte so stark, dass man die Instrumente nicht mehr ablesen konnte.

»HALTET EUCH FEST!«, schrie Dan. »STEVE ... DU MUSST DEN BUG HOCHHALTEN! AUF FÜNFZEHN GRAD! GESCHWINDIGKEIT?«

»KANN ICH NICHT SEHEN!«, rief Dallas.

»KURS? BITTE, DEN KURS?«

»ZWEIHUNDERTIRGENDWAS?«

»NEIN, NEIN, NEIN, NEIN!«, brüllte Dan. »IM WESTEN SIND BERGE. NACH RECHTS!«

»DAN, WIR SINKEN WIEDER!«, meldete Robert. »WIR SIND AUF DREIHUND ...«

Ein heftiger Ruck schleuderte alle in ihre Sicherheitsgurte, als die Unterseite der 747 über eine Bergkuppe schrammte. John Walters wurde nach vorne geworfen. Der Aufprall riss alle Triebwerke und die meisten Klappen ab. Der Rumpf und die Überreste der Tragflächen rutschten mit fast 200 km/h über die Bergkuppe und schlingerten in das Blätterdach eines Dschungels. Das untere Deck, die Bordküchen, die Sitze und die Passagiere versanken immer tiefer zwischen den vorbeisausenden Bäumen, als die 747 durch den dichten Wald rauschte.

Alle im Cockpit waren wie erstarrt und trauten ihren Augen nicht. Das Flugzeug bröckelte unter ihnen auseinander wie ein Stück Käse. Mehr und mehr Einzelteile fielen ab, bis nur noch ein Stück des Überdecks intakt war. Schließlich blieb das Wrack mitten auf einer grünen Lichtung liegen.

Das Gewitter zog nach Osten ab. Nur noch die üblichen Morgengeräusche des Regenwaldes waren zu hören, und hin und wieder zischte ein Wassertropfen auf heißem Metall.

18

NATIONALES AMT FÜR AUFKLÄRUNG (NRO), MARYLAND
12. NOVEMBER — TAG EINS
16:30 ORTSZEIT / 2130 ZULU

Janice Washburn tippte den Techniker neben ihr an und forderte ihn mit einer Geste auf, das Bild näher heranzuholen. Für gewöhnlich ließen sie die Bilder, die sie aus dem Weltraum empfingen, ziemlich kalt, doch diesmal war alles anders.

Das Computerbild, zusammengesetzt aus Daten von zwei Satelliten, wurde endlich klar. Janice schnappte nach Luft. »Ist das wirklich . . . ?«

»Ich fürchte, ja, Janice. Ich bin vor einigen Minuten darauf gestoßen. Die Stelle liegt genau auf dem Kurs von Meridian 5 und es ist keine 747 mehr in der Luft. Sie sind abgestürzt.«

Das Bild verdichtete sich zu einem Feld weißer Umrisse, die Trümmerspur der Meridian 5.

»Überlebende?«, flüsterte Janice.

»Könnte sein. Aber es ist eben erst passiert. Bis jetzt habe ich noch keine gesehen.«

Sie forschte in seinem Gesicht. »In diesem Flugzeug waren mehr als . . .«

»Zweihundert Menschen. Ich weiß, Janice. Wir müssen abwarten.«

»Mehr können Sie nicht tun?«

Er schüttelte den Kopf. »Es ist noch zu heiß an der Absturzstelle. Zu viele Feuer. Deswegen kann ich keine Überlebende erkennen, auch nicht mit Infrarot.«

Sie griff zum Telefon und informierte ihren Vorgesetzten George Barkley. Dann wandte sie sich wieder an den Techniker. »George fragt, ob Sie die Bilder von dem Privatjet noch einmal ranholen können.«

Er drückte ein paar Tasten und das Infrarotfoto eines kleinen, zweimotorigen Jets erschien auf dem Bildschirm.

»Wo ist das?«

»Als diese Aufnahme gemacht wurde, befand sich die Maschine fünfzehn Kilometer östlich von Da Nang, dicht bei der Küste. Davor war sie direkt über der Absturzstelle, ist dann aber wieder Richtung Meer geflogen.«

»Wie wahrscheinlich ist es, dass sie die 747 verfolgt hat?«

»Sehr wahrscheinlich«, erwiderte der Techniker.

Janice griff zum Telefon, um Langley zu informieren.

IM DSCHUNGEL
ACHTZEHN KILOMETER NORDWESTLICH
VON DA NANG, VIETNAM

Allmählich wurde Robert MacCabe klar, dass er noch lebte.

Abgesehen von den Feuern, die irgendwo in der Ferne ein orangerotes Licht verbreiteten, war es dunkel. Und kalt. Erst als er die kühle Luft im Gesicht spürte und vergeblich auf die gewohnten Geräusche in der Passagierkabine eines Flugzeugs lauschte, erkannte er schlagartig, dass er nicht aus einem Albtraum erwachte, sondern ihn durchlebte.

Wir wollten landen ... und dann ist etwas passiert.

Robert versuchte, den linken Arm zu bewegen, und stellte fest, dass er erstens noch vorhanden und zweitens noch brauchbar war. Stück für Stück erkundete er seinen Körper: Er war unversehrt.

Wo bin ich? Im ersten Moment war er verwirrt, bis sein Kurzzeitgedächtnis wieder da war. Er fuhr zusammen.

Oh, mein Gott, wir sind abgestürzt!

Er wollte aufstehen, doch es gelang ihm nicht. *Also bin ich doch verletzt!* Aber er hatte keine Schmerzen.

Ängstlich tastete er nach seiner unteren Körperhälfte. War er gelähmt?

Er versuchte es noch einmal und hörte, wie Metall gegen Metall schabte, doch er kam immer noch nicht hoch. Etwas fesselte ihn an die Überreste des Notsitzes.

Der Sicherheitsgurt!

Robert fiel ein Stein vom Herzen. Er öffnete den Gurt und erhob sich vorsichtig. Das flackernde Licht und die Schatten um ihn herum verwirrten ihn. Er befand sich im Wrack des Cockpits. Der Fensterrahmen war noch intakt.

Vor sich, gleich unterhalb der zerbrochenen Scheiben, bemerkte er eine zusammengesackte Gestalt. Über Trümmer stolpernd, tastete sich Robert darauf zu. Als er den Mann hochhob, sah er den Verband über den Augen: Der Kopilot.

»Dan! Dan, hören Sie mich?« Seine Stimme klang wie die eines Fremden, eigenartig schrill und gepresst. »Dan! Antworten Sie!«

Der Mann bewegte sich und versuchte, sich aufzusetzen. »Was . . .?«

»Dan, ich bin's, Robert MacCabe!«

Dan schüttelte den Kopf. »Ich kann Sie nicht sehen.«

»Wir sind abgestürzt, Dan. Irgendwo in Vietnam. Erinnern Sie sich?«

Zu seiner Linken hörte er ein leises Stöhnen. Robert blickte zu dem zerschmetterten Kapitänssitz hinüber, der sich vom Boden losgerissen hatte. Das untere Ende zeigte in seine Richtung.

Dan hielt sich den Kopf. »Oh, mein Gott.«

»Bleiben Sie, wo Sie sind, Dan. Ich muss nach den anderen schauen.« Er arbeitete sich durch die Trümmer vor und richtete den Kapitänssitz auf, in dem Steve Delaney saß. Der Junge kam langsam zu sich. Bis auf ein paar Kratzer am Kopf war er unverletzt.

Dallas kämpfte sich unter dem Schutt hervor. Sie war benommen und zitterte wie Espenlaub.

John Walters war während des Aufpralls nicht angeschnallt gewesen. Er lag der Länge nach auf der zerstören Instrumententafel. Robert bemerkte die unnatürliche Lage von Kopf und Hals des Mannes und fühlte ihm den Puls. Es war keiner zu spüren.

»Wo zum Teufel sind wir?«, murmelte Dallas. Sie stützte sich auf Roberts Schulter.

»Alles in Ordnung, Dallas?«

Sie nickte und fasste sich an den Kopf. In dem orangefarbenen Licht war ihr dunkles Gesicht kaum zu erkennen. Sie setzte sich auf einen seltsamerweise fast unversehrten Notsitz. »Kommt drauf an, wie Sie es definieren«, erwiderte sie. »Und Sie?«

Robert ließ sich auf die Trümmer eines Sitzes sinken und versuchte, einen klaren Gedanken zu fassen. »Ich weiß nicht. Ein Wunder, dass wir noch am Leben sind.«

Über dreißig Meter entfernt in den Trümmern der ersten Klasse versuchte Dr. Graham Tash sich aus einem Gewirr von Kabeln und Schläuchen zu befreien – die Überreste der Gerätschaften über den Sitzen. Dunkel erinnerte er sich, dass der Jet zur Landung angesetzt hatte, dann aber wieder gestiegen war. Was war seitdem geschehen?

Susan!, dachte er plötzlich. *Oh, mein Gott, Susan!*

Graham drehte sich nach links und wühlte in dem Schutt, der den Gangsessel bedeckte, bis er das blonde Haar seiner Frau freigelegt hatte.

»Susan!«

Zu seiner Erleichterung bewegte sie sich und er begann sie freizuschaufeln.

»Graham?«

»Liebling! Oh, mein Gott. Bist du verletzt?«

Es dauerte eine Weile, bis sie sich vergewissert hatte, dass alles heil war. Sie schlug die Augen auf. Als sie den Feuerschein auf seinem Gesicht sah, fragte sie sich, warum hier ein Lagerfeuer brannte. Seine Stimme klang sehr weit weg.

Mit einem Ruck setzte sie sich auf und schaute sich um. Die Überreste des Oberdecks der 747 erinnerten nur noch entfernt an eine Passagierkabine. Decke und Fensterscheiben waren verschwunden. Einige Sitze waren noch zu erkennen. Aber der Großteil der Decke war eingestürzt. Hinter ihr waren nichts als Trümmer.

Erschrocken schnappte sie nach Luft. »Graham ... was ... was ...«

»Wir sind abgestürzt, Susan! Aber wir haben überlebt.«

Der Geschäftsführer der Fluggesellschaft, der in der ersten Reihe gesessen hatte, war nicht angeschnallt gewesen und durch den Aufprall gegen eine Trennwand geschleudert worden. Nun lag er da, leise stöhnend.

Susan stand auf und schleppte sich mit weichen Knien zu dem Bewusstlosen hinüber. »Graham«, sagte sie zu ihrem Mann, der ihr zur Hilfe kam. »Wir brauchen eine Taschenlampe.«

Hinter ihr wurde eine Taschenlampe eingeschaltet, deren Lichtkegel den zertrümmerten Kabinenboden anstrahlte.

Susan sah die Silhouette einer zerzausten Frau, die sie nach einer Weile als Britta erkannte.

»Die haben wir immer bei uns«, sagte Britta trocken.

»Alles in Ordnung?«, fragte Graham.

Britta nickte und fuhr sich mit zitternden Händen durchs Haar. Dann zupfte sie an ihrer völlig zerfetzten weißen Bluse herum.

Vor ihnen bewegte sich etwas. Britta hob die Taschenlampe und leuchtete Robert MacCabe ins Gesicht, der gerade durch die ehemalige Cockpittür getaumelt kam.

»Autsch!«

»Entschuldigung«, sagte Britta und senkte die Taschenlampe.

»Wer ist da?«, erkundigte Robert sich mit gepresster Stimme.

»Britta Franz und zwei Passagiere. Doktor ...«

»Graham und Susan Tash«, fiel ihr Graham ins Wort.

Robert nickte benommen. »Dan und Dallas«, begann er und hielt inne, um sich zu räuspern, »und ... Steve sind ebenfalls noch am Leben«, berichtete er. »Sie sind vorne. Passen Sie auf, es sind Löcher im Boden.«

Britta nickte.

»Wie sieht es unten aus?«, wollte Robert wissen.

Britta hob hilflos die rechte Hand, zeigte hinter sich und ließ sie dann schlaff wieder sinken.

»Das Unterdeck ist verschwunden. Ich kann die Treppe nicht finden.«

Graham stand über Rick Barnes' regloser Gestalt und wollte ihn untersuchen. Nun drehte er sich um und sah das orangefarbene Flammenmeer hinter sich, das rings um sie emporzüngelte und den Himmel erhellte.

In der Ferne schlug ein Blitz ein. Graham zuckte zusammen, als sei er getroffen worden. Das Unwetter, das sie beinahe das Leben gekostet hätte, verzog sich allmählich.

»Ich glaube, die anderen sind irgendwo hinten«, sagte Britta. Sie starrte benommen geradeaus, offenbar unter Schock. »Wir ... müssen sie suchen.«

An den umgestürzten Bäumen erkannte Graham den Weg, den die 747 genommen hatte. In der Ferne sah er Trümmer des Rumpfes, eine Außenwand mit Fenstern und andere geisterhafte Schatten. Nichts wies darauf hin, dass ein anderer Teil der Boeing den Absturz heil überstanden hatte.

Es waren mehr als zweihundert Menschen in diesem Flugzeug, dachte er. *Dort hinten könnten Hunderte von Verletzten liegen.*

»Doktor, bitte. Mr Barnes ist verwundet«, sagte Britta.

Graham kniete sich neben den Mann, während Britta ihm ins Gesicht leuchtete. »Können Sie mich hören, Mr Barnes?«, fragte er.

Rick Barnes stöhnte, antwortete aber nicht.

Nachdem Britta den Erste-Hilfe-Koffer geholt hatte, machte Graham sich daran, die schwersten Gesichtsverletzungen zu versorgen. Er brachte Barnes in eine stabile Lage. Offenbar hatte er auch innere Verletzungen davongetragen.

»Wenn Sie fertig sind, Herr Doktor«, sagte Britta, »bräuchte ich die Taschenlampe, um nach den anderen zu sehen.« Graham nickte. Sie leuchtete mit der Taschenlampe voran und machte sich durch die Trümmer auf den Weg zu Dan, Dallas und Steve.

Im Osten graute der Morgen. Sie hörten den Chor der Urwaldvögel und das Summen von Insekten.

Graham Tash stützte seine Frau und blickte auf die Trümmerspur zurück. »Susan, ganz sicher gibt es noch andere schwer Verletzte. Wir müssen Ihnen helfen.«

Sie nickte wortlos und griff nach dem Erste-Hilfe-Koffer. Graham nahm Britta die Taschenlampe ab und trat aus dem Wrack auf den schlammigen Boden. Dann reichte er Susan den Arm und half ihr durch die Luke. Es stank nach Kerosin. Vorsichtig arbeiteten sich die Tashs durch die scharfkantigen Trümmer. Graham verzog das Gesicht, als von Osten von den brennenden Wrackteilen ein unverkennbarer Geruch herüberwehte. Nachdem sie etwa fünfzig Meter zurückgelegt hatten, drehten sie sich um.

Das gesamte Oberdeck mit dem Cockpit war vom Rest des Rumpfes getrennt worden. Die vordere Hälfte war nahezu intakt auf eine Lichtung gerutscht. Offenbar hatte der untere Teil des

Rumpfes das meiste der Geschwindigkeit und des Aufpralls abgefangen.

Sie wandten sich wieder nach Osten und verfolgten die Trümmerspur zurück. Mithilfe der Taschenlampe arbeiteten sie sich dorthin vor. Susan stakste auf ihren Pumps durch die geisterhafte Schuttlandschaft, stolperte und verrenkte sich den Knöchel. Wortlos gingen sie weiter, bis sie an zerschmetterten Sitzen und Leichenteilen erkannten, dass sie an der Hauptkabine von Meridian 5 angekommen waren.

Nach zehnminütiger Suche fanden Susan und Graham sich damit ab, dass sie hier nicht mehr helfen konnten.

Sie kehrten zum Rand der Lichtung zurück und umarmten einander lange. Dass in der Hauptkabine niemand überlebt hatte, war ein schwerer Schlag.

»In der Notaufnahme hatte ich oft mit Überlebenden zu tun, die nicht begreifen konnten, warum ausgerechnet sie verschont geblieben waren, während andere bei demselben Unfall umgekommen waren«, sagte Susan. »Das ›Warum-Ich-Syndrom‹, das kennst du sicher. Warum bin ich nicht tot?« Graham drückte sie an sich. Sie zeigte auf das Wrack, und Tränen liefen ihr über das Gesicht. »Ich ... habe es selbst noch nie gehabt. Und jetzt stehen wir hier und leben ... und alle anderen sind tot. Warum?«

Sie presste das Gesicht an seine Brust und weinte lautlos in Grahams Armen. Auch er weinte und versuchte vergeblich, nicht an die zerrissenen Leichen zu denken, die er gerade gesehen hatte.

»Gehen wir weiter«, sagte er schließlich sanft. »Wir müssen uns um die Lebenden kümmern.«

Sie nickte mechanisch und hielt seine Hand, während sie auf die dunklen Umrisse des früheren Oberdecks zugingen, auf den unverkennbaren Buckel, der jede 747 krönt.

Dallas war wieder ohnmächtig geworden, wie lange, wusste sie nicht, als sie aufwachte. Sie erinnerte sich, dass Robert mit ihr gesprochen hatte, aber plötzlich hatte sie sich sehr müde gefühlt und war auf dem Notsitz zusammengesunken. Nun zwang sie sich, die Erschöpfung und Angst abzuschütteln, während eine Frau, die Brittas Stimme hatte, Dan Wade aus dem zerschmetterten Cockpit half.

Dallas rappelte sich auf, um den beiden zu folgen. Sie war schon fast draußen, als ihr Steve Delaney einfiel. Gerade noch rechtzeitig drehte sie sich um und konnte ihn auffangen, nachdem er im dunklen Cockpit gestolpert war.

»Wir haben es nicht geschafft, richtig?«, fragte Steve mit zitternder Stimme.

»Moment, ich bin kein Geist, Kleiner. Doch, wir *haben* es geschafft. Aber Dans Flugzeug ist ganz schön demoliert.«

Steve verfiel fast in Panik. »Ich . . . habe alles versucht . . .«

»Was?«

Der Junge bebte am ganzen Körper. Er zeigte in das zerstörte Cockpit. »Ich habe es versucht . . . ich habe die Maschine hochgezogen . . . und . . . ich wollte nicht auf die falschen Lichter zufliegen . . . Ich . . .«

Dallas drehte sich um und packte den Vierzehnjährigen bei den Schultern. »SIEH MICH AN!«

Steve hob den Kopf, die Augen weit aufgerissen.

»Du hast alles richtig gemacht. Verstanden? Es war nicht dein Fehler, Steve. Es ist eben passiert.«

Sein Atem ging immer schneller. Dallas umarmte ihn und wiegte ihn sanft hin und her.

»Es ist gut, Steve. Es ist nicht deine Schuld. Du kannst nichts dafür.«

Er sagte nichts.

»Hast du mich verstanden?« Sie war erst zufrieden, als er nickte. »Gut, Baby. Gehen wir zu den anderen und machen wir uns aus dem Staub.« Dallas arbeitete sich durch die Trümmer und über den gewellten Boden zum Eingang des Cockpits durch. Britta kam ihnen entgegen.

»Wir müssen hier raus«, sagte Britta. Sie hatte eine andere Taschenlampe gefunden, die sie nun einschaltete.

»Allerdings«, stimmte Dallas zu. »Wer ist noch hinten?«

Britta drehte sich langsam um und hielt sich an der zerborstenen Kabinenwand fest. Robert erschien.

»Der Arzt und seine Frau sind gegangen den anderen zu helfen«, berichtete er. »Die Bordküche hier oben und die hinteren Plätze sind alle weg. Und das Unterdeck ... kann ich nicht finden.«

Dallas hörte, was er sagte, ohne es zu verstehen. Wie konnte die untere Kabine verschwunden sein? Von dort aus führte doch eine Treppe nach oben, auf der sie selbst ...

Sie blickte seitlich zum Wrack hinaus, während Britta mit der Taschenlampe in die Dunkelheit leuchtete. Eigentlich hätte die Kabine zehn Meter über dem Boden liegen sollen, doch sie befanden sich inmitten von Zweigen, Bäumen und Gestrüpp. Die 747 war schwer beladen gewesen.

Das ergibt keinen Sinn, dachte Dallas.

»Der Doktor und seine Frau sind noch da, Mr MacCabe und Mr Barnes. Außerdem Sie, Dallas, und Dan und ...« Britta zeigte auf Steve.

»Steve?«

»Ja«, entgegnete Britta.

»Und die anderen?«

»Wo zum Teufel ist das übrige Flugzeug?«, fragte Dallas verdattert.

Britta wies auf die brennenden Trümmer hinter ihnen. Als Dallas ihrer Handbewegung folgte, dämmerte es ihr allmählich. Sie ließ die Schultern hängen und stand da mit vor Schreck offenem Mund.

»Oh, mein Gott, alle?«

Britta zuckte die Achseln. »Ich weiß nicht«, flüsterte sie. »Soweit ich sehen kann, sind wir die Einzigen.«

19

**CHEK LAP KOK, HONGKONG INTERNATIONAL AIRPORT
13. NOVEMBER — TAG ZWEI
5:46 ORTSZEIT / 2146 ZULU**

Ein letztes Gewitter hatte golfballgroße Hagelkörner auf den Flughafen niederprasseln lassen, doch kurz vor Morgengrauen war es weitergezogen. Der Himmel war nun sternenklar.

In der vergangenen Stunde hatte Kat auf dem Rücksitz des Konsulatswagens gesessen und nachgedacht. Der Fahrer schlief vorne. Als sie ausstieg, um den Sternenhimmel zu betrachten, schreckte er hoch. Im gleichen Augenblick läutete ihr Satellitentelefon.

»Kat?« Es war Jake. »Langley hat uns mitgeteilt, dass Meridian in Vietnam abgestürzt ist.«

Kat wurden die Knie weich, und sie musste sich an den Wagen lehnen. »Oh, mein Gott!«

»Ich weiß nicht mehr, als dass sich die vermutliche Absturzstelle etwa vierzehn Kilometer westlich der Küstenstadt Da Nang befindet, mitten in den Hügeln. Keine Ahnung, ob jemand überlebt hat.«

»Ist die Maschine in einem Stück?«, fragte sie, obgleich sie ahnte, dass ein Jumbojet keine Chance hatte, wenn er mit hoher Geschwindigkeit in einen Wald raste.

»Äh ... die Trümmer sind über fast anderthalb Kilometer verstreut, Kat. Außerdem brennt es in der Umgebung. Das klingt nicht sehr gut.«

Kat sah die Kabine vor Augen, in der sie selbst gesessen hatte. Sie musste sich zwingen, nicht daran zu denken.

»Okay, Jake, ich habe folgenden Vorschlag.« Sie trat einen Schritt vom Wagen weg. »Ich nehme den ersten Flug nach Vietnam und fahre so schnell wie möglich zur Absturzstelle. Könnten Sie mir offiziell bestätigen, dass Sie mich auf den Fall angesetzt haben? Außerdem müssten Sie mich von den Ermittlungen im

Konsulat abziehen. Und wir müssen uns mit der Verkehrssicherheitsbehörde absprechen.«

»Es wird zwanzig Minuten dauern.«

»Rufen Sie mich zurück. Ich buche inzwischen einen Flug. Oh, noch was, Jake: Hat man die Global Express in der Luft geortet?«

»Langley sagt nein.«

»Können wir direkt beim NRO nachfragen?«

Jake schwieg. Offenbar war ihm die Angelegenheit unangenehm. »Sicher ist Ihnen klar, Kat, dass das NRO dieses Gespräch wahrscheinlich abhört.«

»Und es auf Band aufnimmt. Ja. Aber ich habe meine Gründe, Langley zu misstrauen. Meiner Ansicht nach versteifen sie sich zu sehr auf die Unfalltheorie, ohne einen Terroranschlag in Erwägung zu ziehen. Wenn die Spezialisten beim NRO die Global Express gesichtet haben, wird Langley die Identifikation dennoch als unglaubwürdig abtun, weil sie der Unfalltheorie widerspricht. Denn dann wäre ein Terroranschlag die einzig mögliche Erklärung. Aus diesem Grund werden sie die Ermittlungen nach Kräften behindern.«

»Sie haben den Nagel auf den Kopf getroffen, Kat. Sie halten nicht viel von der CIA, was, Kat?«

»Ich weiß nicht, ich habe nicht viel Erfahrung mit denen. Sagen wir mal, es kommt mir merkwürdig vor, wie sehr man sich dort gegen die Theorie sträubt, hinter dem Vorfall in Kuba und dem Absturz der Meridian könnten Terroristen stecken. Aber wir brauchen ihre Hilfe. In dieser Situation könnte die Gobal Express immer noch eine große Bedrohung darstellen.«

»Wie meinen Sie das?«

»Diese Leute werden nicht lockerlassen. Wenn jemand den Absturz überlebt hat, besteht die Möglichkeit, dass Hinweise auf eine Beteiligung der Global Express zu finden sind. Das heißt, dass sie hinfliegen und diese beseitigen werden. Also müssen wir die Absturzstelle so schnell wie möglich sichern und die Überlebenden bergen.

IM DSCHUNGEL
ACHTZEHN KILOMETER NORDWESTLICH
VON DA NANG, VIETNAM

Das erste Morgenlicht erleuchtete den Dschungel. Wo zuvor nur dunkle Schatten zu sehen gewesen waren, erkannte man nun Äste und Zweige in allen Einzelheiten. Die kleine Gruppe war aus dem Wrack geklettert. Graham und Susan Tash kamen kreidebleich zurück und nun saßen alle auf einer großen Metallplatte.

»Wie sieht es aus?«, fragte Robert.

Graham Tash schüttelte nur den Kopf. Minutenlang sagte niemand etwas, bis Dan den Kopf hob. »Warum sind alle so still?«

Graham Tash kniete sich neben den Kopiloten. »Dan, Susan und ich sind nach hinten zum Hauptteil des Wracks gegangen. Die Trümmer sind über mindestens tausend Meter verstreut.« Graham hielt inne und räusperte sich. »Wir haben keine Überlebenden gefunden.«

Dan Wade war wie vom Donner gerührt. »Soll ... soll das heißen ... dass alle unten und in der zweiten Klasse ...«

»Ich fürchte ja. Der ganze untere Teil der Maschine wurde ... ich weiß nicht, wie ich es besser ausdrücken soll ... zerfetzt. Irgendwie hat die vordere Hälfte der oberen Etage, wo wir saßen, den Absturz überstanden, doch unten ist alles abgerissen. Es gibt keine anderen Überlebenden.«

»Zweihundert ...«, flüsterte Dan. »Mein Gott! Und Mr Sampson, der uns so sehr geholfen hat, ist er ...«

»Er war zu seiner Frau in die zweite Klasse zurückgekehrt, Dan«, erwiderte Britta. »Wir konnten ihn nicht finden.«

Robert MacCabe lief unruhig auf und ab. »Was tun wir jetzt?«, fragte er. »Wir müssen etwas tun.«

»Wahrscheinlich ist es das beste, wenn wir hier sitzen bleiben und auf Rettung warten«, meinte Dallas.

»Warum ist noch niemand hier?«, rang Britta die Hände.

Robert wollte etwas antworten, hielt kurz inne und sagte dann: »Wir können doch alle zu Fuß gehen, oder?«

»Alle, bis auf Mr Barnes«, erwiderte Britta.

»Okay«, fuhr Robert fort. »Kurz vor dem Absturz haben wir Da

Nang überflogen. Es kann nicht mehr als fünfzehn Kilometer entfernt sein, da wir danach nicht mehr lange in der Luft waren. Der Dschungel hier ist nicht sehr dicht, und es gibt kaum Unterholz. Dan? Sie kennen doch die Gegend aus Ihrer Zeit bei der Air Force, nicht wahr?«

Dan nickte langsam.

»Spricht etwas dagegen, dass wir uns aus dem Staub machen?«

Dan saß eine Weile da und stützte den Kopf in die Hände, bevor er meinte: »Bei Tag und ohne Heckenschützen, die versuchen, einem das Licht auszublasen, müsste es machbar sein.«

»Dan«, wandte Dallas ein. »Wird man keine Rettungshubschrauber oder Suchmannschaften schicken?«

Dan schüttelte heftig den Kopf. »Wahrscheinlich weiß man nicht einmal von unserem Absturz. Wir sind nachts mitten in einem Unwetter an den Baracken eines heruntergekommenen Flughafens vorbeigeflogen und in der Dunkelheit verschwunden. Seit Hongkong haben wir keinen Funkkontakt mehr. Woher zum Teufel soll jemand wissen, wo wir sind?«

»Gibt es hier in der Gegend keine Dörfer?«, erkundigte sich Britta.

Wieder ein Kopfschütteln von Dan. »Nein, nicht in diesen Bergen. Nicht weit von hier ist der alte Ho-Tschi-Minh-Pfad, aber wenn wir da sind, wo ich glaube, hat niemand unseren Absturz gesehen oder gehört. Charlie...« Er hielt inne.

»Wer ist Charlie?«, fragte Britta.

»Der Vietcong«, erklärte Dallas. »Richtig, Dan?«

»Es ist nicht leicht, alte Feindschaften zu begraben«, gab Dan zu. »Ich bin sicher, dass wir hier oben allein sind. Wahrscheinlich sind wir auf einer Hochebene runtergegangen.«

»Irgendwann muss doch jemand kommen«, hakte Dallas nach.

»Klar«, stimmte Dan zu. »Irgendwann. Wann genau, das wissen nur die Götter.«

»Und was machen wir jetzt?«, fragte Britta.

»Wir gehen zu Fuß«, sagte Robert MacCabe und Dan nickte sofort zustimmend. »Wenn es nur zehn oder zwölf Kilometer zum Meer sind, müssten wir es in fünf oder sechs Stunden schaffen.« Robert fiel ein, dass er gerade seinen Computer im Wrack hatte stehen sehen. Er ging zurück und stellte fest, dass das Gerät unversehrt war.

»Was passiert, wenn die Rettungsmannschaft eintrifft, nachdem wir losgelaufen sind?«, wollte Britta wissen.

»Dann bekommt Mr Barnes schneller Hilfe, und wir haben etwas für unsere Fitness getan«, entgegnete Robert, der gerade wieder aus der Maschine trat.

»Barnes ist nur halb bei Bewusstsein«, sagte Graham Tash. »Wir müssen eine Nachricht hinterlassen. Damit man, wenn wirklich jemand kommt, weiß, dass wir losmarschiert sind.«

»Ich habe einen besseren Vorschlag. Ich bleibe hier und erkläre ihnen alles«, meinte Susan Tash. Graham sah sie erschrocken an.

»Ich bleibe, Graham«, wiederholte sie. »Vergiss nicht, dass ich Krankenschwester bin.«

»Nein, Suze, ich bleibe hier.«

Sie schüttelte den Kopf. »Mir tut der Knöchel weh. Barfuß oder mit hohen Absätzen kommt ein Gewaltmarsch für mich sowieso nicht in Frage.«

»Gut, dann leiste ich dir Gesellschaft.«

»Nein, Graham, du bist ein erfahrener Bergsteiger. Wenn einem der anderen etwas zustößt ... wenn es einen Unfall gibt, wirst du gebraucht. Mir passiert schon nichts. Wahrscheinlich werde ich sogar als erste gerettet.«

»Was ist mit Tigern, Schlangen und ähnlichem Getier?«, gab Dallas zu bedenken.

Graham schaute seine Frau an. Ihr hellgelbes Kleid begann im Licht der aufgehenden Sonne immer mehr zu leuchten. Nach einer Weile schüttelte er den Kopf. »Tiger gibt es hier nicht mehr, und wer unbedingt von einer Schlange gebissen werden will, muss lange nach einer suchen. Hier leben nur Affen. Tausende von Affen.«

»Okay. Dan, wollen Sie auch hier warten?«, fragte Dallas.

»Ich komme mit«, erwiderte der Kopilot. »Beim Rumsitzen spüre ich meine Schmerzen nur stärker. Ich werde mich einfach an jemandem festhalten.«

»Dann also los«, meinte Robert.

Britta blickte sich beklommen um. Ihr Pflichtgefühl rang mit dem Widerwillen, auch nur eine Minute länger in diesem Trümmermeer zu verharren. »Ich gehe auch mit, außer Susan möchte sich meine Schuhe borgen.«

Susan lehnte dankend ab.

Dr. Graham Tash zupfte Susan am Ärmel und sah die anderen an. »Einen Moment noch bitte. Britta, wir sollten die wichtigsten Sachen aus dem Erste-Hilfe-Koffer mitnehmen.«

Britta nickte und ging in das zerschmetterte Rumpffragment zurück. Graham und Susan entfernten sich ein paar Schritte, um unter vier Augen zu reden. Graham legte Susan die Hände auf die Schultern. »Liebling, ich mache mir schreckliche Sorgen, wenn du allein hier bleibst.«

»Unsinn. Wir stehen beide noch unter Schock. Doch bis auf meinen verrenkten Knöchel ist uns nichts passiert. Der Mann braucht Hilfe, und die anderen kommen ohne dich vielleicht nicht durch. Wir sind medizinische Profis, Graham, und dürfen uns nicht von unseren Gefühlen leiten lassen.«

Sie tätschelte ihm die Wange. »Ich liebe dich mehr als mein Leben. Und ich glaube nicht, dass Gott uns gerettet hat, um einen von uns jetzt noch sterben zu lassen. Pass auf die anderen auf und hole Hilfe. Heutzutage wird in Vietnam niemand mehr erschossen. Mir geschieht schon nichts.«

Graham zog Susan an sich, umarmte sie fest und strich ihr übers Haar, bis sie sich losmachte. Sie lächelte und küsste ihn noch einmal, dann drehte sie sich um und ging zum Wrack zurück.

AN BORD VON GLOBAL EXPRESS N22Z, WÄHREND DES FLUGES, NORDWESTLICH VON DA NANG, VIETNAM

Arlin Schoen saß auf der Kante eines luxuriösen Ledersessels, griff nach dem Hörer des Satellitentelefons und nickte dem breitschultrigen Mann zu, der den Anruf entgegengenommen hatte.

Die Stimme des Anrufers klang ruhig und gelassen, als wäre alles in bester Ordnung. »Wie läuft es bei Ihnen, Arlin?«

»Ich wollte mich gerade bei Ihnen melden. Sie sind etwa achtzehn Kilometer westlich von Da Nang in den Bergen abgestürzt. Wir kreisen über der Küste; bis jetzt hat uns noch niemand bemerkt.«

»Sind Sie über die Absturzstelle geflogen?«

»Ja. Aber wegen der Feuer konnten wir nichts entdecken. Das war noch vor Morgengrauen.«

Am anderen Ende der Leitung wurde geseufzt. »Wir können nicht ausschließen, dass es Überlebende gibt. Doch ich kann Ihnen keine Verstärkung schicken. Sie müssen dieses Problem allein lösen.«

Schoen nahm den Hörer in die andere Hand und legte sich seine Antwort sorgfältig zurecht. »Ich weiß. Vielleicht ist jemand durchgekommen. Bis jetzt sind noch keine Rettungsmannschaften unterwegs. Ich glaube, die Idioten hier vor Ort wissen noch gar nichts von dem Absturz.«

»Der Zeitplan muss unbedingt eingehalten werden. Keine Spuren. Niemand darf am Leben bleiben und reden und damit unsere Mission gefährden. Aber das wissen Sie ja.«

Schoen holte tief Luft. Es war äußerst riskant, sich der Absturzstelle zu nähern, doch in dieser Phase der Operation gab es kein Zurück mehr. »Natürlich fliegen wir hin.«

»Ganz Ihrer Meinung«, erwiderte die Stimme am Telefon. »Erledigen Sie es so schnell wie möglich. In vierundzwanzig Stunden weiß die ganze Welt Bescheid und es wird dort von Menschen wimmeln. Vergessen Sie den Zeitplan nicht.«

»Keine Sorge.«

»Es war Ihre Idee, Arlin. Sie haben mir versichert, dass es die beste Lösung ist und dass Sie alles im Griff haben.«

»Das denke ich immer noch. Ich werde mich darum kümmern. Zerbrechen Sie sich nicht den Kopf.«

Fünf Minuten später setzte die Global Express unter dem Vorwand einer Notlandung in Da Nang auf. Die Fluglotsen im Tower rätselten, woher der elegante Firmenjet kam. Einige rasch an der Tür des Jets überreichte Dollarnoten riefen den örtlichen Garnisonskommandanten herbei. Kurz darauf stieg der vietnamesische Armeeoffizier lächelnd und mit einem Aktenkoffer in der Hand wieder aus der Maschine. Der Koffer enthielt zweihunderttausend amerikanische Dollar in kleinen Scheinen.

Nach weiteren fünfzehn Minuten stieg die Besatzung des amerikanischen Firmenjet in einen alten Bell-UH-1-Hubschrauber amerikanischer Herkunft um und startete.

20

IM DSCHUNGEL
ACHTZEHN KILOMETER NORDWESTLICH
VON DA NANG, VIETNAM
13. NOVEMBER — TAG ZWEI
5:48 ORTSZEIT / 2248 ZULU

Robert MacCabe blickte zum östlichen Horizont und versuchte zu schätzen, wie weit sie in einer halben Stunde gekommen waren.
Ein halber Kilometer, vielleicht mehr.

Da Robert MacCabe seit seiner Jugend ein begeisterter Bergsteiger war, hatte er ganz automatisch die Führung übernommen, obwohl er den Küstendschungel Vietnams nicht kannte.

Der Vietnamkrieg war eine Erfahrung, die MacCabe erspart geblieben war. Sein Vater war als Stabsoffizier der Navy im Pentagon beteiligt gewesen. Seit den lautstarken Revolten und Hippieprotesten war nun eine Generation vergangen. Mittlerweile betrachtete man den Krieg als ein bewegtes Kapitel der amerikanischen Geschichte und als Lehrstoff für den Schulunterricht. Robert MacCabe war noch ein Kind gewesen, als man die letzten Amerikaner vom Dach der Botschaft in Saigon evakuiert hatte.

Robert sah sich nach Britta um, die dem Kopiloten gerade wieder beim Aufstehen half. In kaum zehn Minuten war Dan schon zum dritten Mal gestolpert, hatte sich nicht mehr rechtzeitig an Britta festhalten können und war ins Gebüsch gestürzt, wo es von Insekten wimmelte. Nachdem er wieder auf den Füßen stand, musterte Graham ihn prüfend.

»Dan, alles in Ordnung?«, fragte Robert.

»Ja, nichts passiert.« Der Kopilot wischte sich Zweige und Laub aus dem Haar und entfernte Tautropfen von der Uniformjacke, die Britta für ihn aus dem Cockpit geholt hatte.

Robert schüttelte sich vor Kälte. Er sehnte sich nach seinem Jackett, doch damit hatte er Rick Barnes, den verletzten Boss der Fluggesellschaft, zugedeckt.

Er sah auf die Uhr und winkte den anderen zu.

Dan und Britta setzten sich in Bewegung, gefolgt von Graham Tash, Steve Delaney und Dallas Nielson. Sie marschierten auf die Sonne zu, die am östlichen Horizont aufging.

Dan war der einzige, der den Geruch des Dschungels in den frühen Morgenstunden kannte. Ihm war diese Landschaft vertraut, wenn auch aus einer sehr viel gefährlicheren Zeit. Die kühle, feuchte Luft und die gleichmäßigen Schritte wirkten beruhigend auf die angespannten Nerven der Gestrandeten.

Der Wald hallte von Vogelgezwitscher. Zwischen niedrigen Bananenstauden ragten fast fünfzehn Meter hohe Bäume in den Himmel. Sie bildeten kein undurchdringliches Blätterdach wie im Regenwald im Süden. Dennoch war es ein Dschungel, in dem es von Moskitos und dicken Fliegen wimmelte.

»Warten Sie!« Robert hob eine Hand.

»Was ist?«, fragte Dallas.

»Pssst!«, zischte Robert. Er neigte den Kopf zur Seite und lauschte aufmerksam. »Ich höre etwas.«

Am Fuße der Hügelkette lag Da Nang. Der Lärm kam aus dieser Richtung, immer klarer und lauter, ein tiefes Brummen und Klappern, das Dan sofort erkannte.

»Hubschrauber!«, rief er aufgeregt aus. »Wenigstens einer.«

»Vielleicht wissen sie, dass wir hier sind«, sagte Dallas.

»Er kommt aus der Gegend von Da Nang. Bestimmt ein Rettungsflug!«, freute sich Dan.

»Wir sind noch nicht weit von der Absturzstelle entfernt«, meinte Robert. »Ich finde, wir sollten so schnell wie möglich umkehren.«

»Richtig«, erwiderte Dallas. »Aber wir brauchen nicht zu rennen, Robert. Wenn sie das Wrack gefunden haben, kehren sie bestimmt nicht gleich wieder um.«

Plötzlich zischte der Helikopter über ihre Köpfe hinweg. Die Überlebenden machten kehrt und folgten in raschem Schritt dem Journalisten, der den Rückweg anführte.

Nach einer Viertelstunde Gewaltmarsch war das unverkennbare Geräusch des Helikopters wieder zu hören. Offenbar kreiste er über der Absturzstelle und suchte nach Überlebenden.

»Anscheinend ist er auf das Wrack gestoßen«, keuchte Robert.

Durch die Bäume war immer wieder der Huey amerikanischer Bauart im Morgenlicht zu sehen, als sie sich der Stelle näherten, wo die 747 in den Dschungel getaucht war. Sie waren auf einem Trampelpfad parallel zur Trümmerspur.

»Ich laufe voraus«, schlug Dallas vor, die schon neben Robert war. »Sie folgen mir ein bisschen langsamer. Ich will nur, dass sie wissen, wo wir sind.« Sie rannte über Baumstümpfe und Gebüsch und näherte sich rasch der Lichtung, wo die Überreste des Cockpits und des Oberdecks lagen.

Als Dallas auf etwa hundert Meter herangekommen war, hielt sie inne und blickte sich um. Ihre Leidensgenossen waren noch nicht in Sicht. Sie schaute wieder nach vorne und bemerkte zu ihrer Erleichterung, dass der Hubschrauber zur Landung ansetzte. Durch Gebüsch und Bäume sah Dallas einige Männer aus der Schiebetür des Huey springen und auf das Wrack zulaufen. Während sie ins immer hellere Licht blinzelte, wunderte sie sich, warum Mitglieder einer vietnamesischen Rettungsmannschaft Anzug und Krawatte trugen. Doch das spielte jetzt keine Rolle. Sie beschloss sie zu fragen, ob sie Englisch sprachen.

Aber wo waren die Krankentragen? Vielleicht war das nur die Vorhut, dachte Dallas, und die anderen würden in ein paar Minuten folgen. Inzwischen hatte sie sich auf etwa fünfzig Meter herangepirscht und hörte in der Ferne eine Frauenstimme – offenbar Susan Tash. Wegen der Motoren und Rotorgeräusche konnte Dallas nichts verstehen.

Sie schlich sich durch die letzten Bananenstauden an den Rand der Lichtung heran und sah die Männer zwischen den Wrackteilen stehen und einander anschreien. *Sehr gut!*, dachte Dallas. *Sie holen den Verletzten raus, anstatt auf die anderen Hubschrauber zu warten.*

Doch irgendetwas stimmte nicht. Instinktiv duckte Dallas sich zwischen die Bäume.

Zwei der Männer schleppten etwas aus dem Wrack. Sie gingen ziemlich grob und achtlos damit um, was in Dallas' Augen keinen Sinn ergab. *Was ist das?*, überlegte sie. Sie konnte kaum etwas erkennen, da das Wrack ihr die Sicht versperrte. Dann hörte sie Susan rufen. Offenbar war sie ziemlich aufgebracht.

Schließlich erschienen die Männer hinter dem Wrack; noch

immer zogen sie den Gegenstand hinter sich her. Endlich erkannte Dallas, was es war. *Mein Gott, es ist ein Mensch, der verletzte Boss der Fluggesellschaft! Was zum Teufel haben sie mit ihm vor?*

Die beiden Männer stießen Rick Barnes' schlaffe Gestalt in den Hubschrauber.

Dallas blickte sich um; noch immer kein Zeichen von den anderen. Als sie wieder auf die Lichtung schaute, sah sie die anderen beiden Männer im Wrack und etwas Gelbes aufblitzen. Zu ihrem Entsetzen erkannte sie, dass Susan Tash gewaltsam und unter lautem Protest aus dem Wrack gezerrt wurde. Die anderen beiden Männer kamen herbei, um sie zu überwältigen. Sie packten Susan an Füßen und Schultern, trugen sie zur Tür des Hubschraubers und warfen sie hinein wie einen Mehlsack.

Verdattert und erschrocken fiel Dallas im Gebüsch auf die Knie und versteckte sich. Einer der Männer trat zurück, zog eine Pistole und zielte auf Susan, die in der Ecke kauerte und sich nach dem reglosen Rick Barnes umschaute. Dann hörte Dallas hinter sich Geräusche im Dschungel. Die anderen näherten sich, immer noch im Schutz der Bäume. Dallas duckte sich hinter hohen Farn und beobachtete, wie die Männer in den Helikopter sprangen. Einer von ihnen nahm auf dem Pilotensitz Platz. Dann wurde das Dröhnen des Motors lauter und übertönte alle anderen Geräusche. Dallas drehte sich um und fuchtelte wild mit den Händen. Robert, der sie zuerst bemerkte, ahnte, dass etwas im Argen lag, und kam, die anderen im Schlepptau, vorsichtig näher.

Der Hubschrauber hob ab und gewann langsam an Höhe.

»Was ist passiert?«, fragte Robert, als er neben Dallas war.

»Köpfe runter!«, zischte sie.

In Graham Tashs Miene mischte sich Erstaunen, als sie ihn am Arm nach unten zog. Sie bedeutete auch den anderen, sich auf den Boden zu legen.

»Susan ist in dem Hubschrauber. Sie haben sie und Barnes hineingetragen.«

»Gut ... aber warum verstecken wir uns?«

Dallas sah ihn an und wusste nicht, wie sie sich ausdrücken

sollte. Sie hörte, dass der Huey über ihnen kreiste. Zwischen den Bäumen waren sie in Sicherheit, aber wenn sie in die Lichtung hinaustraten ...

Graham nahm sie bei den Schultern und drehte sie zu sich herum. »Dallas, was ist passiert?«, fragte er. Sein Gesicht war vor Angst verzerrt.

»Sie haben Susan und Barnes ziemlich grob angepackt«, antwortete Dallas und befreite sich aus Grahams Griff. Dann bedeutete sie ihm, ihr zu folgen. Vorsichtig pirschten sie sich zum Rand der Lichtung.

Der Helikopter schwebte direkt über dem Wrack und verharrte in etwa siebzig Meter Höhe in der Luft.

»Ich verstehe nicht«, sagte Graham. »Was hat das zu bedeuten?«

Während sie nach oben blickten, wurde die Tür des Helikopters wieder geöffnet.

Arlin Schoen stand in der Tür und betrachtete die aufgehende Sonne. Um ihren Auftrag zu erfüllen, blieben ihnen nur wenige Minuten. Den weiteren Plan mussten sie sich unterwegs zurechtlegen. Ein Glück, dass sie den gesuchten Passagier so schnell gefunden hatten. Er lebte noch, und in der Tasche seines Anzugs steckten seine Visitenkarten, auch wenn man sein zerschrammtes Gesicht kaum noch erkennen konnte.

Die Frau in Gelb war leider ein Problem.

Schoen nickte den Männern zu, die die beiden Gefangenen mit der Waffe bedrohten. »Aufstehen!«, befahl er.

Der Mann war offenbar schwer verletzt. Sein Gesicht war völlig verschwollen. Doch das spielte keine Rolle. Schoen war sicher, dass es sich um MacCabe handelte. Der Inhalt seiner Jackentaschen war ein eindeutiger Beweis, auch wenn seine Leute in Hongkong ihn nur kurz gesehen hatten.

»Bringt ihn her!«, ordnete Schoen an. Einer seiner Männer zerrte den Verwundeten auf die Füße und stieß ihn zur offenen Tür. Schoen sah zu, wie der Mann die Arme ausbreitete, um sich am Türrahmen festzuhalten.

»Okay, MacCabe, wo ist Ihr Computer?«

»Was?« Die Stimme des Mannes war kaum zu hören. Wie eine

Kobra schoss Schoen auf Rick Barnes zu, packte ihn am Kragen und hielt ihn ein Stück aus der Tür.

»Entweder verraten Sie mir jetzt, wo Ihr gottverdammter Computer ist, oder ich werfe Sie raus. Die Entscheidung liegt bei Ihnen, aber Sie haben nur zehn Sekunden. Vielleicht sollten Sie sich überlegen, ob der Inhalt Ihrer Festplatte mehr wert ist als Ihr Leben.«

»Ich weiß nicht, wovon Sie reden!«

Sein Mund bewegte sich, aber Schoen musste ihn dicht an sich heranziehen, um ihn zu verstehen.

»Ich ... bin ... nicht ... MacCabe, sondern Rick ...«

Wieder hielt Schoen ihn aus der Tür und sah zu, wie er wild mit den Armen ruderte, bevor er ihn wieder hereinholte.

»Wo ist er, MacCabe? War er im Gepäckfach? Ihre letzte Chance, bevor die Flugstunde anfängt.«

Der Mann schüttelte verzweifelt den Kopf. »Ich ... bin ... nicht ... MacCabe! Er ... war ... an Bord ... Ich habe ... mit ihm gesprochen ... aber ...«

Mit einem wütenden Seufzen stieß Schoen Rick Barnes zurück in die Maschine, wo er das Gleichgewicht verlor und auf den Boden vor der Sitzbank stürzte, die den ganzen rückwärtigen Teil des Huey einnahm. Als Schoen die verängstigte Blondine im gelben Kleid betrachtete, fühlte er einen Anflug von Bedauern, was bei ihm selten vorkam. Er gab einem seiner Männer ein Zeichen.

»Bring sie her!«

Susan versuchte sich zu wehren, als die kräftigen Arme sie packten, aber sie hatte keine Chance gegen den Mann, der sie zu Arlin hinüberschleppte.

»Fessle ihr die Hände!«, befahl Schoen. Jemand holte eine Plastikfessel und schnürte ihr die Handgelenke vor dem Bauch zusammen.

Dann packte Schoen Susan am Arm und zeigte auf die Blechtreppe am Rahmen des Huey. »Stellen Sie sich auf die unterste Stufe!«, befahl er.

»Nein! Was haben Sie vor?«

Einer der Männer in der Kabine gab eine Salve aus seinem Automatikgewehr ab, die an Susans Kopf vorbeizischte. Sie gehorchte, trat vorsichtig auf die unterste Stufe und versuchte vergeblich, Schoens Hände abzuschütteln.

»Okay, MacCabe!«, brüllte Schoen dem Mann hinten im Helikopter zu. »Wenn Sie meine Frage nicht beantworten, werfe ich diese Frau siebzig Meter in die Tiefe.«

»Ich heiße Rick Barnes!«, schrie Barnes so laut er konnte. »Ich bin . . .«

Schoen brachte ihn mit einem Kopfschütteln zum Schweigen und schob Susan so weit hinaus, dass sie das Gleichgewicht nicht mehr würde halten können, falls er sie losließ.

»BITTE HÖREN SIE MICH AN!«, flehte der Verletzte. »ICH KANN ES BEWEISEN!«

Er griff in seine Gesäßtasche. Hatte er dort eine Waffe versteckt? Schoen reagierte ganz automatisch. Mit der freien Hand nahm er seine Neun-Millimeter-Pistole vom Gürtel und schoss viermal, ohne zu zielen. Zwei Kugeln trafen Barnes' Brust, die anderen beiden sein bereits blutverschmiertes Gesicht.

»Schoen sah zu, wie die Leiche polternd zu Boden fiel und sich schnell eine Blutlache bildete. Die linke Hand sackte herab und gab den Gegenstand frei, der Schoen zu seiner Reaktion veranlasst hatte: Eine lederne Brieftasche, die nun Richtung Tür rutschte. Der Pilot des Huey hatte vor Schreck den Steuerknüppel verrissen, sodass die Maschine plötzlich zur Seite kippte. Schoen verlor das Gleichgewicht.

Während er sich mühsam aufrappelte, rutschte die Brieftasche immer weiter auf den Abgrund zu. Schoen wollte sie auffangen, doch das Gewicht der Frau drohte, auch ihn aus der Tür zu ziehen. Ohne lange zu überlegen, ließ er die Gefangene los und hielt sich am Türrahmen fest. Die Brieftasche segelte in die Tiefe.

Die verängstigte Frau fiel aus der Maschine, doch kurz darauf hörte Schoen ein dumpfes Geräusch auf der rechten Seite. Als er über die Kante spähte, sah er, dass die Frau sich mit ihren gefesselten Händen an die rechte Landekufe klammerte.

Jammerschade, dachte er. *Sie hat Mumm und ist außerdem schön, aber . . .*

Er hob den Lauf der Pistole und zielte zwischen ihre Augen. Dreißig Jahre Berufserfahrung halfen ihm, ihre flehende Miene zu übersehen. Es war weniger grausam so, sagte er sich. So musste sie wenigstens nicht mehr miterleben, wie sie in den Tod stürzte.

Allerdings würden sie wieder landen und die Leiche beseitigen müssen. Einen toten Passagier mit einer Kugel im Kopf konnten sie nicht zurücklassen.

Er zwang sich, es hinter sich zu bringen, aber sein Finger zögerte noch.

»WIR SIND NICHT DIE EINZIGEN ÜBERLEBENDEN!«, rief sie, als er gerade abdrücken wollte.

»WAS?«, brüllte Schoen.

»WIR SIND VIELE, UND DIE ANDEREN WISSEN, DASS ICH NOCH LEBE!«

Schoen schnaubte verächtlich, senkte die Waffe und überlegte. Wahrscheinlich war das nur ein Trick, aber wenn es stimmte, stand ihm eine größere Säuberungsaktion bevor. Er steckte die Waffe in seinen Hosenbund und befahl einem der Männer, Susan in die Kabine zu ziehen. Am Ergebnis würde sich nichts ändern. Sie musste sterben, aber er wollte ihr noch ein wenig Zeit geben, bis er alles durchdacht hatte.

Für die Überlebenden des Flugzeugabsturzes, die sich im Gebüsch am Rand der Lichtung versteckten, war der Anblick des Huey, der mit offener Tür und Grahams Frau an Bord siebzig Meter über dem Wrack schwebte, ebenso unverständlich wie erschreckend.

Vielleicht suchen sie nach weiteren Opfern, dachte Graham, der immer noch nicht begriff, weshalb Susan so herumgestoßen wurde.

Möglicherweise hat Dallas sich ja geirrt.

Sie sahen zuerst einen, dann zwei Männer in der Tür. Doch als der Helikopter langsam zu rotieren begann, konnten sie nichts mehr erkennen.

Dann hatten sie wieder die Tür im Blick. Susans gelbes Kleid und ihr blondes Haar waren deutlich auszumachen. Sie wurde gezwungen, auf die Landekufe des Hubschraubers zu klettern, während einer der Männer sie an den Händen festhielt. Für Graham war es wie ein Albtraum. Es gab keinen vernünftigen Grund, keine Erklärung für das, was er sah. Er traute einfach seinen Augen nicht. Warum sollte eine Rettungsmannschaft die Überlebenden eines Flugzeugabsturzes bedrohen?

»MEIN GOTT, NEIN! DALLAS, WARUM TUN DIE DAS?«, rief

Graham aus, während er das Schauspiel hilflos beobachtete. Aus der Höhe war eine Gewehrsalve zu hören, der Huey schlingerte und Susan fiel aus der Maschine.

Graham blieb fast das Herz stehen, doch dann sah er, dass sie sich an der Landekufe festhielt.

Wieder drehte sich der Helikopter, sodass sie die Tür nicht mehr im Blick hatten. Susan hing immer noch an der Kufe. Als die Tür wieder in Sicht kam, erkannte er, dass ein anderer Mann herauskam, um sie wieder in die Maschine zu ziehen.

Eine absurde Dankbarkeit erfüllte Graham, als wäre er den Männern Dank schuldig, die Susan beinahe in den Tod gestoßen hätten und ihr nun das Leben zu retten schienen.

Dallas drückte Graham zu Boden. Sie wusste, dass es den Tod für sie alle bedeutete, wenn er in die Lichtung hinausliefe. Doch nun stieß er einen gequälten Schrei aus und rappelte sich hoch, um seine Frau aufzufangen, falls sie stürzen sollte.

Dallas warf sich auf ihn und zog ihn wieder zu Boden. Währenddessen baumelte Susan siebzig Meter über dem Boden, ihr ganzes Gewicht an der Hand ihres Entführers, der Mühe hatte, sie hochzuziehen. Dallas spürte, wie sie unwillkürlich die Beine bewegte, als könnte sie Susan damit helfen, auf die Kufe zu klettern.

Endlich gelang es Susan, die Beine um die Kufe zu schlingen. Sie ließ sich von dem Mann hinaufhieven, doch als sie das linke Bein durch die Tür zu schwingen versuchte, rutschte sie wieder ab und kippte wie in Zeitlupe nach hinten.

Der Mann versuchte, das Gleichgewicht zu halten, doch Susan klammerte sich so verzweifelt an ihn, dass er sich nicht losreißen konnte. So fielen sie beide mit rudernden Armen und Beinen in die Tiefe.

Für Graham Tash schien der Sturz eine Ewigkeit zu dauern. Starr vor Schreck musste er zusehen, wie sich Susans Kleid über ihren Kopf stülpte und ihren Körper entblößte und wie sie mit einem dumpfen Knall auf den rasiermesserscharfen Trümmern aufschlug.

Das Geräusch sollte den anderen Überlebenden für immer im Gedächtnis bleiben. Es folgte ein markerschütternder Schrei aus den Tiefen von Graham Tashs Seele. Er presste sich die Fäuste vor den Mund und zitterte am ganzen Leibe.

»Unten bleiben, Doc!«, zischte Dallas. »Sonst kommen die Killer zurück und erledigen uns auch noch!« Sie nahm Tash in die Arme und zog ihn zu Boden.

Der Helikopter flog nun tiefer. Dallas spürte ihre entsetzten Leidensgenossen hinter sich und sie spürte, wie Tashs Trauer in rasende Mordlust umschlug.

Robert MacCabe hatte dem Drama fassungslos zugesehen. Der entsetzliche Aufprall der beiden Körper ließ ihn vor Schrecken erstarren. Das Ganze erschien ihm wie ein böser Traum.

Der Huey landete mitten auf der Lichtung. Die Tür, die sich auf der abgewandten Seite befand, öffnete sich. Zwei Männer in Anzügen sprangen heraus und gingen zu der Stelle hinüber, wo die beiden Leichen lagen. Auf halbem Wege, etwa zwanzig Meter entfernt, blieb einer von ihnen stehen, schaute in Roberts Richtung und dann zum Himmel auf. Für einen Augenblick konnte Robert sein Gesicht sehen und er erkannte ihn auf Anhieb: Er war einer der beiden Männer, die ihn in Hongkong fast entführt hätten.

Plötzlich fiel es ihm wie Schuppen von den Augen. Sie hatten es auf ihn abgesehen! Der Angriff auf die 747, der Absturz, mehr als zweihundert Tote und der Mord an Susan Tash. Und alles nur, um ihn daran zu hindern, Informationen preiszugeben, die er nicht einmal besaß!

Nichts konnte ihn auf die Welle von Schuldgefühlen vorbereiten, die ihn nun ergriff, viel stärker als seine Angst vor der Mörderbande, die offenbar überlegte, was sie mit den beiden Leichen anfangen sollten.

Robert beobachtete wie durch einen Nebel, wie Susan Tashs Leiche in eine Plastikfolie gewickelt und zum Hubschrauber getragen wurde. Er hörte, wie Dallas sich abmühte, Graham Tash still und am Boden zu halten, denn Graham schien wild entschlossen, auf die Lichtung zu rennen und den Mördern seine tote Frau zu entreißen, auch wenn er dabei selbst ums Leben kommen sollte.

Die drei Männer kamen zurück, um ihren Komplizen zu holen. Nachdem sie seine verpackte Leiche ebenfalls auf den blutbeschmierten Boden des Huey geworfen hatten, stiegen sie ein. Der Helikopter startete und erhob sich in engen Kreisen, bevor er sich schnell nach Südwesten entfernte, über den Dschungel und die Berge entlang, weg von Da Nang.

Einige Minuten war am Rand der Lichtung bis auf Graham Tashs ersticktes Schluchzen kein Laut zu hören. Als Dallas ihn schließlich losließ, stand er benommen auf und taumelte auf die Stelle zu, wo die zerschmetterte Leiche seiner Frau gelegen hatte.

Auch Dallas erhob sich, blieb dann aber stehen wie angewurzelt. Sie hörte, wie die anderen hinter ihr aufschlossen, doch sie konnte ihren Blick nicht von Graham abwenden. Sie zitterte am ganzen Leib und sah noch die Schreckensszene vor sich, deren Zeugin sie eben geworden war. Wie konnte es geschehen? Sie waren doch Überlebende eines Flugzeugabsturzes, und die Männer im Helikopter waren gekommen, um sie zu retten ... oder nicht?

Als sich neben ihr etwas bewegte, zwang sie sich endlich, sich umzudrehen, und hatte den schwer erschütterten Robert MacCabe vor sich. Ihre Stimme war nur noch ein heiseres Krächzen.

»Warum, in Gottes Namen ...?«

Robert schwieg und Dallas hörte seinen keuchenden Atem.

Dan Wade war ebenfalls aufgestanden. Gestützt auf Steve Delaney, kam er nun auf Dallas und Robert zu. Britta hatte ihm beschrieben, was geschehen war, bis auch ihr die Stimme versagt hatte.

»Wer war das?«, schluchzte Dallas. »Wer waren diese Schweine?«

Robert starrte die Überreste der 747 an, während er antwortete: »Dieselben Leute, die den Kapitän getötet und Dan geblendet haben.«

»Was?«, keuchte Dan. »Was soll das heißen?«

Robert antwortete nicht. Doch Dan, der am Klang seiner Stimme seinen Standort ausgemacht hatte, tastete nach seiner Schulter und zog ihn zu sich heran. »WAS SOLL DAS HEISSEN, HABE ICH GESAGT. WER SIND DIESE LEUTE?«

»Ich weiß es nicht«, erwiderte Robert matt.

»Los, Mann! Raus mit der Sprache. Was wollten die Kerle?«

Robert MacCabe war leichenblass, sein Blick schmerzerfüllt. Er senkte den Kopf und flüsterte:

»Mich.«

21

CHEK LAP KOK, HONGKONG INTERNATIONAL AIRPORT
13. NOVEMBER — TAG ZWEI
7:41 ORTSZEIT / 2341 ZULU

»Wo sind Sie, Kat?«, fragte Jake Rhoades am Satellitentelefon.
»Ich stehe am Air-Vietnam-Schalter im Flughafen. Mein Ticket nach Ho-Tschi-Minh-Stadt habe ich schon gekauft«, erwiderte Kat. »Wenn die Maschine pünktlich ist, starte ich in einer Stunde. Ich muss noch den Anschluss nach Da Nang buchen.«
»Okay«, entgegnete Jake. »Sie sind jetzt offiziell die Verantwortliche vor Ort. Das klingt zwar nach mehr als es ist, bedeutet aber wenigstens einen Anfang. Sie sagten, Sie fliegen in einer Stunde?«
»Vermutlich. Aber niemand will mir bestätigen, ob sie pünktlich sein werden.«
»Kat, ich glaube nicht, dass eine Stunde für den diplomatischen Papierkrieg genügt. Wir haben das Außenministerium um Hilfe ersucht, um Ihnen die Einreise nach Vietnam zu ermöglichen. Aber die Abteilung für Südostasien hat noch nicht zurückgerufen.«
Kat zögerte. Ihr war eingefallen, dass Jordan James, seit kurzem amtierender Außenminister und Jugendfreund ihres Vaters, sich sicher beim Außenministerium für sie verwenden würde.
»Ich glaube, ich weiß, wen ich anrufen muss. Fragen Sie mich nicht nach dem Namen. Ich rufe sofort zurück.«

IN DER LUFT, FÜNFUNDDREISSIG KILOMETER
SÜDWESTLICH VON DA NANG, VIETNAM

»Arlin, Sie sollten sich das mal ansehen!«
Arlin Schoen wandte den Blick von der idyllischen vietnamesischen Küstenlandschaft ab, die unter ihnen hinwegzog, und

drehte sich zu einem seiner Männer um. Dieser kauerte im hinteren Teil des Huey über Rick Barnes' blutiger Leiche und hielt etwas hoch.

»WAS IST?«, überbrüllte Schoen das Motorengeräusch des Helikopters.

»Ich habe bei diesem Typen ein Schlüsseletui gefunden, auf dem ein Name steht«, erwiderte der Mann.

Schoen kam rasch näher und nahm das Schlüsseletui entgegen. Darin steckte eine Karte mit dem Namen des Besitzers: Rick Barnes, Geschäftsführer, Meridian Airlines.

»Was zum Teufel hat das zu bedeuten?«, murmelte Schoen. »Wer ist Rick Barnes?«

Sein Komplize zeigte auf die Leiche. »Der da.«

Schoen schüttelte den Kopf. »Nein! Wir haben das überprüft...« Er beugte sich vor, um nicht mehr schreien zu müssen. »Wir haben seine Jackentaschen durchsucht. Er hatte Visitenkarten und Quittungen bei sich, alle auf den Namen MacCabe!«

Schoen ging in die Knie und durchwühlte die Taschen der blutdurchtränkten Jacke der Leiche. Er fand zwei weitere Quittungen, eine davon ein Kreditkartenbeleg von American Express, und reichte sie seinem Komplizen.

»Hier!«, rief er. »Ich habe es doch gleich gesagt. Das hier war Robert MacCabe und...« Erst jetzt bemerkte er, dass Jackett und Hose nicht zueinander passten. Ein näherer Blick verriet ihm zu seinem Entsetzen, dass sie aus unterschiedlichen Stoffen waren.

»Verdammt!«

Schoen griff in die rechte Hosentasche, drehte sie um und entdeckte weitere Kreditkartenbelege. Auf jedem stand der Name Rick Barnes.

»Mist! Wir haben den Falschen!« Arlin Schoen hielt sich kopfschüttelnd am Türrahmen fest, holte tief Luft und überlegte. Er hatte den falschen Mann getötet und eine unschuldige Frau aus dem Hubschrauber geworfen. Sie waren keinen Schritt weiter. Und er hatte einen seiner Leute verloren.

Sein Helfer sah ihn besorgt an. »Was machen wir jetzt, Arlin?«

»Ich muss nachdenken«, zischte Arlin und drehte sich zum Piloten um. »Landen Sie die Kiste auf der nächstbesten Lichtung. Und vergewissern Sie sich, dass wir dort allein sind.«

Der Pilot nickte und machte sich auf die Suche nach einem geeigneten Landeplatz. »Wir beseitigen die Leichen und machen diesen Vogel hier sauber. Dann kehren wir zur Absturzstelle zurück und kaufen uns den Mistkerl«, eröffnete Schoen seinem Komplizen.

»Wen?«

»Na wen wohl? MacCabe natürlich. Schließlich sind wir nur in diesem Drecksdschungel, um ihn zum Schweigen zu bringen.«

»Wahrscheinlich liegt er tot im Wrack, und dieser Typ hier hat seine Jacke angezogen. Wir müssen hier weg, bevor dieser Idiot von einem Kommandanten in Da Nang auf die Idee kommt, uns übers Ohr zu hauen und den Jet zu beschlagnahmen. Wir haben nicht viel Zeit.«

Schoen presste die Lippen zusammen und schüttelte den Kopf. »Der Typ hatte MacCabes Jacke an, weil MacCabe noch lebt. Wir wissen, dass er einen Platz auf dem Oberdeck hatte, und unsere Suche hat ergeben, dass sich der Computer nicht dort befand. Wenn er ihn mitgenommen hat und ihn mit intakter Festplatte hier herausbringt, können wir einpacken. Wir müssen ihn finden. Wahrscheinlich versuchen er und die anderen Überlebenden, zu Fuß die Küste zu erreichen.«

Schoen bemerkte die plötzliche Aufregung im Blick seines Komplizen.

»Was ist?«, fragte er.

»Ich . . . wir waren ziemlich schnell vor Ort. Wenn MacCabe sich zu Fuß aus dem Staub gemacht hat, hat er uns bestimmt kommen gehört. Sicher ist er umgekehrt, weil er uns für eine Rettungsmannschaft hielt, und dann hat er uns vermutlich dabei beobachtet, wie wir die Frau rausgeworfen haben.«

Arlin Schoen blickte zur Tür, ergriffen von der alten Furcht, dass er durch einen dummen Fehler selbst in der Falle landete. Der Mann hatte Recht: Auch für die beiden Morde an der Absturzstelle gab es Zeugen.

Er wandte sich wieder an seinen Untergebenen. »Wir müssen jeden umlegen, der uns gesehen haben könnte. Etwas anderes bleibt uns nicht übrig.«

»Was ist, wenn es zwanzig oder dreißig Leute sind, Arlin? Wir können doch nicht alle Überlebenden abknallen.«

Der Huey schwebte inzwischen zehn Meter über dem Boden und hielt auf eine kleine Lichtung zu.

»Warum nicht, Mann? Schließlich haben wir gerade eine voll besetzte 747 vom Himmel geholt. Wir können es uns nicht leisten, wegen ein paar Leuten mehr oder weniger Skrupel zu bekommen. Vergessen Sie nicht, was auf dem Spiel steht: Milliarden von Dollars und unser Leben.«

CHEK LAP KOK, HONGKONG INTERNATIONAL AIRPORT

Der freundliche, vertraute Brummbass am Satellitentelefon rief in Kat glückliche Kindheitserinnerungen wach.

»Katherine, wie geht es dir?«

»Gut, Onkel Jordan, aber leider habe ich es ziemlich eilig. Ich brauche deine Hilfe.«

»Wo bist du? Aber das wussten dein Dad und ich sowieso nie.«

»In Hongkong. Ich benötige dringend eine Einreisegenehmigung nach Vietnam.« Sie erklärte ihm rasch die Hintergründe. »Mir ist ganz schön der Schreck in die Glieder gefahren. Ich bin nämlich aus ebendieser Maschine rausgeholt worden, um für das FBI etwas hier im Konsulat zu erledigen.«

»Ach, wirklich?«, entsetzte sich Jordan. »Mein Gott, Kat, das war knapp. Ich hatte keine Ahnung, dass dein Job etwas mit dem Außenministerium zu tun hat.«

»Du hast Dad versprochen, auf mich aufzupassen, und das hast du auch diesmal getan.«

»Vielleicht indirekt. Gott sei Dank. Du wolltest in einer halben Stunde starten? Dann sollte ich mich besser an die Arbeit machen. Unter welcher Nummer kann ich dich erreichen?«

Sie diktierte ihm die Nummer ihres Satellitentelefons.

»Onkel Jordan, wirst du auf dem Posten des Außenministers bleiben?« Jordan James galt seit Jahrzehnten als einer der wichtigsten Berater verschiedener Präsidenten.

»Lieber nicht, Kat. Ich hatte eigentlich gar keine Lust auf das Amt. Aber wenn der Präsident einen ruft, gehorcht man eben. Gib mir zehn Minuten.«

»Danke, Onkel Jordan.«

IM DSCHUNGEL
ACHTZEHN KILOMETER NORDWESTLICH
VON DA NANG, VIETNAM

Robert MacCabe stand am Rand der Lichtung, seinen Computerkoffer fest umklammert, und flehte die anderen Überlebenden an zu fliehen, bevor der Hubschrauber zurückkäme. Er erklärte ihnen seinen Verdacht, was Walter Carnegies Tod betraf, und die möglichen Zusammenhänge mit dem Absturz der SeaAir. Dann berichtete er von dem gescheiterten Entführungsversuch in Hongkong. Schließlich hatte er seine Leidensgenossen davon überzeugt, dass er Recht haben könnte.

Graham Tash war völlig teilnahmslos. Die anderen vier durchsuchten die Überreste des Oberdecks nach Erste-Hilfe-Koffern, Lebensmitteln, Wasser und Taschen für die Ausrüstung. Steve Delaney fand seinen Rucksack, den er vor dem Cockpit stehen gelassen hatte. Schon zehn Minuten nach dem Verschwinden des Helikopters versammelten sie sich abmarschbereit am Rand der Lichtung.

»In welche Richtung sollen wir gehen?« fragte Britta.

»So schnell wie möglich zurück zur Küste«, sagte Dallas.

»Nein!«, widersprach Robert mit wildem Blick. »Auf keinen Fall. Damit werden sie rechnen. Sie werden den Pfad absuchen, und am Osthang gibt es zu wenig Gebüsch, um sich darin zu verstecken. Sie haben es selbst gesehen.«

»Wohin also?«, erkundigte sich Dallas, die Hände in die Hüften gestemmt.

»Nach Westen. So weit wie möglich. Mehr Vegetation, bessere Verstecke. Außerdem fangen sie dort bestimmt nicht mit der Suche an.«

»Und was liegt im Westen, Robert?«, wollte Dallas wissen.

Dan antwortete für Robert. »Westlich von hier liegt nach etwa zehn Kilometern Dschungel ein flaches Tal. In den Hängen dort gibt es eine Reihe sehr tiefer Höhlen, die der Vietcong früher benutzt hat. Dort können wir uns wenn nötig verkriechen. Es gibt eine Straße, die das Tal mit Da Nang verbindet. Gewiss sind da auch einige Flugplätze.«

»Wir müssen uns von Straßen fern halten, oder?«, fragte Dallas.

Robert wies nach Westen. »Hören wir auf zu debattieren und gehen wir los. Abmarsch.«

Dallas sah den Reporter wütend an. Wie konnte er sich anmaßen, einfach das Kommando zu übernehmen? Auch dass er immer noch seinen Computer festhielt, ging ihr auf die Nerven. Aber was er sagte, ergab Sinn. Keiner zweifelte daran, dass die Männer im Huey Killer waren, die keine Zeugen hinterlassen wollten.

»Ich glaube, Sie haben mich überzeugt«, sagte sie schließlich. Sie schaute an ihrem seidenen Hosenanzug und der knielangen Brokatweste hinab und auf ihre Pumps aus weichem Leder. »Ich bin zwar nicht richtig angezogen für eine Wanderung, aber ich höre die Stimme meiner Mutter, und die sagt: ›Mädchen, verdrück dich so schnell du kannst.‹ Und da ich meiner Mutter immer gehorche, finde ich, dass wir verschwinden sollten.«

Sie schulterten die improvisierten Rucksäcke und Britta half Graham auf die Beine.

»Ich komme nicht mit«, sträubte sich Graham. Seine Augen waren verschwollen. Tiefe Furchen im Gesicht ließen ihn dreißig Jahre älter aussehen.

»Sie müssen aber«, protestierte Britta.

Er schüttelte den Kopf. »Mit Susans Tod bin ich auch gestorben. Gehen Sie. Ich werde behaupten, ich wäre MacCabe.«

»Sie haben nicht die geringste Ähnlichkeit mit Robert, und ich werde nicht zulassen, dass ich noch einen Passagier verliere. Also los, Doktor.«

Robert, der bereits ein paar Schritte gegangen und wieder zurückgekehrt war, hörte das Gespräch.

»Wenn Sie nicht aufstehen, Doktor, schleppe ich Sie persönlich.«

Graham saß reglos da und starrte auf das Wrack. Ein leises Geräusch aus dem Osten ließ Robert ängstlich aufblicken.

»Doktor Tash, Sie werden uns alle umbringen, wenn Sie nicht . . .«

»Ich sagte, Sie sollen ohne mich gehen«, zischte Graham, ohne den Kopf zu heben.

Britta kniete sich neben ihn und flüsterte eindringlich auf ihn ein. »Herr Doktor, wir können Sie nicht zurücklassen. Unser Leben liegt also in Ihrer Hand. Unser Pilot ist schwer verletzt und wird Ihre Hilfe brauchen, sonst schafft er es nicht. Und noch etwas: Wenn Susan wieder zum Leben erwachen könnte, würde sie bestimmt darauf bestehen, dass Sie mit uns kommen. Sie würde wollen, dass Sie weiterleben. Und sicher hätte sie etwas dagegen, dass Sie Selbstmord begehen, um ihr in den Tod zu folgen.«

Graham blickte Britta an. »Danke, aber . . .«

»Genug!«, rief Robert. Er stellte den Computerkoffer ab, packte Graham unter den Achseln und riss ihn hoch. Graham wehrte sich nicht.

»Hören Sie!«, schüttelte Robert ihn. »Ich kann mir nicht einmal vorstellen, wie Sie sich fühlen. Aber wenn Sie nicht freiwillig mitgehen, schlage ich Sie bewusstlos und trage Sie. Das schwöre ich Ihnen. Also bitte, kommen Sie. BITTE!«

Graham senkte den Kopf, blind vor Tränen.

»Was Susan betrifft, haben Sie bestimmt Recht, Britta.«

Sie pirschten sich durch Gestrüpp und Bäume am westlichen Rand der Absturzstelle. Bald wurde das Rattern aus der Ferne deutlich lauter, und nach einer Weile war das Rotorengeräusch eines herannahenden Hubschraubers unverkennbar.

»Kommen Sie! Beeilung! Beeilung!«, schrie Dallas. Alle fielen in Laufschritt. Dallas hielt den Arzt bei der Hand und zog ihn hinter sich her.

Vor ihnen erstreckte sich eine Landschaft mit Büschen, niedrigen Bananenstauden, Palmen und einzelnen hohen Bäumen. Es war schwer, sich hier vor einem Helikopter zu verstecken, und das Geräusch kam immer näher.

Robert ging ein paar Schritte zurück und rief: »Da rüber!« Er winkte sie zu einer Baumgruppe. Die Farnwedel, die dort wucherten, bildeten ein Dach dicht über dem Boden. »Runter! Kriechen Sie da rein und setzen Sie sich.« Robert zog Dallas und Steve unter das Blätterdach. Britta half Graham und Dan.

Das unverwechselbare Rotorgeräusch eines Bell UH-1 Huey steigerte sich zu ohrenbetäubendem Lärm, bevor es plötzlich leiser wurde.

»Sie landen«, stellte Dan fest.

»Was tun wir jetzt, Robert?«, zischte Dallas. »Wir sind unbewaffnet. Sollten wir nicht besser weitergehen?«

»Ich dachte, sie kämen in diese Richtung«, erwiderte Robert. Er keuchte noch immer von der körperlichen Anstrengung. »Ich wollte nicht, dass sie uns aus der Luft erkennen.«

»Aber wenn sie uns zu Fuß suchen?«, wandte Dallas ein.

»Sie sind immer noch da drüben«, sagte Dan. »Ich finde . . . ein Suchtrupp auf dem Boden ist gefährlicher für uns, vor allem, weil sie unseren Fußspuren folgen können.«

Plötzlich hörte Robert ein Rascheln. Als er sich umdrehte, bemerkte er zu seinem Schrecken, dass Dallas sich aufgerappelt hatte und aus dem Gebüsch kroch. »Dallas!«

»Lassen Sie mich in Ruhe!«, fauchte sie. »Wir müssen verschwinden.«

Britta blickte Robert MacCabe an und fragte sich, was sie tun sollte. Auch er setzte sich nun in Bewegung und scheuchte die anderen aus dem Versteck. Nachdem er einen kleinen Kompass zu Rate gezogen hatte, machten sie sich im Eilschritt auf den Weg nach Westen, tiefer in den Dschungel. Jeder hatte dabei Susan Tashs langen Sturz aus dem Helikopter vor Augen.

Hinter ihnen an der Absturzstelle landete ein vietnamesischer Rettungshubschrauber.

CHEK LAP KOK, HONGKONG INTERNATIONAL AIRPORT

Kat klappte die Antenne ihres Satellitentelefons ein und ging zum Flugsteig, um die Maschine nach Ho-Tschi-Minh-Stadt zu erreichen. Jordan James hatte die bürokratischen Hemmnisse für ihre

Einreise nach Vietnam aus dem Weg geräumt und ihr versprochen, Jake zu benachrichtigen.

Vor dem Schalter drehte sie sich um und bemerkte einen hoch gewachsenen, blonden Mann in etwa dreißig Metern Entfernung, der so tat, als würde er sie nicht beobachten. Doch Kat war ganz sicher. Sie hatte eine Vorahnung, ein Gefühl, dass ihr etwas sehr Wichtiges und Gefährliches entgangen war.

Als sie wieder hinsah, war der Mann verschwunden.

22

ABSTURZSTELLE DER MERIDIAN 5
ACHTZEHN KILOMETER NORDWESTLICH VON DA NANG,
VIETNAM
13. NOVEMBER — TAG ZWEI
7:23 ORTSZEIT / 0023 ZULU

Das Auftauchen eines zweiten Helikopters an der Absturzstelle war eine unwillkommene Überraschung für Arlin Schoen, der sich von Süden näherte und in einem sicheren Abstand kreiste. Er suchte den östlichen Horizont ab und fragte sich, wie viele Hubschrauber wohl noch erscheinen würden, nun da der Absturz offiziell bekannt und es hellichter Tag war.

»Was machen wir?«, fragte der Pilot mit Blick auf die Lichtung.

»Halten Sie mindestens anderthalb Kilometer Abstand und fliegen Sie nach Westen. Ich wette, sie sind nach Westen geflohen.«

»Und wenn wir sie finden? Sollen wir einen nach dem anderen aus der Luft erschießen?«

Schoen nickte. »Wenn wir sie finden.«

»Und wenn nicht?«

»Dann fliegen wir so schnell wie möglich nach Da Nang zurück und machen uns aus dem Staub.« Er beugte sich vor. »Wie viel Treibstoff haben wir noch?«

»Für etwa drei Stunden, hängt von der Fluggeschwindigkeit ab.«

»Arlin.« Einer seiner Männer packte ihn an der Schulter. »Wenn wir nicht bald wieder bei unserer Maschine sind, kommen wir vielleicht nicht mehr hier weg. Lassen wir die Sache und verschwinden wir. Die kriegen wir sowieso nicht mehr.«

Schoen schüttelte den Kopf. »Es ist noch nicht vorbei. Solange wir diesen Reporter nicht haben, dürfen wir nicht aufgeben.«

»Verdammt, für wen halten Sie sich? Kapitän Ahab? Diese Runde haben wir verloren. Sie sind nicht dort abgestürzt, wo es geplant war. Und jetzt fliegen wir über diesem bescheuerten

Dschungel wie Vietcong auf der Suche nach abgeschossenen GIs. Wir sollten abhauen.«

»Ich habe nein gesagt.«

»Warum, Mann?«

»Weil die Informationen, die dieser verdammte Reporter hat, das Risiko wert sind.«

IM DSCHUNGEL
WESTLICH VON DA NANG, VIETNAM

Dunkle Wolken ballten sich zusammen, begleitet von fernem Donner. Die sechs Überlebenden kämpften sich durch immer dichteren Dschungel. Das Kreischen und Plappern der Affen mischte sich mit dem unablässigen Summen von Fliegen und anderen Insekten. Die hohe Luftfeuchtigkeit ließ sogar die Morgenkühle drückend und schwül erscheinen.

Zum wohl hundertsten Mal schaute Robert MacCabe sich um, ob die anderen mit seinem raschen Schritt mithalten konnten. Der Schock, einen der Männer, die ihn in Hongkong überfallen hatten, an der Absturzstelle zu sehen, war noch nicht überwunden. Und er hatte Schuldgefühle. Er war Hals über Kopf aus Hongkong geflohen, ohne daran zu denken, dass er damit andere Menschen in Gefahr brachte. Nun machte er seinen Egoismus dafür verantwortlich, dass zweihundert unschuldige Menschen nicht mehr am Leben waren. Und er gab sich die Schuld an Susan Tashs Tod.

Es war noch keine Zeit gewesen, den Kopiloten zu fragen, was so dicht vor dem Cockpit des Jumbojets explodiert war. Doch Robert sah ständig Walter Carnegies Gesicht vor Augen. Er wurde immer sicherer, dass sie Opfer derselben Terroristen waren, die auch die SeaAir MD-11 zum Absturz gebracht hatten.

Dann dachte er an Kat Bronsky. Welches Glück hatte sie gehabt, im letzten Moment aus der Maschine geholt zu werden.

Außer ...

Er tat den Gedanken so schnell ab. Kat Bronsky konnte ihre Hände nicht im Spiel haben. Er war an sie herangetreten, nicht sie an ihn. Ihr Platz war bereits reserviert gewesen. Aber dass sie dann doch nicht geflogen war, war dennoch seltsam. Doch schließlich war sie beim FBI . . .

Er fragte sich, ob Kat schon von dem Absturz wusste. *Wie fühlt man sich wohl*, überlegte er, *wenn eine Maschine verunglückt, in der man eigentlich hätte sitzen sollen?*

Er hörte hinter sich jemanden stolpern und drehte sich um. Britta half Dan wieder auf die Beine. Robert blieb stehen. In den letzten Minuten war von Zeit zu Zeit das Plätschern von Wasser an sein Ohr gedrungen. Wo es Flüsse gab, gab es häufig auch Dörfer. Die Vietnamesen stellten keine Bedrohung dar. Wenn es ihnen gelang, ein Dorf zu erreichen und die Behörden zu informieren, waren sie gerettet.

Wieder musste er sich zwingen, nicht an das schreckliche Blutbad an der Absturzstelle zu denken. Er sog die feuchte Dschungelluft ein, schnupperte den Duft der Blumen und ging weiter. Seine Pflicht war es nun, dafür zu sorgen, dass diesen Menschen nichts zustieß. Eine kleine Wiedergutmachung für die Ereignisse, an denen er sich schuldig fühlte.

Dies waren Roberts Gedanken, während er durch das dichte Unterholz watete, vollkommen unberührt von den Gefahren, die Schlangen oder Insekten darstellen könnten. Dallas Nielson ging neben ihm und begann plötzlich zu sprechen.

»Momentan sind Sie nicht gerade mein Traumprinz, aber wenn Sie es satt haben, sich Vorwürfe zu machen, kann ich das für Sie übernehmen.«

Robert wollte etwas erwidern, hielt aber plötzlich inne und lauschte aufmerksam. »Irgendwo da vorne höre ich schon seit längerem einen Fluss plätschern.«

»Ist das gut?«, erkundigte sich Dallas.

»Ich weiß nicht«, entgegnete er, während er ein paar große Farnwedel aus dem Weg schob. »Wir müssen jedenfalls weiter.« Robert stolperte und wäre fast gestürzt, doch es gelang ihm, das Gleichgewicht zu behalten.

»STOPP!«, schrie Dallas plötzlich.

Robert erstarrte und bemerkte, dass er am Rand einer Schlucht stand. Dreißig Meter unter ihnen schlängelte sich ein reißender Fluss zwischen mit Schlingpflanzen überwucherten Steilufern.

»Gütiger Himmel!«, rief er aus und trat ein paar Schritte zurück.

Dallas warnte die anderen, die sich dann vorsichtig der Felskante näherten. In der Ferne war Motorengeräusch zu hören.

»Ein Lastwagen«, sagte Steve Delaney und zeigte über den Fluss.

»Ja«, meinte Britta. »Sollen wir uns verstecken oder ihn anhalten?«

Dan hielt Brittas Hand und neigte den bandagierten Kopf zur Seite, während das Motorengeräusch erst lauter und dann wieder leiser wurde. »Wahrscheinlich ist er auf der Straße, die früher der alte Ho-Tschi-Minh-Pfad war«, erklärte er.

»Und die natürlich jenseits des Flusses liegt«, fügte Robert hinzu.

»Wie weit sind wir wohl schon gelaufen?«, keuchte Dan, dem die Erschöpfung deutlich anzuhören war.

»Drei Kilometer, vielleicht etwas mehr«, entgegnete Robert.

»Und was jetzt?«, fragte Dan in die Richtung, aus der Roberts Stimme kam.

»Was halten Sie von ›Und sie wurden gerettet und waren glücklich bis an ihr Lebensende‹?« Dallas lachte sarkastisch, bis sie bemerkte, dass Graham, die Hände in den Taschen, stumpf zu Boden blickte.

Robert räusperte sich. »Hier ist mein Vorschlag: Wir gehen so schnell wir können flussabwärts, bis wir entweder auf Zivilisation stoßen oder aus diesen Bergen heraus sind.«

Das Knistern eines Kurzwellenradios ließ alle zusammenzucken. Steve Delaney spielte an einem Gegenstand herum, den er aus seinem Rucksack geholt hatte.

»Was zum Teufel ist das, Steve?«, erkundigte sich Dallas.

»Ein Empfänger im Flugverkehrsbund. Es kann auch ein Notsignal an die Rettungssatelliten absetzen. Soll ich es einschalten?«

»Nein!« Robert hob die Hand. »Wer kann das Signal sonst noch empfangen?«

Dallas zog die Augenbrauen hoch. »Zum Beispiel ein amerikanischer Hubschrauber voller Verbrecher, die uns« – sie zögerte und sah Steve an – »an den Arsch wollen.«

»Es stimmt, Dallas«, bestätigte Dan. »Jeder könnte das Signal orten. Man braucht im Prinzip nur ein Funkgerät mit Peilantenne.

Aber das Rettungssatellitensystem ist absichtlich so ausgelegt, dass es Notsignale von abgestürzten Flugzeugen empfängt und die Informationen nur an registrierte Rettungsdienste weitergibt.«

»Und die Kerle in dem Hubschrauber haben keine Peilantenne?«, fragte Dallas.

»Unwahrscheinlich«, entgegnete Dan.

Sie wechselten Blicke und überlegten. Schließlich brach Robert das Schweigen. »Warten wir noch eine Weile. Wir sollten ein Stück weitergehen«, meinte er. »Es ist noch Vormittag, und bald wird es an der Absturzstelle von Rettungsmannschaften und vietnamesischen Soldaten wimmeln. Dann können wir das Ding vermutlich gefahrlos einschalten. Ich wünschte, man könnte damit auch gesprochene Botschaften senden.«

»Das geht«. Steve hielt das Funkgerät hoch. »Es ist ein neues Modell. Wenn der Satellit das Signal empfängt, hört er auch Ihre Nachricht. Außerdem ist es mit GPS ausgestattet und überträgt unseren Standort.«

»Was bedeutet das?«, fragte Britta.

»Dass alle Welt weiß, wo wir sind, sobald wir es einschalten«, antwortete Dan mit einem tiefen Seufzer. »Aber wir müssen uns auf Konsequenzen gefasst machen.«

»Wartet!« Dallas blickte zum Himmel und lauschte.

»Was ist?«, fragte Robert leise.

»Ein Hubschrauber«, erwiderte sie und deutete nach Westen.

»Die Absturzstelle ist in der anderen Richtung«, bemerkte Britta. Robert nickte. »Wahrscheinlich ist es ein anderer.«

»Wie lange noch?«, meinte Britta.

»Was meinen Sie?«, fragte Robert.

»Wie lange wird es noch dauern, bis wir diesen Dschungel hinter uns haben und in Sicherheit sind?« Hinter der beherrschten Fassade war ihr die Erschütterung deutlich anzumerken. Als sie sich das Haar aus der Stirn strich, stellte sie zu ihrer Verlegenheit fest, dass ihre Hand zitterte. »Ich ... ich ... bin todmüde. Ich habe Hunger, Durst und eine Todesangst. Außerdem bin ich völlig verdreckt, von Flöhen zerstochen und von oben bis unten zerkratzt. Ich ... wollte nur wissen, ob wir in diesem schrecklichen Dschungel auch noch übernachten müssen.«

»Wenn wir Glück haben nicht«, meinte Dan. Als Britta seine Stimme hörte, brach sie in Tränen aus, was sie sofort bedauerte.

»Oh, Dan! Ich wollte nicht weinen.« Sie wischte sich die Tränen ab und rang um Fassung. »Sie können nichts sehen und haben so viel durchgemacht. Dr. Tash hat einen schrecklichen Verlust erlitten. Und ich jammere wie ein Baby. Es tut mir Leid.«

Dan legte den Arm um sie und drückte sie an sich. »Aber, aber, Britta. Sie sind schließlich kein Roboter. Schon in Ordnung.«

»Wir schaffen es doch, oder?«, fragte sie. Sie sah die anderen an.

»Verdammt, wir können die Toten nicht wieder lebendig machen. Aber wir können uns retten und dafür sorgen, dass die ganze Welt erfährt, was diese Schweine getan haben.«

SIEBENUNDZWANZIG KILOMETER WESTLICH VON DA NANG, VIETNAM

»Wohin, Arlin?«, erkundigte sich der Pilot entnervt. Er hatte schon in fast einem Dutzend Lichtungen landen wollen, aber Schoen war nie einverstanden gewesen.

»Da!«, sagte Arlin Schoen nun und zeigte nach vorne.

»Ich sehe nur Dschungel«, entgegnete der Pilot.

»Schauen Sie, wo ich hinzeige. Die große Lichtung neben dem Fluss. Auf der anderen Seite ist eine Straßenbrücke. Wenn sie nach Westen gegangen sind, müssen sie früher oder später dort ankommen.«

Der Pilot nickte und begann mit dem Landeanflug. Arlin hatte vor, den Helikopter nach der Landung mit Gestrüpp zu tarnen und einfach abzuwarten, bis MacCabe und seine Begleiter aus dem Dschungel erschienen.

»Und wenn Sie sich irren?«, hatte einer der Männer gefragt.

»Dann starten wir diese Kiste wieder, fliegen nach Da Nang, holen unser Flugzeug und verschwinden so schnell wie möglich.«

Der Mann schüttelte den Kopf. »Sie haben auf alles eine Antwort, was, Arlin?«

23

```
TON SON NHUT INTERNATIONAL AIRPORT
HO-TSCHI-MINH-STADT (SAIGON), VIETNAM
13. NOVEMBER — TAG ZWEI
11:25 ORTSZEIT / 0425 ZULU
```

Kat Bronsky trat aus der betagten Maschine der Air Vietnam in die duftende, schwüle Luft. Sie folgte ihren Mitpassagieren durch das verfallene, tropisch heiße Terminal zu der langen Menschenschlange, die am Zoll anstand. Während Kat, Reisepass und FBI-Ausweis in der Hand, wartete, dachte sie an Jordans Worte am Telefon, kurz bevor sie in Hongkong an Bord gegangen war.

»Schön, dass du dir von mir helfen lässt, Kat. Schließlich möchtest du nicht, dass man mit dir umspringt wie mit Normalbürgern, die nach Vietnam einreisen wollen.«

»Ist es so schlimm?«

»Die Vietnamesen haben von den Franzosen die Bürokratie geerbt und können ewig in Banalitäten herumbohren. Dazu kommen die Verschlagenheit, die wir ihnen während des Krieges beigebracht haben, und eine ordentliche Dosis marxistische Sturheit – und das Misstrauen von Leuten, für die sich in den letzten hundert Jahren jeder Kontakt mit dem Westen als Katastrophe erwiesen hat.«

»Und was bedeutet das genau?«, fragte Kat, besorgt, dass man ihr die Einreise verweigern könnte.

»Dass es an ein Wunder grenzt, wenn ein normaler Passagier – insbesondere ein Amerikaner – die vietnamesischen Einwanderungs- und Zollformalitäten in weniger als einer Woche hinter sich bringt. Wenn denen beispielsweise die Tinte für ihre idiotischen kleinen Gummistempel ausgeht, steht das ganze Land still.«

»Jordan, ich muss weiterfliegen. Werde ich fliegen?«

»Entschuldige, Kat. Ich möchte dich nicht mit meinen Horrorgeschichten aufhalten. Nein. Es ist alles geregelt.«

»Du hältst nicht viel von den Vietnamesen, richtig?«

»Ich liebe die Menschen, aber die Bürokratie ist grausam. Wenn Bethlehem in Vietnam gelegen hätte, wäre Jesus nicht am Kreuz, sondern an Altersschwäche gestorben, während er darauf gewartet hätte, sein Gepäck durch den Zoll zu kriegen.«

Ein Polizist winkte aufgeregt der Schlange zu, in der Kat stand. Sie hörte, wie er – immer gereizter – auf Vietnamesisch denselben Befehl wiederholte und die Passagiere durch eine Tür dirigierte. Ein asiatisches Paar, das in einer kleinen Tasche gewühlt hatte, richtete sich auf und ging gehorsam weiter. Kat und die anderen Reisenden folgten.

Auf der anderen Seite thronte eine Reihe von Uniformierten hinter kleinen Schaltern, und tatsächlich hatte jeder ein Sortiment kleiner Gummistempel vor sich. Durch einen kleinen Schlitz in den Schalterfenstern nahmen sie die Reisepässe und Papiere entgegen, die die Passagiere ihnen hinhielten, musterten jedes Dokument mit äußerster Sorgfalt und bearbeiteten es hektisch mit verschiedenen Stempeln. Dann durften Pass und Passagier zur nächsten Schlange vorrücken.

Kat, die als nächste an der Reihe war, wunderte sich, warum niemand sie herausgewinkt hatte. Plötzlich legte sich eine Hand ziemlich unsanft auf ihre rechte Schulter. Als sie sich umwandte, sah sie sich einigen ernst dreinblickenden Uniformierten gegenüber.

»Pass!«, forderte der eine. Kat gab ihm das kleine, blaue Büchlein. Der Mann betrachtete es rasch und sprach dann auf Vietnamesisch mit seinen Begleitern. Dann drehte er sich zu Kat um und wies mit dem Kopf auf eine Tür.

»Mitkommen!«

Obwohl Kat das Gehabe der Pass- und Zollkontrolleure amüsant gefunden hatte, war sie erleichtert, als der Mann sie von den Warteschlangen weg durch einen Saal und in ein schäbiges Büro führte. An den Wänden prangten rissige beige Kacheln, der Boden war mit fleckigem Laminat belegt. Er zeigte auf einen wackeligen Stuhl vor einem Metallschreibtisch, der offenbar von den Amerikanern 1974 zurückgelassen worden war.

»Hinsetzen.«

»Okay. Wie lange?«

»Hinsetzen, hinsetzen!«, bellte der Mann und fuchtelte mit den Händen. Der Offizier nahm seine Mütze ab und legte sie ordentlich auf den Schreibtisch. Dann setzte er sich auf einen anderen Stuhl und griff zum Telefon. Als Kat noch etwas sagen wollte, verbat er ihr mit einer ärgerlichen Handbewegung den Mund. Zwei weitere Uniformierte, offenbar Polizisten, bauten sich mit versteinerten Mienen neben Kat auf.

Nachdem der Offizier feierlich das altertümliche Telefon betätigt hatte, knallte er, untermalt von einem vietnamesischen Fluch, den Hörer hin und griff in eine Hosentasche. Stirnrunzelnd sah Kat zu, wie er ein winziges Mobiltelefon herausholte, eine Nummer eintippte und sich das Gerät ans Ohr hielt.

Das Gespräch war kurz und wurde auf Vietnamesisch geführt, sodass Kat nur ihren eigenen Namen verstehen konnte. Es wurde heftig genickt und sogar ein wenig gelächelt. Danach erhob sich der Offizier abrupt. »Warten Sie!«, befahl er und eilte zur Tür hinaus.

Kat schaute sich um. Die beiden ernsten Polizisten wichen ihrem Blick aus. »Spricht einer von Ihnen Englisch?«

Keine Antwort.

»Kein einziges Wort? Parlez-vous français?«

Hinter Kat sagte jemand auf Englisch mit ruhiger, kultivierter Stimme und leichtem Akzent: »Nicht, wenn sie ihren Job behalten wollen.«

Als sie sich umdrehte, sah sie einen kleinen, dicklichen Mann im Anzug, mit einem Sicherheitsausweis an der Brusttasche.

Kat zog die Augenbrauen hoch. Als er vortrat und ihr die Hand hinhielt, stand sie auf und schüttelte sie.

»Ich bin Nguyen Thong, Leiter der Einwanderungsbehörde in Ho-Tschi-Minh-Stadt«, sagte der Mann. »Wir haben Sie erwartet.«

»Sehr erfreut«, erwiderte Kat.

»Wir haben gerne der Bitte Ihres Botschafters in Hanoi entsprochen. Er hat uns angerufen, als Sie Hongkong verließen«, fuhr Nguyen fort. »Er hat uns erklärt, Sie seien vom amerikanischen FBI und die Vorhut eines Teams, das einen Flugzeugabsturz untersuchen soll. Auf Wunsch des Botschafters werden wir Sie nach Da Nang bringen. Wir haben einen Hubschrauber bereitgestellt, der

Sie direkt zur Absturzstelle fliegen wird. Ihr Gepäck ist schon abgefertigt und an Bord.«

»Ein Hubschrauber? Ausgezeichnet.«

»Vietnamesische Luftwaffe. Sie werden sofort einsteigen. Vietnam hat den Wunsch, Sie in allem zu unterstützen. Die Absturzstelle befindet sich etwa sechshundert Kilometer von hier. Der Flug dauert zirka drei Stunden.«

»Das ist sehr freundlich von Ihrer Regierung, Mr Nguyen. Es hängt viel davon ab, wie schnell wir an Ort und Stelle sind.«

»Ich verstehe. Trotz der bedauerlichen Umstände möchte ich Sie in Vietnam willkommen heißen.«

»Vielen Dank für Ihre Hilfe, Sir.«

Er lächelte. Der Offizier kam mit Kats Pass zurück und überreichte ihn ihr mit einer leichten Verbeugung.

»Danke«, sagte Kat. Sie bemerkte den verängstigten Blick des Mannes, als er den Leiter der Einwanderungsbehörde ansah und rasch rückwärts den Raum verließ. Als sie sich wieder Nguyen zuwandte, stellte sie fest, dass dieser sie unverhohlen angaffte. Kat senkte ein wenig den Kopf und sah ihn strafend an wie einen unartigen Jungen. Mit einem Lächeln zuckte er die Achseln, bewunderte noch einmal kurz ihre Brüste und schaute ihr dann in die Augen. Mit einer übertriebenen Geste wies er zur Tür.

»Sie sind eine schöne Frau, Miss Bronsky.«

Kat zog die Augenbrauen hoch. Sie war erleichtert über die rasche Hilfe, doch solchen Sexismus ließ sie gewöhnlich nicht durchgehen.

»Wirklich?«, entgegnete sie mit eisigem Lächeln. »Vielen Dank. Aber Vorsicht, das ist alles nur Tarnung.«

IM DSCHUNGEL, NORDWESTLICH VON DA NANG, VIETNAM

Britta Franz hatte sich ein wenig von den anderen abgesondert, um ihre Notdurft zu verrichten. Nachdem sie ihre zerrissenen Kleider wieder geordnet hatte, sah sie zu ihrem Erstaunen vor sich etwas, das wie ein Pfad aussah.

Sie sah Steve Delaney weitergehen, gefolgt von Robert, der den Arm um Dan gelegt hatte. Dallas marschierte hinter ihm und versuchte, Graham aufzuheitern. Inzwischen hatte Britta erkannt, dass Steve ein etwas unglücklicher, aber sehr intelligenter junger Mann war. Ihre anfängliche Einschätzung, er wäre nur ein verwöhnter Pimpf, hatte sie revidiert. Mittlerweile hegte sie fast mütterliche Gefühle für ihn. Er hatte im Cockpit sein Bestes gegeben und fühlte sich nun für den Absturz verantwortlich.

Wieder musste Britta an die Katastrophe und die fast zweihundert toten Passagiere und Besatzungsmitglieder denken. Sie sah die Gesichter der anderen Flugbegleiter vor sich, und Tränen stiegen ihr in die Augen. Nancy, Jaime, Claire, Alice – sie alle lebten nicht mehr. Und Bill! Sie hatte ihn seit Jahrzehnten gekannt und sich immer auf ihn verlassen können. Unmöglich, dass er tot war! Sie dachte an seine drei Söhne, Drillinge, die alle das College besuchten. Und seine Frau. Wie unermesslich würde ihre Trauer sein, wenn die Rettungsmannschaft die Nachricht überbrachte, dass niemand das Unglück überlebt hatte.

Oh, mein Gott! Britta schüttelte den Kopf, um die quälenden Gedanken loszuwerden. Ganz sicher würde man sie ebenfalls für tot halten. Wenn man sie nicht rechtzeitig fand, würde Carly die Todesnachricht erhalten. Die Vorstellung, wie man ihrer Tochter sagte, dass ihre Mutter in einem fernen Dschungel ums Leben gekommen war, war unerträglich. Sie wusste, dass Phil ihr dennoch Hoffnung machen würde. Doch angesichts der vielen zerfetzten Leichen würde das immer schwerer werden. Phil und sie waren zwar geschieden, und er hatte das Sorgerecht für Carly, aber er hatte stets dafür gesorgt, dass das Mädchen ein gutes Verhältnis zu seiner so häufig verreisten Mutter aufrechterhielt.

Britta zwang sich, ihre Angst zu vergessen. Früher oder später würde Carly erfahren, dass ihre Mutter noch lebte. Sie schalt sich für ihr Selbstmitleid. Schließlich mussten die Angehörigen ihrer Leidensgenossen und die der übrigen Passagiere ebenfalls warten. Jetzt kam es zuallererst darauf an, dass sie überlebten.

Britta musterte den Pfad, den sie entdeckt hatte. Er schien in die richtige Richtung zu führen: Nach Westen. *Ein wenig überwuchert, aber eindeutig ein Weg.* »He, ich habe einen Trampelpfad gefunden!«, rief sie den anderen zu.

Sie zwängte sich an einem kleinen Baum vorbei, der neben dem Pfad wuchs, als ihr plötzlich ein halbes Dutzend schwerer Coladosen entgegenflogen. Erschrocken blieb sie stehen und stellte fest, dass sie in ein von Menschenhand geknüpftes Netz aus Stricken, beschwert mit den Coladosen, gelaufen war. Sie war von Kopf bis Fuß darin verstrickt, doch etwas sagte ihr, dass es besser war, sich nicht zu rühren.

Was zum Teufel ist das? »Warten Sie. Ich habe mich verheddert.«

Dan packte Steve am Arm. »Was hat Britta?«

»Sie hat einen Pfad gefunden, und jetzt sitzt sie irgendwie fest.«

»Oh, mein Gott!« Dan formte die Hände zu einem Trichter und brüllte: »BRITTA! NICHT BEWEGEN! GANZ RUHIG BLEIBEN! VERSTANDEN?«

Keine Antwort.

Dallas und Robert wirbelten herum, als sie die Rufe hörten. »Was ist passiert?«, fragte Dallas verdattert.

Dan ließ sich von Steve durch das Gestrüpp führen und bald waren Dallas und Robert bei ihnen.

»BRITTA, BEWEGEN SIE SICH NICHT!«, rief Dan. Er fing an zu rennen. Trotz Steves Hilfe geriet er immer wieder ins Stolpern.

Steve schob das letzte Farnbüschel beiseite und stand endlich auf dem Pfad, den Britta entdeckt hatte.

»Wir sind da«, verkündete Steve.

»Wer ist sonst noch hier?«, fragte Dan.

»Dallas und Robert. Graham ist zurückgeblieben.«

»Alles stehen bleiben«, befahl Dan. »Halten Sie sich hinter mir, ganz gleich, was geschieht.«

»Was hat das zu bedeuten?«, erkundigte sich Dallas.

»Britta?«, rief Dan, ohne auf die Fragen zu antworten.

»Ich bin hier, Dan.« Ihre Stimme kam von links.

»Robert«, meinte Dan. »Können Sie sie sehen?«

Robert spähte den Pfad entlang, sah aber zunächst nur Gestrüpp. »Britta, wo sind Sie?«

»Hier hinten. Ich habe mich in ein paar Blechbüchsen verheddert.«

»O Gott! BEWEGEN SIE SICH BLOSS NICHT!«, rief Dan. »BRITTA, HABEN SIE MICH VERSTANDEN? RÜHREN SIE SICH NICHT VOM FLECK UND VERSUCHEN SIE NICHT, SICH ZU BEFREIEN. KLAR?«

Dan näherte sich Robert und Steve. »Hören Sie mir gut zu. Ich hätte Sie warnen sollen, keine unbekannten Pfade zu betreten. Dieses Land, vor allem diese Gegend, wimmelte während des Krieges von Fallen der Vietcong. Einige davon gibt es immer noch.«

»Auch das noch«, stöhnte Steve.

»Sie müssen mich näher heranführen«, sagte Dan, »und mir dann genau beschreiben, was Sie sehen. Vermeiden Sie aber den Pfad. Gehen Sie drum herum und arbeiten Sie sich durch das Gestrüpp zu ihr vor.«

»DAN?«, rief Britta.

»HALTEN SIE DURCH, BRITTA. BEWEGEN SIE SICH NICHT.«

»SIE MACHEN MIR ANGST, DAN«, erwiderte sie.

»Steve, du bleibst hier«, befahl Robert. Der Junge ließ widerwillig den Kopiloten los.

Vorsichtig führte Robert ihn von dem Pfad weg. »Ich kann sie jetzt sehen«, konnte er bald melden.

»Schieben Sie die Farne vorsichtig beiseite. Wenn Sie Drähte oder sonst etwas bemerken, das nicht hierher gehört, berühren Sie es bloß nicht«, sagte Dan. Er hörte ein Rascheln, als Robert sich im Gebüsch zu schaffen machte.

»Jetzt sehe ich sie ganz deutlich«, verkündete Robert. »Sie steht nur zweieinhalb Meter entfernt vor einer Bananenstaude. Ihre Schultern und Arme sind in Stricke verwickelt, an denen ein paar alte Coladosen hängen.«

»Schlimmer konnte es nicht kommen«, raunte Dan. »Okay, Robert. Sehen Sie sich alles genau an. Sind die Dosenböden noch da?«

Robert schaute angestrengt hin und antwortete: »Die Dosen sind anscheinend unten offen.«

Britta blickte zu ihnen hinüber. »In was habe ich mich denn da verheddert, Jungs? Bitte antworten Sie! Sie machen mir richtig Angst«, flüsterte sie, als sie Dans Miene bemerkte.

»Ganz ruhig, Britta. Ich erkläre es Ihnen gleich. Bewegen Sie sich nur nicht.«

»Dan«, sagte Robert. »Die Dosen sind alle mit einer Art Schnur verbunden.«

Dan schüttelte den Kopf. »Dosen ohne Böden, und sie sind miteinander verbunden. Habe ich das richtig verstanden?«

»Ja. Was ist das?«

»Jedes dieser Dinger könnte Britta in Stücke reißen«, erwiderte Dan so leise, dass Britta ihn nicht hören konnte.

»Was tuscheln Sie da?«, schimpfte Britta.

»Britta, rühren Sie sich nicht!«, befahl Dan. »Und sprechen Sie nicht, außer ich stelle Ihnen eine Frage. Sie dürfen sich nicht bewegen; auch Mund und Gesicht nur so wenig wie möglich.«

Brittas Augen weiteten sich, während sie versuchte zu sprechen, ohne eine Miene zu verziehen. »Was . . . was ist passiert? Was sind das für Dinger?«

Dan überlegte, was er, blind wie er war, in dieser Situation tun konnte. Schließlich sagte er zu Robert: »Alle müssen einen Abstand von mindestens zwanzig Metern halten.«

Robert gab den Befehl weiter.

»Okay«, meinte Dan. »Können Sie oben in die Dosen hineinschauen, ohne den Kopf zu bewegen? NICKEN SIE NICHT. Ich würde es sowieso nicht sehen. Tun Sie es einfach und beschreiben Sie, was Sie sehen.«

»Da ist ein metallischer Gegenstand drin, aus Bronze, und oben dran ist irgendein Mechanismus.«

»Sieht es schwer aus?«

»Ja, ziemlich.«

Dan nickte. Er holte tief Luft und dachte angestrengt nach. »Britta, Sie sind in die Überreste einer alten Vietcong-Falle geraten, wahrscheinlich aus dem Jahr 1969. Die braunen Dinger in den Dosen sind Handgranaten.«

»O Gott!« Sie zuckte leicht zusammen. »Und wie werde ich sie wieder los?«

Dan hob beide Hände. »Nicht bewegen. Das ist Regel Nummer eins. Man nennt so etwas eine Blumenkette. Die Handgranaten sind mit gezogenen Stiften an Schnüren aufgehängt. Solange sie nicht aus den Dosen fallen, kann nichts passieren, aber ... Irgendwo hier muss ein langer Stolperdraht sein und ein umgebogener Baum, an dem er festgemacht ist.«

»Ich verstehe kein Wort.«

»Sie waren für ... unsere Soldaten gedacht, Britta. Irgendein armer Lieutenant kommt an der Spitze seines Zuges hier entlangmarschiert. Er glaubt, er ginge als Erster das größte Risiko ein. Er berührt den Stolperdraht und zieht dabei die kleinen Schnüre heraus, die die Handgranaten in den Dosen halten. Sie fallen heraus und kullern über den Pfad, seinen Soldaten vor die Füße. Bevor jemand reagieren kann, verliert der arme Mann ein Dutzend Leute.«

»Sind die Granaten noch scharf?«

»Ja, Britta. Aber wir holen Sie da raus.«

Britta schluckte.

»Die Falle ist alt, Britta, aber auch wenn sie verrostet sind, sind die Granaten noch funktionstüchtig.«

»Kann ich nicht einfach rausschlüpfen?«

»NOCH NICHT! Wir müssen es uns erst anschauen. Wir ... müssen sicher sein, dass wir nicht an den Stolperdraht kommen, wenn wir weitergehen, besonders jetzt, da wir die Falle berührt haben. Sie ist in Jahrzehnten nicht losgegangen, doch durch die Erschütterung könnte es jetzt um Millimeter gehen.«

»Was tun wir also?«, erkundigte sich Robert.

Dan packte Robert MacCabe an der Schulter. »Ich ... bitte Sie nur ungern, Ihr Leben aufs Spiel zu setzen. Aber ohne etwas zu sehen, kann ich nichts unternehmen.«

»Kein Problem«, erwiderte Robert. »Schließlich bin ich schuld, dass wir in dieser Situation stecken. Ich werde alles tun, um Britta zu retten.«

Roberts Worte ließen Dan innehalten, doch er fasste sich wieder und fuhr fort.

»Gut, dann werde ich Ihnen alles genau erklären ... Sie müssen Britta dann beschreiben, was Sie tun. Grundsätzlich geht es um zwei Dinge: Zuerst müssen Sie aufpassen, den Stolperdraht nicht zu berühren, wenn Sie sich ihr nähern. Das heißt, Sie müssen sich langsam und vorsichtig über den Pfad pirschen. Keine unbedachten Schritte. Zweitens müssen Sie die Hand unter jede Granate halten, dass sie nicht aus der Dose fällt. Dann schneiden Sie die Dose ab, wobei Sie darauf achten müssen, dass keine der anderen dabei herunterrutscht. Anschließend stellen Sie jede vorsichtig auf den Boden. Eine Granate, die nicht runterfällt, kann auch nicht explodieren. Bis jetzt alles verstanden?«

Robert nickte. Sein Mund war staubtrocken. Er hatte zwar einiges über Granaten, Minen und anderen Kriegswaffen gelesen, doch da er nicht beim Militär gewesen war, hatte er noch nie damit hantiert. Schweißtropfen traten ihm auf die Stirn, während Dan ihm erklärte, wie er einen verhängnisvollen Fehler machen konnte.

»Okay, Britta«, sagte Dan schließlich. »Ich übergebe jetzt an Robert. Ich habe ihm alles erklärt, was er wissen muss.«

»Können Sie mich hören, Britta?«, fragte Robert MacCabe.

»Ja.«

»Okay. Zuerst komme ich jetzt langsam auf Sie zu.«

»Bitte seien Sie vorsichtig.«

»Versprochen.« Robert blieb stehen und schaute sie an. Dicke Tränen liefen ihr über die Wangen. »Ich hole Sie hier heraus, Britta, keine Sorge.«

»Ich . . . ich will nicht sterben, Robert.«

Er schüttelte den Kopf. »Sie werden nicht sterben. Bleiben Sie ruhig und bewegen Sie sich nicht.« Langsam, Schritt für Schritt, tastete er sich vor.

»Robert?«, rief sie. »Dan? Etwas sticht mich in den Rücken.«

»Achten Sie nicht darauf, Britta. Zucken Sie nicht zusammen!«, erwiderte Dan. »Und sprechen Sie nur mit Robert. Wir dürfen die Dosen nicht erschüttern.«

Robert bemerkte, dass Britta vor Schmerz das Gesicht verzog. »Tut es sehr weh?«

»Ja. Vielleicht ist es ein Skorpion. Aber ich halte es aus.«

Hinter ihr in den Büschen raschelte es. »Britta, haben Sie sich bewegt?«

»Nein, Robert. Wie wollen Sie es machen?«

Er wiederholte Dans Anweisungen, blickt sich um und sah, dass der Kopilot aufmunternd den Daumen hochhielt.

»Und wenn eine Granate rausfällt?«, fragte sie.

»Wir haben zehn Sekunden, um sie aufzufangen und wegzuwerfen. Wenn Sie es nicht schaffen, werde ich es versuchen.«

Ein kleiner Affe sprang vorbei. Robert erschrak, erkannte dann aber, was es war. Der Affe hüpfte auf einen nahen Baum und beobachtete sie. Robert kümmerte sich nicht um das Schnattern des Äffchens, zu dem sich bald zwei Artgenossen gesellten.

»Ich glaube, drei oder vier dieser Granaten hängen an meinem Rücken«, meinte Britta. »Ich habe die Schläge gespürt, als ich hier reingestolpert bin.«

Zwischen Robert und Britta war nur wenig Gestrüpp, sodass Robert eine der Dosen, die vor Britta baumelten, genau sehen konnte. Am unteren Ende erkannte er eine Ausbeulung – vielleicht nur ein Schatten? Doch als er näher hinsah, traf ihn die Erkenntnis wie ein Blitz.

O Gott, die Granate ragt heraus! Die Schnur am unteren Rand muss durchgefault sein. Das Ding kann jeden Augenblick herunterfallen.

Er betrachtete alle Dosen, die er sehen konnte. An den anderen befand sich das kleine Stück Angelschnur, das die Granaten hielt, noch an seinem Platz. Sie waren gespannt, mündeten im Gebüsch und warteten nur darauf, dass jemand daran zog. Wenn er einen Fehler machte und eine davon berührte ...

»Gut, Britta. Sie müssen mir helfen, die Dinger in den Dosen zu halten. Bewegen Sie jetzt langsam und vorsichtig die rechte Hand, Zentimeter um Zentimeter, bis Sie den Boden der Dose berühren, die vor Ihrem Bauch hängt. Schließen Sie die Hand darum und passen Sie auf, dass die Granate drin bleibt.«

»Okay.« Britta bewahrte mühsam die Fassung und folgte Roberts Anweisung, bis ihre Hand die Granate umfasste.

»Gut gemacht, Britta! Die wären wir schon mal los. Ich komme jetzt zu Ihnen und kümmere mich um die anderen.«

Wieder ertönte Geschnatter von links. Die drei Affen lieferten sich ein kleines Rennen. Sie rasten vor Britta über den Pfad und kletterten auf einen anderen Baum.

»Verdammte Mistviecher!«, schimpfte Dan. »Und sie schmecken scheußlich.«

»So genau will ich es gar nicht wissen«, seufzte Britta. »Mir hat es schon den Appetit verschlagen.«

Aus der Ferne drang das Dröhnen eines Helikopters an ihr Ohr. Das grässlich vertraute Rattern wurde langsam lauter.

»Achten Sie nicht auf den Hubschrauber, Britta«, sagte Robert. Dann spürte er ein Hindernis und ließ seinen Fuß mitten in der Luft hängen. Er schaute sich um, sah die Schlingpflanze, an der er hängen geblieben war, und setzte den Fuß wieder auf den Boden. »Es dauert nicht mehr lang, Britta«, meinte er zuversichtlich, »dann entferne ich die Dinger.«

Während Robert sich im Schneckentempo auf sie zubewegte, blieb ihr Blick starr auf Dan gerichtet. Dallas war leise hinter ihn getreten.

»Dallas?«, fragte Britta. »Sind Sie das?«

»Na klar, Britta«, erwiderte sie. Dan zuckte zusammen, als er ihre Stimme hörte.

»Ich habe doch gesagt, dass Sie zurückbleiben sollen!«, zischte Dan.

»Pssst«, erwiderte Dallas.

»Dallas, könnten Sie etwas für mich tun?«, erkundigte sich Britta.

»Natürlich, Schätzchen.«

»Falls ... mir etwas zustößt, müssen Sie meiner Tochter Carly eine Nachricht überbringen.«

»Selbstverständlich, Britta. Doch das können Sie sicher selbst erledigen.«

Brittas Gesicht war tränenüberströmt. Sie biss sich auf die Unterlippe. »Hoffentlich! Aber ... ich habe diese Dinger überall auf meinem Körper. Am Rücken, zwischen den Brüsten, auf der Schulter ... sogar eins zwischen meinen Beinen. O Gott!« Sie zitterte sichtbar.

»Britta!«, sagte Robert. »Beruhigen Sie sich! Alles wird gut. Sie dürfen nicht das Handtuch werfen, okay? Bewegen Sie sich nicht.«

»Ich will nicht so sterben«, keuchte Britta mit bebender Stimme. »Aber ich glaube, Sie sollten es lassen, Robert. Ich habe mich zu sehr verheddert.«

»Unsinn! Ich werde Sie holen. Wir müssen es methodisch angehen.«

Robert plante seinen nächsten Schritt. Britta schloss die Augen und schluchzte leise.

»Dallas ... wenn ich ... tot bin ... sagen Sie Carly, dass ihre Mutter sie sehr geliebt hat.«

»Britta«, begann Dallas, doch die Chefstewardess fiel ihr ins Wort. »Nein!«, rief sie mit zitternder, aber drängender Stimme. »Sagen ... sagen Sie ihr, dass ich sie liebe ... und dass ich stolz darauf bin, dass sie so eine starke junge Frau geworden ist ... und ...« Wieder ein Schluchzen. Robert erschrak, als er sah, wie sie bebte.

»Britta! Bitte bleiben Sie ruhig.«

»Und richten Sie ihr aus, es tut mir Leid« – trotz ihrer Bemühungen, reglos dazustehen, erbebte sie immer wieder am ganzen Körper –, »dass wir so wenig Zeit füreinander hatten. Es war meine Schuld.«

Dallas musste den Kloß zurückdrängen, der ihr in der Kehle steckte, bevor sie antworten konnte. »Britta, es wird klappen. Halten Sie durch. Robert wird Sie befreien.«

Britta schüttelte leicht den Kopf. »Nein, es geht nicht. Verschwinden Sie, Robert. Ich spüre, wie eine Dose meinen Rücken herunterrutscht. Bitte! Bringen Sie sich in Sicherheit!«

»Hören Sie auf damit, Britta!«, forderte Robert sie auf.

»Es ist sinnlos, Robert, und ich will nicht, dass meinetwegen noch jemand stirbt. Die Dose rutscht immer weiter.«

»Wenn wirklich eine Granate rausfällt, werde ich sie weit wegwerfen. Nur mit der Ruhe.«

Die drei Affen kreischten und schnatterten plötzlich auf eine Weise, dass Robert ein Schauder über den Rücken lief. Er versuchte, nicht auf die Tiere zu achten, die nun auf den Pfad sprangen und blitzschnell im Gebüsch verschwanden. Einer der Affen hielt direkt auf den dreißig Jahre alten Stolperdraht zu, der nach Brittas Berührung der Falle straff über den Pfad gespannt war.

Robert blickte nach rechts und musste hilflos zusehen, wie der Affe die Reißleinen aus den Dosen zog, sodass die sechs schweren Granaten Britta zu Füßen fielen.

Eine endlos scheinende Sekunde lang herrschte entsetztes Schweigen. Dann rief Britta mit unfassbar kräftiger Stimme: »Laufen Sie, Robert. Widersprechen Sie nicht. Laufen Sie!«

»Nein!«, schrie er. Die Zeit schien wie in Zeitlupe zu vergehen, während er fieberhaft nachdachte. Sollte er losspringen und die Granaten aufsammeln? Wie viele konnte er erwischen? Vier? Fünf? Würde er sie alle rechtzeitig erreichen? War es möglich, sechs davon auf ein Mal wegzuwerfen? Nein! Aber er musste Britta retten! Wenn es ihm gelang, sie aus dem Netz zu befreien.

»BRITTA!«, rief Dallas. REISSEN SIE SICH LOS UND RENNEN SIE HIER HERÜBER!«

Robert ging in die Hocke, um sich auf Britta zu werfen. Doch Dallas kam bereits über den Pfad gelaufen, packte ihn mit erstaunlicher Kraft am Kragen und schleppte ihn nach hinten weg. Britta schüttelte ihre Benommenheit ab und zerrte aus Leibeskräften an den Stricken. Es gelang ihr zwar, sich einen halben Meter vom Baum zu entfernen, doch einer der Stricke, der um ihre Taille lag, war am Stamm festgebunden. Vergeblich versuchte sie, sich freizumachen, während die Sekunden gnadenlos weitertickten.

»NEIN!«, schrie Robert hilflos, doch trotz seines heftigen Sträubens zerrte Dallas ihn hinter einen umgestürzten Baumstamm. Britta war im Begriff aufzugeben. Sie schaute ihn an und flüsterte die Worte: »GEHEN SIE!«

Mit tränenüberströmtem Gesicht unternahm sie noch eine letzte Anstrengung. Dann schüttelte sie den Kopf und blieb mit hängenden Schultern stehen. Sie wandte sich ihren Leidensgenossen zu, schloss wortlos die Augen und senkte den Kopf.

»NICHT SCHLAPPMACHEN, BRITTA! WEITERKÄMPFEN!«, kreischte Dallas. Aber es war zu spät.

»LASSEN SIE MICH LOS!«, rief Robert.

»RUNTER, VERDAMMT!«, zischte Dallas. Sie riss ihn hinter den Baumstamm auf den feuchten Boden und warf sich auf ihn.

In diesem Moment vollendeten die Handgranaten ihr tödliches Werk.

Der ohrenbetäubende Donner von sechs gleichzeitigen Explosionen erschütterte den Dschungel. Metallsplitter und Pflanzenteile flogen in alle Richtungen. Britta wurde in tausend Stücke zerrissen. Die anderen waren zum Glück weit genug weg.

Zornig stieß Robert Dallas weg, rappelte sich auf und taumelte mit Tränen in den Augen auf das verkohlte Stück Waldboden zu, wo Britta gestanden hatte. Er konnte nicht fassen, dass sie tot war. Doch der Anblick, der sich ihm bot, ließ keinen Zweifel an der grausigen Wahrheit.

»VERDAMMT, DALLAS!«, brüllte er durch zusammengebissene Zähne. Sein Schrei übertönte die Schritte, die sich rasch näherten.

Rutschend kam Steve neben Dallas zum Stehen. Er betrachtete den aufgewühlten Pfad, wo Britta noch vor wenigen Sekunden gewesen war. »Wo ist sie?«, fragte er mit bebender Stimme.

Dallas wollte einen Arm um ihn legen, doch Steve schob sie weg und schaute panisch in alle Richtungen, offenbar in der Hoffnung, Britta könnte die Explosion überlebt haben. Doch er fand nur Leichenteile, Knochen und den Überrest eines Fußes.

Der Junge stürzte an Dallas vorbei und erbrach sich heftig. Dallas weinte und drückte ihn an sich, in dem Versuch, ihn und sich selbst zu trösten.

»Alles wird gut, Kleiner. Alles wird gut. Alles wird gut.«

24

```
ABSTURZSTELLE DER MERIDIAN 5,
ACHTZEHN KILOMETER SÜDLICH VON DA NANG,
VIETNAM
13. NOVEMBER — TAG ZWEI
15:30 ORTSZEIT / 0830 ZULU
```

Das Chaos war zu groß, um auf Anhieb Einzelheiten zu erkennen.

Kat Bronsky rieb sich die Augen und bat den Piloten des Helikopters, noch einmal über dem Wrack zu kreisen. Zunächst hatte es wie eine dunkle Narbe mitten im grünen Dschungel ausgesehen, doch beim Näherkommen sah sie das volle Ausmaß der Verwüstung: Verkohlte Pflanzen, ein Grauen erregendes Trümmerfeld aus verbogenem Aluminium, zerfetzten Sitzen und Leichen.

Der Major der vietnamesischen Luftwaffe nickte und lenkte die Maschine in einen Bogen.

»Mein Gott«, murmelte Kat. Der Kontrast zwischen dem strahlend blauen Himmel und der Hölle unter ihnen war fast zu viel für sie. Der Dolmetscher, den die Regierung ihr zugeteilt hatte, beugte sich zu ihr vor.

»Entschuldigen Sie, Agent Bronsky, ich habe Sie nicht verstanden.«

Wie hieß er noch mal? fragte sich Kat. Dann fiel ihr der Name wieder ein. *Phu Minh. Genau. Aber er lässt sich gerne mit Pete anreden.*

»Ich habe nur mit mir selbst gesprochen, Pete.« Noch einmal betrachtete sie das Wrack. »Ich glaube es einfach nicht.« Sie spürte, dass ihr übel wurde.

Der Helikopter flog langsam über die Stelle, wo die 747 zuerst den Boden berührt hatte. Anschließend kreiste er über der breiten Schneise, zurückgelassen von dem auseinander brechenden Jumbo, bis zu dem Platz, wo das Oberdeck mit dem Cockpit liegen geblieben war. Es war zwar verbogen und zertrümmert, doch noch immer in einem Stück, und ruhte in einer natürlichen Lichtung, mehr als anderthalb Kilometer von dem Punkt entfernt, wo die Tragflächen der gewaltigen Maschine in den Dschungel getaucht waren.

Kat machte einige Fotos, obwohl sie wusste, dass sie das wahre Grauen nie würden darstellen können. Wieder musste sie verdrängen, dass sie wahrscheinlich auch auf MacCabes Leiche stoßen würde.

»Noch einmal?«, fragte der Pilot auf Englisch.

Kat schüttelte den Kopf und zeigte zum vorderen Teil der 747, wo einige Männer warteten. Der Pilot landete mühelos genau an der bezeichneten Stelle. Sie erinnerte sich an die beiden Flugstunden, die sie einmal auf einem viel kleineren Hubschrauber genommen hatte.

Der Einsatzleiter war ein vietnamesischer Colonel, der sie mit aschfahlem Gesicht an der Tür des Huey erwartete.

Kat stieg aus und blickte auf das Wrack. »Gibt es Überlebende?« Sie fröstelte, als er verneinte.

»Hier lebt niemand mehr. Ich warte auf Nachricht von unserem Luftfahrtministerium in Hanoi. Sind Sie von der amerikanischen Verkehrssicherheitsbehörde?«

Sie nickte. »Genau genommen bin ich Special Agent beim FBI. Doch ich soll mich hier umsehen, bis die anderen Ermittler eintreffen.«

»Sie werden doch nichts anrühren?«

»Natürlich nicht.«

»Bitte sagen Sie, wie wir Ihnen helfen können.«

»Lassen Sie mich einfach ein wenig herumgehen, damit ich mir ein Bild machen kann«, schlug Kat vor.

Der Colonel nickte und wandte sich ab.

Kat ging sofort auf das Oberdeck zu, den einzigen Teil der 747, der noch einigermaßen intakt war. Sie kletterte vorsichtig über die scharfkantigen Ränder und trat auf den Mittelgang der Kabine erster Klasse. Als sie ihren Sitz erkannte, wurde ihr schwindelig.

Der Fensterplatz, auf dem MacCabe gesessen hatte, war völlig unbeschädigt und frei von Blutflecken. Ganz anders sah es mit dem Gangplatz aus, der eigentlich ihrer gewesen wäre. Der Sitz selbst war noch in einem Stück, doch ein spitzes Aluminiumstück hatte sich durch die Rückenlehne gebohrt. Es hätte sie zweifellos aufgespießt.

Doch keine Spur von MacCabes Leiche.

Wo steckt er?

Hinter der vierten Sitzreihe war die Kabine weggebrochen. Kat suchte im Wrack und dahinter. *Wer hinten saß, hatte keine Chance. Doch vorne konnte man angeschnallt überleben. Die Aufprallkräfte waren offenbar nicht sehr stark.*

Wo die linken Fenster gewesen waren, war ein Stück Plastikplane ausgebreitet. Langsam ging Kat darauf zu. Als Praktikantin bei der Polizei während des Studiums hatte sie sich an den Anblick verstümmelter Unfallopfer gewöhnt. Sie machte sich auf das Schlimmste gefasst und erinnerte sich an die vielen schrecklichen Dinge, die sie schon gesehen hatte – unauslöschliche Bilder von Abstürzen kleiner Maschinen und Autounfällen; Selbstmörder, die zum Schrotgewehr gegriffen hatten, eine Frau, die aus dem zehnten Stock gesprungen war, ein formloser Klumpen auf dem Asphalt.

Kat zog die Plastikplane zurück und rechnete fast damit, Robert MacCabes Leiche zu sehen. Statt dessen entdeckte sie auf dem rasiermesserscharfen Metall nur Unmengen von Blut und Hautfetzen. *Wahrscheinlich hat man schon mit dem Abtransport der Opfer begonnen. Wie unprofessionell.*

Die amerikanische Verkehrssicherheitsbehörde hatte zwar kein Recht, ein Unglück im Ausland zu untersuchen, doch sie konnte wichtige Ratschläge geben. Einer der ersten wäre, dass man Leichen und Wrackteile erst nach Abschluss der Voruntersuchungen anrühren durfte, wenn man keine wichtigen Hinweise auf die Unfallursache verlieren wollte.

Kat legte die Plastikplane an ihren Platz zurück und schritt vorsichtig den verworfenen Boden des Oberdecks ab. Nur auf einem Sitz konnte sie Blutspuren entdecken. Selbst im Cockpit waren lediglich an der Frontscheibe Spuren des Aufpralls eines Körpers zu sehen. Das Opfer, ein Mann in Zivilkleidung, lag noch über der Mittelkonsole. Offenbar hatte er sich das Genick gebrochen. Doch der Kopilot war wie vom Erdboden verschluckt.

Moment mal. Ganz bestimmt hatte ein blinder Kopilot mehrere Leute bei sich im Cockpit, nicht nur diesen einen Mann. Wo also sind die anderen? Auch die Pilotensitze waren frei von Blutflecken, obwohl einer davon zum Teil aus dem Boden gerissen worden war.

Kat machte ein paar Fotos. Dann entdeckte sie den kleinen Ruheraum hinter dem Cockpit. Die Leiche des Kapitäns lehnte an der vorderen Trennwand, wies aber keine schweren Verletzungen auf. Als sie jedoch sein Gesicht betrachtete, bemerkte sie, dass etwas mit seinen Augen nicht stimmte. Die Pupillen sahen merkwürdig aus, als hätte er in beiden Augen den grauen Star. *Das hat vermutlich mit der Explosion zu tun,* dachte Kat. *Bei der Autopsie muss unbedingt ein Augenarzt dabei sein.* Ihr fielen auch sein zerrissenes Uniformhemd und die Spuren auf seiner Brust auf. *Wiederbelebungsmaßnahmen.*

Kat verließ das Cockpit, ging durch das zertrümmerte Oberdeck zurück und kletterte ins Freie. Als sie den Boden betrachtete, bemerkte sie eine ungewöhnliche Häufung von Fußspuren an der Stelle vor dem Wrack, wo das Aussteigen am einfachsten war. Der Boden war schlammig, viele der Fußabdrücke waren ziemlich tief. Einige führten zurück in das Trümmerfeld, doch die meisten nach Westen in den Dschungel.

Kat kniete sich hin und betrachtete die Fußabdrücke genauer. Ein Pfennigabsatz bestätigte eindeutig, dass hier eine Frau aus der Maschine gekommen war. Ein zweiter, noch kleinerer Abdruck eines Frauenschuhs führte in eine andere Richtung.

Kat wandte sich an den vietnamesischen Einsatzleiter. Der Dolmetscher eilte herbei. »Colonel, gehören dem Rettungsteam auch Frauen an?«

Stirnrunzelnd schüttelte der Colonel den Kopf. »Nur Männer.«

»Noch eine Frage«, fuhr Kat fort. »Sind aus dem vorderen Teil der Maschine Leichen entfernt worden?«

»Nein. Warum fragen Sie?«

»Ich möchte wissen, wohin die restliche Besatzung und die Passagiere auf dem Oberdeck verschwunden sind.«

Der Colonel runzelte die Stirn. »Keine Ahnung. Wir haben die Maschine so aufgefunden.«

Kat kehrte zu den Fußspuren zurück und schätzte die Anzahl der verschiedenen Abdrücke von Männern und Frauen. Sie führten alle nach Westen. Einer der Männer war offenbar zurückgekehrt, und die tiefen Eindrücke wiesen darauf hin, dass er etwas Schweres getragen hatte.

Da entdeckte sie eine kleine Pfütze neben den Fußabdrücken. Sie ging in die Knie und stocherte mit einem Stöckchen darin herum.

Blut! Eine ganze Menge. Jemand hat eine blutende Leiche weggeschleppt.

Kat kletterte in das Wrack zurück und ließ sich auf einem der intakten Sitze nieder.

Okay. Was ist hier geschehen? Hier oben müsste es eigentlich Überlebende gegeben haben. Wo sind sie? Hat Robert es geschafft?

Sie erinnerte sich an die Fragen, die sie Jake über die Global Express gestellt hatte. Laut FBI und NRO gab es keinen Hinweis darauf, dass die Global Express die 747 verfolgt hat. Doch stimmte das? War die Gegenseite vielleicht zuerst an der Absturzstelle gewesen?

Die Fußabdrücke waren viel sagend. Mindestens drei Frauen waren noch am Leben, und einige Männer. Wohin waren sie verschwunden?

Kat stand auf und blickte nach Osten, Richtung Da Nang. *Wenn ich den Absturz überstanden hätte und wüsste, dass es dort hinten eine Stadt gibt, würde ich mich dann zu Fuß auf den Weg machen?*

Kat blickte noch einmal unter die schwarze Plastikplane. *Jemand muss mit beachtlicher Geschwindigkeit hier aufgeprallt sein.* Die Schäden an den Streben unterschieden sich deutlich von dem Bild im restlichen Flugzeug. *Kann eine Leiche durch den Absturz hierher geschleudert worden sein?*

An einem zerknickten Aluminiumstück bemerkte Kat einen glänzenden Gegenstand. Sie kroch darauf zu, griff vorsichtig zwischen die Trümmer und holte ihn unter einem Hautfetzen hervor. Es handelte sich eindeutig um einen Frauenohrring.

Mein Gott!

Kat sprang aus dem Wrack und folgte den Fußspuren, zuerst nach Süden zum Rand der Lichtung und dann nach Osten, wo Da Nang lag. Sie wollte schon umkehren, als sie im Gebüsch eine aufgewühlte Stelle bemerkte. Hier wimmelte es von Fußabdrücken, die in die Gegenrichtung gingen, nach Westen und mitten in den Dschungel und die Berge. Wieder kniete sie sich hin, um die Fußabdrücke zu untersuchen.

Mindestens vier Männer, aber nur zwei Frauen. Eine fehlt. Die mit den kleinsten Absätzen.

Sie kehrte zu der Plastikplane zurück. Unter dem verbogenen Metall hatte sie etwas Gelbes hervorblitzen sehen. Nach kurzer Suche hatte sie nun einen gelben Damenschuh in der Hand, zerrissen und blutverschmiert. Er passte genau in die Fußabdrücke vor dem Wrack, fehlte aber in den Spuren der Gruppe, die vom Rand der Lichtung aus nach Westen gegangen war.

Kat ließ den Schuh im Wrack liegen. Am liebsten wäre sie zum Helikopter gerannt, um sich so schnell wie möglich aus dem Staub zu machen. Die Frau mit den gelben Schuhen hatte nach dem Absturz noch gelebt und war herumgelaufen. Später war sie aus großer Höhe auf das Wrack gestürzt. War ein Rettungsversuch mit dem Hubschrauber gescheitert?

Oder hatte man sie herausgeworfen?

Die Überlebenden, die in den Dschungel geflohen waren, kannten wahrscheinlich die Antwort. Vermutlich hatten sie nicht umsonst die Flucht ergriffen. *Also war die Gegenseite zuerst hier gewesen! Die Besatzung der Global Express!*

Kat winkte den Dolmetscher zu sich und ging auf den Helikopter zu. »Ich möchte, dass Sie langsam und in geringer Höhe nach Osten fliegen«, wies sie den Piloten an. »Folgen Sie dem Weg, den jemand genommen hätte, wenn er sich zu Fuß retten wollte.«

Sie bemerkte seinen fragenden Blick. »Bitte keine Diskussion. Fliegen Sie einfach los.«

»Ich muss in Da Nang auftanken«, erwiderte der Pilot.

Pete Phu sprang an Bord, sobald der Rotor sich zu drehen begann. Kat nahm auf dem Sitz dicht neben der Tür Platz und schnallte sich ordentlich an. Sie bemerkte, wie schwer sie atmete.

MacCabe ist der Schlüssel. Ganz gleich, wo er ist. Dieser Anschlag galt ihm.

Es gab keine schlüssige Beweiskette, und dennoch fand Kat, dass sie es schon in Hongkong hätte sehen müssen. Bei dem Gedanken wurde ihr übel.

IM DSCHUNGEL
NORDWESTLICH VON DA NANG, VIETNAM

Die fünf verbliebenen Überlebenden der Meridian 5 kauerten im strömenden Regen auf einem bemoosten Baumstamm, gut hundert Meter entfernt von der Stelle, wo Britta gestorben war. Alle standen noch unter Schock.

Der Wolkenbruch hatte erst vor wenigen Minuten eingesetzt. Niemand sagte ein Wort, bis Dallas Nielson zum Himmel blickte und sich das Wasser aus den Augen blinzelte. »Man muss auch für die kleinen Dinge im Leben dankbar sein. Wenigstens sind jetzt die Fliegen verschwunden.«

Robert MacCabe richtete sich seufzend auf und sah sich um. Dallas schien noch ebenso fit zu sein wie er. Doch Dan krümmte sich vor Schmerzen und machte sich Vorwürfe, weil er die anderen nicht vor möglichen Fallen gewarnt hatte.

Der junge Steve Delaney starrte zu Boden. Seine Schultern zuckten. Der Albtraum, den er soeben erlebt hatte, peinigte ihn noch immer.

Und Graham Tash? Sein leerer Blick und sein Schweigen deuteten darauf hin, wie schwer der Mord an seiner Frau ihn erschüttert hatte. Wahrscheinlich hatte er Brittas Tod gar nicht wahrgenommen.

Ich muss dafür sorgen, dass wir weitergehen. Er stand auf. »Ich glaube, es ist Zeit«, sagte er und schaute nach Westen.

Einer nach dem anderen erhob sich von dem Baumstamm und folgte ihm.

In ihren Straßenschuhen konnten sie auf dem glitschigen Dschungelboden kaum einen Fuß vor den anderen setzen. Mühsam hielten sie das Gleichgewicht, während sie tapfer dem Regen trotzten.

Dallas' teurer beiger Hosenanzug aus Seide und Brokat, mit dem sie in Hongkong das Hotel verlassen hatte, klebte ihr am Körper. Ihr Haar war klatschnass, wodurch sie aussah wie ein Moorgeist. Sie verlor ständig ihre Schuhe und sehnte sich nach ihren bequemen, trockenen und weichen Satinpantoffeln.

»Robert?«, rief sie. »Was ist Ihr Plan?«

Er blieb stehen und drehte sich um. »Zur Straße und dann mit Steves Funkgerät Hilfe rufen.«

Eine Ewigkeit ging es ständig bergab. Das Unwetter verzog sich und die Sonne kam heraus. Ihre Strahlen fielen durch das manchmal dünne, dann wieder dichte Blätterdach des Dschungels. Ihre Kleider trockneten dampfend, und da auch das Wasser auf den Farnen und dem Dschungelboden allmählich verdunstete, war der Pfad bald nicht mehr so glitschig. Der Chor der Urwaldtiere begleitete sie und lautes Klatschen hallte durch den Dschungel, wenn die fünf verängstigen Menschen die nun wiederkehrenden Fliegen- und Moskitoschwärme zu vertreiben versuchten.

FLUGHAFEN DA NANG, VIETNAM
13. NOVEMBER — TAG ZWEI
16:45 ORTSZEIT / 0945 ZULU

Der Helikopter mit Kat Bronsky an Bord flog von Westen auf den ehemaligen amerikanischen Luftwaffenstützpunkt in Da Nang ein und drosselte das Tempo. Kat und ihr Dolmetscher hatten während des zwanzigminütigen Fluges durch die offenen Türen des Hubschraubers vergeblich nach Überlebenden Ausschau gehalten. Das bestärkte Kat in ihrer Vermutung, dass sie wahrscheinlich nach Westen geflohen waren und um ihr Leben liefen. Der Pilot landete auf einer rissigen Betonrampe vor einem heruntergekommenen Terminal neben einigen kleinen Maschinen, verschiedenen Militärhubschraubern – und einem eleganten Firmenjet, der hier eindeutig fehl am Platz wirkte.

Seltsam, dachte Kat. Sie erkannte das Modell zunächst nicht. *Mit einem Firmenjet hätte ich hier nie gerechnet...* Um besser sehen zu können, beugte sie sich aus der Tür und blinzelte gegen den Wind. Dann las sie die Zulassungsnummer der Maschine: N22Z.

Es war die Bombardier Global Express aus Hongkong.

Ich hatte Recht. Sie waren hier. Nein, verbesserte sie sich. *Sie sind immer noch hier. Was jetzt?* Der Rotor kam langsam zum Stehen. Der Pilot schaute sie an. Um ihre Aufregung zu verbergen, zuckte sie die Achseln, grinste ihn an und hielt in einer idiotischen Geste den Daumen hoch.

»Was möchten Sie als Nächstes tun?«, fragte der vietnamesische Major.

»Äh... könnten Sie nach dem Auftanken hier auf mich warten?«, bat Kat. »Wir müssen umkehren und bis zum Einbruch der Dunkelheit weitersuchen.«

Der Major nickte. Kats Aufmerksamkeit galt jedoch schon der vierzig Millionen Dollar teuren Global Express, die mit geschlossenen Türen auf der Rampe stand. Eine einsame Gestalt ging um die Maschine herum, ein vietnamesischer Soldat, der, bewaffnet mit einer AK-47, das Flugzeug zu bewachen schien.

Kat stieg aus dem Huey und schlich sich zum Heck des Helikopters, wo sie verstohlen ihr Satellitentelefon aus der Tasche zog. In Washington war es kurz vor Mitternacht. Sie tippte Jake Rhoades' Privatnummer ein. Als nach wenigen Klingeltönen abgenommen wurde, rechnete sie mit einer ärgerlichen Reaktion von Jake oder seiner Frau wegen der späten Störung.

Jake war selbst am Apparat. Sie hörte ihn gähnen, während sie ihn kurz begrüßte.

»Was ist, Kat?«

»Ich bin in Da Nang. Ich habe hier etwas Besorgnis erregendes entdeckt«, informierte sie ihn mit leiser Stimme. »Ich stehe hier vor der Bombardier Global Express November-Zwei-Zwei-Zulu.«

Sie hörte, wie Jake im Bett hochfuhr und durch die Zähne pfiff. »Wow!«

»Jake, die Absturzstelle ist etwa fünfzehn Kilometer entfernt und ist, wie erwartet, ein ziemlich hässlicher Anblick. Mehr als zweihundert Tote, zerfetzt, als die 747 in den Berg rauschte.«

»Also keine Überlebenden?«

Sie zwang sich, tief durchzuatmen und sich zu beruhigen. Dennoch klang ihre Stimme zittrig und vollkommen unprofessionell. »Äh, genau das ist der springende Punkt. Angeblich hat man keine Überlebenden gefunden. Doch am Absturzort und im Wrack des Cockpits und der ersten Klasse auf dem Oberdeck habe ich recht eindeutige Beweise dafür entdeckt, dass mindestens fünf oder sechs Personen, vermutlich auch der Kopilot und der Mann, von dem ich Ihnen erzählt habe, noch am Leben sind. Ich meine den Reporter, der mir in Hongkong Informationen über den Absturz der SeaAir angeboten hat.«

»Und wo sind diese Leute, Kat?«

»Ich glaube, sie sind in den Dschungel geflohen, und zwar vor einer Schreckensszene, die sie an der Absturzstelle beobachtet haben müssen.« Kat erläuterte ihm die Einzelheiten und zählte die Indizien auf, die darauf hinwiesen, dass eine weibliche Überlebende ermordet worden war.

»Gibt es Ihrer Ansicht nach eine andere Erklärung, Jake? Für das Blut, den Schuh, die Fußabdrücke und den Ohrring?«

Eine Weile herrschte Schweigen, dann ein Seufzer. »Nein. Ich würde dasselbe daraus schließen.«

»Der Jet, vor dem ich hier stehe, macht mich noch sicherer.«

»Kat, drückt sich jemand um diesen Jet herum?«

»Er wird von einem vietnamesischen Soldaten bewacht.«

»Wir brauchen die Seriennummer. Sie befindet sich auf einer Metalltafel unten am Heck. Wenn Sie sich unbemerkt anschleichen, können...«

»Verstanden. Ich werde auch nachsehen, ob die Maschine mit ungewöhnlichen Waffen bestückt ist. Zum Beispiel dem Zielgerät, von dem die Air Force gesprochen hat.«

»Ich will Sie nicht überreden, sich in Gefahr zu begeben, Kat, aber hier drängt man auf Antworten. Die Medien bezeichnen den Absturz der Meridian inzwischen mehr oder weniger offen als Terroranschlag. Schließlich hat der Kopilot durchgegeben, vor ihm sei etwas explodiert. Die Version der CIA, es handle sich um eine Kollision in der Luft, glaubt schon lange niemand mehr. Die Möglichkeit, wir könnten es mit dem zweiten in einer Reihe von Terroranschlägen zu tun haben – der erste wäre die SeaAir –, wird auf allen Kanälen offen diskutiert.«

Kat biss sich auf die Lippen. »Ich sage es ungern, aber das fasst meine eigenen Befürchtungen ziemlich gut zusammen.«

»Ich weiß«, stimmte Jake zu, »mir geht es genauso. Aber die CIA versucht, es unter den Teppich zu kehren.«

Während des Gesprächs war Kat langsam um den Heckrotor des Helikopters herumgegangen und hatte den vietnamesischen Soldaten beobachtet. Plötzlich fiel ihr etwas ein, das Robert Mac-Cabe in Hongkong gesagt hatte.

»Jake, könnte das vielleicht daran liegen, dass die CIA fürchtet, es wäre eine ganz neue Terrorgruppe? Vielleicht sind diese Leute sogar in der Lage, eines unserer Raketensysteme zu stehlen.«

»Ich habe keine Ahnung, Kat. Die Politik überlasse ich lieber anderen.«

»Hat Langley geradeheraus gesagt, das NRO hätte diesen Firmenjet von seinen Satelliten aus nicht gesehen?«

»Nein, haben sie nicht«, erwiderte Jake nach kurzem Zögern.

»Okay. Ich wette, das NRO hat diesen geheimnisvollen Vogel beobachtet und die CIA hat beschlossen, die Information für sich zu behalten. Könnten Sie das rauskriegen?«

Jakes Stimme und Ton hatten sich ein wenig verändert. »Kat, Sie begeben sich da auf heikles Terrain. Warum?«

»Es ist etwas, das dieser Reporter gesagt hat. Der Mann, den ich so gerne lebend wieder sehen würde.«

»Hatte es etwas mit der Reaktion der CIA zu tun?«

»Ja.«

»Nun, denselben Verdacht hatte ich ebenfalls. Ich rufe das NRO an. Wetten, dass wir Recht haben? Die andere Frage ist: Was würde es ändern?«

Kat schaute dem Soldaten zu, der nun gelangweilt auf der Rampe saß. »Ich gehe jetzt besser«, meinte sie.

»Seien Sie vorsichtig. Aber rufen Sie mich sofort an, wenn Sie etwas finden, ganz gleich, wie spät es ist.«

Sie schaltete das Telefon aus und stieg wieder in den Hubschrauber, um den Dolmetscher zu holen, der sich auf der Hinterbank ausruhte.

»Pete? Sehen Sie den Jet da drüben? Sie müssen den Soldaten davon überzeugen, dass ich offiziell dazu befugt bin, mir die Maschine anzusehen.«

Pete Phu riss die Augen auf und Kat hob lächelnd die Hand. »Erzählen Sie ihm einfach, ich fände das Flugzeug ganz toll, Pete. Ich muss einen Blick darauf werfen.«

Nach einer Weile nickte er. »Ich glaube . . . das sollte zu machen sein.«

Wie erwartet schwand der Argwohn des Soldaten, nachdem Pete ihm auf Vietnamesisch ausführlich erklärt hatte, was für eine außerordentlich wichtige Persönlichkeit die Amerikanerin sei, die er begleitete.

Kat hatte damit gerechnet, dass der Haupteinstieg des Jets verschlossen sein würde. Da die Maschine nicht ans Stromnetz des Flughafens angeschlossen war, war es drinnen vermutlich zu heiß, als dass sich jemand in der Kabine hätte verstecken können. Von Besatzung und Passagieren war nichts zu sehen.

Lässig schlenderte Kat zum Heck. Sie bemerkte, dass sich keine Halterungen an der Maschine befanden, von denen aus man eine Rakete hätte abschießen können. *Sie müssen von einem Schiff oder von einem anderen Flugzeug abgefeuert worden sein*, dachte sie. Sie entdeckte die Tafel mit der Seriennummer und lernte sie auswendig, während sie lächelnd so tat, als würde sie dieses Flugzeug nur aus Spaß bewundern.

Die Maschine schien in allen Punkten dem Standard zu entsprechen – bis auf die Zulassungsnummer an den Seiten des Rumpfes. Aus der Nähe war deutlich zu erkennen, dass ein Teil der Nummer übermalt worden war. Man hatte neue Ziffern hinzugefügt, und zwar so schlampig, dass Kat fast die echte Nummer darunter lesen konnte.

Auch das Gepäckabteil war verschlossen. Kat erntete einen erstaunten Blick von dem Soldaten, als sie daran rüttelte. Sie lächelte und winkte ihm zu. Dann nickte sie Pete zu und sie gingen zurück zu ihrem Helikopter, der gerade aufgetankt wurde. Da das einige Minuten in Anspruch nehmen würde, hatte Kat Zeit, sich etwas einfallen zu lassen.

Sie schaute zurück zu der Global Express, hin und her gerissen zwischen dem Wunsch, umzukehren und nach MacCabe zu suchen, oder hier zu bleiben und sich irgendwie Zutritt zu dem Jet zu verschaffen. Nachdenklich lehnte sie sich an den Hubschrauber und wägte ihre Möglichkeiten ab. Die Leute, die den Jet nach Da Nang geflogen hatten, hatten die Meridian zweifellos verfolgt und wussten genau, wo die 747 abgestürzt war. Gewiss befanden sich jede Menge Beweisstücke an Bord, womöglich gar das Zielgerät. Die Lösung des gefährlichen Rätsels stand vielleicht nur wenige Meter von ihr entfernt.

Andererseits irrten irgendwo dort draußen Überlebende durch den Dschungel, belauert von den Insassen des Firmenjets.

Kat überlegte, was in den Köpfen der Besatzung der Global Express vorgegangen sein mochte. Wenn diese Leute wirklich für den Absturz von Meridian 5 verantwortlich waren, brannten sie vermutlich darauf, ihren Auftrag zu Ende zu bringen. Also waren sie sicher sofort zur Absturzstelle aufgebrochen, und die war nur aus der Luft zu erreichen.

Kat schaute auf den Vietnamesen, der den Helikopter betankte. Dann suchte sie Blickkontakt mit Pete und winkte ihn zu sich.

»Pete, können Sie mir noch einen Gefallen tun?«

Er nickte zögernd.

»Könnten Sie unseren Tankwart fragen, wann die Leute aus dem Firmenjet mit ihrem Hubschrauber zurückkommen wollten? Wenn Sie glauben, dass er etwas weiß, erkundigen Sie sich, ob sie einen Huey wie diesen genommen haben.«

Pete Phu stieg aus und verwickelte den Tankwart in ein Gespräch. Melodische vietnamesische Sprachfetzen, unterbrochen von Gelächter, wehten zu Kat herüber. Kurz darauf kam Pete zurück.

»Er sagt, er hätte keine Ahnung, wann sie zurückkommen würden. Sie wären kurz vor Sonnenaufgang losgeflogen. Die zweite Antwort lautet ja: Es war ein Huey wie unserer.«

Kat bedankte sich und griff wieder zum Satellitentelefon, um Jake zu informieren.

IM DSCHUNGEL
NORDWESTLICH VON DA NANG, VIETNAM

Arlin Schoen blieb kurz auf der Lichtung stehen und vergewisserte sich, dass die Tarnung des Hubschraubers in Ordnung war.

Spitze! sagte er sich. Sie hatten die Maschine mit der Nase zur Lichtung gedreht. Ein wenig Gestrüpp genügte, um sie vor dem Hintergrund des grünen Dschungels vollkommen unkenntlich zu machen.

Er sah auf die Uhr und überlegte, wie schnell die Überlebenden vorangekommen sein konnten. Der Fluss schnitt ihnen den Weg ab. Da man wegen der vorbeifahrenden Autos und Laster sofort wusste, dass am anderen Ufer eine Straße war, gingen sie wahrscheinlich das Südufer entlang und suchten nach einer Möglichkeit, hinüberzukommen.

Die Brücke, etwa tausend Meter stromabwärts von seinem

Beobachtungsposten, würden sie schon aus der Ferne sehen. Schoen war sicher, dass die Flüchtenden bei diesem Anblick sofort alle Vorsicht vergessen und in seine Falle tappen würden.

Ausgezeichnet.

Eilig kehrte er zum Hubschrauber zurück, um die Waffen vorzubereiten.

Einen guten Kilometer weiter östlich gab Robert MacCabe den anderen ein Zeichen stehen zu bleiben. Er näherte sich der Schlucht und schaute auf den Fluss hinunter.

Dallas Nielson hatte Dan Wade geführt und Graham Tash stützte sich auf Steve Delaney. Nun hielten alle inne und warteten, völlig erschöpft, am Ende ihrer Kräfte.

»Äh ... Dan?«, sagte Graham unvermittelt.

Alle drehten sich um, als sie seine Stimme hörten.

»Brauchen Sie ... noch eine Spritze?«

Gut, dachte Dallas. *Er interessiert sich wieder für seine Mitmenschen.*

Dan schüttelte träge den Kopf. »Vielleicht liegt es an der Müdigkeit, Doc, aber momentan habe ich keine Schmerzen. Wenigstens tun die Augen nicht weh.«

»Okay«, seufzte Graham. »Ich hole nur Susan, und ...« Er riss die Augen auf, als er bemerkte, was er gerade gesagt hatte. Und dann überkam ihn wieder mit aller Macht die Trauer um seine Frau. Er taumelte zurück und sackte in sich zusammen. »Tut mir Leid ... ich ...«

Dallas kniete neben ihm nieder und legte ihm den Arm um die Schultern. »Auch wenn es schwer fällt, Doc, Sie müssen durchhalten.«

Robert kehrte zurück, das Haar zerzaust von Ästen, die er gestreift hatte. »Ich glaube, ich habe da hinten eine Brücke gesehen«, verkündete er. »So kommen wir hier raus. Die Straße ist ziemlich stark befahren.«

Dallas begann zu kichern und Steve grinste.

»Was ist?«, fragte Robert argwöhnisch.

»Sie sehen aus, als hätten Sie in eine Steckdose gefasst«, lachte Dallas und er strich sich die Haare glatt.

»Mein Gott, Dallas, ich verstehe nicht, wieso Sie das so lustig finden.«

Ihr Lächeln verflog. »Wäre Ihnen lieber, wenn ich heulte? Das war der erste fast komische Anblick, den ich heute hatte.«

Robert schaute Dan und Graham an. »Ich verstehe.«

»Aber im Ernst, wir müssen hier raus«, fuhr Dallas fort. »Ich habe nur ein Problem: Wenn wir zur Straße gehen und ein Auto anhalten, wissen wir nicht, ob unsere Mörder drinsitzen.«

»Sie hatten doch einen Helikopter«, wandte Steve ein.

»Den sie inzwischen gegen einen Lastwagen getauscht haben könnten«, fügte Dan hinzu.

Robert holte tief Luft. »Was schlagen Sie vor, Dallas?«

»Stevie hat doch gesagt, sein Funkgerät könne unsere genauen Koordinaten und sogar Funksprüche durchgeben. Vielleicht sollten wir uns in der Nähe der Straße verstecken und das Ding einschalten. So werden uns die Rettungsmannschaften finden – vorausgesetzt, die Verbrecher hören nicht mit.«

»Das Gerät sendet nur an einen speziellen Satelliten«, erklärte Steve.

»Also«, meinte Robert, »werden unsere Verfolger an diese Informationen wahrscheinlich nicht herankommen. Okay. Noch etwa einen dreiviertel Kilometer.«

Unter Roberts Führung setzte die kleine Gruppe ihren Weg fort. Es ging nun schneller voran, da die Vegetation am Südufer des Flusses dünner wurde. Es war relativ mild. Die Sonne stand dicht über dem westlichen Horizont. Nach knapp zwanzig Minuten erreichten sie den Rand einer großen Lichtung. Sie versteckten sich und Steve holte sein Funkgerät heraus. Er stellte die GPS-Funktion ein und schaltete es an. Dann reichte er Dan das Gerät, damit dieser einen Funkspruch absetzen konnte.

»Mayday, Mayday, Mayday. Wir sind fünf der acht Überlebenden des Flugs Meridian 5. Zwei andere wurden von den Insassen eines amerikanischen Hubschraubers, eines Huey, ermordet, der kurz nach Morgengrauen an der Absturzstelle eintraf. Eine dritte Person wurde durch . . . eine Explosion im Dschungel getötet. Wir brauchen dringend Hilfe und Schutz. Mayday, Mayday, Mayday.«

FLUGHAFEN DA NANG, VIETNAM

Kat sah zu, wie die funkelnde Global Express immer kleiner wurde, während der Huey in den blauen Himmel stieg. Sie fragte sich, ob sie richtig entschieden hatte. Wenn der Firmenjet bei ihrer Rückkehr verschwunden war, würde es fast unmöglich sein, ihn wieder zu finden. Mit einer Reichweite von über neuntausend Kilometern und mit abgeschaltetem Transponder konnte er überallhin flüchten und war mit dem Radar nicht mehr aufzuspüren.

Der Rückflug zur Absturzstelle erschien Kat sehr kurz. Als der Pilot auf die hässliche Schneise im Dschungel zusteuerte, kletterte sie vorsichtig über die Sperre, die die Passagiersitze vom vorderen Teil der Maschine trennte, und nahm auf dem Kopilotensitz Platz.

»Okay, gehen Sie auf Baumwipfelhöhe, beginnen Sie die Suche am nordwestlichen Rand der Lichtung und halten Sie Kurs nach Westen.«

Der Pilot nickte und steuerte die Maschine nach Kats Anweisungen. Kat fragte sich, warum sie neben dem vertrauten Dröhnen des Helikopters ein weiteres Geräusch hörte. Es war unregelmäßig und schrill, ein elektronisches Fiepen, und schien aus weiter Ferne zu kommen. Sie versuchte, sich auf die Landschaft unter sich zu konzentrieren, wurde aber immer wieder von dem Geräusch gestört. Endlich begriff sie, woher es kam.

Kat winkte Pete Phu zu sich und wies auf ihre Handtasche. Nachdem er sie ihr gereicht hatte, nahm sie das Satellitentelefon heraus und zog die Antenne aus.

»Hallo? Moment, ich bin in der Luft. Ich kann Sie kaum verstehen.« Sie stellte das Gerät auf maximale Lautstärke und hielt es sich wieder ans Ohr.

»Kat, hören Sie mich?«

»Wer ist da?«

»Jake.«

»Okay, Jake. Sie müssen laut sprechen.«

»Wir haben gerade per Satellit eine Notfallmeldung erhalten, Kat. Sie hatten Recht. Es gab acht Überlebende. Drei sind tot. Fünf brauchen sofort Hilfe.« Jake spielte die auf Band aufgenommene Nachricht ab und gab Kat die Koordinaten durch.

»Gott sei Dank! Ich rufe Sie an, sobald wir sie gefunden haben«, sagte Kat. Sie unterbrach die Verbindung und beugte sich zum Piloten vor. »Haben Sie GPS?«

Er schüttelte den Kopf.

»Und eine Karte?«

Der Major nickte und reichte ihr eine Navigationskarte der Region. Kat vertiefte sich in die Karte, studierte die Koordinaten und markierte mit einem Stift die Stelle, wo sich die Überlebenden vermutlich aufhielten, an einem Fluss, östlich einer Autobrücke. Dann gab sie dem Piloten die gefaltete Karte zurück.

»Hier. Genau hier müssen wir fünf Personen aufnehmen.«

Der Major ließ den Huey stillstehen, bis er sich auf der Karte und im Gelände orientiert hatte. Nach einer Weile blickte er lächelnd auf, schob die Blattverstellung nach vorne und wies mit dem Kopf nach Westen.

»Etwa neun Kilometer«, meinte er. »Kein Problem.«

26

IM DSCHUNGEL
ACHTUNDZWANZIG KILOMETER NORDWESTLICH
VON DA NANG, VIETNAM
13. NOVEMBER — TAG ZWEI
15:43 ORTSZEIT / 1043 ZULU

Dan spürte eine Hand auf seiner Schulter und zuckte leicht zusammen.

»Ich bin es, Dallas. Wie geht es Ihnen?«

Er tätschelte ihr die Hand. »Besser. Vielleicht mache ich mir falsche Hoffnungen, aber vielleicht werde ich doch nicht für immer blind sein. Der Schmerz hat nachgelassen. Offenbar war es nur so was wie ein Streifschuss.«

»Können Sie durch den Verband Licht erkennen?«

»Ich glaube ja. Doch Graham sagt, ich sollte ihn noch nicht abnehmen.«

Sie drückte seine Hand. »Ich bete für Sie.«

»Können Sie mir beschreiben, was Sie sehen?«

»Wir befinden uns etwa zehn Meter vom Rand einer Lichtung. Ich würde es jedenfalls eine Lichtung nennen, eine baumlose Stelle im Dschungel eben, ziemlich weit, etwa einen halben Kilometer. Ich muss sagen, Dan, dass ich mir den Dschungel viel schlimmer vorgestellt habe, voller Schlangen und reißender Tiger. Nur die Insekten entsprechen in etwa dem Klischee.«

»Die Dschungel, die Sie meinen, liegen im Süden. Sie sind wunderschön, aber sie können auch tödlich sein.«

Aus der Ferne hörte Dallas das Rattern eines Hubschrauberrotors und sie drehte sich zu Steve um. »Offenbar hat dein Funkgerät jemanden angelockt.«

»Hoffentlich«, erwiderte Steve und suchte mit Blicken den Himmel ab. Das Geräusch schien von hinter ihnen zu kommen und wurde immer lauter. Robert stand auf und schaute mit Steve Delaney nach Osten.

Der Helikopter erschien über einer Bergkuppe. Das gleichmäßige Rattern hallte von den Felsen wider. Als er direkt über ihnen war, zog er die Nase hoch, drosselte das Tempo und senkte sich über die Lichtung. Etwa fünfzehn Meter vom östlichen Rand der Lichtung entfernt ließ der Pilot die Maschine auf der Stelle schweben und flog dann langsam weiter. In der offenen linken Tür stand jemand und winkte.

»Eine Frau!«, rief Dallas erstaunt.

»Gütiger Gott«, murmelte Robert MacCabe. »Ich fasse es nicht. Das ist Kat Bronsky.«

Kat beugte sich zum Piloten vor. »Fliegen Sie langsam weiter. Sie müssen irgendwo hier draußen sein.« Sie winkte weiter und spähte angestrengt hinunter. Zunächst bemerkte sie niemanden.

Dann brachen plötzlich fünf Menschen aus dem Dschungel und liefen, mit den Armen rudernd, auf den Huey zu.

»Hier!«, sagte Kat zu dem Piloten. »Sofort landen!«

Er drehte sich um und hielt sich die Hand ans Ohr. Endlich begriff er, was sie meinte, verringerte den Rotorwinkel und landete elegant auf der Lichtung.

Kat sprang winkend aus dem Hubschrauber. Vor ihr standen eine schwarze Frau, ein Mann mit verbundenem Gesicht, ein halbwüchsiger Junge, ein anderer Mann ... und Robert MacCabe.

Pete Phu war ebenfalls ausgestiegen und half Kat und den Überlebenden in den Huey. Kat stieg als letzte ein. Robert zog sie herein, umarmte sie und küsste sie auf die Wange.

»Sie können sich nicht vorstellen, wie sehr ich mich freue, dass Sie noch am Leben sind«, sagte Kat, etwas überwältigt von der Begrüßung. Sie machte sich von ihm los, schloss die Tür und wies den Piloten an zu starten. »Okay, also los ...«

Rechts von ihnen war ein leiser Knall zu hören. Glassplitter spritzten ins Cockpit. Zuerst dachte Kat an ein technisches Versagen, doch warum lehnte sich der Pilot plötzlich so weit nach links? Jetzt bemerkte sie, dass das Fenster rechts von ihm zerbrochen war. Der Pilot kippte weiter über die Mittelkonsole.

»Jemand schießt auf uns!«, rief Dallas. Eine andere Stimme befahl allen, sich auf den Boden zu werfen. Kat hob den Kopf des Piloten an und ließ ihn wieder sinken. Ihre Finger waren blutig. An der Schläfe des Mannes war ein Einschussloch.

Inzwischen sausten immer mehr Kugeln durchs Cockpit. Eine zischte knapp vor Kats Nase vorbei. Hastig öffnete sie den Sicherheitsgurt des Piloten und hob ihn aus seinem Sitz und nach hinten.

Ohne auf das Blut auf ihrer linken Hand zu achten, packte sie die Auftriebssteuerung, einen Hebel links vom Sitz mit einem Gasgriff wie bei einem Motorrad. Es spielte keine Rolle, ob sie einen Hubschrauber fliegen konnte oder nicht. Wenn sie sich nicht schleunigst aus dem Staub machten, würden sie im Kugelhagel der unbekannten Mörder sterben. Kat drehte an dem Griff und erhöhte damit die Rotordrehzahl, bis die Nadel eines Instruments nicht mehr im roten Bereich war: Der Huey war schwerelos. Noch eine leichte Drehung an dem Griff und sie waren in der Luft.

Wieder schlug ein Geschoss ein und hinterließ ein schartiges, faustgroßes Loch in der Frontscheibe.

»Mein Gott, bringen Sie uns hier raus!«, flehte Dallas.

Kats Füße fanden die Seitenruderpedale. Sie trat heftig auf das linke, um den Angreifern das Heck des Hubschraubers zuzuwenden. Die Bäume am östlichen Ende der Lichtung waren etwa fünfzehn Meter hoch. Kat wusste, dass sie Höhe gewinnen musste, bevor sie Geschwindigkeit aufnehmen konnten.

Der Huey schlingerte heftig und Kat verstellte den Blattwinkel noch einmal, um den Hubschrauber unter Kontrolle zu bekommen. Sie schob den Hebel jedoch zu ruckartig nach vorne, was dazu führte, dass die Nase des Helikopters absackte und sie nach vorne schossen. Dadurch verringerte sich der Auftrieb wieder und der Boden kam rasch näher.

»Verdammt!«, schrie Kat und zerrte den Hebel zurück. Das vordere Ende der Kufen hätte fast den Boden berührt.

Der Huey stieg wieder, jedoch nicht schnell genug. In rasender Geschwindigkeit näherten sich die Bäume, während weiter die Kugeln durch die Kabine pfiffen.

Kat gab so viel Gas, wie sie sich traute. Der Hubschrauber erschauderte und stieg gehorsam weiter. Doch sie waren immer noch zu tief, um über die Baumwipfel zu kommen.

Die Rotorblätter des Huey wirbelten durch die oberen drei Meter des Laubwerks wie eine riesige Heckenschere. Noch ein Baum wurde um anderthalb Meter gestutzt und der Helikopter gewann endlich an Höhe. Zugleich wurde er immer schneller, sodass Kat hoffte, dass er den verkorksten Start schadlos überstanden hatte.

»Oberhalb von vierzig Knoten reagiert dieses Ding wie ein Flugzeug«, erinnerte sich Kat an die Worte ihres Fluglehrers vor einigen Jahren. Sie überprüfte den Geschwindigkeitsmesser und stellte fest, dass er auf dreißig Knoten stand, Tendenz steigend.

Inzwischen flogen sie hoch über den Bäumen und hatten sich stabilisiert. Der Motor dröhnte stetig und an der Instrumententafel waren keine Warnplämpchen zu sehen. Allerdings wurde der Wind zu einem Problem, als sie die Fünfzig-Knoten-Marke überschritten. Kat kümmerte sich jedoch mehr darum, dass sie östlichen Kurs hielt, und flog weiter Richtung Da Nang.

Als sie nach links schaute, bemerkte sie, dass Robert MacCabe sie aus großen Augen ansah. »Gott sei Dank, dass Sie Helikopter fliegen können, Kat.«

Sie schüttelte den Kopf. »Da irren Sie sich. Ich habe keine Ahnung, was ich hier tue.«

Er blickte sie ungläubig an: Kat lächelte. »Willkommen zu meinem ersten Soloflug in einem Hubschrauber. Ich habe zwar einen Pilotenschein, aber nur Flugzeuge, einschließlich Instrumentenflug.«

»Wird uns das etwas nützen?«

»Nein.«

»Na großartig. Können Sie auch landen?«, erkundigte er sich.

»Ich weiß nicht. Hab ich noch nie probiert. Das wird sicher interessant.« Sein Unbehagen amüsierte sie. »Ist jemand da hinten verletzt?«

Steve hat einen neuen Scheitel, aber sonst ist niemandem etwas passiert.«

»Was?«, fragte Kat, die nur mit halbem Ohr hingehört hatte.

»Eine Kugel hätte Steve fast erwischt. Doch sie hat nur ein paar Haare mitgenommen; ein Streifschuss.«

»Gott sei Dank.«

»Vergessen wir nicht den armen Piloten. Er ist tot. Wissen Sie, wer auf uns geschossen hat?«

Als sie den Kopf schüttelte, bewegte sie den Steuerungshebel zu heftig, sodass Robert fast das Gleichgewicht verloren hätte.

»Entschuldigen Sie. Nein, ich habe keine Ahnung. Ich habe diese Leute nie zu Gesicht bekommen. Die Schüsse kamen von rechts, wahrscheinlich von der Straße.«

»Wie kann ich Ihnen helfen?«, fragte er.

Sie lächelte ihm zu. »Sie könnten ein bisschen beten. Oder finden Sie die Gebrauchsanweisung, schlagen das Kapitel über die Landung auf und lesen es mir ganz langsam vor.«

Robert MacCabe erbleichte. »Allmählich kriege ich wirklich Angst.«

Eilig zogen die drei Männer das Gebüsch von ihrem UH-1. Nach knapp zwei Minuten nahm der Pilot auf dem linken Sitz Platz und drückte den Starthebel, während noch die letzten Zweige entfernt wurden. So schnell wie möglich brachte er den Rotor auf Startgeschwindigkeit. Sobald Arlin Schoen eingestiegen war und die Tür geschlossen hatte, waren sie auf dem Weg nach Osten, hinter dem anderen Huey her, während die Männer ihre Waffen nachluden.

»Schnell! Offenbar hat der da vorne keine Ahnung vom Fliegen. Wir haben ihn bald eingeholt.«

Der Pilot beschleunigte zuerst und gewann dann erst an Höhe. So rasten sie mit einer Geschwindigkeit von über hundert Knoten knapp über die Baumwipfel hinweg.

Nach fünf Minuten kam der andere Helikopter in Sicht, der nur halb so schnell flog.

»Wie wollen Sie es machen, Arlin?«, erkundigte sich der Pilot.

»Gehen Sie auf Fünf-Uhr-Position direkt über ihnen. Ich werde Sie lotsen.«

»Wollen Sie auf den Motor schießen?«

Schoen schüttelte den Kopf. »Es könnte sein, dass sich die Schraube weiterdreht und die Kiste dennoch wohlbehalten landet. Nein, ich ziele auf die Rotornabe, damit sie die Kontrolle über den Hubschrauber verlieren.«

»Die Rotornabe ist ziemlich stabil, Arlin. Ich bin nicht sicher, ob unsere Gewehre damit fertig werden.«

»Okay, was schlagen Sie sonst vor?«, fragte Schoen.

Der Pilot zeigte nach vorne. Der Abstand betrug nur noch anderthalb Kilometer und wurde stetig kleiner.

»Wenn ich unsere Kufe zwischen ihre Rotorblätter stecke, sollten sie abstürzen.«

»Und was wird aus uns?«

»Es ist riskant.«

»Nein. Wir gehen nach Plan A vor. Ich schieße. Fliegen Sie näher ran.«

Schoen öffnete die linke Hintertür und schnallte sich an. Sein Helfer folgte seinem Beispiel. Dann entsicherte Schoen die Uzi, die er um den Hals hängen hatte, und überprüfte die Pistole an seinem Gürtel. Nachdem sie sich auf etwa hundert Meer genähert hatten, konnte Schoen kurz den Piloten der anderen Maschine sehen und fand zu seiner Überraschung, dass es eine Frau war. Das kastanienbraune Haar wehte durch das zerbrochene Seitenfenster.

Schoen bedeutete dem Piloten, ein Stück näher heranzufliegen und die Position zu halten. Dann zielte er sorgfältig auf die Rotornabe und drückte ab.

Kat spürte ein Zittern in den Steuerhebeln und hörte einen Knall draußen vor dem rechten Fenster. Dallas presste das Gesicht gegen die verglaste Schiebetür.

»Hinter uns ist ein anderer Hubschrauber!«, rief sie. »Man schießt wieder auf uns!«

»Festhalten!«, befahl Kat. Dann trat sie aufs rechte Ruderpedal und veränderte den Neigungswinkel des Heckrotors. Der Huey schlingerte so heftig nach rechts, dass die Insassen durcheinander purzelten.

Plötzlich war der feindliche Huey durch die rechten Seitenfenster zu sehen. Der Pilot musste hochziehen, um eine Kollision zu vermeiden.

Kat überlegte fieberhaft. Zu abrupte Ausweichmanöver würden sie die Kontrolle über eine Maschine kosten, die sie ohnehin kaum beherrsche.

Wieder ließ ein Kugelhagel die Auftriebssteuerung erzittern. Kat musste sich entscheiden. Sie zog den Hebel zurück, lenkte scharf nach links, stieg etwas und ließ den Huey sich um die eigene Achse drehen. Sie riskierte, dass die Systeme blockierten, aber sie musste die Maschine aus der Schusslinie bringen.

Nun sah Kat den feindlichen Hubschrauber durch das linke Fenster. Die Scharfschützen an der Tür klammerten sich verzweifelt fest, während der Pilot eine Linkskurve flog, um sich wieder hinter sie zu hängen. Als Kat den Hebel noch ein wenig fester anzog, spürte sie an der Vibration, wie der Huey reagierte und sich stabilisierte.

Ihr kommt nicht mehr hinter mich, ihr Schweine!, dachte Kat mit zusammengebissenen Zähnen, während sie sich dem anderen Hubschrauber von oben näherte. Die beiden Maschinen umkreisten einander praktisch und sie konnte sehen, wie die beiden Männer in der offenen Tür um ihr Gleichgewicht kämpften. Einer von ihnen brüllte dem Piloten Befehle zu und dieser versuchte, den Hubschrauber ruhig zu halten.

Kat überprüfte die Geschwindigkeit. Sie waren auf nur noch dreißig Knoten. Der Hubschrauber begann zu wackeln. Die Auftriebssteuerung reagierte immer schwammiger, so sehr sie auch daran zerrte. Sie versuchte, die Maschine zu stabilisieren und wartete, bis der andere Hubschrauber auf gleicher Höhe war. Sobald das der Fall war, drückte sie den Steuerhebel bis zum Bodenblech und die Maschine sackte wie ein Stein. Kat wurde flau im Magen.

»Was zum Teufel machst du da, Mädchen?«, schimpfte Dallas, während der andere Huey über ihnen vorbeischoss.

Kat beobachtete den Höhenmesser. Als sie auf dreihundert Metern waren, drückte sie die Nase nach unten und beschleunigte. Dann zog sie den Rotorhebel zurück und flog eine scharfe Rechtskurve.

Wie erwartet war der andere Pilot ihnen gefolgt und bremste den Sturz erst, als er unter ihnen war.

Jetzt hab ich dich!, dachte Kat und hielt direkt auf ihn zu. Sie schob den Hebel nach vorne und raste dicht über den UH-1 hinweg.

Ich kann diese Kiste tatsächlich fliegen!, sagte sich Kat erleichtert, während sie eine Linkskurve flog und sich knapp über und hinter die Schurken hängte.

Doch ihre Geschwindigkeit nahm wieder ab. Es genügte offenbar nicht mehr, den einen Hebel und die Seitenruder zu bedienen. Kat bemühte sich, die Maschine unter Kontrolle zu halten, doch auf einmal schien nichts mehr zu funktionieren. Sie riss an dem Hebel, doch die Maschine tat einfach nicht mehr, was Kat wollte. Der Huey geriet ins Schlingern und die Geschwindigkeit sank unter zwanzig Knoten. Kat versuchte, auf der Stelle zu schweben und steuerte vorsichtig nach links und rechts, oben und unten. Der andere Pilot nutzte die Gelegenheit und brachte sich wieder in Angriffsposition.

Während sie mit der schaukelnden und bockenden Maschine kämpfte, legten die beiden Mordschützen wieder auf sie an. Der Feind näherte sich von rechts und sie waren wieder leichte Opfer, zu niedrig, um sich weiter sacken zu lassen, zu langsam und unbeholfen, um schnell nach oben zu schießen. Der Pilot des anderen Hubschraubers drosselte seine Geschwindigkeit, damit die Schützen Zeit zum Abdrücken hatten.

Robert MacCabe stand direkt vor der Mittelkonsole und konnte nicht länger schweigen. »Kat, sie werden uns abschießen.«

»Ich weiß.«

»Wir sollten abdrehen. Wir müssen irgendetwas tun.«

Sie nickte. Allmählich bekam sie die Auftriebssteuerung wieder einigermaßen unter Kontrolle. Der Huey stabilisierte sich – und flog direkt auf die gegnerische Maschine zu.

»Kat! ... Ich glaube nicht, dass das eine Lösung ist!« Kat hielt genau auf die Frontscheibe der Attentäter zu. Sie konnte das Gesicht des anderen Piloten sehen, als er erschrocken nach rechts abdrehte. Dieses Manöver hatte er nicht erwartet.

Kat zog die Maschine hoch, indem sie den letzten Rest an Vorwärtsgeschwindigkeit in Auftrieb umsetzte, und der andere Helikopter schoss unter ihnen vorbei.

»Jetzt!«, rief Kat und legte die Maschine scharf nach links. Sie spürte, wie der HU-1 fast außer Kontrolle geriet, als sie sich an das Heck der Mörder zu heften versuchte.

O nein! Sie lagen viel zu schräg, und plötzlich erschien das Dach der anderen Maschine im linken Seitenfenster.

»KAT! PASSEN SIE AUF!«, rief Robert. Der Heckrotor des feindlichen Hubschraubers näherte sich in atemberaubender Geschwindigkeit.

»NEIN!«

Die linke Kufe krachte in die Heckschraube des anderen Helikopters. Metall knirschte auf Metall. Funken sprühten, und sie wurden heftig nach rechts geschleudert, doch dann fing sich ihre Maschine wieder. Erstaunlicherweise hatte sie kaum einen Schaden davongetragen – nur die linke Landekufe war ziemlich verbogen.

»Mein Gott, Kat!«, rief Robert aus.

»Das war nicht geplant.« Sie flog eine Rechtskurve und rechnete damit, dass der andere Pilot sich wieder hinter sie hängen würde.

Kat blieb in der Rechtskurve und schaute sich um, bis Robert sie an der Schulter packte. »Da!«

»Festhalten!«, schrie der Pilot Arlin Schoen und dem anderen Mann an der Tür zu und trat mit aller Gewalt auf die heftig vibrierenden Ruderpedale. Nachdem der Pilot der anderen Maschine – unerfahren oder nicht – es geschafft hatte, sein Heck zu beschädigen, hatte er sofort die Auftriebssteuerung losgelassen. Offenbar hatte der Heckrotor einiges abbekommen, denn der Hubschrauber zitterte wie wild. Dann gab es einen plötzlichen Ruck und das Zittern hörte auf. Der beschädigte Heckrotor war von der Nabe gefallen und der Hubschrauber drehte sich immer schneller um die eigene Achse. Der Pilot tat alles, was das Lehrbuch in solchen Fällen vorschrieb. Er versuchte alle Tricks, doch nichts funktionierte. Der Dschungel sog sie an wie ein rasender grüner Strudel.

Der beschädigte Huey schraubte sich in eine Baumkrone, der Heckbürzel schlug gegen den Stamm und der Rest der Maschine stürzte unter ohrenbetäubendem Lärm die übrigen fünfzehn Meter zu Boden.

Die Flammen und Staubwolken nach dem Absturz überzeugten Kat, dass niemand überlebt hatte. Sie nahm Geschwindigkeit auf und kreiste in sicherem Abstand über dem rauchenden Wrack.

»Ein tolles Manöver, Kat!«, staunte Dallas Nielson.

»Das . . . war reines Glück«, erwiderte Kat. »Ich dachte, wir wären erledigt.«

»Sie haben sie erwischt, Kat«, flüsterte Robert und schaute nach unten.

»Die Frage ist nur, wer diese Leute waren«, entgegnete Kat.

Sie wandte den Blick von der Absturzstelle und ließ den Helikopter an Höhe gewinnen. Da Nang lag höchstens sechzehn Kilometer im Osten. Allmählich nahm in Kats Kopf ein kühner Plan Gestalt an. Nun hing alles davon ab, ob sie es schaffen würde, den alten Huey zu landen, ohne alle an Bord umzubringen.

Etwas bewegte sich in dem Dickicht aus Farnen, Büschen und Gestrüpp, zehn Meter von dem brennenden Wrack des UH-1. Zahllose Äste hatten den Sturz des Mannes gebremst, der aus der Tür des abstürzenden Helikopters gefallen war.

Arlin Schoen rieb sich die Augen und versuchte aufzustehen. Das Geräusch des Helikopters, den er gejagt hatte, wurde leiser. Er spuckte einen Zweig aus, suchte seinen Körper nach Verletzungen ab und überlegte, was er als Nächstes tun würde.

FLUGHAFEN DA NANG, VIETNAM
13. NOVEMBER — TAG ZWEI
18:31 ORTSZEIT / 1131 ZULU

Der Flughafen von Da Nang war nur noch knapp siebeneinhalb Kilometer entfernt.

Kat blinzelte in den heftigen Wind, der durch das Loch in der Frontscheibe pfiff. Sie drosselte das Tempo des Huey so weit wie möglich und winkte Robert und Dallas zu sich.

»Robert, haben Sie eine Ahnung, wer uns angegriffen haben könnte?«

Er nickte. »An der Absturzstelle habe ich einen der Männer aus Hongkong wieder erkannt. Einen von denen, die mich verschleppen wollten.«

»Sie wollten offenbar verhindern, dass Sie reden«, meinte Kat, während sie jede Steuerbewegung zu vermeiden versuchte, um den Huey stabil zu halten.

»Dabei weiß ich gar nicht genug, um darüber reden zu können«, schüttelte Robert den Kopf. »Es ist einfach lächerlich. Diese Leute haben uns bewiesen, dass Walter Carnegie wirklich über etwas gestolpert ist, ohne dass wir wissen, was es war.«

»Wir haben nicht viel Zeit, Robert. Als Nächstes muss ich diesen Vogel landen.« Sie blickte sich zu ihm um. »Die Typen haben ihren Privatjet in Da Nang zurückgelassen.«

Dan legte Kat von hinten eine Hand auf die Schulter. »Ich bin Dan Wade, der Kopilot der 747. Und wer sind Sie?«

»Special Agent Kat Bronsky vom FBI. Tut mir Leid, dass ich noch keine Gelegenheit hatte . . .«

»Sie brauchen sich nicht zu entschuldigen. Schließlich haben Sie uns gerettet. Haben Sie gerade einen Privatjet erwähnt?«

»Ja.«

»Und Sie meinen nicht zufällig eine Bombardier Global Express?«

Kat drehte sich zu ihm um und verriss dabei die Steuerung ein wenig, was sie sofort wieder korrigierte.

»Dan, es *ist* eine Global Express, wahrscheinlich dieselbe, die Ihr Flugzeug beschossen oder sonst wie angegriffen hat.«

Dan schwieg eine Weile, bevor er entgegnete: »Die Maschine, die vor uns gestartet ist, war eine Global Express. Bestimmt hat sie etwas mit der Sache zu tun. Möglicherweise war auch ein Jagdflugzeug darin verwickelt, denn jemand hat eine Rakete abgeschossen, die direkt vor uns explodiert ist.«

»Die Air Force geht von einem Phosphorsprengkopf aus, der Sie geblendet haben muss«, erklärte Kat.

»Das könnte sein. Das Licht war entsetzlich grell. Zuerst dachte ich an einen fernen Atomschlag, aber da die Schockwelle ohne Verzögerung kam, muss es eine Rakete direkt vor uns gewesen sein.«

Inzwischen waren es nur noch drei Kilometer nach Da Nang. Kat ärgerte sich, dass sie, statt über dieses Rätsel nachzudenken, sich jetzt auf die Landung konzentrieren musste. Sie sah die Rampe vor sich und stellte erleichtert fest, dass die Global Express noch an ihrem Platz stand. Sie drehte sich zu Dan um. »Wir unterhalten uns später. Ich beabsichtige, die Global Express zu entführen, sie zu durchsuchen und mit den Beweisen nach Hause zu fliegen.«

»Können Sie das?« Dallas zog die Augenbrauen hoch. »Sie können einen Jet fliegen?«

»Ich hatte keine Stunden auf der Global Express, aber ich bin sicher, ich kann sie fliegen . . . mit ein wenig Hilfe.« Kat suchte die richtige Kombination von Drehzahl und Neigungswinkel, um den Huey abzubremsen und sinken zu lassen. Sie hielt auf dieselbe Stelle zu, wo sie ein paar Stunden zuvor gestanden hatten, etwa dreißig Meter von dem Jet entfernt.

»Okay, Leute. Es könnte ein bisschen holprig werden. Bitte anschnallen!«

»Brauchen Sie mich, Kat?«, fragte Robert mit Blick auf den Kopilotensitz.

Kat nickte eifrig. »Ja, wenn auch nur als moralische Unterstützung. Schauen Sie zuerst links hinaus und sagen Sie mir, ob noch genug von der Landekufe übrig ist, um das Gewicht der Maschine zu tragen.«

Sie brachte den Helikopter wieder mehr in die Horizontale und vergaß dabei, den Anstellwinkel der Rotorblätter zu verringern. Da nun weniger Kraft in die Vorwärts- als in die Aufwärtsbewegung gesetzt wurde, stieg der Huey ruckartig. Sie nahm schnell die nötigen Korrekturen vor und der Huey sank wieder. Die Geschwindigkeit betrug nun weniger als dreißig Knoten. Diesmal erinnerte sie sich, ein wenig Seitenruder zuzugeben, damit der Hubschrauber beim Langsamerwerden nicht ins Trudeln geriet.

Robert kletterte über die Mittelkonsole in den zweiten Pilotensitz. »Kat, die vordere Strebe ist weg. Die Kufe selbst ist noch da und hängt an der hinteren Strebe.«

»Wenn sie abbricht, wird die Kiste bei der Landung nach links kippen«, sagte Kat, »und die Rotorblätter berühren den Boden.«

Sie waren noch knapp dreißig Meter vom angepeilten Punkt auf der Rampe entfernt und hatten eine Geschwindigkeit von zehn Knoten. Kat verstellte die Rotorneigung und den Blattwinkel, um die veränderte Flugdynamik auszugleichen. Sie trat jedoch zu heftig auf die Ruderpedale, sodass die Nase hin und her schwankte. Dennoch setzte sie den Sinkflug fort.

Dicht vor sich sah Kat die Global Express und noch etwas, das ihr einen Schauder über den Rücken jagte: Die vordere Tür stand offen, und die Treppe war ausgefahren.

Diese Ablenkung genügte, um Kat wieder die Kontrolle über den Hubschrauber verlieren zu lassen. Die Maschine schwankte in alle Richtungen und Kat hatte alle Mühe, sie in der Luft zu halten.

»NICHT SO HEFTIG!«, rief Dan Wade, der das Schlingern spürte. »VORSICHTIG! Denken Sie Ihre Manöver, zwingen Sie sie nicht!«

Kat verkrampfte sich immer mehr. Ihre Hände zitterten und jedes Mal, wenn sie ein Steuerelement bediente, sackten sie entweder gefährlich ab oder stiegen drastisch. Für jede Flugachse, die sie unter Kontrolle brachte, entglitt ihr eine andere und sie flog eine Pirouette oder schoss nach vorne oder zurück.

Kat schätzte die Entfernung zum Boden auf sieben Meter. Sie hielt den Hebel so ruhig wie möglich und zwang sich, die Auftriebssteuerung nur millimeterweise zu bewegen.

Endlich verlor der Huey sanft an Höhe. Doch er trieb zur Seite ab, nach rechts. *Du musst ›links‹ denken!*, befahl sie sich, und zu ihrem Erstaunen bemerkte sie, dass die Seitwärtsbewegung aufhörte. *Drei Meter. Okay, ganz ruhig bleiben, ganz ruhig . . .*

Die Kufen berührten erstaunlich sanft den Boden. Die linke gab ein wenig nach. Die Maschine schaukelte, und dann kippten sie plötzlich vorwärts und nach links. Kat erhöhte instinktiv den zyklischen Blattwinkel, wodurch sich der Helikopter wieder ein wenig hochzog. Die Maschine rutschte noch ein Stück weiter und kam zum Stehen. Der Rotor drehte sich frei, die Blattspitzen nur wenige Zentimeter vom Boden entfernt.

Nun senkte Kat den Auftrieb langsam auf null. Gleichzeitig schaltete sie die Treibstoffzufuhr und die Turbine ab, sodass der Rotor langsamer wurde und schließlich stillstand.

»Alles in Ordnung?«, fragte Robert. Er sah, wie sie nach Luft schnappte und geradeaus starrte. Dann blickte sie ihn an, und ein Lächeln spielte um ihre Lippen. Sie nickte und seufzte erleichtert auf.

Während Dallas, Graham, Steve und Pete Phu sich gegenseitig zum Ausstieg halfen, gab es einen lauten Knall. Die linke Kufe hatte nachgegeben und der Huey lag auf dem Asphalt.

Ein Militärjeep kam herangefahren. Kat fand den Riegel der Pilotentür, sprang aus dem Hubschrauber und winkte den Dolmetscher zu sich.

»Pete, das ist jetzt sehr wichtig. Ganz gleich, wer diese Leute sind, Sie müssen Ihnen erklären, dass wir unter Beschuss geraten sind und dass der Major . . . der Pilot . . . getötet wurde. Sagen Sie, dass wir in der Luft einen Zusammenstoß mit den Angreifern hatten, wodurch der Helikopter beschädigt wurde. Aber bitte erwähnen Sie auf keinen Fall, dass es die Besatzung der Global Express war. In Ordnung?«

Er nickte. »Kein Problem.«

»Wenn man verlangt, dass wir mitkommen, um irgendwelchen Papierkrieg zu erledigen, bitten Sie, damit noch eine Stunde zu warten.«

»Möchten Sie eine Stunde lang hier auf der Rampe stehen?«

»Nein. Behaupten Sie, die Global Express da drüben gehöre uns. Wir müssten etwas an Bord überprüfen.«

Pete verzog das Gesicht, aber er nickte und wandte sich dem Fahrer des Armeejeeps zu, einem vietnamesischen Hauptmann. Nach heftigem Gestikulieren wurde der Schaden an dem Hubschrauber in Augenschein genommen. Der Hauptmann untersuchte jedes einzelne Einschussloch und sprach dann in sein Walkie-Talkie.

»Was sagt er?«, fragte Kat.

»Es sind eine Menge Formulare nötig«, antwortete Pete. »Es wurde Regierungseigentum beschädigt, und der Pilot ist tot. Er will auch wissen, wer diese Leute sind.« Er zeigte auf die fünf anderen.

»Sagen Sie . . .« Kat überlegte fieberhaft ». . . es sind Überlebende des Flugzeugabsturzes. Sie sind alle amerikanische Staatsbürger und stehen unter meinem Schutz. Schlagen Sie vor, er solle den Botschafter in Hanoi fragen.«

Pete grinste. »Ich glaube nicht, dass er das tun wird.« Er drehte sich um und gab ihre Worte weiter. Der Offizier zog die Augenbrauen hoch, als er den Botschafter erwähnte.

»Nein, nein, nein. Sie warten hier. Mein Oberst verlangt, dass Sie hier bleiben«, erwiderte er auf Vietnamesisch.

»Dürfen sie wenigstens in ihrem Jet nach dem Rechten sehen?«, erkundigte sich Pete. »Vergessen Sie nicht, dass sie Gäste unserer Regierung sind. Ich glaube nicht, dass sich Ihr Oberst Schwierigkeiten mit Hanoi einhandeln will.«

Der Hauptmann dachte nach, schaute zu der Global Express hinüber und nickte schließlich. »Okay, aber warten Sie am Flugzeug.«

Kat ging inzwischen zu Robert und winkte auch Dallas heran. »Ich werde versuchen, die Global Express sicher zu machen«, sagte sie leise. »Keine Ahnung, warum die Tür offen ist. Ich weiß auch nicht, ob sie jemanden hier zurückgelassen haben. Wenn Sie die Landelichter aufblitzen sehen, bringen Sie die anderen in die Maschine. Wir haben ein paar Minuten Zeit gewonnen, aber wenn wir nicht bald verschwinden, sitzen wir hier fest.«

»Warum?«, fragte Dallas.

»Jemand hat den Gangstern heute Morgen erlaubt, ihren Jet hier abzustellen, und ihnen einen sehr teuren Helikopter geliehen. Ich wette, das ist alles ohne Wissen des Zolls, der Einwanderungsbehörde und der Botschaft geschehen. Wahrscheinlich hat eine

Menge Geld den Besitzer gewechselt. Der Empfänger wird jetzt ziemlich nervös sein, denn er hat einen Hubschrauber verloren und der andere ist beschädigt. Er könnte etwas Unberechenbares oder Gefährliches tun.«

»Verstanden«, sagte Robert, und Dallas nickte zustimmend.

»Bringen Sie auch mein Gepäck mit«, fügte Kat hinzu. »Ich werde jetzt etwas herausholen und die Tasche bei Ihnen lassen.«

Sie stieg in den Huey und nahm dem toten Piloten seine Neun-Millimeter-Pistole ab. Dann öffnete sie ihre Handtasche, kramte nach den Plastikhandschellen, die sie immer bei sich trug, und vergewisserte sich, dass sie griffbereit waren.«

Sie pirschte sich vorsichtig an den Firmenjet heran. Es war ein funkelnagelneues Modell und gehörte zu den wenigen Kleinflugzeugen mit fast zehntausend Kilometer Reichweite. Aus Gründen der Treibstoffersparnis endeten seine Tragflächen in winzigen, aufgebogenen Spitzen. In einem Land wie Vietnam wirkte die Maschine wie von einem anderen Stern.

Die tief stehende Sonne blendete Kat. Sie näherte sich dem Flugzeug von hinten, damit niemand, der sich vielleicht darin befand, sie bemerkte. Sie schlich rechts am Rumpf entlang und huschte lautlos die Treppe hinauf.

Vor der Tür blieb sie stehen, da sie drinnen jemanden schnarchen hörte. Als sie rasch um die Trennwand hinter dem Cockpit spähte, sah sie einen Weißen in einem Pilotenhemd, der auf dem rechten Sitz schlief.

Kat holte tief Luft und sah sich um. Die Innenausstattung war elegant und steril, ganz typisch für einen Firmenjet. Es duftete nach teurem Leder.

Sie ging rückwärts durch die Kabine, immer das Cockpit im Auge, und überprüfte die Toilette und das Hinterabteil. Es war alles leer. Dann zog sie die Schuhe aus und schlich mit gezückter Pistole an der Tür vorbei in die Nische hinter dem Cockpit. Blitzartig beugte sie sich vor, hielt dem Piloten die Waffe an den Kopf und zückte mit der anderen Hand ihre lederne Ausweishülle.

»FBI! Keine Bewegung! Sitzenbleiben!«

Der Pilot fuhr hoch und riss die Augen auf. Dabei stieß er mit dem Kopf gegen die obere Instrumententafel. »Autsch!« Er wollte sich nach links drehen, doch dann hörte er, wie die Pistole entsichert wurde. Er hob die Hände und meinte: »Okay, okay! Soll das ein Witz sein?«

»Legen Sie die Handflächen an die Decke! Sofort!«

»Was soll das? Wo sind die anderen?«

»Als ob Sie das nicht wüssten, Sie Dreckskerl. Sie sind verhaftet, und zwar unter anderem wegen Mordes an über zweihundert Menschen.«

»Mord . . .? Ich bin nur ein kleiner Geschäftspilot!«

»Natürlich. Hören Sie zu: Der Abzug hier ist sehr empfindlich, und ich würde nichts lieber tun, als Ihnen das elende Hirn wegzupusten. Also nur zu, geben Sie mir einen Grund. Los. Zucken Sie zusammen, bewegen Sie sich oder lassen Sie einen dummen Spruch ab.« Er rührte sich nicht und schwieg. »Gut«, fuhr Kat fort. »Sie behalten beide Hände an der Decke und stehen ganz langsam auf. Dann kommen Sie hier herüber, knien sich hin und legen die Hände auf den Rücken.«

»Ja, Ma'am«, stieß er hervor und nickte eifrig. »Seien Sie nur vorsichtig mit der Pistole. Was ist denn los? Rivalitäten innerhalb des FBI?« Der Pilot war Mitte vierzig und ziemlich verschreckt. Er hatte Schweißperlen auf der Stirn und gehorchte Kat mit ängstlich aufgerissenen Augen.

Nachdem Kat ihm Handschellen angelegt hatte, durchsuchte sie ihn gründlich und nahm ihm die Brieftasche ab. Dann ließ sie ihn sich bäuchlings auf den Mittelgang legen und schaltete zweimal kurz die Landescheinwerfer an. Schließlich nahm sie seine Brieftasche in Augenschein und merkte sich den Namen, der auf den verschiedenen Ausweisen stand.

»Ist der Jet aufgetankt?«, fragte sie.

»Ja, Ma'am.«

»Reichweite?«

»Äh . . . über neuntausend Kilometer.«

»Wohin wollten Sie die anderen nach ihrer Rückkehr bringen?«

Er schüttelte den Kopf, sodass sein Kinn über den Boden scheuerte. »Ich . . . ich weiß nicht. Der Kapitän hat mir befohlen, voll zu tanken, Kaffee und Eis zu besorgen und zu warten.«

»Sind Sie gestern Abend in Hongkong gestartet?«

Der Mann zögerte und Kat versetzte ihm einen kräftigen Tritt. »Antworten Sie!«

»Äh . . . ja. Ich weiß nicht, ob ich Ihnen Auskünfte geben darf.«

»Sie werden auf alles antworten, was ich Sie frage. Sind Sie vor einer Meridian 747 gestartet?«

»Ich erinnere mich nicht.«

Kat trat noch einmal zu.

»He!«

»Hören Sie, Pollis, falls das Ihr richtiger Name ist. Ich könnte Sie jetzt gleich an Ort und Stelle töten. Das Bürgerrechtsbüro ist neuntausend Kilometer entfernt. Die können Ihnen nicht helfen. Ich gebe Ihnen drei Sekunden.«

»Ja . . . wahrscheinlich.«

»Und warum haben Sie den Transponder abgeschaltet und sind vor diesem Jumbo hergeflogen?«

»Weil ein Typ, der genauso fies war wie Sie, mir sagte, ich solle den Mund halten, und sich selbst ans Steuer gesetzt hat. Ich hatte keine Ahnung, warum er mit dem Jumbo Fangen spielen wollte.«

Die Antwort ließ Kat innehalten. *Nicht schlecht, was er sich einfallen lässt*, dachte sie. *Eine richtige Märchenstunde.* »Wie hießen die anderen Männer an Bord?«

»Ich kenne nur zwei von ihnen. Arlin Schoen ist der Boss. Der Kapitän heißt Ben Laren.«

»Und die anderen?«

»Ehrenwort, die übrigen Namen habe ich nicht mitbekommen. Warum tun Sie das, Ma'am? Ich bin doch auf Ihrer Seite.«

Kat hörte Geräusche von draußen. Als sie sich umdrehte, sah sie, wie Dallas und Robert den anderen die Stufen hinaufhalfen. Sie zeigte auf ihren Gefangenen und erklärte die Situation. »Steigen Sie über ihn. Wenn wir starten, muss einer von Ihnen den Mann bewachen.«

»Entschuldigen Sie«, sagte der Pilot.

»Was ist?«, zischte Kat.

»Sind Sie für diesen Flugzeugtyp qualifiziert, Ma'am? Oder haben Sie einen Piloten mitgebracht?«

»Nein. Ich fliege selbst, und bis jetzt habe ich nur kleine Cessnas gesteuert.« Kat beobachtete seine Reaktion. »Aber ich lerne schnell.«

»Äh ... hören Sie, lassen Sie sich von mir helfen. Ich will nicht erschossen werden, aber ich möchte auch nicht bei einem Absturz ...«

Dan Wades rechter Fuß traf den Mann so kräftig im Bauch, dass er nach Luft schnappte und vor Schmerz aufschrie. »WAS IST? WAS HABE ICH DENN GETAN?«, keuchte er.

Dan riss den Mann an den Haaren hoch, bis sich dessen Hinterkopf nur wenige Millimeter vor seinem Mund befand. »Ich war der erste Offizier der Meridian 5, Sie gottverdammter Mörder! Sie und Ihre Komplizen haben meinen Kapitän getötet und sind schuld daran, dass ich vermutlich für den Rest meines Lebens blind sein werde. Außerdem haben Sie mehr als zweihundert Passagiere und Besatzungsmitglieder ermordet, von denen einige meine guten Freunde waren. Sie werden nirgendwo lebendig ankommen, denn vorher werde ich Sie persönlich in Stücke reißen.«

Der Pilot bebte vor Angst. »ICH HABE NIEMANDEN UMGEBRACHT! Ich bin nur angeheuert worden, diese Maschine zu fliegen ... und dann haben die dort hinten irgendetwas veranstaltet ...«

Dan ließ den Kopf des Piloten krachend zu Boden fallen. »Wenn wir in der Luft sind, nehme ich ein kleines Messer und fange an, Ihnen Ihre liebsten Körperteile abzuschneiden, bis Sie die Wahrheit sagen.«

Dallas packte Dan am Arm und flüsterte in sein Ohr: »Danny, ich würde ihn auch gerne umbringen, aber es ist wahrscheinlich keine gute Idee, es in Gegenwart des FBI zu tun oder auch nur damit zu drohen. Oder wollen Sie vor Gericht erklären müssen, wie dieser Mann zerstückelt in ein paar Müllsäcken gelandet ist.«

Kat war dabei, die Instrumententafel zu studieren, als Robert sich zu ihr vorbeugte. »Sie können bloß kleine Cessnas fliegen?«

Sie schüttelte den Kopf. »Nein, auch Learjets. Nur mit diesen neuen, schicken Flugzeugen kenne ich mich nicht aus.«

»Ich hatte gehofft, dass Sie das sagen würden«, lächelte er erleichtert. »Was ich heute an Improvisation gesehen habe, reicht mir für den Rest meines Lebens.«

28

AN BORD VON GLOBAL EXPRESS N22Z
FLUGHAFEN DA NANG, VIETNAM
13. NOVEMBER — TAG ZWEI
18:56 ORTSZEIT / 1156 ZULU

Jemand machte sich im hinteren Teil der Kabine zu schaffen. Als Dallas sich umdrehte, kam Robert mit einer großen Metallkiste aus einem durch einen Vorhang abgetrennten Bereich des Flugzeugs.

»Schauen Sie, was ich gefunden habe!« Er stellte die Kiste auf den Boden, öffnete sie und holte einen schweren Gegenstand heraus, der einem Paar kleiner Sauerstoffflaschen ähnelte. An einem Ende waren ein Teleskopsucher und ein LCD-Display zu sehen. Robert drehte das Gerät herum und entdeckte eine Art Öffnung und einen Handgriff.

»Was zum Teufel ist das?«, fragte Dallas.

»Keine Ahnung«, meinte Robert. Er ging zu dem Gefangenen, riss ihm den Kopf hoch und hielt ihm die kleine Öffnung genau vors Gesicht. Der Mann zuckte nicht mit der Wimper.

»Was ist das?«, brummte Robert.

»Ich weiß es wirklich nicht«, erwiderte der Pilot.

»Es würde Ihnen also nichts ausmachen, wenn ich damit auf Sie schieße?«

»Ach, machen Sie doch, was Sie wollen«, antwortete der Mann. »Wahrscheinlich ist es sowieso vorbei mit mir. Tun Sie, was Sie nicht lassen können. Ich habe dieses Ding noch nie im Leben gesehen.«

Kat war wieder näher gekommen. »Fliegen Sie normalerweise als Kapitän oder als Kopilot, Pollis?«

»Kopilot. Aber für diesen Vogel habe ich auch die Kapitänslizenz.«

Kat nickte und schnitt ihm mit einem Messer die Handfesseln durch. »Dann werde ich Sie jetzt befördern. Mr MacCabe hier ist bewaffnet und wird Sie töten, wenn Sie auch nur eine Augenbraue hochziehen. Kapiert?«

»Ja, Ma'am.«

»Setzen Sie sich auf den linken Sitz und werfen Sie die Triebwerke an. UND FINGER WEG VOM FUNKGERÄT!«

Sie erklärte Robert, was er zu tun hatte, und gab ihm ihre Pistole.

»Ach, noch was, Pollis: Vergessen Sie nicht, dass ich diese Maschine wenn nötig auch ohne Ihre Hilfe fliegen kann. Halten Sie sich also nicht für unentbehrlich.«

»Äh, Kat?«, meinte Steve Delaney, der aus dem linken Fenster geschaut hatte. »Da kommen ein paar Autos voller bewaffneter Soldaten.«

»Was tun sie?«, fragte Kat.

»Sie zeigen mit dem Finger auf uns.«

»Das heißt, dass wir höchstens noch ein paar Minuten haben.« Kat blickte die anderen an. »Bitte anschnallen. Wir verschwinden.«

Kat ging zur Tür und verabschiedete sich von Pete, der neben der Maschine wartete. Dann zog sie die Treppe ein, schloss die Tür und begab sich ins Cockpit. Pollis ging bereits die Checkliste durch, als sie neben ihm Platz nahm und sich anschnallte. Er schaltete das Außenstromaggregat ein und warf das linke Triebwerk an, während er laut die Punkte von der Startliste vorlas.

Kat setzte den Kopfhörer auf, der auf dem Kopilotensitz gelegen hatte, und las die Frequenz der Abflugskontrolle auf der Navigationshilfe ab, die noch am Steuerhorn steckte. Sie tippte die Frequenz ein und drückte den Sendeknopf. »Da Nang Abflugskontrolle, Global Express Zwo-Zwo-Zulu.«

Nach einer kurzen Pause meldete sich eine hohe Stimme in kaum verständlichem Englisch.

»Zwo-Zwo-Zulu«, sagte Kat langsam, »muss einen Triebwerkstest durchführen. Wir werden die Triebwerke starten, zum Ende der Startbahn rollen und dann hierher zurückkehren. Roger?«

Die Stimme des Fluglotsen klang nun ein wenig deutlicher. »Zwo-Zwo-Zulu ... Test genehmigt ... rollen Sie zur Startbahn. Triebwerkstest okay.«

»Roger«, erwiderte Kat.

Das linke Triebwerk hinten an der Maschine lief schon, das rechte sprang gerade an.

»Pollis, steuern Sie auf das südliche Ende der Rollbahn zu, sobald wir bereit sind.«

Er nickte.

»Steve?«, rief Kat über ihre Schulter. »Schaue nach links und sieh nach, ob die Soldaten uns noch verfolgen.«

»Ja«, entgegnete Steve nach einer Weile. »Drei Jeeps voller Männer.«

»Das Ende der Startbahn lag dicht vor ihnen. Kat vergewisserte sich, dass der Anflugbereich frei war, bevor sie Pollis anwies, Kurs darauf zu nehmen. Dann befahl sie ihm, die Gobal Express um hundertachtzig Grad zu drehen, direkt auf die herannahenden Jeeps zu, die mit quietschenden Reifen zum Stehen kamen.

»Ziehen Sie die Parkbremse an«, sagte Kat. Er gehorchte sofort. »Nein«, meinte sie dann, »geben Sie Gas und halten Sie auf die Jeeps zu, bis sie umdrehen.«

Die Global Express rollte auf die Jeeps zu und Kat konnte beobachten, wie die drei Fahrer kehrt machten und schleunigst das Weite suchten.

»Sehr gut. Pollis, führen Sie die Starttests durch. Danach reißen Sie die Maschine herum und rollen sofort zur Startbahn. Verstanden?«

Er nickte und beendigte seine Checks. »Sind Sie bereit?«, fragte er dann.

»Los!«, befahl sie.

Er drückte die Schubhebel vor und fuhr noch ein Stück von der Rollbahn weg, bis die Jeeps weiter zurückgewichen waren.

»Ist die Startbahn rechts frei?«, erkundigte er sich.

»Ja«, erwiderte Kat, doch Robert widersprach: »Etwa auf halber Strecke steht ein Feuerwehrwagen, aber der scheint nicht im Weg zu sein.«

Pollis schwang die Global Express herum.

»Wir starten«, sagte Kat und drückte den Sendeknopf. »Da Nang Abflugkontrolle. Zwo-Zwo-Zulu muss noch einmal zum Ende der Startbahn rollen. Genehmigt?«

»Roger«, lautete die Antwort.

Mit einer raschen Handbewegung bedeutete Kat Pollis, die Maschine im richtigen Winkel zur Startbahn zu positionieren. Misstrauisch sah sie zu, wie er ihre Anweisung ausführte. »Okay. Startschub, los«, meinte sie. »Und vergessen Sie nicht, dass eine Pistole auf Ihren Kopf gerichtet ist, Pollis.«

Die Global Express rollte zur Startbahn und beschleunigte. Pollis schaltete die automatische Triebwerkssteuerung ein und Kat sah, dass beide Hebel auf maximalen Schub glitten.

»Die Jeeps fahren wieder los, Kat, links von Ihnen. Sie werden versuchen, uns den Weg abzuschneiden«, meldete Robert. »Auch der Feuerwehrwagen bewegt sich.«

»Egal, wir starten«, ordnete Kat an. Sie rasten die Piste entlang.

»Wahrscheinlich werden die Hunde schießen«, sorgte sich Pollis.

Ihre Geschwindigkeit betrug bereits über hundert Knoten und näherte sich der Startgeschwindigkeit von einhundertfünfunddreißig.

»Die Jeeps haben sich aus dem Staub gemacht, Kat«, verkündete Robert.

»Hat jemand geschossen?«, fragte sie.

»Noch nicht«, erwiderte Robert und spähte angestrengt aus dem vorderen Seitenfenster.

Einhundertzehn! sagte sich Kat. Sie sah, dass auch der Feuerwehrwagen schneller wurde. Er fuhr auf den nächsten Rollweg zu, der die Startbahn kreuzte.

»Er wird vor uns da sein!«, rief Pollis.

Einhundertzwanzig.

»Äh . . . Kat«, begann Robert.

»Ich breche besser ab«, meinte Pollis, doch Kat hielt seine Hand auf den Schubhebeln fest, sodass er nicht drosseln konnte.

»Kommt nicht in Frage«, zischte sie. »Weiter!«

»Das ist kein Witz, Fräulein . . . wir schaffen es nicht!«

»WEITER!«, rief sie.

Der Feuerwehrwagen war an der Startbahn angekommen. Seine Geschwindigkeit betrug etwa siebzig Stundenkilometer, als die vordere Tür aufgerissen wurde und der Fahrer heraussprang. Der Schwung reichte, dass das Fahrzeug von allein mitten auf die Startbahn rollte.

»Kat . . . KAT!«, schrie Robert.

Der Feuerwehrwagen stand knapp siebenhundert Meter vor ihnen und es gab keine Möglichkeit ihm auszuweichen.

»ES GEHT NICHT!«, rief Pollis in heller Angst.

»Es muss. Nur weiter. Ich sage Ihnen, wann Sie hochziehen müssen«, sagte Kat. *Einhundertdreißig. Das muss reichen.* OKAY. JETZT!«

Pollis zog mit geübter Hand das Steuerhorn zurück und die Nase des Jets hob sich um zehn Grad. Doch das Fahrwerk hatte noch immer Bodenkontakt.

Der Feuerwehrwagen war jetzt nur noch knapp einhundertfünfzig Meter entfernt und sie rasten mit vierundsiebzig Metern pro Sekunde direkt darauf zu. Kat griff nach dem Steuerhorn auf der rechten Seite und zog die Nase scharf nach oben, bis der schwer beladene Jet sich ruckartig erhob und zu steigen begann. Gleichzeitig klappte sie das Fahrwerk ein.

Der Feuerwehrwagen verschwand unter ihrem Jet. Das Fahrwerk war gerade halb eingeklappt, als die Global Express über den Feuerwehrwagen hinwegschoss, die Räder kaum dreißig Zentimeter über dem Dach des Feuerwehrwagens, doch im gleichen Augenblick hörten sie ein ohrenbetäubendes Kreischen, als das Heck des Jets das Wagendach streifte. Der Rumpf erzitterte, die Insassen verstummten vor Schreck.

Als der Steigwinkel die Fünfundzwanzig-Grad-Marke überschritt, rief Pollis: »Verdammt! Zu viel Neigung!« Er schob das Steuerhorn vor. »Achtzehn Grad sind genug«, erklärte er. Nachdem die Maschine sich stabilisiert hatte, atmete Kat erleichtert auf. Der Jet stieg weiter, die Fluggeschwindigkeit betrug sichere hundertachtzig Knoten.

»Das hat ganz schön geknallt«, sagte Robert mit gepresster Stimme.

Kat nickte. »Wir haben ihn gestreift, aber anscheinend ist alles in Ordnung.«

»Bis auf meinen Puls«, keuchte Robert.

»Klappen hoch«, sagte der Pilot.

»Klappen hoch«, wiederholte Kat. Ihre Hand zitterte leicht, als sie zur Mittelkonsole griff und den Klappenhebel ganz nach oben schob.

»Okay, fliegen Sie nach links, Pollis, um diesen Berg herum. Bleiben Sie schnell und tief.«

Er flog eine enge Rechtskurve und ging nördlich des Berges auf Kurs nach Osten. Als sie eine Geschwindigkeit von dreihundert Knoten erreicht hatten, zog er das Steuerhorn zurück und ging in einen flachen Steigflug.

»Wo ist der Transponder?«, fragte Kat.

»Hier.« Pollis zeigte auf einen Knopf. »Möchten Sie ihn einschalten?«

»Nein. Ich will mich vergewissern, dass er aus ist.« Sie überprüfte, ob sich der Schalter in der richtigen Position befand. »Okay, Pollis. Sie erklären mir alles Wort für Wort, während Sie das Navigationssystem auf direkten Kurs nach Guam einstellen. Verstanden?«

»Wie Sie wollen, Ma'am. Aber möchten Sie wirklich ohne Genehmigung weiterfliegen? Einige Länder können bei so etwas ganz schön unangenehm werden.«

Sie warf ihm einen eisigen Blick zu. »Wenn ich Ihre Meinung hören will, werde ich Sie fragen«, zischte sie. »Bis dahin befolgen Sie meine Befehle.«

Er sah sie an. »Ich möchte Sie nicht verärgern, Agent, aber haben Sie schon mal daran gedacht, dass ich vielleicht die Wahrheit sage? Ich wurde als Kopilot engagiert, und ich schwöre bei Gott, dass ich nicht wusste, was diese Leute vorhatten. Ich weiß nicht einmal, wo dieses Flugzeug gemietet wurde. Dem FBI gehört es bestimmt nicht.«

Kat schaute ihn verblüfft an. »Was hat das FBI damit zu tun?«

»Sie sind doch beim FBI, genau wie die anderen Typen, oder nicht?«

Kat schüttelte verdattert den Kopf. Robert hatte sich vorgebeugt und musterte Pollis aufmerksam. »Sie behaupten, die Leute, die Sie als Pilot angeheuert haben, hätten sich als FBI-Agenten ausgegeben?«, fragte Kat nach.

»Heißt das, dass sie keine waren?«, erwiderte er mit entsetzter Miene.

Welch ein Schauspieler, dachte Kat. Er hatte die Augen weit aufgerissen, und seine Stimme zitterte leicht.

»Ich ... Sie haben gesagt, sie wären vom FBI. Und sie hatten Ausweise, genau wie Sie.«

Robert MacCabe packte Pollis am Kragen und der Pilot hatte Mühe, die Maschine gerade zu halten. »He! Sollen wir abstürzen?«

»Wie lange haben Sie gebraucht, um sich dieses alberne Märchen auszudenken?«, raunte Robert und äffte seine Stimme nach: »Wenn ich erwischt werde, sage ich einfach, das FBI hätte mich angeheuert.«

»Es ist die Wahrheit«, erwiderte Pollis. »Immer wenn ich sie fragte, was sie da täten, antwortete ihr Anführer, ich solle mich nicht in Regierungsangelegenheiten einmischen.«

Roberts Griff wurde noch fester. »Wie ist es wirklich gelaufen, Sie Dreckskerl? Für wen arbeiten Sie?«

»Ich habe Ihnen doch schon erklärt, dass ich dachte, die Männer wären vom FBI. Stimmt das denn nicht?«

Kat schaute abwechselnd auf die Instrumente und aus dem Fenster. Obwohl sie fand, dass diese Fantasiegeschichte keine Antwort verdiente, konnte sie sich eine Bemerkung nicht verkneifen: »Ganz gleich, was Sie denken und wer Sie wirklich sind, Pollis. FBI-Agenten laufen nicht wie CIA-Kommandos durch die Welt, um Regierungen zu stürzen. Und wir schießen keine Jumbojets ab.«

29

```
FBI-HAUPTQUARTIER, WASHINGTON, D.C.
13. NOVEMBER — TAG ZWEI
8:00 ORTSZEIT / 1300 ZULU
```

Jake Rhoades hatte noch keine zwei Stunden auf seinem Bürosofa gelegen, als Kat Bronskys Anruf ihn aus dem Tiefschlaf riss.

»Wo zum Teufel haben Sie gesteckt?«, sagte Jake, während er benommen in die Deckenlampe blinzelte, die seine Sekretärin für ihn angeknipst hatte. »Wo waren Sie die ganze Zeit?«

»Was glauben Sie, Jake? Ich habe Hanoi besichtigt«, antwortete Kat leicht gekränkt.

»Ich habe mir Sorgen gemacht«, erwiderte Jake. »Ich warte schon seit Stunden. Was ist los bei Ihnen?«

»Ich habe einige Erfolgsmeldungen für Sie, Boss. Vor allem haben wir die fünf Überlebenden gerettet. MacCabe und der Kopilot sind auch dabei. Während der Rettungsaktion wurden wir vermutlich von denselben Leuten beschossen, die die Global Express nach Da Nang geflogen haben.«

»Wo sind Sie jetzt?«, fragte Jake.

»In ebendieser Global Express, gerade von Da Nang gestartet. Wir haben Vietnam verlassen.«

Jake hielt sich den Hörer ans andere Ohr. »Was haben Sie?«

»Es gibt einiges zu erzählen, Jake.« Sie schilderte ihm die Rettung, die Verfolgungsjagd in dem Hubschrauber und den Absturz der Attentäter. »Ich glaube nicht, dass es Überlebende gab.«

»Und dann sind Sie nach Da Nang geflogen und haben ihre Maschine geklaut.«

»Richtig. Global Express November-Zwei-Zwei-Null, so lautet wenigstens die gefälschte Zulassungsnummer. Aber ich habe noch mehr auf Lager.«

»Das habe ich befürchtet.« Jake kratzte sich an der Stirn.

»Sie haben einen Piloten zurückgelassen. Ich habe ihn festgenommen. Er fliegt jetzt für uns. Momentan wird er von einem der

Überlebenden in Schach gehalten.« Sie nannte ihm die Namen des Gefangenen und der beiden Männer, die er erwähnt hatte.

»Ihr Gefangener fliegt die Maschine? Moment mal ...«

»Es ist sehr kompliziert«, fuhr sie fort. »Außer den beiden Namen hat er uns nichts Brauchbares gesagt. Sie sollten auch wissen, dass ich Da Nang ohne Startgenehmigung verlassen habe, was zu diplomatischen Verwicklungen führten könnte. Unser Ziel ist der Luftwaffenstützpunkt Anderson auf Guam, wo einiges zu koordinieren sein wird.«

Jake schrieb eilig mit. »Sie waren ja sehr geschäftig«, meinte er und ließ sich in seinen Schreibtischsessel sinken. »Ich freue mich, dass Sie die Überlebenden gefunden und gerettet haben. Aber dass Sie ein Flugzeug stehlen, finde ich etwas stark.«

»Ich bin Mitarbeiterin einer Bundesbehörde und habe gestohlenes Eigentum sichergestellt.«

»Ja, Sie haben Recht«, erwiderte er nach einer Weile.

Schließlich eröffnete sie ihm, der Kopilot sei überzeugt gewesen, im Auftrag des FBI gehandelt zu haben.

»Das ist absurd!«, entgegnete Jake.

»Das weiß ich selbst, aber er behauptet, sie hätten sich als FBI-Agenten vorgestellt. Keine Ahnung, ob ich ihm das glauben soll.« Sie nannte ihm die Nummern von Pollis' Reisepass, Pilotenschein und Führerschein. »Die Fotos stimmen alle«, berichtete sie weiter, »obwohl man darauf nicht viel geben kann. Ich möchte ihn unseren Leuten in Guam übergeben. Er ist in so viel Morde verwickelt, dass er bis zur nächsten Eiszeit im Gefängnis schmoren sollte. Und man muss verhindern, dass die Bande ihn aus dem Weg räumt.«

»Das ist wahrscheinlich alles machbar. Moment mal.« Zwei Agenten hielten sich in Jakes Büro auf. Er winkte sie zum Schreibtisch und reichte ihnen den Zettel, auf den er gekritzelt hatte: »Vollständige Personenüberprüfung. Die Luftfahrtbehörde soll sofort nachsehen, ob der Mann als Pilot schon auffällig geworden ist. Und lassen Sie mich mit unserem Niederlassungsleiter in Guam verbinden.«

Dann hielt sich Jake wieder den Hörer ans Ohr. »Übrigens Kat, wir können jetzt die Seriennummer der Global Express zuordnen.«

»Ja? Und wem ist sie geklaut worden? Hugh Hefner oder Ross Perot?«

»Der Vogel ist nagelneu und gehört einer Firma in Dallas. Vor acht Tagen ist er in San Antonio verschwunden. Die Wartungsfirma dort dachte, der Besitzer hätte ihn früher als vereinbart vom Service abgeholt. Alle sind ziemlich sauer. Das Flugzeug ist über vierzig Millionen Dollar wert.«

»Ach, wirklich? Es ist aber auch ein echtes Schmuckstück.« Kat senkte die Stimme und sagte wieder ernster: »Jake, wir haben in diesem Flugzeug etwas gefunden, was uns der Lösung des Rätsels näher bringen könnte.«

»Und was ist es?«

»Ich werde es Ihnen beschreiben.« Sie schilderte Jake das seltsame Gerät in allen Einzelheiten.

»Zwei kleine Tanks, sagen Sie?«, hakte er nach. »Haben Sie eine Ahnung, was sie enthalten?«

»Keinen Schimmer. Aber vorne befindet sich eine Art optische Apertur, und da dieses Flugzeug nicht über ungewöhnliche Luken verfügt, müssen sie irgendwie durch ein Fenster geschossen haben. Sie meinten doch, nach Ansicht der Air Force wäre eine Phosphorrakete im Spiel gewesen, und eine Art Laser-Zielgerät.«

»Stimmt genau.«

»Ich glaube, wir sind auf das Zielgerät gestoßen, das Ding, das einen Laserpunkt auf das Ziel projiziert, um die Rakete zu leiten. Ich habe so etwas zwar noch nie gesehen, aber es würde passen.«

»Ist eine Identifikationsplakette dran?«

Kat seufzte. »Kein Name, aber jede Menge Nummern und geheimnisvolle Instruktionen.«

»In welcher Sprache?«

»Wollen Sie das wirklich wissen? Wie sicher ist diese Satellitenleitung?«, fragte Kat.

»Wir benutzen einen kommerziellen Anbieter. Die Signale sind digital, aber nicht kodiert. Also Vorsicht.«

»Ich habe befürchtet, dass Sie das sagen würden. Okay. Dann verrate ich jetzt nur, dass das Gerät markiert ist. Doch was das bedeutet, muss jemand *ganz* oben entscheiden.«

»Reden Sie Klartext, Kat. Die Zeit ist zu knapp.«

»Die Beschriftung ist in Englisch, Jake. Dieses Ding, was es auch sein mag, ist offenbar amerikanischer Herkunft. Es sieht ziemlich teuer aus, bestimmt nicht wie eine zusammengebastelte Eigenbauwaffe.«

»Das habe ich mir fast gedacht«, seufzte Jake.

»Wir wissen noch immer nicht, woher die Rakete kam, aber der Kopilot bestätigt, dass es eine Phosphorexplosion gewesen sein könnte. Und noch etwas, bevor ich Sie in Ruhe lasse: Offenbar ist diese Organisation sehr gerissen, gut finanziert und zum Äußersten entschlossen. Im Moment kann ich mich nur auf Vermutungen stützen, doch ich fürchte, wir werden noch mehr Linienflugzeuge verlieren, bevor diese Leute die ersten Forderungen stellen. Wenn wir etwas beweisen wollen, müssen wir zum Beispiel herausfinden, woher sie die Raketen haben – und ob sie auch für den Absturz der SeaAir verantwortlich waren.«

»Die Verkehrssicherheitsbehörde glaubt nicht, dass die Piloten geblendet wurden. Außerdem haben Untersuchungen des Wracks ergeben, dass ein Raketenangriff nicht die Absturzursache war.«

»Vielleicht variieren die Verbrecher ja ihre Taktik. Aber sie haben gewiss ihr Ziel noch nicht erreicht, sonst wären sie nicht so bemüht, Leute wie Robert MacCabe auszuschalten.«

»Natürlich.«

»Vielleicht kann die Air Force eine SR-71 zur Anderson-Basis schicken, um das Ding, das wir gefunden haben, zur Analyse abzuholen. Deshalb wollen wir nach Guam.«

»Verstanden.«

»Ach, und noch etwas. Könnten Sie dafür sorgen, dass sich einer unserer Leute mit dem Mitarbeiter bei der Verkehrssicherheitsbehörde in Verbindung setzt, der für den Absturz der SeaAir zuständig ist. Es würde mich interessieren, ob man die Leichen der Piloten gefunden hat und in welchem Zustand deren Netzhäute waren.«

»Was?«

»Ich bin keine Ärztin, aber man sollte feststellen können, ob die Netzhäute der Piloten verletzt waren. Die Frage ist: Waren die Augen der Piloten einem Lichtblitz ausgesetzt? In diesem Fall bestünde zwischen den beiden Abstürzen ein eindeutiger Zusammenhang.«

Kat beendete das Gespräch, nachdem sie Jake ihre voraussichtliche Ankunftszeit mitgeteilt und ihn gebeten hatte, sich darum zu kümmern, dass ein Augenarzt für Dan Wade bereitstand. Sie ging zum Cockpit zurück und kletterte an Robert vorbei auf den rechten Sitz.

Sie flogen auf vierzehntausend Metern, eine ungewöhnliche und nicht genehmigte Höhe, um anderen Flugzeugen nicht in die Quere zu geraten. »Wahrscheinlich sind wir momentan nur per Satellitenüberwachung zu erkennen, denn unser Transponder ist abgeschaltet«, erklärte sie Robert so leise, dass Pollis sie nicht hören konnte. »Dan hat mir beschrieben, wie das funktioniert. Auf Radarschirmen erscheinen wir höchstens als flüchtiger Schatten.«

Kat warf einen Blick auf die Instrumententafel und das elektronische Fluginformationssystem, auf dem man Kurs und Bestimmungsort ablesen konnte. Dann überprüfte sie die Tankanzeige. Sie hatten noch mehr als genug Treibstoff, um nach Guam zu kommen. Selbst Honolulu hätten sie noch erreichen können. Doch die Westküste der Vereinigten Staaten war außer Reichweite.

Dallas hatte Kat genau geschildert, was im Cockpit der Meridian 5 vorgefallen war. Sie hatte ihr auch vom Mord an Susan Tash und von Britta Franz' grausigem Tod erzählt. Kat erinnerte sich noch gut an die Chefstewardess.

Plötzlich ertönte irgendwo in der Kabine ein elektronisches Piepen und Dallas kam wieder ins Cockpit.

»Entschuldigen Sie, Kat, aber bei uns hinten läutet ein Telefon. Wir dachten, dass Sie vielleicht rangehen möchten. Schließlich ist es nicht unser Flugzeug.«

»Wie weit hinten?«

»Etwa in der Mitte. Soll ich bei Robert bleiben und hier vorne Posten beziehen, während Sie telefonieren?«, fragte Dallas, obwohl sich ihr beim bloßen Gedanken, die Odyssee im Cockpit der Meridian 5 könnte sich wiederholen, der Magen umdrehte.

»Geht das, nachdem Sie . . . Sie wissen schon . . .«

Dallas lächelte matt. »Ich bin noch total abgestumpft. Solange Sie sich nicht endgültig aus dem Staub machen, schaffe ich es schon.«

Kat öffnete ihren Sicherheitsgurt. Hoffentlich würde sie das Telefon noch rechtzeitig erreichen.

Das Satellitentelefon war eines der besten, die auf dem Markt waren. Man konnte es von jedem x-beliebigen Ort auf der Welt anwählen, allerdings waren die Gebühren astronomisch. Kat griff nach dem Hörer.

»Ja?«

»Immer noch unterwegs, Agent Bronsky? Guam ist Ihre letzte Station.« Die Männerstimme klang kalt und böse, so bedrohlich und endgültig, als verkünde sie Kats Todesurteil.

»Wer ist da?«, fragte sie bemüht freundlich.

»Sagen wir mal jemand, der nicht erfreut über Ihr dilettantisches Eingreifen ist. Oder jemand, der sich gerne bei Ihnen revanchieren möchte.«

»Wer sind Sie? Was wollen Sie?«, erkundigte sich Kat so ruhig wie möglich. Der Anrufer klang so gefährlich und zugleich gelangweilt, dass es ihr kalt den Rücken herunterlief.

Der Mann am anderen Ende der Leitung hängte ein. Kat hörte das Quietschen von Leder, als hätte er sich in einem Sessel vorgebeugt, um gemächlich aufzulegen. Offenbar hielt er sich für unbesiegbar und wollte, dass sie das wusste.

Auch Kat legte auf. Als sie den Kopf hob, bemerkte sie, dass Robert MacCabe neben ihr stand und sie fragend ansah. Sie versuchte zu verbergen, dass ihre Hand zitterte, und lächelte ihm zu.

»Offenbar gefällt es dem großen Unbekannten nicht, dass wir seine Kreise stören.«

»Was hat er gesagt, Kat? War es ein Mann?«

Sie nickte. »Ja. So eine aalglatte, Angst einflößende Stimme habe ich noch nie gehört.«

»Und was hat er gesagt?«, wiederholte Robert.

»Er wollte mir nur mitteilen, dass wir unser Testament machen können, wenn wir auf Guam landen.«

»Er weiß, dass wir nach Guam fliegen?«

Kat nickte. »Ja. Unsere Endstation, wie er sagt.«

»Woher hat er diese Information?«, fragte Robert verwundert.

Kat spürte, wie ihr ein wenig schwindelig wurde. *Woher?* Sie hatte sich erst nach dem Start für Guam entschieden. Vorher hatte sie nicht einmal darüber nachgedacht. Sie blickte in Richtung Cockpit. »Wer bewacht den Gefangenen?«

»Dallas. Aber ich habe die Pistole.«

»Wir hatten Pollis ständig im Auge, richtig?«

Robert bejahte. »Die ganze Zeit. Zuerst habe ich auf ihn aufgepasst, dann Dallas. Ich weiß, was Sie denken, aber er hatte keine Möglichkeit, sich mit irgendjemandem in Verbindung zu setzen.«

»Dann ist es eine Logik.«

»Was?«

»Guam ist der einzige amerikanische Stützpunkt so nah an Vietnam. Bestimmt hat der Mann nur geraten. Hoffentlich habe ich seine Theorie nicht versehentlich bestätigt.«

»Aber wir fliegen doch zu einem Luftwaffenstützpunkt. So schnell schafft es niemand, dort einzudringen.«

Kat schüttelte den Kopf. »Ich weiß. Die Burschen können schließlich nicht überall sein. Aber wenn Guam für uns gefährlich sein könnte, müssen wir den Kurs ändern.«

»Und wohin?«

»Ach, verdammt!« Kat ließ die Arme sinken und verdrehte die Augen.

»Was ist?«

»Natürlich! Mein Gespräch mit Jake. Wir sind abgehört worden. Das ist die Erklärung.«

»Haben Sie Guam erwähnt?«

»Den Luftwaffenstützpunkt Anderson und alles andere. Daher weiß er es.«

»Und woher wusste er, dass Sie ein Satellitentelefon benutzten?«

Kat setzte sich auf die Armlehne des gepolsterten Drehsessels, strich sich nachdenklich übers Kinn und betrachtete den jungen Steve Delaney, der auf der modernen Musikanlage des Jets einen Hit nach dem anderen anspielte.

»Nein«, murmelte Kat. »Das kann es nicht gewesen sein. Mein Telefon ist digital. Es gilt zwar nicht als abhörsicher, aber es ist dennoch schwierig, ein Gespräch abzufangen, vor allem, wenn man eines der neueren Satellitennetzwerke benutzt.«

»Dann also doch ›reine Logik‹. Es ist ihm von allein eingefallen.«

Kat blickte Robert an. Sie hatte einen anderen furchtbaren Gedanken, den sie mit niemandem teilen konnte: Gab es beim FBI eine undichte Stelle?

Sie stand auf und ging ins Cockpit zurück. Als Dallas aufstehen wollte, winkte sie ab. »Noch nicht, Dallas.«

»Übrigens, Kat«, meinte Dallas. »Wir haben eine Küche an Bord mit reichlich Lebensmitteln, Wasser und Cola. Wir müssen unbedingt etwas essen. Wenn Sie hier wieder übernehmen wollen, bringe ich Ihnen etwas.«

»Später«, erwiderte Kat mit einem Lächeln. Sie sah Pollis an. »Können Sie mit dem Flugdatenrechner die Entfernungen zu anderen Zielorten abfragen, ohne dass sich dadurch der Kurs ändert?«

»Klar«, entgegnete er. »Was möchten Sie wissen?«

Sie zögerte einen Moment und fragte sich, ob er eine Kursänderung an seine Auftraggeber weiterleiten könnte. *Nicht, wenn wir ihn ständig bewachen,* sagte sie sich. »Versuchen Sie direkten Kurs auf Los Angeles«, befahl sie.«

»Das ist viel zu weit.« Pollis bediente die entsprechenden Knöpfe und wartete auf das Ergebnis. »Hier«, meinte er. »Es sind über 9900 Kilometer, was – abhängig vom Wind – eine Flugzeit von etwa dreizehn Stunden bedeutet. Das schaffen wir nicht.«

»Dann versuchen Sie Seattle.«

Wieder gehorchte er; das Ergebnis war ein wenig besser, half ihnen aber immer noch nicht weiter.

»Löschen Sie das und geben Sie Honolulu ein«, sagte Kat.

Nach Honolulu waren es unter 7500 Kilometer. *Zehn Stunden, und unser Treibstoff reicht noch für zwölf.* »Gut, Pollis. Fliegen Sie direkt nach Honolulu.«

Kat sah zu, wie er das neue Ziel in den Flugdatenrechner eingab, und bald waren sie auf dem Weg zum International Airport von Honolulu.

»Dallas, ich komme gleich zurück. Passen Sie auf, dass er kein Funkgerät anfasst oder irgendwo etwas eintippt.«

»Wird gemacht«, erwiderte Dallas.

Kat ging wieder nach hinten, ließ sich auf einem Fensterplatz nieder und machte es sich in dem weichen, nach Leder duftenden Sitz bequem. Dann klappte sie ihr Satellitentelefon auf und wählte die Privatnummer, die sie direkt mit Jordan James verband.

30

AN BORD VON GLOBAL EXPRESS N22Z
ZEHN STUNDEN SPÄTER
13. NOVEMBER — TAG ZWEI
13:00 ORTSZEIT / 2300 ZULU

»Kat? Wachen Sie auf. Ich bin es, Robert«, sagte eine Stimme irgendwo in dem Nebel, der sie zu umgeben schien.

»Was ist?« Kat schlug die Augen auf und blinzelte in die Sonne, die sich vierzehntausend Meter unter ihnen im Pazifik spiegelte.

»Ihr Telefon läutet, Kat«, flüsterte er ihr ins Ohr.

Sie wusste nicht, wie lange sie geschlafen hatte. Nun fuhr sie hoch und schaute auf die Anzeige auf dem Flugrechner.

Nicht aufregen, sagte sie sich. *Es sind noch vierhundertfünfzig Kilometer.*

Pollis musterte sie gleichgültig.

Kat drehte sich zu Robert um. »Waren Sie die ganze Zeit hier? Hat jemand ...«

Er nickte. »Wir haben ihn nicht aus den Augen gelassen, Kat.«

Sie zog die Antenne ihres Telefons heraus und schaltete es ein. »Hallo?«

»Agent Bronsky?«, fragte eine Männerstimme.

»Am Apparat. Mit wem spreche ich?«

»Ich bin Ihr Kontaktmann im CIA-Hauptquartier in Langley. Ich rufe im Auftrag Ihres Vorgesetzten an. Er möchte aus den Gründen, die Sie besprochen haben, keinen direkten Kontakt mehr.«

Kat schauderte. Also fürchtete auch Jake, es könne beim FBI Sicherheitslücken geben. Jordan James zweifelte zwar daran, aber er hatte vor neun Stunden versprochen, einen wasserdichten Kommunikationsweg zu Rhoades herzustellen. Offenbar hatte Onkel Jordan seine Zusage wie immer eingehalten.

»Ich verstehe. Dieser Kanal ist also sicher?«

»Ja, aber zu Hause muss Jake Rhoades wohl den Klempner kommen lassen.«

»Das tut mir Leid für ihn«, entgegnete Kat. »Was gibt es Neues?«

»Nach Ihrer Landung in Honolulu rollen Sie sofort zum Terminal für Firmenjets. Eine Mannschaft des FBI erwartet Sie dort.«

»Haben Sie einen Ersatzpiloten für uns?«

»Nein. Sie werden mit den anderen unter falschen Namen einen Linienflug nach Washington nehmen. Den Gegenstand, den Sie an Bord dieser Maschine gefunden haben, wird man mit einem Sonderflug der Air Force an einen geeigneten Ort bringen.«

»Warum können wir nicht mitfliegen? Weshalb ein Linienflug?« Kat setzte sich auf und rieb sich das linke Auge.

»Das Flugzeug ist nicht für Passagiere ausgelegt.«

Kat nickte. Vermutlich handelte es sich um die Maschine, die sie vorgeschlagen hatte, eine blitzschnelle SR-71, die in zwei Stunden von Honolulu nach Washington oder an jeden anderen beliebigen Ort in den Vereinigten Staaten fliegen konnte.

Der Drahtbügel in ihrem Büstenhalter drückte Kat schon seit einigen Minuten schmerzhaft in die Rippen, und sie konnte ihn nicht zurechtrücken, da Robert MacCabe so dicht neben ihr stand. »Hören Sie«, meinte sie und rollte die Schultern, bis der Schmerz etwas nachließ. »Das mit dem Linienflug gefällt mir überhaupt nicht. Die ganze Gruppe steht auf der Abschussliste, besonders ich und eine andere Person. Ich möchte nicht, dass unseretwegen noch eine Verkehrsmaschine unter Angriff gerät.«

»Man hat alle nötigen Vorsichtsmaßnahmen getroffen, Agent Bronsky«, erwiderte der CIA-Mann. »Außer uns wird niemand wissen, dass Sie in diesem Flugzeug sitzen.«

»Ich finde es dennoch gefährlich. Bitte richten Sie meinem Vorgesetzten aus, ich würde mich freuen, wenn er es sich noch einmal überlegt.«

»Wird gemacht. Aber versuchen Sie unter gar keinen Umständen, ihn selbst zu kontaktieren. Ist das klar?«

»Sie haben sich deutlich genug ausgedrückt. Und wie kann ich Sie erreichen?«

Er diktierte ihr eine Nummer in Langley, bat sie aber, sie nur im Notfall zu benutzen.

»Sie nahm kurz das Telefon vom Ohr und lächelte MacCabe zu. »Wird uns bei unserer Ankunft ein Augenarzt erwarten?«

»Sicher.«

»Und haben wir die Genehmigung, in den Luftraum von Hawaii einzudringen?«

»Darauf wollte ich gerade zu sprechen kommen. Ihr Transpondercode lautet 4-6-6-5. Ihr Rufzeichen ist Sage-16. Funken Sie Honolulu an, sobald Sie noch dreihundert Kilometer entfernt sind.« Er gab ihr die genaue Frequenz durch und beendete das Gespräch. Kat war aufgeregt. Sie klappte die Antenne ein und überprüfte die verbleibende Entfernung: 370 Kilometer. Dann gab sie Transpondercode und Frequenz an Pollis weiter, der sie auf einen Zettel kritzelte.

Robert verschwand und kehrte kurz darauf mit Dallas zurück, die Kat ablösen sollte. Kat und Robert gingen nach hinten, wo Bill Pollis sie nicht belauschen konnte.

»Also«, begann Robert. »Auch wenn Sie mich jetzt für neugierig halten – einen Teil des Gesprächs habe ich nicht mitgekriegt.«

Kat erklärte ihm alles. »Anscheinend hatte ich Recht. In Washington gibt es eine undichte Stelle. Daher wussten unsere Gegner, dass wir nach Guam wollten.«

»Aber jetzt kann uns doch nichts mehr passieren?«

Sie seufzte. »Wahrscheinlich nicht. Es sollte diesmal gelungen sein, unsere Pläne geheim zu halten.«

»Warum setzen sie uns wieder in eine Linienmaschine?«

»Keine Ahnung. Und es gefällt mir gar nicht«, erwiderte sie. »Ich finde es ziemlich leichtsinnig.«

»Besonders nach dem unheimlichen Anruf gestern Abend. Ich bin damit überhaupt nicht einverstanden.«

Sie bemerkte seine wachsende Sorge und unterbrach ihn mit einer Handbewegung. »Ich auch nicht, Robert. Warten wir es ab. Zuerst möchte ich die Waffe abliefern und dafür sorgen, dass Pollis verhaftet und scharf bewacht wird.« Sie nickte in Richtung Cockpit. »Das Unschuldslamm beharrt noch immer auf seiner Geschichte, doch das kann uns nur recht sein. Solange er uns von seiner Harmlosigkeit überzeugen will, wird er sich benehmen. Offenbar hofft er, dass wir Mitleid mit ihm bekommen.«

Robert blickte aus dem Fenster. »Wie lange noch?«

»In etwa dreißig Minuten müsste der Landeanflug beginnen.«

Robert stand auf und stützte sich mit einer Hand an eine Trennwand. Dann beugte er sich zu Kat hinunter und schaute sie fragend an.

»Was ist?«, meinte sie leise.

»Ich habe gerade darüber nachgedacht, was wir beide in den letzten vierundzwanzig Stunden durchgemacht haben.«

»Länger«, erwiderte sie.

»So lange nun auch wieder nicht, obwohl es mir vorkommt, wie ein ganzes Jahr, seit wir uns in Hongkong unterhalten haben.«

Sie schüttelte den Kopf. »Die Sache ist fast ausgestanden, Robert. Wir werden dafür sorgen, dass die anderen so schnell wie möglich befragt und nach Hause geschickt werden. Dann setzen wir beide uns zusammen und erörtern in allen Einzelheiten, was Sie wissen und was das Ihrer Ansicht nach bedeutet. Ich hoffe doch, ich kann auf Ihre Hilfe zählen, und auch darauf, dass Sie Ihre Geschichte nicht sofort veröffentlichen.«

Er sah sie gekränkt an. »Ich habe mich zuerst an Sie gewandt. Schon vergessen?«

Sie tätschelte ihm den Arm. »Ich frage ja nur. Ich will nichts für selbstverständlich nehmen.«

»Meinen Sie nicht, dass sich viele Fragen schon beantwortet haben?«

»Mag sein. Aber ich mache mir noch immer große Sorgen. Wenn das Ding ein Zielgerät ist, muss es irgendwo ein Schiff oder ein Flugzeug geben, von dem aus die damit gelenkte Rakete abgeschossen wurde.«

»Und warum beschäftigt Sie das?«, erkundigte sich Robert.

»Wegen der Organisation, die nötig war, um die Rakete in Hongkong in Position zu bringen?«

Sie nickte. »Wie lange im Voraus hatten Sie Ihren Rückflug gebucht?«

Er überlegte kurz. »Ich hatte meine Reservierung geändert. Ursprünglich wollte ich erst am nächsten Tag zurückfliegen.«

»Wenn diese Leute es also wirklich auf Sie abgesehen hatten, hätten sie all ihre Pläne umwerfen müssen, um den umgebuchten Flug abzufangen.«

»Und wenn sie gar nicht hinter mir her waren?«

Kat biss sich auf die Lippe und schüttelte dann den Kopf. »Nein, das wären zu viele Zufälle auf einmal. Dazu haben die sich zu große Mühe gegeben, Sie aufzuspüren.«

»Schön und gut«, erwiderte Robert, »aber ich begreife noch immer nicht, warum Ihnen das Laser-Zielgerät – wenn es wirklich eines ist – solches Kopfzerbrechen bereitet.«

»Wie schwer schätzen Sie das Ding?«, fragte sie.

»Etwa siebzehn Kilo. Ein ziemlicher Brocken.«

»Ungefähr einen Meter fünfzig lang, Durchmesser zirka dreißig Zentimeter, einschließlich der beiden tankähnlichen Teile.«

»Ja. Es erinnert mich an die Wassergewehre für Kinder, bei denen zwei Wassertanks oben auf dem Lauf sitzen. Und jede Menge Elektronik.«

»Für einen einfachen Infrarotlaser ziemlich viel Holz. Die Laserzeiger, die man bei Vorträgen benutzt, passen in jede Hosentasche. Was ist, wenn es etwas anderes ist, Robert? Wenn es gar keine Rakete gibt, sondern nur dieses Gerät?«

Er blickte hinter sich in die Kabine, während sie fortfuhr.

»Was, außer einer Phosphorexplosion, könnte einen Piloten derart blenden? Mit was für einem Apparat wäre das möglich?«

Robert schüttelte den Kopf und breitete ratlos die Hände aus. »Keine Ahnung ... vielleicht eine Art Teilchenkanone? Sie wissen schon, die Dinger, die sie für Reagans Verteidigungssystem Krieg der Sterne entwickeln wollten. Sie schießen einen starken Strahl subatomarer Teilchen auf herannahende Raketen ab.«

»Ich denke an etwas Einfacheres«, meinte Kat. »Warum sollte man eine teure Rakete auf eine unsichere Flugbahn schicken. Wäre es nicht leichter, die Sache direkt mit einem tragbaren Lasergewehr zu erledigen.«

Robert schnappte nach Luft. »Natürlich! Weshalb sind wir nicht gleich darauf gekommen?«

»Weil wir zu beschäftigt waren und weil man in Washington immer noch von Raketen redet.«

Robert MacCabe nickte heftig. »Auf diese Weise könnte auch die SeaAir abgeschossen worden sein. Die Terroristen hätten eine völlig neue Waffe entwickelt.«

»Und wenn das Ding aus Amerika stammt?«, fuhr Kat fort.

»Wenn jemand unsere militärischen Geheimnisse stiehlt und gegen uns einsetzt? Allerdings habe ich keine Ahnung, wer diese Leute sein könnten oder was sie wollen. Handelt es sich um einen Vergeltungsschlag gegen den großen Teufel, wie das Regime im Iran uns nennt? Oder ist es eine private Gruppe, die versucht, die Welt zu erpressen, wie die Bösewichte in den James-Bond-Filmen?«

»Dann werden wir nach vielleicht sechs Flugzeugabstürzen einen Brief erhalten, in dem sie eine Milliarde Dollar fordern, damit die Anschläge aufhören«, ergänzte Robert. »Hatten Sie Gelegenheit, Pollis zu befragen?«

»Ja«, erwiderte sie. »Vor ein paar Stunden, während Sie schliefen. Wenn er lügt und Theater spielt, will er uns auf eine falsche Fährte locken. Wenn er die Wahrheit sagt, war er nur am Rande beteiligt. Pollis sagt, Schoen hätte mit starkem Akzent gesprochen. Er habe den Verdacht gehabt, dass er für die CIA, nicht für das FBI arbeitete. In seine Pläne habe er ihn nicht eingeweiht. Angeblich wusste er auch nicht, dass Ihr Flugzeug abgestürzt ist, und er hat es nicht bemerkt, wenn aus dem Fenster etwas abgeschossen wurde.«

»Kennen Sie das alte Spiel: Wenn alles, was ich von mir gebe, eine Lüge ist, dann lüge ich auch, wenn ich behaupte, dass ich nie die Wahrheit sage, was wiederum bedeutet, dass ich nicht immer lüge.«

»Ich bin zu müde, um mir darüber den Kopf zu zerbrechen, Robert.«

»Aber es passt auf Pollis. Wir dürfen ihm kein Wort abkaufen.«

»Ich weiß.«

Nachdem Kat wieder auf dem rechten Sitz Platz genommen hatte, ging Dallas in die elegante Passagierkabine zurück, wo Steve, Dan und Graham saßen. Sie ließ sich auf das Ledersofa neben Graham fallen und griff nach seiner Hand. Er lächelte benommen. In seinem Blick lag tiefe Verzweiflung.

»Ich wollte Sie fragen, wie es Ihnen geht, Doc, aber ich glaube, ich kenne die Antwort«, meinte sie leise.

Er blickte wieder zu Boden.

Steve Delaney hatte sich neben sie gesetzt.

»Wie lange noch?«, fragte er Dallas nun.

»Bald sind wir in Honolulu. Dort wechseln wir das Flugzeug.«

»Ich möchte meine Mutter anrufen. Glauben Sie, Kat erlaubt es mir?«

Dallas schüttelte den Kopf. »Wir stehen immer noch ganz oben auf jemandes Abschussliste.«

»Nur ein kurzer Anruf von einem öffentlichen Telefon. R-Gespräch.«

»Nicht ohne Kats Erlaubnis, Steve. Du musst ihr vertrauen.«

Sie sah ihn nicken, aber sie wusste, dass er es trotzdem versuchen würde.

AN BORD VON GLOBAL EXPRESS N22Z
IM LANDEANFLUG AUF HONOLULU
13. NOVEMBER — TAG ZWEI
13:46 ORTSZEIT / 2346 ZULU

Die schnittige Global Express landete mühelos auf Landebahn 8, links, und wurde langsamer. Pollis ließ die Maschine zu einem Vorfeld rollen, auf dem weitere Firmenjets standen und wo sie zu drei offiziell aussehenden schwarzen Limousinen gewinkt wurden. Fünf Männer im dunklen Anzug warteten dort auf sie.

Nachdem Pollis den Abstellcheck beendet hatte, fesselte Kat ihn wieder mit einem Paar Plastikhandschellen. »Wenn Sie die Wahrheit sagen, Pollis, wird Ihre Firma alles tun, um Sie zu rehabilitieren. Haben Sie mich aber belogen, dann gnade Ihnen Gott. Denn außer ihm wird niemand Mitleid mit Ihnen haben.«

»Es ist die Wahrheit, Ma'am. Ich hoffe, Sie fangen diese Leute.«

Sie stand auf und öffnete die Tür. Die warme Luft Hawaiis und der Duft von Bougainvilleen schlugen ihr entgegen. Einer der Männer stand unten an der Treppe und hielt ihr seinen Ausweis hin. Sonnenlicht fiel durch schwankende Palmwedel und beleuchtete sein Gesicht.

»Agent Bronsky? Ich bin Agent Rick Hawkins von der Niederlassung in Honolulu. Das da drüben sind Agent Walz, Agent Moncrief und Agent Williams.«

Kat schüttelte Hawkins die Hand und musterte sein Gesicht. Sie schätzte ihn auf Ende dreißig. Er war ein ausgesprochen gut aussehender Schwarzer. Sein Lächeln erinnerte sie an einen Freund vom College und sie konnte nicht anders, als ebenfalls zu lächeln. Er war knapp einsachtzig groß und muskulös. Seine Stimme klang gebildet.

»Soweit ich informiert bin, haben Sie einen Gefangenen für uns«, sagte er.

Kat strich sich das Haar aus der Stirn. Ihre linke Hand befand sich in ihrer Handtasche und sicherte lautlos die Pistole.

»Ja. Er nennt sich Bill Pollis. Ich musste ihn wegen schweren Diebstahls festnehmen. Er ist in Besitz eines gestohlenen Flugzeugs mit amerikanischer Zulassung und hat damit bundesstaatliche und internationale Grenzen überflogen. Ein weiterer Anklagepunkt wäre zweihundertfacher Mord mit strafverschärfenden Umständen. Und wenn das nicht reicht, lasse ich mir noch etwas anderes einfallen.«

Hawkins grinste. »Ich bezweifle, dass er in nächster Zeit viel reisen wird.«

»Der Mistkerl sitzt gefesselt im Cockpit«, sagte Kat. »Aber als Erstes braucht der Pilot der Meridian einen Arzt.«

»Er wartet drinnen«, erwiderte Agent Hawkins.

Sobald Dan Wade aus der Maschine geführt und in den bequemen Aufenthaltsraum des Privatjet-Terminals gebracht worden war, gingen zwei der FBI-Leute an Bord, um Pollis zu übernehmen. Rick Hawkins trat näher an Kat heran und senkte die Stimme. »Man sagte mir, Sie hätten einen wichtigen Gegenstand bei sich, der sofort zum Festland geschafft werden muss. Ist das korrekt?«

Kat nickte. »Hinten. In einem Metallkoffer. Höchste Sicherheits- und Geheimhaltungsstufe. Wenn Sie das Ding verlieren, können Sie Ihr Testament machen. So wichtig ist es.«

»Verstanden«, erwiderte er.

Die FBI-Männer eskortierten Pollis die Treppe hinunter. Als er Blickkontakt mit Kat suchte, schaute sie weg. Auch Graham, Dallas, Robert und Steve stiegen nun aus.

»Warten Sie im Terminal auf mich«, bat Kat sie.

Robert zögerte, doch Kat warf ihm einen strengen Blick zu und nickte zur Tür.

Hawkins rückte seine Fliegerbrille zurecht und lächelte breit. Offenbar war er sehr zufrieden mit sich. Er winkte einen der anderen Agenten heran und ließ ihn den Waffenkoffer holen. Dann schaute er zu der öffentlichen Abflughalle, die in der Ferne jenseits der Landebahn zu erkennen war. »Wir haben ein Büro im Terminal räumen lassen, einen abgeschlossenen Raum, wo Sie warten können, bis Sie an Bord gehen. Alles ist so organisiert, dass niemand Sie beim Einsteigen sieht. Ihr Flug geht in vier Stunden.«

»Sie müssen mir einen Gefallen tun, Agent Hawkins.«

»Nennen Sie mich bitte Rick.«

»Okay, Rick. Ich danke Ihnen für Ihre Vorbereitungen. Doch wenn es möglich wäre, mit einer Maschine der Air Force zurückzufliegen, würden wir das gerne tun. Die Leute, die es auf uns abgesehen haben, sind skrupellose Killer. Ich möchte keine weitere Linienmaschine in Gefahr bringen.«

»Skrupellose Killer, hm.« Mit bedauernder Miene schüttelte er den Kopf. »Ich habe meine Befehle, aber ich sehe, was sich machen lässt.« Er beugte sich vor und berührte sie am Arm. »Agent Bronsky, ich habe noch eine sehr wichtige Anweisung für Sie. Während Ihres Aufenthalts hier dürfen Sie niemanden anrufen. Diese Anordnung kommt direkt von Jake Rhoades. Absolute Funkstille, also auch kein Satellitentelefon.«

»Verstanden.«

»Das hat man mir eingebläut«, meinte er lächelnd und wurde dann wieder ernst. »Ihre Begleiter haben sicher Schreckliches durchgemacht.«

Sie schilderte ihm kurz den Absturz und die Rettung im Kugelhagel. Allerdings verschwieg sie ihm ihren Verdacht und ihre Theorien, was das gefundene Gerät betraf.

»Wir sollten reingehen«, meinte er und wies auf den Aufenthaltsraum.

»Gerne. Ich möchte wissen, wie es Dan Wade geht.«

»Darf ich Sie etwas fragen – ganz im Vertrauen?«, erkundigte sich Hawkins.

»Bitte«, lächelte Kat.

»Haben Sie Hinweise darauf entdeckt, dass zwischen dem Absturz der SeaAir und dem Vorfall in Vietnam Zusammenhänge bestehen? Wie ich annehme, sind Sie auch mit diesem Fall befasst.«

Kat holte tief Luft und ließ die Indizien Revue passieren. »Tja ... das ist eine gute Frage. Aber wenn es Ihnen nichts ausmacht, werde ich es unseren ehrenwerten Vorgesetzten überlassen, das zu beantworten.«

»Okay. Klar.« Er zuckte die Achseln und hielt ihr die Tür auf.

Dann zuckte er zusammen, als wäre ihm ein Fehler unterlaufen. »Oh, Entschuldigung.«

Kat schaute zu ihm auf und klopfte ihm lächelnd auf die Schulter. »Sie brauchen sich nicht dafür zu entschuldigen, dass Sie ein Gentleman sind, Rick.«

Er erwiderte ihr Lächeln und folgte ihr ins Gebäude.

Der Augenarzt hatte Dan in einem abgedunkelten Büro untersucht. Als Kat hereinkam, erläuterte er ihr die Ergebnisse. »Seine Chancen stehen gut, dass wenigstens ein Teil seines Augenlichtes erhalten bleibt. Die Rezeptoren – die Zäpfchen und Stäbchen auf der Netzhaut – sind verletzt, aber nicht ganz zerstört. Aber es braucht seine Zeit. Er muss weiter einen Verband tragen. Wenn Sie wieder in Washington sind, rate ich Ihnen, sich an die Johns Hopkins University zu wenden. Ansonsten muss man sich auf die Selbstheilungskräfte des Körpers verlassen.«

»Danke, Doktor.«

»Das mit Ihrem Kapitän tut mir Leid.«

»Wie kann ein Licht- oder Energiestrahl einen Mann durch die Augen töten?«, fragte Kat.

Der Arzt zuckte die Achseln. »Keine Ahnung. Außer der Lichtstrahl war so stark, dass er sich durch die Augäpfel gebrannt und schwere Blutungen verursacht hat. Vielleicht hat der heftige Schmerz auch einen Herzinfarkt ausgelöst.«

»Und was ist mit einem Teilchenstrahl?«

Der Arzt verdrehte schmunzelnd die Augen. »Wissen Sie, abgesehen von medizinischen Fragen habe ich keine Ahnung von Technik. Teilchenstrahlen sind für mich Sciencefiction. Ganz im Gegensatz zu Lasern. Wir setzen sie zu kosmetischen Zwecken ein, zum Beispiel um Hautschichten wegzubrennen und um kleine Blutgefäße zu veröden. Selbstverständlich kann ein starker Laser schwere Augenschäden verursachen. Ob er auch töten kann, weiß ich nicht.

32

HONOLULU INTERNATIONAL AIRPORT, HAWAII
13. NOVEMBER — TAG ZWEI
16:15 ORTSZEIT / 0215 ZULU

Eigentlich waren es nur fünf Minuten von den Privatjets zum öffentlichen Terminal, doch sie mussten einen Umweg über ein Verladedock und eine Hintertreppe nehmen. Hawkins führte Kat und die Gruppe der Überlebenden zu dem Büro, das im Flughafen für sie vorbereitet worden war. Es handelte sich um einen kargen Raum mit Metallschreibtischen, der einen ausgezeichneten Blick auf die Flugsteige und die Promenadenhalle bot. Man servierte ihnen Sandwiches. Während der vier Stunden, die sie warten mussten, stattete ihnen Hawkins hin und wieder einen Besuch ab. Sie durften nicht telefonieren und auch ihrer wiederholten Bitte nach einer Dusche war nicht entsprochen worden. Trotz aller Versuche, sich auf dem Flug von Vietnam ein wenig zu säubern und ihre Kleidung zu reinigen, sahen sie ziemlich mitgenommen aus.

Um viertel nach vier erschien Hawkins wieder. »Kat, wir haben Ihnen einen Flug mit der Air Force besorgt. Er startet in einer Stunde.«

Sie lächelte ihm zu und bedankte sich bei ihm. Nachdem er hinausgegangen war, bemerkte sie, dass Robert MacCabe merkwürdig das Gesicht verzog. »Was ist?«, fragte sie.

Er zögerte. »Nichts.«

Sie ging zu ihm hinüber und rückte ihm einen Stuhl zurecht. Dallas saß auf einem Sofa, während Steve mit einem Fernglas, das er auf dem Fensterbrett gefunden hatte, den Flughafen beobachtete. Dan unterhielt sich leise mit Graham über die Diagnose des Augenarztes.

Kat setzte sich Robert gegenüber. Als sich ihre Knie kurz berührten, bemerkte sie zu ihrem Erstaunen, dass sie das trotz ihrer Erschöpfung und Anspannung nicht ganz kalt ließ. Diskret zog sie das Bein zurück. Sie befürchtete, er könne sie falsch verstanden haben, doch Robert hatte es offenbar gar nicht wahrgenommen.

»Etwas beschäftigt Sie, Robert«, begann Kat. »Was ist los?«

»Als er uns vor einer halben Stunde unsere Brote brachte, hat er etwas gesagt.«

»Hawkins?«

»Ja. Sie sind die FBI-Agentin, und wenn es Ihnen nicht merkwürdig vorkommt...«

Sie beugte sich vor und blickte ihn eindringlich an. »Eigentlich habe ich Psychologie studiert, Robert. Ich bin erst seit knapp drei ziemlich hektischen Jahren beim FBI. Ich kenne mich also mit dem Jargon nicht besonders gut aus, und ich gehöre nicht zu den alten Seilschaften.«

»Ich war nie bei den Marines.«

»Wie bitte?«

»Das hat er geantwortet, als ich ihn fragte wann er in Quantico war. Er lachte und meinte, er sei nie bei den Marines gewesen.«

»Aber Quantico ist doch hauptsächlich ein Stützpunkt der Marines.«

Robert nickte. »Ich weiß. Aber es ist auch die einzige FBI-Akademie, die existiert. Verbessern Sie mich, wenn ich mich irre, aber wenn man zum FBI will, muss man doch Lehrgänge in Quantico absolvieren. Richtig?«

Kat rührte sich nicht und starrte ihn an. »Das ist seltsam, aber er gehört wirklich zum FBI. An seinem Ausweis war nichts Außergewöhnliches. Er hatte sogar... nun, das sollte ich Ihnen eigentlich nicht verraten, aber es gibt ein Erkennungszeichen, an dem man sofort sieht, ob er echt ist. Und das war er.«

Robert winkte ab. »Gut. Ich habe gehofft, dass ich unter Verfolgunswahn leide.«

Ein Schlüssel drehte sich im Schloss. Hawkins steckte den Kopf zur Tür herein. »Okay, Agent Bronsky. Die Air Force trommelt momentan eine Besatzung zusammen, um Sie in einer ihrer Gulfstreams nach Andrews zu fliegen. Wir treffen gerade die nötigen Vorbereitungen, um Sie alle nach Hickam zu bringen, wo Sie an Bord gehen werden.«

»Ausgezeichnet.« Kat ging auf ihn zu. »Ich überlege schon die ganze Zeit, woher ich Sie kenne. Waren wir zusammen auf der Akademie?«

Schmunzelnd hob Hawkins den Finger. »Ich muss wieder runter in die Halle. Wir unterhalten uns später weiter, einverstanden?«

»Gut«, erwiderte sie und verschränkte die Arme vor der Brust, während er die Tür schloss.

Kat drehte sich zu Robert um und biss sich auf die Lippe. Dann lief sie rasch zu einem der Schreibtische hinüber, wo auf einem Computerbildschirm ein Bildschirmschoner lief, der Comicfiguren zeigte. Sie tippte etwas ein, das übliche Windows-Desktop erschien und sie rief ein E-Mail-Formular auf.

»Was tun Sie da, Kat?«, fragte Robert, der lautlos hinter sie getreten war.

»Ich will nur etwas nachprüfen.«

Sie schrieb eine kurze Nachricht an Jake Rhoades.

JAKE BITTE BESTÄTIGEN SIE, DASS DER AIR-FORCE-FLUG FÜR UNS SECHS VON HONOLULU NACH ANDREWS OKAY GEHT. ÜBERPRÜFEN SIE AUSSERDEM, OB DIE FBI-AGENTEN HAWKINS, WILLIAMS, WALZ UND MONCRIEF, NIEDERLASSUNG HONOLULU, SICH WIRKLICH IM AKTIVEN DIENST BEFINDEN. SIE SIND ALLE HIER VOR ORT. ANTWORTEN SIE NUR AUF MEINEM PIEPSER. ALPHANUMERISCHE ANTWORT. KB

Sie klickte auf »Sofort senden« und wartete, bis der Computer sich in ein Netzwerk eingewählt hatte und die Bestätigung auf dem Bildschirm aufleuchtete. Dann löschte sie den Text, holte ihren Piepser aus der Handtasche, um sich zu vergewissern, dass er eingeschaltet war, und setzte sich zu Dallas und Dan.

Nach sechs Minuten meldete sich ihr Piepser. Kat nahm ihn wieder aus der Tasche, drückte lässig auf einen Knopf und las die Mitteilung.

WO SIND SIE? JJ HAT MICH INFORMIERT, DASS IHR ZIEL HONOLULU IST. DANN ERFUHR ICH, SIE HÄTTEN NACH MIDWAY ABGEDREHT. SIND SIE IN HONOLULU? IN DER

NIEDERLASSUNG IN HONOLULU GIBT ES KEINE AGENTEN
DIESES NAMENS. AUCH NIRGENDWO AN DER WESTKÜSTE.
SEIEN SIE AUF DER HUT.

Plötzlich schien sich der Raum um Kat zu drehen. Sie fühlte sich wie in einem Erdbeben. Doch als sie die Hängelampe anschaute, war alles ruhig.

»Kat?«, rief Robert erschrocken.

Kat sprang auf, ohne etwas zu sagen und ging zu Steve, der am Fenster stand. »Ich brauche das Fernglas. Schnell!«, sagte sie gereizt. Steve riss die Augen weit auf und reichte ihr das Gerät. Sie stellte die Schärfe ein und blickte in Richtung des Privatterminals, wo die Global Express geparkt war.

Die Maschine war verschwunden. Als Kat den Flughafen absuchte, entdeckte sie sie am Ende von Startbahn 4L.

»Verdammter Mist!«

»Was ist, Kat?«, fragte Robert. »Was ist passiert?«

Sie senkte das Fernglas und zeigte zu der Startbahn. »Sehen Sie das Flugzeug, das sich gerade dort startklar macht?«

Er nickte.

»Das ist die Zwei-Zwei-Zulu.« Sie ließ die Schultern hängen. »Mein Gott, Robert. Ich habe die Waffe und den Jet verloren. Und Pollis ist sicher auch schon über alle Berge.« Sie reichte ihm den Piepser und er las rasch die Nachricht.

Kat schaute in die Runde und überlegte, welche Möglichkeiten ihnen noch offen standen.

Auch Dallas hatte Kats Aufregung bemerkt. »Was ist denn los, Leute?«

Robert unterbrach sie mit einer Handbewegung und lief zum anderen Ende der Fensterfront. »Kat, hier hinten ist ein Sims, das zu einer Feuerleiter führt«, rief er.

»Öffnen Sie das Fenster. Wenn nötig, schlagen Sie es mit einem Stuhl ein«, reagierte Kat sofort.

»Hey, was wird hier gespielt?«, fragte Dallas.

Kat packte sie an den Schultern und blickte verzweifelt zwischen ihr und den anderen hin und her. »Ich habe einen Riesenmurks gebaut, Dallas! Diese Typen sind nicht vom FBI. Sie sind unsere Feinde. Die Zeit reicht nicht, um Ihnen alles zu erklären, aber wir müssen verschwinden, bevor sie zurückkommen.«

»Ich dachte, die wollten uns zur Air Force bringen«, wunderte sich Dallas.

»Nein, Dallas. Wenn wir in ihren Bus steigen, wird man unsere Leichen nie finden.«

Dallas schluckte. »Das ist klar genug. Hauen wir ab.«

Robert und Steve kämpften mit dem Fensterriegel. »Geschafft, Kat!«

»Okay, Graham, Sie kümmern sich um Dan. Dallas, Sie und Steve gehen zusammen raus. Robert geht als Erster. Wir müssen unbemerkt zur Abflughalle kommen.«

Kat hielt inne, betrachtete ihren Rollenkoffer und überlegte, ob es zu riskant war, ihn mitzunehmen. Graham, Dallas und Dan hatten nichts von ihrer Habe retten können. Robert hatte seinen Computer und Steve seinen Rucksack. Als Steve ihr Zögern bemerkte, lief er zu ihr, um ihr Gepäck zu nehmen.

»Nein, Steve, ich lasse es hier«, sagte Kat.

»Es macht mir nichts aus«, widersprach Steve und schob den Koffer durchs Fenster.

Die warme, feuchte Luft Hawaiis drang durch das offene Fenster. Rasch kletterten sie, mit MacCabe an der Spitze, auf die Feuertreppe hinaus. Nachdem sie zwei Stockwerke hinuntergestiegen waren, liefen sie über ein mit Kies bedecktes Teerdach zu einer Metalltür, die offen stand.

»Schnell. Hier entlang«, meinte Robert, und die anderen eilten an ihm vorbei. Kat packte ihn am Ärmel und schloss die Tür hinter ihnen.

»Moment«, sagte sie und pirschte sich an einigen geschlossenen Bürotüren vorbei zu einem Flur und einer Glastür, die in eine große Halle außerhalb des Sicherheitsbereichs führte.

Sie drehte sich um und winkte die anderen zu sich. »Wir sind außerhalb des Sicherheitsbereichs. Ich kann uns nicht alle hier herausschleusen, indem ich einfach meinen Ausweis vorzeige. Und wenn wir gewaltsam die falsche Tür öffnen, lösen wir einen Alarm aus. Von dem Sicherheitsdienst hier erwarte ich nicht viel

Fantasie. Also ist es das Beste, wenn wir unauffällig durch diese Tür gehen, uns überprüfen lassen und uns auf der anderen Seite wieder treffen. Es gibt drei Warteschlangen. Wir trennen uns also.«

»Und wo genau treffen wir uns?«, fragte Dallas.

Kat fuhr sich mit der Zunge über die Lippen. »Ich weiß nicht. Gleich da drüben ist ein Flugsteig. Wir treffen uns im Wartebereich und lassen uns dann etwas einfallen. Dallas? Sie, Dan und Steve gehen zuerst. Wir kommen nach. Hawkins wird jeden Moment merken, dass wir verschwunden sind.«

Dallas öffnete die Glastür und führte Dan und Steve hinaus. Der Junge trug seinen Rucksack und hatte Kats Rollenkoffer bei sich. Als alle drei die Sicherheitskontrolle passiert hatten, bedeutete Kat Robert und Graham, ebenfalls loszugehen.

»Kommen Sie nicht mit?«, erkundigte sich Robert.

»Doch«, erwiderte Kat. »Ich überlege noch, was ich mit meiner Pistole mache.«

»Zeigen Sie Ihren Ausweis. Etwas anderes bleibt Ihnen nicht übrig.«

Kat nickte. Sie wartete, bis Robert und Graham durch den Metalldetektor geschritten waren und auf der anderen Seite ihr Kleingeld wieder in Empfang nahmen.

Dann näherte sie sich der Mitarbeiterin des Sicherheitsdienstes, wies auf den Polizisten, der im Hintergrund stand, und zeigte ihren Ausweis vor. »FBI. Könnten Sie den Polizisten bitten herzukommen?«

Die Frau riss erstaunt die Augen auf und zog los, um den Polizisten zu holen. Kat reichte ihm ihren Ausweis und sagte leise: »Egal, was Sie tun, erregen Sie bloß kein Aufsehen. Wir führen gerade eine Beschattung durch. Etwas ist schief gelaufen, und wenn Sie auch nur eine Augenbraue hochziehen, gefährden Sie damit die Ermittlungen einer Bundesbehörde. Ich habe eine Neun-Millimeter-Pistole bei mir. Als Mitarbeiterin einer Strafverfolgungsbehörde bin ich befugt, den Sicherheitsbereich bewaffnet zu betreten.«

»Ja, Ma'am«, erwiderte er verdattert.

»Nachdem Sie sich überzeugt haben, dass mein Ausweis echt ist, stecken Sie ihn unauffällig in meine Handtasche zurück und weisen Sie die Kontrolleurin an, mich kommentarlos durchzulassen. Verstanden?«

»Wird gemacht, Agent Bronsky«, entgegnete der Polizist.

Kat hörte hinter sich Rufe und rasche Schritte, während sie die Kontrolle passierte und die anderen zu sich winkte. Als sie sich umblickte, sah sie, wie Hawkins schlitternd an der Schranke zum Stehen kam und seinen sehr gut gefälschten Ausweis herausholte.

Auf einer Tafel neben ihnen waren die Abflugzeiten angeschlagen. Kat studierte sie sorgfältig und entschied sich für eine DC-10, die nach Seattle flog und einige Flugsteige weiter zum Einsteigen bereit stand. »Hier entlang!«, befahl sie und fing an zu rennen.

»Nicht zurückschauen«, sagte sie zu Robert und spähte um ihn herum.

»Hawkins war stehen geblieben und blickte in alle Richtungen. Dann schickte er zwei seiner Männer zur östlichen Halle und ging selbst nach Westen. Kat wurde klar, dass der falsche FBI-Mann sie nicht bemerkt hatte, obwohl er direkt auf sie zuzukommen schien.

»Okay, hier hinein!«, sagte Kat und führte ihre Begleiter nach rechts, wo sie sich hinter einer Betonmauer neben einem Flugsteig versteckten.

Der Flugsteig hatte zwar noch geöffnet, aber eine Frau sortierte bereits die eingesammelten Bordkarten, was hieß, dass sie jeden Moment die Tür schließen würde.

Kat stürmte auf sie zu und wies sich aus. »Wir müssen in das Flugzeug. Es ist alles legal. Sie machen die Tür hinter sich zu und sprechen mit niemandem außer der Besatzung darüber.«

»Ich . . . ich . . . kann nicht . . .«, stammelte die Frau.

»Ist der Flug ausgebucht?«

»Nein, aber . . .«

Kat winkte die anderen heran. »Gehen Sie weiter! Und sagen Sie der Chefstewardess, sie soll mich zum Kapitän bringen.«

Dann packte sie die Frau vom Bodenpersonal an der Schulter. »Es geht um Leben und Tod. Jeden Moment wird ein Mann hier auftauchen. Er hat einen gefälschten FBI-Ausweis, und er ist bewaffnet und gefährlich. Wenn er sieht, dass ich mit Ihnen spreche, oder wenn Sie ihm helfen, wird er uns beide umbringen. Kapiert?«

Die Frau nickte und schluckte.

»Gut. Dann verschwinde ich jetzt. Merken Sie sich meinen Nachnamen: Bronsky. Rufen Sie die hiesige FBI-Niederlassung an. Sie werden Ihnen über Washington bestätigen, dass ich die bin, für die ich mich ausgebe. Und jetzt senken Sie den Kopf, sortieren Sie Ihre Karten und warten Sie eine Minute. Dann schließen Sie die Tür, als wäre nichts geschehen.«

Kat eilte durch die Tür und in den Einstiegstunnel. Im selben Augenblick erschien Hawkins und sah die Frau vom Bodenpersonal, die mit den Bordkarten beschäftigt war. Nach kurzem Zögern lief er weiter, um den nächsten Flugsteig zu überprüfen.

Kat stürmte durch den Eingang der DC-10 und fand sich einer aufgebrachten Stewardess gegenüber, die Robert festhielt. Kat zeigte der Frau ihren Ausweis und erklärte die Situation.

»Soll das heißen, dass jemand Sie verfolgt, Agent?«

»Korrekt.«

»Und diese Leute behaupten, beim FBI zu sein?«

»Richtig.«

»Sind sie bewaffnet?«

»Vermutlich.«

Dan, der dicht hinter der Tür stehen geblieben war, zog Dallas in die Richtung, aus der Kats Stimme kam. Während die Chefstewardess sie weiter befragte, sah Kat, dass er seine Brieftasche aufklappte.

Die Flugbegleiterin schüttelte den Kopf. »Miss . . .«

»Bronsky. Special Agent Bronsky.«

»Sie stürmen einfach mit fünf zerzausten Leuten an Bord, ziehen einen Ausweis und haben nicht einmal ein Ticket. Woher soll ich wissen, dass Ihr Ausweis nicht der gefälschte ist?«

Dan tastete nach der Schulter der Stewardess.

»Sehen Sie sich diese Brieftasche an. Nehmen Sie meinen Ausweis und meinen Pilotenschein heraus.«

»Was?«

»Tun Sie, was ich sage. Haben Sie von dem Absturz der Meridian 747 gestern in Vietnam gehört, bei dem mehr als zweihundert Menschen ums Leben gekommen sind?«

»Ja.« Sie blätterte widerstrebend die Plastikhüllen durch und stieß schließlich auf seinen Mitarbeiterausweis der Fluggesellschaft.

»Also, junge Frau. Ich war der Kopilot. Wir wurden abgeschossen, und ich habe mein Augenlicht verloren. Die Frau, mit der Sie hier reden, hat uns in einem Kugelhagel aus dem Dschungel gerettet. Sie sagt die Wahrheit. Wenn Sie nicht helfen, ist es aus und vorbei mit uns.«

Die Frau musterte prüfend den Ausweis von Meridian Airlines und den von der Luftfahrtbehörde ausgestellten Pilotenschein. Dann klappte sie die Brieftasche zu und gab sie Dan zurück.

»Machen Sie bitte Platz.« Sie schloss mühsam die Tür und winkte der verdatterten Mitarbeiterin des Bodenpersonals zu. »Ziehen Sie den Tunnel ein. Sie haben nichts gesehen. Verstanden?«

Die Frau nickte.

Sobald die Tür zu war, zeigte die Flugbegleiterin nach vorne. »Gehen wir den Kapitän informieren.«

Kat und die Stewardess betraten, gefolgt von Dallas und Dan, das große Cockpit der DC-10, wo Kat ihre Geschichte noch einmal erzählte. Der Kapitän hatte den rechten Arm um die Rückenlehne seines Sitzes geschlungen und sah die Eindringlinge zweifelnd an. Er schwieg, bis die nervöse Stewardess hinzufügte, dass sie den Ausweis und den Pilotenschein des blinden Kopiloten gesehen hatte.

Der Kapitän schnitt der Stewardess das Wort ab und saß eine Weile reglos da. Im Cockpit herrschte beklommene Stille. Auch der Kopilot und der Bordingenieur schwiegen. Schließlich streckte der Kapitän die Hand aus.

»Ich brauche mir Ihren Ausweis nicht anzuschauen, Agent Bronsky. Ich bin stolz, Sie an Bord zu haben. Natürlich werde ich Ihnen helfen.«

»Danke, Captain.«

»Ich weiß, dass die Beendung der AirBridge-Entführung vor einem Jahr nur Ihnen zu verdanken ist. Und auch, wie menschlich Sie den armen Kapitän behandelt haben.« Er warf der Stewardess einen Blick zu. »Judy? Setzen Sie unsere Gäste in die erste Klasse, sofern dort noch Platz ist, und sorgen Sie gut für sie. Geben Sie Agent Bronsky alles, was sie braucht. – Sie sind ebenfalls Pilotin.

Geschäfts- und Instrumentenlizenz, wenn ich mich recht entsinne. Stimmt's?«

»Korrekt«, erwiderte Kat. »Danke, Captain . . .«

»Holt. Bob Holt«, stellte er sich vor.

»Captain Holt, wenn wir in Seattle sind, sorge ich dafür, dass die Tickets bezahlt werden.«

»Ich sage Ihnen was, Agent Bronsky«, erwiderte der Kapitän. »Sobald wir auf Reisehöhe sind, werde ich Judy bitten, Sie wieder zu mir zu bringen, damit ich Ihnen ein paar Fragen stellen kann. Einverstanden?«

»In Ordnung.«

Kat wandte sich zur Tür, doch plötzlich klickte es in ihrem Kopf. Sie ließ sich auf den Notsitz hinter dem Kapitän fallen und hielt einen Finger hoch. Die Meridian 5 war mit der Waffe angegriffen worden, die sie an Bord der Global Express gefunden hatten. Nun waren die Waffe und der Privatjet wieder in der Luft, nicht weit von Honolulu, von wo sie gerade starten wollten. *Was ist, wenn sie wissen, wo ich bin . . . und wo Robert ist? Ich darf nicht zulassen, dass der Kapitän ahnungslos in eine Falle fliegt.*

»Äh, Captain Holt.« Sie holte tief Luft. »Ich muss Ihnen noch etwas erklären: Indem ich an Bord gekommen bin, habe ich Sie möglicherweise in Gefahr gebracht.«

33

HONOLULU INTERNATIONAL AIRPORT, HAWAII
13. NOVEMBER — TAG ZWEI
16:40 ORTSZEIT / 0240 ZULU

Ein junges Paar schlenderte lachend und plaudernd durch das Terminal auf ein öffentliches Telefon zu. Als der Mann nach dem Hörer griff, streckte sich eine andere Hand nach dem Apparat aus. Den Arm um seine Freundin gelegt, sah der junge Mann den unhöflichen Zeitgenossen strafend an. Doch dieser bedachte das Paar nur mit einem eisigen, schlangenähnlichen Blick, in dem sich kalte Wut spiegelte.

Erschrocken wich der junge Mann zurück, zog seine Freundin weg und hob beschwichtigend die Hand. »Hoppla. Entschuldigung!« Obwohl die Telefonzelle daneben frei war, traten die jungen Leute schleunigst den Rückzug an.

Der Mann, der sich Kat als Agent Hawkins vorgestellt hatte, riss den Hörer von der Gabel und wählte geschwind eine Nummer. Nach dem Herumirren von Flugsteig zu Flugsteig auf der Suche nach seinen Schäfchen stand ihm der Schweiß auf der Stirn. Mit jedem gestarteten Flug wuchsen die Möglichkeiten, wohin sie verschwunden sein konnten. Die sechs hatten sich anscheinend in Luft aufgelöst. Auch als er zackig seinen FBI-Ausweis vorzeigte, hatte das Bodenpersonal nicht sehr hilfsbereit reagiert.

»Ja?« Die Stimme am anderen Ende der Leitung klang gefasst und ruhig, völlig im Gegensatz zu Hawkins' Gefühlen.

»Hier spricht Taylor aus Honolulu.«

»Sie wollen mir hoffentlich nicht erzählen, dass sie Ihnen entwischt sind?«

»Leider ja. Ich bedauere . . .«

»Das kann ich mir denken«, unterbrach ihn die Stimme; in dem eisern beherrschten Tonfall schwang einiger Zorn mit. »Zuerst hat Schoen die Sache vermasselt und jetzt Sie.«

»Hören Sie, Sir. Wir haben immerhin den Jet zurück; und den Gegenstand in der Kiste; und einen unserer Piloten.«

»Na, prima«, spöttelte der Mann. »Allerdings steht bei dem Jet nicht zu befürchten, dass er mit den falschen Leuten redet. Wenn die Informationen durchsickern, ist unsere gesamte Operation gefährdet.«

»Wir haben unser Bestes getan. Sie sind aus dem Fenster geklettert.«

»Bis zur nächsten Phase haben wir kaum noch Zeit, Taylor. Zu viele von Ihrer Sorte laufen inzwischen herum und halten sich mit ungeplanten Säuberungsaktionen auf. Schoen hat das Debakel in Hongkong als Einziger überlebt. Er befindet sich auf dem Rückweg. Und nun das.« Ein langer Seufzer. »Glauben Sie, dass sie noch in Honolulu sind?«

»Nein. Vermutlich sind sie irgendwie an Bord einer Maschine gekommen. In einer halben Stunde weiß ich mehr. Sie wollen sicher nach Los Angeles. Denver oder Seattle.«

»Nachdem Sie sich vergewissert haben, geben Sie direkt in San Francisco Bescheid, damit sie abgefangen werden können. Wenigstens haben Sie die Namen und Personenbeschreibungen. Wenn Sie sich innerhalb der nächsten halben Stunde darum kümmern, haben unsere Leute Gelegenheit, an jedem beliebigen Ort an der Westküste in Position zu gehen. Warnen Sie sie, dass das FBI in Scharen präsent sein wird, ganz gleich, wo sie landen. Die sechs müssen aus dem Weg geräumt werden, bevor sie Kontakt mit dem FBI aufnehmen. Meine Befehle sind ganz einfach, Taylor: Bringen Sie die sechs zum nächsten Lagerhaus und erschießen Sie sie. Gehen Sie sicher, dass sie tot sind, schnappen Sie sich MacCabes Computer und zerstören Sie ihn. Dann beseitigen Sie die Leichen. Wenn Sie das erledigt haben, sollen sich alle hier versammeln.«

»Ja, Sir.«

AN BORD VON UNITED 723, AUF DEM FLUG VON HONOLULU NACH SEATTLE

Kat verließ das Cockpit und schloss leise die Tür hinter sich, erleichtert, dass sie unbeschadet die endgültige Flughöhe erreicht hatten. Captain Holt hatte sich ihre Theorie, Meridian 5 könne durch einen Blendangriff auf die Piloten abgestürzt sein, aufmerksam angehört. Auf den Vorschlag des Flugingenieurs hin hatten sie die Frontscheibe auf der Pilotenseite mit Karten, Kissen und einer Decke verhängt.

»Vielleicht sollten sich alle Flugzeuge auf diese Weise vor einer Katastrophe à la Meridian schützen«, hatte Kat sie gelobt.

»Falls es sich wirklich um eine Waffe handelt, die auf die Augen zielt«, sagte Kapitän Holt darauf, »müsste es klappen, wenn jeder Pilot seine Frontscheibe zuhängt, sobald er sich in der Luft befindet. Aber was ist mit Start und Landung? Was soll man tun, wenn es in der Nähe Berge oder Gebäude gibt, von denen aus jemand die Waffe abfeuern könnte? Ein Pilot einer Linienmaschine ist und bleibt verletzlich, weil er irgendwann nach draußen schauen muss.«

»Also besteht keine Möglichkeit, sich dagegen abzusichern, dass jemand den Piloten mit einem Lichtblitz blendet?«

Holt schüttelte den Kopf. »Wenn das die Taktik dieser Leute ist, sind wir ihnen hilflos ausgeliefert. Verdammt, selbst mit einem gewöhnlichen Taschenlaser kann man schon Augenverletzungen hervorrufen. Was erst, wenn es sich bei dem Ding, das Sie gefunden haben, um eine richtige Antipersonenwaffe handelt?«

»Antipersonenwaffe?«, wiederholte Kate.

»Ich war bei der Air Force«, erklärte der Kapitän, in meiner Dienstzeit habe ich auch ein bisschen in Geheimdienstkreise hineingeschnuppert. Damals hatten wir Flieger eine Heidenangst davor, dass die Russen, die Chinesen oder jemand im Nahen Osten, der uns nicht leiden kann, einen starken, tragbaren Laser entwickeln könnte, einzig und allein zu dem Zweck, mit einem Knopfdruck die Augen eines Piloten auszuschalten.«

»Hat die Air Force sich näher damit befasst?«

Er nickte. »Jahrzehntelang. Die Piloten von B-52s haben Augenklappen aus reinem Gold getragen. Auf diese Weise wäre ihnen noch ein heiles Auge übrig geblieben, wenn jemand bis zu hundertfünfzig Kilometer vor dem angreifenden Bomber eine Atombombe gezündet hätte. Kampfpiloten brauchen jedoch beide Augen, da sie sich nicht so sehr auf die Instrumente verlassen können. Ganz einfach: Wer nichts sieht, kann auch nicht kämpfen.«

»Wurde Ihres Wissens nach etwas entwickelt, um ... um ...«

»Um die Bedrohung auszuschalten und die Augen der Piloten zu schützen? Man hat es versucht. Aber es wurde keine absolut sichere Methode gefunden. Ein Laser- oder Teilchenstrahl kommt mit Lichtgeschwindigkeit. Eine automatische Blende oder eine Spezialbrille würde zu lange brauchen, um sich zu schließen. Und wenn der Strahl stark genug ist, verschmort die Netzhaut, unmittelbar, in Sekundenschnelle und mit nicht wieder gutzumachenden Schäden.«

»Mein Gott.«

»Können Sie sich vorstellen, welchen Wert ein paar Hundert solcher Strahlenwaffen für ein unterentwickeltes Land hätten, das über keine nennenswerte Luftwaffe verfügt? Es wäre möglich, F-15-Jäger mit Cessnas auszuschalten. Das ist vielleicht ein bisschen übertrieben, kommt aber mehr oder weniger hin.«

»Captain, haben auch die Vereinigten Staaten solche Waffen gebaut? Wenn auch nur der leiseste Verdacht besteht, dass die Gegenseite welche besitzt, wird man doch versuchen entsprechend aufzurüsten.«

»Ein perverser Kreislauf, nicht wahr?«, entgegnete der Kapitän ruhig.

»Sie haben meine Frage nicht beantwortet.«

»Das brauche ich nicht, Kat. Sie haben es eben selbst getan.«

Sie lächelte verkniffen. »Welchen Rang hatten Sie, Captain Holt?«

»In der Air Force? Brigadegeneral.«

»Das habe ich mir gedacht, Sie wissen so viel, dass Sie ein hoher Offizier gewesen sein müssen.«

»Sie würden mich wohl gern noch weiter ausfragen, was?«

Sie nickte. »Ja, zum Beispiel würde mich interessieren, ob es irgendwo ein Arsenal amerikanischer Antipersonenlaser gibt.«

Holt schmunzelte. »Das kann ich leider weder verneinen noch bestätigen.«

Kat ließ sich nicht anmerken, dass ihr ein Schauder den Rücken herunterlief. Sie lächelte Holt an und schickte sich zum Gehen an.

Der Kapitän hielt sie am Ärmel fest. »Kat? Wenn eine solche Waffe gegen die Meridian und die SeaAir eingesetzt wurde ... mit anderen Worten, wenn jemand mit diesen Dingern handelt ... müssen Sie dafür sorgen, dass sich das herumspricht. Ganz gleich, was die Folgen für die Luftfahrtindustrie wären oder wo die Waffen gebaut worden sind.«

»Sicher.«

»Ich meine es ernst. Wahrscheinlich wird Sie niemand anhören wollen. Die Luftfahrtbehörde wird sich bedeckt halten und ein paar Jahre lang Untersuchungen anstellen. Und die Lobby der Flugunternehmen wird einfach abstreiten, dass sich so etwas wiederholen könnte. Währenddessen werden die Geheimdienste, die die Sache vermasselt haben, alles unter den Teppich kehren. Verdeckte Ermittler werden alles tun, um die betreffende Gruppe auszuschalten. Und die Öffentlichkeit wird den Kopf in den Sand stecken und denken, das Ganze sei technisch zu kompliziert, um es beurteilen zu können. Der Kongress wird wie immer herumsitzen und sich einreden, dass man nichts tun muss. Falls diese Waffen aber wirklich existieren und auf dem Markt sind, brauchen wir ein weltweites Verbot, wie bei den Landminen.«

Als Judy, die Chefstewardess, Kat aus dem Cockpit kommen sah, brachte sie sie in die erste Klasse. Ihr Platz war neben Robert, der aus dem Fenster schaute und die letzten Strahlen des Sonnenuntergangs bewunderte. Als er Kat sah, lächelte er übers ganze Gesicht.

»Kat! Ich habe Sie schon vermisst.«

Sie erwiderte das Lächeln und war ausgesprochen froh, neben ihm sitzen zu können. Es kam ihr vor, als wären sie alte Freunde. Dallas saß neben Steve, Dan neben Graham Tash. Der Arzt hatte geschlafen und schreckte nun plötzlich hoch.

»Wie geht es Ihnen, Doktor?«, fragte Kat.

Seufzend rieb er sich die Stirn. »Ich versuche, nicht zu träumen oder zu denken«, antwortete er und machte es sich wieder in seinem Sitz bequem.

»Und wie fühlen Sie sich, Kat?«, erkundigte sich Robert.

»Wahnsinnig müde«, lachte Kat. »Ich laufe herum wie ein Zombie, und dabei habe ich nicht einmal einen Flugzeugabsturz hinter mir ... und das Grauen danach.«

Sie wollte aufstehen, um ihr Satellitentelefon und eine neue Batterie aus der Handtasche zu holen. Dann dachte sie wieder an die Worte des Kapitäns und schaute Robert an. »Wir müssen miteinander reden. Carnegie wusste etwas äußerst Wichtiges. Wir müssen unbedingt dahinter kommen, was es war. Uns bleibt nicht viel Zeit.«

»Ich dachte mir, dass Sie sich irgendwann überzeugen lassen.«

»Ich habe mir etwas überlegt, Robert. Ganz gleich, was der SeaAir MD-11 zugestoßen ist, je länger ich darüber nachdenke, umso sicherer bin ich mir, dass es sich bei dem Ding an Bord der Global Express um eine Waffe handelt, die auf die Augen einwirkt – ein Laser, eine Teilchenstrahlkanone, irgendeine neue Strahlenwaffe ... auf jeden Fall etwas, mit dem man einem Menschen das Augenlicht rauben kann. Offenbar erforscht unser Militär diese Dinger schon seit Jahren, und das heißt, dass sie auch gebaut worden sind. Meiner Ansicht nach ist eine sehr intelligente Gangsterbande auf diese neue Waffe gestoßen und rüstet damit nun internationale Berufsterroristen aus. Gewiss haben diese Leute die Waffen der amerikanischen Regierung gestohlen.«

»Was wollen Sie mit dieser Information anfangen, Kat?«

»Ich werde sie sofort an meinen Vorgesetzten weitergeben. Dann müssen wir herausfinden, welche die Augen schädigenden Waffen irgendwo geheim gebunkert werden, und nachprüfen, ob vielleicht ein paar davon fehlen.«

»Die Plaketten auf der Waffe lassen auf amerikanische Herkunft schließen.«

»Das denke ich auch.« Kat unterdrückte ein Gähnen. »Ich wasche mir kurz das Gesicht und bändige meine Haare. Falls Sie nachher noch wach sind, sollten wir Ihren Computer an eines der Funktelefone anschließen und ein bisschen herumsurfen. Wir müssen herauskriegen, was Ihr Freund wusste.«

Er nickte. »Ich habe keine Ahnung, wie wir das anstellen wollen, aber einschlafen werde ich ganz sicher nicht. Dazu bin ich viel zu gerädert. Außerdem habe ich mich noch nie so schmutzig gefühlt.«

Sie lachte und schüttelte den Kopf. »Für jemanden, der nicht nur in den Kleidern geschlafen, sondern auch einen schweren Flugzeugabsturz, eine Verfolgungsjagd durch den Dschungel und einen Hubschrauberflug mit einer Dilettantin am Steuer überlebt hat, sehen Sie großartig aus.«

»Wenn ich nur nicht so stänke. Die Minidusche in der Global Express hat auch nicht viel geholfen.«

»Nennen Sie es Dschungel-Chic. Ich finde, es steht uns.«

Ihre linke Hand ruhte auf der Armlehne zwischen den Sitzen. Robert hatte seine Hand so sanft daraufgelegt, dass es ihr erst beim Aufstehen auffiel. Sie sah ihn an und lächelte. Er erwiderte das Lächeln und drückte ihre Hand.

»Wissen Sie, mir gefällt es, wenn Sie von ›uns‹ sprechen, Ms Bronsky.«

»Wirklich?«, entgegnete sie in gespieltem Erstaunen. »Und warum?«

»Keine Ahnung. Vielleicht, weil Mädchen mit großen . . .«

»Was?«, unterbrach sie ihn und zog die Augenbrauen hoch.

»Kanonen! Mädchen mit großen Kanonen.«

»Hmm. Und was ist damit?«

»Sie machen mich an«, meinte er.

»Es sind aber nur neun Millimeter«, erwiderte sie.

»Ich hoffe, das denken Sie nicht von mir.«

Kat verdrehte die Augen und versuchte, nicht zu lachen. Sie nahm Batterie und Satellitentelefon aus ihrer Handtasche und schaute auf ihn hinab.

»Ich mache mir ernsthaft Sorgen um Sie, MacCabe.«

Nach Absprache mit den Flugbegleitern drückten Kat und Robert die Antenne des Satellitentelefons an das Plexiglasfenster und überprüften die Signalstärke, bevor Kat die Nummer von Jake Rhoades' Mobiltelefon eintippte.

Er nahm sofort ab.

»Jake? Ich bin es, Kat.«

»Kat! Was zum Teufel ist bei Ihnen los?«

»Ich hatte wirklich keine Möglichkeit, mich früher zu melden.«

»Schon gut, schon gut. Wo sind Sie?«

»Und Sie, Jake? Hoffentlich nicht im Hauptquartier.«

»Nein. Ich bin für ein paar Stunden nach Hause gefahren. Wie sind Sie darauf gekommen, diese Nummer zu wählen?«

»Ich muss mit Ihnen sprechen, und diesmal hoffentlich, ohne dass jemand mithört. Mein früherer Anruf wurde irgendwie abgefangen. Ich glaube, wir haben eine undichte Stelle.«

»Was?«

Sie erzählte ihm von dem falschen FBI-Team, das sie fast erwischt hätte.

»Jake, ich sage es nicht gern, aber der Jet, die Waffe und der Gefangene sind uns durch die Lappen gegangen.« Kat erzählte ihm, dass die Global Express – vermutlich mit der Waffe an Bord – bereits gestartet war.

Am anderen Ende der Leitung wurde laut geseufzt. »Und ich dachte, wir stünden kurz vor einem Durchbruch, Kat. Die Waffe hätten wir uns gern angesehen.«

»Mit Ihrer schnellen E-Mail-Antwort vor ein paar Stunden haben Sie uns wahrscheinlich das Leben gerettet.«

»Ich konnte nicht verstehen, wie Sie in Honolulu sein konnten, denn uns hatte man gesagt, Sie wären auf dem Weg nach Midway Island. In Honolulu hat Sie niemand von uns erwartet. Die Namen, die Sie uns durchgegeben haben, waren allesamt falsch. Waren die Typen denn so überzeugend?«

»Selbst die Markierungen und Hologramme auf den Ausweisen stimmten, Jake. Diese Männer sind ausgekochte Profis und bestens ausgerüstet. Außerdem verfügen sie über schauspielerisches Talent. Ich bin auf sie reingefallen.«

»Sie hätten nichts tun können – außer mich bei Ihrer Ankunft zu benachrichtigen.«

»Der Wortführer sagte, Jake Rhoades hätte persönlich befohlen, dass ich niemanden anrufen darf.«

»Moment, Kat. Ist wirklich mein Name gefallen?«

»Ja. Der Mann, der sich Hawkins nannte, hat ihn genannt. Wie gesagt, es passte alles zusammen. Ich habe erst Lunte gerochen, als es fast zu spät war. Haben Sie eine Erklärung, wie sie an die Informationen rangekommen sind?«

›Haben Sie sonst jemanden informiert? Vielleicht wird ja Ihr Satellitentelefon abgehört.«

»Höchst unwahrscheinlich. Das Signal ist verschlüsselt. Außerdem sind mein Name und diese Telefonnummer nirgendwo verzeichnet.«

Ihr Gespräch mit Jordan James fiel ihr ein, aber sie beschloss, es nicht zu erwähnen. Schließlich hatte sie ihm ihren Zielort nicht genannt. »Bestimmt interessiert Sie, warum ich so sicher bin, dass mein Anruf bei Ihnen die undichte Stelle ist, Jake.«

»Schießen Sie los.«

»Wir wurden von einem Augenarzt erwartet. Den können nur Sie angefordert haben.«

»Mein Gott!«, sagte er leise.

»Und noch etwas, Jake. Auf dem Flug nach Honolulu habe ich einen Anruf erhalten, angeblich von jemandem in Langley. Besonders wegen dieses Anrufs habe ich den Leuten ihre Show abgekauft.«

»Auch wir wurden getäuscht, Kat, vermutlich von demselben Menschen. Er behauptete, einer unserer Kontaktleute bei der CIA zu sein.«

»Und was schließen Sie daraus?«, fragte sie. »Mit wem zum Teufel haben wir es zu tun?«

»Inzwischen ist hier eine Theorie im Umlauf . . .« Jake beendete den Satz nicht.

»Und die wäre?«

»Es ist verblüffend, wie sehr alles, was Sie mir gerade erzählt haben, diese Theorie bestätigt.«

»Und wie genau lautet sie?«

»Dass wir es mit einem Phänomen zu tun haben, das Analysten schon seit einiger Zeit vorhersagen: bezahlter Terrorismus.«

»Angeheuerte Killer?«

»Noch schlimmer: Terrorismus als Geschäft. Möglicherweise arbeiten sie noch auf eigene Faust und wollen zuerst ihre Fähigkeiten zeigen, bevor sie ein astronomisches Lösegeld dafür verlangen, dass sie nicht losschlagen.«

»So etwas habe ich mir auch schon gedacht.«

»Kat, heute Morgen hat die Verkehrssicherheitsbehörde eine Pressekonferenz abgehalten, um den Medienspekulationen ein Ende zu bereiten. Es wurde bestätigt, dass der Absturz der SeaAir vermutlich auch darauf zurückzuführen ist, dass beide Piloten plötzlich ausfielen.«

»Also dasselbe Szenario wie bei Meridian.«

»Nur, dass einer der Piloten der Meridian den Anschlag überstanden hat«, fügte Jake hinzu. »Die Verkehrssicherheitsbehörde hat sich nicht dazu geäußert, wie die Piloten schachmatt gesetzt wurden. Die Journalisten mutmaßen, es könnten eine Explosion oder giftige Dämpfe gewesen sein, aber man will sich nicht festlegen.«

Kat überlegte kurz und meinte dann: »Wenn das stimmt, Jake ... wenn es in beiden Fällen dieselbe Organisation war und wenn es sich um den Beginn einer Erpressungskampagne handelt ... dann werden sie bestimmt wieder zuschlagen, denn bisher gibt es keine Forderungen.«

»So schätzen wir die Lage auch ein.«

»Aber warum sollte sich eine solche Organisation derartige Mühe geben, Robert MacCabe und die anderen Überlebenden zu beseitigen, nur auf den vagen Verdacht hin, dass sie etwas wissen könnten?«

»Angesichts des gewaltigen Aufwands, den sie betrieben haben, und des weltweiten Rahmens ihrer Aktionen ergibt das durchaus Sinn. Es bleibt ihnen gar nichts anderes übrig, als MacCabe und jeden anderen, mit dem er gesprochen haben könnte, aus dem Weg zu räumen.«

»Einschließlich meiner Wenigkeit«, fügte sie hinzu.

»Genau. Wie gehen wir also weiter vor?«

»Sollte nicht ich Ihnen diese Frage stellen?« Kat rieb sich die Augen. »Ich bin völlig erschöpft, Jake, genau wie die anderen.« Sie schilderte ihm den Zustand der Überlebenden. »Vielleicht war sogar der Augenarzt nicht echt.«

»Wo treffen wir uns nach Ihrer Ankunft, Kat? Diesmal darf nichts schief gehen, und da wir es mit einem Linienflug zu tun haben, sollte der Kurs diesmal klar sein.«

»In Seattle«, erwiderte sie und nannte ihm die voraussichtliche Ankunftszeit.

»Eine Abordnung von uns wird Sie am Flugsteig erwarten, Kat.«

Kat zögerte. Wie gerne hätte sie mit ihm darüber gesprochen, dass vielleicht vom amerikanischen Militär gebaute, die Augen zerstörende Waffen im Spiel waren. Doch sie beschloss, die Sache noch einmal gründlich zu überdenken, bevor sie ihren Verdacht mit dem stellvertretenden Direktor des FBI erörterte. »Ich rufe Sie von Seattle aus an, Jake«, sagte sie also.

Nach dem Gespräch fragte sich Kat, ob sie vor lauter Erschöpfung bereits anfing, Gespenster zu sehen. Warum hatte sie Jake Rhoades ihren Verdacht verheimlicht?

Sie fuhr zusammen, als plötzlich das Telefon läutete. Als sie danach griff, rutschte es ihr aus der Hand und sie konnte es gerade noch auffangen. Robert unterdrückte ein Grinsen, während sie mit einem verlegenen Lächeln auf einen Knopf drückte und die Antenne ausklappte.

»Katherine? Bist du es?«, fragte Jordan James.

»Ja, Jordan! Du weißt gar nicht, wie schön es ist, deine Stimme zu hören. Von wo aus rufst du an?«

»Ich bin zu Hause. Ich habe eine sichere Leitung, die das Außenministerium vor einer Woche installiert hat.«

»Bist du allein?«

»Ja. Warum?«

Wieder ging sie in Gedanken die Ereignisse durch. Es blieb ihr nichts anderes übrig, als eine möglicherweise kränkende Frage auszusprechen. »Onkel Jordan, ich will dir nicht zu nahe treten, aber kannst du den Leuten, mit denen du in Langley gesprochen hast, wirklich vertrauen? Ich habe nämlich die Vermutung, dass jemand unsere Telefonate abhört.«

Er räusperte sich.

»Genau deshalb wollte ich dich ja unbedingt erreichen, Kat. Es gibt eine ernste Sicherheitslücke. Aber nicht Langley oder mein Telefon sind das Problem, sondern das FBI. Du kannst sie nicht kontaktieren, solange die undichte Stelle nicht gestopft ist.«

»Das . . . das darf doch nicht wahr sein.«

»Wie dem auch sei, offenbar stehst du auf jemandes Abschussliste. Und die nötigen Informationen haben diese Leute deinem Anruf bei Jake Rhoades entnommen.«

»Er ist mein Chef, Jordan! Es ist unmöglich, dass Jake ...«

»Natürlich hat Jake nichts damit zu tun. Es würde mich sehr wundern, wenn ein echter FBI-Agent in die Sache verwickelt wäre. Dennoch ist es jemandem gelungen, eure Behörde zu infiltrieren. Du musst mir glauben, Kat. Hast du mir nicht selbst erzählt, die Ausweise der Typen in Honolulu hätten ausgesehen wie Originale?«

»Ja.«

»Höchstwahrscheinlich liegt das daran, dass sie echt waren.«

»Nein! Es gibt keine Mitarbeiter dieses Namens ...«

»Das tut nichts zur Sache, Kat. Womöglich wurden diese Ausweise von derselben Stelle ausgegeben, von der du auch deinen hast. Die Gegenseite hat euch unterwandert. Sie kennen den Jargon. Du hast mir selbst erzählt, sie hätten geklungen wie FBI-Agenten.«

»Ja.« Kat wurde schwindelig. Obwohl sich alles in ihr gegen diese absurde Vorstellung wehrte, hatte sie seiner Logik nichts entgegenzusetzen.

»Das Problem liegt noch tiefer, Kat. Ganz gleich, wer dahinter steckt, jedenfalls hat er Zugang zu sämtlichen Informationen, die er braucht, um dir und deinen Leuten Knüppel zwischen die Beine zu werfen. Ich darf dir nicht sagen, woher ich das weiß, aber ich hoffe, dass es sich bei diesem Maulwurf, der gewiss irgendwo in der Verwaltung sitzt, um einen Einzelfall handelt.«

Kat schwieg. Das Herz klopfte ihr bis zum Halse, und sie traute ihren Ohren nicht.

»Was soll ich jetzt tun, Jordan?«

»Erstens darfst du keinem deiner Kollegen beim FBI trauen, bis wir das Leck gefunden haben. Du musst davon ausgehen, dass jedes Gespräch, das du führst, sofort an die Leute draußen auf dem Meer dringt, die hinter dieser Operation stecken.«

»Draußen auf dem Meer?«

»Das ist die einzige Möglichkeit. Vergiss nicht, dass ich einmal Chef der CIA war. Die Symptome sind eindeutig.«

»Du hattest so viele wichtige Posten, Onkel Jordan. Das mit der CIA war mir entfallen.«

»Nun, du musst mir vertrauen, mein Kind. Wohin fliegst du jetzt?«

Kat überlegte rasch und beschloss, dass sie bereits zu viel geredet hatte. »Jordan . . . ich glaube . . . das sollte ich am Telefon nicht sagen.«

»Natürlich. Immer vorsichtig bleiben. Hast du es Jake Rhoades verraten?«

»Ja.«

»Das hatte ich befürchtet. Okay, Kat, hör gut zu. Du kannst die Maschine nicht auf gewöhnlichem Weg verlassen. Wenn sich jemand als FBI-Agent ausgibt, darfst du auf keinen Fall mitgehen. Wenn du Jake reinen Wein eingeschenkt hast, wirst du bestimmt erwartet – allerdings von Leuten, auf deren Bekanntschaft du sicher keinen Wert legst.«

»Jake wird so etwas zu verhindern wissen.«

»Er wurde bereits in Honolulu ausgetrickst. Ganz gleich, wer diese Leute sind, sie werden einen Weg finden, Jakes Beamte abzulenken, festzuhalten, zu beschäftigen oder sonst irgendwie auszuschalten. Wir wissen nicht, womit wir es zu tun haben, und bis ich dahinter gekommen bin – ich werde das Problem übrigens heute Morgen im Weißen Haus zur Sprache bringen – und die undichte Stelle kenne, musst du dich bedeckt halten.

»Jordan . . .«

»Keine Fragen, Katherine. Tu einfach, was ich dir sage. Dein Leben hängt davon ab. Verstanden?«

»Aber Jordan, ich bin FBI-Agentin. Wie kann ich vor meinen eigenen Leuten davonlaufen?«

»Wenn du es nicht tust, Katherine, werde ich dich verlieren. Auch die Überlebenden, die du gerettet hast, wird man töten. Hör zu: Bevor dein Vater starb, habe ich ihm versprochen, immer auf dich aufzupassen. In diesem Fall würde er gewiss dasselbe sagen: Such dir ein Versteck, nimm die anderen mit und lass dich nicht blicken. Wenn du dich in Sicherheit gebracht hast und weißt, dass niemand auf eurer Spur ist, ruf mich an. Aber nicht im Außenministerium. Nur unter dieser Nummer. Wir brauchen Zeit zu ermitteln, wer hinter dieser Sache steckt. Und wir werden diese Leute kriegen. Deine Pflicht ist es, dich und deine fünf Begleiter zu schützen. Überlass alles andere mir.«

»Okay, Onkel Jordan. Danke.«

»Keine Sorge, Katherine.«

Sie beendete das Gespräch und kratzte sich am Kopf. Noch nie war sie so durcheinander gewesen. Sie merkte Robert an, dass er vor Neugier fast platzte.

»Ihr Onkel?«, fragte er zögernd.

Sie nickte und erklärte ihm, wer Jordan war.

»Der berühmte Jordan James?«, staunte Robert. »Kennen Sie ihn persönlich?«

Sie nickte. »Er ist ein Jugendfreund meines Vaters und schon immer mein Ersatzonkel.«

»Ich bin beeindruckt, Kat! James gehört zur gleichen Liga wie John Foster Dulles, Clark Clifford und Henry Kissinger. Der ewige Präsidentenberater.«

»Das ist mein Onkel Jordan.« Kat sah Robert in die Augen.

»Robert, könnte Walter Carnegie nicht einen Weg gefunden haben, seine Informationen zu sichern und sie Ihnen irgendwie zuzuspielen?«

»Ja, aber wie? In einem Brief? In meiner E-Mail? Unter meinem Fußabstreifer? Es gibt unzählige Möglichkeiten.«

»Nicht für einen Mann in Todesangst, Robert. Wir müssen so denken wie er und nur die Wege sehen, auf die er selbst gekommen wäre. Ich habe das unangenehme Gefühl, dass unsere Terroristen bald wieder zuschlagen werden. Mit den Informationen, die Carnegie Ihnen geben wollte, können wir ihnen vielleicht das Handwerk legen.«

Robert MacCabe seufzte. »Dann schließen wir doch den Laptop an dieses astronomisch teure Funktelefon an und machen uns an die Arbeit.«

AN BORD VON UNITED 723
DREIHUNDERTZWANZIG KILOMETER WESTLICH VON
SEATTLE, WASHINGTON
13. NOVEMBER — TAG ZWEI
23:50 ORTSZEIT / 0750 ZULU

Fast zwei Stunden lang hatte Robert MacCabe alle Möglichkeiten des Internets ausgeschöpft und seine private E-Mail und seine Mailbox bei der *Washington Post* abgefragt. Seine Sekretärin hatte er – ebenfalls per E-Mail – gebeten, weitere Recherchen anzustellen. Dann hatte er eine Stunde lang versucht, in Walter Carnegies Mailbox einzudringen, aber vergeblich. Als die DC-10 zum Landeanflug auf Seattle ansetzte, war er mit seinem Latein am Ende.

»Haben Sie noch andere Internet- oder E-Mail-Konten?«, fragte Kat.

»Nein«, erwiderte er und überlegte eine Weile. »Moment mal.« Er gab eine Reihe von Befehlen ein und der Computer wählte eine Nummer.

»Was ist?«, erkundigte sich Kat.

»Nur eine Idee, die uns vermutlich auch nicht weiterbringt«, antwortete er. Das Logo eines Internetservice erschien auf dem Bildschirm. Roberts Finger schwebten abwartend über der Tastatur.

»Ja!«, rief er plötzlich, so laut, dass Kat zusammenzuckte.

»Etwas gefunden?«

»Augenblick.« Er tippte ein Passwort ein. Die ersten beiden Versuche wurden als ungültig abgelehnt, doch beim dritten klappte es. »Walter hat unter meinem Namen ein neues Internetkonto eingerichtet und seinen Namen als Passwort benutzt«, sagte er triumphierend.

»Wie sind Sie darauf gekommen?«, wollte sie wissen.

»Ich habe einfach geraten.«

»Ich bin beeindruckt, Watson«, lobte Kat. »Hier steht, dass Sie eine Nachricht haben.«

»Ich rufe sie auf«, antwortete er. Im nächsten Moment war auf dem Bildschirm ein Text zu sehen.

Robert,
bis du auf diese Nachricht gestoßen bist, sind inzwischen vermutlich Wochen vergangen, und mir wird etwas passiert sein. Ich habe mir gedacht, dass du weitersuchen würdest, wenn du auf deiner American-Express-Abrechnung die Kosten für dieses neue E-Mail-Konto findest. Außerdem ging ich davon aus, dass alles abgefangen wird, was ich dir an deine gewöhnliche Adresse schicke.
Ich entschuldige mich vielmals dafür, dass ich dich versetzt habe. Ich wurde verfolgt und musste mich verstecken. Außerdem wollte ich dich nicht in Gefahr bringen. Ich habe keine Ahnung, wer diese Leute sind, doch ich kann dir versichern, dass ich weder Gespenster sehe noch an Halluzinationen leide. Eine Person oder eine Gruppe ist ziemlich erbost darüber, dass ich nicht einfach in meinem Büro bei der Luftfahrtbehörde sitzen bleibe und den Mund halte. Also ist es nun an der Zeit, dass du – ganz gleich, wo du dich auch aufhältst – erfährst, was ich entdeckt habe. Möglicherweise kannst du dir den Rest selbst zusammenreimen und das Rätsel lösen.
Die folgende Nachricht ist verschlüsselt, was dir – dank der Anmerkungen – gewiss keine Probleme bereitet. Zuerst musst du so schnell wie möglich einen bestimmten Mann aufsuchen. Erinnerst du dich an unser Gespräch über deinen Artikel zur Operation Desert Storm kontra Technologie? Und an deine Bemerkung über Uncle Sams Trickkiste? Gut. Dieser Mann kennt die allerneuesten Tricks und auch den Grund, warum noch niemand dahinter gekommen ist. Wenn du diese Nachricht liest, bist du vermutlich bereits auf seinen Namen und Aufenthaltsort gestoßen, auch wenn du die Nachricht vielleicht nicht erkannt hast. Schau noch einmal genauer hin. Sie endet mit der Zahl 43. Die Hauptdatei ist an meinem Lieblingsplätzchen eingeLOCt, und zwar unter dem Namen WCCHRN.
Noch etwas: Vergiss Pogos Warnung zur Identität des Feindes nicht und sei auf der Hut, denn sie haben es auf uns abgesehen.
Walter.

Kat holte einen Stenoblock heraus und schrieb die Mitteilung sorgfältig ab. »Okay«, meinte sie dann und sah Robert an. »Was hat das alles zu bedeuten?«

»Die Erwähnung des Kriegs in Kuwait und die Anspielung auf Uncle Sam haben wahrscheinlich mit neuen Waffensystemen zu tun, aber ... ich erinnere mich nicht. Es ist zu lange her.«

»Und sein ›Lieblingsplätzchen‹?«

»Gewiss meint er ein Restaurant, vermutlich das im Hotel Willard. Aber warum sollte er dort eine Diskette oder etwas Ähnliches hinterlegen?«

»Sie gehen also davon aus, dass es eine Diskette ist?«

»Ja. Ich kannte Walter. Die meisten Geistesblitze kamen ihm am Computer.«

»Und was meint er mit eingeschlossen?«

Robert kratzte sich am Kinn. Dann schüttelte er den Kopf. »Keine Ahnung. Ich muss darüber nachdenken. Vielleicht spricht er von seinem Haus.«

»Wo ist das?«

»Arlington, Virginia. Es ist ziemlich klein. Vor ein paar Jahren wurde er geschieden. Seine Frau wollte das Leben genießen, er seine Arbeit. Das Haus passt zu ihm – passte, der Arme. Die Möbel sahen aus wie vom Sperrmüll.«

»Bestimmt wird er Ihnen wegen dieser abfälligen Bemerkung als Geist erscheinen. Noch eine Frage, Robert: Er hat auf eine Nachricht angespielt, die Sie bereits erhalten haben müssten. Ihren Telefondienst haben Sie doch sicher schon abgefragt.«

»Ah!« Robert zog den Computerstecker aus dem Telefon, griff zum Hörer und wählte eine gebührenfreie Nummer. Er tippte ein paar Zahlen ein und sah Kat an, während er auf Antwort wartete. »Irgendwo im Dschungel habe ich meinen Piepser verloren, doch das System speichert die Nachrichten wochenlang.« Er beugte sich vor, lauschte, während ein weit entfernter Computer die Nachrichten der vergangenen Woche abspielte, und notierte sich alles. Unvermittelt fuhr er hoch und schrieb lächelnd noch einen Namen und die Worte »Las Vegas« auf. Dann hängte er ein.

»Geschafft. Kat! Walter hat mir die Nachricht auf den Piepser geschickt. Sein mitteilungsfreudiger Informant heißt Dr. Brett

Thomas, wohnhaft in Las Vegas. Die Nachricht endete mit der Zahl 43.«

»Am besten statten wir diesem Dr. Thomas baldigst einen Besuch ab. Sicher sind wir nicht die Einzigen, die ihn suchen.«

SEA-TAC INTERNATIONAL AIRPORT, WASHINGTON STATE

Kat saß wieder auf dem Notsitz im Cockpit, als die DC-10 über dem östlichen Ende des Puget Sound kreiste. Sie sah zu, wie der Kopilot Kissen und Karte von der Frontscheibe entfernte. Die Maschine flog eine Rechtskurve über die Elliot Bay und setzte zum ILS-Anflug auf Landebahn 16 des Sea-Tac-Flughafens an.

»Fahrwerk ausklappen, Landecheckliste«, befahl Holt als sie die Eingleitschneise erreichten und sich immer mehr der Landebahn näherten.

»Jerry«, meinte er zum Kopiloten. »Ich möchte, dass Sie Ihren Sitz ganz herunterfahren und nicht nach draußen sehen. Nur für alle Fälle.«

»Bis zur Landung?«, fragte der Kopilot.

Holt nickte und wandte sich an den Bordingenieur. »Sie auch, Joe. Drehen Sie sich zur Seite. Ich weiß, dass es gegen die Vorschriften ist, aber ich will nicht, dass Ihnen etwas passiert.«

»Sie befürchten, jemand könnte von den Gebäuden am Pistenrand aus auf uns schießen?«, riet Kat.

Wieder nickte der Kapitän. »Bei der Landung ist die Besatzung eines Flugzeugs am meisten gefährdet. Und nach dem, was Sie uns erzählt haben . . .«

»Verstanden. Ich weiß Ihre Vorsicht zu schätzen.«

»Einhundertachtzig Meter, keine Warnflaggen«, meldete der Kopilot und las die Instrumente ab, während das dreimotorige Großflugzeug in einer Höhe von einhundertachtzig Metern über die Wohngebiete schwebte.

Ohne Zwischenfall überflog die DC-10 die Autobahn nördlich des Flughafens und setzte sanft auf der Landebahn auf. Holt betätigte die Bremsen und die Schubumkehr, während er das Bugrad auf Mittellinie hielt.

Kat sah das Nordterminal zu ihrer Linken. Sie erkannte den Flugsteig, an dem sie andocken sollten, an dem Gewimmel von schwarzen Limousinen und Streifenwagen darum herum.

Sie schauderte. Robert und die anderen hatte sie angewiesen, sitzen zu bleiben, und sie hatte die Crew gebeten, die Tür wieder zu schließen, wenn alle anderen Passagiere von Bord gegangen waren. Doch reichten diese Vorsichtsmaßnahmen? Judy hatte ihr versprochen, die Tür erst zu öffnen, nachdem Kat sich telefonisch vergewissert hatte, dass die Agenten, die sie abholten, wirklich echt waren.

Dennoch wollten ihr Jordan James' Warnungen nicht aus dem Kopf und ließen sie an ihrer Entscheidung zweifeln, sich auf Jakes Zusicherungen zu verlassen. *Was ist, wenn Jordan Recht behält?*

Sie rollten am Nordterminal vorbei, einem Satellitengebäude neben der Haupthalle. Sie wurden immer langsamer. Der Fluglotse wies den Kapitän an, die Startbahn zu verlassen und fügte etwas hinzu, das Kat fast entgangen wäre.

». . . und setzen Sie sich sofort mit Ihrer Fluggesellschaft in Verbindung.«

Der Kopilot funkte die Frequenz der Fluggesellschaft an.

»Roger, 737«, antwortete die Firmenzentrale. »Die Zollbehörde und das FBI verlangen, dass Sie vorübergehend vor dem Südsatelliten parken. Flugsteig S-10. Alle müssen an Bord bleiben. Wenn die hohen Herren ihre Mission erledigt haben, lassen wir Sie zu N-8 schleppen.«

Kat spürte, wie ihr Herz schneller schlug. Der Kapitän drehte sich um und sah sie an. »Offenbar ergreifen Ihre Leute diesmal besondere Sicherheitsmaßnahmen. Nach Inlandsflügen parken wir sonst nie am Südterminal.«

Er lenkte die DC-10 nach links von der Landebahn. Kat saß wie erstarrt hinter ihm und überlegte fieberhaft. *Am nördlichen Flugsteig warten Streifenwagen und Zivilfahrzeuge. Und plötzlich sollen wir zum südlichen Terminal. Warum?*

Jordans Worte fielen ihr wieder ein. »Ganz gleich, wer diese Leute sind. Sie werden einen Weg finden, Jakes Männer abzulenken, festzuhalten, zu beschäftigen oder anderweitig auszuschalten ...«

Die DC-10 war inzwischen nur noch einen halben Kilometer vom Südterminal entfernt.

Kat beugte sich über Holts rechte Schulter. »Captain, bitte hören Sie mich an. Ich glaube, wir werden ausgetrickst. Am nördlichen Flugsteig habe ich Streifenwagen gesehen. Das kann nur bedeuten, dass die Leute, denen wir auf keinen Fall in die Arme laufen wollen, am südlichen Terminal warten.«

Er drehte sich um. »Kein Problem. Wir rollen einfach zum nördlichen Terminal weiter und beachten sie nicht.«

»Nein!«, widersprach Kat. »So gefährden wir möglicherweise alle an Bord. Das geht nicht. Halten Sie einfach hier an und rollen Sie dann zum südlichen Terminal.«

»Was haben Sie vor?«, fragte er.

»Wir verlassen das Flugzeug durch den hinteren Ausgang, über die Notrutsche.«

Der Kapitän dachte kurz nach und nickte dann. »In Ordnung. Ich stoppe. Man wird Sie vom Terminal aus nicht sehen können. Sobald Sie von Bord sind, soll Judy die Zapfen herausziehen. Wir lassen die Rutsche einfach zurück. Allerdings brauche ich dann Ihre Hilfe, wenn mein Boss mir die Hölle heiß macht.«

»Versprochen.«

»Und was sagen wir Ihren Freunden am Flugsteig?«, fragte Holt.

»Dass Sie keine Ahnung haben, wovon sie reden. Sie haben nichts gesehen. Halten Sie sie auf, damit ich Zeit gewinne. Eine der beiden Gruppen sind falsche FBI-Agenten. Sagen Sie, Sie müssten beim FBI-Hauptquartier nachfragen. Wenn die Leute sich daraufhin verdrücken, wissen Sie, mit wem Sie es zu tun haben.«

»Wird gemacht. Rufen Sie mich über Bordtelefon an, bevor Sie die Tür öffnen.«

Kat klopfte ihm auf die Schulter und bedankte sich bei ihm. Dann verließ sie das Cockpit und rief die anderen zusammen. Ungefragt nahm Steve ihren Koffer aus dem Gepäckfach und folgte ihr eilig zum Heck der DC-10.

Die Maschine war nun so langsam, dass es dem Fluglotsen auffiel. »737, Seattle Bodenkontrolle. Haben Sie Schwierigkeiten, Sir?«

»Negativ. Ein Passagier ist zu früh aufgestanden. Wir müssen hier anhalten, bis wir ihn wieder auf seinen Sitz gelockt haben.«

Auf dem Weg nach hinten erklärte Kat Judy die Hintergründe. Sie versuchten den neugierigen Blicken einiger Passagiere zu entgehen. Während Judy den Vorhang zurückzog, der die hintere Tür bedeckte, und nach dem Hebel griff, rief Kat im Cockpit an.

»Captain? Wir sind bereit«, meldete sie.

»Okay«, antwortete Holt. »Wir haben den Kabinendruck gesenkt und angehalten. Also los. Vorsicht auf der Rutsche und viel Glück.«

Kat bedankte sich atemlos und legte auf. Dann half sie Judy, die Tür zu öffnen, und sie warteten, bis die große Notrutsche aus ihrem Gehäuse war und sich aufgeblasen hatte.

»Auf mein Kommando springen Sie und lassen sich auf den Po fallen. Sobald Sie unten sind, rennen Sie los.«

»Erst springen, dann hinsetzen?«, fragte Dallas. »Sind Sie sicher, dass die Reihenfolge stimmt?«

Judy nickte. »So ist es üblich.«

Dallas verzog das Gesicht. »Verlassen Ihre Passagiere immer auf diesem Weg die Maschine?«

Schmunzelnd schüttelte Judy den Kopf. »Nur bei Übungen. LOS!«

Steve sprang zuerst, gefolgt von Graham. Judy half Dan zur Rutsche. Dann kam Robert. Nur Dallas blieb wie angewurzelt an der offenen Tür stehen und schaute den anderen nach.

»VERDAMMT, das geht ganz schön tief runter!«, sagte sie.

»Zum Diskutieren haben wir jetzt keine Zeit, Dallas«, drängte Kat.

»Schätzchen, rennen Sie doch allein weg. Ich verstecke mich bis zum nächsten Frühjahr auf dem Klo.«

»Nein.«

›Ich will nicht da runterrutschen, Kat. Mit der Schwerkraft stehe ich auf Kriegsfuß.«

»Es ist ganz einfach«, sagte Judy ruhig.

»Dann springen Sie doch selbst. Mit ein bisschen Schminke könnten Sie sich für mich ausgeben. Ich bleibe hier, serviere die Drinks und verwöhne die Piloten.«

»DALLAS!«, brüllte Kat und packte sie an der Schulter. »LOS!« Sie stieß Dallas durch die Tür. Mit einem Aufschrei landete sie auf der Rutsche und wurde unten von Steve und Robert empfangen. Kat drehte sich zu Judy um. »Der Kapitän sagt, Sie sollen die Rutsche abwerfen, nachdem wir weg sind.«

»Wird erledigt. Laufen Sie. Ich werfe Ihnen das Gepäck herunter. Viel Glück.«

Wie der Blitz glitt Kat die Rutsche hinunter und rappelte sich unten sofort wieder auf. Als sie sich umdrehte, sah sie, dass Steves Rucksack, Roberts Computer und ihr Koffer schon unterwegs waren. Dann ließ Judy die Rutsche aus der Verankerung fallen und schloss die Tür.

»Okay, große Königin!«, überschrie Dallas das Triebwerksgeräusch. Sie klopfte sich die Kleider ab. »Was nun?«

Kat hatte das baufällige Privatterminal am südlichen Ende des Rollfeldes schon vor einer Weile entdeckt. Nun standen sie, unbemerkt in der Dunkelheit, direkt daneben.

»Hier lang«, sagte sie und eilte an dem Wohnwagen vorbei, der als Büro diente. Auf der kleinen Rampe neben der Wartungshalle der Alaska Airlines parkten zwei Learjets, eine Cessna Citation, eine King Air und eine Gulfstream.

Robert hatte sie rasch eingeholt. Kat vergewisserte sich, dass die anderen ebenfalls Schritt halten konnten, und verlangsamte ihr Tempo, damit alle zusammenblieben.

»Beeilung! Weiter!«

Kat sammelte sich kurz und stieg dann die Stufen hinauf. Sie wollte nicht wie eine Wilde in das Büro stürmen. Hinter einer Theke saßen zwei Männer an einem Computer.

Die beiden sprangen auf. »Hallo! Haben wir eine Landung verpasst?«, rief der eine.

Kat schüttelte lächelnd den Kopf. »Nein, wir sind von der Gulfstream. Können Sie uns vielleicht zum Terminal bringen?«

»Klar«, erwiderte der Ältere der beiden. »Kommen Sie mit.«

Robert sah sie fragend an, während sie dem Mann zu einem

Kleinbus hinaus folgten, auf dessen Seiten der Firmenname prangte.

»Was haben Sie vor, Kat?«, flüsterte er. »Ich dachte, wir wollten uns vom Terminal fern halten.« Sie legte den Finger an die Lippen, winkte alle in den Wagen und schloss hinter ihnen die Tür.

Der Fahrer setzte sie im Parkhaus des Hauptterminals ab. Beim Aussteigen reichte Kat ihm einen Zwanzig-Dollar-Schein.

»Das ist doch nicht nötig«, sträubte er sich.

Sie beugte sich vor und senkte die Stimme. »Es ist nicht nur ein Dankeschön, sondern auch Schweigegeld. Sie haben uns nie gesehen; Ihr Kollege auch nicht.«

Grinsend legte er einen Gang ein. »Klar, Ma'am. Jerry hat sowieso Feierabend, sobald ich zurückkomme.«

Kat führte die kleine Gruppe zu dem Aufzug am nördlichen Ende des Gebäudes und sie fuhren ins Erdgeschoss. Bevor die Türen sich öffneten, erklärte sie ihren Begleitern hastig ihren Plan.

»Gehen Sie rechts den Weg zur Hauptstraße hinunter. Warten Sie dort. Wenn ich komme, steigen Sie sofort ein.«

»Wollen Sie etwa ein Auto mieten?«, fragte Robert.

»So ungefähr«, erwiderte sie schmunzelnd. »Vor kurzem haben wir eine Autoknackerbande auffliegen lassen. Dabei habe ich einiges gelernt. Fragen Sie nicht und tun Sie genau, was ich sage.«

An der Rückgabespur der Autovermietung suchte Kat sich einen Platz, wo die Angestellten sie nicht sehen konnten. Sie hatten nur wenige Minuten, bis die Männer, die sie am südlichen Terminal erwarteten, bemerken würden, dass sie ausgetrickst worden waren. Da sich auch Jakes Mannschaft inzwischen bestimmt Gedanken machte, blieb kaum noch Gelegenheit zur Flucht, bevor der Flughafen abgeriegelt wurde.

Als ein Kleinwagen auf den Parkplatz einfuhr, ließ Kat ihn passieren. Auch der Mittelklassewagen dahinter war nicht das Richtige. Endlich kam ein Kleinbus, in dem ein Mann, eine Frau und drei Kinder saßen. Kat trat vor, bewaffnet mit dem Klemmbrett, das sie von einer unbesetzten Theke genommen hatte.

»Guten Abend. Ihr Name bitte?«

»Rogers«, erwiderte der Mann.

Lächelnd warf Kat einen Blick auf das Klemmbrett. »Ja. Familie Rogers. Sie sind meine letzten Kunden, bevor ich nach Hause gehen kann. Okay. Wir haben einen neuen Service für Familien. Sie können sich den weiten Weg sparen, indem Sie gleich mit dem Nordaufzug ins Terminal fahren. Haben Sie Ihren Vertrag bei sich?«

Der Mann nickte, stellte den Motor ab und löste seinen Sicherheitsgurt.

Robert versuchte zu erkennen, wer in dem dunkelgrünen Kleinbus saß, der plötzlich neben ihnen hielt. Die Tür öffnete sich, und Kat winkte sie hastig hinein. Fünf Minuten später rasten sie auf dem Interstate 5 nach Norden.

Dallas Nielson, die in der Mitte der zweiten Reihe saß, beugte sich vor. »Schätzchen«, sagte sie zu Kat. »Ich habe in der letzten Zeit ja einige Abenteuer erlebt, aber die Rutschpartie schlägt alles. Ich könnte schwören, dass mich jemand aus der Tür gestoßen hat.«

»Nein!«, erwiderte Kat in gespieltem Erstaunen. »Wirklich?«

»Ja, wirklich. Ich habe mir überlegt, ob ich mich beim FBI beschweren soll. Aber das bringt ja wohl nichts.«

Kat verzog das Gesicht. »Bestimmt war es ein rücksichtsloser Teenager.«

»He!«, protestierte Steve, der direkt hinter ihr saß.

Dallas tätschelte Steve das Knie und sah Kat an. »Jetzt mal Ernst beiseite.«

»Was?«, wunderte sich Kat.

»Tut mir Leid. Ein alter Witz beim Sender, wenn wir uns gelangweilt haben.«

»Sind Sie Diskjockey?«

»Nein. Technikerin. In New York. Ich habe aber auch als Diskjockey gearbeitet. Und dann habe ich sechs Millionen im Lotto gewonnen und mich zur Ruhe gesetzt.«

»Im Lotto? Tatsächlich?«, meinte Kat.

»Ja. Ganz ehrlich. Doch jetzt habe ich mal eine Frage an Sie, Jane Bond.«

»Und die wäre?«, entgegnete Kat kopfschüttelnd.

»Ich habe einen Flugzeugabsturz überlebt.« Dallas zählte an den Fingern ab. »Ich habe gesehen, wie Grahams Frau in den Tod stürzte und wie meine Freundin Britta in Stücke gerissen wurde. Dann wurde ich mit einem Hubschrauber gerettet aus einem Kugelhagel; einem Hubschrauber, an dessen Steuer jemand saß, der keine Ahnung vom Fliegen hat. Ich bin in einem gestohlenen Firmenjet mit einem Verbrecher als Piloten aus einem kommunistischen Land geflohen. Ich bin vor einer Horde falscher FBI-Agenten abgehauen und habe mich in ein Flugzeug geschlichen, das uns mitten in der Nacht auf einem Rollfeld in Seattle rausgeschmissen hat. Nun würde mich interessieren, wann zum Teufel es endlich vorbei ist. Genug ist genug, finden Sie nicht?«

Kat lachte nur und sagte nichts dazu.

»Ist das so lustig?«, schnaubte Dallas wütend.

»Ich glaube, Dallas möchte sagen . . .«, mischte sich Robert ein. Dallas sah ihn mit gespielter Entrüstung an. »Hoppla, alter Junge. Wenn Dallas etwas sagen will, dann sagt sie es selbst.«

»Entschuldigung«, murmelte Robert.

»Okay.« Dallas lehnte sich zurück. »Wo war ich noch stehen geblieben?«

Alle lachten nun, bis auf Graham, der schweigend aus dem Fenster starrte.

»Jetzt fällt es mir wieder ein«, sprach Dallas weiter. »Offenbar haben Sie ein Ziel, Kat. Könnten Sie uns verraten, wohin Sie wollen?«

»Zuerst zu einem Geldautomaten und dann zu einem Lebensmittelladen, der nachts geöffnet hat«, antwortete Kat.

Dallas blickte Robert an und reckte übertrieben den Daumen in die Luft, als hielte sie das für eine großartige Idee. »Okay. Und was kaufen wir? Einen Liter Milch?«

»Unter anderem. Wir kaufen Vorräte für eine Woche. Lebensmittel, Milch, Kaffee, Pappteller, Servietten, Toilettenpapier und so weiter. Alles, was man braucht. Dann fahren wir zum hintersten Ende eines fünfundsiebzig Kilometer langen unzugänglichen Sees auf der anderen Seite der Cascade Mountains, wo es keine Telefone, keine Autos und keine Killer gibt. Dort verstecken wir uns, während ich versuche herauszukriegen, wem wir vertrauen können und wer uns umbringen will.«

Kat drehte sich zu den anderen um. »Ich kann Sie nicht zwingen mitzukommen. Aber Sie alle schweben in großer Gefahr, wenn Sie nach Hause fahren oder jemanden anrufen.«

Steve zuckte die Achseln. »Meine Mutter hat wahrscheinlich sowieso schon den Verstand verloren.«

Dallas nickte nur, doch Graham Tash sprach zum ersten Mal seit Stunden. »Ich . . . ich habe es nicht eilig, Kat.«

»Und Dan?«, fragte Kat.

»Was immer Sie für das Beste halten«, erwiderte er mit Nachdruck. »Ich bin Junggeselle.«

Dallas hob die Hand. »Entschuldigen Sie. Ich habe noch eine Frage zum Komfort. Werden wir in Schlafsäcken im Zelt oder in einem billigen Motel übernachten? Oder gibt es dort ein Vier-Sterne-Hotel?«

»Der Bruder meiner Mutter besitzt dort eine Hütte«, entgegnete Kat. »In dieser Jahreszeit ist er nie da, und ich habe den Schlüssel.«

»Kat«, meinte Robert. »Heißt das, kein Telefon, kein Sheriff und keine Fluchtmöglichkeit?«

Kat nickte. »Da ist niemand außer ein paar Rangern. Es ist ein Nationalpark.«

»Sind Sie sicher, dass es schlau ist, sich so in die Einsamkeit zu begeben?«, fragte Robert skeptisch.

Kat sah ihn an und seufzte. »Es war nur eine Idee. Der einzige Mensch in Washington, dem ich vertrauen kann, hat mir geraten, uns für ein paar Tage zu verkriechen, während er herausfindet, was los ist. Und Stehekin ist eben das beste Versteck, das mir eingefallen ist.«

»Irgendwie habe ich den Eindruck, dass Sie diese Gegend kennen«, sagte Dallas.

Kat nickte. »Ich liebe den Nordwesten und die Umgebung von Seattle und Tacoma. In den letzten Jahren war ich oft hier.«

Aus Kats Handtasche drang ein leises, aber beharrliches Fiepen. Ohne den Blick von der Straße abzuwenden, tastete Kat nach dem Piepser, reichte ihn Robert und bat ihn, die Nachricht laut vorzulesen.

»Da steht: ›Wo sind Sie? Was ist in Seattle passiert? Der Pathologe der Verkehrssicherheitsbehörde hat bestätigt, dass die Netzhäute des SeaAir-Piloten durchgebrannt waren.‹«

»Mein Gott!«, murmelte Kat.

»Was hat das zu bedeuten?«, wollte Dallas wissen.

Kat wandte den Kopf zur Seite. »Dass die SeaAir derselben Waffe zum Opfer gefallen ist wie Sie, Dan. Der Waffe, die Ihren Kapitän umgebracht und wenigstens einen der Piloten kurz vor dem Absturz der SeaAir bei Kuba schachmatt gesetzt hat. Und das wiederum bestätigt, dass wir es mit einer Serie von Terroranschlägen zu tun haben.«

»Kat«, fuhr Robert fort. »Er weist Sie an, sich so schnell wie möglich bei ihm zu melden.«

Sie schüttelte den Kopf. »Ausgeschlossen.«

35

SEA-TAC INTERNATIONAL AIRPORT, WASHINGTON
14. NOVEMBER — TAG DREI
1:30 ORTSZEIT / 0930 ZULU

Die beiden FBI-Agenten, die das untere Stockwerk des Hauptterminals durchsucht hatten, waren weitergegangen. Im Zwischengeschoss spähte ein dunkelhaariger Mann mit pockennarbigem Gesicht, etwa Ende dreißig, vorsichtig um eine Säule, um sicherzugehen, dass sie auch wirklich verschwunden waren. Nachdem er sich vergewissert hatte, hob er den Arm und sprach leise in ein verstecktes Mikrofon, das mit Kabeln unter seiner Kleidung mit einem Empfänger am Gürtel verbunden war.

»Rolf, alles in Ordnung?«

Ein Knopf im Ohr übermittelte ihm die Antwort: »Ja. Wir sind beide hier. Und Sie?«

»Im Moment sitze ich fest. Die beiden Bullen sind ein Stockwerk unter mir und erkundigen sich nach uns. Sobald sie weg sind, haue ich ab. Haben Sie ihn schon angerufen?«

»Möchten Sie wirklich hören, was er gesagt hat?«

»Absolut.«

»Der Boss ist gar nicht erfreut. Ich habe den Verdacht, er würde am liebsten jemandem den Kopf abreißen, doch da er immer so beherrscht ist, lässt sich das schwer sagen.«

Der Mann lehnte sich ein wenig über die Balustrade und blickte den beiden echten FBI-Agenten nach. Nachdem sie den Trick am Südterminal durchschaut hatten, hatten sie sich sofort auf die Suche gemacht. Das FBI-Team, das im Nordsatelliten wartete, hatte nur zehn Minuten gebraucht, um Lunte zu riechen. Die Zeit hatte nicht gereicht, die DC-10 ein zweites Mal gründlich zu durchsuchen. Die sechs Flüchtigen waren auf unerklärliche Weise entwischt.

Der Mann spähte in jeden Flur, bis er sicher war, dass die Luft rein war. Wieder schaltete er das Mikrofon ein. »Ich wusste, dass er toben würde. Haben Sie ihm erklärt, was passiert ist?«

»Für ihn war das nur eine faule Ausrede. Wann kommen Sie endlich? Wir müssen weg.«

»Warum?«

»Wir sitzen hier wie auf dem Präsentierteller.«

»Ich gehe jetzt los und . . .« Als er einen Schritt vortrat, blickte er genau in die Mündung einer Pistole.

»Stehen bleiben!«, befahl der Mann vor ihm. »FBI. Sie sind verhaftet . . .«

Der falsche FBI-Agent rammte die linke Faust in den Bauch seines echten Gegenübers, duckte sich von der Waffe weg, griff danach und drehte den Lauf nach oben. Der FBI-Agent fiel stöhnend zu Boden. Als er sich aufrappeln wollte, wurde er von vier Schüssen aus einer mit Schalldämpfer ausgerüsteten Waffe niedergestreckt. Er sackte in sich zusammen und eine Blutpfütze breitete sich unter ihm aus. Er spürte den kalten Lauf an seiner Schläfe nicht mehr, aus dem der Gnadenschuss kommen würde.

Der falsche Agent eilte den Flur entlang, schlüpfte ins nächste Treppenhaus und schlenderte an zwei uniformierten Flughafenpolizisten vorbei. Dann trat er durch die Tür des Terminals und stieg in einen wartenden Kleinbus, der sofort losfuhr.

»Schwierigkeiten?«, fragte einer seiner Komplizen.

»Habe gerade einen Bullen erledigt«, erwiderte der Mann und klopfte zur Betonung auf die Waffe unter seinem Sakko. »Wie lauten die Anweisungen?«

Der Fahrer seufzte. »Ich möchte nicht alles wiederholen. Vorwürfe, Beschimpfungen, bla, bla, bla. Wir haben den Befehl, keine Kosten zu scheuen, um diese sechs Leute kaltzumachen.«

LAKE CHELAN, STEHEKIN, WASHINGTON

Das einmotorige, stumpfnasige Wasserflugzeug erregte kein Aufsehen, als es über dem grünen Tal nördlich des Lake Chelan schwebte. Die DeHavilland Beaver, die Kat am Südufer gemietet hatte, war bei Piloten im Norden sehr beliebt. Das Design stammte aus den Vierzigerjahren, von einer kanadischen Firma, und war wegen der großen Nachfrage nie aus der Mode gekommen. Zwar mangelte es der Beaver an windschnittiger Eleganz, doch das machte sie durch ausgesprochene Verlässlichkeit mehr als wett. Unzählige Male hatte das mit einem Sternmotor und einem dreiblättrigen Propeller ausgestattete Arbeitspferd gestrandete Buschpiloten aus Abenteuern gerettet, die sonst ein böses Ende genommen hätten. Beavers waren langsame, aber geduldige, stabile und praxiserprobte Veteranen. Kat wurde stets von Aufregung ergriffen, wenn sie eine beim Landen auf dem Wasser beobachtete. Die Schwimmer berührten ganz zart die Wasseroberfläche und kamen inmitten eines Schwalls sprühender Gischt zum Stehen.

Der halbstündige Flug über den glatten, blauen See war ein Erlebnis gewesen. Die kleine Maschine umrundete die schneebedeckten Gipfel, die am fjordähnlichen oberen Ende des Sees auf beiden Seiten bis zu einer Höhe von zweitausendfünfhundert Metern anstiegen. All das hatten die erschöpften und verängstigten Passagiere jedoch nur am Rande wahrgenommen. Sie wussten, dass sie selbst hier nicht völlig sicher waren.

Das Zurücklassen des gestohlenen Kleinbusses hatte Kat sorgfältig geplant. Sie musste den Wagen an einer Stelle parken, wo er etwa eine Woche lang weder abgeschleppt noch gemeldet oder sonst wie bemerkt werden würde. Ein Abstellplatz für Campingbusse erschien ihr als der geeignetste Ort.

»Wir sind da! Sehen Sie das Dach am Ende der Auffahrt dort unten?«, sagte Kat und wies erleichtert in die Tiefe.

»Wo ist Stehekin?«, fragte Dallas.

»Es ist ein Gebiet, keine Stadt«, entgegnete Kat. »Die Ranger-Station, das Motel und ein paar Läden sind an der Bootsanlegestelle. Dort landen wir.«

Der Pilot drosselte den Motor der Beaver und hielt auf seine gewöhnliche Stelle auf dem See zu, kurz vor der winzigen Anlegestelle. Er war brummig, weil Kat ihn um zwei Uhr morgens angerufen hatte und um sieben hatte aufbrechen wollen. Doch Geld ist Geld, und es war November. In zwei Wochen würde er die Beaver für den Winter einmotten müssen.

Komische Leute, dachte er. Sie sahen zerrauft und verängstigt aus und hatten Einkaufstüten bei sich, aber fast kein Gepäck. Ihre Kleider waren kaum mehr als Lumpen. Außerdem hatte einer von ihnen offenbar Probleme mit den Augen und trug einen Verband. Vielleicht war die Polizei hinter ihnen her. Aber er konnte sich nicht vorstellen, was für ein Verbrechen dieses elende, erschöpfte Trüppchen verübt haben sollte.

Zu ihrer Erleichterung sah Kat den verbeulten Wagen mit dem Schlüssel unter der Bodenmatte am Hafen parken, ein eindeutiges Zeichen dafür, dass die Hütte nicht benutzt wurde. Nachdem alle aus dem Flugzeug gestiegen und sich in den Wagen gezwängt hatten, nahm Kat den Piloten beiseite, gab ihm dreihundertfünfzig Dollar in bar und zeigte ihm ihre Brieftasche mit dem FBI-Ausweis.

»Was ist das?«, fragte er.

»Klappen Sie sie auf«, bot sie an.

Er studierte gründlich die eingeschweißte Karte, bevor er besorgt aufblickte. »Habe ich ... etwas falsch gemacht?«

Sie legte ihm die Hand auf die Schulter. »Überhaupt nicht. Aber ich brauche Ihre Hilfe. Es ist äußerst wichtig. Wir führen eine Aktion der Bundesbehörde durch, und meine Begleiter stehen unter dem Schutz des FBI. Sie sind mit einigen sehr gefährlichen Leuten in Konflikt geraten, die eine Bedrohung für unser Land darstellen. Niemand außer Ihnen weiß, dass wir uns hier in der Gegend aufhalten. Wenn Sie diesen Flug irgendjemandem gegenüber erwähnen, könnte es sein, dass Sie die Schuld am Tod dieser Menschen tragen. Sie müssen absolutes Stillschweigen bewahren, auch wenn Sie von jemandem gefragt werden, der sich als FBI-Agent ausgibt, ganz gleich, ob er sich ausweisen kann oder nicht.«

»Ich verstehe nicht, was Sie meinen«, erwiderte er, ängstlich zwischen dem Wagen und Kat hin und her blickend.

»Sie haben sicher schon einmal vom Zeugenschutzprogramm gehört«, sagte sie.

»Ja.« Seine Miene erhellte sich.

»Gut. Dann wissen Sie auch, dass wir nicht einmal mit unseren eigenen Kollegen über Leute sprechen, die in dieses Programm aufgenommen wurden.«

»Wollen Sie sie hier unterbringen?«

»Nein. Sie sollen sich nur eine Weile verstecken. Ich kann Ihnen zwar nicht drohen, dass Ihr Pilotenschein von Ihrem Stillschweigen und Ihrer Hilfsbereitschaft abhängt, doch es kann nie schaden, Freunde beim FBI zu haben, die einem einen Gefallen schuldig sind. Alles klar?«

Er nickte lächelnd. »Ja, Ma'am. Ich war auf einem Solo-Übungsflug und habe niemanden gesehen. Ich habe mich einfach dazu entschlossen, weil es so ein schöner Morgen war.«

Sie erwiderte sein Lächeln. »Wir verstehen uns. Ich rufe Sie in ein oder zwei Tagen an, damit Sie uns wieder abholen. Einverstanden?«

»Einverstanden. Keine Sorge, von mir erfährt niemand was.«

»Und kein Papierkram, in Ordnung? Kein Eintrag ins Bordbuch, keine Rechnungsnummer, keine Buchführung.«

Er fragte sich, ob er die dreihundertfünfzig Dollar beim Finanzamt angeben sollte.

Der Schlüssel zur Hütte lag an seinem Platz, nämlich in einer Aushöhlung in einer der Holzbohlen, aus denen das Gebäude bestand. Vorsichtig öffnete Kat die Tür und rechnete schon mit dem Heulen einer Alarmanlage, doch zu ihrer Erleichterung blieb alles ruhig. Die Hütte war sauber und für Gäste bereit.

»Offenbar wird hier das ganze Jahr über regelmäßig geputzt«, sagte Kat zu Dallas. Sie machten Licht und stellten den Thermostat der Fußbodenheizung ein. Kat versuchte, sich an den Namen des Verwalters zu erinnern. Bestimmt würde er irgendwann vorbeikommen, um sich zu überzeugen, dass die unerwarteten Gäste sich nicht unbefugt in der Hütte aufhielten. Sie musste sich also etwas einfallen lassen.

Im Wohnzimmer standen zwei Klappsofas. Die beiden Schlafzimmer waren mit grob gezimmerten Etagenbetten möbliert und boten Platz für jeweils vier Personen. Die kleine Küche war gut ausgestattet. Nachdem sie sich rasch ein paar Sandwiches gemacht hatten, verteilten sich alle bis auf Kat und Robert auf die verschiedenen Betten. Jeder wollte den Tag und die kommende Nacht dazu nutzen, den versäumten Schlaf nachzuholen.

Kat schloss die Vorhänge und schürte das Kaminfeuer im

Wohnzimmer ein. Immer wieder fielen ihr die Augen zu, und sie hatte Mühe, ihre Gedanken beisammen zu halten. Draußen vor der Hütte graute ein wunderschöner Morgen. Der Himmel war strahlend blau. Die Sonne reflektierte von den fünf Zentimetern Neuschnee, die das friedliche, abgelegene Tal bedeckten. Obwohl Kat am liebsten einen Spaziergang unternommen hätte, siegte nun die Erschöpfung. Seit ihrem Vortrag in Hongkong schien eine Ewigkeit vergangen zu sein. War es wirklich erst zwei Tage her? Sie konnte es kaum fassen.

Kat zog das alte Bärenfell, an das sie sich noch aus ihrer Kindheit erinnerte, vor den großen, aus Flusssteinen gemauerten Kamin, ließ sich mit angezogenen Beinen darauf nieder, schlang die Arme um die Knie und genoss die Wärme des Feuers. Obwohl die Hütte über drei Fußbodenheizungen verfügte, war es am Kamin doch am gemütlichsten. Kat fragte sich, wie oft ihre Tante und ihr Onkel in den vergangenen Jahren wohl die Zeit gefunden hatten, sich hierher zurückzuziehen.

Nicht oft genug, dachte sie, obwohl sie die Hütte sicher sehr gern hatten. Ihre Tante war eine sehr lebensfrohe Frau, und dasselbe galt auch für ihren Mann, wie Kat eines Sommers bei ihrer verfrühten Rückkehr von einem Ausritt erfahren hatte. Zu ihrer Überraschung hatte sie die beiden splitternackt und in leidenschaftlicher Umarmung auf ebendiesem Bärenfell vorgefunden. Kat schmunzelte, als sie daran dachte, obwohl sie damals schockiert gewesen war. In dem Augenblick, als Kat die Tür öffnete, stieß Tante Janine einen ohrenbetäubenden Lustschrei aus, und der Kopf ihres Onkels befand sich an einer unerwarteten, höchst delikaten Stelle. Kat hatte sich so schnell wie möglich verdrückt und war eine Stunde lang fortgeblieben. Beim Nachhausekommen hatte sie auf der Veranda aufgestampft und so viel Lärm wie möglich gemacht. Doch ihre Tante stand bereits in der Küche. Ihr Onkel saß schreibend am Tisch. Beide sahen sehr zufrieden aus.

Robert MacCabes Schritte näherten sich aus der Küche. Verlegen versuchte Kat, nicht mehr an dieses so lange zurückliegende Ereignis zu denken, so als könne er ihr anmerken, was in ihr vorging. Sie blickte auf und lächelte ein wenig schüchtern, als er sich, zwei dampfende Tassen in der Hand, neben ihr niederließ.

»Kat, ich glaube, ich weiß es jetzt.«

»Wie man Kaffee macht?«

»Nein, wo Walter seine Informationen versteckt hat.«

Kats Miene erhellte sich schlagartig. »Wo?«

»Außerdem habe ich hier alles gefunden, um eine richtige heiße Schokolade zuzubereiten«, meinte er und reichte ihr die Tasse.

»Spitze. Aber wo hat er sie versteckt?«

»Wollen Sie die Schokolade nicht probieren?«, ließ Robert sie zappeln.

Sie schüttelte verwirrt den Kopf. »Was?«

»Die Schokolade in Ihrer Hand. Kosten Sie. Dann erzähle ich Ihnen alles.«

Sie betrachtete die Tasse und trank endlich den ersten Schluck. »Köstlich! Wo haben Sie das gelernt?«

»Von einem alten Koch im Hotel Crillon in Lima. Wenn ich beruflich dort war, ging ich immer hin und bestellte ein Brot mit Eiern und Tomaten und eine Tasse dieser heißen Schokolade. *Chocolate caliente en espanol.* Das reine Nirwana.«

»Okay. Ich bin beeindruckt. Und wo hat er die Informationen versteckt?«

»Sein Lieblingsplätzchen in Washington war kein Restaurant, sondern die Kongressbibliothek. Dort hat er seine Daten ›einge-LOCt‹. *LOC* heißt *Library of Congress.*«

»Was? Das wäre, als suche man eine Nadel in einem Heuhaufen, Robert. Das Gebäude ist riesig.«

»Nicht in der Bibliothek selbst. Im Computer. Vermutlich steht dort der am besten abgesicherte Bibliothekscomputer der Vereinigten Staaten. Es gibt so viele Sicherheitsvorrichtungen, dass die Daten stets in irgendeiner Form erhalten bleiben, solange nicht ganz Amerika verschwindet.«

Kat schüttelte den Kopf. »Wollen Sie wirklich behaupten, Walter Carnegie hat seine Akten im Hauptcomputer der Kongressbibliothek gespeichert?«

»Genau, obwohl ich es nicht beschwören kann. Zuerst muss ich in die Datenbank des Computers kommen und eine Datei des Namens suchen, den er uns genannt hat.«

»Geht das telefonisch?«

»Das bezweifle ich«, erwiderte Robert. »Bei einem derartigen Programm muss man vermutlich vor Ort sein, am richtigen Terminal sitzen und ein geheimes Passwort kennen. Also müssen wir nach Washington, bevor die falschen Leute auf denselben Gedanken kommen wie wir.«

Kat seufzte und trank noch einen Schluck von der heißen Schokolade. »Okay. Aber wir müssen auch diesen Dr. Thomas finden, falls er sich noch in Las Vegas aufhält. Die Frage ist, was wir zuerst tun.«

Robert zuckte die Achseln. »Da wir keine Ahnung haben, welche Fakten Walter hatte, und auch über den Informationsstand dieses Dr. Thomas nicht im Bilde sind, könnten wir genauso gut eine Münze werfen.«

»Aber wir wissen, wo Walters Datei ist. Also sollten wir in Washington anfangen.«

»Okay, aber erst heute Abend«, sagte er. »Wir brauchen Schlaf.«

Sie schüttelte den Kopf. »Ich habe deswegen fast ein schlechtes Gewissen.«

»Warum? Weil Sie Schokolade trinken oder weil Sie schlafen wollen?«

Sie schüttelte den Kopf und richtete sich auf. »Nein. Wenn man bedenkt, was passiert ist . . . und jetzt befinden wir uns an diesem wunderschönen Ort . . .«

»Ich weiß.« Er starrte ins Feuer.

Kat betrachtete ihn schweigend, bis er ihren Blick spürte und ihr in die Augen sah.

»Ein Dollar für Ihre Gedanken«, meinte er ein wenig überrascht.

»Gleich ein ganzer Dollar?«, fragte sie und zog die Augenbrauen hoch.

»Inflation«, erwiderte er.

Sie lachte leise und beobachtete, wie der Schein des Feuers über sein Gesicht flackerte. Das Lächeln, das ständig um seine Augen spielte, entsprach genau seinem Wesen. Kat zwang sich wegzusehen. »Robert«, sagte sie und ließ die Tasse langsam in den Händen kreisen. »Sicher ist Ihnen klar, dass diese Verbrecher wieder ein Flugzeug abschießen werden.«

Er schwieg eine Weile, bevor er nickte. »Natürlich, Kat. Walter Carnegie wusste das auch. Deshalb hat ihn jemand getötet.«

»Es wurden noch keine Forderungen gestellt. Das bedeutet, dass es sich nur um das Vorspiel handelt.« Verzweifelt hob sie die Hand. »Wer ist als Nächstes dran? Was ist, wenn sie beschließen, die Piloten der Air Force One in Andrews auszuschalten? Und das Schlimmste ist«, fuhr Kat fort, »dass wir die Waffe vielleicht schon in der Hand hatten.« Sie war ein wenig überrascht, als Roberts linke Hand zärtlich ihren Unterarm massierte. »Ganz bestimmt war es die Waffe.«

»Kat, es hat keinen Sinn, dass Sie sich wegen Honolulu Vorwürfe machen. Gewiss gibt es noch weitere Exemplare dieser Waffe.«

»Ich mache mir keine Vorwürfe«, widersprach sie gereizt und meinte dann ein wenig freundlicher: »Ich versuche lediglich, eine Lösung zu finden, bevor es wieder für zweihundert Menschen zu spät ist. Ich habe wirklich keine Lust auf einen Alleingang. Tatsache ist aber, dass ich Jake nicht anrufen und auch sonst mit niemandem Kontakt aufnehmen kann. Eigentlich bin ich dafür ausgebildet, im Team zu arbeiten. Aber meistens stehe ich dann ohne Mannschaft da und bin gezwungen, auf eigene Faust zu handeln. Das ist es, was das FBI an Frauen wirklich liebt.«

»Frauen haben es dort immer noch schwer?«

Kat riss die Augen auf. »Das kann man wohl sagen. Es erstaunt mich immer wieder, wie viele ansonsten vernünftige, kluge Männer sich von einer Frau bedroht fühlen, die sich weigert, klein beizugeben und das hilflose Weibchen zu spielen.«

»Und wenn eine Frau dann doch das hilflose Weibchen spielt, heißt es, sie sei für Männerarbeit nicht geeignet«, ergänzte er.

»Da beißt sich die Katze in den Schwanz«, stimmte Kat zu.

»Zwei Leute sind auch ein Team, Kat. Wir sind ein Team.«

Sie verdrehte die Augen. »Mag sein, aber ich kann Ihnen schlecht einen Amtseid abnehmen. Ich fliege allein nach Washington.«

»Das kommt nicht in Frage, Kat!«

»Ich brauche Sie hier. Sie müssen auf die anderen aufpassen. Ich lasse Ihnen das Satellitentelefon da. Wenn ich Ihre Hilfe brauche, rufe ich an. Soll ich jemanden für Sie verständigen? Ihre Frau zum Beispiel?«

Er schmunzelte. »An der Westküste gibt es vermutlich hunderte von Frauen, die Mrs MacCabe heißen, aber ich bin mit keiner verheiratet.«

Sie legte den Kopf zur Seite. »Eine merkwürdige Art zu sagen, dass Sie ledig sind. Außerdem verschleiern Sie auf diese Weise geschickt, ob Sie schon eine Scheidung hinter sich haben.«

Robert grinste. »Ich versuche nur zu verbergen, dass es außer meiner Haushälterin und meinem Chefredakteur niemanden interessiert, ob ich noch lebe oder nicht – wobei ich für den Chefredakteur nicht die Hand ins Feuer legen würde. Kat, wirklich, ich finde, dass ich mitkommen sollte.«

»Keine Chance. Ich brauche Sie hier.«

Robert seufzte. »Sie könnten mich meinen Job kosten. Eigentlich müsste ich mich morgen wieder bei der *Washington Post* zur Arbeit melden.«

»Sie können Gift drauf nehmen, dass auch die Gegenseite das weiß. Mich wird man nicht erkennen, aber Sie.«

»Ich mache mir keine Sorgen um mich selbst, Kat«, erwiderte er leise. Kat errötete wider Willen. Sie wandte sich ab und stellte die Tasse weg. Dann holte sie die Telefonnummer des Seeflugdienstes heraus, wählte und hielt sich das Telefon ans Ohr. Sie gab sich Mühe, Robert nicht anzusehen. Es war nicht der richtige Zeitpunkt, sich dem warmen Gefühl hinzugeben, das sich in ihr ausbreitete. *Wir sind keine Flitterwöchner in einem Liebesnest in den Bergen*, ermahnte sie sich. *Wir laufen um unser Leben. Reiß dich zusammen!*

Als Kat das Freizeichen hörte, fragte sie sich, ob der Pilot wohl schon wieder zurückgekehrt war. Sie vernahm Roberts Atem und spürte, dass er sie beobachtete, was sie nicht gleichgültig ließ.

Endlich meldete sich der Flugservice. Derselbe Pilot war am Apparat und erklärte sich bereit, sie am Vormittag abzuholen. »Ein weiterer Übungsflug wäre nicht schlecht«, witzelte er. »Aber es geht erst morgen früh. Heute Nachmittag bin ich ausgebucht.«

»Hören Sie. Wir müssen sofort hier weg.«

»Tut mir Leid, Ma'am. Sie sind nicht mein einziger Kunde.«

»Ich bezahle das Doppelte.«

»Am Geld liegt es nicht. Ich habe eine private Verpflichtung.

Meine Ehe hängt davon ab. Die Antwort ist nein. Ich habe keine Zeit. Sie könnten doch am Nachmittag das Boot nehmen.«

Robert zupfte sie am Ärmel. »Was ist?«, flüsterte er, als sie sich umdrehte.

»Sie brauchen Schlaf! Fliegen Sie morgen.«

Kat dachte noch einmal nach und nickte schließlich. »In Ordnung«, sprach sie ins Telefon, »morgen früh.«

»Ich werde um acht da sein«, versprach der Pilot.

Sie bedankte sich und schaltete das Telefon ab. Nachdem sie es übertrieben behutsam weggelegt hatte, holte sie tief Luft und drehte sich zu Robert um, fest entschlossen, wieder rein professionell mit ihm zu reden. Sie begannen gleichzeitig.

»Ich ... äh ...«, sagte er.

»Wir werden um ...«

»... acht Uhr abgeholt«, beendete er den Satz heftig nickend.

»Richtig«, meinte sie.

»Ich habe es gehört.«

»Okay.« Sie schaute ihm in die Augen.

»Ich wünschte ... Sie wissen schon ...«

»Dass alles vorbei wäre?«

»Ja, Kat, aber andererseits ...«

»Schon gut«, erwiderte sie mit einem gezwungenen Lächeln. »Es ist so schön hier. Wenn wir nicht um unser Leben laufen müssten, könnten wir es richtig genießen.«

»Aber mit unserer Reisegruppe ...« Er kicherte.

»Ja«, sagte sie, »unser Anhang.«

»Es wäre schön ... wenn wir allein wären ... nur wir beide.«

Wieder spürte sie dieses warme Gefühl. Die Versuchung war groß. Für einen Augenblick rückten sie unwillkürlich ein Stück zusammen und fuhren dann zurück, ohne den Blick voneinander zu lassen.

Kat zwang sich, dem Spiel ein Ende zu bereiten. »Äh ... ich glaube ... wir sollten uns jeder ein Bett suchen und achtzehn Stunden lang schlafen«, stieß sie hervor, allerdings ohne sich zu rühren.

»Wenn es sein muss«, stimmte er widerstrebend zu und stand langsam auf. Dann beugte er sich hinunter und streckte die Hand aus. Sie nahm sie und ließ sich von ihm hochziehen. Dann machte sie sich los, weiterhin seinem Blick ausweichend.

»Also bis morgen«, sagte er.

»Ja.« Kat bewunderte die Decke, den Kaminsims, das ganze Zimmer. »Ich wecke Sie, bevor ich starte. Ich muss den anderen noch erklären, worauf man in dieser Hütte zu achten hat.« Sie wandte sich dem Zimmer zu, das Dallas zum Frauenschlafsaal erkoren hatte.

»Kat?«, hauchte er ihr nach.

Sie drehte sich noch einmal um und stand da wie angewurzelt.

»Ja, Robert?«, krächzte sie.

Er lächelte. »Gute Nacht.«

Sie erwiderte sein Lächeln. »Danke, ebenfalls.«

36

**ÜBER LAKE CHELAN, WASHINGTON STATE
15. NOVEMBER — TAG VIER
8:25 ORTSZEIT / 1625 ZULU**

Das Ostufer des Fjords lag noch in tiefem Schatten, als die DeHavilland Beaver hundertfünfzig Meter über der Wasseroberfläche daran entlangflog. Kat saß auf dem Kopilotensitz und bewunderte die Landschaft, die unter ihr dahinglitt. Am südlichen Ende des Sees gingen die hohen Berge in felsige Hügel über. Kat dachte an die Hütte und den unerwartet gefühlsgeladenen Abschied.

Sie hatte beschlossen, die Situation als eine Übung in Planen unter Druck anzugehen, wie sie es gelernt hatte. Die Gruppe wurde von Berufskillern verfolgt und musste sich verstecken, während sie, Kat, loszog, um die Antworten zu finden, die sie retten konnten.

Doch als sie ihre Mitstreiter um sieben Uhr morgens am Kaminfeuer in ihre Plänen einweihte, sank ihre Hoffnung, als sie die ängstlichen Gesichter sah. Offenbar trauten sie ihr nicht zu, für ihre Sicherheit zu garantieren.

»Ein paar Tage in der Versenkung können alles ändern«, hatte Kat versichert.

»Können die uns hier finden, Kat?«, fragte Dan. »Schenken Sie uns reinen Wein ein.«

Sie presste die Lippen zusammen. »Das ist unwahrscheinlich. Eine Menge Recherchen wären nötig, um mich mit dieser Hütte in Verbindung zu bringen, und auch das würde noch nicht heißen, dass wir wirklich hier sind. Ich werde heute noch einmal einen Geldautomaten in Seattle benutzen. Das wird die Mörder zweifeln lassen, ob wir die Stadt je verlassen haben.«

»Was ist, wenn sie Glück haben? Wenn der Pilot redet? Wenn sie den Kleinbus finden?«, fuhr Dan fort.

Kat wollte keine leeren Versprechungen machen. Diese fünf Menschen hatten so viel gelitten und verdienten es, dass man ihnen die Wahrheit sagte.

Duftender Holzrauch stieg ihr in die Nase und lenkte sie kurz von dem Problem ab, wie sie ihnen die schwierige Lage schonend beibringen konnte.

»Ja, sie könnten Glück haben und Sie oder mich aufspüren. Wir wissen nicht mehr über sie, als dass es sich um absolut skrupellose, gefühlskalte Killer handelt, deren Pläne wir offenbar durchkreuzt haben. Genau aus diesem Grund möchte ich, dass Sie in der Hütte bleiben und sich nicht blicken lassen. Dallas, Sie müssen mich zum Hafen fahren. Ich werde dem Verwalter eine Nachricht hinterlassen, damit er Ihnen keinen Besuch abstattet. Ich habe Ihnen gezeigt, wo Waffen und Munition liegen. Sie sind also nicht völlig hilflos.«

»Was ist, wenn jemand kommt und sich als FBI-Agent ausgibt, Kat?«, fragte Steve.

Sie schüttelte den Kopf. »Ich kann nichts garantieren. Natürlich können Sie nicht jeden erschießen, der hier vorbeikommt. Regel Nummer eins lautet, Fensterläden und Vorhänge immer geschlossen zu halten und unter keinen Umständen an die Tür zu gehen. Wenn jemand herumschnüffelt, trennen Sie sich. Einer von Ihnen schleicht sich dann zur Telefonzelle am Hafen und ruft mich auf dem Satellitentelefon an. Steve, das ist deine Aufgabe. Dallas, Sie empfangen die Leute, und Graham und Robert geben Ihnen aus den hinteren Zimmern mit den Gewehren Deckung.«

»Wir denken uns schon etwas aus«, sagte Dallas mit bedrückter Miene.

»Falls diese Leute FBI-Ausweise vorzeigen«, fuhr Kat fort, »lassen Sie sich die Namen geben und sagen Sie ihnen, sie sollen in einer Stunde wieder kommen. In der Zwischenzeit melden Sie sich telefonisch bei mir.«

»Das ist kein sehr guter Plan, Kat«, meinte Dan.

»Ich weiß, aber etwas Besseres fällt mir nicht ein.«

»Ich habe meine Mutter angerufen«, sagte Steve unvermittelt.

Erschrockenes Schweigen.

»Wann war das, Steve?«, fragte Kat ruhig.

»Tut mir Leid, wenn ich was falsch gemacht habe, aber ich konnte den Gedanken nicht ertragen, dass sie weint, weil sie mich für tot hält.«

»Wann und wo hast du angerufen, Steve, und was hast du ihr gesagt?« Kat hatte Mühe sich zu beherrschen.

»Im Supermarkt in Seattle, während Sie die Lebensmittel gekauft haben.«

»Mensch, Kleiner!« Dallas verdrehte die Augen. »Was hast du ihr erzählt?«

»Nicht, wohin wir wollten. Ehrenwort. Ich habe nur gesagt, dass es mir gut geht, dass ich mit einer Frau vom FBI zusammen bin und dass ich für eine Weile nicht nach Hause kommen könne, weil jemand uns verfolgt.«

»Hast du Namen genannt, Steve?«, erkundigte sich Kat.

»Ja. Ihren. Tut mir Leid.«

»Aber du hast nicht verraten, dass wir zu einem See, einer Berghütte, zum Lake oder nach Stehekin fliegen? Ich will eine ehrliche Antwort, Steve.«

Er schüttelte heftig den Kopf. »Nein, kein Wort. Sie wollte es wissen, aber ich habe gesagt, dass das nicht geht.«

Eine Weile saß Kat da wie erstarrt. Dann nickte sie langsam. »Wahrscheinlich ist das noch einmal gut gegangen. Aber ich bitte Sie alle eindringlich, von dem Telefon am Hafen keine Freunde oder Verwandte anzurufen. Sonst sind sie uns sofort auf der Spur.«

»Wir alle haben Angehörige, Kat«, wandte Dallas ein. »Um mich machen sich bestimmt auch einige Leute Sorgen.«

»Um mich nicht«, erwiderte Graham tonlos.

Kat hob die Hand. »Ich weiß, Sie alle haben Freunde, die Sie wahrscheinlich für tot halten. Wenn es Ihnen so zu schaffen macht, geben Sie mir Namen und Telefonnummern. Ich rufe sie an, aus sicherer Entfernung.«

»Glauben Sie wirklich, Sie können es schaffen?«, fragte Dan ruhig.

»Vielleicht«, entgegnete sie. »Das hängt davon ab, was Walter Carnegie uns hinterlassen hat. Zumindest kann ich dafür sorgen, dass diese Killer uns nicht erwischen.«

»Vorausgesetzt, die erwischen Sie nicht zuerst.«

»Diese Möglichkeit besteht immer.« Kat atmete tief durch, schaute auf ihre Schuhe und lauschte dem Knistern des frisch geschürten Feuers. »Hören Sie: Wenn ich in fünf Tagen nicht zurück bin« – sie hob den Kopf und sah alle nacheinander an –, »nehmen Sie gemeinsam die Fähre nach Chelan, mieten sich ein Auto oder fahren mit dem Bus nach Spokane. Dort wenden Sie sich an die FBI-Niederlassung und erzählen denen alles, was Sie wissen.«

Die DeHavilland wartete schon, als Kat aus dem verbeulten Dodge kletterte. Sie winkte Dallas noch einmal zu. Die stieg dann ebenfalls aus und nahm sie schwesterlich in die Arme. »Passen Sie auf sich auf, altes Mädchen, und kommen Sie gesund zurück.«

Kat begrüßte den Piloten, reichte ihm ihren allgegenwärtigen Rollenkoffer und erklomm die kleine Leiter. Als die Leinen schon gelöst und der Motor gestartet wurde, landete etwas hinten auf dem rechten Ponton.

»Was zum Teufel . . .?«, brummte der Pilot und schaute nach rechts. »Sehen Sie etwas?«, fragte er Kat.

»Jemand ist auf dem Schwimmer. Ich kann nicht . . .«

Die hintere Passagiertür wurde aufgerissen. Der Eindringling warf eine kleine Reisetasche auf den Sitz, hievte sich hinein und grinste Kat an.

»Robert!?«

»Erinnern Sie sich nicht an unser Gespräch von gestern Abend? Teamarbeit?«

»Sie sollten hier bleiben und auf die anderen aufpassen!«, sagte Kat, gleichzeitig empört und erstaunt.

»Dallas ist eine Naturgewalt. Sie schafft es schon allein.«

Die Beaver trieb im Leerlauf auf die Bucht hinaus. Der Geruch des Sees mischte sich mit dem Duft von Nadelbäumen, während das Wasser sanft gegen die Schwimmer plätscherte. Der Pilot blickte sich um und wartete, dass die beiden ihr Gespräch beendeten.

»Robert, verdammt . . .«

»Soll ich verschwinden?«

»Ich arbeite allein.«

»Das hat sich gestern aber anders angehört.«

»Es könnte gefährlich werden.«

»Ich bin schon mit dem Flugzeug abgestürzt und durch einen

Dschungel geflohen. Und wenn ich nicht mindestens einmal im Jahr beschossen werde, leidet mein Ruf als Kriegsberichterstatter.«

Kat schüttelte den Kopf. »Nein. Ich bin verantwortlich ...«

»Nicht für mich! Es steht uns frei, die Verantwortung füreinander zu übernehmen, wenn wir ein Team sind. Aber vergessen Sie nicht, ich bin ein verdammt guter Reporter. Ich weiß, wie man Geheimnisse angeht. Außerdem habe ich viele Verbindungen, und die werden Sie dringend brauchen. Und schließlich handelt es sich um eine fantastische Story, an der ich selbst beteiligt bin. Man kann einen Reporter nicht untätig in einer idyllischen Landschaft sitzen lassen, denn schließlich besteht immer das Risiko, dass er Geschmack daran findet. Und dann würde sein Chefredakteur sauer, und der Reporter verlöre seinen Job. Also. Soll ich wirklich umkehren und den Babysitter spielen?«

Kat schaute zu Boden, schüttelte noch einmal den Kopf und blickte ihn an. »Ja ... nein. In Ordnung. Betrachten Sie sich als mein Assistent.«

»Jetzt dürfen Sie mich doch plötzlich anheuern?«, fragte er.

»Eigentlich nicht«, erwiderte Kat und sah den Piloten an. »Starten wir.«

»Ja, Ma'am.«

37

UNTERWEGS NACH SEATTLE
15. NOVEMBER — TAG VIER
ZWÖLF UHR MITTAGS ORTSZEIT / 2000 ZULU

Der Snoqualmie Pass lag inzwischen dreißig Kilometer hinter ihnen. In der Ferne waren bereits die Vororte von Seattle zu sehen. Kat saß am Steuer des Wagens, Robert saß neben ihr.

»Ich habe eine Idee«, sagte er plötzlich. »Suchen wir uns ein Motel.«

Sie warf ihm einen erstaunten Blick zu. »Wie bitte? So eine Art von Agentin bin ich aber nicht.«

Robert schmunzelte. »Ich weiß. Nein, ich meine es ernst. Wenn wir uns verkriechen und ein wenig herumtelefonieren, können wir uns die Fahrt nach Washington vielleicht sparen.«

»Wie das?«

»Ich habe einen Freund, der in der Kongressbibliothek arbeitet. Wenn er mir per Modem Zugang zum Computer verschaffen kann, brauchen wir vielleicht nicht hin.«

»Spitze!«, freute sich Kat. »Das wäre einen Versuch wert. Möglicherweise können wir auch etwas über Dr. Thomas herausfinden. Aber wir haben nicht viel Zeit.«

»Suchen wir uns doch zwei nebeneinander liegende Zimmer mit einer Verbindungstür. Dann haben wir zwei Telefone.«

»Damit wäre auch der Sittsamkeit Genüge getan, Mr MacCabe. Welcher Art Hotel schwebt Ihnen denn vor?«

»Etwas zwischen dem Ritz Carlton und einem Motel Six.«

Sie biss sich auf die Lippen. »Robert, das mit der SeaAir. Ich ...«

Er unterbrach sie mit einer Handbewegung. »Kat, bitte. Darüber haben wir uns nun stundenlang das Hirn zermartert. Und was haben wir geklärt? Nichts. Wir können nur Mutmaßungen anstellen. Wir wissen, dass es irgendwo eine Gruppe gibt. Diese verfügt über eine außergewöhnliche Waffe, welche die Augen zerstört. Außerdem wissen wir, dass jemand in unserer Regierung eine

Heidenangst vor diesen Leuten hat. Wir gehen davon aus, dass sie das FBI infiltriert haben. Ansonsten tappen wir völlig im Dunkeln.«

»Es gibt da ein Muster, Robert. Darauf deutet auch Carnegies Nachricht hin.«

Er seufzte. »Okay, schießen Sie los. Was meinen Sie?«

»Amtsmissbrauch.«

»Das müssen Sie mir genauer erklären.«

»Irgendwie hat eine amerikanische Regierungsbehörde damit zu tun. Jemand hat einen Fehler gemacht oder ist in finstere Machenschaften verwickelt, und nun fürchtet er, er könnte auffliegen.«

Robert schwieg eine Weile. »Wollen Sie etwa andeuten, wir würden von einer Regierungsbehörde verfolgt?«

»Nein, nein«, erwiderte Kat rasch. »Doch wer immer diese Mistkerle sind, der Regierung könnte es schrecklich peinlich sein, wenn wir die Hintergründe aufdecken.«

»Kein sehr angenehmer Gedanke, Kat. Aber lassen wir das, bis wir Walters Datei gelesen haben. Mir dreht sich schon der Kopf.« Robert schaltete das Radio ein, während sie weiter auf dem Highway I-90 über den Lake Washington fuhren. Er verstellte den Sender, bis sie eine Meldung über einen schweren Flugzeugabsturz in Chicago hörten.

»Drehen Sie das lauter«, sagte Kat.

... ist über einem Wohngebiet etwa sechs Kilometer vom Flughafen O'Hare abgestürzt. Die Rettungsmaßnahmen laufen auf vollen Touren. Zur Stunde steht noch nicht fest, wie viele Personen überlebt haben. Augenzeugen zufolge befand sich der Airbus A-320 kurz nach dem Start etwa dreihundert Meter in der Luft, als er sich langsam auf den Rücken rollte und mit dem Bug voran abstürzte. Zeugen berichteten von einem gewaltigen Knall. Kurz darauf seien von der Absturzstelle Rauchwolken aufgestiegen. Vor einigen Minuten haben wir mit einem Beamten der Luftfahrtbehörde gesprochen, der bestätigte, dass kein Notruf abgesetzt wurde. Auch sonst wies vor dem Absturz nichts auf Schwierigkeiten hin. Wir werden weiter ...

Kat schaltete das Radio ab und sah Robert MacCabe an, der, ebenso wie sie, leichenblass geworden war. Sie schluckte. »Zweifellos ...«, begann sie.

»Ja, ich bin derselben Ansicht.«

»Natürlich könnte es auch andere Ursachen haben. Technisches Versagen, ein einseitiger Ausfall der Klappen ... vielleicht sogar der Randwirbel einer anderen großen Maschine.«

Robert schüttelte den Kopf. »Sehr unwahrscheinlich. Solche Unfälle sind heute selten, und dies ist jetzt der dritte in sechs Wochen. In zwei Fällen kennen wir die Ursachen, und Sie sagten, es würde wieder passieren.«

Kat schlug mit der Hand aufs Armaturenbrett, dass Robert erschrocken zusammenzuckte.

»Verdammt! VERDAMMT! Verdammt, verdammt, verdammt, verdammt!«

»Kat?«

»SCHEISSE!«, schrie sie.

»Alles in Ordnung?«

Sie fuhr zu ihm herum. »NEIN, nichts ist in Ordnung. Ich kann es nicht ausstehen, wenn jemand das fragt, obwohl die Antwort offensichtlich ist.«

»Tut mir Leid.«

»Es muss Ihnen nicht Leid tun. Ich fühle mich miserabel. Mein Gott! Ich fasse es nicht. Warum habe ich Sie in Hongkong in den Flieger steigen lassen, obwohl Sie schon einen Anschlag hinter sich hatten? Dann habe ich mir in Honolulu die Waffe und einen der Ganoven durch die Lappen gehen lassen, weil ...«

»Weil Sie auf einen sehr professionellen und geschickten Betrug hereingefallen sind, den niemand durchschaut hätte.«

»Robert, bitte versuchen Sie nicht, mich zu trösten. Mein Vater hat mir immer eingebläut, was Verantwortung heißt. Wenn man etwas vermasselt hat, gibt man es zu und trägt die Folgen.«

»Und was haben Sie vermasselt, Agent Bronsky? Schließlich sind Sie keine Hellseherin.«

»Genau«, zischte sie.

»Hören Sie«, begann er. »Die Verantwortung zu übernehmen,

ist okay, wenn man wirklich einen Fehler gemacht hat, aber ...«

Kat seufzte tief und setzte den Blinker, bevor sie den Kleinbus abrupt auf dem Seitenstreifen zum Stehen brachte.

»Was machen Sie da?«, fragte Robert erschrocken.

»Schauen Sie mich an, Robert.«

»Das tue ich.«

»Ich freue mich, dass Sie mich als Frau sehen. Ich weiß. Ihr männlicher Instinkt sagt, Sie müssten mich beschützen. Aber Sie haben es hier mit jemandem zu tun, der seinen Job ebenso ernst nimmt wie Sie. Also versuchen Sie mich nicht vor den Konsequenzen meiner Berufswahl zu beschützen.« Sie stockte. »Deshalb wollte ich auch nicht, dass Sie mitkommen.«

»Kat, ich wollte Sie nicht bemuttern.«

»Aber das tun Sie die ganze Zeit! – ›Das arme Mädchen soll keine Gewissensbisse haben.‹ – Ich komme mit meinen Schuldgefühlen allein zurecht!«

»Also darf ich gar nichts Positives sagen?«

»Das habe ich nicht behauptet. Ich möchte nur nicht, dass Sie meine Fehler beschönigen.«

»O, schon gut. Sie wollen etwas über Ihre Fehler hören? Gerne. Hier wäre der erste: Bei Ihnen dreht sich alles nur um Ihren Job; die Gefühle Ihrer Mitmenschen sind Ihnen piepegal.«

»Was? Das ist doch Schwachsinn. Ich bin Psychologin!«

Er zögerte und tat das Thema dann mit einer wegwerfenden Handbewegung ab. »Lassen wir das.«

»O nein, so leicht kommen Sie mir nicht davon. Nennen Sie mir ein Beispiel.« Robert starrte auf die Straße. »Das können Sie nämlich nicht. Ich weiß ganz genau, was in meinen Mitmenschen vorgeht.«

Robert zog die Augenbrauen hoch und drehte sich zu ihr. »Wirklich? Warum haben Sie dann nicht gemerkt, wie gerne ich Sie geküsst hätte?«

Beklommenes Schweigen. Robert war über sein Geständnis nicht weniger erstaunt als sie. Er schlug sich die Hand vor den Mund und wandte sich ab. »Entschuldigen Sie, Kat. Es ist mir einfach so rausgerutscht.«

Sie nahm ihn am Kinn und zwang ihn, sie anzusehen. »Das freut mich. Und ich habe es gemerkt, weil es mir genauso ging. Es war nur die falsche Zeit und der falsche Ort.«

»Mit dem Zeitpunkt haben Sie vielleicht Recht, aber was den Ort betrifft...« Er musterte sie eine Weile. Dann breitete sich ein Lächeln auf seinem Gesicht aus. »Wirklich miserables Timing«, meinte er. »Warum muss ich ausgerechnet auf der Flucht vor einer Terrorgruppe einer solchen Frau begegnen?«

»Wollten Sie deshalb mitkommen?«, fragte sie leise.

Er schüttelte den Kopf. »Ein bisschen, vielleicht, aber den Rest habe ich schon erklärt: Die Story, die Verfolgungsjagd und der Umstand, dass zwei Leuten oft mehr einfällt als einem.«

Ein leises elektronisches Fiepen ertönte.

»Ist das Ihr Piepser?«, fragte Robert.

Kat holte ihn aus der Handtasche und klappte ihn auf. Das Fiepen wurde lauter. »Ich wollte es eigentlich ignorieren.« Sie stellte den Kontrast auf dem Display ein und drückte auf einen Knopf. Ihre Miene verfinsterte sich, als sie die Nachricht las. »Es ist Jake. Er fordert mich zum letzten Mal auf, mich mit ihm in Verbindung zu setzen. Ich soll Sie und die anderen als Zeugen vorführen.«

»Wofür?«

Seufzend schüttelte sie den Kopf. »Wahrscheinlich Massenmord. Er hat Recht. Was ich hier tue, könnte mir später als Strafvereitelung ausgelegt werden.«

»So ein Schwachsinn!«, schimpfte Robert.

Kat griff zu ihrem Satellitentelefon. Die Batterie war frisch aufgeladen.

»Sind Sie sicher, dass niemand den Anruf verfolgen kann?«, fragte er besorgt.

»Ja, das bin ich. Wenn man ein terrestrisches Mobilfunknetz benutzt, ist er verfolgbar, aber ich habe es so programmiert, dass er nur über Satelliten geht.«

Plötzlich läutete das Telefon. Spontan schaltete Kat es ein und wusste im gleichen Moment, dass sie einen Fehler gemacht hatte.

»Vielleicht ist das keine so gute Idee...«, sagte Robert im selben Augenblick.

Sie drückte schnellstens den Aus-Knopf und hoffte, dass der Anrufer nichts gehört hatte.

Das Klingeln verstummte.

»Könnten sie uns jetzt finden?«, fragte Robert.

»Ich ... ich weiß nicht. Am besten verschwinden wir und suchen uns ein Motel. Wir müssen eine Menge Nachforschungen anstellen, und wenn wir immer in Bewegung bleiben, kann man uns nicht so leicht aufspüren.«

LAS VEGAS, NEVADA

Die Spannung in dem Raum konnte man fast mit Händen greifen. Ein graugesichtiger Mann presste sich einen Telefonhörer ans Ohr und lauschte angestrengt.

»Ruhe!«, bat er mit erhobenem Zeigefinger. Das provisorische Büro lag in einem Industriegebiet unweit des Luftwaffenstützpunkts Nellis. Zwei F-15-Eagle flogen über das Gebäude und der Mann blickte stirnrunzelnd auf.

»Jemand hat Bronskys Telefon eingeschaltet. Im Hintergrund habe ich kurz eine Männerstimme gehört, als hätte sie das Gerät ein- und gleich wieder abgeschaltet. Ich versuche es noch einmal.« Er wartete eine halbe Minute. »Jetzt geht sie nicht mehr ran.« Plötzlich sah er sehr zufrieden aus und schlug sich auf die Schenkel. »Ich fasse es nicht!«

»Was ist?«, fragte einer der anderen und kam näher.

»Das war die gebührenfreie Nummer, die nur über das terrestrische Netz geht. Und es hat geläutet!«

»Na und?«

»Das heißt, dass ein Signal mit einem Identifikationscode zurückgekommen ist, als sie nicht abnahm. Sie ist immer noch in Seattle, Larry! Wir haben das Miststück gefunden!«

»Und im Hintergrund haben Sie einen Mann gehört?«

»Ja«, erwiderte er aufgeregt.

Einer der Männer legte eine Kassette in einen kleinen Recorder und drückte eine Taste. Robert MacCabes Stimme, aufgenommen bei einem kürzlichen Fernsehauftritt, hallte durch den Raum. Nach einer Weile schaltete der Mann das Gerät ab.

»War es diese Stimme?«

Der andere Mann nickte lächelnd. »Klang wenigstens so.«

»Dann, meine Herren«, verkündete der Anführer, »können wir zwei Fliegen mit einer Klappe schlagen. Wir wissen, dass Mac-Cabe mit Bronsky zusammen ist und dass sie sich irgendwo in Seattle aufhalten.«

»Was ist mit den anderen vier?«

»Keine Ahnung. Sie hat sie entweder versteckt oder mitgeschleppt.«

Nach kurzem Zögern stürzten alle fünf Männer zu den Telefonen. Auf dem Flughafen McCarren in Las Vegas wartete ein Jet, der in zwanzig Minuten starten konnte.

»Was nehmen wir mit?«

»So viele Kanonen wie möglich. Sie fängt an, Fehler zu machen. Jetzt kaufen wir uns die Kleine.«

SEATTLE, WASHINGTON STATE
15. NOVEMBER — TAG VIER
14:20 ORTSZEIT / 2220 ZULU

Nachdem Kat und Robert etwas Geld von einem Automaten geholt hatten, nahmen sie unter falschem Namen zwei billige Zimmer in einem unauffälligen Hotel in Renton, südlich von Seattle. Sie richteten sich ein und öffneten die Verbindungstür. Kat steckte den Kopf in den Raum und lästerte über das für Hotelzimmer typische geschmacklose Bild an der Wand. Dann blickte sie in Richtung Telefon. »Warum fangen Sie nicht gleich an, sich Zugang zum Computer der Kongressbibliothek zu verschaffen, Robert? Ich rufe inzwischen Jake an.«

Er nickte, ließ sich aufs Bett fallen und griff nach dem Telefon. »Zuerst versuche ich, meinen Freund aufzuscheuchen, der dort arbeitet.«

Kat lehnte die Tür an. Sie stellte das Telefon auf Satellitenbetrieb ein, bevor es Verbindung mit dem landgestützten Netz aufnehmen konnte, und wählte die Nummer der FBI-Zentrale in Washington. Jake Rhoades' angespannter Ton überraschte sie nicht.

»Kat! Dem Himmel sei Dank! Was machen Sie nur da draußen?«

»Ich versuche uns nur zu retten. Es gibt eine undichte Stelle, Jake, ich glaube, das wissen Sie. Alles, was ich Ihnen gestern erzählt habe, hat die Gegenseite mitbekommen.«

»Was soll das heißen? Verdächtigen Sie etwa mich?«

»Natürlich nicht! Seien Sie nicht albern. Sie haben gestern Abend Ihr Bestes getan, um uns in Seattle zu beschützen. Aber sehen Sie sich an, was passiert ist.«

»Und was genau ist passiert, Kat?«, fragte Jake. »Ich habe von Ihnen nur eine geheimnisvolle Nachricht auf dem Pager erhalten, dass Sie sich verstecken wollten. Dann sind Sie einfach aus dem Flugzeug gesprungen und spurlos in der Dunkelheit verschwunden. Seitdem habe ich Sie zu jeder vollen Stunde angepiepst. Aber

Sie hielten es wohl nicht für nötig, mich anzurufen, obwohl Ihnen mehrere abhörsichere Leitungen zur Verfügung stehen.«

»Ich hatte meine Gründe.« Sie passte genau auf, was sie sagte. »Ich kann es Ihnen jetzt nicht erklären.« Jede Anspielung auf abgelegene Gegenden und Funklöcher hätte ein Hinweis auf Stehekin sein und die anderen in Gefahr bringen können. Stattdessen berichtete sie ihm, wie die DC-10 in letzter Minute zum südlichen Terminal umdirigiert worden war.

»Ja«, antwortete er, »das haben wir erfahren, als unsere Leute am Südterminal ankamen und dort feststellen mussten, dass Leute mit gefälschten Ausweisen herumgewedelt haben.«

»Wie ich annehme, haben Sie die Burschen nicht geschnappt.«

Jake zögerte. »Sie waren uns einen Schritt voraus. Einen unserer Agenten aus Seattle haben sie getötet, als wir sie verhaften wollten. Fünf Kugeln; drei davon in den Kopf. Vermutlich wurde ein Schalldämpfer benutzt. Aber wenigstens wissen wir nun, dass es diese Leute wirklich gibt und dass sie gefälschte FBI-Ausweise benutzen. Leider kennen wir ihre Namen und ihren Aufenthaltsort nicht.«

»Genau aus diesem Grund haben wir uns für ein paar Tage verdrückt.«

»Kat, das FBI kann weder Sie noch die Überlebenden schützen, wenn Sie einen Alleingang unternehmen.«

»Das würden Sie so oder so nicht schaffen. Jedenfalls nicht, solange die undichte Stelle nicht gestopft ist. Vergessen Sie nicht, was gestern Abend am Flughafen geschehen ist.«

»Trotzdem verlange ich, dass Sie die Leute sofort hierher bringen. Das ist ein Befehl.«

»Ich brauche Zeit, Jake. Wie lange, weiß ich noch nicht. Wenn noch ein Fehler passiert, können wir unser Testament machen. Die Bande ist zu allem entschlossen. Ihre Anweisung kann nur noch lauten, uns auf der Stelle zu erschießen.«

»Wenigstens kennen wir jetzt den Namen der Gruppe.«

»Den Namen?«

»Offenbar sind diese Leute ziemlich fantasielos. Sie nennen sich Gruppe Nürnberg – nach den Nürnberger Kriegsverbrecherprozessen.«

»Das gibt es doch nicht! Und wo sitzen sie?«

»Keine Ahnung. Man mutmaßt, dass ein Staat im Nahen Osten dahinter steckt, Libyen, Irak, Iran und so weiter. Unsere besten Freunde, Sie wissen schon.«

»Der Name«, meinte Kat, »könnte auch auf einen Zusammenhang mit Kriegsverbrechen hinweisen ... oder mit der amerikanischen Reaktion auf die Kriegsverbrechen anderer Länder. Zum Beispiel Serbien.«

»Wir wissen es nicht. Der Bekennerbrief kam heute Morgen per Bote beim CNN an. Keine Fingerabdrücke und auch sonst nichts, wodurch er sich zuordnen ließe. Er enthält aber genug unveröffentlichte Details, dass wir von seiner Echtheit überzeugt sind.«

»Haben sie endlich Forderungen gestellt?«

»Nein. Sie wollten uns nur von ihrer Existenz in Kenntnis setzen. Die Quintessenz des Schreibens ist ganz simpel: Sie werden uns weiterhin demonstrieren, dass sie jederzeit und überall auf der Welt Flugzeuge treffen können, ohne zu sagen, wie sie es anstellen, bis wir bereit – das heißt weich geklopft – sind, ihre Forderungen zu erfüllen.«

»Traf der Brief kurz nach dem Absturz in Chicago ein?«

»Ja. Er wurde sogar eigens erwähnt. Die Medien werden immer hysterischer, Kat. Das Weiße Haus setzt uns massiv unter Druck, und immer wieder fällt Ihr Name – allerdings nicht mit der größten Bewunderung. Hören Sie also gut zu: Ich verliere immer mehr die Kontrolle über den Fall. Hier beim FBI kann ich Ihnen vermutlich noch den Rücken decken. Doch wenn wir nach diesem Telefonat keine Vereinbarung haben, wie wir Sie und die Überlebenden in Empfang nehmen können, müssen wir nach Ihnen fahnden. Das ist der Befehl des Direktors.«

»Mit welcher Begründung?«, fragte Kat kleinlaut.

»Behinderung von Justizorganen, Verdacht auf Freiheitsberaubung und ein halbes Dutzend andere Punkte.«

»Diese Leute sind freiwillig bei mir, Jake.«

»Delaney, der Teenager, ist zu jung, um diese Entscheidung selbst zu treffen. Sein Vater wird alles daransetzen, ihn zu finden und Sie vor Gericht zu bringen.«

»Sein *Vater*?«

»Ich kenne nicht alle Hintergründe, aber der Mann ist vollkommen aus dem Häuschen. Anscheinend weiß er, dass sein Sohn bei Ihnen ist, und er erhebt alle möglichen Vorwürfe gegen Sie und uns. Er deutet sogar an, es könnte sexueller Missbrauch im Spiel sein.«

»Aber Jake! Was für ein Blödsinn!«

»Ich will nur sagen, Kat, dass FBI-Agenten nicht befugt sind, Menschen – insbesondere Minderjährige – unter Missachtung der gesetzlichen Vorschriften und ohne die Genehmigung ihrer Vorgesetzten einzukassieren. Der Vater ist im Recht, wenn er die Herausgabe des Jungen verlangt.«

»Also soll ich Steve ausliefern und mit ansehen, wie er im Feuer einer Maschinenpistole stirbt, während er seinem Vater in die Arme fällt? Ein toller Plan, ich muss schon sagen!«

Man erwartet von uns, dass wir uns an die Gesetze halten, Kat. Wir haben einen Eid geschworen. Sie sind Mitarbeiterin einer Strafverfolgungsbehörde.«

»Jake, hören Sie mich an. Alle Beteiligten, bis auf einen, halten sich aus freiem Willen verborgen. Sie sind nicht bei mir. Ich bin weit weg von dem Unterschlupf, wo sie sich verkrochen haben. Einer der Gruppe ist bei mir, aber es ist nicht Steve Delaney. Er hilft mir bei meinen Ermittlungen. Auch wenn ich es für ungefährlich hielte – und das ist es bestimmt nicht –, könnte ich Ihnen die Leute nicht sofort überstellen.«

»Aber Sie müssen mir ihren Aufenthaltsort verraten, Kat.«

»Das kann ich nicht.«

»VERDAMMT! Jetzt aber Schluss, Kat. Das ist meine letzte Warnung. Wenn Sie meine Befehle weiter missachten, sind Sie Ihren Job los und landen vielleicht hinter Gittern. Wollen Sie, dass aus einer viel versprechenden FBI-Agentin eine verurteilte Straftäterin wird?«

Kat seufzte tief auf. Es herrschte gespanntes Schweigen.

»In fünf Tagen stelle ich mich, Jake, ganz gleich, ob ich Recht oder Unrecht habe und ob ich arbeitslos bin oder unter Anklage stehe. Ich habe Verständnis für Ihr Misstrauen. Aber ich trage die Verantwortung für Menschenleben. Und Jake ... ich missachte Ihre Befehle sehr ungern.«

»Es tut mir Leid«, erwiderte er mit einem langen Seufzer. Kat wusste, was jetzt kommen würde. »Ab sofort sind Sie ...«

Sie hängte ein, bevor er die Worte »vom Dienst suspendiert« aussprechen konnte. Fast eine Minute lang saß sie schweigend da, bevor sie wieder aufblickte. Robert MacCabe war hereingekommen und musterte sie mit ernster Miene.

»Robert, ich muss Sie warnen.« Sie beugte sich über den Tisch und dämpfte die Stimme zu einem Flüstern. »Sie sollten wissen, dass Sie jederzeit aussteigen können.«

»Wovon reden Sie?«

»Von nun an könnte Ihnen alles, was Sie tun, um mir zu helfen, als Beihilfe oder Verschwörung zu einer Straftat ausgelegt werden. Soweit ich weiß, bin ich offiziell nicht vom Dienst suspendiert, da ich es niemanden habe aussprechen hören. Doch ich habe keine Unterstützung mehr in Washington und bin praktisch vogelfrei. Ich sage es nicht gern, aber Sie sollten sich besser von mir fern halten. Geben Sie mir einen Vorsprung von zwölf Stunden, bevor Sie Washington anrufen und erzählen, was Sie wissen.«

»Schluss mit dem Unsinn, Kat.«

»Robert, ich möchte nicht, dass Sie meinetwegen mit dem Gesetz in Konflikt geraten, wenn die Sache schief geht.«

Er beugte sich vor, stützte sich auf den Tisch und sah sie eindringlich an. »Ich lasse Sie nicht im Stich. Sie werden meine Hilfe brauchen. Selbst mit der Verfügung eines Bundesgerichts würden Sie mich jetzt nicht los.«

FBI-HAUPTQUARTIER, WASHINGTON D.C.

Jake Rhoades blickte von dem Besprechungstisch auf, auf den er gestarrt hatte. Seine Miene war finster und gereizt.

»Ja?«, zischte er.

Ein junger Mitarbeiter hielt ein Blatt Papier hoch. »Ich störe Sie ungern, Sir, aber ich habe erfahren . . .«

Jake riss ihm das Blatt aus der Hand. »Was ist das?«

»Wir haben das Gebiet ermittelt, aus dem Ms Bronskys Signal kommt.«

»Sehr gut. Wo?«

»Sie können es nur auf einen Radius von etwa fünfundzwanzig

Quadratkilometern bestimmen. Wir haben der Telefonfirma ganz schön zusetzen müssen, damit sie die Daten rausrückte.«

»WO, verdammt!«

»Irgendwo im Umkreis von Seattle.«

»Okay, danke. Entschuldigen Sie meine schlechte Laune.«

»Schon in Ordnung, Sir.« Als der Agent sich zum Gehen wandte, rief Jake ihm etwas nach. Der Mann blieb stehen und drehte sich um.

»Sir?«

»Hören Sie, ich kenne Kat Bronsky, seit sie bei uns angefangen hat, und ich halte große Stücke auf sie. Es geht mir sehr nah.«

»Ich verstehe.«

»Wollten Sie mir nicht erklären, wie Sie sie gefunden haben.«

Der Agent nickte und kam wieder näher. »Zuerst war die Telefonfirma überhaupt nicht hilfsbereit. Ihre Satelliten schweben etwa siebenhundert Kilometer hoch im Himmel; es sind insgesamt siebzig Stück. Ihre Computer können ein Signal vom Boden von drei Seiten her anpeilen und lokalisieren. Unsere Freunde bei der Bundesbehörde für Kommunikation mussten ordentlich Druck ausüben, damit sie die Informationen rausrückten.«

»Ein Radius von fünfundzwanzig Kilometer ist nicht besonders genau.«

»Sie könnten es besser, aber sie wollen nicht. Allerdings haben sie sich bereit erklärt, das Signal weiter zu verfolgen. Doch sie betonen, dass sie uns nur helfen, weil das Telefon FBI-Eigentum ist.«

Nachdem der Mann hinausgegangen war, wandte Jake sich an die anderen im Raum. »Es geht los. Kat Bronsky ist irgendwo in der Gegend von Seattle. Wir müssen sie finden, bevor die Jungs von der Gruppe Nürnberg uns zuvorkommen.«

RENTON, WASHINGTON

Der Fernseher lief leise, während Robert in seinem Zimmer eine Reihe von Anrufen erledigte, um seinen Freund bei der Kongressbibliothek an seinem Urlaubsort aufzustöbern. Wieder hatte er eine Nummer gewählt, bei der sich niemand meldete, als ein Beitrag im Fernsehen seine Aufmerksamkeit erregte. Er griff nach der Fernbedienung. Zuerst wurden Bilder des Absturzes in Chicago gezeigt. Dann war plötzlich Dallas-Fort Worth zu sehen. Er stellte den Ton lauter. Der Nachrichtensprecher schien zu sagen, der Flughafen sei geschlossen worden.

Robert legte die Fernbedienung weg und lief in Kats Zimmer. Sie hängte gerade das Telefon ein. »Schalten Sie Kanal 4 an«, sagte er.

Sie gehorchte. Auf die Bilder des riesigen Flughafens von Dallas folgten Aufnahmen von einem Terminal voller aufgeregter Passagiere. Dann richtete sich die Kamera auf einen Reporter. Er stand vor einem Ticketschalter, wo sich die Menschenmassen drängten.

Danke, Bill. Heute Nachmittag herrschten am Flughafen von Dallas-Fort Worth Ungewissheit und Schrecken. Sämtliche startenden und ankommenden Flüge sind gestrichen worden. Grund ist eine telefonische Drohung, in der eine Gruppe Nürnberg sich nochmals zu der Flugzeugkatastrophe von heute Morgen bekannte, und zu dem Absturz eines amerikanischen Jumbos in Vietnam und eines weiteren im kubanischen Luftraum im vergangenen Monat. Der Anrufer drohte, heute Nachmittag ein am Flughafen Dallas-Fort Worth startendes oder landendes Verkehrsflugzeug zu zerstören. Das Ergebnis ist, wie ich leider sagen muss, absolutes Chaos, da man die Tausende von gestrandeten Reisenden nicht ausreichend informiert hat.

Robert rückte sich einen Schreibtischstuhl zurecht und setzte sich. Kat starrte wie gebannt in den Fernseher. Als der Bericht vorbei war, schaltete sie das Gerät ab und schüttelte langsam den Kopf.

»Jetzt kennen wir ihren nächsten Schachzug. Sie erhöhen den Druck.«

»Aber mit welchem Ziel, Kat?«

»Das ist die große Frage. Was wollen diese Leute?« Unvermittelt erhob sie sich und zeigte auf den Stuhl, auf dem er saß. »Stehen Sie auf. Ich brauche den Stuhl. Telefonieren wir weiter herum, bis wir Ergebnisse haben. Bis jetzt habe ich auf der ganzen Welt keinen Menschen mit dem Namen Dr. Brett Thomas gefunden, aber ich kenne noch ein paar Tricks, um verschiedene Datenbänke anzuzapfen. Und was ist mit Ihnen?«

Er erklärte ihr, dass sein Kontaktmann in Urlaub war.

»Natürlich! Immer sind die Leute im Urlaub, die man unbedingt braucht!«, meinte Kat sarkastisch. »Murphys Gesetz.«

Robert nickte. »Was schief gehen kann, geht auch schief.«

»Und wissen Sie, was das Absurdeste daran ist?«, fragte Kat. Als er den Kopf schüttelte, fuhr sie fort: »Mr Murphy war Optimist.«

Drei Stunden lang arbeiteten sie in ihren Zimmern. Wenn sie nicht gerade telefonierten, hingen ihre Laptops an der Telefonleitung. Kat hatte erst für Robert, dann für sich selbst über eine Reihe schwer zu verfolgender gebührenfreier Telefonnummern die Verbindung mit ihren Internetprovidern hergestellt. Auf beiden Fernsehern lief CNN. In den verschiedenen Beiträgen und Kurzmeldungen wurde berichtet, dass das Vertrauen der Öffentlichkeit in Fluglinien rapide im Schwinden war, nachdem auch die Großflughäfen in Atlanta und Salt Lake City wegen Drohanrufen geschlossen worden waren.

Um etwa fünf Uhr nachmittags schlich Robert sich unbemerkt in Kats Zimmer und trat lächelnd neben sie.

»Wie läuft es bei Ihnen?«, fragte er. Sie zuckte erschrocken zusammen.

»Ich habe Sie nicht reinkommen sehen«, meinte sie und wandte sich wieder dem Bildschirm zu. »Bis jetzt habe ich nichts gefunden. Und Sie?«

»Naja, zuerst habe ich nicht mehr erfahren, als wann und wo Wallys Beerdigung stattfinden wird. Haben Sie gehört, dass zwei weitere Drohanrufe eingegangen sind? Diese Gruppe Nürnberg spielt sich mächtig auf.«

»Oder ein paar Witzbolde machen sich einen Jux«, erwiderte sie, während er sich setzte.

»Ich habe endlich meinen Freund aufgestöbert.«

Kat horchte auf. »Wo ist er?«

»Tahiti.«

»Ach, du meine Güte! Wird er uns helfen?«

»Ja, wenn er kann. In diesem Augenblick sollte er in einer Telefonzelle an einem einsamen Strand stehen und versuchen, uns ein

Forschungskonto zu besorgen, während eine leicht geschürzte Dame sehnsüchtig auf ihn wartet.«

»War es unbedingt nötig, das zu erwähnen?«, meinte Kat. Sie stützte das Kinn auf die rechte Hand und verdrehte die Augen.

»Ich beneide ihn eben.«

»Wird er Sie zurückrufen?«, wechselte sie das Thema. »Wie will er Sie erreichen? Sie haben ihm doch nicht Ihre Nummer gegeben?«

Robert setzte sich aufs Bett und sah sie stirnrunzelnd an. »Natürlich nicht. Ich melde mich bei ihm. Ich mache mir mehr Sorgen wegen unserer Internetanschlüsse. Kann man uns damit nicht auf die Spur kommen?«

Sie nickte. »Ja, aber das dauert eine Weile.«

»Sind Sie sicher?«

»Hundertprozentige Sicherheit gibt es natürlich nicht, aber . . .«

Der Computer gab ein Piepsen von sich. Kat drehte sich zum Bildschirm um und drückte ein paar Tasten.

»Was ist das?«, fragte Robert.

»Eine Liste von Wissenschaftlern auf einer selten benutzten Datenbank. Bis jetzt konnte ich nicht . . .« Plötzlich beugte sie sich vor und gab einen weiteren Befehl ein. »Moment Mal! Eine Sekunde!«

»Was ist?«

»Ich habe da gerade einen Namen gesehen . . . und mir ist etwas eingefallen. Augenblick.« Robert spähte ihr über die Schulter. Während er auf den Bildschirm starrte, erschienen darauf ein Name und ein kurzes Dossier.

»Halt, Kat. Das ist doch nicht Thomas?«

Sie schüttelte aufgeregt den Kopf. »Nein, ist es nicht. Carnegie hat etwas verwechselt. Der Mann, den wir suchen, heißt nicht Brett Thomas, sondern Dr. Thomas Maverick.«

»Was? Sind Sie sicher?« Er beugte sich über sie und folgte ihrem Finger.

»Schauen Sie sich seinen Werdegang an, Robert. Er arbeitet seit zwanzig, nein, seit fast dreißig Jahren für die amerikanische Regierung: Los Alamos, Oak Ridge, NASA, und jetzt sitzt er in Las Vegas.«

»Warum ausgerechnet in Las Vegas? Was tut er dort?«

Sie winkte ab. »Jede Menge Rüstungsfirmen und Militär. Egal. Jedenfalls wurde in den letzten sechzig Jahren keinem Menschen mit auch nur annähernd ähnlichem Namen der Doktortitel verliehen. Aber hier ...«

»Bret Maverick: James Garner spielte ihn in der berühmten Fernsehserie. Ein cleveres Wortspiel. Das passt zu Wally. – Keine Adresse?«

»Nein, aber das macht nichts. Da ich nun seinen Namen kenne, dürfte die Adresse kein Problem sein. Setzen Sie sich wieder an Ihr Telefon und rufen Sie in Tahiti an. Und versuchen Sie, nicht zu sabbern.«

»Apropos – wir müssen irgendwann etwas essen, Kat.«

Sie schüttelte den Kopf. »Später. Zuerst brauchen wir Antworten.«

Fünf Minuten später kam er zurück. Er zog ein langes Gesicht.

»Was ist?«, fragte sie.

»Er kann es für uns erledigen, aber erst heute Abend, wenn der Bibliothekscomputer wieder aktualisiert wird. Erst dann kann er einen neuen Benutzer anmelden.«

»Wann wäre das?«

Robert sah auf die Uhr. »Jetzt ist es halb sechs. Er sagte, ich solle ihn um halb zehn Washingtoner Zeit zurückrufen.«

»So lange wollte ich eigentlich nicht hier bleiben«, sagte Kat besorgt. »Vielleicht sind sie uns schon auf den Fersen.«

»Aber wie sollten sie uns finden, Kat?«

Sie seufzte. »Ich weiß nicht. Nur so ein Gefühl. Ich möchte jedenfalls keine Sekunde länger hier herumsitzen als nötig.«

»Sie machen mir Angst. Ich nehme es ernst, wenn ein Profi ›nur so ein Gefühl‹ hat.«

Sie nickte. »Ich habe mir noch was überlegt.« Sie zeigte auf die Bettkante. »Setzen Sie sich bitte.«

Er ließ sich auf dem Bett neben ihrem Stuhl nieder. Sie lehnte sich zurück und musterte ihn eine Weile. »Gehen wir alles noch einmal durch und denken wir nach, ob wir etwas Offensichtliches übersehen haben.«

»Okay.«

»Zuerst verlieren wir die MD-11 über kubanischen Hoheitsgewässern. Und zwar, weil irgendetwas mindestens einem der Piloten die Augen versengt hat. Das wissen wir mit Sicherheit.«

»Richtig.«

»Dann wird die Meridian 5 mit einer ähnlichen – vermutlich optischen – Waffe angegriffen. Sie haben den Flugzeugabsturz überlebt.«

»Ja.«

»Und nun ist in Chicago noch eine Maschine abgestürzt. Eine Gruppe, die sich nach der deutschen Stadt Nürnberg nennt, hat sich zu dem Anschlag bekannt. Jetzt legt dieselbe Gruppe durch ihre Drohungen verschiedene Großflughäfen lahm.«

»Ja, wahrscheinlich.«

»Okay. Aber warum? Diese Leute haben unglaublich viel Zeit, Mühe und Geld investiert, um andere Menschen zu töten und einzuschüchtern. Weshalb tun sie das?«

Er zuckte die Schultern. »Geld. Diesen Verdacht hatten wir doch von Anfang an. Oder Macht. Doch ich würde eher auf Geld tippen.«

»Warum?«, fragte sie weiter.

»Weil sie blendend organisiert sind und offenbar über erhebliche Mittel verfügen, wenn man betrachtet, was sie schon investiert haben müssen.«

Kat nickte begeistert. »Genau. Sie haben bis jetzt noch keine Forderungen gestellt. Was ist aber, wenn es ihnen nur darum geht, ein Chaos anzurichten?«

Robert beugte sich vor und sah sie forschend an. »Worauf wollen Sie hinaus?«

»Ich bin vor ein paar Minuten darauf gekommen. Wie könnte jemand von einer Krise in der Luftfahrtindustrie profitieren? Man treibt die Aktien in den Keller und klopft die ganze Branche für feindliche Übernahmen weich. Bis jetzt sind wir davon ausgegangen, dass Terroristen – direkt oder indirekt – politische Ziele verfolgen. Und während wir auf Bedingungen oder Geldforderungen warten, bekommt jemand vielleicht schon genau, was er will, indem er dafür sorgt, dass jeder seine Luftfahrtaktien zu verkaufen versucht.«

»Sind die Aktienpreise heute gesunken?«, fragte er.

Sie nickte. »Und zwar kräftig. Ein Rückgang von etwa zehn Prozent. Wenn das so weitergeht, sind sie bald überhaupt nichts mehr wert.«

»Dann sollten wir nach jemandem suchen, der eine Menge Aktien von Fluggesellschaften billig aufkauft oder kurzfristig zu Geld macht.«

Sie zuckte die Achseln. »Ich bin nicht sicher, aber es ergibt Sinn: Millionen für Milliarden.«

Er verstand. »Mit anderen Worten geht es nur um Kohle.«

»Berge davon. Professionelle Killer findet man nicht an jeder Straßenecke. Sie kosten viel Geld. Und Geld ist hier in vielerlei Hinsicht im Spiel. Es muss einfach so sein. Vielleicht steckt einfach Saddam Hussein oder ein anderer arabischer Fanatiker dahinter, oder unser Freund Milosevic, der alte Schlächter. Aber irgendwie macht das Ganze einen eher geschäftsmäßigen Eindruck... professionell, unpersönlich und unpolitisch.«

Kat stellte den Fernseher lauter und schaltete durch verschiedene Kabelkanäle, ohne zu bemerken, dass ihr eigenes Gesicht auf dem Bildschirm zu sehen war.

»Moment!«, rief Robert plötzlich und wies auf das Gerät. »Schalten Sie noch mal zurück.«

»Warum?«

»Das werden Sie gleich sehen.«

Kat warf ihm einen erstaunten Blick zu und gehorchte.

»Hier«, meinte Robert. »Sie sind jetzt nicht mehr im Bild, aber es war auf diesem Sender.«

Der Nachrichtenreporter stand vor dem FBI-Hauptquartier in Washington.

... ein aktuelles Foto von Steve Delaney, vierzehn Jahre alt, der von der bekannten FBI-Agentin Katherine Bronsky gefangen gehalten wird. Die soeben gezeigte Archivaufnahme wurde vor einem Jahr gemacht, als ihr zum Dank für ihren Erfolg bei der Beendigung einer Flugzeugentführung in Colorado ein Bundespreis verliehen wurde. Agent Bronsky ist bewaffnet und gilt als gefährlich. Niemand weiß, welche Gründe sie zu ihrem Handeln veranlasst haben. Alle Versuche, dem FBI eine Stellungnahme zu entlocken, waren bisher vergeblich, ein Umstand, der Steve Delaneys Vater sehr verärgert.

Dann brachte der Sender ein Interview mit Delaney senior, der vor Besorgnis, Zorn und Empörung tobte, da das FBI das Gesetz gebrochen und seinen Sohn entführt hatte. Dabei hatte der Junge gerade mit knapper Not eine Flugzeugkatastrophe in Südostasien überlebt. »Ich will nichts weiter, als dass unser kleiner Steve wohlbehalten zu uns zurückkehrt«, sagte er. »Ich weiß nicht, ob diese Frau Lösegeld erpressen will oder ob sie eine Triebtäterin und nur auf Sex aus ist. Ich verlange jedenfalls, dass sie vor Gericht gestellt wird.«

Kat schaltete den Ton ab und sah Robert mit weit aufgerissenen Augen an. Es dauerte eine Weile, bis sie die Sprache wieder fand. »Haben Sie das gehört. Triebtäterin? Das darf doch nicht wahr sein!«

»Sex? Sie? Niemals«, sagte Robert und starrte unschuldig auf den Bildschirm.

Kat sprang auf und lief wütend hin und her. »Ich bin am Ende. Dieser Mann hat mich nicht nur als Perverse beschimpft, sondern auch dafür gesorgt, dass mein Gesicht nun in hundert Millionen Haushalten bekannt ist. Oder war es ein Kabelsender?«

»Nein, ein normaler Kanal. Aber mit mehr als fünfzehn Millionen Zuschauern brauchen Sie nicht zu rechnen.«

»Das darf doch nicht wahr sein! Jetzt kann ich nicht mehr vor die Tür gehen, ohne zu riskieren, dass irgendein Typ im Feinrippunterhemd zu lange von seiner Bierdose zum Fernseher aufblickt, mich erkennt und die Miliz alarmiert.«

Sie ließ sich neben ihn aufs Bett fallen. »Ich bin erledigt.«

»Hm . . .«

»Ich könnte mich natürlich verkleiden . . .«

Sie sprang wieder auf, lief zur Tür, dann zum Schreibtisch zurück und kritzelte etwas auf ein Blatt Papier.

»Sind wir ein Team?«, fragte sie, ohne aufzublicken.

»Natürlich. Warum?«

»Sie müssen mir ein paar Sachen besorgen.«

»Was denn?«

Ihre Miene war todernst. »Würde es Ihnen etwas ausmachen, mit einer blonden Sexbombe gesehen zu werden?«

»Einer was?«

»Würde es Ihrem Ruf zu sehr schaden, wenn eine dümmliche

Blondine an Ihrem Arm hinge und die Kaugummiblasen knallen ließe?«

»Kat, wovon zum Teufel reden Sie?«

Sie reichte ihm eine Liste. »Das ist der Kram, den ich brauche.«

Er nahm die Liste entgegen und las. »Ultrakurzer Minirock, Leder, Größe achtunddreißig, Nylonstrumpfhose, Spitzenblüschen, Größe M, Platinblonde Haarfarbe, Revlon oder L'Oreal, Plateauschuhe . . .« Er war fassungslos.

»Sie wissen schon, diese unmöglichen Schuhe, die zu nichts anderem gut sind, als Männerblicke anzuziehen und sich die Knöchel zu verstauchen.«

»Oh.«

»Sie sollten ziemlich auffällig sein, aber nicht übertrieben. Entscheiden Sie selbst. Wir können nur hoffen, dass es mir gelingt, mein Aussehen so drastisch zu verändern, dass niemand mich erkennt. Ich muss so nuttig wirken, dass mir kein Mensch zutraut, ich könnte FBI auch nur buchstabieren. Nicht so, dass die Leute vor mir auf die Knie fallen, aber billig und sehr feminin eben . . . wie man so sagt.«

»Ist das Ihr Ernst?«

»Ganz genau.«

Robert schüttelte den Kopf. »Das gibt mir den Rest. Danach kann ich mich in meinen Kreisen nie mehr blicken lassen.«

»Das hängt davon ab, in welchen Kreisen Sie gewöhnlich verkehren.«

»Autsch!«

»Jetzt mal ernsthaft. Können Sie die Sachen besorgen?«

Er blickte auf die Uhr. »Wenn ich einen entsprechenden Laden finde. Aber ich muss mich beeilen.«

»Es könnte peinlich werden, Robert. So viele Damensachen . . .«

Er lächelte verkniffen und stand auf. »Wissen Sie, Kat, ich stelle mir gerade den Lehrgang beim FBI vor, in dem man solche Dinge beigebracht kriegt.«

Sie grinste. »Die Lehrgänge waren sterbenslangweilig, aber die Praktika haben Spaß gemacht.«

»Das glaube ich sofort.«

39

```
STEHEKIN, WASHINGTON STATE
15. NOVEMBER — TAG VIER
20:10 ORTSZEIT / 0410 ZULU
```

Dallas Nielson riss die Tür des Zimmers auf, wo Graham Tash und Dan Wade in zwei der vier Betten schliefen.

»Leute, ist Steve bei euch?«, fragte sie besorgt.

»Nein.« Graham rieb sich die Augen und blickte sich in dem kleinen Raum um. Dan schlummerte tief und fest.

»Verdammt!«, rief Dallas aus und schloss die Tür hinter sich.

Graham stand auf und folgte Dallas ins Wohnzimmer. »Stimmt etwas nicht?«

Sie schüttelte den Kopf. »Vorhin hat er mich gefragt, ob er spazieren gehen darf, und ich habe es ihm nicht nur verboten, sondern ihn eindringlich davor gewarnt.« Dallas starrte auf die Tür. »Ich möchte ja keine Panik verbreiten, Doc, aber was ist, wenn diese Typen hier auftauchen?«

»Steve sollte sich nicht draußen herumtreiben«, stimmte Graham zu.

Dallas zog einen Parka an. »Wenn ich ihn in die Finger kriege, ziehe ich ihm die Hammelbeine lang.« Sie zog den Reißverschluss zu, griff nach einer Taschenlampe und öffnete die Eingangstür. Ein Schwall kalter Nachtluft drang herein.

Graham nahm ein geladenes Gewehr aus dem Waffenregal. »Brauchen Sie das da?«

Sie drehte sich lächelnd zu ihm um. »Ich will ihn nur finden, Doc, nicht abknallen.«

»Ich warte hier«, sagte er.

Dallas schloss die Tür hinter sich und trat leise auf die Veranda hinaus. Als sie durch den Schnee schlich, hörte sie das Quietschen ihrer geliehenen, viel zu großen Gummistiefel. Sie entschied, dass es zu gefährlich war, nach dem Jungen zu rufen. Sie musste unbemerkt bleiben.

Sie blickte zum Mond hinauf, der in atemberaubender Schönheit über der östlichen Bergkette aufstieg und die verschneite Landschaft in ein weiches, kontrastarmes Licht tauchte. Eine leichte, kühle Brise kam und ging und um Dallas herum rauschten Millionen Tannennadeln.

Wenn ich nicht solche Angst hätte, fände ich es hier richtig idyllisch, dachte Dallas. Argwöhnisch sah sie sich in alle Richtungen um und wartete, bis sich ihre Augen an die Dunkelheit gewöhnt hatten. Sie erkannte Fußabdrücke – zweifellos stammten sie von Steve –, die von der Veranda zu einem Holzstapel führten. Dallas folgte ihnen.

Das wird anscheinend leichter als ich dachte, sagte sie sich. Sie blieb stehen und spürte, wie die Kälte ihr den Körper hinaufkroch, während sie schweigend lauschte. Irgendwo im Westen plätscherte Wasser. In der Ferne rief ein Vogel. Doch Schritte oder Stimmen waren nicht zu hören. Dallas ging weiter den Spuren nach und fragte sich, ob ihr von der Kälte oder vor Angst die Knie zitterten.

Rechts von ihr schien sich ein dunkler Schatten zu bewegen und sie machte sich sofort zur Flucht bereit. Sie schnappte nach Luft und presste sich die Hand vor die Brust, doch dann erkannte sie, dass es nur ein Baum war.

Als sie wieder auf die Fußabdrücke schaute, hatte sie das Gefühl, plötzlich doppelt zu sehen. Irgendetwas stimmte nicht mit diesen Spuren. *Es war noch jemand hier!* Nachdem Steve die Stelle passiert hatte, war jemand aus dem Wald gekommen und hatte sich an seine Fersen geheftet.

Dallas blieb wie angewurzelt stehen. Das Herz klopfte ihr bis zum Halse. Sie hatte das Gewehr in der Hütte zurückgelassen. Was war nun, wenn Steve in Schwierigkeiten geraten war oder gar um sein Leben kämpfte?

Dallas schloss die Augen und lauschte in die Nacht. War da nicht etwas Ungewöhnliches, der Lärm eines Kampfes?

Steve konnte nicht tot sein. Nein, das durfte nicht geschehen. Bestimmt würden sie ihn nur unter Drogen setzen und ausfragen. Aus der Ferne vernahm sie nun ein gedämpftes Geräusch, das immer lauter wurde.

Schritte!

Angestrengt spähte sie in die Dunkelheit. Plötzlich kam zwischen den Bäumen eine Gestalt mit gesenktem Kopf auf sie zugestürmt.

»STEVE?«, schrie Dallas. Der Junge war nun gut zu erkennen.

»RENNEN SIE!«, rief Steve und stürzte an ihr vorbei. »RENNEN SIE ZUR HÜTTE!«

Dallas machte sofort kehrt und lief. Sie fühlte sich unbeholfen in ihren Gummistiefeln, als sie sich umwandte, um festzustellen, wer sie verfolgte.

»TÜR AUF!«, brüllte Steve. »EIN BÄR!«

»WAS?«, rief Dallas.

»EIN BÄR IST HINTER UNS HER!«

Vor der Hütte erschien ein Lichtstreifen. Graham hielt die Tür einen Spalt weit auf. »GRAHAM! LASSEN SIE UNS REIN!«, schrie Dallas.

Sie waren nur noch gut sechs Meter entfernt; der Lichtkegel vor ihnen war wie ein rettender Leuchtturm. Dallas hörte Steves keuchenden Atem. Mit einem Satz sprang er die zwei Stufen der Veranda hinauf und flitzte durch die Tür. Dallas folgte ihm auf den Fersen. Steve wirbelte herum, knallte die schwere Tür zu und verriegelte sie. Dann winkte er Dallas und Graham in den hinteren Teil der Hütte.

»Ein Bär...«, japste er.

Die Tür erzitterte unter einem gewaltigen Stoß. Ein tiefes, kehliges Knurren ertönte, und man hörte, wie ein schwerer Körper die Dielen der Holzveranda zum Knarren brachte.

»Mein Gott«, stöhnte Dallas und ging zum Fenster.

»Was tun Sie da, Dallas?«, erkundigte sich Graham.

Anstelle einer Antwort spähte sie hinaus und drehte sich dann zu den anderen beiden um. »Ich kann ihn hören, aber nicht...«

Glas splitterte, und eine große, schwarze Tatze schob sich, nur wenige Zentimeter vor Dallas' Gesicht, durch das zerbrochene Fenster. Während sie sich nach vorne warf und zu den anderen in die Zimmermitte kroch, tastete die Tatze die Umgebung des Fensters ab.

Graham legte das Gewehr an.

Unter Wutgeheul griff der Bär tiefer ins Fenster hinein, zerschmetterte die restliche Scheibe und bekam die Vorhänge zu fassen. Nun konnte er ins Zimmer blicken und bemerkte die Menschen. Zwei kleine, kalte Augen musterten die Bewohner der Hütte. Graham hielt das Gewehr weiter im Anschlag und zielte auf die Stirn des Bären. Eine Weile verharrte der Bär und schien nicht zu wissen, was er tun sollte. Doch schließlich siegte die Furcht vor Menschen, wenn sie in Gruppen auftraten. Er drehte sich um, schüttelte den Kopf, schnupperte noch ein paar Minuten auf der Veranda herum und trollte sich dann in die Dunkelheit. Die drei Menschen blieben mit klopfendem Herzen zurück.

»Ich glaube . . . er ist weg«, atmete Steve schließlich auf.

»Für den Augenblick«, erwiderte Dallas, die am ganzen Leibe zitterte. »Warum ist er nicht im Winterschlaf? Jemand sollte diesem blöden Bären mal ins Gewissen reden.«

»Manche gehen erst später schlafen«, erklärte Dan. »Wie groß war er?«

»Ziemlich groß. Ein Schwarzbär. Schätzungsweise zweihundert Kilo«, entgegnete Graham. »Wir müssen das Fenster verrammeln, für den Fall, dass er zurückkommt.«

Dallas packte Steve an der Schulter. »Warum bist du da rausgegangen, Junge?«

»Weil ich es wollte«, zischte er und versuchte, sich aus ihrem Griff zu befreien.

»Wo zum Teufel bist du auf den Bären gestoßen?«

»Unten am Fluss. Ich habe ihn zuerst nicht gesehen. Ich bin direkt auf ihn zugegangen und habe ihn erschreckt. Das hat ihm gar nicht gefallen.«

»Steve, war sonst noch jemand da draußen?«, fragte Dallas.

»Nein.« Er schüttelte den Kopf.

»Bist du sicher?«

»Ja, ganz sicher.« Steve wirkte wieder verängstigt. »Warum?«

Dallas wechselte einen Blick mit Graham und sagte dann ernst: »Weil ich die frischen Fußspuren einer anderen Person entdeckt habe, die dir aus dem Wald gefolgt ist.«

Steve riss die Augen auf und wurde kreidebleich.

»Wirklich? Jemand ist mir gefolgt?«

Sie nickte. »Keine hundert Meter von der Hütte entfernt.«

»Das heißt, dass sich jemand in der Gegend herumdrückt und uns beobachtet«, bemerkte Dan.

Wieder hallte ein Poltern durch die Hütte, diesmal von der anderen Seite.

»Na, großartig«, seufzte Dan. »Bei einem Bären lassen sich zwei Dinge voraussagen. Erstens: Er verschwindet beim Anblick von Menschen. Zweitens: Hunger ist stärker als Angst. Hattest du draußen etwas Essbares bei dir, Steve?«

Steve nickte. »Ein Brötchen mit Fleisch. Es steckt noch in meiner Tasche.«

Dan presste die Lippen zusammen. »Also weiß er, dass es hier Lebensmittel gibt. Für einen Bären dreht sich fast alles ums Fressen.«

»Und das bedeutet?«, fragte Graham. Er blickte zu den hinteren Fenstern. Das Kratzen und Poltern ging weiter, unterbrochen von Wutgebrüll.

»Dass wir ein Bärenproblem haben«, antwortete Dan.

»Das zerbrochene Fenster hat Fensterläden«, sagte Graham. »Ich denke, wir sollten sie besser zumachen.« Er reichte Dallas das Gewehr, beugte sich aus dem zerborstenen Fensterrahmen, blickte sich vorsichtig in alle Richtungen um und schloss die Läden.

»Ich kann die Fensterläden zwar nicht sehen«, meinte Dan, »doch selbst falls sie stabil sind, werden sie ihn nur für eine Weile aufhalten. Wenn er versucht, durch dieses Fenster einzudringen, und das tut er sicher, werden wir ihn erschießen müssen, und zwar richtig.«

»Ich weiß.«

»Sie kennen das alte Sprichwort: Es gibt nichts Gefährlicheres als einen verwundeten Bären. Und ich muss leider sagen, es stimmt.«

SEATTLE, WASHINGTON STATE,
UMGEBUNG VON RENTON

Der Einkaufsbummel hatte über zwei Stunden gedauert. Als Robert kurz vor neun ins Hotel zurückkam, lief Kat aufgeregt auf ihn zu.

»Robert, ich habe Dr. Maverick gefunden! Er lebt in Las Vegas, ist aber nicht zu Hause. Der Nachbar, der ans Telefon ging, sagte, er sei vor zwei Tagen weggefahren.«

»Wissen Sie, wohin er wollte?«

Sie nickte. »So ungefähr. Der Nachbar hat mir ein paar Tipps gegeben. Maverick hat ein Haus in Sun Valley, Idaho. Ich wette, er ist dort.«

»Kat, haben Sie sich überlegt . . .«

Sie unterbrach ihn mit einer Handbewegung. »Ich weiß. Wenn wir herauskriegen konnten, wo er steckt, wissen es die Typen von der Gruppe Nürnberg sicher auch. Aber einen anderen Anhaltspunkt haben wir nicht. Ich habe seine Adresse und seine Telefonnummer. Falls er sich dort aufhält, versteckt er sich und geht nicht ans Telefon.«

»Und was sollen wir tun?«

Kat schürzte die Lippen. »Wir schleichen uns morgen früh in eine Pendlermaschine nach Sun Valley und gehen ihn suchen.«

Sie nahm Robert eine der Einkaufstüten ab und kramte das Haarfärbemittel heraus. »Sehr gut. Genau, was ich brauche.« Sie eilte ins Bad, winkte Robert noch einmal zu, schloss die Tür hinter sich und stellte das Wasser an.

Robert folgte ihr und klopfte leise. »Stört es Sie, wenn ich weiterrede, während Sie arbeiten?«

Kat öffnete die Tür einen Spalt weit. »Warum?«

»Ach, ich weiß nicht. Vielleicht, weil es noch so viele offene Fragen gibt. Zum Beispiel die, warum ein Mann auf der Flucht sich in seine eigene Berghütte flüchtet und nicht ans andere Ende der Welt.«

»Nennen Sie es Instinkt, Robert.«

»Nur Instinkt, oder Intuition?«

»Dieselbe professionelle Intuition, die Sie angeblich so respektieren.«

»War nur eine Frage.«

Kat spähte durch den Spalt in der Badezimmertür. »Wenn eine Frau ein paar kleine Änderungen an sich vornimmt, möchte sie nicht dabei beobachtet werden. Also gehen Sie in Ihr Zimmer, machen Sie die Tür zu und rufen Sie in Tahiti an. Die Zeit wird knapp.«

FLUGHAFEN KING COUNTY, BOEING-FLUGPLATZ, SEATTLE, WASHINGTON STATE

Eine kleine Autoschlange wartete am Straßenrand, während ein Dutzend Männer und Frauen in dunklen Anzügen und Kostümen aus der Vorhalle des Galvin Flying Service strömte. Der Dienst habende Special Agent stellte seine Leute der neu angekommenen Mannschaft vor. Während alle hektisch auf ihre Uhren sahen, winkte er dem Piloten von der Luftfahrtbehörde zu, der sie in einem Regierungsjet von Washington hergeflogen hatte. Handgepäck wurde verladen und man tauschte Mobilfunknummern aus. Dann machte sich das FBI-Team für die kurze Fahrt zur Niederlassung in Seattle bereit. Sie würden die ganze Nacht mit der Suche nach ihrer abtrünnigen Kollegin verbringen.

Sobald die Karawane aufgebrochen war, griff der Mann mit dem Dutzendgesicht, der in einem gemieteten Kleinbus saß, zum Mobiltelefon. »Wir kriegen Gesellschaft«, sagte er und berichtete von der kleinen Armee des FBI.

»Das bestätigt, dass sie hier ist«, erwiderte die Stimme am anderen Ende der Leitung. »Kehren Sie zum Hauptterminal zurück. Wir suchen von hier aus weiter.«

»Schon Glück gehabt?«, fragte der Mann.

»Mit ein bisschen Geld werden wir der Sache rasch näher kommen.«

40

SEATTLE, WASHINGTON STATE,
IN DER NÄHE VON RENTON
15. NOVEMBER — TAG VIER
23:15 ORTSZEIT / 0715 ZULU

Kat schaltete den Föhn aus, kämmte ein paar widerspenstige Haarsträhnen zurecht und griff zum Haarspray. Beim Anblick ihrer platinblond gebleichten Frisur im Spiegel schüttelte sie den Kopf. Sie fand die Vorstellung aufregend, sich mit Kleidern und Make-up, die sich so völlig von ihrem sonstigen Stil unterschieden, in der Öffentlichkeit zu zeigen.

Als sie aus dem Bad kam, bemerkte sie zu ihrer Erleichterung, dass die Verbindungstür zwischen den beiden Zimmern geschlossen war. Sie zog die dunkle Strumpfhose an, zwängte sich in ihre restliche Kostümierung und schlüpfte in die hochhackigen Plateauschuhe. Sie betrachtete sich lange im Spiegel, nur abgelenkt von dem Lärm, den Mitglieder einer Highschool-Basketballmannschaft auf dem Flur veranstalteten.

Während Kat das fremde Mädchen im Spiegel betrachtete, befürchtete sie, es mit dem nuttigen Aussehen ein wenig übertrieben zu haben. *Also los, Katherine, du Superweib. Die Show beginnt. Probieren wir es aus.*

Sie öffnete die Verbindungstür zwischen ihrem und Roberts Zimmer. Als sie den Kopf hereinstreckte, erntete sie sofort einen anzüglichen Pfiff. Und als sie eintrat, sich in Positur warf, die Hände in die Hüften stemmte und den Kopf zur Seite legte, applaudierte er laut.

»Unglaublich!« Er hatte den Telefonhörer zwischen Kinn und Schulter.

»Billig, billig, billig«, erwiderte sie und tat so, als kaue sie Kaugummi.

Das Geschrei auf dem Flur wurde noch lauter. Die Knaben rannten kichernd hin und her.

»Was zum Teufel ist da draußen los?«, fragte Robert.

»Nur ein paar Jugendliche, die ihren Spaß haben.« Sie ging zum Türspion und schaute auf den Gang. »Irgendwelche Ergebnisse?«

»Moment«, entgegnete er und wandte sich wieder seinem Telefonat zu. Als Kat sich wieder umdrehte, legte Robert, ein breites Grinsen im Gesicht, gerade den Hörer auf.

»Ich schalte jetzt den Computer an, Kat. Wir haben für dreißig Minuten direkten Zugang zu dieser Datei.«

»Ausgezeichnet!«

Sie ließ sich neben ihm auf der Bettkante nieder und sah zu, wie er eine Zahlenfolge eingab und auf eine Verbindung mit der Kongressbibliothek wartete. Mithilfe der Anweisungen seines Freundes war er bald im Hauptmenu und gab den Suchbefehl für die verborgene Datei WCCHRN ein.

»Okay. Hier ist sie. Ich bin sicher, dass noch niemand davon weiß.«

»Haben Sie Ihrem Freund gesagt, was Sie vorhaben?«, fragte Kat.

Robert schüttelte den Kopf. »Nein. Er war mir einen Gefallen schuldig. Jetzt sind wir quitt. Außerdem vertraut er mir, dass ich nichts kaputtmache und keine Spuren hinterlasse. Doch ohne seine Zugangsberechtigung würden wir nicht an die Datei herankommen. Es wäre absolut unmöglich.«

»Können wir sie spurlos verschwinden lassen, nachdem wir sie heruntergeladen haben?«

Robert schüttelte den Kopf. »Die haben jede Menge Sicherheitskopien. Das geht auf keinen Fall. Diese Datei wird noch hundert Jahre irgendwo gespeichert bleiben. Vielleicht sogar für immer.«

Wie durch Zauberhand erschien plötzlich der Dateiname auf dem Bildschirm. Robert tippte das Passwort »Carnegie« ein und hoffte aufs Beste.

Der Bildschirm füllte sich mit nicht zu entziffernden Symbolen und willkürlich verteilten Buchstaben.

»Verdammt! Es ist in irgendeinem Computercode«, fluchte Robert. »Entweder ist es ganz einfach oder nicht zu knacken. Ich lade die Datei jetzt herunter.«

Es dauerte zweiundzwanzig Minuten, die umfangreiche Datei

per Telefon zu übertragen. Endlich konnte Robert die Verbindung abbrechen und versuchte die Datei zu öffnen, die Walter Carnegie so gut versteckt hatte.

Noch immer Zeichenchaos. Robert gab verschiedene Befehle ein, doch stets mit demselben frustrierenden Ergebnis.

»Kann sein, dass wir es ohne Kryptologen nicht schaffen, Kat.«

»Darf ich mal was versuchen?«, fragte sie.

Kat holte ihren Laptop, stellte ihn dem von Robert gegenüber und tippte etwas ein. »Ich werde die Datei per Infrarotverbindung auf meinen Computer laden.«

»Warum?«

»Es ist zu schwer zu erklären.« Nachdem die Datei übertragen war, lehnte sie sich auf dem Bett zurück, platzierte den Laptop auf ihren Knien und rief ein Programm von der Festplatte auf. »Das sagt uns, in welchem Format, in welcher Sprache und in welchem Code dieser Text geschrieben ist«, meinte sie.

Kurz darauf war das Resultat auf dem Bildschirm zu sehen. Kat lachte auf.

»Was ist?«, fragte Robert.

»Schlau gemacht. Nicht allzu schwierig, aber intelligent. Er hat den Text einfach in eine Bilddatei umgewandelt. Jetzt muss ich sie wieder in ein Textformat bringen.« Der Computer surrte ein paar Sekunden, dann erschien ein lesbarer Text auf dem Bildschirm.

»Aha!« Kat beugte sich vor und betrachtete den Bildschirm. »Es ist ein Index, eine lange Liste und eine Überschrift mit dem Datum der vergangenen Woche.«

»Zwei Tage vor seinem Tod«, stellte Robert fest. »Machen Sie weiter. Ich muss mal schnell raus.«

Kat begann zu lesen. Hin und wieder stieß sie einen leisen Pfiff aus. Als Robert zurückkam, hatte sie bereits ein halbes Dutzend Seiten durchgearbeitet.

»Kein Wunder, dass er Angst hatte, Robert.«

»Warum?«

»Ich lese gerade seine Zusammenfassung. Er sagt, jemand beim Geheimdienst hätte herausgefunden, dass er sich als Terrorismusexperte bei der Luftfahrtbehörde mit der Frage beschäftigte, wie Terroristen den Absturz der SeaAir herbeigeführt haben könnten.

Dieser Mensch bat Carnegie um Hilfe, da er eine Vertuschungsaktion der Regierung auffliegen lassen wollte.«

»War das unser Dr. Maverick?«

Kat schüttelte den Kopf. »Nein, ein anderer Mann, jemand in Washington.« Sie blätterte das Dokument ein paar Seiten zurück und sah Robert an. »Wenn es stimmt, was er hier schreibt, hat es vor einigen Jahren einen geheimen Präsidentenerlass gegeben, nach dem die Erforschung und der Bau von Laserwaffen zur Zerstörung des menschlichen Augenlichts nicht mehr zugelassen war.«

»Davon wusste ich nichts. Also haben wir es wirklich mit einem starken Laser zu tun.«

»Offenbar. Er schreibt, es habe ein streng geheimes Forschungsprojekt gegeben. Es gebe zwar Hinweise darauf, aber den Namen des Projekts habe er nicht herausgefunden.«

»Schreibt er, dass gegen die Anordnung des Präsidenten verstoßen wurde?«, erkundigte sich Robert.

Kat überflog noch einmal die Seite und schüttelte den Kopf. »Nein. Sie müssen es nachher selbst lesen. Carnegie erklärt, sein Informant habe von einem großen Geheimprojekt des Verteidigungsministeriums geredet, in dem genau solche Forschungsarbeiten durchgeführt und eine kleine Anzahl tragbarer Laserwaffen tatsächlich gebaut wurden. Nach besagtem Präsidentenerlass wurden die Waffen dann eingelagert, zerstört. Doch der Kontaktmann sagt, sie seien nicht gut genug versteckt gewesen.«

»Sprechen Sie es nicht aus: Sie wurden gestohlen.«

Kat nickte. »Das behauptet er wenigstens. Anscheinend ist das der Grund für seine Angst. Er schreibt, der gesamte Lagerbestand sei verschwunden, doch wegen der potenziellen Bedrohung und da man sich große Sorgen über die Reaktion der Presse und der Öffentlichkeit machte, wurde laut Carnie versucht, die Sache unter den Teppich zu kehren. Niemand sollte je erfahren, dass man überhaupt mit dem Gedanken gespielt hat, Laser-Blendwaffen zu entwickeln, geschweige denn, dass man solche tatsächlich gebaut hat. Seine Quelle behauptet, alle möglichen Geheimdienste – DOD, CIA, NSA, DIA und NRO und wie sie sonst noch heißen – seien in die Sache verwickelt. Nun versuchen sie verzweifelt, die verlorenen Prototypen wieder zu beschaffen, damit sie niemand auseinander nehmen und nachbauen kann und damit sie nicht in die Hände von Terroristen fallen.«

»Und sie haben natürlich versprochen«, ergänzte Robert, »dass eine Katastrophe wie SeaAir und Meridian nie passieren wird. Richtig?«

Sie nickte. »Das geht hieraus hervor. Außerdem schreibt er, die Luftfahrtbehörde verfüge über Radaraufzeichnungen aus der Umgebung von Key West, wo die MD-11 der SeaAir abgestürzt ist. Außer einer F-106 der Air Force, einer Versuchsdrohne, wurde nichts gesichtet, bis auf einen Schatten, den sie nie identifizieren konnten.« Sie blickte Robert an. »Offenbar rechneten die Leute mit gewaltigem Ärger, wenn nach dem Abschuss der SeaAir bekannt geworden wäre, dass eine der gestohlenen Waffen im Spiel war. Die gesamte Vertuschungsaktion wäre aufgeflogen, mit verheerenden Folgen.«

»Und deshalb war Walter eine Gefahr, als er diese Anschuldigungen genauer unter die Lupe nehmen wollte«, meinte Robert.

»Ebenso wie wir«, ergänzte Kat. Ein Schauder lief ihr über den Rücken.

Robert blickte in Richtung Flur, von wo das Johlen der Teenager durch die Tür drang. »Mein Gott, Kat, fast hätte ich ›wenn das die Presse rauskriegt‹ gesagt. Dabei bin ich selbst von der Presse! Kein Wunder, dass alle verrückt gespielt haben, als Walter sich mit mir in Verbindung setzte, auch wenn er mir die Informationen noch gar nicht gegeben hatte.«

»Wer immer diese Leute sind«, meinte Kat, »alles, was wir wissen, basiert auf Walter Carnegies Informationen und seinen Schlussfolgerungen. Und was immer ihm passiert sein mag, jetzt ist man hinter *uns* her, erst hinter Ihnen und nun hinter uns beiden. Das bestätigt doch, dass etwas dran sein muss an dem, was wir hier lesen.«

»Ist Ihnen klar, was das bedeutet?«, sagte Robert schockiert. »Wenn auch nur ein Teil von dem stimmt, was Walter vermutet hat, ist es nur eine Frage der Zeit, bis die Wahrheit ans Licht kommt, ganz gleich, ob ich die Geschichte bringe oder eine andere Zeitung. Unsere Regierung kannte die Gefahren und hat nichts getan, um die Sache zu stoppen.«

»Obwohl genug Zeit dafür war.« Sie zeigte auf den Computerbildschirm. »Nach Walters Analyse reichte die Zeit durchaus, Alarm zu schlagen und einen Weg zu finden, den Zivilflugverkehr zu schützen.«

»Doch wie lange mag der Diebstahl her sein?«, wandte er ein. »Vielleicht nur zwei Monate. Das würde erklären, weshalb nichts unternommen wurde. Man wollte noch abwarten.«

»Es sind eher vier Jahre, wenn man Carnegies Informanten glauben kann. Seitdem haben Leute vor dem Kongress gelogen. Vielleicht ist sogar das Weiße Haus verwickelt, wer weiß? Eine Lüge führte zur nächsten, bis die ganze Regierung in ein Netz aus falschen und unterdrückten Informationen verstrickt war.«

Robert lehnte sich nachdenklich zurück. Er schwieg lange, bevor er Kat wieder ansah und fragte: »Hat er die Gruppe erwähnt, die diese Waffen jetzt hat? Wer diese Leute sein könnten? Ob sie die Laser auf dem schwarzen Markt gekauft oder selbst gestohlen haben?«

Sie schüttelte den Kopf. »Bis jetzt habe ich nur diese Zusammenfassung gelesen. Doch diese Frage hat ihn offenbar sehr beschäftigt. Sind es religiöse Fanatiker aus dem Nahen Osten oder eine eher kommerzielle Organisation, die riesige Geldsummen erpressen will? Nur auf eines habe ich beim ersten Durchlesen keinen Hinweis gefunden: Wo waren diese Waffen in den letzten vier Jahren?«

Robert schaute sie an, ohne ein Wort zu sagen. Kat merkte ihm an, dass ihn etwas beschäftigte. »Was ist los?«

»Kat, wer ist wirklich hinter uns her? Sie haben diese Buchstabensuppen von geheimen Bundesbehörden genannt: CIA, DIA, NRO und so weiter – haben Sie da nicht einen vergessen?«

Sie schüttelte den Kopf. »Ich komme nicht ganz mit . . .«

»Was ist mit dem FBI?«

Sie fuhr wütend hoch. »Unsinn!«

Robert senkte den Kopf und rieb sich die Schläfen. »Es tut mir Leid, Kat, aber jemand hat Walter umgebracht. Und dieser Jemand setzt jetzt alles daran, auch uns zu erwischen.« Er blickte sie an. »Ein Jemand, der stets mit einem wie Sie selbst sagten – einwandfreien FBI-Ausweis herumwedelt.«

»Das FBI ist nicht in der Lage, solche Aufträge zu geben oder auszuführen.«

»Und was ist mit Verrätern?«, entgegnete er leise. »Oder mit Leuten, die vielleicht ein wenig zu eifrig sind?«

»NEIN!«, rief sie. Sie legte den Laptop aufs Bett, sprang auf und lief im Zimmer auf und ab. Dann blieb sie vor ihm stehen und beugte sich vor. »Nein, verdammt! Ich kann und will es nicht glauben. Vielleicht gab es ja bei der CIA Leute, die auf die schiefe Bahn geraten sind, aber nicht beim FBI.«

»Ist das Ihre Loyalität zu Ihrem Brötchengeber, Kat, oder Logik? Denken Sie nur daran, wie oft Ihre Nachrichten an Jake Rhoades abgefangen wurden.«

»Ich gebe zu, ich liebe meinen Job. Deshalb bin ich so wütend. Dennoch sind beim FBI solche Machenschaften vollkommen ausgeschlossen. Wir sprechen von Massenmord, Robert. Sie kennen meine Kollegen nicht. Gegenüber Frauen mögen sich einige von ihnen wie Neandertaler benehmen, doch es sind alles fähige, zuverlässige Profis, die nur für ihr Land und für das Gesetz leben. Die meisten sind Volljuristen oder Akademiker, alles hoch gebildete, anständige Leute. Natürlich unterläuft ihnen hin und wieder ein Fehler wie in Ruby Ridge oder Waco, aber sie – wir – würden niemals so tief sinken.«

»Wenn es nicht das FBI war, wer dann? Wir wissen beide, dass die militärischen Dienste zu einer solchen Aktion nie in der Lage wären, weder die DIA noch das NRO. Auch die NSA hat nicht die Fähigkeiten. Also bleibt nur die CIA übrig, und das halte ich für äußerst unwahrscheinlich.«

»Na großartig! Mein Starreporter glaubt nicht, dass die Typen in Langley außer Kontrolle geraten könnten, aber dem FBI traut er so etwas zu.«

»Ich kenne ein paar Leute bei der CIA. Und ich kann mir einfach nicht vorstellen, dass sie zu solchen Verbrechen fähig wären.«

»Sie sollten sich reden hören, Robert.«

Er wandte sich ab, doch sie baute sich wieder vor ihm auf und zwang ihn, sie anzuschauen. »Erinnern Sie sich noch, wie ich sagte, die Vorgehensweise der Bande erinnere mich mehr an eine Firma als an eine Behörde?«

»Ja.«

»Ich gebe es ungern zu, aber weder das FBI noch die CIA sind intelligent und koordiniert genug für eine derartige Operation. Wir könnten so ein Vorhaben niemals durchziehen. Für verdeckte Aktionen gibt es bei uns einfach zu viele Vorgesetzte, zu viele Vorschriften, zu wenig Geld und zu lange Dienstwege.«

»Und was bedeutet das?« Er verschränkte die Arme vor der Brust.

»Sie wollten wissen, wer uns verfolgt? Jedenfalls nicht die Regierung oder das Militär, so viel steht fest.«

SEATTLE, WASHINGTON STATE
23:34 ORTSZEIT / 0745 ZULU

Der Leiter der Mannschaft, die von Las Vegas nach Seattle geschickt worden war, legte lächelnd den Telefonhörer auf. Eine einzige Zeile Computercode hatte das Geheimnis gelüftet. Kat Bronskys stundenlange Internetverbindung war zwar geschickt umgeleitet worden, doch die Signale kamen alle aus dem Holiday Inn in dem Städtchen Renton, südlich von Seattle.

Es dauerte eine Viertelstunde, das übrige Team zum Parkplatz des Holiday Inn zu bringen. Doch da kein Hotelangestellter noch irgendwelche Fragen stellen würde, wenn vier finster dreinblickende FBI-Agenten vor ihm standen, war es den Aufwand wert. Der völlig verängstigte Nachtportier führte die FBI-Leute sofort ins Büro, wo noch ein anderer Mann saß.

»Wir möchten wissen, ob einer von Ihnen diese Leute schon mal gesehen hat.« Fotos von Kat und Robert wurden auf den Schreibtisch gelegt. Dann eines von Steve Delaney. Die beiden Hotelangestellten betrachteten die Fotos und schüttelten den Kopf.

»Nein, Sir. Aber wir sind erst um zehn zur Schicht erschienen.«

»Wer hatte davor Dienst?«

Sie nannten Namen, Adressen und Telefonnummern der Kollegen von der Tagschicht und fügten hinzu, dass die beiden eine Reise geplant hatten.

»Wir brauchen einen Ausdruck der Daten jedes Gastes, der heute Abend hier im Hotel ist, alle Informationen über sie und die Registrierkarten.«

Die Hotelangestellten gehorchten aufs Wort und sahen schweigend zu, wie die falschen FBI-Agenten die Liste durchkämmten. Schließlich stand einer auf und winkte den Anführer zu sich.

»Drei Paare, die in Frage kommen. Alle sind heute Nachmittag eingetroffen und wollen nur eine Nacht bleiben. Die hier erscheinen mir am verdächtigsten. Zimmer 415. John und June Smith.«

Der Anführer schüttelte den Kopf. »Smith? Wie fantasielos. Okay, gehen wir.« Er gab den anderen ein Zeichen und wandte sich an den Nachtportier. »Sprechen Sie mit niemandem über diese Operation. Bleiben Sie in Ihrem Büro und schalten Sie auf keinen Fall die Polizei ein, ganz gleich, was passiert. Es handelt sich um eine Bundesangelegenheit. Wenn Sie uns weiterhin helfen, sind Sie Helden. Wenn nicht, werden wir Sie wegen Behinderung der Justiz drankriegen.«

»Verstanden, Sir«, sagte der Nachtportier.

Zwei Teenager stürmten den Flur vor Robert MacCabes Zimmer entlang. Drinnen lief Kat auf und ab, um sich an die Plateausohlen zu gewöhnen. Sie ging zum Türspion, spähte hinaus und fragte sich, ob irgendein Erwachsener die Gruppe beaufsichtigte. Sie sah, wie zwei der Jugendlichen am Ende des Korridors plötzlich stehen blieben, um nicht mit den Männern in dunklen Anzügen zusammenzustoßen, die gerade um die Ecke kamen. Die jungen Leute gingen aus dem Weg und die Männer kamen weiter auf Roberts Tür zu, bis sie, gut im Blickfeld der kleinen Fischaugenlinse, zwei Türen entfernt auf der anderen Seite des Flurs stehen blieben.

»Was ist los?«, fragte Robert, der Kat inzwischen zur Tür gefolgt war. Kat bedeutete ihm, den Mund zu halten. Ihr Magen krampfte sich zusammen, als die beiden Männer sich zu beiden Seiten der Tür von Zimmer 415 aufbauten. Nun zogen sie ihre Waffen. Einer von ihnen schob eine Schlüsselkarte ein, drehte den Knauf um und stieß die Tür auf. Dann stürmten sie hinein.

Kat winkte Robert zu sich und flüsterte aufgeregt: »Gehen Sie zu meiner Tür, legen Sie die Kette vor und sehen Sie sich das an.«

»Was?«, fragte er.

Sie erklärte ihm, was sie gerade beobachtete. Am anderen Ende des Flurs hatte sich eine kleine Gruppe Jugendlicher versammelt, um sich das Treiben anzuschauen. Aus dem gestürmten Zimmer war Geschrei zu hören. Einer der Männer schleppte eine sich heftig wehrende, halb nackte Frau auf den Korridor, gefolgt von einem Mann in Unterhose und zweien der Eindringlinge. Der vierte falsche FBI-Agent hatte ein Papier in der Hand und schaute abwechselnd darauf und in die Gesichter seiner Gefangenen.

»Das sind sie nicht«, sagte er.

Die Männer stießen das junge Paar in das Zimmer zurück und knallten die Tür hinter ihnen zu, bevor sie schnurstracks auf Kats und Roberts Zimmer zumarschierten. Doch anstatt stehen zu bleiben, eilten sie weiter und verschwanden in einem anderen Flur.

Kat stand nach Luft schnappend mit dem Rücken zur Tür. Auch Robert stand die Todesangst im Gesicht geschrieben. »Mein Gott, Kat«, keuchte er.

»Sie haben uns gefunden! Der Himmel weiß, wie, aber sie wissen, wo wir sind.«

Kat erholte sich schnell von dem Schreck. »Packen Sie rasch Ihre Sachen Robert. Wir müssen unbemerkt verschwinden. Zum Glück gehen sie von falschen Voraussetzungen aus. Das Paar von gerade eben hatte ein Doppelzimmer. Es könnte noch eine Weile dauern, bis ihnen einfällt, dass wir zwei getrennte Zimmer genommen haben könnten.«

Wieder waren auf dem Flur laute Stimmen zu hören. Kat spähte durch den Spion. Wie zu erwarten debattierten die Jugendlichen über die Szene, deren Zeugen sie soeben geworden waren. Zwei von ihnen standen dicht vor der Tür. Kat fuhr sich mit der Zunge über die Lippen. »Schnell, ins Nebenzimmer«, zischte sie Robert zu. Dieser gehorchte, während Kat die Tür entriegelte und aufriss.

»Entschuldigt, Jungs«, meinte sie mit ihrer laszivsten, rauchigsten Stimme. Die jungen Burschen waren wie vom Donner gerührt. Winkte die schöne Frau im Minirock mit dem unglaublichen Dekolleté sie tatsächlich in ihr Zimmer?«

»Ja, Ma'am?«

»Kommt doch mal kurz herein. Ich bräuchte dringend zwei kräftige junge Männer.«

Die beiden wechselten triumphierende Blicke und drängelten in den Raum. Nachdem Kat die Tür hinter ihnen geschlossen hatte, drehte sie sich zu ihnen um. Sie standen im Vorraum. Der größere von ihnen starrte wie hypnotisiert auf ihre Brüste.

Kat fasste ihn unters Kinn und hob seinen Kopf.

»Ich bin hier oben, Liebling.«

Der Teenager errötete und sein Freund begann zu kichern, obwohl auch er den Blick nicht von Kats Kurven wenden konnte. »Tut mir Leid, Ma'am.«

»Es freut mich ja, dass sie dir gefallen, aber der Rest von mir braucht eure Hilfe.«

Der Junge riss begeistert die Augen auf. Wann bot sich schon die Gelegenheit, einer solchen Traumfrau aus der Klemme zu helfen. Die Belohnung wagte er sich kaum auszumalen. »Klar! Was sollen wir tun?«

»Ihr habt sicher die Männer gesehen, die das Paar aus Zimmer 415 so in Verlegenheit gebracht haben.«

»Ja, Ma'am«, antworteten sie im Chor.

»Sie sind hinter mir her.«

»Warum? Was haben Sie getan?«, fragte der kleinere der beiden.

»Ich konnte die Steuern für unsere Farm drüben in Ellensburg nicht bezahlen. Letztes Jahr ist mein Mann gestorben. Ich will ja zahlen, aber nicht sofort. Und jetzt wollen sie mich verhaften.«

»Können die das?«

»Natürlich. Hört zu. Ihr müsst sie ablenken, damit ich verschwinden kann. Glaubt ihr, ihr könnt sie eine Weile beschäftigt halten?«

Der Größere nickte. »Kein Problem.«

»Wie heißt du, Süßer?«

»Ich . . . äh . . . Billy Matheson. Ich bin aus Yakima.«

»Und du?«

»Bobby Nash. Ich bin auch aus Yakima.«

»Billy und Bobby aus Yakima. Matheson und Nash. Seid ihr im

Telefonbuch? Damit ich euch später finden kann, um mich zu bedanken?«

Die beiden nickten begeistert.

»Okay.« Sie legte die Arme um die Jungen und ging mit ihnen weiter ins Zimmer. »Und jetzt erkläre ich euch, was ihr tun sollt.«

Der Anführer der Vierergruppe hakte einen der Namen auf dem Ausdruck ab, den er in der Hand hielt, und lehnte sich an die Korridorwand. Er wusste, sie hatten nicht mehr viel Zeit. Ganz sicher würde das Paar aus Zimmer 415 nach diesem Überfall die Polizei rufen. Vielleicht erst in dreißig Minuten oder in einer Stunde, aber sie würden es bestimmt tun.

»Sir?«

Er hob den Kopf und blickte in das pickelige Gesicht eines Teenagers. Ein zweiter Jugendlicher stand neben ihm. Der hoch gewachsene Junge wirkte ziemlich aufgeregt, blickte hin und her und schaute immer wieder in Richtung Parkplatz.

»Der Mann an der Rezeption hat gesagt, Sie wären vom FBI. Stimmt das?«

»Warum wollt ihr das wissen?«, fragte der Mann.

»Mein ... Pick-up. Er ist weg, geklaut.«

»Mein Junge«, fiel der Mann ihm ins Wort. »Da musst du ... Er hielt inne. »Moment mal. Wann und wo ist das passiert?«

Der Teenager schien sich immer mehr aufzuregen. *Mein Gott*, dachte der Mann. *Gleich fängt er an zu heulen.* Der andere Junge schwieg verängstigt.

»Da ... da draußen ... wir sind eben erst angekommen. Der Wagen gehört meinem Vater, ein blauer Toyota. Ein Mann und eine Frau haben mich aus dem Auto gezogen und gebrüllt, der Wagen wäre beschlagnahmt. Sie wären vom FBI, sagten sie, aber das glaube ich nicht.«

Der Mann zog die Augenbrauen hoch und blickte zwischen seinen Begleitern und den Jugendlichen hin und her. »Wie sahen sie denn aus?«

Der Teenager betete die auswendig gelernte Beschreibung von Robert MacCabe und Kat Bronsky herunter, letztere mit kastanienbraunem Haar und Hosenanzug.

»Zeigt mir, in welche Richtung sie gefahren sind!«, befahl der Mann und schob die Jugendlichen zur Tür.

»Wie viele sehen Sie?«, fragte Robert, währed Kat durch einen Spalt im Vorhang spähte.

»Vier. Sie steigen alle in einen Kleinbus. Man sollte diesen Billy für den Oscar nominieren.«

»Das war ein echter Geniestreich, Kat.«

»Ich denke, da haben die Hormone eine große Rolle gespielt. Jugendliche Leidenschaft, erinnern Sie sich noch.« Sie gingen ins Zimmer zurück. »Okay. Rufen Sie an. Wir müssen sichergehen, dass sie nur zu viert waren.«

Robert wählte die Nummer der Rezeption. »Ich würde gern mit einem der FBI-Agenten sprechen, die gerade hier gewesen sind.«

»Sie sind schon weg, Sir.«

»Alle vier?«

»Ja, Sir.«

Robert nickte Kat zu, die bereits auf dem Weg zur Tür war. »Danke.« Er legte auf und folgte ihr auf den Gang.

Durch einen Seiteneingang schlichen sie sich aus dem Gebäude. Robert schloss das Auto auf, als Kat die beiden Jungen auf dem Parkplatz entdeckte.

»Vielen Dank, Jungs. Ich bin euch etwas schuldig.«

»Schon gut, Ma'am«, erwiderte der größere der beiden. »Sie sind nach Süden gefahren.« Er zeigte nach rechts. »Sie sollten besser abhauen.«

»Ihr auch. Bleibt lieber in euren Zimmern.«

Sie nahm auf dem Fahrersitz Platz, winkte ihnen noch einmal zu und fuhr auf die Hauptstraße Richtung Norden. Dabei passierte sie eine schwarze Limousine mit Regierungskennzeichen, die kurz darauf vor der Anmeldung vorfuhr.

Als den vier Männern klar wurde, dass sie den blauen Pick-up nicht mehr einholen würden, rief einer von ihnen die Polizei an, meldete den Wagen gestohlen und diktierte die Autonummer. Er gab sich als FBI-Agent aus und erkundigte sich nach der Frequenz des hiesigen Polizeifunks. Nachdem er den tragbaren Scanner entsprechend programmiert hatte, kehrten die Männer zum Motel zurück, um weiter dort Wache zu schieben. Dabei hätten sie fast die drei Wagen übersehen, die vor der Anmeldung parkten. Die schwarzen Limousinen mit den abgedunkelten Scheiben waren unverkennbar Regierungsfahrzeuge.

»Verdammt! Wir müssen verschwinden!«

»Umdrehen! Drehen Sie um!«

Der Fahrer gehorchte. Im gleichen Moment traf ein Streifenwagen ein.

»Und was jetzt?«

»Wir fahren zurück zum Flugzeug und überlegen uns, was sie als Nächstes tun könnten«, entgegnete der Anführer voller Wut und Enttäuschung.

41

INTERSTATE 5
SÜDLICH VON OLYMPIA, WASHINGTON STATE
16. NOVEMBER — TAG FÜNF
1:45 ORTSZEIT / 0945 ZULU

»Ich dachte, es wäre der Anruf am Mobiltelefon gewesen, den ich versehentlich angenommen habe«, sagte Kat, während sie und Robert in die Scheinwerfer der entgegenkommenden Autos starrten und versuchten, einander wach zu halten. »Inzwischen glaube ich aber, dass sie die Nummern, mit denen wir uns ins Internet eingewählt haben, verfolgen konnten, und das wundert mich wirklich. Es hätte mindestens ein paar Tage dauern müssen.«

»Diese Leute sind schlau, Kat, aber nicht unfehlbar. Sonst wären wir nicht mehr am Leben.«

Sie schüttelte den Kopf. »Die Bande muss über ungeahnte Ressourcen verfügen. Keine bekannte Terrorgruppe hatte je derartige technische und logistische Fähigkeiten. Wir haben es also bestimmt nicht mit einer Horde Provinzler zu tun, die das Weiße Haus in die Luft jagen will.«

»Das bestätigt nur meine Befürchtungen, Kat, dass wir mit irgendeiner Bundesbehörde aneinander geraten sind.«

Kurz vor zwei Uhr morgens tauchte das Ortsschild von Centralia im Scheinwerferlicht auf. Sie hatten ursprünglich vorgehabt, zum Flughafen von Portland, Oregon, durchzufahren und im Kleinbus zu übernachten. Gegen Mittag würde eine Maschine der Horizon Airlines nach Sun Valley, Idaho, starten. Kat hatte unterwegs von einem Münztelefon aus Tickets reserviert, und zwar unter ihren absichtlich falsch buchstabierten wirklichen Namen.

Draußen waren es etwa zehn Grad, recht mild für eine Nacht Mitte November. Im unbeheizten Kleinbus zu schlafen, würde dennoch ziemlich ungemütlich werden. Doch es war zu auffällig, auf einem sonst leeren Flughafenparkplatz den Motor laufen zu lassen. Deshalb schlug Robert vor, an einer Autobahnraststätte kurz vor dem Columbia River, der die Grenze zu Oregon bildete, zu halten, wo sie unbemerkt zwischen Lastzügen parkten.

»Kat?«, fragte Robert, als Kat schon fast eingeschlafen war.

»Ja?«

»Haben Sie auch das Gefühl, innerlich zu erkalten?«

»Nein, mir ist angenehm warm.«

»Ich habe nicht die Temperatur gemeint. Mir ist inzwischen alles gleichgültig.«

»Sie haben ein Recht dazu, nach dem Flugzeugabsturz und allem anderen, was passiert ist.«

Er holte tief Luft. »Glauben Sie, den anderen geht es gut? Wie heißt noch mal das Nest, wo sie sich verstecken?«

»Stehekin?«

»Ja«, erwiderte er. »Ich kann mir den Namen einfach nicht merken.«

»Ich hoffe es. Aber ich habe . . .«

»Angst?«

Sie zwang sich zu einem Lächeln und nickte. »Ja, schreckliche Angst.« Sie setzte sich auf und stützte das Kinn in die Hand. »Robert, ich weiß nicht, wie diese Sache enden wird.«

»Was?«, meinte er leise.

Sie rutschte auf ihrem Sitz herum. »Bei meinen normalen Fällen läuft es ganz einfach. Wir finden heraus, wie der Übeltäter heißt, fahnden nach ihm, nehmen ihn fest und übergeben ihn der Staatsanwaltschaft. Alles ist sonnenklar. Keine Zwischentöne. Nun, für die Anwälte vielleicht schon, doch für das FBI liegen die Dinge sehr klar. Und nun irren wir in einem Dickicht aus widersprüchlichen Interessen und Verpflichtungen herum, die wir nicht genau kennen.«

»Sie haben nie in Washington gelebt?«

Sie schüttelte den Kopf.

»Dort ist das ganz normal. Nichts als Zwischentöne. Man kann nie sicher sein, auf welcher Seite jemand steht und wer umfällt und damit den hart erkämpften Erfolg anderer Leute wieder zunichte macht.«

»Sie sprechen von Politik.«

»Trifft das nicht auch in diesem Fall zu? Kat, wenn Carnegie nur mit der Hälfte seiner Behauptungen Recht hat, haben die Leute, die uns verfolgen, vielleicht gar nichts mit den Terroristen zu tun, die das Flugzeug abgeschossen haben. Womöglich wollen sie nur die Interessen irgendeiner Regierungsbehörde oder des Pentagons schützen.«

»Indem sie morden, Menschen entführen und ...«

»Ich weiß, es klingt absurd. Wenn meine Theorie stimmt, scheint es zwischen diesen Gruppen keine klaren Grenzen zu geben.«

»Robert, glauben Sie wirklich, eine Regierungsbehörde würde Terroristen decken, die Laserkanonen stehlen und damit massenhaft Leute umbringen?«

»Ich weiß nicht.«

»Vielleicht kann dieser Dr. Maverick uns helfen? Aber was ist, wenn sich herausstellt, dass er gar nicht Walters Informant war?«

Robert schüttelte den Kopf. »Was bleibt uns anderes übrig? Obwohl wir Walters Datei jetzt gefunden haben, haben wir weiterhin nichts als Mutmaßungen und Hörensagen in der Hand. Wenn wir Maverick nicht aufstöbern oder wenn er uns nichts zu sagen hat, bin ich mit meinem Latein am Ende. Ich habe keine Ahnung, wem wir in Washington noch vertrauen können.«

»Außer Jordan James fällt mir auch niemand ein«, meinte Kat.

STEHEKIN, WASHINGTON

»Genug«, murmelte Dallas in sich hinein. »Jetzt bin ich wirklich wach.«

Sie sah auf die Uhr: Halb sieben morgens. Dann schlüpfte sie aus dem unteren Etagenbett und zog den viel zu großen Pullover an, den sie in einem Schrank gefunden hatte. Er war lang genug, dass sie ihn ohne Hose tragen konnte. Sie schlang die Arme um den Leib, schlich über die kalten Fußbodendielen zur Tür und ging in die Küche.

Eisige Luft drang durch die Fensterläden, wo der Bär die Scheiben zertrümmert hatte. Dallas schaute zu dem Fenster und überlegte, was sie tun würde, wenn der Bär jetzt zurückkäme.

Als sie vor einigen Stunden zu Bett gegangen war, hatte Graham das Gewehr noch in der Hand gehabt. Nun schlich sie zu dem großen Lehnsessel, in dem der Arzt auf seinem Posten eingeschlafen war. Er hatte eine Decke über den Knien liegen, und auf seinem Schoß ruhte das Gewehr. Er schnarchte leise.

Auf Zehenspitzen kehrte Dallas in die Küche zurück und suchte sich die nötigen Utensilien zusammen, um Kaffee zu machen. Wegen des Geschirrklapperns hörte sie nicht, dass draußen auf der Veranda die Holzbohlen knarrten.

Erst als es laut quietschte, fuhr sie hoch.

Dallas stellte vorsichtig die Kaffeemaschine weg. Ihr Blick fiel auf die kleine Lampe unter der Dunstabzugshaube. Draußen war es noch dunkel, und sie kam zu dem Schluss, dass es auffallen würde, wenn sie plötzlich das Licht ausknipste.

Sie ließ sich zu Boden fallen und kroch lautlos um die Anrichte herum und über den Teppich zum Lehnsessel.

Wieder ertönte ein lautes, anhaltendes Knarzen von der Veranda. Ohne Zweifel bewegte sich draußen etwas.

Dallas krabbelte um den Sessel, hielt Graham mit einer Hand den Mund zu und rüttelte ihn mit der anderen am Arm. Wie erwartet, schreckte er sofort auf und stieß einen gedämpften Schrei aus. Sie beugte sich über ihn und hielt einen Finger an die Lippen. Dann zeigte sie zur Tür. Im gleichen Moment waren wieder knarrende Schritte zu hören. Der Eindringling ging leise, aber zielbewusst, auf die Tür zu. Graham entsicherte das Gewehr, stand vorsichtig auf und duckte sich mit Dallas hinter den Sessel.

Plötzlich wurde am Türgriff gerüttelt. Doch nach einigen Versuchen fand sich der Besucher, wer immer er sein mochte, offenbar damit ab, dass sie fest verschlossen war.

Das ist bestimmt kein Bär!, dachte Dallas, obwohl ihr das im Augenblick fast lieber gewesen wäre.

Ein Lichtstrahl drang durch die Spalten in den Fensterläden und im nächsten Augenblick rüttelte der Eindringling daran. Glassplitter knirschten unter seinen Schuhsohlen, und dann drang plötzlich grelles Licht in die Hütte. Ein Fensterladen wurde aufgerissen. Graham und Dallas duckten sich tiefer hinter den großen Sessel.

Jemand leuchtete mit einer Taschenlampe Richtung Küche, dann auf das Bärenfell vor dem Kamin, dann auf den Rucksack und den Computerkoffer, Dinge, die nicht in die Hütte gehörten.

Graham und Dallas warteten ab. Plötzlich hörten sie ein unverkennbares Geräusch: Eine Pistole wurde entsichert. Dallas spürte, wie Graham zusammenzuckte und das Gewehr fester umklammerte.

Dann wurde der andere Fensterladen aufgerissen. Ein Mann trat die Glassplitter beiseite und kletterte vorsichtig in die Hütte. Dallas sah, dass er eine dicke Jacke und eine Mütze mit heruntergeklappten Ohrenwärmern trug. Er untersuchte das zerbrochene Fenster.

Lautlos und blitzschnell sprang Graham auf ihn zu und drückte ihm den Lauf des Gewehrs in den Nacken.

»Keine falsche Bewegung! Hände hoch! Und halten Sie Ihre Waffe am Lauf und geben Sie sie her!«

Der Mann gehorchte sofort. Dallas nahm ihm den Revolver aus der rechten und die Taschenlampe aus der linken Hand.

»Ich tue, was Sie wollen«, murmelte der Mann. »Aber lassen Sie mich am Leben.«

»Wie viele sind Sie?«, fragte Graham.

»Wie bitte?«

»Ist noch jemand da draußen?«

Der Mann stand stocksteif mit dem Gesicht zum Fenster. Er schüttelte den Kopf. »Nein, ich bin allein.«

»Was haben Sie hier zu suchen?«

»Das sollte ich eigentlich Sie fragen«, erwiderte der Mann. »Ich bin der Verwalter, und zwar schon seit dreißig Jahren.«

Graham sah Dallas an. Diese hob den Zeigefinger. »Und wie heißen Sie, Sir?«

»Don. Don Donohue.«

Dallas zuckte die Achseln und nickte. »Der Name stimmt, Graham.«

»Wirklich?«, erwiderte Graham und blickte sich nach Dallas um.

Nachdem sie die Deckenbeleuchtung eingeschaltet hatte, ließ Graham das Gewehr sinken und forderte Donohue auf, sich umzudrehen und seinen Ausweis vorzuzeigen. Als das erledigt war, gab Dallas ihm seine Brieftasche zurück und bat ihn, sich zu setzen.

»Haben Sie Kat Bronskys Nachricht nicht erhalten?«, fragte sie.

Donohue schüttelte den Kopf. »Ich habe nichts . . . Kat ist hier?«

»Naja, sie ist jetzt schon ein paar Tage fort, aber sie sagte, sie hätte Ihnen am Hafen eine Nachricht hinterlassen. Wir sind ihre Gäste.«

Er schüttelte den Kopf und verdrehte die Augen. »So was Blödes. Seit wir Satellitentelefon haben, schaue ich nicht mehr nach, ob am Hafen eine Nachricht für mich liegt. Es tut mir Leid. Ich hatte keine Ahnung, dass jemand hier ist.«

»Haben Sie den Rauch aus dem Kamin nicht gesehen?

»Nein. In der Hütte läuft den ganzen Winter über die Zentralheizung, und die stößt mächtig viel Dampf aus. Es ist mir nicht aufgefallen. Wie lange wollen Sie denn bleiben?«

Dallas sah Graham an, um zu verhindern, dass sie gleichzeitig antworteten. »Fünf oder sechs Tage. Wir sind zu viert, plus Kat und ein weiterer Mann, mit dem sie jetzt unterwegs ist.« Sie zeigte auf die zerbrochene Scheibe und erzählte von dem Bären.

»Ja«, meinte Donohue. »In den letzten Monaten hatten wir ziemlichen Ärger mit diesem Bären. Das ist auch einer der Gründe, warum ich nach der Hütte sehen wollte. Entschuldigen Sie die Störung. Ich bin Frühaufsteher.«

»Kennen Sie den Bären?«, fragte Dallas.

»Leider sind wir alle schon mit diesem Mistvieh aneinander geraten. Ich fürchte, die Ranger werden ihn umsiedeln müssen.« Er hielt inne und blickte Graham an. »War einer von Ihnen letzte Nacht unten am Fluss?«

»Warum wollen Sie das wissen?«, fragte Dallas besorgt zurück.

»Als ich die kleine Wassermühle überprüfen wollte, habe ich Fußspuren im Schnee entdeckt. Aber der Betreffende muss leichter gewesen sein als Sie.« Er schaute Graham an.

»Gott sei Dank!«, seufzte Dallas erleichtert. »Ja, es war einer von uns. Ich habe *Ihre* Fußspuren gesehen und gedacht, jemand verfolgt uns.«

Don Donohue lachte. »So aufregende Dinge passieren bei uns nicht. Obwohl gestern eine Reisegruppe angekommen ist, der ich einiges zutrauen würde.« Er drehte sich zum Fenster um. »Ich hole einen Hammer und ein Stück Plastikfolie aus dem Schuppen und mache das Loch zu. Sonst kriegen Sie noch eine Lungenentzündung.«

»Was für eine Reisegruppe ist das denn?«, erkundigte sich Graham. Er ließ sich erschöpft in einen kleinen Sessel fallen.

»Ach, das war unten am Hafen. Vier Männer in einem gemieteten Kabinenkreuzer. Sie kamen aus Chelan und stellten alle möglichen komischen Fragen. Wer sich um diese Jahreszeit hier aufhält und so weiter. Sie taten, als wären sie fremd in dieser Gegend.«

»Sie taten nur so?«, hakte Dallas nach.

Er nickte. »Wissen Sie, es tanzen immer wieder Leute von der Regierung an, die sich als Touristen ausgeben und uns Einheimische dabei ertappen wollen, wie wir gegen die Umweltschutzauflagen verstoßen.«

»Wirklich?«, wunderte sich Dallas.

»Ja. In den Siebzigern wollten uns ein paar Jagdfreunde eines Senators von hier vertreiben und die Gegend zu ihrem privaten Jagdrevier machen. Einige von uns, die Cavanaughs zum Beispiel, leben schon seit Ende des neunzehnten Jahrhunderts hier. Wir haben uns gewehrt. Das Ergebnis war ein Kompromiss. Wir sind jetzt ein Nationales Erholungsgebiet, eine Art bewohnter Nationalpark. Seitdem herrscht zwischen uns und der Parkverwaltung eine Art Hassliebe.«

»Sie meinen also, die Männer wären Angestellte der Parkbehörde in Zivil?«

»Ja, aber ganz ins Bild haben sie nicht gepasst. Kalte Augen und so. Mich hat es richtig gefröstelt.«

»Haben Sie ... mit Ihnen geredet?«, fragte Dallas weiter.

»Nein, keine Angst«, antwortete Donahue rasch. »Die Hütte habe ich mit keinem Sterbenswörtchen erwähnt. Ich wusste sowieso nicht, dass Sie hier sind.«

»Waren die Männer bewaffnet?«

»Ich habe keine Waffen gesehen, aber man kann nie wissen. Auf mich haben sie am ehesten wie FBI-Agenten gewirkt.«

FBI-HAUPTQUARTIER, WASHINGTON, D.C.

Jake Rhoades bedankte sich bei seinen Leuten im Konferenzraum und ging eilends in sein Büro zurück. Dort blieb er zunächst mitten im Zimmer stehen und überlegte, was wohl in Kat Bronsky vorgehen mochte.

Plötzlich klopfte es. Jake fuhr herum und riss die Tür auf, verärgert, dass man ihm trotz seiner Bitte keine Minute Ruhe gönnte.

Und dann stand der Direktor des FBI vor ihm.

»Haben Sie kurz Zeit für mich, Jake?«

»Klar. Kommen Sie rein.«

Der Direktor ließ sich auf einem wulstigen Ledersessel am anderen Ende des Raums nieder. »Fassen Sie die Lage für mich zusammen, Jake.«

»Der Fall Bronsky?«

Der Direktor nickte und lauschte aufmerksam, als Jake ihm die jüngsten Entwicklungen schilderte. Er schloss damit, dass Kat in einem Motel unweit von Seattle der Terrorgruppe nur knapp entwischt war.

Der Direktor beugte sich vor. »Der politische Druck in dieser Angelegenheit wird immer stärker. Der Leiter der Luftfahrtbehörde, der Transportminister und auch ich denken, dass es nur noch eine Frage von Tagen ist, bis die meisten Flughäfen wegen Terrordrohungen geschlossen werden müssen. Dann werden wir die öffentliche Meinung gegen uns haben. Es wird heißen, dass wir unsere Pflichten vernachlässigen und dass es deswegen einem Selbstmord gleichkommt, ein Flugzeug zu nehmen. Die Fluggesellschaften haben bereits erhebliche Einbußen erlitten. Und da diese Gruppe bis jetzt noch keine Forderungen gestellt hat, ist es durchaus möglich, dass sie noch eine Maschine vom Himmel holt, bevor sie sich wieder meldet.«

»Ich weiß, Direktor«, nickte Jake. »Wir sind mit unserem Latein am Ende.«

»Wo ist sie?«

Jake Rhoades legte den Kopf zur Seite und beugte sich ein Stück vor. »Wie bitte?«

»Kat Bronsky. Wir müssen sie kriegen, bevor die Gegenseite sie sich schnappt. Aber sie versucht offenbar, das Rätsel allein zu lösen. Das haben Sie mir selbst erklärt.«

»Ja, Sir.«

»Und wie nah ist sie dran?«

Langsam schüttelte Jake den Kopf. »Ich habe wirklich nicht die geringste Ahnung.«

»Sie glaubt, sie hätte eine heiße Spur. Wenn das stimmt, wäre sie damit weiter als der ganze Rest dieser Behörde. Oder sind Sie da anderer Meinung?«

»Nun, Sir, wir haben einen Großteil unserer Mitarbeiter auf diesen Fall angesetzt. Die Ermittlungen laufen auf Hochtouren und an verschiedenen Fronten.«

»Aber«, fiel der Direktor ihm ins Wort, »Bronsky ist die einzige, die denkt, der Sache auf den Grund kommen zu können. Richtig?«

»Soweit ich im Bilde bin, ja.«

»Also. Neue Befehle an alle, Jake: Wenn wir sie finden, soll das ganze FBI sie in allen Dingen unterstützen. Mischen Sie sich jedoch nicht ein. Stellen Sie ihr sämtliche Mittel zur Verfügung und übertragen Sie ihr die Leitung einer Sondereinheit. Und wenn sie lieber allein arbeitet, lassen Sie sie.«

Jake stand der Mund offen. »Äh, wenn Sie meinen. Aber zuerst müssen wir sie aufspüren.«

»Oberste Priorität ist, dass Sie sie weder unter Druck setzen noch suspendieren oder ihr drohen. Geben Sie ihr jede Hilfe.«

Der Direktor schickte sich zum Gehen an, doch Jake hatte noch eine Frage. »Können Sie mir sagen, was diesen plötzlichen Sinneswandel herbeigeführt hat, Sir?«

Der Direktor drehte sich um. »Natürlich. Eigentlich sollte ich Ihnen nicht darauf antworten, aber da ich gestern noch das absolute Gegenteil von Ihnen verlangt habe, werde ich es dennoch tun.«

»Ja, bitte.«

»Selbstverständlich bleibt es unter uns. Nicht einmal Agent Bronsky selbst darf es erfahren.«

»Einverstanden.«

»Vor einer Weile habe ich einen sehr ungewöhnlichen Anruf von Jordan James, dem amtierenden Außenminister, erhalten. Er kennt Agent Bronsky seit ihrer Kindheit. Wie Sie sich gewiss erinnern, war er viele Jahre lang Direktor der CIA. Ich vermute sogar, dass er immer noch für die Agency arbeitet.«

»Wirklich?«, unterbrach Jake. »Vor zwei Tagen rief er mich an und meinte, bei uns gebe es wahrscheinlich eine undichte Stelle, weshalb er uns einen Kontaktmann in Langley zuordnen wollte.«

Der Direktor nickte. Offenbar erstaunte ihn diese Mitteilung nicht. »Nun, Jordan hat mir ganz schön die Hölle heiß gemacht, ich solle meine Leute zurückpfeifen und Bronsky in Ruhe lassen. Er sagte, wenn wir weiter dranblieben, wären wir schuld an ihrem Tod.«

»Was?«

»Ich weiß. Auf den ersten Blick ergibt es für mich auch keinen Sinn, denn schließlich wollten wir sie und die Überlebenden des Absturzes finden, um sie erstens zu schützen und zweitens alle wichtigen Informationen aus ihnen herauszuholen.«

Jake schüttelte den Kopf. »Und nun verlangt er, dass wir die Fahndung einstellen? In Seattle ist sie nur knapp dem Tod entronnen! Beim nächsten Mal hat sie vielleicht nicht so viel Glück.«

»Jake, was James' Anruf mir verrät – zwischen den Zeilen, da ich den Verdacht habe, dass die Bronsky ihm mehr verraten hat als uns –, ist, dass sie auf der richtigen Spur ist. Meiner Ansicht nach hält ihn sein Netzwerk von Spionen immer noch auf dem Laufenden. Und ich glaube, er fühlt sich seinem Ziehkind mehr verpflichtet als der CIA.«

»Ich komme nicht ganz mit, Sir.«

»Kurz gesagt glaube ich, James' alte Freunde bei der CIA wollen, dass wir Agent Bronsky finden und von diesem Fall abziehen, da sie kurz davor steht, den Fall zu lösen. Dieselbe alte Rivalität. Andererseits möchte James, dass Bronsky Erfolg hat. Und das klappt nur, wenn wir sie in Ruhe lassen.«

»Er lässt die CIA hängen, damit Kat die Lorbeeren erntet?«
»Im Großen und Ganzen, ja.«
»Und wenn Sie sich irren?«
Der Direktor zuckte die Achseln.
»Und was wird aus Kat?«
»Wie ich bereits sagte, Jake. Finden Sie sie, bieten Sie ihr Ihre Hilfe an und lassen Sie sie selbst entscheiden. Offen gestanden interessiert es mich einen Dreck, ob die CIA oder wir den Fall aufklären. Es steht zu viel auf dem Spiel. Aber es wäre trotzdem hübsch, wenn wir denen ein Schnippchen schlagen könnten.

PORTLAND INTERNATIONAL AIRPORT, OREGON
16. NOVEMBER — TAG FÜNF
11:10 ORTSZEIT / 1910 ZULU

Das Handgepäck flog in alle Richtungen und der Mann stöhnte laut auf, als er bei dem Versuch, die Blondine im Ledermini nicht aus den Augen zu verlieren, mit einem anderen Passagier zusammenstieß.

Robert verzog das Gesicht; Kat musste ein Lachen unterdrücken. Sie hatte am Rand der Halle gewartet, während Robert am Schalter die Tickets kaufte und ihr Gepäck aufgab. Nun näherten sie sich der Sicherheitskontrolle. Die Pistole befand sich – ungeladen und angemeldet – in der eingecheckten Tasche. Kat fühlte sich wie nackt, und nicht nur wegen ihres Aufzugs.

Die beiden durchschritten den Metalldetektor und schlenderten dann den langen Gang zum Warteraum der Horizon Airlines hinauf. Plötzlich blieb Kat stehen.

»Ich kann nicht mehr, Robert«, stöhnte sie. Robert schaute sie verdattert an.

»Wollen Sie etwa das Handtuch werfen?«

»Nein«, erwiderte sie und zog den Plateauschuh am rechten Fuß aus. »Die Dinger bringen mich um.«

»Es war Ihre Entscheidung.«

»Die Klamotten, die Sie besorgt haben, sind genau richtig. Der Supermini und das Gehabe sind auch nicht das Problem, aber die Schuhe ertrage ich einfach nicht. Und deshalb«, sie zog den anderen Schuh aus und stopfte beide in eine Stofftasche, »habe ich Ersatzschuhe mitgebracht.«

Missbilligend schüttelte Robert den Kopf, während sie in die anderen Schuhe schlüpfte.

»Die sehen viel zu bequem aus.«

»Mag sein, aber ich muss eine *gewisse* Würde bewahren und

außerdem beweglich bleiben. Ein Dutzend Mal wäre ich fast gestolpert.«

»Aber die anderen Sachen gefallen mir sehr gut.«

»Ich könnte mich dran gewöhnen«, flüsterte sie, »wenn ich sehe, wie Ihr Kerle euch vor Geilheit die Schädel einrennt, überkommt mich eine gewisse Genugtuung.«

Er schüttelte den Kopf und Kat ging weiter. »Alle Macht den Superweibchen«, flüsterte er, als er sie eingeholt hatte.

»Das habe ich gehört. Ich bin kein Superweibchen.«

»Oh, fast hätten Sie mich reingelegt«, kicherte er.

»Lüstling.«

»Lüstling?« Robert starrte sie an. »Kat, das Wort benutzt man seit dreißig Jahren nicht mehr.«

»Wäre Chauvischwein Ihnen lieber?«

»Nein.«

Im Warteraum nahm Robert die Tickets aus der Innentasche seiner Jacke. »Wer gibt sie ab?«, fragte er.

»Am Schalter arbeitet ein Mann. Also ich«, erwiderte sie und nickte zu einem freien Platz. »Bin gleich wieder da. Verhüllen Sie in der Zwischenzeit Ihr Angesicht.«

»Okay, ich warte«, antwortete Robert. »Könnten Sie mir meine Zeitung oder die *New York Times* mitbringen, wenn es die noch gibt?«

»Nachdem ich die Bordkarten geholt habe«, erwiderte sie.

Der Mann hinter dem Schalter war sehr gepflegt und Mitte dreißig. Als er Kat sah, leuchteten seine Augen auf. Wie vorauszusehen blieb sein Blick unterhalb ihrer Augen hängen, und es kostete ihn sichtlich Mühe, nicht auf ihr prall gefülltes Hemdchen zu starren.

Sehr gut, nicht schwul. Wachs in meinen Händen, dachte Kat.

Es war nicht weiter schwierig ihn soweit abzulenken, dass er ihren Führerschein nur oberflächlich musterte. Robert hatte seine Papiere bereits am Ticketschalter kontrollieren lassen. Sie belohnte den Mann mit einem Zwinkern und einem freundlichen Lächeln und eilte davon. Sie beobachtete die anderen Passagiere und bemerkte, wie interessiert die Blicke der Männer waren und wie feindselig die der Frauen, als sie – mit etwas mehr Hüftschwung als gewöhnlich – durch die Halle rauschte.

Unter anderen Umständen könnte das sogar Spaß machen, sagte sie sich, während sie Robert Tickets und Bordkarte überreichte. Dann machte sie sich auf den Weg zum Zeitungskiosk. Sie griff nach einer *Washington Post*. Die Schlagzeile behandelte die Schließung der Flughäfen. Sie war sicher, dass im Innenteil ein Foto von ihr abgedruckt war, doch inzwischen fühlte sie sich beinahe unsichtbar. Sie war nicht mehr Kat Bronsky, sondern eine aufgetakelte Blondine.

»Entschuldigen Sie«, meinte ein gut gekleideter Mann rechts von ihr und zog die Hand zurück, denn sie hatten nach derselben Zeitung gegriffen.

»Nichts passiert«, erwiderte Kat mit einem Lächeln. Sie bemerkte, dass er den linken Arm in einer Schlinge trug. Die eine Seite seines Gesichts war verpflastert.

»Und wohin geht die Reise?«, fragte er und starrte sie unverhohlen an.

»Ach, hierhin und dorthin«, entgegnete sie.

Er zog die Augenbrauen hoch. »Aha, eine Frau mit Geheimnissen.«

»Nein«, gab sie zurück. »Eine vorsichtige Frau.« *Interessanter Akzent*, dachte sie. *Wahrscheinlich ein Deutscher.*

Kat wandte sich zum Gehen, doch der Mann ließ nicht so schnell locker. »Entschuldigen Sie meine Hartnäckigkeit, aber ich möchte mich Ihnen gern vorstellen, damit Sie nicht das Gefühl haben, mit einem Fremden zu sprechen.«

Da er sich offenbar nicht abschütteln ließ, drehte Kat sich um. *Ich fühle mich wie mit einem Infrarotstrahl angepeilt, und er wird nicht so schnell aufgeben.* »Sie dürfen«, entgegnete sie, »obwohl es ziemlich zwecklos ist, denn ich bin sehr beschäftigt.«

»Genau wie ich, meine Liebe. Ich heiße ...«

»Pardon.« Ein Passagier drängte sich zwischen ihnen durch, um eine Zeitung zu nehmen. Kat winkte dem Fremden zu und ging zur Kasse.

Kurz darauf stand der Mann mit dem geschienten Arm wieder neben ihr. Er wartete, bis sie ihr Wechselgeld eingesteckt hatte. »Ich habe Ihnen meinen Namen noch nicht gesagt«, meinte er.

Sie schüttelte ihm rasch die Hand. »Hallo, nett Sie kennen zu lernen. Aber mein Mann ist bei der Mafia und sehr eifersüchtig. Er wird sich über diese Bekanntschaft sicher nicht freuen. Also gehen Sie und genießen Sie das Leben, solange Sie noch können. Okay? Tschüss.«

Aus dem Augenwinkel erkannte Kat, dass Robert herankam. Der Mann, der sie noch immer ansah, hatte ihn nicht bemerkt.

»Wie Sie wollen«, meinte er und wollte gehen. Robert war inzwischen nur noch drei Meter entfernt.

Obwohl Kats Aufmerksamkeit Robert und nicht dem aufdringlichen Mann galt, spürte sie, dass etwas nicht stimmte. Der Mann wandte Kat den Rücken zu und erstarrte plötzlich.

Auch Robert blieb wie angewurzelt stehen und verzog verblüfft das Gesicht, als er plötzlich einen der Gangster vor sich sah, die ihn in Hongkong hatten entführen wollen. Während Kat sich noch fragte, warum Robert so verdattert war, ließ der Mann die Zeitung fallen und griff unter seine Jacke.

Mit einem Aufschrei wirbelte Robert herum und stürmte auf die Abflughalle zu. Der Mann folgte ihm auf den Fersen.

Kat drängte sich durch die erstaunten Passagiere und rannte den Gang hinunter und durch die Sicherheitsschleuse. Ein Polizist blickte ihr überrascht nach, machte aber keine Anstalten, sie aufzuhalten.

Robert lief um einen Ticketschalter herum und sein Verfolger stieß mit einigen wartenden Passagieren zusammen, die gemeinsam mit ihm auf dem Boden landeten. Kat konnte ihn dennoch nicht einholen, denn er sprang sofort wieder auf und lief los. Robert eilte eine Treppe hinauf. Oben angekommen, wandte er sich nach links. Der Mann blieb ihm auf den Fersen.

Kat sah, dass er den Kopf der Treppe erreicht hatte und in Schussposition ging. Er zog eine Pistole und zielte auf das obere Treppenhaus. So schnell sie konnte, rannte sie weiter, nahm zwei Stufen auf einmal und näherte sich dem Mann von hinten. Gleichzeitig tastete sie nach etwas in ihrer Stofftasche.

Der Killer legte in aller Ruhe an. Robert stand etwa zehn Meter entfernt mit dem Rücken zur Wand. Er war in der Falle. Im selben Moment bekam Kat einen der schweren Plateauschuhe in ihrer Handtasche zu fassen.

Robert MacCabe sah zu, wie sie, beide Hände hoch über dem Kopf, herangestürmt kam. Der Killer hatte sie noch nicht bemerkt.

Er war übrzeugt, dass sie es nicht mehr rechtzeitig schaffen würde.

Robert ließ sich zu Boden fallen, doch der Lauf der Pistole folgte ihm unerbittlich. Die kurze Verzögerung reichte jedoch, dass Kat ausholen und den Absatz des klumpigen Schuhs mit voller Wucht auf den Hinterkopf des Killers krachen lassen konnte. Die Pistole fiel klappernd zu Boden, außer Reichweite des bewusstlosen Killers. Kat stolperte nach vorne, verlor das Gleichgewicht und taumelte auf Robert zu, der fast drei Meter entfernt auf dem Boden saß. Er konnte sie gerade noch abfangen, bevor ihr Kopf den Boden berührte.

Eng zusammengedrängt kauerten sie auf dem kalten Fliesenboden, während das Adrenalin durch ihre Adern pumpte. Es dauerte eine Weile, bis sie die Sprache wieder fanden.

»Oh, Mann«, keuchte Kat. »Wer ist das?«

Robert half ihr auf, erklärte ihr alles und nahm die Pistole an sich. Nachdem er sich vergewissert hatte, dass sie entsichert war, richtete er sie auf den Kopf des Mannes, während Kat sich ihm näherte.

»Robert . . .«, japste sie. »Holen Sie . . .« Sie schluckte und nahm ihre Handtasche von der Schulter. »Holen Sie meine Plastikhandschellen heraus und fesseln Sie ihn an das Rohr da drüben. Sie sind ganz unten in der Tasche.«

Robert überließ Kat die Waffe und tat, was sie gesagt hatte, während Kat den Gefangenen in Schach hielt.

»Gut. Und jetzt durchsuchen Sie ihn. Sehen Sie in seinen Taschen nach, ob er Ausweise bei sich hat.«

Robert entdeckte einen gefälschten FBI-Ausweis. »Er gibt sich als Special Agent Dennis R. Feldman aus«, verkündete er. »Das Foto stimmt. Andere Ausweise hat er nicht.«

»Ich wette, dass wirklich ein Agent Feldman existiert. Aber er ist es sicher nicht.«

Kat ließ sich von Robert den Ausweis und die Pistole geben, entlud die Waffe und steckte die Munition in ihre Tasche. Dann ließ sie die Pistole fallen und stieß sie mit dem Fuß zum anderen Ende des Flurs. Anschließend hob sie den Schuh auf, mit dem sie den Killer bewusstlos geschlagen hatte.

»Diese Plateauschuhe sind tödliche Waffen«, sagte Robert.

»Gut, dass ich sie dabeihatte, was?«

»Vergessen wir die Pistolen«, meinte Robert. »Ab heute sollten alle beim FBI Plateausohlen tragen.«

»Wirklich? Dann versuchen Sie mal, in den Dingern zu gehen.« Sie schnappte nach Luft. Die Aufregung hatte sich noch nicht gelegt.

»Ich habe gesehen, wie dieser Witzbold Sie belästigt hat«, erklärte er. »Ich hatte keine Ahnung, wer er ist, aber ich dachte, Sie hätten einen eifersüchtigen Liebhaber nötig, der Ihnen zur Hilfe eilt.«

Sie gingen zur Treppe zurück. Im Erdgeschoss kamen ihnen zwei uniformierte Polizisten entgegen.

»Beeilen Sie sich!«, rief Kat und setzte eine verängstigte Miene auf. »Dort oben prügeln sich zwei Typen. Einer von ihnen hat eine Pistole.«

Die beiden Polizisten liefen sofort los. Kat zog Robert um eine Ecke zu einer anderen Sicherheitsschleuse. Bevor sie durch den Metalldetektor ging, warf sie die Munition in einen Papierkorb.

Inzwischen stürmten weitere Polizisten an ihnen vorbei. Kat und Robert kehrten auf einem anderen Weg zu ihrem Flugsteig zurück und erreichten gerade noch ihre Maschine.

Kat entschied sich für den Fensterplatz, Robert setzte sich neben sie.

»Mist«, murmelte Kat.

»Was ist?«

»Wir haben vergessen nachzusehen, ob er einen Beutel am Körper trug.«

»Er hatte keine zweite Pistole. Das habe ich überprüft.«

»Ich dachte eher an weitere Ausweise«, erwiderte sie. Sie nahm das Satellitentelefon aus ihrer Tasche und wählte Jakes Nummer im FBI-Hauptquartier.

»Sie müssen sofort die Polizei am Flughafen von Portland verständigen, Jake, und bestätigen, dass es sich bei dem Mann um einen bundesweit gesuchten Verbrecher handelt«, schloss sie ihren Bericht.

»Hat er Sie gesehen, Kat?«

»Nein.«

Jake erzählte ihr vom Meinungsumschwung des Direktors.

»Das ist großartig, Jake. Aber erledigen Sie jetzt diesen Anruf.«

»Das heißt, dass wir Sie unterstützen können, Kat. Wir fahnden nicht mehr nach Ihnen.«

»JAKE! Bitte rufen Sie jetzt an, bevor die den Typen wieder laufen lassen.«

»Okay. Melden Sie sich wieder?«

»Sobald ich kann.«

Sie unterbrach die Verbindung und saß eine Weile schweigend da, um Jakes Worte zu verdauen. Die Passagiertür stand noch offen; erst wenn sie geschlossen war, würden die Flugbegleiter sie auffordern, die Mobiltelefone wegzustecken. Die Stewardess beobachtete Kat argwöhnisch. Offenbar war sie mit ihrer Aufmachung nicht einverstanden.

»Wird er es tun?«, fragte Robert.

Kat nickte. »Ja. Seltsam. Jetzt ist plötzlich alles Friede, Freude, Eierkuchen, und das ganze FBI will mir helfen.«

»Vielleicht ist das die Wahrheit.«

»Möglich«, erwiderte sie nachdenklich. »Aber ich darf mich nicht darauf verlassen.«

Aus den Tiefen ihrer Tasche ertönte ein Fiepen. Kat nahm den Piepser heraus. Als sie die Nachricht las, verfinsterte sich ihre Miene.

»Was ist?«, fragte Robert.

Sie reichte ihm den Piepser.

DRINGENDE NACHRICHT: KAT, ROBERT MacCABE WILL SIE TÄUSCHEN. VERSCHWINDEN SIE SOFORT. VERRATEN SIE IHM NICHTS. MELDEN SIE IHRE ABSICHTEN UNTER DER NEUEN NUMMER 8009464646. JAKE RHOADES.

Robert sah sie verblüfft an. »Was soll das? Bin ich jetzt Bösewicht?«

»Das will mir die Gruppe Nürnberg wenigstens einreden. Von Jake ist diese Nachricht ganz bestimmt nicht.«

»Sind Sie sicher?«

Sie nickte. »Er würde nie mit seinem Familiennamen unterzeichnen.«

»Und was hat das zu bedeuten?«

Kat holte tief Luft. »Dass unsere Gegner meine persönlichen Daten haben. Sie kennen die Nummer meines Piepsers und meine Geheimzahlen. Bestimmt finden sie bald auch die Hütte meines Onkels.«

Langsam hörten die Lichter vor Arlin Schoens Augen auf zu tanzen. Er blinzelte und versuchte, sich zu erinnern, wo er war und warum sein Hinterkopf so schrecklich schmerzte.

Als er sich aufsetzen wollte, stellte er fest, dass seine Hände mit Plastikhandschellen gefesselt waren. Vor sich sah er das Gesicht eines schwarzen Flughafenpolizisten, der, die Hände in die Hüften gestemmt, über ihm stand. Sechs seiner Kollegen standen daneben.

Jemand hat mich von hinten niedergeschlagen, dachte Schoen und vergewisserte sich dann, so gut das mit gefesselten Händen möglich war, dass er sonst nichts abbekommen hatte.

»Er kommt zu sich«, sagte der Sergeant der Flughafenpolizei. »Wer sind Sie?«, fragte er.

Schoen stöhnte übertrieben und schloss die Augen. »Ist er entkommen?«

»Wer soll entkommen sein?«

»Ich . . . wollte einen bundesweit gesuchten Verbrecher festnehmen. Ich weiß nicht, was passiert ist.«

»Schon gut. Sie wurden von einer echten FBI-Agentin k.o. geschlagen, Freundchen. Wir haben gerade einen Anruf vom FBI-Hauptquartier erhalten.«

Er schüttelte den Kopf. »Verdammt. Also wissen sie schon, dass er mir durch die Lappen gegangen ist.«

Der Sergeant zog Schoen an den Haaren hoch. »Ich frage Sie

jetzt ein letztes Mal, Freundchen, bevor ich sehr böse werde. Wie heißen Sie?«

»Nur die Ruhe! Ich bin Special Agent Don Duprey von der FBI-Niederlassung in Cincinnati.«

»Da lachen ja die Hühner.«

»Sehen Sie unter meinem rechten Hosenbein nach. Dort finden Sie einen Beutel mit meinen Ausweisen, meinem Reisepass und sogar meiner Schießkarte. Was soll das bedeuten, eine echte FBI-Agentin hätte mich niedergeschlagen?«

Der Polizist winkte einen seiner Kollegen zu sich und bat ihn nachzusehen. Ausweise und Pass waren dort, wo Schoen gesagt hatte.

»Wenn Sie in der Niederlassung in Cincinnati oder in Washington anrufen, wird man Ihnen bestätigen, dass ich echt bin.«

Verwirrt half der Sergeant Schoen beim Aufstehen, während einer seiner Kollegen per Funk anfragte. Fünf Minuten später bestätigte der Telefonist die Aussage und gab eine Personenbeschreibung durch. Die Polizisten gingen ein paar Schritte, um sich zu besprechen, behielten den Gefangenen jedoch im Auge.

»Was machen wir jetzt?«, fragte der eine leise.

Der Sergeant sah den Gefangenen an. »Er hat einen gültigen Ausweis, das Foto stimmt, und das FBI hat es bestätigt. Hat jemand die Agentin gesehen, von der Washington spricht?«

Die Polizisten wechselten ratlose Blicke.

»Wie hieß sie noch mal?«, fragte einer.

»Special Agent Katherine Bronsky«, erwiderte sein Vorgesetzter. Sie soll dem Typen die Handschellen angelegt haben.« Er musterte seine Männer. »Jim? Bill? Sie waren die ersten am Tatort. Haben Sie jemanden bemerkt?«

»Nur Zivilisten«, erwiderte Jim. Sein Partner nickte. »Ein Mädchen und einen Kerl unten an der Treppe.«

»Hätte das Mädchen Agent Bronsky sein können?«

»Niemals. Solche heißen Geräte gibt es beim FBI nicht. Außerdem habe ich Bronskys Bild gestern Abend in den Nachrichten gesehen, in Zusammenhang mit der Entführung dieses Teenagers.«

»Ja«, stimmte der andere zu. »Das Bild habe ich auch gesehen.

Das Mädchen auf der Treppe hatte nicht die geringste Ähnlichkeit mit ihr.«

Der Sergeant schüttelte den Kopf. »Rufen Sie im FBI-Hauptquartier an und lassen Sie sich eine Personenbeschreibung von dieser Bronsky geben. Wenn es nicht die Frau war, der Sie begegnet sind, lassen wir den Typen frei. Ich will keinen Ärger mit dem FBI.«

Fünf Minuten später kam die Beschreibung durch. Die beiden Polizisten, die zuerst am Tatort gewesen waren, lauschten aufmerksam und schüttelten dann gleichzeitig die Köpfe.

»Sie war es bestimmt nicht.«

Arlin Schoen wurde mit einer Entschuldigung auf freien Fuß gesetzt und tauchte sofort in der Menge unter. Am nächsten Telefon blieb erstehen und wählte die Nummer seiner Kommandozentrale.

»Ich dachte, Sie wären auf dem Weg hierher, Arlin.«

»Ich habe MacCabe gesehen.« Er schilderte kurz die Ereignisse.

»War die Bronsky bei ihm?«

»Keine Ahnung. Aber ich vermute, dass sie es war, die mich von hinten niedergeschlagen hat.« Er rieb sich den Kopf. »Ich weiß nicht, wohin sie wollen.«

»Ich schon«, lautete die Antwort.

43

STEHEKIN, WASHINGTON STATE
16. NOVEMBER — TAG FÜNF
11:50 ORTSZEIT / 1950 ZULU

Sein Keuchen mischte sich mit dem Zischen der Skier, als Warren Pierce zügig über die Loipe glitt. In der vergangenen Nacht war etwas Neuschnee gefallen, der sich zu malerischen Schneewehen aufgetürmt hatte. An klaren Wintertagen wie diesem genoss Warren den Langlauf besonders. Frische Luft füllte seine Lungen, und das Tal mit den immergrünen Büschen schien zu einer Welt zu werden, die nur ihm gehörte.

Links kam nun eines der vielen Sommerhäuschen, ein Anblick, der jedem Einwohner von Stehekin vertraut war. *Das da gehört den Caldwells,* dachte Warren und blickte geistesabwesend über das schneebedeckte Dach hinweg in die Ferne, wo ein Verkehrsflugzeug über dem Lake Chelan ein weißes Ausrufezeichen an den Himmel hauchte.

Er bog um eine Kurve, überquerte die Straße und fuhr auf den Fluss zu. Das solide Blockhaus gab es, solange er denken konnte. Aus dem Kamin quoll wie immer eine Rauchwolke.

Warren blieb stehen. Etwas stimmte nicht mit der Hütte.

Warum steht die Tür offen?

Er hielt sich am nördlichen Rand der Lichtung zwischen den Bäumen. Links von der offenen Tür bemerkte er ein Fenster, dessen Läden geschlossen waren. Doch er sah kein Lebenszeichen.

Als der Wind die Tür noch ein Stück weiter offen blies, zuckte er zusammen. Drinnen erkannte er einen umgestürzten Stuhl, aber kein Licht.

Ein kalter Schauder lief ihm über den Rücken. Er spürte den Drang, die Flucht zu ergreifen, doch er unterdrückte seine Angst und zwang sich, näher heranzuschleichen. Don Donohue, der Verwalter, sah jeden Tag nach der Hütte. Wie kam es dann, dass die Tür offen stand?

Warren betrachtete die Glassplitter und die Fußabdrücke im weichen Schnee vor der Veranda. Dann entdeckte er an der Tür etwas Rotes, das wie Blut aussah.

Er drehte auf der Stelle um. Die Angst saß ihm im Nacken. Er fuhr so schnell er konnte zur Polizeistation am Hafen. Jemand musste das überprüfen, doch dieser Jemand würde auf keinen Fall er selbst sein.

AN BORD EINER DASH 8 DER HORIZON AIRLINES, SECHZIG KILOMETER ÖSTLICH VON PORTLAND, OREGON

Der Südrand des Flughafens von Portland glitt in der Tiefe vorbei, nachdem die DeHavilland Dash 8 von Landebahn 10 in den bewölkten Himmel gestartet war. Das lange Fahrgestell klappte nach hinten wie die Beine eines Blaureihers und rastete unter den an den Tragflächen hängenden Turboproptriebwerken ein. Nun hatte Kat freien Blick auf die malerische Landschaft. In Hochdeckern wie der Dash 8 konnte man am besten seinen Tagträumen nachhängen, dachte sie. Vor allem in einer kleineren Maschine, wenn sie in geringer Höhe über die grüne Nordwestküste streicht, über gepflegte Golfplätze und dichte Wälder hinweg.

Langsam zogen die Hügel östlich von Portland unter ihnen vorüber. Dann durchstieß die Dash 8 die Wolkendecke und plötzlich war die Welt nur noch eine schier endlose milchig weiße Nebelwüste. Kat konnte nur noch die rechte Triebwerksgondel und den Propeller erkennen, der treu vor sich hin brummte.

In der vorderen Kabine bereitete die einzige Flugbegleiterin den Wagen für den Getränkeservice vor, als sie plötzlich ein Mobiltelefon läuten hörte. Sie blickte zu der aufgetakelten Blondine, die in der Mitte der Kabine an einem Fenster saß. Sie lief sofort hin und packte das Telefon, bevor die Frau mit dem platinblonden Haar es sich ans Ohr halten konnte.

»Sie müssen das abschalten, Miss«, befahl sie streng. Die anderen Passagiere drehten sich neugierig um, doch das war der Stewardess ganz recht. Was hatte dieses Flittchen schon anderes verdient, als dass man sie mit Verachtung strafte.

Doch dann riss das Flittchen der Stewardess den Apparat wieder aus der Hand, hielt ihn sich ans Ohr und kramte in ihrer Handtasche.

»Ich habe gesagt, dass Sie das Ding ausschalten müssen!«, rief die Stewardess.

Die Frau klappte mit der linken Hand eine lederne Brieftasche auf, sodass eine Plakette und ein Ausweis zu sehen waren. Die Stewardess erkannte das Emblem: FBI. Sie zog sich verstört zurück, nahm einen Schlüssel aus der Tasche und ging ins Cockpit.

Kat steckte den Ausweis wieder ein und beugte sich über das Telefon. Sie konnte Jordan James kaum verstehen. »Bist du sicher, Jordan?«

»Wir müssen einen Treffpunkt vereinbaren, Kat. Ich möchte so bald wie möglich persönlich mit dir reden. Ein Flugzeug steht bereit, um mich noch heute Abend an die Küste zu bringen, ganz gleich, wo du bist.«

»Ich . . . bin nicht mehr an der Küste. Ich muss dringend jemanden befragen. Es ist sicherer, wenn ich dir nicht erzähle, wer es ist, und wo ich ihn aufsuchen werde.«

»Kat, du musst mir vertrauen. Wo willst du hin?«

Sie sah Robert an und seufzte. Sie konnte nicht mehr sagen, welche Leitungen sicher waren und welche nicht. Es war vielleicht leichtsinnig, ihren Bestimmungsort zu nennen, aber es erschien ihr unvermeidlich. Schließlich war es Jordan James. Wenn sie auch vor ihm auf der Hut sein musste, hatte sie überhaupt keine Verbündeten mehr.

»Bitte, Kat, wo bist du?«

Sie schloss die Augen. »Ich fliege nach Sun Valley. Frag mich nicht, warum.« Robert zuckte erschrocken zusammen, doch es war zu spät.

»Gut. Spätestens morgen Vormittag bin ich da. Lass dein Telefon eingeschaltet. Ich rufe dich vom Flughafen aus an.«

»Okay. Und was hast du herausgefunden? Wenn diese Leitung so sicher ist, dass ich dir meinen Aufenthaltsort verraten kann . . .«
Sie nickte Robert kurz zu, um ihn zu beruhigen.

»Könnte ich dir auch erzählen, worauf ich gestoßen bin«, beendete er den Satz. »Vielleicht ist das richtig, Katherine, aber ich muss dir eine Menge erklären. Die Lage ist äußerst kompliziert und gefährlich.«

»Weißt du von den Waffen, Onkel Jordan?«

»Welche Waffen?«, fragte er in harmlosem Ton.

»Die Waffen, mit denen die SeaAir und die Meridian abgeschossen worden sind, wurden vermutlich aus einem Lager der amerikanischen Regierung gestohlen. Seit einem Präsidentenerlass vor einigen Jahren waren sie illegal.«

»Genau darüber müssen wir sprechen. Deine Ergebnisse sind sehr beeindruckend, aber es gibt noch vieles, von dem du keine Ahnung hast. Es geht um die Sicherheit unseres Landes. Wir sehen uns heute Abend oder morgen am frühen Vormittag. Lass das Telefon an.«

Kat brach die Verbindung ab. Sie sah Roberts besorgte Miene und versuchte die Furcht zu verdrängen, sie könnte soeben einen tödlichen Fehler begangen haben.

Es herrschte leichtes Schneetreiben über dem Friedman Memorial Field in Hailey, Idaho, das das Sun Valley mit der Welt verband, doch die Piloten legten eine makellose Instrumentenlandung hin.

Bis die Dash 8 am Flugsteig zum Stehen kam, war aus dem Schneetreiben der Schneesturm geworden, den der Wetterbericht am Nachmittag vorhergesagt hatte. Nervös und angespannt nahmen Kat und Robert ein Taxi zu Dr. Thomas Mavericks Adresse südlich der Stadt Sun Valley. Das Häuschen des Wissenschaftlers stand in einem dicht bewaldeten, dünn besiedelten Gebiet. Nach Straßenschildern musste man lange suchen. Als der Taxifahrer nach dem dritten falschen Abbiegen einen Wutanfall hatte, trug das auch nicht gerade zu Kats und Roberts Stimmung bei.

Endlich kam Dr. Mavericks kleine Blockhütte in Sicht. Kat bezahlte den Taxifahrer und schickte ihn weg, obwohl Robert flüsternd protestierte. »Was machen wir, wenn er nicht zu Hause ist, Kat? Für einen Fußmarsch sind wir nicht richtig angezogen.«

»Wir kommen schon klar.« Sie zog den Reißverschluss der dünnen Windjacke zu, die sie aus Stehekin mitgebracht hatte.

»Machen Sie Witze? Ich friere mich jetzt schon tot!«

Niemand reagierte auf ihr Klingeln, und im Kamin schien kein Feuer zu brennen. Allerdings waren frische Reifenspuren in der Auffahrt, die der Schnee schnell bedeckte. Vorsichtig schlich Kat um die Hütte und stellte fest, dass Vorder- und Hintertür verschlossen waren. Durch die Fenster war nichts zu sehen. Sie kehrte zu Robert zurück, der unter einem Vordach Schutz suchte.

»Wenn er hier ist, versteckt er sich«, meinte sie.

»Und was jetzt, große Meisterin? Ihr treuer Kamerad friert sich den Arsch ab.«

»Wir warten.«

»Hier draußen?«

»Nein, drinnen. Versuchen wir, einzubrechen, ohne etwas kaputtzumachen.«

Normalerweise hätte Robert nie bei so etwas mitgemacht, doch es war bitterkalt. Er hätte alles getan, um in ein warmes Zimmer zu kommen.

Sie gingen zur Hintertür, wo Kat ein Universal-Taschenmesser aus der Tasche kramte.

»Können Sie etwa auch Schlösser knacken, Kat?«, fragte Robert zähneklappernd.

»Nein«, erwiderte sie. »Was ist mit Ihnen?«

Er nickte und schüttelte dann den Kopf. »Naja. Ich habe mal ein bisschen herumgespielt, aber das hier scheint ziemlich solide zu sein.«

Sie schaute sich das Schloss genauer an. »Sie haben Recht. Moment.« Sie nahm ein Holzscheit von dem abgedeckten Stapel neben der Hütte, schlug damit die Türverglasung ein, griff hinein und öffnete die Tür von innen.

»Gott sei Dank!«, seufzte Robert erleichtert, als er in den gemütlich warmen Raum trat.

»Dass die Heizung läuft, ist ein gutes Zeichen«, meinte sie und zog die Tür hinter sich zu. »Ganz bestimmt heizt er nicht den ganzen Winter über, sondern nur, wenn er hier ist.«

Kat ging zur Vordertür, um das Gepäck zu holen. Sie nahm ihre Pistole heraus, lud sie und steckte sie in die Handtasche. Durch den Türspalt hörte sie Roberts Stimme.

»Ich sehe zu, ob ich etwas finde, um die zerbrochene Scheibe abzudecken.« Er wühlte in einem Wandschrank und kam gerade wieder zum Vorschein, als Kat in die kleine Küche zurückkehrte.
»Ich habe mich umgesehen, Kat. Offenbar ist er ausgeflogen.«
»Um fünf wird es dunkel. Dann wird er bestimmt wiederkommen.«
»Also warten wir einfach?«, fragte Robert.
»Ja. In der Zwischenzeit werde ich diese Klamotten ausziehen. Sie haben ihren Zweck erfüllt.«
»Aber Sie sind noch immer sehr blond, junge Dame«, grinste Robert. Kat sagte nichts und sah ihn finster an, bis Robert sie bei den Schultern packte. »Ich weiß, dass Sie sich Sorgen machen, Kat. Aber deshalb brauchen Sie doch nicht alles so ernst zu nehmen. Wo ist Ihr Humor, Ihr Galgenhumor, wenn nötig?«

Sie runzelte die Stirn und riss sich los. »Tut mir Leid, Robert, ich bin eben zu sehr damit beschäftigt, unser Leben zu retten.«
»Wir sollten aber das Lachen nicht verlernen. Ich dachte immer, Blondinen hätten Humor.«

Ihre Miene war immer noch finster. Dann schwang sie ihm plötzlich die Hüften entgegen. »Ist es so besser?«
»Viel besser«, erwiderte er und blickte ihr nach, während sie mit ihrer Tasche im Bad verschwand.

Als sie kurz darauf wieder herauskam, war sie in Jeans und Pullover. Robert stand an einem Fenster und starrte in den Schnee hinaus, der immer dichter fiel.
»Wenn es so weiter schneit, wird James nicht landen können.«
»Er hat versprochen, am Morgen hier zu sein«, entgegnete sie tonlos. »Wir warten, egal was passiert.«

PORTLAND INTERNATIONAL AIRPORT, OREGON

Der Learjet 35, auf den Arlin Schoen schon den ganzen Nachmittag lang wartete, rollte mit hoher Geschwindigkeit auf das Privatterminal der Firma Flightcraft zu. Das Triebwerk auf der linken Seite wurde gerade lange genug abgeschaltet, um die Treppe hinunterzulassen, damit Schoen einsteigen konnte. Er kletterte in die elegant ausgestattete Kabine und stellte erfreut fest, dass sechs seiner Männer bereits an Bord waren. Die Piloten des gecharterten Jets starteten sofort. Mit einer Geschwindigkeit von knapp siebenhundertfünfzig Stundenkilometern nahmen sie direkten Kurs auf Sun Valley. Die Passagiere steckten die Köpfe zusammen und unterhielten sich leise. In Seattle waren einige schwere Holzkisten eingeladen worden. Den Piloten waren ihre Kunden und deren Gepäck nicht geheuer. Außerdem machten sie sich Sorgen wegen des immer schlechteren Wetters um Sun Valley.

Der Anführer der Gruppe, ein älterer Mann mit kalten Augen, hatte achttausend Dollar in bar für den Flug bezahlt. Er hatte unmissverständlich gefordert, dass sie, unabhängig vom Wetter, auf jeden Fall landen sollten. Doch als beim dritten Versuch noch immer keine Landebahn zu sehen war, stimmte selbst er zu, dass man nach Boise, Idaho, ausweichen musste.

Nachdem die Passagiere im Privatterminal von Boise verschwunden waren, fällten die beiden Charterpiloten eine Entscheidung. Ganz gleich, was diese Leute planten, sie wollten nichts damit zu tun haben. Ein kurzer Blick in eine der Kisten bestätigte ihre Befürchtungen: Sie enthielten modernste Maschinengewehre und Munition.

Der Kapitän berechnete den genauen Charterpreis, steckte das Wechselgeld in einen Umschlag und klebte diesen an einer Kiste fest. Dann luden sie die Habseligkeiten der Männer aus, stellten sie auf die Rampe und ließen das rechte Triebwerk an.

»Wir haben nichts gehört oder gesehen«, sagte der Kapitän.

»Amen«, bestätigte der Kopilot.

Als die Männer das Geräusch des startenden Triebwerks hörten, kam einer von ihnen aus dem Gebäude gerannt. Doch der Kapitän hatte die Schubhebel schon nach vorne gedrückt und rollte mit einem laufenden Triebwerk eiligst los, während der Kopilot das andere anwarf und um eine Notstartgenehmigung ersuchte.

»Was nun?«, fragte einer der Männer Arlin Schoen.

»Ganz einfach«, erwiderte dieser. »Die anderen sollten inzwischen vor Ort oder fast da sein. Sie sind mit dem Auto unterwegs. Rufen Sie sie mit dem Satellitentelefon an und sagen Sie ihnen, sie sollen sich nicht von der Stelle rühren, bis wir ein anderes Flugzeug chartern können. Vorzugsweise eines, dem der Schneesturm nichts anhaben kann. Wir werden alle drei auf einmal beseitigen.«

»Wie lauteten ihre Instruktionen?«

»Sie sollen das Haus beobachten und auf Bronsky, MacCabe und unseren unauffindbaren Dr. Maverick warten. Falls Bronsky und MacCabe zuerst eintreffen, sollen sich unsere Leute bis zur Ankunft des Doktors gedulden. Außerdem möchte ich gerne dabei sein, wenn wir sie uns schnappen.«

SÜDLICH VON SUN VALLEY, IDAHO

Frisch geduscht und umgezogen kam Robert in das Wohnzimmer der Hütte zurück. Kat döste in einem Lehnsessel. Die Lichter in dem kleinen Raum waren ausgeschaltet, und da kein Feuer brannte, war es ziemlich kühl. Die Außenbeleuchtung der Veranda machte den dichten Schneefall sichtbar, sodass man sich fühlte wie in einer einsamen Berghütte.

Obwohl Robert sich möglichst leise auf einem Stuhl niederließ, schreckte Kat hoch.

»Alles in Ordnung«, sagte er mit einer beschwichtigenden Handbewegung. »Ich bin es nur.«

Sie schüttelte sich wach, rieb sich die Augen und lächelte ihn an. »Haben Sie Hunger? Die Speisekammer des guten Doktors ist gut gefüllt.«

»Sie wollen Mavericks Lebensmittelvorräte vernichten und sich hier häuslich einrichten?«

Sie nickte. »Auf FBI-Kosten. Man wird ihm die Sachen ersetzen.«

»Übrigens«, meinte Robert. »Es gibt hier leider nur ein Bett und keine Couch. Also müssen wir wahrscheinlich ...«

Statt einer Antwort erhob sich Kat und ging ins Schlafzimmer. Während sie die Kiefernmöbel betrachtete, trat Robert hinter sie.

»Schon mal von einem Trennbett gehört?«, meinte sie und drehte sich zu ihm um.

Er nickte argwöhnisch und blickte zwischen dem Bett und ihr hin und her. »In der amerikanischen Kolonialzeit benutzte man es, wenn man ein unverheiratetes Paar in einem Bett unterbringen musste . . .«

»Ausgezeichnet«, schnitt sie ihm das Wort ab und stellte ihre Tasche ans Fenster. »Die Familie legte ein großes Brett mitten ins Bett und die beiden durften keine Arme, Beine oder andere Körperteile über die Trennlinie stecken.«

»Und bevor einer von uns im Sessel schlafen muss . . .«

Sie nickte. »Genau. Wir können uns das Brett ja nur vorstellen.«

Robert grinste ein wenig zu breit für Kats Geschmack. »Schluss damit«, sagte sie.

»Womit? Was habe ich denn getan?«

»Sie haben lüsterne Gedanken.«

»Habe ich nicht!«

Sie setzte sich neben ihn aufs Bett, ohne ihn zu berühren. Dann betrachteten sich die beiden im Wandspiegel. »Okay, die Regeln lauten folgendermaßen«, verkündete Kat. »Wir stecken noch immer mitten in einem Albtraum.«

»Ich weiß.«

»Draußen ist es fast dunkel, und wir haben keine Ahnung, ob Dr. Maverick sich heute noch blicken lässt und ob Jordan es schaffen wird. Außerdem könnte die Gegenseite jeden Moment hier auftauchen. Ich habe zwar im Auto gedöst, bevor wir es am Flughafen stehen gelassen haben, aber ich bin hundemüde.«

»Gehen wir also schlafen«, stimmte Robert zu.

»Genau. Zuerst plündern wir seinen Kühlschrank und dann hauen wir uns aufs Ohr.«

»Einverstanden.«

Sie hob den Zeigefinger. »Noch etwas . . .«

»Ja, Kat?«

»Zu einem anderen Zeitpunkt und an einem anderen Ort wäre es eine große Versuchung.«

»Versuchung?«, wiederholte er in gespieltem Erstaunen.

»Sie wissen schon, was ich meine.«

Robert lehnte sich zurück und zog die Augenbrauen hoch. »Meinen Sie, Sie könnten . . . Dummheiten mit mir machen?«

»Ach, hören Sie auf, Robert!« Er nahm ihr Lachen als Ermutigung.

»Daran hätte ich nie gedacht«, sagte er unschuldig, doch das Funkeln in seinen Augen und sein Schmunzeln verrieten ihn.

»Natürlich nicht.« Zum ersten Mal seit Stunden spielte ein Lächeln um ihre Lippen. »Schließlich bin ich den ganzen Tag in einem Rock herumgelaufen, der sogar in *Baywatch* verboten wäre, und Sie haben mich ständig erinnert, wie sexy ich aussehe.«

Sie sprang auf, drehte sich um und bot ihm ihre Hand an. »Auf, plündern wir Dr. Mavericks Speisekammer. Und dann schaue ich nach, ob er einen Parka im Haus hat.«

»Wollen Sie noch mal rausgehen?«

»Nein, ich werde ihn im Bett tragen.«

»Warum? Ist Ihnen kalt?«

Sie schüttelte den Kopf und sagte ernst: »Nein, ganz im Gegenteil.«

LUFTWAFFENSTÜTZPUNKT ANDREWS, WASHINGTON, D.C.

»Wir sind startklar, Herr Minister.«

Jordan James schaute auf den Präsidentenflugplatz des 89. Transportgeschwaders zurück. Das Wetter war trübe und regnerisch. Wie immer hatte man sofort reagiert, als er kurzfristig eine Gulfstream angefordert hatte, die ihn zu einem Treffen in Sun Valley fliegen sollte. Doch vor zwei Uhr morgens hatten sie nicht starten können. Bei seiner Ankunft kurz vor zwei hatten Flugzeug und Besatzung ihn schon erwartet. Die Flugzeit nach Sun Valley sollte knapp sechs Stunden betragen.

»Danke, Colonel«, sagte Jordan. »Brechen wir auf.«

Der amtierende Außenminister stieg die Treppe hinauf und reichte dem Steward seinen Aktenkoffer. Dann ließ er sich auf einem der bequemen Drehsessel nieder und dachte an die Aufgabe, die vor ihm lag. Es waren rein persönliche Gründe, die ihn zu dieser Mission trieben, aber es ging nicht anders. Kats Leben hing an einem seidenen Faden.

SÜDLICH VON SUN VALLEY, IDAHO

Nach dem improvisierten Abendessen stand Kat auf und ging verlegen ins Schlafzimmer. Robert blieb zurück und tat, als räume er den Tisch ab. In einer Ecke des Schlafzimmers stand ein kleiner Gasofen, den Kat nun einschaltete. Dann schlenderte sie zum Fenster und bewunderte noch einmal die lautlos vom Himmel fallenden Schneeflocken.

»Was ist, wenn er heute Abend noch kommt?«, fragte Robert aus dem anderen Zimmer.

»Nein«, erwiderte sie und schüttelte den Kopf, ohne sich umzudrehen. »Es schneit zu stark. Außerdem ist es schon spät. Er kommt erst morgen früh – wenn überhaupt.«

Robert trat hinter sie und legte ihr sanft die Hände auf die Schultern. Sie blieb eine Weile schweigend stehen.

»Nicht da«, sagte sie leise, mit dem Gesicht zum Fenster. »Hier.« Sie nahm seine Hände und legte sie sich auf den Bauch.

Robert hielt sie sacht, in ungläubigem Staunen, während sie sich in seinen Armen umdrehte und ihn auf die Lippen küsste.

44

```
BOISE TERMINAL, BOISE, IDAHO
17. NOVEMBER — TAG SECHS
3:00 ORTSZEIT / 1000 ZULU
```

Langsam wachte Jordan James auf, als der Kommandant der Gulfstream neben ihm erschien.

»Herr Minister?«

Er bemerkte, dass die Maschine stand, und setzte sich benommen auf.

»Die Witterungsbedingungen in Sun Valley entsprachen nicht den Sicherheitsvorschriften, Sir. Deshalb sind wir in Boise gelandet, um eine Wetterbesserung abzuwarten. Am Morgen sollte es aufklaren.«

»Wie viel Uhr ist es, Major?«

»Drei Uhr Ortszeit, Sir. Wenn Sie noch ein bisschen schlafen wollen, können wir Ihnen ein Zimmer besorgen...«

»Nein.« Jordan schüttelte den Kopf. »Ich bleibe an Bord. Ich möchte Sie nicht hetzen, aber ich muss so schnell wie möglich weiter.«

»Jawohl, Sir, ich gebe Ihnen Bescheid, sobald wir starten können.«

Jordan bedankte sich bei dem Piloten und schwenkte den Sitz herum. Durch das Fenster sah er das Privatterminal neben der Gulfstream. Eine Gruppe durchgefrorener Männer drängte sich um ein großes einmotoriges Wasserflugzeug.

Wie kann ein solches Flugzeug hier landen? Ach ja, es hat einziehbare Räder unten an den Schwimmern. Wo zum Teufel wollen diese Leute um diese Zeit hin? Wahrscheinlich ein Angelausflug.

Arlin Schoen zog den Reißverschluss seines Parka zu. Dann kletterte er in die Kabine der Cessna Caravan hinauf und nickte einem seiner Begleiter zu.

Der Mann schaute zu einem seiner Komplizen hinaus und sah

dann Arlin an. »Sind Sie sicher, dass Jerry mit diesem Flugzeug zurechtkommt?«

»Kein Problem«, antwortete Schoen. »Für den Learjet war er nicht ausgebildet, doch diese Maschine ist ein Kinderspiel. Wenn nötig, können wir den Charterpiloten beseitigen.«

SÜDLICH VON SUN VALLEY, IDAHO

Das beharrliche Läuten des Satellitentelefons riss Kat aus einem Traum, an den sie sich schon nicht mehr erinnern konnte. Sie schlug langsam die Augen auf und spähte in das dunkle Zimmer.

Das Läuten hatte aufgehört. Oder war es auch nur ein Traum gewesen?

Als sie sich bewegen wollte, bemerkte sie, dass etwas sie zurückhielt. Das Blut schoss ihr in den Kopf, als sie sich nun an die vergangene Nacht erinnerte und an den Mann, der sich an ihren Rücken schmiegte und mit beiden Händen ihre Brüste umfasste. Die Digitaluhr auf dem Nachttisch zeigte fünf vor halb sieben.

Widerstrebend schlüpfte Kat aus dem Bett, schlich barfuß über den kalten Boden zum Bad und überlegte, was sie als Nächstes tun sollte. An der Badezimmertür blieb sie stehen und blickte durch das Schlafzimmerfenster nach draußen. Der Schneefall hatte aufgehört. Der Himmel war sternenklar. Sie fragte sich, ob sie einen Anruf von Jordan verpasst hatte. Wo mochte er stecken?

Robert schnarchte leise. Er hatte sich auf den Rücken gewälzt, schlief aber immer noch fest, als sie um das Bett herumging. Sie schnupperte seinen Duft und beugte sich über ihn, um ihn wachzuküssen.

»Was ist!«, fuhr er hoch.

»Das mit dem Trennbett hat nicht geklappt«, meinte Kat.

»Nein?«

»Nein. Ich war ein ungezogenes Mädchen.«

Lächelnd berührte er ihr Gesicht. »Das kannst du laut sagen.«

»Aber jetzt müssen wir uns wieder wie Profis benehmen und uns anziehen.« Sie riss ihm mit einem Ruck die Bettdecke weg.

»He! Haben wir schon Besuch?«
»Nein, aber es wird bald passieren. Wir müssen bereit sein.«

Keine zweihundert Meter entfernt saß ein Mann in einem gemieteten Lieferwagen und spähte durch ein Nachtsichtgerät. Im Schlafzimmer der Hütte war das Licht angegangen. Nun brannte auch eines in der Küche. Der Mann im Beobachtungswagen wandte sich an seinen Begleiter, der, in einen Parka vermummt, auf dem Boden kauerte. »Du solltest mal die Ohren spitzen.«
Der Mann rappelte sich stöhnend auf und zielte mit einer elektronische Antenne auf ein Fenster der Hütte. Ein unsichtbarer Laserstrahl tastete die Glasscheibe ab und maß jede auch noch so winzige Schwingung, die durch die im Inneren des Hauses erzeugten Geräusche enstand. Ein eingebauter Computer übersetzte das Ergebnis in Tonsignale, die der Mann mit einem Kopfhörer abhörte.
»Was sagen sie?«, fragte der Mann mit dem Nachtsichtgerät.
»Sie unterhalten sich über Eier mit Speck und darüber, wo wohl die anderen stecken.«
»Wer zum Beispiel?«
»Wir. Und noch jemand.«
»Vermutlich Dr. Maverick.«
Der Mann schüttelte den Kopf, beugte sich über seine Gerätschaften und brachte seinen Begleiter mit einer Handbewegung zum Schweigen. Dann drückte er den Kopfhörer fester ans Ohr und schloss konzentriert die Augen. »Meine Herren!« Er richtete sich auf. »Schoen wird einen Anfall kriegen!« Der Man starrte seinen Kollegen an. »Rate mal, wer zum Frühstück kommt.«
»Wer?«, zischte der andere. »Nun sag schon!«
»Kein Geringerer als unser Außenminister.«
Hinter ihnen am Ende der Straße waren Autoscheinwerfer zu sehen. Die beiden Männer duckten sich, bis der Wagen vorbei war. Langsam kämpfte sich der Pick-up die schneebedeckte Straße entlang. Der Fahrer war nur als dunkler Umriss zu erkennen. Die Männer im Beobachtungswagen hatten den Eindruck, dass er vor Mavericks Hütte langsamer wurde und dann wieder beschleunigte. Dann verschwand er hinter der nächsten Ecke.

Für einen Augenblick glaubte Kat, ein metallisches Geräusch gehört zu haben. Sie blickte Robert über den Tisch hinweg an und zuckte die Achseln.

»Was ist?«, fragte er.

»Nichts«, entgegnete sie. »Ich dachte, ich hätte...«

Im nächsten Moment wurde die Hintertür aufgerissen und eine dick vermummte Gestalt stürmte, eine Pistole in der Hand, in die Hütte.

»KEINE BEWEGUNG!«, brüllte eine tiefe, hörbar unsichere Männerstimme.

Kat und Robert sprangen gleichzeitig auf und hoben die Hände, während der Mann die Tür hinter sich zuschlug und mit weit aufgerissenen Augen auf sie zukam. Die Hand mit der Pistole bebte heftig.

»Wer zum Teufel sind Sie«, wollte er wissen.

»Dr. Maverick?«, fragte Kat zaghaft.

»Wer will das wissen?«, fragte er zurück.

»Agent Katherine Bronsky vom FBI. Wenn ich darf, zeige ich Ihnen gerne meinen Ausweis.«

Der Mann musterte sie schweigend und sah dann Robert an. »Und wer ist der da?«

»Ich bin Robert MacCabe von der *Washington Post*. Ich habe vor einigen Tagen den Flugzeugabsturz in Vietnam überlebt.«

Dr. Thomas Maverick ging zur Wohnzimmertür und spähte hinein. Dann winkte er Kat mit der Pistole zu sich. »Also, wo ist Ihr Ausweis?«

»Im Schlafzimmer, Sir.«

»Holen Sie ihn.« Sie gehorchte. Maverick betrachtete die Marke und die eingeschweißte Karte. Die Pistole immer noch in der Hand, warf er die Sachen auf den Küchentisch und schaute mit Panik im Blick zwischen seinen beiden Besuchern und der Haustür hin und her.

»Okay, ich glaube Ihnen. Die Sache mit der *Washington Post* ist so verrückt, das kann einfach nicht erfunden sein.«

»Dr. Maverick, könnten Sie bitte aufhören, mit der Waffe herumzufuchteln?«, sagte Kat.

Er betrachtete die .38er in seiner Hand, nickte und zog sich einen Stuhl heran. »Setzen Sie sich doch. Tut mir Leid. Sie sind in meinem Haus und ich wusste nicht, wer . . .«

»Doktor Maverick«, meinte Kat in freudlicherem Ton. »Offenbar haben Sie Angst. Werden Sie verfolgt?«

Er ignorierte die Frage. »Erklären Sie mir, was Sie hier verloren haben.«

»Kannten Sie Walter Carnegie?«, wollte Kat wissen. Maverick verzog erschrocken das Gesicht.

»Warum?«

»Weil er uns aufgefordert hat, Sie aufzusuchen.«

»Walter ist tot«, erwiderte Dr. Maverick.

»Das wissen wir«, meinte Robert. »Er war mein Freund.«

Maverick schüttelte seufzend den Kopf.

»Wir müssen ganz am Anfang beginnen«, sagte Kat schnell. »Wir haben Ihnen einiges zu sagen, aber Sie können uns wahrscheinlich noch mehr erzählen.«

»Wir sollten besser schleunigst verschwinden. Ein paar Minuten können wir uns unterhalten, aber dann nichts wie weg. Es ist zu gefährlich.«

FRIEDMAN MEMORIAL AIRPORT, HAILEY, IDAHO

Die blauweiße Gulfstream der Air Force fuhr auf dem schneebedeckten Rollweg vorsichtig auf den kleinen Terminal zu, wo ein Wagen in der Dunkelheit wartete. Auspuffgase kräuselten unter dem Heck hervor und schwebten durch die verschneite Landschaft.

Jordan James griff nach Aktenkoffer und Reisetasche und fragte sich, ob er die Besatzung bitten sollte, an Bord zu bleiben. In Boise gab es einen Stützpunkt der Nationalgarde, wo sie ebenfalls warten konnte. Jordan kam zu dem Schluss, dass das besser war. Auch wenn er Kat sofort fand, würde er einige Stunden mit ihr verbringen müssen.

Sobald die Triebwerke still standen und die Bugtreppe heruntergelassen war, lief ein Mitglied der Besatzung los, um sich zu vergewissern, dass der Wagen der für den Minister bestellte war. Dann kam er zurück, um Jordan James beim Aussteigen zu helfen.

»Sir, der Major sagt, Sie brauchen nur diese Mobilnummer anrufen. Dann sind wir in zwei Stunden hier.«

»Verstanden. Bis dann also.«

Der Soldat salutierte zackig und lief zur Gulfstream zurück. Die Treppe wurde eingezogen und die Piloten starteten die Triebwerke.

»Wohin, Sir?« fragte der Fahrer.

»Einen Moment bitte«, erwiderte Jordan. »Ich muss erst anrufen und mich erkundigen.« Er nahm den Zettel mit Kats Mobilnummer aus der Tasche und wählte. Zu seiner Erleichterung nahm sie nach dem ersten Läuten ab.

Als sie die Flughafenstraße verließen, flog die Gulfstream dröhnend über ihre Köpfe. Mit eingeschalteten Scheinwerfern raste sie über ein anderes Flugzeug hinweg, das gerade zur Landung ansetzte.

Der Pilot der Cessna Caravan flog langsam die letzte Kurve und klappte die kleinen Räder unter den Schwimmern aus.

SÜDLICH VON SUN VALLEY, IDAHO
17. NOVEMBER — TAG SECHS
8:05 ORTSZEIT / 1505 ZULU

Nach dem Anruf lehnte Kat sich auf dem Küchenstuhl zurück und musterte Thomas Maverick. Er war ein Bär von einem Mann, etwa einhundertfünfzig Kilo schwer und einsneunzig groß, mit rötlich braunem Vollbart und Glatze. Wie er seinen Besuchern erzählte, war er Physiker und seit fast zwei Jahrzehnten an geheimen Luftwaffenprojekten beteiligt, über die er nicht sprechen könne.

Dr. Maverick kratzte sich am Kopf und überlegte, wie viel er ihnen sagen konnte.

»Sie müssen verstehen, dass ich nicht riskieren will, wegen Geheimnisverrats ins Gefängnis zu wandern. Was Projekte betrifft, für die ich keine Stillschweigeerklärung unterschrieben habe, kann ich jedoch frei reden. Aber . . .«, er hob einen Finger und sah Robert an, ». . . hier kommt Regel Nummer eins, Mr MacCabe: Es sind alles nur Hintergrundinformationen. Sie dürfen weder meinen Namen nennen noch erwähnen, dass Sie es von mir wissen. Anderenfalls werde ich Mittel und Wege finden, Ihnen große Schwierigkeiten zu bereiten. Verstanden?«

Robert MacCabe bemerkte das stählerne Funkeln in Dr. Mavericks Augen und wusste, dass der Physiker es bitter ernst meinte. »Ich gebe Ihnen mein Wort.«

»Ausgezeichnet. Ich glaube Sie sind nicht die Einzigen, die mich gesucht haben. Offenbar besteht der Eindruck, ich wüsste mehr, als tatsächlich der Fall ist.«

»Ich hätte eine Frage«, meinte Kat. »Gehen wir einmal davon aus, dass Sie nicht Walter Carnegies Informant gewesen sind. Haben Sie eine Idee, wer es sonst gewesen sein könnte?«

»Nein. Keine Ahnung. Er hat es mir immer verschwiegen. Jedenfalls kennt sich der Betreffende mit der Materie aus.«

»Sie haben geheime Projekte erwähnt«, hakte Kat nach.

»Mit Laser- oder Strahlenwaffen hatte ich nie etwas zu tun. Natürlich habe ich inoffiziell Kenntnis von geheimen Experimenten mit Laserwaffen. Und selbstverständlich gehörten dazu auch Versuche mit Impulsstrahlung, Teilchenstrahlung, geladenen Teilchen und anderen elektromagnetischen Waffen. Hat unser Land davon profitiert? Ja, ganz gewaltig. Stehen diese Projekte unter angemessener politischer Aufsicht? Ja – obwohl es da Ausnahmen geben kann. Eine solche Ausnahme war meiner Ansicht nach die Forschung in Sachen Antipersonenlaser.«

»Was? Ist die Sache den Managern entglitten?«

Dr. Maverick schüttelte den Kopf. »Nein, das Projekt hat eine Art Eigendynamik entwickelt, auf die weder Kongress noch Verteidigungsministerium Einfluss hatten. Das haben wir insbesondere drei Managern zu verdanken, die sehr intelligent, aber frei von jeglichen Skrupeln sind; Leute, die ihre Pflichten gegenüber ihrem Land vergessen haben. Davor hatte ich nur einmal erlebt, wie ein Projekt aus dem Ruder gelaufen ist, doch in diesem Fall nahm es völlig andere Dimensionen an. Die Regierung verlor jede Kontrolle.«

»Ich verstehe nicht ganz«, meinte Kat. Dr. Maverick stand auf, um Kaffee zu machen, während er weitersprach. Immer wieder blickte er dabei aus dem Fenster.

»Zuerst müssen Sie wissen, dass solche Geheimprojekte für unser Land sehr wichtig sind; gewöhnlich kommt es dabei auch nicht zu Schwierigkeiten. Jedes dieser Projekte erfordert viele Milliarden Dollar und Tausende von Mitarbeitern. Die meisten davon sind Zivilisten wie ich selbst, die bereit sind, unter absoluter Geheimhaltung in einem eng abgegrenzten Bereich zu arbeiten, ohne das große Bild zu kennen. Wenn wir so etwas wie die ›unsichtbare‹ F-117 oder den B-2-Bomber entwickeln, dürfen wir nicht einmal Mutmaßungen über die Verwendung unserer Ergebnisse anstellen. Im Fall der Antipersonenlaser fand jedoch vor einigen Jahren ein Testunfall statt, von dem ich eigentlich nichts wissen sollte. Ein junger Ingenieur, ein Neffe des Stabschefs des Präsidenten – der ein sehr moralischer und gutmütiger Mensch ist –, verlor dabei sein Augenlicht. Als der empörte Stabschef von dem Ziel der Experimente erfuhr, überzeugte er den Präsidenten, sie einzustellen und derartige Forschungen in Zukunft zu verbieten. Damit entzog der Präsident – der, wie Sie wissen, in Militärkreisen kein sonderlich hohes Ansehen genoss – dem größten Vertragspartner in dem Projekt Milliarden an Umsätzen.«

»Und dann hat das betreffende Unternehmen das Verbot ignoriert?«

Dr. Maverick drehte sich um und hob den Zeigefinger. »Nein. So dramatisch war es nicht. Das Pentagon hat die Firma beruhigt und das Projekt so umdefiniert, dass man weder Geld noch Leute verlor. Die Forschungsergebnisse sollten einfach für andere, legale militärische Anwendungen von Laserwaffen eingesetzt werden. In Wahrheit haben die Projektleiter jedoch sogar den Verteidigungsminister belogen. Ich weiß das, weil ein guter Freund von mir sehr aufgebracht darüber war und sich jemandem anvertrauen musste. Er ist aus dem Projekt ausgestiegen und erlitt einen Nervenzusammenbruch. Heute ist er ein kleiner Physiklehrer an irgendeiner Provinzschule.«

»Entschuldigen Sie die Unterbrechung«, meinte Kat, »aber hat man die Experimente fortgesetzt?«

Maverick nickte. »Natürlich hat man sich auch mit neuen Aspekten beschäftigt. Doch die Arbeit an den Antipersonenlasern wurde einer noch geheimeren Abteilung innerhalb des Geheimprojekts übertragen, die hofft, den momentanen Präsidenten zu überleben.«

Die Kaffeemaschine war durchgelaufen. Dr. Maverick schenkte sich selbst und Robert ein; Kate lehnte dankend ab. Dann nahm er wieder Platz.

»Mr MacCabe, sagt Ihnen der Ausdruck Sputnik-Syndrom etwas?«

›Ich weiß, was Sputnik war.«

»Ich spreche von einer Verhaltensweise, die auch in anderen Zusammenhängen zu beobachten war. Ein Beispiel wäre Pearl Harbor. Wenn die Entwicklung neuer Waffensysteme allgemeine Befürwortung finden soll, braucht man eine große Bedrohung. Existiert eine solche Bedrohung nicht, muss die politische Führung unter Umständen eine erfinden, wenn sie eine neue Waffe entwickeln lassen will. Ich bin überzeugt, Franklin Roosevelt hat Pearl Harbor geopfert, damit die Vereinigten Staaten zu einem Zeitpunkt in den Krieg eintreten konnten, als er noch zu gewinnen war. Genau dieselbe Wirkung hatte Sputnik auf unser Raumfahrtprogramm und unser militärisches Engagement im Weltraum.«

»Worauf wollen Sie hinaus?«, fragte Robert.

»Dass bis vor wenigen Monaten niemand befürchtete, jemand könne eine wirksame Blendwaffe bauen und sie gegen militärische und zivile Ziele einsetzen. Aus diesem Grunde bestand für den Präsidenten auch kein Anlass, das Verbot aufzuheben.«

Kat hatte schweigend zugehört. Plötzlich beugte sie sich vor. »Moment mal. Wollen Sie damit sagen, es wäre von Vorteil für dieses Geheimprojekt, wenn jemand mit den Prototypen Verkehrsmaschinen angreift?«

Dr. Maverick schmunzelte. »Überlegen Sie mal, was die Folgen sein werden, wenn herauskommt, dass diese Laser die Ursache der mysteriösen Flugzeugabstürze sind. Öffentlich wird man natürlich eine internationale Ächtung dieser Forschungen fordern. Doch im Geheimen verfügen wir bereits über die nötige Technik und können uns eine Vormachtstellung sichern, während wir gleichzeitig so tun, als hielten wir uns an das Verbot dieser Waffen. Wir hätten schon einen Vorsprung. Wir würden Tausende dieser Waffen herstellen und lagern lassen und weitere Experimente durchführen, um bereit zu sein, falls jemand gegen das Verbot verstößt. So ist es mit biologischen und chemischen Waffen doch auch gegangen.«

»Und das beteiligte Unternehmen macht weiter Profit.«

Dr. Maverick nickte. »Und zwar im besten Interesse unseres Landes.«

»Also hätten die Verantwortlichen für dieses Geheimprojekt die Waffen absichtlich verschwinden lassen können?«

Maverick schüttelte den Kopf. »Nicht so direkt. Doch wenn Antipersonenlaser gestohlen und auf dem schwarzen Markt verkauft wurden, wie Carnegie vermutete, wüssten die Projektleiter zwei Dinge: Erstens handelt es sich um frühe Prototypen, die im Vergleich zu weiterentwickelten Waffen ziemlich harmlos sind.

Und zweitens ist es nur eine Frage der Zeit, bis irgendeine militärische oder terroristische Gruppierung ein neues Sputnik-Syndrom hervorruft und das Untenehmen auf diese Weise vor der echten Bedrohung, die endgültige Einstellung des Projekts, rettet.«

»Wir glauben, dass Walter Carnegies Ausführungen schlüssig sind«, entgegnete Kat. »Er hatte den Verdacht, eine Regierungsstelle hätte nach dem Absturz der SeaAir versucht, das Verschwinden dieser Waffen zu vertuschen. Niemand sollte erfahren, dass man so lange nichts gesagt und getan hat. Und Sie deuten jetzt an, die Leiter des Geheimprojekts hätten den Diebstahl gar nicht verhindern *wollen*?«

»Vielleicht haben sie ihn den Behörden nicht gemeldet, Agent Bronsky«, erwiderte Dr. Maverick. »Vielleicht haben wir es weniger mit einer Vertuschungsaktion zu tun als mit peinlichem Schweigen.«

»Und wer, glauben Sie, verfolgt uns?«, fragte Robert und blickte zwischen Kat und Dr. Maverick hin und her.

Dr. Maverick zog seine buschigen Augenbrauen hoch und schaute sich wieder um. Besonders die hohen Wohnzimmerfenster schienen ihn zu fesseln. »Vermutlich die Terroristen, die die Waffen gestohlen haben, aber ... ich weiß nicht. Wenn man jahrzehntelang an Geheimprojekten arbeitet, denkt man irgendwann, dass es jeder auf einen abgesehen hat. Die Frage ist, wer hier wen verfolgt. Ein paar Typen in dunklen Anzügen haben, wie Freunde mir berichten, ganz Las Vegas nach mir durchkämmt. Waren das Terroristen oder unsere eigenen Leute?«

»Vom FBI waren sie ganz sicher nicht«, meinte Kat.

Er fuhr sich mit der Zunge über die Lippen und blickte zu einem der Fenster nach hinten. »Keine Ahnung. Aber offenbar hatte jemand solche Angst vor Walter Carnegie, dass er ihn umgebracht hat.«

»Wissen Sie das genau?«, fragte Robert. Maverick schüttelte den Kopf.

»Sicher weiß ich nur, dass Walter nie Selbstmord begangen hätte. Hören Sie, wie wär's, wenn Sie jetzt verschwänden? Ich möchte ja kein schlechter Gastgeber sein, aber ich würde gerne das Haus abschließen und aufbrechen. Ich wollte mir eigentlich nur Vorräte holen, und dann habe ich das Licht gesehen.«

Kat hämmerte mit den Fingern auf die Tischplatte. »Dr. Maverick, kennen Sie Jordan James?«

Er wirkte ein wenig verblüfft. Nach einer Weile nickte er. »Ja, er war mal Direktor der CIA, richtig?«

»Stimmt, doch inzwischen ist er amtierender Außenminister.« Sie erklärte Maverick ihre Verbindung zu James und sah dann auf die Uhr. »Eigentlich sollte er in wenigen Minuten hier sein.«

Maverick verzog erstaunt das Gesicht. »Was? Hier? In meinem Haus?«

Sie nickte.

»Warum?«

Im nächsten Moment hörten sie draußen Motorengeräusche und das Knirschen von Reifen auf Schnee.

Kat beobachtete, wie Jordan aus dem Fond stieg und eiligen Schrittes zur Haustür kam. Der Fahrer ließ die Parkleuchten brennen und den Motor laufen. Kat machte Jordan mit Thomas Maverick und Robert MacCabe bekannt.

»Ich muss unter vier Augen mit dir sprechen, Kat«, sagte Jordan, als sie verlegen in dem winzigen Flur standen. »Könnten die Herren uns für ein paar Minuten entschuldigen...«

Kat lieh sich von Dr. Maverick einen Parka und bedeutete Jordan, ihr durch die Hintertür zu folgen. Im Osten graute der Morgen, doch die Wälder hinter dem Haus waren noch dunkel und still. Die Schneedecke dämpfte ihre Stimmen. Sie gingen etwa hundert Meter von der Hütte weg; dann fragte Kat: »Was ist los, Onkel Jordan?«

Er biss sich auf die Lippen. »Kat, ich weiß mit Sicherheit, dass es beim FBI Verräter gibt, die für die Gruppe Nürnberg arbeiten. Man hat sie mit dem Versprechen grenzenlosen Reichtums dazu gebracht, die Seiten zu wechseln.«

Kat wich unwillkürlich einen Schritt zurück. Sie erinnerte sich, wie sie das FBI noch vor kurzem leidenschaftlich in Schutz genommen hatte. Robert war nur ein Reporter, doch der Mann, der nun vor ihr stand, gehörte nicht nur gewissermaßen zu ihrer Familie, sondern war auch ein hochrangiges Mitglied der amerikanischen Regierung. Sie konnte seine Worte nicht einfach abtun.

Sie schüttelte den Kopf. »Wie ist das möglich, Jordan? Warum? Wofür?«

Er tätschelte ihr den Arm. »Es liegt in der menschlichen Natur, dass in jedem Korb ein paar faule Äpfel zu finden sind, Kat. Und das alte Sprichwort, dass jeder seinen Preis hat, ist leider ebenfalls wahr. Das FBI ist da keine Ausnahme.«

»Willst du damit sagen . . .«, begann sie. »Moment mal. Du hast von einer ganzen Gruppe gesprochen. Wie viele sind es denn?«

»Mindestens zwei oder drei, vermutlich ziemlich weit oben. Sie versorgen die Terroristen mit gefälschten Ausweisen, erfinden Agenten, die es nicht gibt, geben ihnen die nötigen Geheiminformationen und stellen ihnen ihre Abhördienste zur Verfügung. Deshalb ging jeder deiner Anrufe bei Jake sofort an die Leute, die euch alle zum Schweigen bringen wollen. Keiner weiß, welche Forderungen diese Gruppe Nürnberg stellen wird. Doch sie verfügt über gewaltige Mittel. So konnte sie auch Mitarbeiter des FBI kaufen. Ich weiß, dass es dir schwer fällt, das zu glauben, Kat, doch es ist die Wahrheit.«

Kat klopfte das Herz und sie überlegte fieberhaft. Was er da sagte, war unfassbar.

»Während wir uns hier unterhalten, könnte die Gruppe Nürnberg dieses Versteck bereits gefunden haben. Wir müssen dich, Mr MacCabe und Dr. Maverick – so war doch sein Name?«

»Ja, richtig.«

». . . so schnell wie möglich zu meinem Air-Force-Jet bringen. Er erwartet mich in Boise. Sobald ihr euch an Bord meines Jets befindet, kann euch niemand mehr ein Haar krümmen.«

»Wieso?« Die Frage war Kat einfach herausgerutscht.

Er zögerte. Offenbar war er überrascht. Er hörte sogar auf, ihr den Arm zu tätscheln, machte dann aber weiter. »Weil es ein himmelweiter Unterschied ist, ob man eine gewöhnliche Verkehrsmaschine angreift oder ein Flugzeug der Präsidentenflotte. In ersterem Fall hat man die Strafverfolgungsbehörden auf dem Hals, die einen vor Gericht stellen wollen, doch wer ein Regierungsflugzeug attackiert, muss mit Vergeltung durch das amerikanische

Militär rechnen. Eine Terrorgruppe, die das versuchte, müsste den Verstand verloren haben.«

Sie nickte. Die Erklärung ergab Sinn.

»Ich bin zu dem Schluss gekommen, dass ich niemandem vollständig vertrauen kann. Deshalb wollte ich dich persönlich abholen«, fuhr er fort. »Aus diesem Grund . . .«

Kat packte ihn am Ärmel und bedeutete ihm, still zu sein. Sie blickte angestrengt zur Straße, wo sie im grauen Morgenlicht die dunklen Umrisse des Lincoln erkannte, der Jordan hergebracht hatte.

»Was ist?«, flüsterte er.

»Pssst!« Sie ging in die Knie und zog ihn mit sich zu Boden. Sie starrte weiter zu dem Wagen hinüber. »Dein Fahrer«, sagte sie leise.

Die Vordertür schloss sich, und eine Gestalt glitt hinter das Steuer.

Vielleicht ist er kurz ausgestiegen, dachte Kat.

Aber hinter dem Auto bewegte sich jemand. Zwei Männer schleppten etwas die Straße hinunter und in den Wald – eine Leiche. Jordan James erstarrte, als auch er die Situation erfasste.

»Jordan, du bleibst hier. Ich hole Robert und den Doktor.«

»Und dann?«, fragte er.

Sie schüttelte den Kopf und kroch zur Rückseite des Hauses. Jordan beobachtete, wie sie hineinging. Lichter wurden ausgeknipst, andere, in den vorderen Zimmern, wurden eingeschaltet. Kurz darauf kamen die drei, ihr Gepäck in der Hand, auf ihn zu gerannt.

»Wer sind diese Leute?«, keuchte Dr. Maverick.

Wieder schüttelte Kat den Kopf. »Keine Ahnung. Wie sieht es in der näheren Umgebung aus? Gibt es Straßen oder ein Polizeirevier?«

»Nein, nichts. Etwa anderthalb Kilometer von hier gibt es ein kleines Einkaufszentrum. Aber zu Fuß ist es zu weit.«

Ein anderes Auto kam um die Ecke gebogen und näherte sich langsam dem Haus. Etwa hundert Meter entfernt blieb es hinter einem weiteren geparkten Fahrzeug stehen. Die Scheinwerfer wurden abgeschaltet, aber niemand stieg aus.

»Verstärkung«, raunte Kat. »Bestimmt merken sie bald, dass wir uns verdrückt haben.« Sie wandte sich an Dr. Maverick. »Besitzt jemand hier in der Gegend ein Auto, das wir uns leihen könnten? Gibt es noch eine andere Straße?«

Er überlegte kurz und zeigte dann auf die andere Seite der Hütte. »Hinter dem Wäldchen dort ist ein Haus mit einer separaten Garage, in der ein kleiner Schneepflug untergebracht ist. Darauf hätten sechs Personen Platz. Aber ich weiß nicht, ob er anspringt. Und wir werden einbrechen müssen.«

»Ist der Besitzer nicht da?«

»Nein. Nicht um diese Jahreszeit. Den November und Dezember verbringt er in Frankreich.«

»Also los«, beschloss Kat und ließ sich von Dr. Maverick den Weg zeigen.

Das Garagenschloss war sehr stabil, doch die Scharniere ließen sich mit einem Besenstiel aus dem Holz brechen. Das Führerhaus war groß genug für vier. Kat sprang auf den Fahrersitz und stellte zu ihrer Erleichterung fest, dass kein Zündschlüssel nötig war.

»Wie kommen wir hier weg?«, fragte sie, während der Wagen ratternd zum Leben erwachte.

»Am Ende der Auffahrt rechts.«

»Aber dann müssen wir an Ihrem Haus vorbei!«

»Einen anderen Weg gibt es nicht. – Ach was, es ist doch ein Schneepflug. Fahren Sie nach links. Wir werden zwar ein paar Gärten platt walzen, aber nach etwa dreihundert Metern kommt eine Straße.«

»Ich lasse die Scheinwerfer aus.« Kate legte einen Gang ein und rollte aus der Garage. »Es wird sowieso bald hell.«

Als Arlin Schoen in der morgendlichen Stille Motorengeräusche hörte, merkte er sofort auf. Er kauerte hinter einem der gemieteten Chevrolets und hielt sich ein kleines Walkie-Talkie an die Lippen. »Was ist da los?«

»Keine Ahnung«, kam als Antwort. »Es ist ein Stück weg. Klingt wie eine Straßenwalze oder ein Schneepflug.«

Schoen überlegte und betrachtete die hellen Lichter in Mavericks Wohnzimmer. Dann hob er wieder das Funkgerät. »Wie viele sind noch im Haus?«

»Im Moment vielleicht einer. Schwer zu sagen. Nichts bewegt sich.«

»Sagt jemand etwas?«

»Nein. Wahrscheinlich flüstern sie.«

»Bewacht jemand den Hintereingang?‹, zischte Schoen.

»Nein. Die Hintertür können wir durch die vorderen Fenster im Auge behalten.«

»Sie sind abgehauen, ihr Idioten!«, schrie Schoen. Dann zu den anderen: »Steigt ein! Wir folgen dem Motorengeräusch!« Er hielt wieder das Funkgerät an seine Lippen. »Stürmt das Haus! Sofort! Und dann meldet euch bei mir.«

Der Motor des Chevrolet Suburban brüllte auf und die Scheinwerfer wurden eingeschaltet. Mit schlitternden Reifen fuhren sie los. Der Fahrer beschleunigte, so schnell es der Schnee zuließ. Vor ihnen war nichts zu sehen. Sie fuhren über eine kleine Kuppe hinter der Hütte und folgten dem Verlauf der Straße. Der Fahrer musste heftig bremsen, als die Straße unvermittelt vor einem Wäldchen endete.

»Das ist eine gottverdammte Sackgasse. Wo kommt das Geräusch her?«, fragte Arlin Schoen. Er sprang aus dem Wagen, stellte sich aufs Trittbrett und lauschte. Er hörte ein sich entfernendes Motorengeräusch, irgendwo rechts von ihnen.

Schoen stieg wieder ein und knallte die Tür zu. »Umdrehen! Da drüben muss eine Straße sein.«

Als sie wieder am Haus vorbeirasten, knisterte das Funkgrät. »Äh... Sie hatten Recht. Sie sind ausgeflogen.«

»Suchen Sie MacCabes dämlichen Computer und kommen Sie nach!«, brüllte Schoen.

»Bald müssten wir auf eine größere Straße treffen«, rief Thomas Maverick. »Der folgen wir ein paar hundert Meter, und dann geht es quer über die Wiesen in die Stadt.«

»Wo liegt der Flughafen?«, fragte Kat.

»In derselben Richtung.«

»Was hast du vor, Kat?«, wollte Jordan wissen.

Sie drehte sich halb zu ihm um. »Kannst du deine Gulfstream zurückbeordern? Ich habe mein Telefon dabei«, sagte sie.

Jordan holte ein kleines digitales Mobiltelefon aus der Tasche. »Ich habe selbst eines.« Er wählte die Nummer, traf alle Vorbereitungen und beendete das Gespräch.

»In anderthalb Stunden sind sie da.«

Kat sah besorgt aus. »Das ist wahrscheinlich zu spät.

SÜDLICH VON SUN VALLEY, IDAHO
17. NOVEMBER — TAG SECHS
9:20 ORTSZEIT / 1620 ZULU

Dem Fahrer des Suburban stand der Schweiß auf der Stirn, als er in der dritten verschneiten Sackgasse wendete und zu der einzigen Straße zurückfuhr, auf die er sich verlassen konnte.

»Verdammt, beeilen Sie sich!«, brüllte Schoen, die Nase praktisch an der Windschutzscheibe. Er hielt nach Spuren des Geländefahrzeugs Ausschau, das sie verfolgten.

»Es muss eine Art Schneemobil sein«, sagte der Fahrer.

Sie rasten die Straße entlang, bis sie kurz nach einer Abzweigung wieder schleudernd zum Stehen kamen. Der Fahrer legte den Rückwärtsgang ein und wuchtete den schwarzen Wagen in die schmale Seitenstraße. Im Lichtkegel der Scheinwerfer sahen sie, wie etwas in einem knappen Kilometer Entfernung die Straße überquerte.

»Da sind sie!«, murmelte Schoen und umklammerte seine Uzi fester. »Los! SCHNELLER! SCHNELLER!«

Es geht nicht schneller!«, schrie der Fahrer zurück.

»Es ist ein Schneepflug«, sagte Schoen. Er konnte sehen, wie das Fahrzeug rechts die Straße verließ und auf einen Wald und die dahinter liegenden Felder zuhielt. Der Fahrer hielt vor den Reifenspuren des Schneepflugs, die quer über die Straße verliefen.

»Folgen Sie ihm!«, befahl Schoen.

»Dann bleiben wir stecken.«

»LOS!«

Der Fahrer lenkte nach rechts in den Straßengraben, wo der Suburban sofort bis zu den Trittbrettern im Schnee versank. Die Räder drehten sich auf der Stelle.

Schoen sprang aus dem Wagen in den knietiefen Schnee und versuchte, dem davonfahrenden Schneepflug nachzulaufen. Einholen konnte er ihn ganz sicher nicht, aber vielleicht würde es ihm gelingen, ihn mit einem gut gezielten Schuss aufzuhalten. Er fand einen Baum, stützte die Uzi auf, legte sorgfältig an und drückte ab.

Das grausame Getöse, mit dem unzählige Kugeln auf die eiserne Haut des Schneepflugs aufschlugen, war unverkennbar. Kat blickte in den Rückspiegel, um zu sehen wo die Schüsse herkamen, und trat das Gaspedal bis zum Anschlag durch. »Köpfe runter! Ist jemandem was passiert?«

»Nein«, antwortete Robert. »Ich glaube, sie sind stecken geblieben. Ich sehe die Scheinwerfer, aber sie bewegen sich nicht.«

»Bis zum Flughafen sind es noch etwa anderthalb Kilometer«, meinte Kat. »Ich kann die Leuchtfeuer sehen.«

»Wissen sie, wohin wir wollen, Kat?« Jordan war kreidebleich.

Sie nickte. »Wenn sie wirklich fest stecken, wird es eine Weile dauern, bis sie Hilfe bekommen. Vielleicht können wir vorher ja den Sheriff herbeitrommeln.«

Jordan schüttelte den Kopf. »Um den haben die sich bestimmt schon gekümmert.«

Kat starrte ihn entgeistert an. »Du meinst, Sie haben den Sheriff bestochen?«

»Oder ihn sonst irgendwie ausgeschaltet.«

»Dein Jet kommt erst in einer Stunde, Jordan. Wir müssen etwas unternehmen.«

Robert beugte sich vor. »Kat, in diesem Ding sitzen wir zu verletzlich. Die Kugeln sind nicht durchgekommen, weil er zu tief gezielt hat. Das Blech um das Führerhaus ist aber ziemlich dünn.«

»Ich weiß.« Sie musste gegenlenken, da der Schneepflug nach links ausbrach.

»Was sollen wir machen, Kat?«, flüsterte er ihr ins Ohr.

»Wir müssen uns verstecken oder ein anderes Flugzeug finden – und zwar schnell.«

»Verstecken bringt nichts«, erwiderte Robert.

Sie sah erst ihn und dann Jordan und Dr. Maverick an. »Du hast Recht. Wir beschlagnahmen ein Flugzeug. Haltet euch fest. Ich gebe Gas.«

Arlin Schoen hob das Funkgerät an den Mund und versuchte, nicht zu schreien. »Wir brauchen Ihren Wagen. Kommen Sie sofort her. Wir haben sie.«

Er steckte das Funkgerät ein und sicherte die Uzi, bevor er durch die Schneewehen zur Straße zurückwatete. Er schätzte, dass der andere Suburban in knapp drei Minuten dort sein würde. Weitere zehn Minuten würde es dauern, auf der Ringstraße zum Flughafen zu fahren, wo sie sich jedoch nirgendwo verbergen konnten. Abgeehen von ihrer gecharterten Caravan war der Flughafen nahezu verlassen gewesen. Er winkte seinen Fahrer zu sich. »Holen Sie die Waffen. Beeilung.«

»Robert, mir ist soeben etwas eingefallen«, sagte Kat, während sie über eine Bodenwelle holperten. Bis zum Flughafen war es nur noch ein Kilometer.

Er beugte sich vor. »Ja, Kat?«

»Frag mich nicht, warum ich nicht schon früher daran gedacht habe. Es ist etwas in Walter Carnegies Datei, die wir heruntergeladen haben.«

»Und zwar?«

»Er sagte, die Air Force hätte ihn abgewimmelt, als er sich nach einem Versuch mit einer alten F-106-Drohne erkundigte, die um die Zeit des Absturzes der MD-11 in Key West gestartet worden war.«

»Das habe ich auch gelesen. Vermutest du einen Zusammenhang?«

Sie schüttelte den Kopf. Als sie in den Rückspiegel schaute, rechnete sie fast damit, Autoscheinwerfer hinter sich zu sehen. Doch die Landschaft war menschenleer.

»Ich weiß nicht«, erwiderte sie. »Doch der Firmenjet, den wir erbeutet hatten, ist erst nach dem Absturz der MD-11 gestohlen worden. Also kann er nicht die Abschussrampe gewesen sein. Sie könnten ein anderes Flugzeug benutzt haben. Doch laut Carnegie hat das Radar keines gesehen. Das heißt, dass nicht nur eine, sondern zwei Maschinen in den Radaraufzeichnungen fehlen: Das, von dem aus auf die MD-11 geschossen wurde, und eine Maschine der Air Force, die an dem Experiment mit der F-106 beteiligt war. Solche Drohnen werden gewöhnlich nur gestartet, wenn ein anderes Flugzeug dabei ist, dem sie als Ziel dienen.«

Robert bemerkte, dass Dr. Maverick und Jordan James aufmerksam lauschten. »Vielleicht war es ein Tarnkappenbomber, eine F-117 oder so«, meinte er.

Kat manövrirte um eine Rinne herum und beschleunigte wieder. »Nein. Das heißt ja, es wäre möglich. Aber ... Was ist, wenn es ein normales Flugzeug war, das den Transponder absichtlich nicht eingeschaltet hatte? Carnegie sagte, die Bänder der Luftfahrtbehörde hätten einen Geist oder einen Schatten gezeigt.«

»Kat, das ist die Flughafenstraße. Wir müssen sie überqueren«, sagte Robert.

Sie nickte. »Ich weiß. Wenn da ein Zaun ist, walze ich ihn einfach nieder.«

»Okay.«

»Was ist ein Transponder, Kat?«, fragte Dr. Maverick.

»Eine kleine schwarze Box, die elektronisch einen Radarstrahl vom Tower empfängt und ein verstärktes Signal mit Identifikationsdaten zum Radarsender zurückschickt. So weiß der Fluglotse, wer man ist und wo genau man sich befindet.«

»Und ohne Transponder?«

»Wenn er ausfällt oder absichtlich ausgeschaltet wird, sieht der Fluglotse nur die schwache Reflexion der Flugzeughaut. Die Tarnkappentechnik verhindert das. Die Außenhaut der Maschine absorbiert den Radarstrahl, sodass es kein Echo gibt. Ohne Transponder ist so ein Flugzeug für den Radar praktisch unsichtbar.«

»Doch bei einem normalen Flugzeug ohne Transponder würde der Flutlotse immer noch dieses schwache Echo sehen?«

Kat nickte. »Ja, ein schattenhaftes Signal, das ab und zu aufblinkt. Aber warum sollte ein Testflugzeug der Air Force den Transponder abschalten?«

Sie näherten sich der Straße. Nirgendwo war ein Auto zu sehen, aber sie fuhren auf einen Stacheldrahtzaun zu. »Festhalten!«, rief Kat.

Der Schneepflug walzte den Zaun nieder und überquerte die Straße. Kat steuerte auf eine Reihe von Hangars zu.

»F-106-Drohnen werden zum Übungsschießen benutzt. Doch

wer hat also auf diese geschossen?«, fuhr Kat fort. »Und warum haben sie sich vor dem Radar versteckt? Wir wissen, dass es kein Tarnkappenbomber war, denn der würde keine blinkende Radarspur hinterlassen.«

»Moment mal«, meinte Robert kopfschüttelnd. »Sprichst du von den Leuten, die auf die Drohne oder von denen, die auf die MD-11 geschossen haben?«

Kat sah ihn an. »Was ist, wenn das ein und dasselbe ist? Vielleicht hat mit dem Versuch etwas nicht geklappt, und die Verkehrsmaschine wurde versehentlich getroffen.«

Im fahlen Morgenlicht wirkte der Flughafen vollkommen verlassen. Ein paar kleine Maschinen hatten offenbar die Nacht im Freien verbracht. Nur eine Cessna Caravan, die am anderen Ende des Flugplatzes auf ihren Schwimmern parkte, war nicht mit Schnee bedeckt.

»Also, Leute, leihen wir uns ein Flugzeug.«

»Was hältst du von der Cessna?«, fragte Robert.

»Vielleicht. Die Dinger sind leicht zu fliegen.«

»Der kommst du besser nicht zu nahe«, widersprach Jordan.

»Warum?«, erkundigte sich Kat.

»Ich habe sie in Boise gesehen. Und jetzt ist sie hier, genau wie die Killer.«

Kat trat auf die Bremse. »Glaubst du, die sind damit angekommen?«

Jordan nickte. »Jede Wette.«

Sie schaute sich um und entdeckte einen Hangar, dessen Tor einen Spalt weit offen stand. Sie fuhr darauf zu und versuchte zu erkennen, was für ein Flugzeug sich darin befand. Es war ein ziemlich großes Modell mit hoch angesetzten Tragflächen, die sie durch die oberen Fenster sehen konnte. Eine Albatros!

Kat sprang aus dem Schneepflug, um in den Hangar zu spähen. Knapp dreißig Sekunden später kam sie wieder zurück. »Das sollte gehen.«

»Kannst du die Kiste fliegen?«, fragte Robert, doch dann winkte er ab. »Nein, ich will es lieber nicht wissen.«

»Uns bleibt nichts anderes übrig«, zuckte sie die Schultern.

Robert und Jordan stiegen aus und schoben das Hangartor auf.

Kat fuhr das Schneemobil hinein und parkte es an der Seite. Sie griff nach ihrer Handtasche und bedeutete Dr. Maverick, ihr zu folgen. Sie liefen zur rechten Seite des großen Amphibienflugzeugs. Die Leiter war ausgeklappt. Kat kletterte ins Cockpit, um Hauptschalter und Treibstoff zu überprüfen. *Gott sei Dank! Die Tanks sind fast voll.*

Das Seitenfenster des Cockpits stand offen. »Beeilt euch und steigt ein!«, rief sie Robert zu. »Und zieht die Leiter hinter euch hoch.«

Checkliste. Es muss hier doch eine Checkliste geben. Sie durchwühlte die Papiere in der Seitentasche und fand schließlich eine eingeschweißte Liste. Nachdem sie den Teil studiert hatte, der sich auf den Start der Triebwerke bezog, suchte sie die entsprechenden Schalter. Bald hatte sie die Anlasseinspritzung für die beiden großen Propellertriebwerke entdeckt. Sie legte den Schalter um und vergewisserte sich, dass alle drei Männer an Bord waren.

Dann hielt sie den Atem an, drückte auf den Starterknopf, bewegte den Gashebel ein wenig und wartete. Der riesige Propeller an der rechten Seite drehte sich drei Mal. Sie überlegte schon, ob sie noch einmal beginnen sollte, doch dann sprangen die Zylinder langsam an und liefen rund. Kat stellte das Treibstoffgemisch ein und ließ auch das linke Triebwerk an.

»Alles anschnallen! Robert, komm bitte nach vorne!«

»Meinst du, es klappt, Kat?«, sagte er, während er sich in dem Schalensitz niederließ und nach dem Sicherheitsgurt tastete.

»Natürlich klappt es. Du musst nur an mich glauben.«

»Das habe ich befürchtet.«

Arlin Schoen zeigte nach Norden. Der Suburban änderte die Richtung und schoss über den schneebedeckten Flughafen.

»Da sind die Spuren!«, rief einer der Männer aus und deutete nach vorne.

»Sie verstecken sich. Bestimmt in einem dieser Hangars«, sagte Schoen. »Gut. So erwischen wir sie leichter und . . .«

Seine Stimme erstarb, als sie um die nordöstliche Ecke des Hangar bogen und sahen, wie eine Albatros mit schwingenden Tragflächen durch das Tor gerollt kam und auf die Startbahn zusteuerte.

Der Fahrer hielt den Wagen an. »Was jetzt, Arlin?

Arlin drehte sich um und schaute in den offenen Hangar. Dann schüttelte er den Kopf. »Nein. Das kann nicht sein. Fahren Sie hinein.«

Der Fahrer raste durch die offenen Türen und stoppte mit quietschenden Bremsen neben dem Schneepflug, der mit laufendem Motor in der Halle parkte. »Verdammt!«, brüllte Schoen. »Umdrehen! Sie sind in diesem Flugzeug!«

Der Fahrer kurbelte am Lenkrad und trat aufs Gas.

»Auf die Startbahn. Schneiden Sie ihnen den Weg ab.«

Um das Ende der Startbahn zu erreichen, wie es für einen gewöhnlichen Start nötig war, musste die Albatros einige hundert Meter nach Norden rollen. Doch der Pilot schien sich nicht an die Regeln zu halten. Die Maschine holperte über den schneebedeckten Acker zwischen Rollweg und Startbahn und drehte sich in Position. Die Triebwerke liefen auf vollen Touren. »Wir schaffen es nicht, Arlin«, sagte der Fahrer.

»Schneller!«

Schoen kurbelte das rechte Fenster herunter, lehnte sich hinaus und zielte mit der Uzi auf das Fahrwerk des Albatros. Die erste Salve ging ins Leere, da der Suburban von der Rollbahn abkam. Als Nächstes versuchte Schoen, die Treibstofftanks in den Tragflächen zu treffen. Aber wieder gingen die Schüsse daneben.

Die Albatros entfernte sich immer mehr, so sehr sich der Fahrer des Suburban auch bemühte sie einzuholen. Durch das Holpern auf dem unebenen Boden wurde Schoen ins Wageninnere geschleudert.

»Vergessen Sie es. Zurück zur Caravan. Wir erwischen sie in der Luft.«

Die Fahrt über das verschneite Gras und die waschbrettartige Startbahn hatte sie ordentlich durchgeschüttelt, doch die riesige Maschine, die noch aus der Zeit des Zweiten Weltkriegs stammte, hob mühelos ab und donnerte mit gemächlichen neunzig Knoten durch die Lüfte. Kat drückte den Bug leicht hinunter, um Tempo zu gewinnen, bevor sie das Fahrwerk einzog. Dann nahm sie Kurs nach Süden und schaute auf den künstlichen Horizont und den

Geschwindigkeitsmesser. Vor allem ging es darum, die Maschine gerade zu halten.

Triebwerke. Gashebel zurück. Schraubenwinkel. Ich muss über den Daumen peilen . . .

»Wohin fliegen wir, Kat?«, fragte Robert.

Sie warf ihm einen Blick zu und lächelte. »Nach Boise, wenn ich es finde.«

»Warum?«

»Vielleicht, weil ich mich dort weniger verlassen fühle. Es ist ein Stützpunkt der Nationalgarde. Und Salt Lake City liegt zu weit im Süden.«

Sie blieb im Steigflug und suchte nach einem Weg durch die Berge im Westen. Als sie einen Pass entdeckte, hielt sie darauf zu und zog die Maschine nur so weit hoch, wie es nötig war, um die Felsen zu passieren. Dann flog sie die Bergkette entlang.

Kat zeigte hinter sich. »Nimm bitte das Satellitentelefon aus meiner Handtasche und verständige die Polizei in Boise und die Nationalgarde, Robert.

»Wann sind wir da? In einer Stunde?«

»Frühestens«, erwiderte sie.

47

WÄHREND DES FLUGES, WESTLICH VON HAILEY, IDAHO
17. NOVEMBER — TAG SECHS
10:05 ORTSZEIT / 1705 ZULU

»Ich kann sie sehen«, sagte Arlin Schoen zu seinem Mann, der die Cessna flog, nachdem sie den Piloten beseitigt hatten. »Fliegen Sie so hoch Sie können, aber bleiben Sie dran.«

»Wir sind zwar schnell, Arlin, aber nicht viel schneller.«

Doch dann drehte die Albatros nach Westen ab und sie konnten dem schwerfälligen Amphibienflugzeug den Weg abschneiden. Sie folgten ihm fast zehn Minuten lang, bis Schoen dem Piloten auf die Schulter tippte. »Halten Sie sich links von ihnen und fliegen Sie so hoch, dass sie uns nicht sehen können.«

Kat atmete erleichtert auf und dankte Gott für das schöne Wetter. Gerade hatte sie den Geschwindigkeitsmesser überprüft, als er von einer Geschosssalve zerschmettert wurde.

Die Kugeln kamen von oben durch das Seitenfenster. Kat zog das Steuerhorn nach rechts und trat die Ruderpedale, um die mächtige Albatros aus der Schusslinie zu manövrieren.

Die nächste Salve hämmerte auf die linke Tragfläche ein. Kat stabilisierte die Maschine, blickte nach links und bemerkte zu ihrer Bestürzung die Caravan vor dem Fenster. In der offenen rechten Seitentür hockten zwei Männer mit Gewehren.

Kat rollte nach links und zog die Maschine steil nach oben. Sie zwang die Caravan damit zu einem Ausweichmanöver, aber die Schützen hatten sie immer noch im Visier.

Kugeln bohrten sich in das linke Triebwerk.

Kat spürte, wie die große Maschine gefährlich nach links gierte, als das Triebwerk an Kraft verlor. Sie tastete nach den großen roten Blattwinkelknöpfen am oberen Instrumentenbrett und fand sie beim zweiten Versuch. Dann trat sie das rechte Ruderpedal. Der Propeller stellte sich in den Wind und die Albatros lag wieder gerade. Sie suchte nach dem Schalter für die Treibstoffzufuhr, doch dann hörte sie Roberts Stimme. »Kat, wir brennen!« Sie bemerkte die orangefarbenen Flammen, die um das linke Triebwerk züngelten. Es stank nach brennendem Treibstoff und Öl.

»Schau, ob du den Feuerlöscher-Knopf findest!«, rief sie.

Robert suchte die obere Instrumententafel ab, während Kat wieder aus den Fenstern sah. Über ihnen waren die Schwimmer des feindlichen Flugzeugs, doch rechts, siebenhundert Meter unter ihnen, entdeckte sie ein verstecktes Tal. Sie lenkte die Albatros in diese Richtung und drosselte das rechte Triebwerk. Bald waren sie in Baumwipfelhöhe und folgten einem breiten Fluss. Kat fuhr das rechte Triebwerk wieder hoch und glich mit dem rechten Ruder aus. Dann blickte sie wieder nach links.

Es schien niemand da zu sein.

»Robert, sieh rechts nach.«

Er unterbrach seine Suche nach dem Feuerlöscher. »Nichts, Kat.«

Die nächste Salve kam von hinten. Das Scheppern, als die großkalibrigen Geschosse die Metallhaut durchschlugen, war unverkennbar. Kat riss die Maschine scharf nach links und zog hoch. Diesmal hatte der andere Pilot das Manöver jedoch vorausgeahnt und blieb zurück – nah genug, um zu schießen, doch so weit entfernt, dass er der Albatros gefahrlos folgen konnte.

Die Albatros hielt auf das erhöhte Terrain auf der Westseite des Tales zu, doch nun lenkte Kat scharf nach rechts und folgte wieder dem Fluss. Wieder wurden sie von Kugeln getroffen, und von hinten war ein leiser Aufschrei zu hören. Doch Kat hatte keine Zeit, sich umzudrehen. Die Flammen breiteten sich immer mehr aus und sie musste sich zwingen, nicht aufzugeben. Die Albatros war einfach zu groß und zu schwer beschädigt, um dem kleinen, viel wendigeren Flugzeug entkommen zu können.

Nun begann auch das rechte Triebwerk zu stottern. Robert, der aus dem rechten Fenster geschaut hatte, rief: »Kat, da stimmt etwas nicht. Schau dir das Triebwerk an!«

Kat riskierte einen raschen Blick. Ihr Magen krampfte sich zusammen, als sie den dunklen Ölfilm sah, der die Motorverkleidung bedeckte. Ein Blick auf den Öldruckmesser sagte alles.

Das Tal endete mit einem kleinen Damm und einem See dahinter. Den Damm überflogen sie sicher, doch der See erschien zu klein, um mit einem Amphibienflugzeug darauf zu landen.

Mir bleibt nichts anderes übrig!

»Festhalten! Ich setze sie auf den See!«, rief sie nach hinten, um auch Jordan und Dr. Maverick zu warnen.

Sie schob das Steuerhorn nach vorne, sodass die Maschine in eine fast ballistische Flugbahn eintauchte und sich ihr beinahe der Magen umdrehte. Dann stellte sie den linken Gashebel in den Leerlauf, ertastete den Klappenhebel und zog ihn ganz nach unten. Während sie auf das Wasser zuhielt, orientierte sie sich am Ufer, um ihre Höhe abzuschätzen.

Zu schnell! Dicht über dem Wasser zog sie heftig zurück. Die Nase kam ein wenig hoch und sie wurden langsamer.

Dennoch war das Seeufer viel zu nah. Der Schub reichte nicht mehr zum Steigen, an der linken Seite der Maschine züngelten Flammen empor, und es schien keine Möglichkeit zu geben, weiter abzubremsen. Zu spät dachte Kat an das Fahrwerk und der Bauch des großen Vogels berührte die Wasseroberfläche.

Beim ersten Wasserkontakt behielt die Albatros ihr Tempo bei. Kat versuchte den Bug hochzureißen, wie sie es bei den Piloten von Wasserflugzeugen beobachtet hatte. Doch der Rumpf lag noch nicht tief genug im Wasser, sodass die Albatros wieder sechs Meter in die Luft stieg.

Das Seeufer war nur noch knapp fünfhundert Meter entfernt und kam immer näher und Kat hatte keine Wahl mehr! Sie musste die Albatros schwer ins Wasser setzen. Der hydrodynamische Sog riss den Rumpf nach unten und Kat zog das Steuerhorn wieder etwas zurück, und endlich wurde die Maschine, begleitet von einer Gischtwolke, deutlich langsamer.

Doch inzwischen waren sie fast am Ufer. Mit noch immer über sechzig Knoten prallte die Albatros, die Nase nach oben, auf den Strand. Unter ohrenbetäubendem Knirschen rutschte der Rumpf das flache Ufer hinauf und landete schließlich in einer Gruppe kräftiger Fichten. Die Kollision trennte die brennende linke Tragfläche vom Rumpf und das Wrack kippte nach rechts.

»Fliegen Sie eine Schleife und landen Sie. Schnell!«, befahl Schoen seinem Piloten, während die Caravan über die Überreste der Albatros hinwegsauste.

Der Pilot fuhr die Klappen aus, stellte die Drehzahl ein und ließ die Maschine mitten auf dem See zu Wasser. Dann fuhr er gemächlich auf die Stelle zu, wo das Heck der Albatros in den Wald ragte.

Das auslaufende Kerosin brachte die brennende linke Tragfläche und das Triebwerk zum Explodieren, doch das zerschmetterte Heck wurde davon kaum erschüttert.

Schoen wies den Mann hinter sich an, die Waffen zu überprüfen. Dann wandte er sich wieder an den Piloten. »Bringen Sie mich hier links an Land und parken Sie die Maschine am Ufer. Wenn Sie alles abgeschlossen und gesichert haben, folgen Sie uns.«

Bei der Kollision mit den Bäumen hatte Kat sich den Kopf am Instrumentenbrett gestoßen, zum Glück jedoch nicht so heftig, um sie bewusstlos zu machen. Sie schüttelte sich und sah Robert an, als die abgerissene linke Tragfläche explodierte. Er wischte sich Blut vom Gesicht, schien aber ansonsten unverletzt.

»Wir müssen hier raus«, sagte Kat. »Sie werden jeden Moment landen.«

Robert öffnete seinen Sicherheitsgurt und taumelte durch die Cockpittür. Dann half er Kat hinaus. Dr. Maverick kniete neben Jordan James, der am Boden lag. »Es hat ihn erwischt«, sagte Maverick mit gepresster Stimme.

Jordan hatte die Augen geöffnet, doch sein Hemd war blutgetränkt. »Mein Gott, Onkel Jordan!«

Er schüttelte den Kopf. »Es ist nicht so schlimm, Kat. Glaube ich wenigstens.«

Als sie sein Hemd öffnete, sah sie einen grässlichen Einschusskrater auf der rechten Seite, dicht unter dem Brustkorb, aus dem das Blut quoll. »Können wir dich bewegen? Wir müssen hier raus.«

Sie hörten die Turbine der Caravan heulen, während sie den Verletzten mühsam durch die Tür hoben. »Die Pistole ist in meiner Handtasche«, sagte Kat zu Robert.

»Ich hole sie. Ich bringe auch den Erste-Hilfe-Koffer mit«, erwiderte er.

Kat und Dr. Maverick betteten Jordan neben den Bug des Wracks, während Robert in die Maschine kletterte. Bald kehrte er, Kats Handtasche und den Erste-Hilfe-Koffer in der Hand, wieder zurück. Kat nahm ihre Pistole aus der Tasche. Robert kniete sich mit dem Koffer neben Jordan.

Ganz in der Nähe wurde eine schwere Waffe entsichert. Als Kat aufblickte, sah sie Arlin Schoen um den Bug herumkommen.

»Fallen lassen, Bronsky«, befahl er mit leichtem Akzent. Kat blickte in das ausdruckslose Gesicht des Mannes, der in Portland versuchte hatte, sie anzumachen.

»Das ist eine Uzi«, fuhr er fort. »Bevor Sie einen einzigen Schuss abgeben können, wird sie Sie in Stücke reißen. Also weg mit der Waffe.« Inzwischen waren auch seine Komplizen, die Gewehre im Anschlag, herangekommen.

Seufzend legte Kat die Pistole auf den Boden.

»Schieben Sie sie mit dem Fuß zu mir«, befahl Schoen.

Kat gehorchte und zeigte auf Jordan. »Ist Ihnen klar, wen Sie hier vor sich haben?«

Arlin Schoen lächelte böse. »Unser ehrenwerter Außenminister. Wie geht es Ihnen, Jordan?«

»Was?«, erwiderte Jordan mit schmerzverzerrtem Gesicht.

»Aber, aber, Herr Außenminister! Als einer der Direktoren von Signet Electrosystems müssten Sie sich eigentlich an mich erinnern. Schließlich haben wir oft miteinander geplaudert.«

Verwirrt blickte Kat zwischen Schoen und Jordan hin und her. »Jordan, kennst du diesen Mann?«

Jordan James schnappte mühsam nach Luft und sah Schoen an, ohne Kats Frage zu beachten. »Was haben Sie vor, Schoen? Wollen Sie uns alle umbringen?«

»Natürlich«, antwortete Schoen. »Was bleibt mir anderes übrig?«

Kat kniete sich neben den Verletzten. »Onkel Jordan, was hat das alles zu bedeuten?«

»MacCabe, Doktor?« Schoen schwenkte seine Waffe. »Setzen Sie sich hinter Miss Bronsky. Sie beide sind mir schrecklich auf die Nerven gegangen. Sie dachten, wir wollten Sie umbringen, Mr Mac-Cabe, dabei wollten wir nur bestimmte vertrauliche Forschungsergebnisse zurück, die uns ein Mann namens Carnegie gestohlen hat. Ich glaube, Sie kannten diesen Herrn.« Er lächelte gemein.

Robert schwieg.

»Sie und Ihre Freundin haben sich Zugang zu einer Datei verschafft, die wir unbedingt brauchen. Wenn Sie uns in Hongkong nicht so schlau entwischt wären, hätten wir Ihre Maschine vielleicht nicht abschießen müssen.«

»Sie geben den Massenmord zu?«, sagte Kat.

Er ging nicht darauf ein und fuhr fort. »Ach, übrigens, ich habe mich noch nicht vorgestellt. Ich bin Arlin Schoen, Sicherheitchef von Signet Electrosystems, Abteilung Rüstungsforschung. Meine Aufgabe ist es, Staatsgeheimnisse vor unverantwortlichen Zeitgenossen wie Carnegie und Ihnen, McCabe, zu schützen. Dass Agent Bronsky sich eingemischt hat, kann ich ihr nicht verdenken. Sie dachte, sie wäre hinter Verbrechern her, dabei war sie nur Geheimnisdieben behilflich. Und Dr. Maverick ist für meinen Geschmack viel zu gesprächig.«

»Sie sind wahnsinnig, Schoen«, stieß Jordan hervor.

»Mag sein«, erwiderte er. »Aber ich habe nun mal den Job, dieses Projekt zu schützen.«

»Onkel Jordan, wovon redet er?«

Sie konnte es kaum ertragen, die Tränen in Jordans Augen zu sehen. Er litt große Schmerzen. »Ich habe versucht, ihn aufzuhalten, Kat.«

Arlin Schoen wandte sich an die Bewaffneten, die neben ihm standen. »Los, knallt sie ab. Ich bin nicht in der richtigen Stimmung für Beichten.« Er ging weg und kroch unter der abgebrochenen, herabhängenden Tragfläche durch.

»Schoen?«, rief Jordan mit letzter Kraft. »Ich habe alles niedergeschrieben ... und bei Leuten deponiert. Wenn Sie diese Leute oder mich töten, fliegt alles auf.«

Arlin Schoen drehte sich um. »Guter Trick, Jordan. Aber dazu kenne ich Sie zu gut. Sie haben unter zehn Präsidenten gedient. Sicher möchten Sie so kurz vor Ihrem Tod Ihren guten Ruf nicht ruiniert sehen.«

»Wollen Sie das riskieren, Schoen?«, fragte Jordan mit gepresster Stimme. »Ich sage die Wahrheit. Sie werden in der Gaskammer enden. Dann sind das Projekt und auch die Firma Schnee von gestern. Es ist alles schwarz auf weiß. Das verpfuschte Experiment, die Vertuschung des Abschusses der MD-11, die ganze traurige Geschichte. Außerdem gibt es noch vier andere Zeugen.«

»Schwachsinn. Diese Aufzeichnungen existieren nicht, weil Sie nie damit gerechnet haben, dass es so weit kommt. Und die vier Zeugen haben wir bereits erledigt – obwohl Miss Bronsky sich solche Mühe gegeben hat, sie zu verstecken.«

»Was sagen Sie da?«, fragte Kat entsetzt.

»Die Dokumentation enthält alle Einzelheiten, Namen und Belege, über fünfzig Seiten...« Jordan rang hustend nach Atem. »Ich habe es geschrieben, sobald mir klar wurde, dass Sie Katherine umbringen wollen.«

»Wenn das stimmt«, meinte Schoen achselzuckend, »werden wir die Papiere schon finden.«

»Unmöglich. Sie können die Sache nicht mehr stoppen.«

»Tja«, erwiderte Schoen. »Dann müssen wir das Risiko eben eingehen.«

»Oder Sie können uns alle am Leben lassen«, sprach Jordan weiter. »In dem Wissen, dass wir schweigen werden, weil Sie sonst wiederkommen.«

Arlin Schoen wandte sich ab und ging um die immer größer werdende Treibstoffpfütze unter der Tragfläche herum. Er lachte höhnisch. »Allmählich verstehe ich, wie Sie sich so lange in Washington halten konnten.« Er drehte sich noch einmal zu Jordan um. »Okay, nur mal hypothetisch. Ich puste Ihnen nicht die Rübe weg, und Sie schweigen, weil Sie wissen, dass Sie ansonsten ins Gefängnis wandern. MacCabe lasse ich ebenfalls laufen, denn er wird die Sache nicht aufdecken, weil Sie ihn so nett darum gebeten haben. Verschonen Sie mich. Schon nach zehn Minuten wird er seine Kommunistenfreunde in der Redaktion anrufen, die das Pentagon ohnehin auf dem Kieker hat, und sein Gewissen erleichtern. Ich habe einen anderen Vorschlag, James. Ich bringe die anderen um und lasse Sie am Leben. Und Sie können trotzdem nicht reden, weil Sie zu viel Dreck am Stecken haben. Oder wir amüsieren uns ein bisschen. Offenbar haben Sie Miss Bronsky sehr gern. Was halten Sie davon, wenn wir die Kleine vor Ihren Augen in Stücke zerlegen? Wie lange würden Sie zusehen, bis Sie mir verraten, wo Sie die Unterlagen versteckt haben? Wir könnten sie auch vergewaltigen. Ihr die Brüste abschneiden. Ihr ins Rückgrat schießen.« Er sah Kat an. »Hübsche Frisur, Bronsky. Sie haben mich in Portland wirklich aufs Kreuz gelegt.«

»Angeblich haben Sie die anderen getötet«, erwiderte Kat rasch. »Wo waren sie? Wo hatte ich sie versteckt? Ich glaube, Sie bluffen.«

Thomas Maverick und Robert McCabe hatten versucht, Jordan James' Blutung zu stoppen. Ohne auf Kats Frage einzugehen, musterte Arlin Schoen sie spöttisch, wandte sich wieder dem Flugzeug zu und winkte seine Männer heran. Dann wirbelte er herum und blickte Jordan an.

»Nein, ich glaube, Sie lügen, James. Es ist wirklich ein Jammer, dass Sie und die anderen drei bei einem Flugzeugabsturz in Idaho umgekommen und bis zur Unkenntlichkeit verbrannt sind. Alles schießt auf mein Kommando. ACHTUNG.«

»Sie machen einen großen Fehler, Schoen«, keuchte Jordan.

»Das ist Ansichtssache. ZIELEN.«

Die Männer legten die Gewehre an. Aus dem Augenwinkel bemerkte Kat, dass Roberts rechter Arm sich bewegte.

»Übrigens, Bronsky«, fügte Schoen hinzu. »Der Name des Nests ist Stehekin.«

Kat erstarrte. Sie öffnete den Mund, um etwas zu sagen, als es aus Roberts Richtung knallte und zischte. Eine Leuchtkugel landete in der Benzinpfütze und setzte sie sofort in Flammen.

Eine Feuerwand loderte zwischen den Killern und ihren Opfern auf und hüllte die Männer im Nu ein. Der Kerl rechts von Schoen stieß einen schrillen Schrei aus, als seine Hose in Brand geriet. Er wich zurück und geriet in eine brennende Kerosinpfütze. Er verbrannte unter schrecklichen Schreien.

Blitzschnell hob Robert Jordan vom Boden auf und bedeutete Kat und Thomas Maverick, ihm zu folgen. So liefen sie in den Schutz der Baumgruppe.

Arlin Schoen achtete nicht auf die Todesschreie seines Helfers und rannte auf eine Stelle neben dem Rumpf zu, die noch nicht in

Flammen stand. Der andere Killer folgte ihm auf den Fersen. Doch sie waren noch nicht in Sicherheit, als sich der Finger ihres sterbenden Komplizen unwillkürlich um den Abzug schloss, sodass eine Salve in dem Tank über Schoen einschlug.

Die Explosion riss die Tragfläche, den Rumpf, Arlin Schoen und den anderen Mann schlicht in Stücke. Glühende Metallsplitter flogen in alle Richtungen. Einige davon zischten über die Bodensenke hinweg, in die Robert sich geduckt hatte. Große Metallplatten und andere Wrackteile krachten zu Boden. Der Geruch von brennendem Treibstoff erfüllte das Tal.

Eine Ewigkeit schien vergangen zu sein, bevor Kat den ersten Blick riskierte. Die Albatros hatte sich in einen brennenden, qualmenden Trümmerhaufen verwandelt und war als Flugzeug nicht mehr zu erkennen. Durch den Rauch sah sie, dass die Caravan völlig intakt und leer am Ufer stand.

»Robert?«, rief sie.

»Hier«, antwortete er mit schleppender Stimme.

»Was war das? Was hast du gemacht?«

»Ich habe eine Signalpistole im Erste-Hilfe-Koffer gefunden. Sah aus wie ein Füllfederhalter. Etwas anderes ist mir nicht eingefallen.«

»Agent Bronsky?« Thomas Maverick, der sich um Jordan James gekümmert hatte, rappelte sich auf. »Er blutet noch immer.«

Jordan James hatte die Augen weit aufgerissen. Er fasste sich an die Brust und versuchte zu husten. Kat kniete sich neben ihn und fühlte sich vollkommen hilflos. »Nicht sprechen, Onkel Jordan.«

James schüttelte den Kopf. »Nein! Ich muss es dir sagen. Ist Schoen tot?«

Sie nickte.

»Gut«, meinte er. »Er und Gallagher waren verrückt. Sie fanden keinen Preis zu hoch, um das Projekt zu decken.«

»Das Projekt?«

»Ja. Projekt Lichtschwert. Ein Laser, der Menschen blind macht und tötet. Es war streng geheim. Mein ganzes Vermögen steckt in Signet Electrosystems. Als ich die CIA verließ, dachte ich, ... es wäre ... mein letzter Posten. Das Unternehmen sah seriös aus, und es hatte den Zuschlag für dieses Geheimprojekt bekommen ... der größte Rüstungsauftrag aller Zeiten.«

»Und dann hatte der Neffe des Stabschefs seinen Unfall.«

Jordan nickte. Er hustete und zuckte vor Schmerzen. »Ich war Mitglied des Ausschusses. Niemand hat mir offiziell mitgeteilt, dass die Experimente ... im Stillen weitergingen. Aber ich wusste, es ... die Arroganz des alten Geheimdienstmannes, mehr zu wissen als dieser Idiot von einem Präsidenten.«

»Und die Waffen sind dann gestohlen worden?«, fragte Kat.

Er schüttelte den Kopf. »Ein Diebstahl hat nie stattgefunden. Ich wollte dich auf eine falsche Fährte locken.«

»Und die undichte Stelle im FBI?«

»Alles Lüge.«

»Wer ist Gallagher?«, wollte Kat wissen.

»Der Geschäftsführer von Signet«, antwortete er.

Sie schaute ihn eine Weile schweigend an, bevor sie fragte: »Du hast ein verpfuschtes Experiment erwähnt, Jordan. War der Absturz der SeaAir also doch ein Unfall?«

»Ja«, antwortete er. »Geheime Tests ... mit einem noch stärkeren Laser. Jemand in einer C-141 aus Wright-Patterson hat der Finger am Abzug gejuckt. Er hat auf das falsche Radarziel geschossen.«

»Also hat die Air Force ...«

»... war nicht direkt beteiligt. Wir hatten Möglichkeiten, alles unter Verschluss zu halten.« Er stockte und schnappte nach Luft. »Sie holten den Testdummy aus der F-106 und rechneten mit einem Treffer wie bei einem normalen Experiment. Man wusste zwar von dem SeaAir-Absturz, aber niemand dachte, wir könnten damit zu tun haben, geschweige denn, die Schuld daran tragen. Doch als man den Dummy untersuchte, fand man keine Spur eines Lasertreffers. Und dann kamen die Kamerabilder ... die beiden Piloten im Fadenkreuz, nur Sekundenbruchteile, bevor der Laser sie wahrscheinlich auf der Stelle tötete.« Er sah Robert an. »Es ist eine sehr wirksame, tragbare Waffe ... ausgesprochen gefährlich. Ich habe immer schon befürchtet, dass sie in die falschen Hände geraten könnte.«

»Zum Beispiel in die von Terroristen?«, fragte Robert.

Jordan nickte.

»Aber in diesem Fall gibt es keine Terrororganisation, richtig, Herr Minister?«

Jordan James blickte Robert an. »Oh, doch, es gibt eine. Signet Electrosystems. Wir haben uns zu einer erstklassigen Terrorbande gemausert und uns sogar einen Namen ausgedacht: Gruppe Nürnberg.«

»Schoens Idee?«, fragte Kat.

Jordan nickte mühsam und rang um Luft, bevor er fortfuhr. »Unter dem Kommando – wenn man es so nennen will – unseres Larry Gallagher.«

»Herr Minister«, meinte Robert MacCabe leise, »soll das heißen, dass Schoen all die anderen Verbrechen nur begangen hat, um einen Unfall zu vertuschen?«

Jordan schloss kurz die Augen und schien das Bewusstsein zu verlieren. Doch dann sprach er wieder. »Ich hatte keine Ahnung, was er tat. Ich wusste nur durch ein Telefonat mit ihm, dass etwas geschehen würde ... ein ›Ablenkungsmanöver‹. Bei Gott, ich habe wirklich versucht, diese Leute zu stoppen.« Wieder schloss er die Augen und rang nach Atem. »Gallagher wollte nicht hören. Schoen hat mich ausgelacht. Ich vermutete, dass sie in Australien, Hongkong oder Tokio zuschlagen würden. Deshalb ließ ich dich aus der Maschine holen, Kat. Mir war klar, dass er übergeschnappt war. Aber ich ahnte nicht ... Ich wollte dich nur ein paar Tage lang von Flugzeugen fern halten, Kat. Ich wusste doch nicht ...«

Er wurde immer schwächer. Kat sah mit Schrecken, wie sich die Blutpfütze unter ihm ausbreitete.

»Er verblutet, Kat. Wir sind machtlos«, flüsterte Robert.

Noch einmal öffnete Jordan die Augen und schaute Kat ins tränenüberströmte Gesicht. Sie schluchzte lautlos.

»Es tut mir so Leid, Kat ... fünfzig Jahre im Dienst der Regierung ... sechshunderttausend Dollar auf der Bank. Ich habe zwanzig Millionen daraus gemacht ... alles in Aktien, und das Ganze wäre wieder verloren gewesen. Aber ... wenn sie Zeit gehabt hätten ... ich dachte ... ich dachte ...« Er wurde von einem Hustenanfall geschüttelt.

»Wer war Schoen, Jordan?«, fragte Kat leise.

»Ein Ostdeutscher. In den Sechzigern geflohen ... dann CIA. Wurde wegen seiner Verdienste für die Vereinigten Staaten eingebürgert. Ich habe ihn selbst nach Langley geholt.«

»Es tut mir so Leid, Jordan«, sagte Kat. Tränen flossen ihr über die Wangen. Aber er war bereits ins Koma gefallen.

Fast eine Stunde lang saß sie neben ihm, während sein Leben verlosch. Irgendwann kam der Rettungshubschrauber, den sie mit dem Satellitentelefon herbeigerufen hatten, aber zu spät.

Thomas Maverick stieg allein in den Helikopter, der Jordans sterbliche Überreste nach Hailey bringen würde. Kat sah ihm benommen nach.

»Robert, wir müssen nach Stehekin«, meinte sie schließlich.

»Glaubst du, er könnte wirklich gebluff haben?«, fragte Robert.

Sie begann wieder zu schluchzen und schüttelte den Kopf. »Den Namen Stehekin kann er unmöglich erraten haben. – Aber ich will mich selbst überzeugen. Komm. Mit einer Caravan kann ich umgehen.«

Der Ranger, den sie vom Flugzeug aus verständigt hatten, erwartete sie am Dock, als sie in Stehekin landeten. Sie sprangen in seinen Wagen und fuhren zur Hütte.

Aus dem Lüftungsschacht auf dem Dach quoll dicker Dampf, doch der Kamin rauchte nicht. Der Ranger erklärte ihnen, dass es am Vortag falschen Alarm gegeben hatte. »Ein Anwohner hat gesehen, dass die Tür offen stand, aber niemand im Haus zu sein schien. Ich habe alles überprüft und mich drinnen umgesehen. Auf der Veranda habe ich roten Sirup entdeckt, der aus einer Fütterungsvorrichtung für Kolibris stammt. Dann habe ich die Tür zugemacht. Ich konnte nichts Verdächtiges feststellen.«

Kat bemerkte, dass die Tür nicht verschlossen war. Mit gezückter Waffe drückte sie die Klinke herunter und schob sie auf. Der schwere, süßliche Geruch verkohlten Feuerholzes stieg ihr in die Nase, als wäre der Kamin lange nicht angezündet worden.

»Bleiben Sie draußen«, bat sie den Ranger. »Und du auch, Robert.« Doch Robert folgte ihr ins Haus und ließ den Ranger auf der Veranda zurück.

Eine der Schlafzimmertüren stand offen. Kat spähte hinein und schlich weiter. »Dallas? Graham?« Niemand antwortete.

Doch dann hörte sie die Dielenbretter knarren und musste sich zwingen weiterzugehen.

»Ist jemand da? Steve? Dan?«

Hinter der Schlafzimmertür waren Füße zu sehen, die aus der Schlafkoje ragten; ein Arm hing schlaff über die Bettkante. Kat ging hinein. Sie wusste, was sie finden würde. Sie waren zu spät gekommen. Schoen war vor ihnen hier gewesen.

»Hallo, wer sind Sie denn, Kleiner?«

Als Kat die vertraute, kehlige Stimme hörte, wirbelte sie verblüfft herum. Dallas Nielson stand, einen Stapel Brennholz im Arm, auf der Veranda und bewunderte den jungen Ranger. Robert stürmte nach draußen und nahm sie in die Arme.

»He! Robert, Liebling!«, jubelte Dallas und drückte ihn an sich.

Kat blickte noch einmal in das Schlafzimmer. Füße und Arm waren verschwunden. Stattdessen stand ein schläfriger Steve Delaney vor ihr und blinzelte sie an. Hinter ihm erschienen Graham Tash und Dan Wade. »Kat?«

Kat versuchte nicht mehr, die Tränen niederzukämpfen.

Dank

Die Geschichte dieses Romans würde selbst ein Buch füllen, so vielen Menschen bin ich Dank schuldig – ein weltumspannendes Netz von Landsleuten in Polizei-, Justiz-, Funk- und Flugdiensten auf allen Kontinenten.

Dennoch möchte ich an dieser Stelle einige Personen besonders erwähnen.

Zunächst bedanke ich mich bei David Highfill, meinem Lektor bei Putnam, und meiner Verlegerin Leslie Gelbman für ihre Hilfe und ihre Begeisterungsfähigkeit sowie bei meinen Agenten George und Olga Wieser in New York.

Dank auch an Dr. Gary Cowart in Seattle, inzwischen ein ausgezeichneter Zahnarzt und Schriftstellerkollege. Vor dreißig Jahren war er als Marineinfanterist in der Nähe von Da Nang in Vietnam stationiert. Er hat meine persönlichen Vietnam-Erinnerungen aufgefrischt und verhindert, dass mir bei der Schilderung von Landschaft, Flora und Fauna Fehler unterliefen. Darüber hinaus danke ich Dr. Cowarts Bruder Randy, der mein Wissen während eines angenehmen, mit Landkarten und Reminiszenzen verbrachten Nachmittags sehr bereichert hat.

Mein großer Dank gilt dem pensionierten FBI-Agenten Larry Montague, der mir wieder seine Fachkenntnis zur Verfügung stellte, damit Kat Bronskys Welt mit der Wirklichkeit übereinstimmt.

Eine Reihe weiterer Menschen wollen aus offensichtlichen Gründen ihren Namen nicht genannt sehen. Zu ihnen gehört der Mitarbeiter des amerikanischen Außenministeriums, der mir eine Vielzahl von Fakten über Vietnam erläuterte und mir die Informationskanäle schilderte, die einem Außenminister zur Verfügung stehen. Darüber hinaus bedanke ich mich bei dem anonymen Informanten im Nationalen Amt für Aufklärung und einem Abteilungsleiter bei der Anflugskontrolle in Hongkong, der irgendwann spätnachts seine politischen Vorbehalte überwand und mit mir sprach.

Vielen Dank auch den zahlreichen Kat Bronskys auf dieser Welt, die mir als Vorbilder gedient haben. Diese tüchtigen, professionellen und engagierten Frauen verlieren auch angesichts der ungerechten Karrierehürden, die meine weniger aufgeschlossenen Zeitgenossen für sie errichten, weder ihre Weiblichkeit noch ihren Humor.

John J. Nance
University Place, WA
5. Oktober 1999